国家社科基金
GUOJIA SHEKE JIJIN HOUQI ZIZHU XIANGMU
后期资助项目

克林思·布鲁克斯诗学研究

A Study of Cleanth Brooks's Poetics

付飞亮 著

上海人民出版社

国家社科基金后期资助项目
出版说明

后期资助项目是国家社科基金项目主要类别之一,旨在鼓励广大人文社会科学工作者潜心治学,扎实研究,多出优秀成果,进一步发挥国家社科基金在繁荣发展哲学社会科学中的示范引导作用。后期资助项目主要资助已基本完成且尚未出版的人文社会科学基础研究的优秀学术成果,以资助学术专著为主,也资助少量学术价值较高的资料汇编和学术含量较高的工具书。为扩大后期资助项目的学术影响,促进成果转化,全国哲学社会科学规划办公室按照"统一设计、统一标识、统一版式、形成系列"的总体要求,组织出版国家社科基金后期资助项目成果。

全国哲学社会科学规划办公室
2014 年 7 月

序　言

飞亮为人敦厚，勤奋好学，讷于言而敏于行。2010—2013年随我攻读博士学位期间，系统地研读了《十三经》，背诵《文心雕龙》《文赋》《二十四诗品》等古代文论，学习了英文版的西方经典文论，并参与了我的多项科研课题与教材的编写工作，发表了多篇科研论文，获得博士研究生国家奖学金、优秀研究生等荣誉，以优异的成绩毕业。

每届博士生开题时，我都会强调博士学位论文的重要性，告诉他们，博士学位论文不仅是其学术生涯的起点，也非常有可能是其一生中最具代表性的著作，因为参加工作以后，诸事纷杂，大都不会有读博士时这样纯粹的、大段的学习与思考的时间，也难得这样心无旁骛地做一件事。宋人严羽在《沧浪诗话·诗辨》中说："夫学诗者以识为主：入门须正，立志须高。"我希望博士生们选题务必慎重，在保证学术方向正确的前提下，最好是言人之未所言，做人之未所做，要有勇气和信心成为自己所研究领域的专家与权威。飞亮初次预开题时，曾经提出过一两个选题，我问他"火力侦察"的情况，他说皆已有一两本相关的专著或博士学位论文在前，因此我劝他重新考虑。后来他告诉我打算做美国新批评家克林思·布鲁克斯的研究，这一重要的批评家在中国尚无研究的专著与博士学位论文。新批评虽然在当下已不是一种时髦的理论，但是鉴于它在西方文论中的重要性——曾经一度占据了美国大学课堂与批评领域的主导地位，是形式论的起点，任何形式主义的研究都绕不过新批评这座大山，而且至今仍然存活在各种后现代主义文论的肌质中，有重要的理论价值与实践价值，于是我同意了他的这个题目。过年的时候，学生们一般都回家去了，有些研究生迫于论文撰写与发表的压力，会留守在学校图书馆继续努力。我发现飞亮两次都是在学校过的年，因此，当他三年时间博士顺利毕业时，我一点也不意外。

飞亮毕业后去了西南大学文学院任教，五年后，寄来厚厚的一本书稿，让我写序。该书稿是他在博士学位论文的基础上，进行了诸多修改，补充了大量的内容，无论是在广度与深度上，还是在篇章结构上，都有了巨大的飞跃，这也表明在博士毕业后，他没有停止对布鲁克斯这位新批评家的研究，一直在向前推进，锲而不舍。天道酬勤，此言不虚，飞亮对布鲁克斯诗学不懈地思考多年，确实可以说已有所得，取得了不俗的成绩，并凭此获得了国家社科基金后期资助项目。项目成果即为寄来的书稿，将由上海人民出版社出版，我由衷地为他感到高兴。

该书既有精细入微的文本分析，也有视野宏阔的历史性定位与比较。在梳理布鲁克斯诗学原则的基础上，进一步通过跨民族、跨语言、跨文化的影响研究与平行研究，全面考察了布鲁克斯诗学在中国的接受、变异及影响，并在当代西方文论的语境中考量其诗学，揭示其诗学对中国当下重建文学与艺术批评新秩序的重要作用。其主要建树在于以下三点：

一、首次全面考察了布鲁克斯诗学，囊括了其诗歌、小说与戏剧批评。论证了布鲁克斯的诗学虽然有时会出现某种程度的偏离，但总体上看，还是具有一贯性的，其在诗歌批评中的理念，基本上也贯彻到戏剧批评和小说批评上，即像批评诗歌一样批评戏剧和小说，重视对双关、悖论、意象、象征与反讽的寻找。

二、首次全面论述了布鲁克斯的戏剧批评理论与实践。第二点与第一点好像有交叉重复之嫌，但我之所以要把这一点单独列出来讲，是因为国内学界大多关注的是新批评的诗歌批评与小说批评，较少有人系统地研究过新批评的戏剧理论与实践，而飞亮非常难得地做了国内的第一人。他不仅首次在中国详细译介了《理解戏剧》，总结了布鲁克斯的戏剧批评理论，而且介绍了其对诸多戏剧的具体批评，可资国内戏剧批评界借鉴与批判。

三、揭示了布鲁克斯诗学的精英主义本质及意义，指出中国学界对布鲁克斯诗学的诸多误读，并对布鲁克斯诗学进行了全面反思。该书以扎实的论据，证明中国学界认为布鲁克斯诗学是非历史主义、形式主义和反浪漫主义，皆为误读；布鲁克斯诗学并不等同于形式主义诗学，与马克思主义诗学也有诸多相契之处。

该书有利于梳理、厘清新批评理论，为比较诗学及比较文学变异学研究提供个案，为当下中国文论的构建与批评实践提供借鉴，也可以为中国戏剧批评实践和理论构建提供参考。

当然，该书论述的范围较广，内容较多，自然还有值得进一步思考与研究的地方。如在论述布鲁克斯戏剧批评时，未能将其戏剧理论置于整个新批评戏剧理论的框架下进行深入的探讨，也未能将其置于西方戏剧批评史中与其他戏剧理论与批评实践进行比较,以凸显其戏剧批评理论的传承性与独特性,更未能将其与中国的戏剧批评理论进行平行比较研究。

国内学界对新批评的戏剧理论与批评实践尚未有关注,飞亮有志继续做这方面的研究,我相信他能够取得更优异的成绩。

是为序。

曹顺庆

2018 年 3 月 18 日

目　　录

内 容 提 要

　　本书以美国新批评家克林思·布鲁克斯的诗学为研究对象,对其文学理论及整个批评实践进行全面的梳理与探讨。本书将在新批评及现当代世界文艺理论思潮的背景下,对布鲁克斯诗学进行全方面、多层次、多角度的比较研究,以准确把握布鲁克斯文艺理论与批评实践的全貌,揭示其对世界,尤其是当下中国文学创作、理论、批评实践及教育教学的意义与价值,并对其进行反思。

　　全书共分六章。第一章"布鲁克斯诗学的主要理念",从"诗歌的有机体概念""作为悖论的诗歌语言"和"隐喻:诗歌语言的本质"三方面阐述布鲁克斯诗学。

　　"诗歌的有机体概念"是布鲁克斯诗学的逻辑起点,表明其对诗歌统一性的强调。

　　"作为悖论的诗歌语言"一节,首先辨析了布鲁克斯理论中经常出现的反讽、悖论、巧智和张力等术语之间的关系。布鲁克斯认为,巧智是对特定情境可能采取不同态度的一种意识;悖论是将某一情境的传统观念与更具包容性的观点进行对比的一种策略;反讽是通过限定从而对态度进行定义的一种策略。悖论处理完整的陈述,而反讽相关联的议题不一定要用陈述的形式,反讽对比的元素不限,可能是简单的意象、词语或孤立的概念。在悖论中,有一个定义好的预设,有一个陈述反对另一个陈述的对立的陈述结构,涉及尖锐的对比和明显的矛盾。而布鲁克斯在文学作品中发现的各种类型的反讽,对比程度有差异,其对立性是相对的。布鲁克斯有时把悖论与反讽互换使用,但是,当希望挑出诗歌中个别的词语或对象时,他倾向于使用反讽这一术语。

　　张力是反讽的一种心理功能,是思想意识到概念的相反方面和对言外之意的觉察,是运行中的反讽,是反讽的动态品质。反讽是支配者或调节者,以调和、平衡张力。在布鲁克斯的诗歌批评中,至少可归纳出十四种反讽类型，包括想象力自身的悖论或反讽，个体的反讽，寓言反讽，奇趣反讽，双关语反讽，巧智和庄重反讽，克制叙述反讽，浪漫反讽，讽刺反讽，嘲笑反讽，逻辑反讽或反讽逻辑，牧歌式反讽，时间反讽和宗教反讽。

布鲁克斯相信，诗歌语言是悖论语言，甚至在那些看起来直接而简单的地方，也充满了反讽、悖论和含混。

布鲁克斯认为诗歌的本质是隐喻。隐喻是类比而非逻辑，隐喻的天性是间接、迂回地陈述所蕴含的真理。隐喻创造对立面的融合，使对立面协调；隐喻不仅是间接的，而且是功能性与结构性的，赋予诗歌生命与形式。诗人的创新并非依赖创造新词，而是使用灵巧、独创性的隐喻，给旧词注入新生命。通过反讽、悖论和隐喻的使用，诗人赋予语言以新的维度。

第二章"布鲁克斯诗学的实践运用"，主要论述布鲁克斯诗学在诗歌批评、戏剧批评、小说批评及教学实践等方面的运用。

布鲁克斯在诗歌批评上的成功，主要反映在运用有机体、悖论、反讽等概念对英语世界传统诗歌与现代诗歌的评论上。布鲁克斯在诗歌批评实践上有时也借助传记、历史、社会学等外部因素，但始终将注意力集中在诗歌的文本上。通过细读从莎士比亚到艾略特等人的诗歌，他令人信服地展示了悖论、反讽和含混的传统持续地影响了从古代到现代彼此不同的诗人，从而得出所有时代的诗歌本质上是一体的结论。

布鲁克斯认为戏剧是完全建立在对话上的文学形式，与小说之间的差异较大，而与诗歌之间的差异较小；在理想状态下，戏剧和诗歌可以融为一体。在戏剧批评中，布鲁克斯坚持认为戏剧具有等级，悲剧高于喜剧；悲剧主人公必须具有主动斗争的行为与力量；坚持对理性主义进行批判；坚持像批评诗歌一样批评戏剧，在戏剧中寻找双关、悖论、意象、象征与反讽等。他认为最优秀的戏剧是使用诗歌语言写成的，现代戏剧比不上古代的诗剧。这一观点明显有失偏颇。他认为戏剧的根本在于剧本，这一观点对现代戏剧偏离戏剧本身、堕入商业主义的乱象进行了有力的反拨。但是，对舞台表演的否定，导致他在批评现代戏剧时出现偏差，与其一贯的诗学主张相悖。

布鲁克斯在小说批评，尤其是在对福克纳小说的研究上也取得了卓越的成就。他认为小说批评与诗歌、戏剧批评之间没有本质性的区别。在小说批评中，他依然保持对反讽、悖论与象征等文字技巧的强调，并认为小说是一个有机体，应该独立于社会生活与政治宣传，反对浪漫的感伤主义。当然，在小说批评中，他也注重对历史与地理环境的考虑，注重作者的生活经历及其全部作品对特定小说的影响，重视读者的作用，这反映了他对新批评的非历史主义与反对生平传记式批评的文本中心主义的一种修订。然而，布鲁克斯主张对小说进行细读，从逻辑上来讲存在困难；其批评模式最终可能会与哲学纠缠不清；为了应对"一元论"的指责，他可能走向了另一个极端，即文化批评。

布鲁克斯认为，教师的作用很简单，就是教导学生如何阅读。教师首先要让学生明白，文学研究是对文学自身性能的一种研究，不能与科学或宗教相混淆。他认为文学史与批评不应该分离，所以文学教师应该同时是历史学家与批评家。此外，教师应将文学的作用传达给学生。他的这种观点，对现在的文学教学仍然有启示作用。

第三章"布鲁克斯诗学的渊源"，论述布鲁克斯诗学是在反对美国批评界的浪漫主义及印象主义倾向的背景下发展起来的，其理论主要源自亚里士多德、柯勒律治、瑞恰慈、T.S.艾略特等人。柯勒律治认为想象力可以统一有限与无限，在某种程度上，反讽能捕捉一些神秘的、超自然的元素。布鲁克斯的反讽、悖论概念是柯勒律治多样性统一思想的重新演绎。布鲁克斯对瑞恰慈的反讽学说非常赞赏，并加以发挥，把反讽当作是评判诗歌的主要标准。他接受瑞恰慈诗歌陈述是伪陈述的观点，同时，摒弃瑞恰慈的心理学词语，认为应该将注意力放在诗篇本身的文字、主旨、主题、比喻与象征等上面。艾略特的无个性理论、对立情感和谐、感受力分化、传统观等批评理论影响了布鲁克斯。布鲁克斯强烈反对诗歌释义，称其为邪说，与艾略特反对解释诗歌一脉相承，而且比艾略特的态度更激进。

当然，布鲁克斯诗学在某种程度上还可能受中国文化的影响。中国文化可能通过三种路线对其产生影响：一是在对欧美产生影响的大环境下，道家思想影响了布鲁克斯，使其悖论理论打上道家思想的烙印；二是通过瑞恰慈等人的传播，儒家的中庸思想影响了布鲁克斯，使其在反讽与诗歌有机体理论，文本与作者、读者及历史之间的关系，诗歌中的情与理等一系列诗学问题上较为温和与包容；三是通过庞德、艾略特等人的传递，中国古典诗歌的意象观念影响了布鲁克斯，使其崇尚客观描述，反对浪漫主义的滥情风格。

第四章"布鲁克斯诗学在西方的影响"，主要论述布鲁克斯诗学在美国和欧洲的影响，包括布鲁克斯和欧美当代一些批评家的相互批评。他被誉为"批评家的批评家"，当然也有人指责他是"批评的一元论者"。但无论如何，其在西方的影响极为深远。

第五章"布鲁克斯诗学在中国的影响"，主要论述布鲁克斯诗学在中国的译介、传播及研究,对中国文学创作、文学理论与批评实践的影响,对中国教育、教学的影响,以及中国学界对布鲁克斯诗学的误读。

布鲁克斯诗学对中国文学最大的影响,可能集中体现在"反讽"这一关键词上。中国许多作家运用反讽手法进行文学创作,批评家运用反讽、悖论等理论批评中外文学作品。对中国的文学教育、教学方面的影响,则突出表现在"细读"的教学理念及实践上。中国一些学者与教师受其影响,重视以文本细读和分析为主的教学模式。

当然,中国学界对布鲁克斯诗学的译介及理解仍存在诸多误读,如指责其为非历史主义、形式主义、反浪漫主义等,这些都需要进一步澄清。

第六章"对布鲁克斯诗学的反思",将布鲁克斯诗学与形式主义、马克思主义和后现代主义诗学进行比较研究,以进一步剖析布鲁克斯诗学的本质。

布鲁克斯与尤里·特尼亚诺夫一般被认为同属形式主义阵营,但两人的理论有很大的差异。除产生背景不同之外,两人根本性的不同在于各自的语言观。布鲁克斯对语言的历史不太重视;将诗歌语言与科学语言二分;解释诗歌时以情境为参考框架;重语义分析;认为诗歌是时空中的客体。而特尼亚诺夫认为语言天生具有历史属性,与历史是统一的;诗歌语言与科学语言统一;解释诗歌的参考框架以语言的逻辑为主;诗歌分析重在韵律与节奏;诗歌是一个动态的过程。这表明,布鲁克斯与俄国形式主义的异质性要大于类同性。

布鲁克斯并不反对马克思主义诗学,他只是反对将其机械化与庸俗化,反对简单的社会决定论,反对把文学单纯地当作社会资料的记录、社会真相的揭发、社会计划的蓝图、宣传党八股的工具,反对不关注文学性。他的诗学与马克思主义诗学有诸多相契之处,如都反对滥情主义、唯心主义和资本主义,承认文学的内容与形式、功利与审美的辩证关系。在对待文学与历史、社会现实、作者、读者的关系上,两者的观点也有相合之处。

布鲁克斯诗学与文化研究、意识形态的距离并非像人们所想象的那么远。布鲁克斯的诗学是其作为美国南方批评家的一员,于社会政治追求受挫后,在文学上的一种抵抗行为与姿态。布鲁克斯美国南方社会的生活背景、审美趣味和宗教信仰,都使其反感科学、反感工业化进程。他留恋的是南方种植园、或者说至少是南方农业文明。在他看来,民主社会在政治上或许是一种巨大的进步,但是在文化上却常常伴随着一种言人人殊的混乱,导致相对主义和个人主义盛行。他认为社会需要思想的贵族、学术的权威与技术的专家,呼吁抵制流俗,在文学艺术上承认权威、树立典范。他认为,对同一作品的评价,文化艺术修养高的人的意见相对来说要更值得重视,也更正确。也就是说,大学教授的意见要比普通读者的见解更深刻。

因此,布鲁克斯诗学本质上是一种精英主义。它致力于构建一套高雅、精致的,由结构、有机体、悖论、反讽、张力和隐喻等术语构成的文学评价体系和标准。

结语部分总结布鲁克斯诗学对中国当下文论构建与批评实践的启示与意义。布鲁克斯警告文学批评不能放弃对作品优劣的评判,否则势必导致相对主义,使文学走向毁灭。在众声喧哗的网络化时代,有必要重申布鲁克斯诗学的精英立场,建构一套具有可操作性的、权威的文学评价标准,以彰明文学艺术的前进方向,捍卫人文学科的人文精神。

绪　论

新批评是一种不可能被忽视的批评思潮，它曾经是 20 世纪上半期占支配性地位的批评方式。在 20 世纪 50 年代，新批评已经成为"一种新的正统"。①在 1956 年的时候，连艾略特（Thomas Stearns Eliot）都曾感叹："我认为，过去这三十年，无论在英国还是在美国，都是文学批评的辉煌时期。以后回顾起来，它甚至会显得太辉煌了。"②当然，艾略特在此所说的"文学批评"，特指的就是新批评。1962 年，时为普林斯顿大学文学博士的魏伯·司各特（Wilbur Stewart Scott）说："毫无疑问，当代最有影响的批评模式是形式主义批评。"③对于其所谓的"形式主义批评"，他在注释中标明为"新批评"。1962 年李察·福斯特（Richard Foster）也表示，新批评"鼓励我们朝向对文本的贴切的理解，逐字逐句地教导我们如何阅读诗歌"。④1963 年，威廉·汉迪（William J.Handy）也说："'新批评'或者说'形式主义'在我们这一时代已被普遍接受。"⑤

虽然在 20 世纪 60 年代之后，新批评有逐渐衰落之势，但其影响已化为西方文学理论内在的组成部分，融入其血液之中，成为如空气般的一种自然的存在，导致有人日用而不知。1970 年，乔治·柯尔（George Core）评论说，每个时代都有其自己的评论，但是今后没有哪个批评家能够忽略新批评。⑥现

---

① （美）沃尔顿·利茨：《当代美国文学》，董衡巽译，见史亮编：《新批评》，四川文艺出版社 1989 年版，第 292 页。
② （英）艾略特：《批评的界限》，王恩衷译，见王恩衷编译：《艾略特诗学文集》，国际文化出版公司 1989 年版，第 301 页。
③ （美）魏伯·司各特：《当代英美文艺批评的五种模式》，蓝仁哲译，《文艺理论与研究》，1982 年第 3 期，第 150 页。
④ Richard Foster, *The New Romantics*, Bloomington: Indiana University Press, 1962, p.28.
⑤ W.J.Handy, *Kant and the Southern New Critics*, Austin: University of Texas Press, 1963, p.vii.
⑥ George Core, "Southern Letters and the New Criticism", *The Georgia Review*, 1970 (24), pp.413—431.

为匹兹堡大学著名教授的保罗·鲍威(Paul A.Bové)在 1976 年就认为,新批评的思想和方法深入人心,甚至已经成为"批评"的本质概念。①1980 年,弗兰克·兰特里夏(Frank Lentricchia)在《新批评之后》(*After the New Criticism*)一书中指出,所谓"新批评之后",并不是指新批评消亡之后,而是指新批评仍然存在之后;新批评并没有远去,只是人们已习以为常地接受了它,因此反而意识不到它。②1987 年,卫斯理学院的威廉·E.凯恩(William E.Cain)也说,虽然学界现在都在谈论新批评的衰亡,但是事实上新批评还活着,并且还在扩展,而现在之所以没有意识到它,是因为它太过于深入人心了。③1988 年,文森特·利奇(Vincent B.Leitch)也表达了类似的看法,认为新批评的思想和方法已经成为批评的本质概念,它在 20 世纪 50 年代所谓的"死亡",其实标志着一种常规化的"永生"。④

诚然,新批评关于自足的艺术、文学的内在价值和对方法论关注的观念,已渗透到现代批评思想的大部分敏感区域。可以毫不夸张地说,在诗歌批评、戏剧批评、小说批评、学术、传记、历史、编辑评论和教材等几乎所有的领域,新批评都取得了巨大的成功。而且,新批评作为一个流派虽然已在名义上退出了西方当下的舞台,但是它的许多基本理论却已被当代各种批评理论所吸收,已成为了经典,成为传统的一部分。新批评与其之后几乎所有的文学理论和批评都有千丝万缕的联系,或明或潜地影响着后来的原型批评、新马克思主义、女性批评、解构主义、读者反应批评、新黑人美学批评、新历史主义批评、新女同性恋批评等现代批评理念。⑤尤其是新批评的"细读"(close reading)理论,已经成为现代各种文学批评的共同财富。"阐释学、接受美学、结构主义、解构主义、女权主义、心理分析、后殖民理论、西方马克思主义等都采用了经过改良的细读方法对具体作品进行分析。可以说,细读并未因新批评的消失而消失,作为一种阅读方法,它还将长期存在于文学批评的实践中。"⑥

---

① Paul A.Bové, "Cleanth Brooks and Modern Irony: A Kierkegaardian Critique", *Boundary 2*, Vol.4, No.3(Spring, 1976), pp.727—760.

② Frank Lentricchia, *After the New Criticism*, Chicago: The University of Chicago Press, 1980, p.xiii.

③ William E.Cain, *The Crisis in Criticism: Theory, Literature, and Reform in English Studies*, Baltimore: The John Hopkins University Press, 1987, p.105.

④ Vincent B.Leitch, *American Literary Criticism from the Thirties to the Eighties*, New York: Columbia University Press, 1988, p.26.

⑤ William J.Spurlin and Michael Fischer, *The New Criticism and Contemporary Literary Theory: Connections and Continuities*, New York: Garland Publishing, Inc., 1995.

⑥ 赵一凡等主编:《西方文论关键词》,外语教学与研究出版社 2006 年版,第 639 页。

在新批评之后,文学批评愈来愈倾向文化研究,离文学文本和文学价值判断渐行渐远,令关注文学本质之士有重回新批评时代对文本细读的冲动和诉求。因此,毋庸置疑,在当下,新批评依然具有重要的研究意义与价值。

　　新批评的研究对于当下中国来说,自然也有其独特的意义与价值。2012年,赵毅衡发文感叹道:"新批评已经成了中国批评界的批评实践习用的方法之一,对新批评的兴趣已经融化到中国学者的血液中。从20世纪80年代至今,几乎没有一本'文学概论'之类的书不单辟一章讨论新批评。"①他还曾表示,对于"每个文学学生,研究新批评是一个必要的阶段性工作"。因为要了解现代文论,必须得读形式论,而新批评是第一个"成功的"形式论,所以新批评是绕不开的。而中国批评家更必须要重视新批评,一是因为它与中国现代文论有诸多关联;二是新批评虽然已经"过时",但其留下的细读和张力、反讽等基本的分析路线是今天的文学批评家无法跳过的。而且现在回过头来研究新批评,可以通读其全部文献而不怕遗漏,正是研究的好时机。②而且,近年来新批评在中国学界有强势复兴之势。在文学创作上,有越来越多的作家自觉地以新批评的理论作为创作导向;在文学理论与文学批评实践上,运用新批评理论的批评家越来越多;在文学教育和教学上,出现了以新批评的文本细读为主的教学模式。

　　新批评作为20世纪最强大的批评运动,影响深远。而克林思·布鲁克斯(Cleanth Brooks)③是美国新批评家的杰出代表。他学识过人,精力充沛,在学术研究、文学批评实践、期刊编辑、教书育人、官方及民间的政治文化活动的参与等方面都非常活跃。他是新批评家中唯一既是新批评"南方批评学派"④成员,又是新批评"耶鲁集团"⑤的核心人物。其在新批评中的地位与作用无可取代。马克·温切尔(Mark Royden Winchell)评价布鲁克

①　赵毅衡:《新中国六十年新批评研究》,《浙江大学学报》(人文社会科学版),2012年第1期,第144页。

②　赵毅衡:《新批评与当代批判理论》,《英美文学研究论丛》,2009年第2期,第298—300页。

③　克林思·布鲁克斯在中国曾被译为克林斯·布鲁克斯、克利安思·布鲁克斯、克利安斯·布鲁克斯、科林斯·布鲁克斯、克利恩斯·布鲁克斯、勃罗克斯等,本书统一译名为克林思·布鲁克斯。

④　"南方批评学派"包括约翰·克劳·兰色姆(John Crowe Ransom)、艾伦·泰特(Allen Tate)、克林思·布鲁克斯、罗伯特·潘·沃伦(Robert Penn Warren)等。

⑤　"耶鲁集团"指在20世纪40年代以后长期执教于耶鲁大学的新批评后期中坚人物雷纳·韦勒克(René Wellek)、奥斯汀·沃伦(Austin Warren)、威廉·维姆萨特〔(William K. Wimsatt),又译为卫姆塞特、威姆萨特等,本书统一译名为维姆萨特〕、克林思·布鲁克斯。

斯是现当代最伟大的批评家之一,"可能是最重要的文学批评家,在 20 世纪的三分之二的时期都极其显著。"①

首先,布鲁克斯是新批评细读理论最具影响力的实践者。细读是 20 世纪最重要、显示最持久力量的文学批评方式,这种方法对曾经统治西方世界各大学的历史和哲学知识发起了挑战。虽然文学史家可以将其根源追溯至亚里士多德(Aristotle),但是当它被称为"新批评"而为人所知时,这种美学的形式主义富有革命性。布鲁克斯之前的那一代批评家,包括艾略特、瑞恰慈(Ivor Armstrong Richards)和约翰·克劳·兰色姆等先行者,注意到早期现代主义诗歌和小说的精巧性,促进了一种复杂的批评风气,以解释和评价这种激烈的变革。但是布鲁克斯扩大了新批评的范畴,把细读法充分运用到从约翰·多恩(John Donne)到叶芝(William Butler Yeats)的整个英语经典诗歌中。在他的许多批评著作中,如与罗伯特·潘·沃伦、约翰·普瑟(John Thibaut Purser)合著的著作中,如《文学门径》(An Approach to Literature: A Collection of Prose and Verse with Analyses and Discussions)、《现代诗与传统》(Modern Poetry and the Tradition)和《精致的瓮:诗歌结构研究》(The Well Wrought Urn: Studies in the Structure of Poetry)②等,还有一系列与罗伯特·潘·沃伦或罗伯特·海尔曼(Robert Bechtold Heilman)所合编的教材中,如《理解诗歌》(Understanding Poetry: An Anthology for College Students)③、《理解小说》(Understanding Fiction)④和《理解戏剧》(Understanding Drama)⑤等,布鲁克斯教导了几代学生如何去把文学当作文学来阅读。⑥

许多批评家对布鲁克斯不吝誉美之词。路易斯·考恩(Louise Cowan)说:"克林思·布鲁克斯是在语言方面最有修养的文本阅读者之一。"⑦罗伯

---

① Mark Royden Winchell, *Cleanth Brooks and the Rise of Modern Criticism*, Charlottesville: University Press of Virginia, 1996, p.xi.
② 又译为《精制的瓮:诗歌结构研究》、《精铸的瓮》等。本书统一译为《精致的瓮》。
③ 又译为《怎样读诗》、《读诗指南》、《了解诗歌》、《诗歌导读》等。本书统一译为《理解诗歌》。
④ 又译为《小说鉴赏》、《小说导读》等。本书统一译为《理解小说》。
⑤ 又译为《戏剧导读》等。本书统一译为《理解戏剧》。
⑥ Jay Parini, editor in Chief, *American Writers, Supplement XIV, Cleanth Brooks to Logan Pearsall Smith: A Collection of Literary Biographies*, Farmington Hills, Michigan: Scribner's Reference/The Gale Group, 2004, p.1.
⑦ Louise Cowan, *The Southern Critics: An Introduction to the Criticism of John Crowe Ransom, Allen Tate, Donald Davidson, Robert Penn Warren, Cleanth Brooks, and Andrew Lytle*, Irving: The University of Dallas Press, 1971, p.66.

特·海尔曼说:"克林思·布鲁克斯极大地影响了1935年以来的文学批评与教学。"①罗伯特·斯托曼(Robert Wooster Stallman)说:"没有谁比布鲁克斯给我们的诗歌阅读带来更多的革命性的变化。"②亚历山大·卡里卡斯(Alexander Karnikas)发现,布鲁克斯是"最有修养的阐释者",他的学识"总是精湛的"。③艾伦·泰特认为布鲁克斯是"最重要的美国批评家"。④沃尔特·昂(Walter J.Ong)认为布鲁克斯影响了数百万的老师与学生。⑤约翰·布拉德伯里(John M.Bradbury)声称没有其他的批评家像布鲁克斯一样"对年轻人产生如此大的影响"。⑥雷纳·韦勒克在其1986年出版的巨著《近代文学批评史》第六卷《美国批评:1900—1950》中,相比对美国同时期其他批评家的介绍与评论,对布鲁克斯的介绍与评论所花的篇幅是最多的。韦勒克称布鲁克斯为"批评家之批评家",并认为布鲁克斯的著作其实超越了细读,还展现了其他多种高超的批评技巧。他告诫读者:"如果焦点放在克林斯·布鲁克斯才华横溢而又眼光敏锐的细读举隅——在他两部最为著名的论著《现代诗与传统》(1939)和《精制的瓮:诗歌结构研究》(1947)中的范例俯拾即是——那就是在评判他的著作的总体性方面严重地有失公允。"⑦最高的赞誉来自同为新批评的约翰·克劳·兰色姆,他是布鲁克斯在梵得比尔大学(Vanderbilt University)的老师,也布鲁克斯影响力的见证人。兰色姆断言:"对我来说,布鲁克斯有可能是我们所拥有的最有力、最有影响的诗歌批评家。……有些读者可能会完全听从于布鲁克斯,好像被下了咒语,布鲁克斯就是一个雄辩家(spell binder)。"⑧在其他场合,兰色姆表达了类似的赞誉,说布鲁克斯"极有可能是活着的最专业的诗篇读者或理解

①　Lewis P.Simpson, ed., *The Possibilities of Order*: *Cleanth Brooks and His Work*, Baton Rouge: Louisiana State University Press, 1976, p.128.

②　R.W.Stallman, *The New Critics*, R.W.Stallman, ed., *Critiques and Essays in Criticism*, New York: Ronald Press, 1949, pp.488—506.

③　Alexander Karnikas, *Tillers of a Myth*, Madison: University of Wisconsin Press, 1966, p.210.

④　Lewis P.Simpson, ed., *The Possibilities of Order*: *Cleanth Brooks and His Work*, Baton Rouge: Louisiana State University Press, 1976, p.125.

⑤　Lewis P.Simpson, ed., *The Possibilities of Order*: *Cleanth Brooks and His Work*, Baton Rouge: Louisiana State University Press, 1976, p.151.

⑥　J.M.Bradbury, *The Fugitives*: *A Critical Account*, Chapel Hill: University of North Carolina Press, 1958, p.231.

⑦　(美)雷纳·韦勒克:《近代文学批评史》第6卷,杨自伍译,上海译文出版社2009年版,第312页。

⑧　John Crowe Ransom, "Why Critics Don't Go Mad", *Kenyon Review*, 14(1952), pp.331—339.

者……可能是象征主义诗歌最有修养的读者"。①

然而,特别值得注意的一件事是,布鲁克斯不愿意被定位为一位新批评家。尽管他对"新批评"这个词很厌恶,但是他也知道这一无可争议的事实,即他自己在新批评家中占据着中心地位。他在不同的场合抱怨过:"我被当作新批评家的典型。……我敢说,我经常被设定为最彻底的、典型的(因此也是最应该受谴责的)新批评家。"②"我经常被选择为受谴责的批评家。"③布鲁克斯所言非虚。其他一些人也持相同的观点。例如,博比·莱格特(Bobby Joe Leggett)发现:"将近四十年来,对每一个关注的人来说也许非常不幸,克林思·布鲁克斯一直是作为以新批评而知名的这一批评运动的最著名的发言人。"④约翰·布拉德伯里也发表了类似的评论,他说:"至今多年来克林思·布鲁克斯一直被认为新批评的美国典范。"⑤事实上,布鲁克斯一直是新批评从诞生到全盛再到衰弱时期的见证者。在新批评的每个发展阶段,他都扮演了极其重要的角色。因此,布鲁克斯作为一位批评家的重要性无论怎样评价也不过分。

其次,除了在诗歌理论与批评实践上取得辉煌的成就之外,布鲁克斯还是美国当时最有名的文学刊物《南方评论》(Southern Review)的创办者之一。《南方评论》从 1935 年创刊,到 1942 年停刊,其存在的 7 年中,成为制定优秀的标准。正如 1940 年一位为《时代》周刊撰稿的作者所声称的,西方世界的文学批评中心已经"从塞纳河的左岸"转移至"密西西比河的左岸"。⑥

同时,布鲁克斯还是最优秀的福克纳研究专家之一,写出了也许是关于福克纳研究的最好的书。⑦他先后出版了四部福克纳研究专著,分别为《威

---

① Lewis P. Simpson, ed., *The Possibilities of Order: Cleanth Brooks and His Work*, Baton Rouge: Louisiana State University Press, 1976, pp. 183—184.

② B. J. Leggett, "Notes for a Revised History of the New Criticism: An Interview with Cleanth Brooks", *Tennessee Studies in Literature*, 24, p. 28.

③ Cleanth Brooks, "In Search of the New Criticism", *American Scholar*, 53(1984), pp. 41—53.

④ B. J. Leggett, "Notes for a Revised History of the New Criticism: An Interview with Cleanth Brooks", *Tennessee Studies in Literature*, 24, p. 1.

⑤ J. M. Bradbury, *The Fugitives: A Critical Account*, Chapel Hill: University of North Carolina Press, 1958, p. 231.

⑥ Jay Parini, editor in Chief, *American Writers*, Supplement XIV, *Cleanth Brooks to Logan Pearsall Smith: A Collection of Literary Biographies*, Farmington Hills, Michigan: Scribner's Reference/The Gale Group, 2004, p. 3.

⑦ 参见 Jay Parini, editor in Chief, *American Writers*, Supplement XIV, *Cleanth Brooks to Logan Pearsall Smith: A Collection of Literary Biographies*, Farmington Hills, Michigan: Scribner's Reference/The Gale Group, 2004, p. 1.

廉·福克纳:约克纳帕塔法郡》(*William Faulkner : The Yoknapatawpha Country*),《威廉·福克纳:朝向并超越约克纳帕塔法郡》(*William Faulkner : Toward Yoknapatawpha and Beyond*),《威廉·福克纳:初次邂逅》(*William Faulkner : First Encounters*),《关于福克纳的成见、偏好及坚定信仰的论文集》(*On the Prejudices, Predilections, and Firm Beliefs of William Faulkner : essays*)。另外还有一本涉及福克纳的论文集:《隐藏的上帝:海明威、福克纳、叶芝、艾略特和沃伦研究》(*The Hidden God : Studies in Hemingway, Faulkner, Yeats, Eliot, and Warren*)①。普林斯顿大学英语教授 A.沃尔顿·利茨(Arthur Walton Litz)认为:"在克林思·布鲁克斯这里,威廉·福克纳找到他理想的读者和理解者。"②

　　布鲁克斯还长期执教于耶鲁大学等高校,担任修辞学教授。他曾两次获古根海姆奖(Guggenheim Fellowship)。1985 年,布鲁克斯受杰弗逊人文讲座(Jefferson Lecture in the Humanities)邀请,分别于 5 月 8 日在华盛顿哥伦比亚特区,5 月 14 日在新奥尔良,发表题为《在技术时代的文学》(*Literature in an Age of Technology*)的演讲。杰弗逊人文讲座一向被认为是美国联邦政府向人文学科授予的最高荣誉。对此,马克·温切尔评论说:"在他的第一本书出版近五十年后,如果不算太迟的话,克林思·布鲁克斯被委任为演讲者,是众望所归,是对这位长期以来的人文捍卫者的致敬。"③

　　中国学术界对布鲁克斯的评价也相当高,如台湾学者颜元叔认为他是"当今美国文学界(尤其是文学批评界)的泰斗"。④赵毅衡也说"退特和布鲁克斯"实际上是"新批评派的真正核心"。⑤朱立元主编的《当代西方文艺理论》认为布鲁克斯是新批评中"最活跃、也是最多产的批评家",是 20 世纪美国最具影响力的文学批评家之一。⑥夏志清在耶鲁攻读博士时,曾受教于布鲁克斯,对其极为敬佩;李赋宁、杨仁敬等学者也公开表示受布鲁克斯的影响。

---

①　后文将此书简称为《隐藏的上帝》。

②　A. Walton Litz, "Proceedings of the American Philosophical Society", Vol. 140, No. 1 (Mar., 1996), *American Philosophical Society*, pp.88—91.

③　Mark Royden Winchell, *Cleanth Brooks and the Rise of Modern Criticism*, Charlottesville: University Press of Virginia, 1996, p.425.

④　(美)卫姆塞特,布鲁克斯:《西洋文学批评史》,颜元叔译,台北志文出版社 1975 年版,第701 页。

⑤　赵毅衡编选:《"新批评"文集》,中国社会科学出版社 1988 年版,前言,第 4 页。退特即艾伦·泰特。

⑥　朱立元主编:《当代西方文艺理论》(第二版增补版),华东师范大学出版社 2005 年版,第109 页。

　　但遗憾的是，从总体来看，中国学界对布鲁克斯的理论了解得并不多，也不够准确，很多情况下是以讹传讹，人云亦云。除了与新批评一起介绍进来的一些零散的知识，对布鲁克斯本人根本没有一个全面而清晰的认识。中国学界常常把布鲁克斯与艾略特、瑞恰慈、兰色姆、艾伦·泰特和罗伯特·潘·沃伦等新批评家放在一起，误以为他们的理论是一致的。诚然，他们之间确实有千丝万缕的联系，但是布鲁克斯有他自己的立场，与其他人的理论是有差别的。

　　国内学术界一般只知道布鲁克斯主张文本细读，反对传记性和历史性材料的分析。但是，这其实是一种误读，布鲁克斯并非文本中心主义者，他也承认传记和历史性分析的重要性。布鲁克斯有生之年出版的最后一本书是1991年的《历史的证据与17世纪诗歌阅读》(*Historical Evidence and the Reading of Seventeenth-Century Poetry*)，其标题明显含有深意。同时，布鲁克斯还重视读者的反应。如在《现代诗与传统》中，在区分玄学派的奇喻(conceit)与感伤的隐喻时，除了奇喻优越的包容性外，布鲁克斯还通过两者对读者产生的不同效果来分辨。他认为感伤的隐喻可能显得更有助于初次阅读，然而，进一步的熟悉揭示了诗人一直不愿意承认的差异，因此，它并不耐用。而玄学派诗人一开始就承认了差异——他的诗歌实际上是围绕着差异建构的，因此，他的隐喻通常看起来更适合于持续的阅读。在《成形的喜悦》(*A Shaping of Joy：Studies in the Writer's Craft*)中，他尽力廓清关于新批评的一些至关重要的观点和他自己的立场。例如，他反复提到他的批评著作中的三种文学批评类型，他用非常简洁的文字表达了这种观点："让我尽力区分这三种批评强调的领域。由于我一直是初学者，让我称它们为三R批评：聚焦于读者(reader)、作品(writing)和作者(writer)的批评。"①他说这些区分是武断的，正如地图上所标记的政治疆界一样。他说："这些区分有作用，但是我不建议允许它们扮演关税壁垒的角色。我相信自由贸易——尤其是在自由的文学领域更是如此。我设想文学批评家和学者不断地从一个矿场通向另一个矿场，但重要的是不能混淆彼此的产权。"②布鲁克斯反对把他类型化为"目光短浅的细读者"，他强调："实际上，我对细读之外的许多其他事物感兴趣。"③

----

① Cleanth Brooks, *A Shaping of Joy：Studies in the Writer's Craft*, New York：Harcourt, Brace and Co., London：Methuen and Co. Ltd., 1971, p. XII.

② Cleanth Brooks, *A Shaping of Joy：Studies in the Writer's Craft*, New York：Harcourt, Brace and Co., London：Methuen and Co. Ltd., 1971, p.XIV.

③ Cleanth Brooks, *A Shaping of Joy：Studies in the Writer's Craft*, New York：Harcourt, Brace and Co., London：Methuen and Co. Ltd., 1971, p.231.

一般认为布鲁克斯是反对浪漫主义的,但是实际上,他对浪漫主义理论与对浪漫主义诗歌本身的态度是有区别的,他反对浪漫主义那种自我表现的诗歌理论,但是却赏识某些浪漫主义诗歌。

也就是说,中国学界并没有对布鲁克斯及其诗学作全面的介绍,对布鲁克斯的理论不是很清楚,导致产生了诸多误读。很显然,布鲁克斯在中国一直没有引起应有的重视。对于这样一位大师级的批评家、学者和教授的忽视,这实在是一个很奇怪的现象。这种忽视,也许是和新批评在西方表面上已衰落的大环境有关,导致中国学界的一些人认为新批评早就过时了、不时髦了、没有研究的必要。这种追新逐异的思想自是无可非议,但是,对一种理论并没有完全了解,就把它弃如敝屣,不免显得过于草率,更不要说新批评实际上并没有消亡。细读、反讽、悖论等术语,正是在布鲁克斯的大力倡导和批评实践下才风靡美国及西方世界,奠定了新批评当时的霸主地位。其方法不仅对美国、对欧洲的文学批评有恒久的效果,而且对远隔重洋的中国文学批评一样有借鉴作用。因此,单纯地从研究新批评的立场来看,布鲁克斯诗学就已经具有非常高的研究价值。

此外,随着对新批评研究的逐步推进,有必要对新批评的重要理论家作纵深的个案研究。对于艾略特、瑞恰慈、兰色姆和雷纳·韦勒克等新批评的奠基性或总结性人物,中国学界已经已有学术专著或博士学位论文进行了深入的研究,但至今尚未出现专门研究布鲁克斯的学术专著。[①]中国国内现有的研究,对布鲁克斯的论述多从宏观把握,较少进行微观的阐述,以至于对布鲁克斯的研究,一直停留在笼统而模糊的印象上,很难构建一个具体而丰富的整体。因此,有必要把布鲁克斯当作一个文本,对其进行细读,揭示里面可能存在的"悖论"与"反讽",以还原一个多维、立体、真实的布鲁克斯。本书以布鲁克斯的诗学与实践批评作为论述的对象,对其进行较为全面的评述和研究。本书将论及布鲁克斯诗学的主要理念、实践运用、渊源、在中西方的影响,并在西方当代文论思潮的背景下反思布鲁克斯诗学与形式主义、马克思主义和后现代主义的关系。[②]

[①] 本书动笔于2012年初。现今已出现两篇关于克林思·布鲁克斯的博士学位论文:一是四川大学付飞亮的《克林思·布鲁克斯研究》(2013);另一篇是吉林大学邵维维的《隐喻与反讽的诗学——克林斯·布鲁克斯文学批评研究》(2013)。上述两篇论文对布鲁克斯诗学的研究皆取得一定的成绩,但都还不够全面深入。

[②] 对于布鲁克斯与其合作者在合著的教材或著作中的观点,本书未作具体区分与切割。为避免论述陷入过于琐碎的泥淖,本书默认这些合作者相互承认彼此在合著中的所有观点。

第一章　布鲁克斯诗学的主要理念

布鲁克斯诗学涵盖诗歌、戏剧与小说等文学领域,但是其影响最大的还是诗歌批评,而其主要理念也是在诗歌批评中表现得最明显。布鲁克斯在诗歌批评中的主要理念有三条,一是相信诗歌是一个有机体,二是强调诗歌语言是悖论语言,三是认为诗歌语言的本质是隐喻。布鲁克斯在戏剧批评和小说批评虽然也有一些具体的主张和理念,但是他认为诗歌、戏剧和小说批评是相通的,因此,在诗歌批评中的这三条理念,同样也贯彻于其戏剧批评和小说批评的实践中。所以,可以说,这三条理念具有普适性,是其诗学的主要理念。

当然,在论述布鲁克斯诗学的主要理念之前,有必要先了解一下其对诗歌语言的看法。他在《理解诗歌》的导言中,曾在与日常语言和科学语言的对比中来说明什么是诗歌语言。他说诗歌是一种演讲或话语的书面或口头的形式,像所有的话语一样,是一种沟通与交流,是一个人向另一个人讲述某件事情。[1]但这件事是什么呢? 有人认为是信息,认为在所有的话语中重要而核心的事情是信息。但是在实际生活中,有的谈话不是为了传达信息,而是为了表达情感与态度。因此,话语中传达的事情,不必一定是为了实用目的的信息。[2]而且在即使是传达信息的话语中,也不可能是单纯地传达信息,在这种传达中,往往会掺杂说话人的情感与态度。科学语言本质上是精确的,但是也有其局限,它不得不放弃对事物的态度和理解,而如果不放弃时,它的科学性就要大打折扣。[3]但交往的语言不可能是科学语言。普通民

---

① Cleanth Brooks & Robert Penn Warren, *Understanding Poetry*: *An Anthology for College Students*, New York: Henry Holt and Company, Inc., 1938, p.1.

② Cleanth Brooks & Robert Penn Warren, *Understanding Poetry*: *An Anthology for College Students*, New York: Henry Holt and Company, Inc., 1938, p.2.

③ Cleanth Brooks & Robert Penn Warren, *Understanding Poetry*: *An Anthology for College Students*, New York: Henry Holt and Company, Inc., 1938, p.5.

众的日常语言,传达许多事情,包括态度、情感和理解,肯定是跳出了单纯传达信息的限制。

在日常生活中,听众对交流作出的下意识的判断,不仅仅是依靠文字本身,还有说话人的手势、语气和面部表情,以及他对说话人的了解。每个人都明白,在书信中处理个人微妙的问题有多难,因为,书信除了文字之外,什么也没有——即只是写在纸上的符号,与声音、手势和面部表情都分离了。①

诗歌中交流的最基本的问题,与实际事务的交流具有完全不同的特点,如果不认识到这一不同,我们将会对诗歌的意义感到困惑。诗歌语言的特殊性即是处理这一问题的。

由于人类的天性,民众日常的谈话,有很多都可称为初始的诗——他倾向于交流态度、情感和理解。但是诗歌并没有在这种意义上被定义为民众的日常谈话,也没有被定义为社论、布道、政治演讲、杂志文章和广告。

布鲁克斯认为,诗歌是一种特殊化的日常话语。诗歌的冲动(传达情感、态度和理解)和方法(词语的对比和联合等),深深地植根于人类的体验中。正式的诗歌本身,代表的是人类思维和情感的一般习惯的一种特殊化,而不是一种差异。人们通常混淆了科学和诗歌这两种交流形式。他们经常接受这样的说法,即冷静的科学主义本质上是诗意的陈述,或者判断是否为正式的诗歌,就看它的目标是否是科学真理。②

一种混淆的行为是把诗歌看作是一种"信息获取"(message-hunting),即寻找对他行为有益的一种思想陈述或道德建议。但事实是,只有理念本身并不能成为诗歌,即使这种理念是有价值的。③

许多诗歌的读者和批评家认识到"信息获取"的诗歌阅读方法的不足,认为诗歌根本不能处理任何理念或真理,而只能是一种"纯粹的情绪表达",或"情绪的处理"。这种观点认为诗歌是一种"纯粹的真实存在的时刻"的表达,只给读者提供一些鲜明的场景或感觉。④但是布鲁克斯不同意这种说

---

① Cleanth Brooks & Robert Penn Warren, *Understanding Poetry*: *An Anthology for College Students*, New York: Henry Holt and Company, Inc., 1938, p.6.

② Cleanth Brooks & Robert Penn Warren, *Understanding Poetry*: *An Anthology for College Students*, New York: Henry Holt and Company, Inc., 1938, p.9.

③ Cleanth Brooks & Robert Penn Warren, *Understanding Poetry*: *An Anthology for College Students*, New York: Henry Holt and Company, Inc., 1938, p.12.

④ Cleanth Brooks & Robert Penn Warren, *Understanding Poetry*: *An Anthology for College Students*, New York: Henry Holt and Company, Inc., 1938, pp.14—15.

法,他认为在情感强度的层面,诗歌比不上真实的情感。①他认为,把诗歌视为"纯粹的实现"(pure realization)是完全错误的。因为一种体验的纯粹的实现,是在这种体验发生的那一刻。例如,比起任何诗歌所描述的苹果或酒的味道和香味,真实的苹果或酒的味道和香味总是要来得更浓烈。诗歌实现的或传达给读者的体验,与真实的客体、情绪的反应或感觉大为不同。体验实际上涉及诗人的理解,但是"实现"(realization)这一术语却常常暗示理解的缺席。

另一种对诗歌观念的混淆是企图把上面这种观念综合起来。这种观念有不同的表述。如,它可能把诗歌定义为"用优美的语言表达优雅的情感"(fine sentiments in fine language),或者是"崇高真理的美丽宣言"(beautiful statement of some high truth)。但无论如何表达,基本的意思是认为:诗歌是一种装饰过的真理,或者这种真理本身是令人愉悦的,或者读者乐意去接受这一真理。

这种错误观点的受害者通常把诗歌视为"糖衣药丸"。他们认为诗歌的种种特征,如韵律、形象性、故事与戏剧性情境等,只是诱使读者去挖掘诗歌中所蕴含真理的一种手段而已。他们认为诗歌的最终价值还是在于其包含的真理,这又回到了"信息获取者"的错误中了。②

将诗歌定义为"用优美的语言表达优雅的情感",其错误在于认为某些词语,或者是这些词语所暗示的事物本身是"诗意的"。他可能会把诗歌当作为只是一组优美的词语和美丽图画的组合。但诗歌不只是令人愉悦的事物的收集。在现实生活中,玫瑰、月亮、中世纪塔楼的废墟、一位站在阳台上的少女,诸如此类词语的音响、不同的客体和场景的组合,确实是令人愉悦的。但是诗歌并不只是由这类客体或这种令人愉悦的词语的组合。并不是仅仅由这些事物的参与便构成诗歌。在莎士比亚(William Shakespeare)和弥尔顿(John Milton)的伟大的诗歌中,可以发现在真实生活中令人不愉快的或者是卑劣的事物,出于诗歌的效果而被使用。③一个男人由于不堪重负而发出呻吟声,汗流浃背,这样的形象,如果以一般标准来判断,并不具有诗

---

① Cleanth Brooks & Robert Penn Warren, *Understanding Poetry*: *An Anthology for College Students*, New York: Henry Holt and Company, Inc., 1938, p.15.

② Cleanth Brooks & Robert Penn Warren, *Understanding Poetry*: *An Anthology for College Students*, New York: Henry Holt and Company, Inc., 1938, pp.16—17.

③ Cleanth Brooks & Robert Penn Warren, *Understanding Poetry*: *An Anthology for College Students*, New York: Henry Holt and Company, Inc., 1938, p.17.

意,但是在《哈姆雷特》(*Hamlet*)第三幕第一场中的那段著名的台词中,却备受赞赏:"谁还甘心忍受这时代的鞭挞讥嘲,高压者的横暴,骄傲者的菲薄,失恋的悲哀,法律的延宕,官吏的骄纵,以及一切凡夫俗子所能加给善人的欺凌? 谁愿意背着负担,在厌倦的生活之下呻吟喘汗,若不是因为对于死后的恐惧,——死乃是旅客一去不返的未经发见的异乡——令人心志迷惑。"①这些台词中的事物,在现实生活中没有一样是令人愉悦的,不会被认为是"诗意的"。因此,布鲁克斯断言:"诗歌的效果不在于事物本身,而是在于诗人如何使用它们。"②

第一节　诗歌的有机体概念

布鲁克斯诗学的逻辑起点与其中的一个基本原则,就是对诗歌统一性的强调。布鲁克斯认为本质性的诗歌属于短诗。诗如果足够简洁,可以在沉思的一瞬间,让大脑直观地注意到处于有机结构中的构成元素。正是在这一基础上,布鲁克斯把诗看作是一个有机体。他认为:"一首诗的元素彼此相关联,不是像一束花并置在一起,而是一株生长的植物上的,与其他部分相关联的花朵。"③这种观点主张,一首诗的构成部分不仅是紧密地相互联系的,而且它们必须被看作是一个整体,正如"诗的美是整株植物的开花"一样。"诗歌不是像它被认为的只是一束本身具有'诗意的'事物的集合,也不像'信息猎取者'所认为的是一个有装饰的或无装饰的箱子,而真理或'优雅的情感'藏身其内。通过把诗歌视为是一个给予我们某种影响,使我们发现内在'诗意'的作品,我们避免了这些困难。"④

有人把诗歌当作是一群元素的机械组合,认为就像是把砖砌在一起可以形成一堵墙,可以把节奏、韵脚、比喻、语言、观念等组合在一起制造出一首诗歌。布鲁克斯反对这种观念,认为诗歌中的任何元素,并不在于它本身是否令人愉悦、值得认同、有价值,或者是"诗意的",而是它是否与其他的元素创造出诗人所想要的效果。诗歌中的这些元素之间的关系是最重要的,

---

① (英)莎士比亚:《哈姆雷特》,梁实秋译,中国广播电视出版社 2002 年版,第135—137 页。
②④ Cleanth Brooks & Robert Penn Warren, *Understanding Poetry*: *An Anthology for College Students*, New York: Henry Holt and Company, Inc., 1938, p.18.
③ Cleanth Brooks, *Irony as a Principle of Structure*, M.D.Zabel, ed., *Literary Opinion in America*, second edition, New York: Harperand Brothers, 1951, p.729.

它并不是一种机械的关系,而是一种更亲密、更基本的关系。如果要将诗歌与某些物理事物比较,这种事物不应该是一堵墙,而应该是像一株植物那样的有机物。①

布鲁克斯还以《麦克白》(*Macbeth*)第一幕第七场中麦克白打算谋杀国王邓肯(Duncan)时的独白为例。

> If it were done when 'tis done, then 'twere well
> It were done quickly: if the assassination
> Could trammel up the consequence, and catch,
> With his surcease, success, that but this blow
> Might be the be-all and the end-all here,
> But here, upon this bank and shoal of time,
> We'd jump the life to come.②

上面这段台词的韵律并不悦耳,实际上有一种发咝音的嘶嘶声的特性,并没有优美的旋律,但无数的批评家和读者将麦克白的这段话奉为伟大的诗歌。布鲁克斯虽然并不认为这文字是伟大的诗歌,但是承认它打破了通常的旋律效果,其破碎的节奏和刺耳的声音,正是莎士比亚所希望传达的主要效果。这些台词给人一种阴谋家耳语的印象,其第二、三和四行的"s"音的堆积,有助于给人一种不顾一切地轻率和喘不过气的兴奋的感觉。只有与这段文字想要达到的整体效果联系起来考虑,这段文字的节奏和声音效果才有可能被认为是诗意的。③在判断诗歌的韵律、形象和措辞等各种不同的元素时,不能只是孤立地考察,而是要与整个组织和意图相关联。也就是说,这些元素必须是诗歌中的有机构成部分。诗歌的效果并非是看单个的构成部分本身是否有诗意,而是要看各部分彼此之间的关系及其所构成的是否是有机的整体。

---

① Cleanth Brooks & Robert Penn Warren, *Understanding Poetry: An Anthology for College Students*, New York: Henry Holt and Company, Inc., 1938, pp.18—19.

② "如其这事做成了就算完事,那么这事是愈快做成愈妙;如其此番暗杀能把后患一网打尽,于暗杀完成之时便算稳获胜利。如其只此一击便可实现这一生的怀抱,我仅仅说这一生,在这时间之海的浅濑上,——那么我们宁可冒了死后的危险而不惜一试了。"见(英)莎士比亚:《哈姆雷特》,梁实秋译,中国广播电视出版社 2002 年版,第 44—47 页。

③ Cleanth Brooks & Robert Penn Warren, *Understanding Poetry: An Anthology for College Students*, New York: Henry Holt and Company, Inc., 1938, p.19.

布鲁克斯承认,有机体是从生物学借来的一个隐喻,但是他强调这一事实,即诗歌的有机体观念是诗歌最古老的方法之一,正好与现代的倾向相对。现代一般认为诗歌是陈述,或者是诗人在狂喜时的一种表达。认为诗歌是一种陈述的观点,本质上是把诗当作一种散文;而把诗歌当作是诗人在狂喜时的一种表达,这种观点包含了高度的主观性,实际上把诗降格为诗人的情感。在前一种观点中,诗被放置在逻辑的范围内,必须用准确、精密、明确的陈述来框定;而后一种观点的错误在于过分任意,不确定、不完备。布鲁克斯认为诗不是这样的,他认为:"在一个文学作品中正式的关系可能包括那些逻辑,但是必定要超过那些逻辑。"①"有机的"这一术语表达了"如此紧密、如此流动、如此复杂的关系",以至于它们类似于植物或动物活体组织的生命机能。②对于有生命的诗歌来说,分析解剖将会是一种致命的打击,因为它的存在依赖于构成部分本质性的相互关联。

布鲁克斯认为,将诗歌当作陈述,可以远溯至亚历山大·蒲柏(Alexander Pope)和塞缪尔·约翰逊(Samuel Johnson),后来的批评进一步发展,强调了诗歌机械的、逻辑的元素。③在这种方法中,缺乏一种平衡。新古典主义者拥有诗意的特权和自发性,并运用到诗歌上,以确保诗歌的活力。然而,这种诗意的特权和自发性逐渐被蒲柏等批评家漠视、废弃。而浪漫主义批评家又对诗意的特权、自发性和不受约束的情绪给予了过度的放纵,这只不过是通过不同的倾向反转过来的散文陈述,涉及的还是对内容的释义。

认识到分析诗歌的各种不同方法后,人们也许会问,布鲁克斯是在哪里发现能例证有机统一体观念的。布鲁克斯追溯至 17 世纪的玄学派诗人,在这些人的诗歌中观察到对统一体验、统一表达的高度尊重。在这种体验中,人类心理所有的元素相互作用。诗人作出令人愉悦的融合,"印象和体验以独特的、出人意料的方式融合在一起"。在诗意语境中被捕获的漂浮的情感,并不"创造新的情绪,而是把这些普通的情感制作成诗歌,来表达实际上根本没有体验过的情感。"④

由于与诗歌的统一性关系密切,有机体观念促使布鲁克斯反对文学分

---

① Cleanth Brooks,"The Formalist Critic",*Kenyon Review*,XIII(Winter 1951),p.72.

② Cleanth Brooks,"The Poem as Organism: Modern Critical Procedure",*The Proceedings of the Second English Institute*,New York: Columbia University Press,1941,p.23.

③ Cleanth Brooks,"The Poem as Organism: Modern Critical Procedure",*The Proceedings of the Second English Institute*,New York: Columbia University Press,1941,p.21.

④ Cleanth Brooks,"Statement",*Harvard Advocate*,CXXVII(December 1940),p.29.

析中任何种类的二元论或解剖的过程。意图用两种互补的组件来解释诗歌的批评方法，往往认为这两种组件像齿轮一样机械地从事于制作诗歌，布鲁克斯对此表达了强烈的反对。布鲁克斯所说的并不是模糊的或相对的二元论。在术语使用上他非常精确。仔细阅读布鲁克斯的众多著作，可以发现，他找到了批评理论中三种需要反对的二元论。这三种二元论分别就不同的层面将诗歌批评割裂成相对的术语。如就结构而言，将诗歌割裂为形式和内容；就词语意义而言，分裂为外延和内涵；就诗歌中的心理介入而言，割裂为智力和情感。①布鲁克斯对这些诗歌分析中分裂的技巧进行了猛烈的攻击。然而，为了适应其他批评家的术语时，布鲁克斯明显作了一些让步，他说："在这种讨论中，我宁愿谈论现代诗歌的形式，而非内容和信仰。"②也就是说，布鲁克斯反对上面提及的三种二元论，但在批评实践中也运用这些词语，只不过内心深处依然坚持内容与形式的不可分。

对于上面提到的第一种二元论，即内容与形式的二分，布鲁克斯认为，这种方法与信仰问题相关联，一些批评家努力区别诗歌内容与形式的原因，在于他们可能赞许一首诗歌的技巧，却对其思想或信条表示反对。也就是说，使用这种二元论的批评家，可能欣赏诗歌的形式，却反对其内容。布鲁克斯认为，试图避免这种古老的分歧，有时会导致尴尬的迂回解决方案。如瑞恰慈否定诗歌与科学或哲学有任何关系，认为诗歌不作出陈述，而只作出伪陈述。③布鲁克斯承认这是瑞恰慈早期的话，瑞恰慈在后期的著作中改进并限定了他前期的观点。布鲁克斯自己也是这样，在早期追随瑞恰慈和艾略特，反对将真理和诗歌等同，反对承认诗歌中的道德价值，然而后来他缓和了这两种观点。④

---

① 参阅 Cleanth Brooks, "Three Revolutions in Poetry", *Southern Review*, I(Summer, Autumn, and Winter 1935), pp. 151—163, pp. 328—338, pp. 568—583; Cleanth Brooks, "The Poem as Organism: Modern Critical Procedure", *The Proceedings of the Second English Institute*, New York: Columbia University Press, 1941, pp. 20—41; Cleanth Brooks, *Implications of an Organic Theory of Poetry*, M. H. Abrams, ed., *Literature and Belief*, New York: Columbia University Press, 1958, pp. 53—79; Cleanth Brooks, "New Methods, Old Methods, and Basic Methods for Teaching Literature", *English Exchange*, IX(Fall 1963), pp. 3—15; Cleanth Brooks, "Poetry since the Waste Land", *Southern Review*, I(Summer 1956), pp. 487—500。

② Cleanth Brooks, "Poetry since the Waste Land", *Southern Review*, I(Summer 1956), p. 499.

③ Cleanth Brooks, Article on "Eudora Welty", in *Encyclopaedia Britannica*, Chicago: Encyclopaedia Britannica, Inc., 1959, p. 55.

④ Cleanth Brooks, *The Hidden God: Studies in Hemingway, Faulkner, Yeats, Eliot, and Warren*, New Haven: Yale University Press, 1963.

　　为了寻找解决涉及瑞恰慈陈述问题的方案,布鲁克斯追随兰色姆,并将问题框定在这种方法内:"如果形式和它对读者所产生的心理效果之间没有必然联系,那么批评家对诗的形式的关注有什么作用呢?"也就是说,"诗歌文本能够被观测,但所谓的读者心理系统所发生的事情却无法被观测。"①形式—内容的二分与诗之为诗没有任何关系,对它试图检测的对象是不恰当的;形式—内容的二分也与诗人或读者的诗意体验没有关系,它与那些事实既没有解释的相关性,也没有描述的相关性。形式—内容的二分法最终成就了华兹华斯(William Wordsworth)著名的格言:"剖析无异于屠刀。"(We murder to dissect.)②

　　形式—内容的二分法,除了涉及信仰的问题,还与所谓的"释义异说"(the heresy of paraphrase)③相关。"释义异说"认为一首诗"包含"某些真理,可以被独立出来,可以被用一个散文陈述表达出来。④这种二分法竭力想在诗中发现孤立的事物,一种"意义",即内容,认为内容独立存在、或者能够独立存在于诗歌中。布鲁克斯认为,虽然在特定的案例中,诗人将这种所谓的"意义"框进诗歌的"形式"中,但是这种对"意义"的探寻必定是失败的。诗歌中所谓的内容与意义是内在的,犹如编织进的肌质,永远不可能被单独蒸馏出来。诗歌必须被视作完整性的统一体。

　　同样地,诗意体验的统一性也被外延与内涵的二元论所侵犯。此处主要是关注语言学范畴的批评家,如瑞恰慈、燕卜逊(William Empson)等,布鲁克斯与他们发生了争论。布鲁克斯责备伊沃·温特斯(Yvor Winters)《废话的剖析》(Anatomy of Nonsense)中的某些篇章。伊沃·温特斯说,意义、潜在的意义和意义的弦外之音,好像词语的声音,或它的情感的弦外之音,在特定的语境中能够改变它的意义,以至于与被假定为它的"合理的"或字面的意义不同。⑤布鲁克斯认为,不存在各种意义与标准意义的偏离,原因很简单,没有词语能够在拥有多种意义的同时,还能有一个单一的标准意

① Cleanth Brooks, Article on "Eudora Welty", in *Encyclopaedia Britannica*, Chicago: Encyclopaedia Britannica, Inc., 1959, p.56.
② 此说出自华兹华斯的诗歌《转折》(The Tables Turned)中的一节:"自然挥洒出绝妙篇章,/理智却横加干扰,/它毁损万物的完美形象——剖析无异于屠刀。//"见(英)华兹华斯:《华兹华斯抒情诗选》(英汉对照),杨德豫译,湖南文艺出版社 1996 年版,第 230—231 页。
③ 又译为"释义误说""意释邪说"。
④ Cleanth Brooks, *The Well Wrought Urn*: *Studies in the Structure of Poetry*, New York: Reynal & Hitchcock, 1947, p.196.
⑤ Cleanth Brooks, *The Well Wrought Urn*: *Studies in the Structure of Poetry*, New York: Reynal & Hitchcock, 1947, p.240.

义。在特定语境中,一个词语的弦外之音获得它的起源,恰恰是来自这个语境。因此,实际的、唯一的"意义",是这一个将被认为的意义,而不是某些孤立的意义。诗中的任何词语,尽管它的外延可能或狭小或独特,但是只是被安放在此处所传达的意义。把词语从所在的诗歌、韵文或短语中分离出来,与它在这首诗里的意义相比,肯定是不同的。

上述的两个二元论中的任何一个,都将导致第三种二元论,布鲁克斯称之为"智力和情感"二元论。当把诗当作一个包含装饰与道德附件的严格的理性结构时,那么,全神贯注于与"明显的道德"相分离的"合理的意义",是自然的结果。①根据这种观点,由智力理解的部分,能被整齐地与感觉分离开来。逻辑真理将产生一个简洁的陈述,或一套简洁的陈述;而通过幻想帮助,五种感官将产生多彩而鲜明的意象。显然,这样的分析削弱、破坏了约翰·多恩及其追随者在诗歌中所展示出来的完整性:一种健全的、统一的人类体验。这种衰退被艾略特称为"感受性分化"。这种对理性与诗歌的情感或感受部分分离的讨论,大多数建立在人们通过"心理的"这个词语所理解的事情上。包括伊沃·温特斯在内的一些人认为,这个词语意味着"智力的"或"理性的",与"感受的"或"情感的"相区别。但是对布鲁克斯、兰色姆和其他的一些人来说,诗歌作为一种心理体验,意味着一种总体的人类体验,包含人类所有的心理官能。因此,能够理解,诗歌并不是被分裂成理性与情感的层面。人类心理的完整性被保存,被尊重,而不是遭受二元论的伤害。

返回到诗歌的有机体观念,正是这种观念引发前述关于诗歌分析中二元论类型的讨论。很明显,有机的诗歌中流动的元素为理解的含混和多样性留下了空间。布鲁克斯认识到这一事实,但是宣称一种共识,即读者通常会与诗人对一首诗的阅读相一致。然而,布鲁克斯坚持的观点不应导致把诗歌当作是诗人自我意识的陈述。即使这首诗是诗人的表达,也不一定是诗人人格的延伸。

诗作为有机体的方式,是唯一与被正确理解的想象的统一相一致的。想象力是调查和组成诗歌中意象、洞察力、印象和内在关系的能力。在和谐语境中不同的结构成员组合的事宜,或看到这些结构成员被组合的事宜,是想象力的任务。因此,只有当处理这些元素时,允许流动的相互关系和弹性

---

① Cleanth Brooks, *The Well Wrought Urn*: *Studies in the Structure of Poetry*, New York: Reynal & Hitchcock, 1947, p.243.

处理,想象力才能执行它自身的特性。想象力并不严格地处理固定的概念;它并不只是智力。

想象力的主题并不是无定形的,而是易受影响的。任何进一步的规范,任何严格的精确,更容易导致逻辑的而非想象的一致性。因此,想象力的活动,是对从中可获得的任何信息进行思考与有机化的独特运作。当这一进程被完成时,想象力执行了一种沉思的功能,把它所获取的事物直观地看作一个整体。正是在这种沉思中,诗意的体验与之并存。

诗歌的有机体观念,强调相互关系和诗是一个独特的整体。它建立每首诗名副其实的个性和独创性。有机体的观念因此不仅与诗的完整性或整体性相关,而且与它作为"这一首"诗的独特的特征相关。反过来,有机体的观念加强了诗人是创造者这一古典的理念。

同时,必须把有机体观念看作是与诗的结构相关的。并不是说有机体就是结构,而是因为这两者密切相关。没有结构的组织,诗的元素将仍然无定形、无解决能力。诗人以一种直觉的灵光来构思诗歌,构建并调节结构,然而允许有机的活力和流动性,反过来,这种有机的活力和流动性允许创造性的想象力充分发挥。如果恢复生物学的外貌,这一隐喻提供了骨骼结构,平静的、舒缓性的元素在里面运行,并形成了它们的相反张力的线路。无论有多少这样的进程,真正在诗人的创造性头脑和读者的鉴赏头脑中,执行统一功能的还是想象力。

第二节 作为悖论的诗歌语言

布鲁克斯相信,诗歌包含着人类体验的最复杂的知识,是文化健康的最核心的东西;诗歌语言是悖论语言,甚至在那些看起来是最直接而简单的地方,也充满了反讽(irony)、悖论(paradox)和含混(ambiguity)。当然,要理解这一点,首先必须要厘清其中的几个术语如悖论、反讽和张力(tension)等的含义及其之间的关系。

一、悖论、反讽、张力概念辨析

布鲁克斯诗歌理论中最值得注意、最有活力的单个概念是反讽。反讽在布鲁克斯理论体系中的优势地位,不是因为经常被使用,也不是因为种类多,而是因为它的中心地位。在这一术语中,能够看出布鲁克斯诗学的宗旨。诗被看作是有机体,正是反讽给予结构一致性的拉伸力量;隐喻有基本的相关性,正是反讽给予隐喻说服力和矛盾性特征;诗是一种戏剧体验,正是因为反讽提供了使其组成部分活跃的动能。主题的实现也是通过反讽来渲染重要的象征意义。布鲁克斯认为,相对符号的排列,是反讽;一致性符号的排列,是反讽的对应面。①

布鲁克斯甚至以反讽为准则,来评判哪些是诗歌或批评中不受欢迎的元素,以确立它们的位置。浪漫主义标准和感伤主义不受欢迎,正是因为它们缺乏反讽。各种形式的二元论在批评理论中被取缔,正是因为反讽主张生动的、充满活力的、统一的整体,在此整体中想象力建构起这种统一,因而反对把诗歌解剖成孤立而僵死的组成成分,如形式和内容,或外延和内涵,或智力和情感。总之,比起其他任何特征,反讽是布鲁克斯理论体系最突出的标志。反讽的中心地位也部分解释了为何以罗纳德・克莱恩(Ronald Salmon Crane)为代表的一些批评家,指责布鲁克斯的理论是一种"批评的一元论"(Critical Monism)。②

那么,布鲁克斯如何理解反讽呢?国外内不少学者对此作了探讨,但是都不够全面,不是太准确。之所以会出现误解,并不是因为反讽的类型过多,使用太广泛,也不是因为其用法太晦涩,而是因为反讽与几种相近的概念相关联。这些概念都必须弄清楚各自的特性,并且清楚它们之间的相互关系,之后才能真正弄清楚反讽的全部特性。这些相关的概念包括悖论、巧智(wit)和张力。布鲁克斯认为,巧智是对特定情境可能采取多样性态度的一种意识;悖论是把某一情境的传统观念与更加包容性的观点进行对比的一种策略;反讽是通过限定对态度进行定义的一种策略。③

在这些术语中,反讽与悖论关系最密切。它们都拥有对比或相对立的元素。它们处理一组正好相对立的术语或观念,其中的一个观点反对另一个。悖论与反讽有哪些区别呢?悖论处理完整的陈述,而反讽相关联的项目不一定要用陈述的形式。反讽对比的元素可能是简单的意象、词语、孤立的概念,没有任何事情被预定。在悖论中,有一个定义好的预测,有一个陈

---

① Cleanth Brooks, *Modern Poetry and the Tradition*, Chapel Hill: University of North Carolina Press, 1939, p.167.

② 参阅 Ronald S. Crane, "Cleanth Brooks, or the Bankruptcy of Critical Monism", *Modern Philology*, XLV(May 1948), pp.226—245; Ronald S.Crane, ed., *Critics and Criticism, Ancient and Modern*, Chicago: The University of Chicago Press, 1952, pp.83—107。

③ Cleanth Brooks, *The Well Wrought Urn: Studies in the Structure of Poetry*, New York: Reynal & Hitchcock, 1947, p.257.

述反对另一陈述的对比的陈述结构,涉及尖锐的对比和明显的矛盾。此外,
审视布鲁克斯在文学中发现的各种类型的反讽,可以看到,不同反讽中存在
的对比有程度上的差异,其对立性是相对的。也就是说,不是所有反讽中的
两个元素都是彼此相反的;它们可能只是简单的对比,一些相反性可能多一
点,另一些相反性可能少一点。而悖论中两组事物的相反性,看起来要更确
定、更清楚,更具有两极矛盾性。然而,悖论并不是彻头彻尾的矛盾,布鲁克
斯认为:"悖论是似是而非的、难以应付的、睿智的、机巧的语言。"①

在布鲁克斯的诗学中,悖论实际上是一个关键概念。在《精致的瓮》开
篇,布鲁克斯就说"诗歌语言是悖论语言"。这是此书的主题,也是布鲁克斯
在此书中主要捍卫的观点。布鲁克斯先前在《现代诗与传统》中就宣传关于
反讽与悖论的立场,导致许多批评家对他进行了猛烈的抨击。因此,布鲁克
斯虽然坚信"诗歌语言是悖论语言",但介绍这一理论时还是说:"很少有人
准备接受这一陈述。""悖论语言"放在第一章这一最首要的地位,就显示了
布鲁克斯指派给它的重要性。它宣称悖论是"诗歌适当的、不可避免的语
言"。诗"从悖论性情境中"获取力量,并最终崛起,甚至像华兹华斯这样"坚
持简洁"的诗人,"潜在的悖论也是全然必需的"。②为什么呢?布鲁克斯解
释道:"我相信,艺术的方法从不能是直接的——而一直是迂回的。"甚至明
显简洁而直接的诗人,也"通过他的手法属性而被迫进入悖论"。因此,当约
翰·多恩在《谥圣》(The Canonization)中使用宗教和爱的观念描述一对情
人在彼此身体中成为隐士时,布鲁克斯评论道:"在此处,悖论是不可避免的
手段。"③在结尾时,济慈(John Keats)的希腊古瓮所讲的戏弄式谜语也只是
隐藏在整首诗悖论元素的表达。④丁尼生(Alfred Tennyson)的《泪,空流的
泪》(Tears,Idle Tears)⑤在标题中就已经开始带有悖论。因为这些泪如

---

① Cleanth Brooks, *The Well Wrought Urn*:*Studies in the Structure of Poetry*, New York:
Reynal & Hitchcock, 1947, p.3.

② Cleanth Brooks, *The Well Wrought Urn*:*Studies in the Structure of Poetry*, New York:
Reynal & Hitchcock, 1947, pp.3—5.

③ Cleanth Brooks, *The Well Wrought Urn*:*Studies in the Structure of Poetry*, New York:
Reynal & Hitchcock, 1947, p.11.

④ Cleanth Brooks, *The Well Wrought Urn*:*Studies in the Structure of Poetry*, New York:
Reynal & Hitchcock, 1947, p.155.

⑤ 陈维杭译为《泪,无端的泪》,见(美)克林斯·布鲁克斯:《精致的瓮——诗歌结构研究》,郭
乙瑶等译,上海人民出版社 2008 年版,第 280 页。本书认为欠妥。"Idle"可译为"徒劳的"
"无用的""无价值的""无意义的""无根据的""无理由的"等,按其语境,建议译为"无用的"
"无意义的",故采用黄杲炘的译名《泪,空流的泪》,见(英)丁尼生:《丁尼生诗选》,黄杲炘
译,上海译文出版社 1995 年版,第 160—161 页。

果值得一首诗来描述,在某种意义上就不可能是无意义的。①

回到反讽与悖论的关系,可以看到,布鲁克斯有时把这两个术语互换使用,经常出现这样的短语:"潜在的反讽"(underlying irony)、"潜在的悖论"(underlying paradox)。两个术语的一般相似性是明显的,但是在整体上,当希望挑出个别的词语或对象时,布鲁克斯用反讽这一术语。因此,在托马斯·格雷(Thomas Gray)的《墓畔哀歌》(*Elegy Written in a Country Churchyard*)中,不幸和天堂等单一的名称被贴上反讽的对立,而穷人和富人的墓志铭被当作是悖论性对比。②同样地,柯勒律治(Samuel Taylor Coleridge)关于想象力功能的陈述是"一系列的悖论"。③可以看到,悖论主要关注一种类型的对比——即以陈述形式表达的对比,而反讽却关注各种类型的对比。

在开始探讨布鲁克斯的反讽范围之前,还需弄清楚"张力"这一概念,因为这一概念经常与反讽和隐喻联系在一起。那么,到底什么是"张力"呢?或者说,"张力"是一种什么东西? 其实很简单,张力是反讽的一种心理功能,是思想意识到概念相反方面和对言外之意的觉察,是运行中的反讽。它是情感和感觉对不同的刺激,或应付两难境地而产生的动荡状态。它起到想象力的效果,使两极对立的事物平衡或使其多样性重新协调。

布鲁克斯经常提及张力。他认为,托马斯·哈代(Thomas Hardy)关于"泰坦尼克"失事的诗《二者的辐合》(*The Convergence of the Twain*),④显示了反讽对比的结构,强化了发生在诗中的戏剧性张力。⑤在阿齐博尔德·

---

① Cleanth Brooks, *The Well Wrought Urn: Studies in the Structure of Poetry*, New York: Reynal & Hitchcock, 1947, p.168.

② Cleanth Brooks, *The Well Wrought Urn: Studies in the Structure of Poetry*, New York: Reynal & Hitchcock, 1947, p.120.

③ Cleanth Brooks, *The Well Wrought Urn: Studies in the Structure of Poetry*, New York: Reynal & Hitchcock, 1947, p.19.

④ 《二者的辐合》:"在大海的寂寥中/深离人类的虚荣/和建造她的那份骄傲,她长眠不醒//钢铁打成的房间/像火烧过的柴堆一般/冷潮像弹琴似的在其中穿打//豪华的明镜/原是为绅商照映/如今虫豸在上面爬——粘湿丑陋,蠢蠢欲动//玲珑剔透的珠宝/原是为供人夸耀/如今黯然失色的在那里睡觉//张着大眼的鱼/对着这些晶莹灿烂的东西/问道:'这狂妄之物在这里做什么呢?'//在制造这飞鸟一般的/庞大的怪物之际/搅动一切之旋转宇宙的动力/也为她制造了不祥的伙伴——好伟大好壮观——目前远在天边的一座大冰山//他们彼此不相干/谁也不能看穿/他们以后会融合成为一团/或是有任何迹象/他们会走到一条线上/不久成为一件惨案的双方//直到宇宙的主宰/说一声'现在!'/于是大功告成,两个撞在一块。"(梁实秋译)

⑤ Cleanth Brooks, *Modern Poetry and the Tradition*, Chapel Hill: University of North Carolina Press, 1939, p.243.

麦克利什(Archibald MacLeish)《追悼会的雨》(*Memorial Rain*)一诗中，"当雨落下，打断了追悼会时"，建构起来的张力突然被释放。①弥尔顿的姐妹诗篇《快乐的人》(*L'Allegro*)和《幽思的人》(*Il Penseroso*)，展现了在欢笑和忧郁之间的选择仅是一种张力而已。②

张力是反讽的动态品质，是对抗的相对面的现实化，是不同组成成分的生气在两极变化之间充满活力的涌流。在描述奥登(Wystan Hugh Auden)的诗歌技巧中，布鲁克斯把诗的张力比作人类社会的张力。他援引奥登的观察说："每一种情感与其他的不一定具有资格要求包含和占主导地位的情感竞争。"③布鲁克斯认为这是诗被建构的方法，可能有两种导致失败的情形：一种可能是排除得太多，因而落入平庸；另一种可能是"企图包容超过一个整体能同时拥有的，因而落入无序"。④在论及莱昂内尔·特里林(Lionel Trilling)对福克纳(William Faulkner)等人的小说分析时，布鲁克斯赞许这种分析"不是依据艺术家的努力，而是根据这部作品本身"，也就是说，是"依据象征发展、反讽及其解决的'张力'"。⑤

当布鲁克斯看到张力成为含混结构的基础时，张力的属性被进一步澄清。含混是一种文学现象，由燕卜逊的研究《含混的七种类型》(*Seven Types of Ambiguity*)而闻名。含混"即使在当前受损而遭重创的状态，仍然在意义之间保留某种程度的张力"。⑥当分析美国南方文学时，布鲁克斯再一次发现，"在南方场景的每一个地方都会遭遇到的对立面"之间的张力。⑦总之，张力与反讽之间的关系，是一种动态的能量与这种能量控制因素之间的关系。反讽是支配者或调节元素，以调和、平衡张力。虽然想象力直观思考同时看见的事物，并协调相对的元素，具有统一功能，但是，当想象力执行"反讽性深思"时，反讽与张力一起振动。因此，布鲁克斯说："反讽在

---

① Cleanth Brooks, *Modern Poetry and the Tradition*, Chapel Hill：University of North Carolina Press, 1939, p.123.

② Cleanth Brooks, *The Well Wrought Urn：Studies in the Structure of Poetry*, New York：Reynal & Hitchcock, 1947, p.53.《快乐的人》(*L'Allegro*)和《幽思的人》(*IL Penseroso*)的题目源自意大利文。

③④ Cleanth Brooks, "W. H. Auden as a Critic", *Kenyon Review*, XXVI(Winter 1964), p.186.

⑤ Cleanth Brooks, "The Formalist Critic", *Kenyon Review*, XIII(Winter 1951), p.80.

⑥ Cleanth Brooks, "The State of Criticism：A Sampling", *Sewanee Review*, LXV(Summer 1957), p.490.

⑦ Cleanth Brooks, "Regionalism in American Literature", *Journal of Southern History*, XXVI(February 1960), p.40.

相对立的态度之间保持一种平衡,反讽充当一种稳定化的力量。"①总之,反讽是"众多局部解释和态度微妙的平衡与调和"。②

二、反讽的类型

通过对反讽、悖论、巧智和张力的大致区分,可以检测反讽的各种类型。有学者认为布鲁克斯的著作中至少有十七种反讽的类型,当然他没有限于诗歌的反讽,把戏剧、小说中的反讽也纳入其中。③有时他是在通用意义上讲反讽,并没有对其进行限定。但是,在另一时间,他往往会提炼这一概念,并指派一特定名称以适应这一案例。他对反讽类型进行区别的基础是对比的模式和对比的细微差别,当然还有涉及的主题。此外,"反讽的语调受语境巧妙安排的影响。"④也就是说,形成反讽的因素比较复杂,反讽呈现的形态也千差万别。经过梳理,可以发现,布鲁克斯在诗歌批评中至少涉及想象力自身的悖论或反讽(irony or paradox of the imagination itself)、个体反讽(irony of the individual)、寓言反讽(irony of the fable)、奇趣反讽(irony of whimsy)、双关语(pun)、巧智与庄重反讽(wit and high seriousness)、克制叙述反讽(irony of understatement)、浪漫反讽(romantic irony)、讽刺反讽(satiric irony)、嘲笑反讽(sardonic irony)、逻辑反讽或反讽逻辑(irony of logic/ironic logic)、牧歌式反讽(irony of the pastoral)、时间反讽(irony of time)和宗教反讽(irony of religion)等十四种反讽。

首先是想象力自身的悖论或反讽。布鲁克斯用这种反讽来表达什么呢? 玛丽・哈特(Mary Jerome Hart)认为这种反讽指向"人类通过物质和特殊个体,在此时此地以达到超越的持久努力"。⑤其实,布鲁克斯真正想做的,是在想象力的运行中,对比抽象与具体。如他在处理莎士比亚的《凤凰与斑鸠》(*The Phoenix And The Turtle*)、约翰・多恩的《谥圣》和济慈的

① Cleanth Brooks, *Modern Poetry and the Tradition*, Chapel Hill: University of North Carolina Press, 1939, p.121.

② Cleanth Brooks, *The Well Wrought Urn: Studies in the Structure of Poetry*, New York: Reynal & Hitchcock, 1947, p.102.

③ 参阅 Anthony G.Tassin, *The Phoenix and the Urn: The Literary Theory and Criticism of Cleanth Brooks*, Ph. D.Thesis, Louisiana State University, 1966, pp.73—98。

④ Cleanth Brooks, *Irony as a Principle of Structure*, M.D.Zabel, ed., *Literary Opinion in America*, second edition, New York: Harperand Brothers, 1951, p.730.

⑤ Mary Jerome Hart, *Cleanth Brooks and the Formalist Approach to Metaphysical and Moral Values in Literature*, PH. D.Thesis, University of Southern California, 1963, p.124.

《希腊古瓮颂》(*Ode on a Grecian Urn*)时,集中论述了关于美与真等抽象概念和它们的几种符号表达。布鲁克斯在分析华兹华斯的《不朽颂》(*Ode：Intimations of Immortality from Recollections of Early Childhood*)[①]时,也讨论了相同类型的关系。他说:"我认为我们应该不得不赞成,在华兹华斯的悖论中的方法:他尽力以某种敏感去陈述两种知觉类型之间的关系,即合成的想象力。它们的确有关系:它们都是看的方式。因而,在这首诗中,光与暗的含混并不是混乱,在我看来,它们是必需的悖论。"[②]因此,对布鲁克斯而言,想象力是大多数反讽的所在地,同时其自身也是一种反讽。想象力通过身体与灵魂的结合力量,处理认知感和抽象观念,对它们进行创造性的组合和对立。

第二种是个体反讽,关注不同个体与自身之间的反讽,布鲁克斯有时又称其为"自我反讽"(self-irony)。[③]布鲁克斯在评论兰色姆的诗《两栖鳄鱼》(*Amphibious Crocodile*)时说,"温和的自嘲"仅仅是在《汤姆,汤姆,风笛手的儿子》(*Tom，Tom，the Piper's Son*)中发现的自我反讽品质的第一步。后来,布鲁克斯注意到兰色姆更典型的一种反讽,"在他对人类困境的评论中可发现,他经常寻找机会发表评论,把困境形势注入一些寓言形式中。"[④]两种类型的区别是明显的:一个处理的是个体,另一个处理的是种族。布鲁克斯提供了进一步的自我反讽的例子:兰色姆的诗歌《早晨》(*Morning*)中的主人公拉尔夫(Ralph)[⑤]和《磨坊主的女儿》(*Miller's Daughter*)中"可怜

①　杨德豫将此诗译为《永生的信息》。并作了注脚概括全诗主要内容:"原题全文译出为《咏童年往事中的永生的信息》。……常被视为华兹华斯特别重要的作品。……标志着'19世纪诗歌的最高水平'。全诗大意是:人的灵魂来自永生的世界(即天国);童年离出生时间较近,离永生世界也较近,因而能够时时在自然界看到、感受到天国的荣光;以后渐渐长大,与尘世的接触渐渐增多,这种荣光便渐渐消失;但是无需悲观,因为永生世界的影响仍有留存,童年往事还可通过回忆而再现,只要善于从中汲取力量,并亲近自然,接受自然的陶冶,便依然可以感受到永生的信息,依然可以望见永生之海。"见(英)华兹华斯:《华兹华斯抒情诗选》(英汉对照),杨德豫译,湖南文艺出版社1996年版,第245页。

②　Cleanth Brooks, *The Well Wrought Urn：Studies in the Structure of Poetry*, New York：Reynal & Hitchcock, 1947, p.133.

③④　Cleanth Brooks, *Modern Poetry and the Tradition*, Chapel Hill：University of North Carolina Press, 1939, p.88.

⑤　《早晨》一诗对处于半清醒状态的主人公拉尔夫的爱情愿景进行了反讽性评论。拉尔夫在清晨的美景中一时沉迷:"这样的一片草地,/微风,明媚,有三叶草,/他将向简(Jane)求婚,然后去散步——"但是他的"男子气概"的回归,使他打消了这个意愿:"突然他想到自己,/男子气概使其又变成了拉尔夫/大脑忠实的磨坊,/使用光滑的轮子开始呼啸地运转——"因此,他放弃了:"只不过是又一个平常的早晨,和同样平常的简。"见Cleanth Brooks, *Modern Poetry and the Tradition*, Chapel Hill：University of North Carolina Press, 1939, p.89.

的书呆子气的乡巴佬"。①

第三种是寓言反讽,是对普遍人的反讽,或整个人类的反讽。布鲁克斯认为这种反讽最为人所熟悉的形式,是成年人破碎而混乱的生活与孩童纯真而完整的世界之间的对比,如兰色姆的《牧歌》(*Eclogue*)②就评论了这种源自时间的变化。兰色姆绝望的特性源于人类不能达到和谐的存在。如果说童年时期(民族的或文化的)给出和谐统一可能是何状态的暗示,但是发展成熟后,却打破了机能的和谐,造成智力与情绪、现实生活与情感生活、科学与诗歌之间的战争与冲突。布鲁克斯认为,兰色姆《不懈的探险者》(*Persistent Explorer*)③叙述的就是诗人将自身置于丧失价值的现代科学世界的一种寓言。④

第四种是奇趣反讽。这种反讽可在亚历山大·蒲柏的《夺发记》(*The Rape of the Lock*)及弥尔顿的《失乐园》(*Paradise Lost*)里的天堂之战中找到。《夺发记》中的女主人公比琳达(Belinda)被一位年轻的追求者偷剪去一绺头发,她的困境太轻松艳丽,不足以归类为"社会讽刺",甚至不能称为"戏仿的史诗"。对于这种情境,布鲁克斯授予它奇趣反讽的称号。他的出发点并不是减少或削弱这种反讽,而是确保不会把它当作比实际上"更脆弱、单薄"的事物。⑤布鲁克斯接受阿诺德·斯坦(Arnold Stein)对弥尔顿的评论,把《失

---

① 《磨坊主的女儿》一诗嘲讽了"可怜的书呆子所的乡巴佬",在他的脑子里"有太多的关于爱情的文字和碎片",但是在磨坊主那着"蓝色湖水"般眼睛的漂亮女儿面前,却结结巴巴说不出话来:"最虔诚的基督教国度里的博学之眼,/最重要的哲学一代——只能盯着看头发的原初颜色……"见 Cleanth Brooks, *Modern Poetry and the Tradition*, Chapel Hill: University of North Carolina Press, 1939, pp.89—90。

② 《牧歌》:"……我们是宝贵的小无辜。/一个男孩说:'现在我们可以让她做狐狸了吗?'/或者一个女孩问:'现在你们谁会爬树?'/我们有像鹿一样轻快的脚,像牛一样强壮的心脏、像蜜蜂一样繁忙……/年轻时,我们挥霍快乐,/但现在我们变成了高利贷者,并处于恐慌之中/对于游行到深夜的行为/我们认为这样浪费时间是不对的……//……从那时起的每一天/我们变成取笑不朽战利品的凡人,/绝望的男人和女人。"见 Cleanth Brooks, *Modern Poetry and the Tradition*, Chapel Hill: University of North Carolina Press, 1939, p.90。

③ 《不懈的探险者》一诗叙述探险者听到瀑布的声音,便爬到高处去观看瀑布。但是它仅仅是水的掉落,这种暗示嘲笑了他的视听:"但是当他聆听时,或快或慢,/它是水,只有水,成吨的水,/掉到峡谷里,每一点/都是水——平淡的化学物 H_2O。"大瀑布的轰隆声几乎大得像神灵的声音;水雾从瀑布中升起,美得就像一位女神的容貌。但是没有神对他讲话,也没有女神出现。诗人非常诚实,以致不能以一种轻松的感伤来处理他的主题。他必须承认他甚至都不知道这一瀑布本应该对他有何"意味"。见 Cleanth Brooks, *Modern Poetry and the Tradition*, Chapel Hill: University of North Carolina Press, 1939, p.91。

④ Cleanth Brooks, *Modern Poetry and the Tradition*, Chapel Hill: University of North Carolina Press, 1939, pp.89—90.

⑤ Cleanth Brooks, *The Well Wrought Urn: Studies in the Structure of Poetry*, New York: Reynal & Hitchcock, 1947, p.84.

乐园》中的天使之战视为一场滑稽机敏的幽默。他认为这种类型的事物非常适合作为奇趣反讽的例子，并赞成阿诺德·斯坦"史诗喜剧"的叫法。①

在当代诗人中，罗伯特·弗罗斯特（Robert Frost）提供了另一个奇趣反讽的例子，即"由一种新英格兰特性的矫揉造作而达成的"奇趣。布鲁克斯在描述那种特性中发现，其敏感性中有一种天生的机智："严肃时乏味而简洁；不严肃时和蔼而古怪。"②布鲁克斯认为弗罗斯特的诗《大犬星座》（*Canis Major*）③有"一种自我反讽式的奇趣的俏皮话"，它大胆的隐喻与体验的严肃性成反比；而《摘苹果之后》（*After Apple-Picking*）④中的奇趣涉及说话人完成任务之后的睡意，被比作土拨鼠的冬眠。⑤

第五种是双关语。这种反讽经常充满奇趣，但又并不总是如此。在莎士比亚的戏剧中，活泼的情绪经常导致一语双关。布鲁克斯想到弗雷德里克·普雷斯科特（Frederick Clarke Prescott）在《罗密欧与朱丽叶》（*Romeo and Juliet*）中所观察到的，在致命的刺伤中，朱丽叶以一种在 17 世纪惯用的方式使用了动词"死去"（to die），这常常意味着"体验性行为的高潮"。⑥布鲁克斯在约翰·多恩在《谥圣》《出神》（*The Ecstacy*）⑦和《周年纪念日》

① Cleanth Brooks, "Recovering Milton", *Kenyon Review*, XV(Autumn 1953), p.642.

② Cleanth Brooks, *Modern Poetry and the Tradition*, Chapel Hill: University of North Carolina Press, 1939, p.111.

③ 《大犬星座》："那只巨大的天狗，/那条天国的神犬，/带着一颗独眼星/一下子跃上东天。//它直着身子跳舞，/从东一直舞到西，/且不曾放下前足/趴下来休息休息。//我是只丧家之犬，/但今宵我要与那/穿越夜空的天狗/一块儿叫上两声。"见（美）弗罗斯特：《弗罗斯特集》（上），曹明伦译，辽宁教育出版社 2002 年版，第 335 页。

④ 《摘苹果之后》："……要是土拨鼠还没离去，/听到我描述这睡觉的过程，/它就能说出这到底是像它的冬眠/还是只像某些人的睡眠。"见（美）弗罗斯特：《弗罗斯特集》（上），曹明伦译，辽宁教育出版社 2002 年版，第 97 页。

⑤ Cleanth Brooks, *Modern Poetry and the Tradition*, Chapel Hill: University of North Carolina Press, 1939, p.115.

⑥ Cleanth Brooks, *Modern Poetry and the Tradition*, Chapel Hill: University of North Carolina Press, 1939, p.27.

⑦ 《出神》："在那里，好像床上的枕头，/一处怀孕的河岸隆起，歇着/紫罗兰微微鼓侧的头；/一对有情人，我们俩坐着；//我们的手被掌中涌出的一种/强力的香膏紧紧粘在一起，/我们的目光交织，把我们的眼睛/用一根双股线穿起；//迄今为止，如此嫁接我们的手掌/是我们成为一体的仅有方式，/我们眼睛中反映出的影像/是我们全部的繁殖。//犹如在两支势均力敌的军队之间，/命运之神高悬未卜的胜券，/我们的灵魂（为了提升它们的地位，/已逸出躯壳）悬浮在她与我之间。//……同样，纯粹恋人的灵魂必须/下降到情感，和机体，这样感官才可以触及和感知，/否则就像一位伟大的王子关在囚牢里。//那么我们就回到我们的体内，那样/软弱的人们就可以看到爱情的启示；/爱神的秘密确实在灵魂中成长，/但是肉体却是他的书籍。//假如某位恋人，比如我们俩，/听见这异口同声的对话，/就请他时常监督我们，他将会看到，/我们回到躯体中之后，也很少变化。"见（英）约翰·但恩：《艳情诗与神学诗》，傅浩译，中国对外翻译出版公司 1999 年版，第 79—82 页。

(*Anniversary*)①中找到了相似的用法。如他认为,在《谥圣》中,凤凰的比喻②是一个最奇妙的比喻:

> 用它来描写情人们再好不过,而且使他们弃绝尘世显得理由充足。因为凤凰不是两个,而是一个。"我俩本是一个",而且它燃烧,不是如蜡炬自焚于火,而是取得再生。它的死即生:"我们死亡,又重新升起……"诗人在为这奇异的结论作了扎实的辩护。在十六、十七世纪"死"(die)这词意思是体验性行为的高潮。在这高潮后情人们依然故我。他们的爱情没有在欲念中消耗殆尽,这就是他们取得圣谥的资格。他们的爱情就象凤凰。③

多恩还在他著名的诗《圣父赞歌》(*Hymn to God the Father*)中注入了关于他自己名字(Done)的双关,而这首诗的语调通常是非常庄重的。④因此,布

---

① 《周年纪念日》:"所有君王,及其所有宠臣,/所有名誉、美貌、才智的光荣,/制造流逝的时间的太阳自己,/如今,都比那时老了一岁,/那是你我初次相见的时节:/所有别的东西,都渐近毁灭,/惟有我们的爱情永不衰败;/这,没有明日,也没有昨日,/一直在跑,却从不从我们身边逃离;/而是忠实地保持它最初、最后、永恒的日子。//必有两座坟墓掩藏你我的尸体,/假如一座即可,死亡便不是离异,/咳,像别的王子一样,我们/(我们在彼此心中堪称是王子,)/最终必须离弃这些眼睛,和耳朵,在死亡里,/它们常常充满真诚的誓言,和又甜又咸的泪水;/但是,其中惟有爱情常住的灵魂/(别的思绪都只是房客)那时将验证/这一点,或者当躯体移入它们的墓穴中,/灵魂从它们的墓穴中迁出时,那上空将增长一份爱情。//……"见(英)约翰·但恩:《艳情诗与神学诗》,傅浩译,中国对外翻译出版公司1999年版,第33—34页。
② 《谥圣》:"……//由你骂吧,是爱情把我们变得如此,/你可以称她和我是两只飞蛾,/我们也是蜡炬,自焚于火,/我们身上有鹰隼,也有鸽子;/凤凰之谜有更多的玄机,/我俩本是一人,就是这谜。/两个性别合成一个中性的东西,/我们死亡,又重新升起,/爱情证明我们的神秘。//……"见(美)克林思·布鲁克斯:《悖论语言》,赵毅衡译,载赵毅衡编选:《"新批评"文集》,中国社会科学出版社1988年版,第331—332页。
③ (美)克林思·布鲁克斯:《悖论语言》,赵毅衡译,见赵毅衡编选:《"新批评"文集》,中国社会科学出版社1988年版,第325—326页。
④ 《圣父赞歌》:WILT Thou forgive that sin where I begun/Which was my sin though it were done before? /Wilt Thou forgive that sin through which I run/And do run still though still I do deplore? /When Thou hast done Thou hast not done; /For I have more. //Wilt Thou forgive that sin which I have won/Others to sin and made my sins their door? /Wilt Thou forgive that sin which I did shun/A year or two but wallow'd in a score? /When Thou hast done Thou hast not done;/For I have more. //I have a sin of fear that when I've spun/My last thread I shall perish on the shore; /But swear by Thyself that at my death Thy Son/Shall shine as He shines now and heretofore:/And having done that Thou hast done; /I fear no more.

鲁克斯认为："双关是巧智最轻浮的一种手段,对巧智从不能与庄重统一这一命题最具破坏性的,是那些双关有助于其庄重效果的诗歌案例。"①

第六种是巧智和庄重反讽。这来自布鲁克斯早期的著作,包括1935年在《南方评论》中的论文及1939年的《现代诗与传统》。在说明观点时,布鲁克斯使用了他典型的方式,其本身就是反讽性的。他不是在那些更明显的地方寻找例子,而是在那些一般人意想不到能发现巧智和庄重交织在一起的诗中寻找,如伊丽莎白时期的爱情抒情诗。这样的韵文通常以社交诗的语调开始,然后深化成更庄重的事情。机巧的诗歌,处在最好状态时,是"拱形桥,灵巧而优雅";但是有"一些机巧的诗人,使用轻浮的独创性效果,作为一种获取庄重的手段。"②布鲁克斯引用了17世纪英国诗人威廉·哈宾顿(William Habington)的《致卡斯塔拉胸前的玫瑰》(*To Roses in the Bosom of Castara*)③、托马斯·卡鲁(Thomas Carew)的《别再问我》(*Ask Me No More*)④、约翰·霍斯金斯(John Hoskins)的《离别》(*Absence*)⑤。布鲁克斯认为《致卡斯塔拉胸前的玫瑰》一诗前三节的语调是轻浮而机巧的,但在最后一节却突然改变了语调,变得庄重而严肃。《别再问我》中不仅充满了巧

① Cleanth Brooks, *Modern Poetry and the Tradition*, Chapel Hill: University of North Carolina Press, 1939, p.26.

② Cleanth Brooks, *Modern Poetry and the Tradition*, Chapel Hill: University of North Carolina Press, 1939, p.20.

③ 《致卡斯塔拉胸前的玫瑰》:"在她胸前贞洁的修道院里/你们这些娇羞的处女多么快乐;//他亵渎了如此圣洁的地方,/他本应该称它们为丘比特的安乐窝。//就这样被移植,你们长得多么明媚啊!/你们的香味何等丰富。/在一些幽闭花园里的驴蹄草/比长在空旷处的更甜美。//在那些白色的修道院中,活得安逸,/远离粗野而恣意的呼吸;/每一小时都更加天真纯洁,直到枯萎死亡。//然后,荣耀的坟墓将会是/活着的人给你们的空房;/坟墓不需要大理石的碑,/——对我来说,你的乳房便是大理石碑!"

④ 《不要再问我》:"当六月过去,玫瑰凋谢,/别再问我,朱庇特的馈赠在哪儿;/在你美貌的华光丽彩中,/这些花儿仿佛沉沉睡去。//别再问我,白天金色的原子漂流去了哪儿。/在纯洁的爱情天堂,准备好/那些粉彩,是为了装饰你的秀发。//当五月过去,/别再问我,夜莺在哪儿。/在你那甜蜜婉转的喉咙里,/她冬眠了,以温暖她的音符。//别再问我,那些明亮的繁星,/在幽暗的夜晚坠落在哪儿;/它们就在你的眼睛里,/固定在那儿,仿佛运行于它们的轨道中。//别再问我,是否在东方或西方/凤凰筑了她馨香的巢;/因为她最终飞向了你/在你芳香的胸前长眠。"

⑤ 《离别》:"离别,听我对你的抗议/抗议你的力量,/遥远而漫长;/你尽管去改变现状,/只要真心相爱,/离别即是相伴,时间亦驻足观望。/爱上这样的情人,品格如此高尚,/爱的天地宽广,/跨过时空,超越死亡。/只要心不变,/离别即相伴,时间亦退让。//我曾激情澎湃,/如今内心/理智获胜,/只为她是我隐秘的想望;/正如富人的快乐,/比起处理财富,/更多的是来自隐藏。/离别是我获得的良方,/在我头脑的某个隐秘的角落,/只有我能够注视/而旁人看不见她的形象;/我将她拥抱亲吻,/既可欣赏,又可想念。"

智,也有夸张的地方,甚至还运用了词汇的机巧(如在第一节,"For in your beauties orient deep, The Flower as in their causes sleep"中的"orient"一词,不仅暗示了东方华丽的光辉,东方与黎明相关,还暗示东方也是传说中凤凰生活的地方),但整体上语调却很严肃。布鲁克斯想藉此来说明,在诗歌中,机巧可以像质朴一样达到情感诚挚的效果,即有意识的、雕琢的叙述,可以达到自然的叙述一样的效果。而《离别》一诗则更为复杂:"一种肤浅的观点可能仅仅把这首诗当作是令人愉悦的诡辩而打发掉,但是更细致的阅读将展示,巧智的发展成功地赋予这首诗某种意义的个人温情和真诚,而这是开篇更抽象的诗节所没有的。"①

布鲁克斯对巧智的分析表明,巧智有几种用处:精确;集中;冲破诗歌传统的边界,以获得增强心理灵敏度或戏剧性集中的效果。②但是,布鲁克斯最终的结论是,巧智最普遍、最重要的功能是反讽功能。对巧智及其反讽功能的详细分析,是他理论中至关重要的一部分:这与他的诗歌有机体和诗歌体验的一致性概念关系密切。布鲁克斯发展了这一观点,在论文《巧智与庄重》(*Wit and High Seriousness*)中,对此进行了详细的阐述。③总之,他的思路是:隐喻构成诗歌;主题、语调、反讽性对比,智力、想象力和情感等功能被集中到隐喻中。诗通过隐喻之上的想象力,运用反讽性沉思以实现其自身。实际上,当隐喻被诗人表达、被读者领会时,都是靠想象力来激活。但是,当17世纪英国哲学家托马斯・霍布斯(Thomas Hobbes)对大脑进行简单化的解释后,人们把基本的重点放在分析和归类上,巧智遭到贬值。"存在一种拆分心灵,分离成整齐的归类趋势:情感的和智力的,庄重的和轻浮的,高贵的和卑贱的,'诗意的'和'非诗意的'。"④这使人们远离反讽性沉思所提供的相互冲突的元素同时呈现。因此,二分法导致诗歌体验心理一致性的断裂。这实际上破坏了巧智的反讽功能:对于在自身及这个世界上所看到的矛盾,人类不再能够是正确的。结果,他思考的只是一个部分的图景,非常平淡、统一,但是缺乏巧智的反讽性品质。布鲁克斯走得如此远,以

① Cleanth Brooks, *Modern Poetry and the Tradition*, Chapel Hill: University of North Carolina Press, 1939, p.23.

② Cleanth Brooks, *Modern Poetry and the Tradition*, Chapel Hill: University of North Carolina Press, 1939, p.28.

③ Cleanth Brooks, *Modern Poetry and the Tradition*, Chapel Hill: University of North Carolina Press, 1939, pp.18—38.

④ Cleanth Brooks, *Modern Poetry and the Tradition*, Chapel Hill: University of North Carolina Press, 1939, p.32.

至于沉溺在这种悖论中,即它仅仅是能确保庄重的巧智诗歌,而远非幽默诗歌。①

　　第七种是克制叙述反讽。布鲁克斯引用的主要实践者是美国现代诗人罗伯特·弗罗斯特。克制叙述来自新英格兰特征的化身。乏味而简洁的元素与和蔼而古怪的元素相混合,通过这种方式,使弗罗斯特对夸张感到不安。"他宁愿使用克制叙述,也不愿冒可能夸大叙述的危险。"②而奥登的《死亡之舞》(*The Dance of Death*)显示了"旧英格兰诗歌传统中与生俱来的那种冷酷的克制叙述的感觉"③。在克制叙述中,心理的热情是最低的,情感几乎缺席。也许正是由于这个原因,导致布鲁克斯有时把克制叙述与反讽区分开来,而不是把它当作一种反讽。④

　　第八种是浪漫反讽。这种反讽可以追溯到 19 世纪德国早期浪漫主义作家路德维希·蒂克(Johann Ludwig Tieck),但最显著的实践者是让·保尔·里克特(Jean-Paul Richter)和海因里希·海涅(Heinrich Heine)。受新批评派影响的威廉·范·奥康纳(William Van O'Connor)这样描述浪漫反讽:"作家创造一种幻想,尤其是美的幻想,然后突然通过时间的变化、个人评论、或极其矛盾的情绪来破坏它。"⑤但是,真正对浪漫反讽进行详细阐述的还是布鲁克斯。这一短语出现在布鲁克斯分析泰特对"柏拉图式"诗歌或"寓言的"诗歌与想象力诗歌进行区分的时候。他认为,寓言诗歌处理行动,柏拉图式诗歌处理沉思,浪漫反讽是柏拉图式诗歌的反面阶段:"随着积极的乐观主义在欢快的、积极的柏拉图主义中"被发现,一种自我怜悯就此幻灭。浪漫主义者呼吁"通过修辞的方法,建立一套虚构的、更适合其非科学倾向的解释"。⑥浪漫反讽的概念在布鲁克斯的理论中清晰而稳定,表达了一种他认为不受欢迎的品质。布鲁克斯对浪漫反讽多有批判,认为浪漫

---

① Cleanth Brooks, *Modern Poetry and the Tradition*, Chapel Hill: University of North Carolina Press, 1939, p.38.

② Cleanth Brooks, *Modern Poetry and the Tradition*, Chapel Hill: University of North Carolina Press, 1939, p.111.

③ Cleanth Brooks, *Modern Poetry and the Tradition*, Chapel Hill: University of North Carolina Press, 1939, p.127.

④ Cleanth Brooks, *Modern Poetry and the Tradition*, Chapel Hill: University of North Carolina Press, 1939, p.82.

⑤ William Van O'Connor, *Irony*, Alex Preminger, ed., *Encyclopedia of Poetry and Poetics*, Princeton: Princeton University Press, 1965, p.407.

⑥ Cleanth Brooks, *Modern Poetry and the Tradition*, Chapel Hill: University of North Carolina Press, 1939, p.46.

反讽是由浪漫主义在反对科学时，在反抗或幻灭中建构起来的；浪漫反讽过于多愁善感，以致否决了理性，不可能产生悲剧的力量。①如在阿齐博尔德·麦克利什的诗歌《征服者》(Conquistador)②中，意象堆积并置，产生一种"幻想"的效果，这种最终的效果是感伤，而非悲剧性的。③又如在叶芝和美国南方作家的宗教文学中，布鲁克斯发现一种"内在的浪漫自我与外在的客观世界之间的分裂"。内在的自我体验"浪漫的无政府状态"，而外在的世界遭遇"某种无个性的、匿名的共产主义"。④

第九种是讽刺反讽。当然，讽刺与下面要谈到的嘲笑其实是对反讽自我同义的解释。布鲁克斯认为阿齐博尔德·麦克利什的诗歌《追悼会的雨》⑤和《为洛克菲勒先生的城市提供壁画》(Frescoes for Mr.Rockefeller's City)中存在讽刺反讽。《追悼会的雨》叙述在追悼会上，大使愚蠢而浮夸的演说片段，与阵亡战士的兄弟的思绪飘忽的意识流产生冲突，于是张力被建构起来了。但当雨点落下来并打断了追悼会时，这种张力又突然被消解了，即自然做了人所未能做的事情。⑥在《为洛克菲勒先生的城市提供壁画》一诗中，布鲁克斯认为，无论麦克利什的历史感是否有缺陷，他的个体空间感是无可挑剔的。美国有其自身的特性——"她是玉米先生之下的一片艰辛的土地：她已改变许多种族脸颊之下的骨头。"由于所有的抽象被打破，对这个国家不可通约的特点的领悟，强大到足以产生一个主题，把这首诗的各个部分结合在一起。它强大到足够提供给麦克利什一种可理解的历史。布鲁

---

① Cleanth Brooks, *Modern Poetry and the Tradition*, Chapel Hill: University of North Carolina Press, 1939, pp.47—91.

② 《征服者》是一首描写西班牙人科尔特斯征服墨西哥阿兹特克族人的叙事诗，获1934年普利策诗歌奖。

③ Cleanth Brooks, *Modern Poetry and the Tradition*, Chapel Hill: University of North Carolina Press, 1939, p.119.

④ Cleanth Brooks, "Regionalism in American Literature", *Journal of Southern History*, XXVI(February 1960), p.37.

⑤ 《追悼会的雨》："……——反映了这些喜悦/他们国家的感激之情，深深的安息，/和平，没有痛苦能打破，没有伤害能破坏，/安息，长眠——//在根特(Ghent，比利时西北城市，译者注)，风起了。/有一股雨的气味和一股沉重的阻力/风在树篱中凝滞/后浪涌起，盖过前浪/浪花激起，柳树拥挤，天要下雨：/我觉得他在等待。//……突然，在一刹那间，下雨了！/活着的人四散着，他们跑进屋子，风/在雨中被踩踏着，挣脱开来，又再次被/踩踏。雨渐渐散去，渐渐变薄了/在干涸的沙滩上，溅起水花/渗进草丛下的沙土中，渗进/开裂的木板与紧握的手骨之间：/大地请放松，请放松；他在入睡，/静谧而安宁，他长眠于陌生的土地。"

⑥ Cleanth Brooks, *Modern Poetry and the Tradition*, Chapel Hill: University of North Carolina Press, 1939, p.121.

克斯相信，要修正人类的习惯，不是通过直接陈述或说教的语境，而是通过思想并置的暗示关系来达到。麦克利什中的讽刺元素与主题相关，"比单纯的打趣要深刻"①。

　　第十种是嘲笑反讽。布鲁克斯引用了托马斯·哈代、阿尔弗雷德·豪斯曼（Alfred Edward Housman）的诗歌和托马斯·格雷的《墓畔哀歌》来说明嘲笑反讽。②《墓畔哀歌》中的提问是一种修辞，并不表示有真正的疑问。第一次世界大战英美诗人的作品常常充满了嘲笑反讽，罗伯特·潘·沃伦的《岩间历史》（History Among the Rocks）也是如此。诗人回忆人们死在乡下岩石中的种种方式，如冻僵、溺亡、被小麦中的美洲腹蛇咬死。之后，诗人继续回忆南北战争时期在那儿的冲突和战争。但是嘲笑元素不是出现在通常的战争的无意义上——布鲁克斯仔细地标注，沃伦并没有让他的诗落入这样的窠臼。③年轻男子的死亡与所有自然的生命元素相冲突，这表明"他们的选择并不是一件容易的事情，因此对他们来说是有意义的，是英雄行为"。④人类的力量被这样构成，以致它们不仅能与自然同行，也可以否定自然。这就是在嘲笑反讽中能看到的一种事物。

　　第十一种是逻辑反讽或反讽逻辑。逻辑反讽主要的实践者是约翰·多恩，实践领域是他的十四行诗。他玩弄逻辑，将他的诗调侃成一种三段论形式，读者认为那是幽默的诡辩。多恩推导出他对上帝的爱、或要求上帝的爱的结论。然而这全是半开玩笑的。这些标新立异的证据并不是真正的逻辑，只是披上了逻辑的外衣而已。它被运用来证明非逻辑的位置背叛了它的相异的特性。存在一种伟大的逻辑展示，但它是滑稽的；执行力是一种更深层次的反复无常。真实的与假装的相互作用，建构了逻辑的反讽。⑤

　　第十二种为牧歌式反讽。这种反讽比较隐晦，乍一看根本不是反讽，但是仔细检测，可以发现，它实际上是一种强烈的反讽。布鲁克斯认为，燕卜逊的标题《牧歌的几种版本》（Some Versions of Pastoral）把训练有素的美

---

① Cleanth Brooks, *Modern Poetry and the Tradition*, Chapel Hill: University of North Carolina Press, 1939, p.124.

② Cleanth Brooks, *Irony as a Principle of Structure*, M.D.Zabel, ed., *Literary Opinion in America*, second edition, New York: Harperand Brothers, 1951, pp.730—731.

③ Cleanth Brooks, *Modern Poetry and the Tradition*, Chapel Hill: University of North Carolina Press, 1939, p.79.

④ Cleanth Brooks, *Modern Poetry and the Tradition*, Chapel Hill: University of North Carolina Press, 1939, p.77.

⑤ Cleanth Brooks, *The Well Wrought Urn: Studies in the Structure of Poetry*, New York: Reynal & Hitchcock, 1947, pp.211—212.

国研究生也欺骗了,因为他们期望从这篇论文实际包含的事物中得出非常不同的一种主题。燕卜逊的主题是双重情节,一首莎士比亚的十四行诗,来自《乞丐的歌剧》(*The Beggar's Opera*)中的一些事物,甚至有一章是关于《爱丽斯梦游仙境》(*Alice in Wonderland*)的,而非伊丽莎白时期典型的"牧羊人的诗"。那么牧歌在哪里呢? 布鲁克斯解释道:"燕卜逊的牧歌是一种模式,一种特殊化的反讽,一种内在的事物。"①牧歌模式包含比牧羊人和他们的姑娘轻快地在绿草地上嬉戏更本质的一些事物。指定这种文类的,并不是主题,而是一种人生哲学。弗兰克·克默德(Frank Kermode)在《英国牧歌诗:从开始到马尔维》(*Enlish Pastoral Poetry from the Beginning to Marvell*)的前言一章中澄清了这一问题。他认为,牧歌的本质,不是在于它的乡村主题,而是在于乡村与城市两种生活方式的对比。存在一种"自然的"乡村生活和一种"人工的产品",即城市生活。在城市居民与乡村村民之间存在敌意。存在与城市的文雅社会相对比的"原始的"乡村风格。有时,农民是宫廷诗人的衬托。于是,牧歌建立在单纯、自然与教养之间的一种对抗上。②

燕卜逊发现牧歌反讽也存在于政治生活中,存在于资产阶级与贵族的对比中。布鲁克斯认为,这种强烈的弦外之音可在托马斯·格雷的《墓畔哀歌》中发现,作为牧歌反讽极好的例子。③资产阶级的意识形态与贵族施加的压力形成强烈的对比。这种斗争不仅仅是某一个体反对一个阶级,甚至也不是一个阶级反对另一个阶级。只来自一方的攻击并不足以形成这种斗争。必须有两个阶级的相互作用,产生阶级的冲突——如果不是在行动上的话,那也至少要在思想上。这种戏剧冲突产生了牧歌模式的反讽形式,而不仅仅是乡村与城市的呈现。旧的牧歌只是简单地利用富裕与贫穷之间的关系。后来复杂的社会注入一种讽刺的调子,涉及各种类型:牧羊人代表主教——关于牧师的名字与官职的一个双关语;死亡的骨骼,反讽地嘲笑生者;声称是傻瓜的小丑,变成智慧的化身。所有这些都是人格化的牧歌反讽。最后,是法庭上正义与非正义的反讽,有罪的法官与被定罪的、无辜的原告的反讽,在文学中有大量的牧歌反讽的例子。

---

① Cleanth Brooks, "Empson's Criticism", *Accent*, IV(Summer 1944), p.215.
② Frank Kermode, "Dissociation of Sensibility", *Kenyon Review*, XIX(Spring 1957), pp.169—194.
③ Cleanth Brooks, *The Well Wrought Urn: Studies in the Structure of Poetry*, New York: Reynal & Hitchcock, 1947, pp.108—114.

第十三种为时间反讽。这是一种多重反讽,包括过去、现在和未来的简单对比;现在在过去与未来之间的存在的平衡;时间流逝的快与慢的错觉。甚至当赞美诗的作者看见一千年在上帝的眼中就像是一天时,也很好奇时间的收缩性。也许没有像过去与未来这两种不存在之物被描写得这么多,然而,不管它们被怎么述说,必定有一个事物要被提到,那就是它们的反讽中点:现在。布鲁克斯认为,在艾略特的《荒原》(*The Waste Land*)中,"光荣的过去与卑污的现在的反讽对比,……是这首诗的反讽最肤浅的层面"。[①]然而,这种"肤浅的"反讽却花了布鲁克斯长达一页半的讨论。在《荒原》中,时间反讽通过缺乏历史背景的人物并置而展开:带着中世纪塔罗纸牌的 20 世纪的索索斯垂丝夫人(Madame Sosostris),与希腊神话中的忒瑞西阿斯(Tiresias)等。这首诗展开时,被现代读者认为是欺骗的算命,反讽性地成为真实。[②]

托马斯·格雷的《墓畔哀歌》是另一个提供时间反讽例子的沃土。《墓畔哀歌》像《荒原》一样,充满了典故。[③]时间的反讽隐含在每一行中:时机与时机的缺乏,时间的使用与停用,被用详细意象描述的男人的年龄,所有这些显示着在时间层面之下的生活沉默的对比。相类似的,丁尼生的《泪,空流的泪》不是由怀旧唤起的一种感伤的幻想,它的决定性的力量在于时间的对比。眼泪由一种敏感的意识而引起,即过去的意象在现在看来是不和谐的。"如此悲伤,如此新鲜,不再来的日子",在每一节的末尾重复。一种辛酸打动了处于时间反讽深思中的观者。[④]

在给约翰·威德曼(John Hazard Wildman)的诗集《夜晚的太阳》(*Sun on the Night*)所写的前言中,布鲁克斯注意到,在那些处理新奥尔良的诗中,地方感如何唤起了生活、历史和宗教的永恒特性:这座城市是古老而现代的。[⑤]相类似地,在华兹华斯的露西组诗中,紫罗兰与星星这两个意象不仅有空间与尺寸上的对比,同时因为这两个事物生存时间相差悬殊,也含蓄

---

① Cleanth Brooks, *Modern Poetry and the Tradition*, Chapel Hill: University of North Carolina Press, 1939, p.166.

② Cleanth Brooks, *Modern Poetry and the Tradition*, Chapel Hill: University of North Carolina Press, 1939, p.167.

③ Cleanth Brooks, *The Well Wrought Urn: Studies in the Structure of Poetry*, New York: Reynal & Hitchcock, 1947, p.107.

④ Cleanth Brooks, *The Well Wrought Urn: Studies in the Structure of Poetry*, New York: Reynal & Hitchcock, 1947, pp.167—177.

⑤ Cleanth Brooks, Preface to *Sun on the Night*, by John Hazard Wildman, New York: Sheed and Ward, 1962, p.8.

地唤起了一种时间上的反讽。[①]同样,华兹华斯的《不朽颂》中也存在时间反讽。[②]在约翰·多恩的《早安》(*The Good-Morrow*)[③]和《谥圣》中,巨大的世界和它所栖居的情人的眼睛被设置为两极对比,这是一种时空反讽。在多恩和华兹华斯的诗中,诗人—情人将他所爱的女孩看作是不受岁月侵袭的,"无助地被捉进衡量并制造时间的地球的空转中"。[④]布鲁克斯后来使用华兹华斯的诗,作为反讽的例子,缓和了他早期关于这一主题的陈述。[⑤]然而,他并没有放弃露西组诗充满反讽这一观点。此外,正是基于多恩和华兹华斯的诗包含时间反讽,布鲁克斯把两人的诗看作是统一体。

第十四种是宗教反讽。这种反讽以两种形式出现:自然与超自然之间的对比;宗教与宗教的缺席或忽略的对比。在约翰·威德曼关于新奥尔良及其天堂的守护神圣母玛丽亚的诗中,布鲁克斯注意到市民的奉献与缺乏奉献之间的反讽。"在一首名为《圣灵降临节》(*Pentecost*)的小诗中,蜡烛在祭坛燃烧(flames),但是在会众中没有回应的激情(flames)。"最接近的反应看来应该是"从这些女士肥沃的帽子中开出的时髦的粉红色"。[⑥]一个额外的反讽是,即使在世俗的诗中,宗教诗的虔诚元素或敏感性也获得成功。

---

① Cleanth Brooks, *Irony as a Principle of Structure*, M.D.Zabel, ed., *Literary Opinion in America*, second edition, New York: Harperand Brothers, 1951, p.736; Cleanth Brooks, "Poetry since the Waste Land", *Southern Review*, I(Summer 1956), p.490.

② Cleanth Brooks, *The Well Wrought Urn: Studies in the Structure of Poetry*, New York: Reynal & Hitchcock, 1947, p.128.

③ 《早安》:"……现在,对我们正在醒来的灵魂道声早安。/它们彼此监视,并非出于恐惧;/因为爱情禁止对其他一切景象的爱恋,/而把一个小小房间,变成广阔天地。/让航海探险家们去寻找新的世界,/让天体图向别的人展示一重又一重世界,/让我们拥有一个世界,各有一个,各是一个。//我的脸在你眼里,你的脸在我眼里映出,/真诚坦白的心确实栖息在颜面上,/在何处我们能找到两个更好的半球,/没有凛冽的北极,没有沉落的西方?/无论什么死去,都是由于没有平衡相济;/如果我们俩的爱浑然一体,或者,我和你/爱得如此相似,谁也不松懈,那么谁都不会死。"见(英)约翰·但恩:《艳情诗与神学诗》,傅浩译,中国对外翻译出版公司1999年版,第2—3页。

④ Cleanth Brooks, *Irony as a Principle of Structure*, M.D.Zabel, ed., *Literary Opinion in America*, second edition, New York: Harperand Brothers, 1951, p.736.

⑤ 参阅 Cleanth Brooks, *New Criticism*, Alex Preminger, ed., *Encyclopedia of Poetry and Poetics*, Princeton: Princeton University Press, 1965, pp.567—568; Cleanth Brooks, *Irony as a Principle of Structure*, M.D.Zabel, ed., *Literary Opinion in America*, second edition, New York: Harperand Brothers, 1951, p.736; Cleanth Brooks, *New Criticism*, Alex Preminger, ed., *Encyclopedia of Poetry and Poetics*, Princeton: Princeton University Press, 1965, p.490.

⑥ Cleanth Brooks, Preface to *Sun on the Night*, by John Hazard Wildman, New York: Sheed and Ward, 1962, p.7.

　　布鲁克斯注意到，17 世纪英国主教理查德·科贝特（Richard Corbet）的诗歌《仙女的告别》（*A Proper New Ballad*，*Entitled the Fairies' Farewell*，*or God-a Mercy Will*）①中的宗教态度蕴含有一种独特的反讽。这是一种复杂的态度：当与虔诚没有不一致时，它将肯定"引起对过分的虔诚的惊慌"②。修道院与家庭主妇的厨房的混合，异教神话中的仙女与天主教的混合，产生有趣的宗教反讽。理查德·科贝特主教同时相信异教仙女和基督教启示录，把两者当作是超自然援助的来源，这一事实增强了这种反讽。而在弥尔顿《失乐园》的天堂之战中，上帝与他的创造物、庄严与可笑、神圣与亵渎的并置，更是一种无休无止的宗教反讽之流。因此，不难理解，为何布鲁克斯相信诗歌是建立在千变万化的对立之上。

　　上帝与非上帝的对比，上帝活着与上帝已死的对比，如此等等，是布鲁克斯思考分析《荒原》的主要模式与概念。《荒原》与艾略特其他的作品，如 1930 年的长诗《圣灰星期三》（*Ash Wednesday*）、1934 年为伦敦教堂所写的庆典剧《岩石》（*Choruses from the Rock*）、1935 年的戏剧《大教堂谋杀案》（*Murder in the Cathedral*），都充满了涉及相反宗教的反讽。在信仰与怀疑之间，焦虑与平和之间，救赎与诅咒之间，生命与死亡之间，人类的迟疑未决是宗教反讽的所有形式。③对圣经和源自但丁的神圣材料的引用，与世俗而粗鄙的场景混合，增强了这种反讽。

---

① 这首诗的名字全称为《一首名为"仙女的告别"或"上帝的仁慈"的适宜的新民谣》，又名为《奖赏和仙女》（*Rewards and Fairies*）："现在的家庭主妇可能会说/再见了，奖赏和仙女/因为现在奶牛场肮脏的荡妇/获得像她们一样的报偿/虽然她们清扫壁炉/像女仆一样/然而，后者/却在她的鞋里发现六便士？//悲哀呀，悲哀，古老的修道院/仙女们丧失了使命/她们改变了牧师的孩子/但有些人改变了你们的土地/所有从那里偷来的孩子/现在都成为清教徒/从那以后，她们就像改变的身份那样生活/为了对你们的领地的爱。//从早到晚/你们都是如此快乐/很少睡觉和偷懒/这些漂亮的女士/当汤姆下班回家/或崔西去挤奶时/她们便敲着小鼓愉快地前往/迈着轻捷的脚步。//看那些圈和圆/是她们的，现在仍然保留/是在玛丽女王的时候被踩出来的/在许多草地上/但自从伊丽莎白来了以后/詹姆斯来了以后/她们从不在任何荒地上跳舞/像当时那样。//我们注意到仙女们/过去的职业（罗马天主教的信仰，译者注）/她们的歌声是'万福玛丽亚'/她们载歌载舞/但是现在，唉，她们都已逝去/或漂泊海外/或宗教逃离/或随遇而安。//她们暴露了自己/因为她们无法忍受/偷偷地吃坚果/她们的欢笑/受到了惩罚/这是一种正义的基督徒行为/掐得红一块紫一块/噢，联邦是多么需要/像你们这样正直的法官！//……"

② Cleanth Brooks，"The New Criticism and Scholarship"，*Twentieth Century English*，New York：Philosophical Library，1946，p.383.

③ 参阅布鲁克斯对《荒原》的分析。Cleanth Brooks，*Modern Poetry and the Tradition*，Chapel Hill：University of North Carolina Press，1939，pp.136—172.

《隐藏的上帝》的整个主题是宗教反讽,这种反讽被涉及的作家所增强,因为这些作家有的是基督徒,有的是非基督徒,或者没有任何宗教承诺。[①]书中包括的这五位作家也许代表了20世纪最高的成就,表达人类对上帝的寻求,或者没有上帝而盲目地徘徊。如叶芝的神话和艾略特的基督教远征。诗歌帮助人类更好地理解自身,以解决自身困难的作用,可能是《荒原》中以主人公所渴望的迅雨象征地表达出来的物理现实的部分。[②]艾略特例证了一种确切的基督教承诺,但是其他的诗人反应各异:罗伯特·弗罗斯特"在佛蒙特州的一些失落的小镇中",寻求"一种被打破的酒杯,……以沉浸于远古之流",而华莱士·史蒂文斯(Wallace Stevens)和许多现代诗人,却"倾向于在个体自身的想象力中发现治愈之水,以改善这个单调平庸、精神绝望的世界。"[③]

三、所有的诗歌语言都是悖论语言

在某种程度上,可以说布鲁克斯是在反驳华兹华斯诗歌理论的过程中发展出他的"悖论语言"理论的。华兹华斯认为诗歌是"强烈情感的自然流露",也就是说,诗歌的语言是自发的、纯朴而直接的,没有任何有意味的技巧。他在《〈抒情歌谣集〉1800 年版序言》中说:

> 我又采用这些人(乡野村夫,引者注)所使用的语言(实际上去掉了它的真正缺点,去掉了一切可能经常引起不快或反感的因素),因为这些人时时刻刻是与最好的外界东西相通,而最好的语言本来就是从这些最好的外界东西得来的;因为他们在社会上处于那样的地位,他们的交际范围狭小而又没有变化,很少受到社会上虚荣心的影响,他们表达情感和思想都很单纯而不矫揉造作。因此,这样的语言从屡次的经验和正常的情感产生出来,比起一般诗人通常用来代替它的语言,是更永久、更富有哲学意味的。一般诗人认为自己愈是远离人们的同情,沉溺于武断和任性的表现方法,以满足自己所制造的反复无常的趣味和欲

---

① Cleanth Brooks, *The Hidden God: Studies in Hemingway, Faulkner, Yeats, Eliot, and Warren*, New Haven: Yale University Press, 1963, p.vii.

② Cleanth Brooks, *New Criticism*, Alex Preminger, ed., *Encyclopedia of Poetry and Poetics*, Princeton: Princeton University Press, 1965, p.500.

③ Cleanth Brooks, *New Criticism*, Alex Preminger, ed., *Encyclopedia of Poetry and Poetics*, Princeton: Princeton University Press, 1965, p.488.

望,就愈能给自己和自己的艺术带来光荣。①

由于华兹华斯的大力提倡及其崇高的地位,人们普遍相信,诗歌的语言越单纯质朴、越接近乡村民间的语言就越好,在诗歌中智力和情感是不相容的,在诗歌创作中,两者相互阻碍。由于反讽和悖论往往都与机巧、高度的智力相关,因此,常常被当作情感自然流露的对立面而遭到反对。玄学派诗歌中,有很大一部分都是有意识地运用机巧与智力,与浪漫主义信奉诗歌是在狂热的无意识状态中自发生成的观念截然相反,必然会招致传统的浪漫主义者的反对。如华兹华斯、柯勒律治和马修·阿诺德(Matthew Arnold)一类的批评家,就因为各种原因而怀疑或反对在诗歌中使用巧智。华兹华斯反对的原因,是因为他信奉诗歌是强烈情感的自然流露,而有巧智的地方必定会出现反映的停顿,这将违反自发性原则。如果说诗歌是神圣的、迷狂的发生,巧智暗示着一种自我支配,这将是对迷狂状态的一种阻止。而迷狂被阻止时,产生的就不会是真正自然的诗歌。马修·阿诺德反对在诗歌中运用巧智,是因为他认为巧智往往流于油滑,会损害诗歌的庄严。他把乔叟驱逐出英国诗歌的万神殿,正是认为乔叟缺乏所谓的庄严。在他看来,庄严与巧智没有任何关系。

布鲁克斯反对华兹华斯等人的观点,认为这些观点都失之偏颇,他说:"闲暇和自我支配是批判的知识分子、诗人柯勒律治和阿诺德两人所拥有的品质。神圣的迷狂不能指证本身。"②如果陷入真正的迷狂,是不可能会有意识记录下当时的感受的,也不可能有闲暇创作诗歌。布鲁克斯认为,巧智与庄严并非不相容,如在伊丽莎白时期和 17 世纪,一些诗人实际上是出于严肃的目的而使用巧智,这证明将庄严与巧智相融合是可能的。"最重要的是,当严肃性增加时,巧智并没有因此明显地减少。"③布鲁克斯进一步指出,人们之所以误以为庄严与巧智之间存在一条泾渭分明的界线,都是因为托马斯·霍布斯把大脑分裂成不同的事物:情感的与智力的,诗意的与非诗意的。这可能是艾略特称之为"感受力分化"(dissociation of sensibility)的

① 伍蠡甫,胡经之主编:《西方文艺理论名著选编》(中卷),北京大学出版社 1986 年版(2006年重印),第 42—43 页。

② Cleanth Brooks, *Modern Poetry and the Tradition*, Chapel Hill: North Carolina Press, 1939, p.29.

③ Cleanth Brooks, *Modern Poetry and the Tradition*, Chapel Hill: North Carolina Press, 1939, p.30.

原因,也是造成新古典主义和浪漫主义诗人从不敢混合庄严与巧智的原因。新古典主义和浪漫主义因此丢失了将情感与理智并置的创作手法,而那正是玄学派诗歌取得成功的生命之源。①

按照自发性的情感张力和神圣的灵感等古老标准来判断,玄学派诗歌经常被贬低,被当作是一种低等的诗歌。而布鲁克斯认为,玄学派诗歌实际上要优于传统的新古典主义和浪漫主义诗歌。如雪莱(Percy Bysshe Shelley),因为把人类自私自利的品性排斥在诗歌之外,他在诗歌中对人类天性的赞扬是建立在一种不稳固的、理想化的基础上,因而随时可能会崩塌。与此相反,玄学派诗歌却更稳定。因为在一开始,它就考虑到属性或情境的两个方面。在那儿,鲜花里面可能隐藏着毒蛇。玄学派诗歌通过悖论性语言,将人类体验到的情感的两个方面都戏剧化了。表面上看,玄学派诗歌中这些被称为巧智的事物常常强调、突出自身,造成一种看似不和谐的曲调。布鲁克斯认为:"在较低的等级中,可以发现非常简单的诗歌。在这些诗歌中,不同的元素组合在一起,形成在音调上相似、因而能够统一在一个非常简单的态度下……较高的等级中,将会发现诗歌元素中的不同与冲突,能够在一个整体的态度下被理解,诗歌也更加有力。在悲剧中,冲突达到最尖锐的程度——吸引和反抗之间的张力在此将有可能达到最高点。"②也就是说,真正的和谐类似于中国的"和而不同",越是不同的事物,通过悖论的方式组合在一起,越是有可能构建出更高级别的和谐。

布鲁克斯认为,根据霍布斯的理论,诗歌创作的进程可以被简化为:感觉接受——在记忆中留下记录——从记忆中召唤材料——按不同的顺序和属性将它们组合——诗歌意象。并从意象中引申出想象力这一术语。霍布斯把人的大脑分裂成不同的部分,将想象力完全归因于记忆,也就是说,想象力不能创造任何新的东西,只是停留在"复制者"和"模仿者"阶段。玄学派诗人的材料并不完全是来自感觉接受,有许多成分来自智力,通过将相反的、不谐调的因素进行智力重组,他能够创造出一些新的事物。这种包容能力使其能够被称为"创造者",而不仅仅是"复制者"或"模仿者"。

布鲁克斯认为,诗歌中的巧智、悖论,或其他看起来有意识的设置,并不一定就是要反对自发性情感或天才的灵感。在巧智与庄严、智力与情感之间

---

① Cleanth Brooks, *Modern Poetry and the Tradition*, Chapel Hill: North Carolina Press, 1939, pp.41—43.

② Cleanth Brooks, *Modern Poetry and the Tradition*, Chapel Hill: North Carolina Press, 1939, p.230.

的分离其实更多的是想象性的,而非真实的。他认为不仅仅是玄学派诗歌中才有巧智,其实所有的诗歌中都含有巧智的成分:"在玄学派诗歌与其他类型的诗歌之间的不同,是程度的不同,而非种类的不同。因为在玄学派诗歌中明显的'巧智',也进入了所有诗歌类型的创作中。"①在分析丁尼生的《泪,空流的泪》时,布鲁克斯令人信服地展示了那种看似最质朴的诗歌,——读者以为全程都不用戒备的、简单明了的诗歌,都有可能充满反讽与悖论。即使是对那些素有简洁和直率声誉的诗人,也一定不能把眼睛从反讽、悖论和含混上移开。因此,布鲁克斯说:"但是读者可能会认为对于诗歌结构的重视如果不是起到坏作用的话,也是无关紧要的。尤其是,他可能会认为对悖论、含混以及反讽式对比的重视非常令人不快。根据以往的经验,读者没有想到在丁尼生的诗中会有这样的东西,而且他整体印象是这些物质的存在代表一种相异的、'非诗性的'物质的入侵。"②但是布鲁克斯仍然坚持,不考虑这些品质,就不能获得这首诗歌的真正意义。他在《精致的瓮》中的一个主要意图,就是论述悖论、反讽和含混等品质,不仅在玄学派诗歌中大量存在,实际上在包括浪漫主义、古典主义、象征主义在内的所有诗歌中都存在,是所有诗歌的财富。

第三节 隐喻:诗歌的本质

布鲁克斯认为诗歌的本质是隐喻;隐喻是类比而非逻辑,隐喻的天性是间接地、迂回地陈述所包含的真理;隐喻使对立面融合、协调;隐喻具有功能性与结构性,赋予诗歌生命与形式;诗人使用灵巧而独创性的隐喻,给旧词注入新生命,从而达到创新的目的。

一、隐喻的功能及其与意象、象征和主题的关系

在布鲁克斯的理论中,没有哪两种元素像反讽与隐喻这样关系密切。如果"诗歌的语言是悖论语言",那么,"诗歌的本质就是隐喻"。③布鲁克斯

---

① Cleanth Brooks, *Modern Poetry and the Tradition*, Chapel Hill: North Carolina Press, 1939, p.48.

② (美)克林斯·布鲁克斯:《精致的瓮——诗歌结构研究》,郭乙瑶等译,上海人民出版社2008年版,第164—165页。

③ Cleanth Brooks, *The Well Wrought Urn*: *Studies in the Structure of Poetry*, New York: Reynal & Hitchcock, 1947, pp.3, 248.

赞同罗伯特·弗罗斯特关于诗歌在实质上是隐喻的陈述。①布鲁克斯称之为"最简单、但是确实是最本质的诗歌策略"。②《肯庸评论》（Kenyon Review）曾经策划过美国主要批评家系列，要求布鲁克斯提供他的批评信条，当时布鲁克斯所列的十余信条中包括这样一条："文学最终是隐喻与象征的。"③《精致的瓮》的标题就是因为他相信多恩的《谥圣》"这首诗本身就是一个精致的瓮"所促成的。④

隐喻的中心地位可在托马斯·休姆（Thomas Ernest Humle）的诗中发现，还可以在那些关注诗歌本质的托马斯·休姆的追随者们身上发现，如艾略特、奥登、兰色姆、艾伦·泰特、布拉克默尔（Richard Palmer Blackmur）、伊沃·温特斯和奥斯汀·沃伦。⑤这些诗人或文学批评家的相似性在于他们的方法，即将意象的相互关系看作是思想，而非一种思想高于意象的等级制。布鲁克斯反对18、19世纪把隐喻当作图解和装饰的观念。图解暗示在图像意义上真理的具体化身，而装饰暗示一种修辞虚饰。在其中一种案例中，隐喻仅仅被当作是"一种替代，一种叙述某事的替代方法，而非必要的、不可避免的方法。"⑥主要是在隐喻的基础上，玄学派和现代诗人与新古典主义和浪漫主义区别开来。⑦

但是，如果"诗歌本质上是隐喻，隐喻最终是类比而非逻辑"。⑧这意味着间接地、迂回地陈述所包含的真理，正是隐喻的天性。隐喻通过间接的方式行进，而非直接的陈述。想象力在隐喻中实现元素的融合，是创造性直觉的工作："它明显违背了科学和常识；它将不协调及矛盾的事物组合成一个整体。"布鲁克斯追随柯勒律治的想象力功能的观念，观察到"在对立或不协

① Cleanth Brooks, *Metaphor and the Function of Criticism*, S. R. Hopper, ed., *Spiritual Problems in Contemporary Literature*, New York: Harper and Bros., 1957, p.133.

② Cleanth Brooks, "New Methods, Old Methods, and Basic Methods for Teaching Literature", *English Exchange*, IX(Fall 1963), p.6.

③ Cleanth Brooks, "The Formalist Critic", *Kenyon Review*, XIII(Winter 1951), p.72.

④ Cleanth Brooks, *The Well Wrought Urn: Studies in the Structure of Poetry*, New York: Reynal & Hitchcock, 1947, p.17.

⑤ Cleanth Brooks, *Metaphor and the Function of Criticism*, S. R. Hopper, ed., *Spiritual Problems in Contemporary Literature*, New York: Harper and Bros., 1957, p.134.

⑥ Cleanth Brooks, *Metaphor and the Function of Criticism*, S. R. Hopper, ed., *Spiritual Problems in Contemporary Literature*, New York: Harper and Bros., 1957, p.133.

⑦ Cleanth Brooks, *Modern Poetry and the Tradition*, Chapel Hill: University of North Carolina Press, 1939, p.11.

⑧ Cleanth Brooks, *The Well Wrought Urn: Studies in the Structure of Poetry*, New York: Reynal & Hitchcock, 1947, p.248.

调品质的平衡或协调中,它是如何揭示自身的"。①

在那些利用形式—内容割裂分析的批评家中,存在的趋势是将隐喻分裂为装饰层面与功能层面。然而,布鲁克斯在隐喻中看到的关系,类似于在活着的有机体的细胞之间的关系。②布鲁克斯认为将隐喻分裂的方法是错误的观念。批评家们所有关于隐喻的错误言论,所有未能辨别隐喻与诗歌本质性关系的行为,都是因为将隐喻在诗中的作用最小化了。

其实,布鲁克斯的诗歌有机体观念,还应该包括在诗歌隐喻上反对一种二元论,与反对形式—内容二元论是紧密相关的。布鲁克斯认为,把隐喻区分为功能与修饰,是给一些隐喻贴上功能性的标签,而将另一些隐喻仅仅当作是装饰性的。布鲁克斯认为,任何这样的区分,不仅没有事实的依据,而且不利于隐喻的完美性,破坏了反讽意图统一性或完整性的分析。这一点非常重要,因为在布鲁克斯的体系中,反讽意图的观念非常基本,然而又极其微妙,布鲁克斯对这一术语进行了最精致而复杂的使用。

意象的二分可以远溯至塞缪尔·约翰逊,他称之为"说明"与"装饰",而这也可以从现代批评家如唐纳德·斯托弗(Donald Stauffer)和赫伯特·穆勒(Herbert J.Muller)身上看出。斯托弗在美学体验与司空见惯的陈述之间作了区分,而赫伯特·穆勒用"雄辩的"来与"简单的""直率的"相区别。③布鲁克斯认为,将功能与装饰分离,是一种错误的隐喻观念。这种观念认为隐喻好像是由术语甲与术语乙的比喻而构成的,被用一种修辞的光泽来装饰。布鲁克斯承认,在意识到夜莺、布谷鸟和高地女孩自然的、自发性歌声之间的多重关系之前,他自己也曾认为华兹华斯的《孤独的割麦女》(*The Solitary Reaper*)④

① Cleanth Brooks, *The Well Wrought Urn*: *Studies in the Structure of Poetry*, New York: Reynal & Hitchcock, 1947, p.18.

② Cleanth Brooks, *Implications of an Organic Theory of Poetry*, M.H.Abrams, ed., *Literature and Belief*, New York: Columbia University Press, 1958, p.62.

③ Cleanth Brooks, *The Well Wrought Urn*: *Studies in the Structure of Poetry*, New York: Reynal & Hitchcock, 1947, pp.220, 226.

④ 《孤独的割麦女》:"你瞧,那孤独的山地少女!/那片田野里,就只她一个,/她割呀,唱呀;——停下来听吧,/要不就轻轻走过!/她独自割着,割下又捆好,/唱的是一支幽怨的曲调;/你听!这一片清越的音波/已经把深深的山谷淹没。//夜莺也没有更美的歌喉/来安慰那些困乏的旅客——/当他们找到了栖宿的绿洲,/在那阿拉伯大漠;/在赫布里底——天边的海岛,/春光里,听得见杜鹃啼叫,/一声声叫破海上的沉静,/也不及她的歌这样动听。//谁能告诉我她唱些什么?/也许这凄婉的歌声是咏叹/古老的、遥远的悲欢离合,/往昔年代的征战?/要么是一支平凡的曲子,/唱的是当今的寻常小事?/常见的痛苦、失意、忧愁——/以前有过的,以后还会有?//不管这姑娘唱的是什么,/她的歌仿佛没完没了;/只见她一边唱一边干活,/弯腰挥动着镰刀;/我一动不动,悄悄听着;/后来,我缓步登上山坡,/那歌调早已寂无声响,/却还在心底悠悠回荡。"见(英)华兹华斯:《华兹华斯抒情诗选》(英汉对照),杨德豫译,湖南文艺出版社1996年版,第165—167页。

第二节中的意象仅仅是一种装饰性的。他认为,"这样的比喻不能仅仅当作装饰而被打发掉:这首诗'讲述'的事情主要通过意象来言说。"①一个更真实的隐喻概念,本质是通过想象力,在意象和涉及的主题之间构建一种关系。表现为一种"客观对应物"(objective correlative)的言语表达,想象力理解这些元素(词语、声音、意义、暗示等),和这些极端(如真实客体和意象的外部极限,或特定意象的悖论性成分)的组合,通过想象力,获得完整的体验,充满张力,保持平衡,但是并不否定或消除这种张力。因此,隐喻既不是术语甲,也不是术语乙,也不是两者的并置连接,而是第三种事物,这种事物部分地存在于意象的秩序中,但是主要存在于想象力戏剧性的实际体验中。这实际上就是布鲁克斯提出的悖论性意图,也是他反对将意象区分为功能性和装饰性二元论的基础。

对布鲁克斯而言,所有的隐喻都同时是装饰性与功能性的。隐喻是功能性的,是因为它的美;隐喻是美的,是因为它的功能性。这种动态品性是隐喻的本质。在最适当的状态,隐喻是被体验到的诗,甚至可以当作一种体验。在隐喻中,反讽、意象和戏剧是混合在一起的。

1963 年 4 月,布鲁克斯在安大略教育协会(Ontario Education Association)大会的演讲中,提及威廉·斯坦福(William Bedell Stanford)依据老式的立体感幻灯机,对隐喻的有趣的解释。即利用略有不同的角度拍摄的相同物体的两张照片,使观众看到的不是两张图片,而是一张,"这张图片神奇地拥有一个深度,而这是两张中的任一张印在卡片上的'平面'视图所没有的"。②在诗歌中,隐喻执行的功能不是传达知识,也不是装饰润色,甚至不是这两种元素的同时传达。隐喻是想象力的生产,从两个已知的指示物(其中至少有一个是具体的感官意象)产生第三种事物:即隐喻的开花。③

隐喻通过间接的方式行进,是通过想象力迂回地到达焦点。诗人呈现的对两个客体的沉思,以某种方式彼此关联。隐喻创造对立面的融合,使对

---

① Cleanth Brooks, *Literary Criticism*: *Poet*, *Poem*, *and Reader*, Stanley Burnshaw, ed., *Varieties of Literary Experience*, New York: New York University Press, 1962, pp.99—100.

② Cleanth Brooks, "New Methods, Old Methods, and Basic Methods for Teaching Literature", *English Exchange*, IX(Fall 1963), p.6.

③ 参阅 Cleanth Brooks, *Modern Poetry and the Tradition*, Chapel Hill: University of North Carolina Press, 1939, pp.1—17。

立面协调。①隐喻不仅是间接的,而且是功能性与结构性的:它赋予诗歌生命与形式。"它是在结构意义上的诗歌。"②部分之间的相互关系与它们的相对位置,都是由隐喻决定的。诗歌体验建立在指示物之间的关系上。隐喻的语调正是诗歌的语调。③此外,隐喻中的关系是反讽的:它是意料之外的,是悖论性的。④在一个隐喻中,比较或并置的两个事物,可能看起来并不是相关的。这令人想起 17 世纪玄学派诗人的奇喻。这种新奇的、不寻常的火花,给予隐喻活力。而采用容易组合的元素,产生的将是一种缺乏诗歌材料的混合。

　　隐喻的另一个特征是它的动态性。隐喻不是静态的,它是运动的。隐喻不是简单地存在,而是发生。一个优秀的隐喻,当诗歌被阅读时,每次都会"发生"。隐喻的动态性紧密地与"戏剧性张力、和思想与情感的融合"联系在一起。⑤戏剧性品质只取代陈述;它的缺乏将导致诗的失败。⑥阿尔弗雷德·豪斯曼的成功在于他将诗歌的主题戏剧化了。⑦弥尔顿将撒旦的堕落表现得很好,在于它被戏剧化了。⑧美国南方作家获得最大的成功,是因为他们敏锐地看到人类根本性难题,并将其作戏剧性的理解。⑨对布鲁克斯而言,"文学最终是人类处境的一种戏剧化,而非一种行动的公式。"⑩他建

---

① Cleanth Brooks, *The Well Wrought Urn: Studies in the Structure of Poetry*, New York: Reynal & Hitchcock, 1947, p.18.

② Cleanth Brooks, *Modern Poetry and the Tradition*, Chapel Hill: University of North Carolina Press, 1939, p.15.

③ 参阅 Cleanth Brooks, *The Well Wrought Urn: Studies in the Structure of Poetry*, New York: Reynal & Hitchcock, 1947, p.102; Cleanth Brooks, *Modern Poetry and the Tradition*, Chapel Hill: University of North Carolina Press, 1939, p.95; Cleanth Brooks, "New Methods, Old Methods, and Basic Methods for Teaching Literature", *English Exchange*, IX(Fall 1963), p.10。

④ Cleanth Brooks, *The Well Wrought Urn: Studies in the Structure of Poetry*, New York: Reynal & Hitchcock, 1947, p.102.

⑤ Cleanth Brooks, "Milton and the New Criticism", *Sewanee Review*, LIX(Winter 1951), p.2.

⑥ Cleanth Brooks & Robert Penn Warren, *Understanding Poetry: An Anthology for College Students*, New York: Henry Holt and Company, Inc., 1938, pp.20, 135.

⑦ Cleanth Brooks, "Recovering Milton", *Kenyon Review*, XV(Autumn 1953), p.640.

⑧ Cleanth Brooks, "Milton and the New Criticism", *Sewanee Review*, LIX(Winter 1951), p.17.

⑨ Cleanth Brooks, "What Deep South Literature Needs", *Saturday Review of Literature*, XXV(September 19, 1942), p.9.

⑩ Cleanth Brooks, "Regionalism in American Literature", *Journal of Southern History*, XXVI(February 1960), p.37.

议在小说教学中,使用具体化与戏剧性。①

　　布鲁克斯认为,诗歌中隐喻的巧妙在于贯穿全篇,从头至尾,而不是突兀地使用,"信手拈来,临时借用,随后便抛诸脑后",②然后不再提起。诗人使用隐喻,应当像一个长情的爱人,不离不弃,变换着千百种方式,但都只爱着同一个人。如此方有力量,才能感动人心,给人以深刻印象。罗伯特·赫里克(Robert Herrick)在诗歌《克里娜去五朔节》(*Corinna's Going A Maying*)③中说人生苦短,像飘散的雨滴。这一隐喻之所以有强烈的感染力,在于此诗歌中的前两节就充斥了朝露的意象,而且从各个方面丰富着词典上没有的意义,如朝露可以象征着春天、黎明、情人们的青春,是大自然的赠礼,像珍贵的珠宝,适于少女们的装饰品,但是不长久,所以克里娜要享受着

---

①　Cleanth Brooks, *The Teaching of the Novel: Huckleberry Finn*, E. J. Gordon & E. S. Noyes, eds., *Essays on the Teaching of English*, New York: Appleton-Century-Crofts, 1960, p.206.

②　(美)克林思·布鲁克斯:《精致的瓮——诗歌结构研究》,郭乙瑶等译,上海人民出版社2008年版,第83页。

③　《克里娜去五朔节》:"起床,快起床,羞愧呀,这鲜花怒放的早晨/她的翅膀上站着未剪发的神。/看看黎明女神是如何挥洒/明媚而清新的颜色到空气中;/起床吧,小懒虫,看看/草丛树叶上晶莹的露珠。/每朵花都娇艳欲滴,并向东方朝拜/近一个小时了,你还未穿好衣裳/不! 起床时间没有那么长?/当所有的鸟都在晨祷/唱着感恩的赞美诗,/不,再呆在家中就是亵渎,/春季的这一天,有上千位童贞男女/去迎接五月,起得比云雀还要早。//起床吧,戴上你的树枝叶环,让人看看/走上前来,如春天一般清新娇嫩,像花神一样甜美。不要在意/礼服或头发上的珠宝,/不要担心;树叶会播撒/宝石增添你的魅力;此外,童年时光仍在,/为了你,东方明珠闪闪;/来迎接她们吧,当晨光/挂在夜晚的露水上;/东山上的泰坦/时退时停,直到你出来。洗漱,梳妆,祷告要短;/一旦我们要去五朔节,最好少祈祷。/来吧,我的克里娜,来吧;边走边打量/看每一块田地如何变成街道,每一条街道如何变成公园/树木葱绿,修剪整齐;看多么虔诚,/家家户户插着大树桠/或细枝条;每个门廊,每扇房门都这样/一所临时的小屋就是一艘方舟,/由白荆条整齐地编织搭建而成;/这里爱情的影子仿佛要更清凉。/这样的快乐在街上/在开阔的田野中,我们难道看不到吗?/来吧,到野外去;让我们服从/五月的宣告:/辜负春光实在罪过,我们不要再磨蹭;/我的克里娜,来吧,让我们去庆祝五朔节。//今天所有如花蕾初绽的少男少女/都已起床,前去迎接五月。/许多年轻人,正在往回走/用白色荆条装满家。/有人已分派送了他们的蛋糕和奶油/在我们停止做梦之前;/有人哭泣、求爱,并许下誓言,/选择他们的牧师,在我们可以摆脱懒惰的时候;/许多人已经摔倒在草地上;/许多吻,成单或成双;/许多的媚眼也已被抛送/从眼睛里,这爱的苍穹;/许多笑话都讲述了钥匙的背叛/今天晚上,锁已被精选,但我们却还没有去参加五朔节。//来吧,让我们前往,趁我们青春年少;/把握无害的嬉戏时光。/还未理解自由的意义/我们就将衰老死亡。/人生短暂,时光飞奔/迅如太阳之升降;/更何况,像水汽或雨滴/一旦丢失,再难寻觅,/所以当你或我创作了/寓言、歌谣,或转瞬即逝的阴影时,/所有的爱,所有的喜欢,所有的快乐/让它们与我们一起沉浸在无尽的夜空。/时光正好,我们却在衰老,/来吧,我的克里娜,来吧,让我们一起去五朔节。"

大自然的馈赠的话，她必须抓紧时间。亚历山大·蒲柏在《夺发记》中，把比琳达比喻为"荣耀的神圣仪式"的女祭司和女斗士，后来又把她描绘为牌桌上击败两位"冒险的骑士"的女勇士，诗末她又成为史诗中美女的征服者。可以看见，诗人运用的女勇士的隐喻其实是贯穿全诗的。这样的一再强调，使这一隐喻成为诗歌的重要有机构成，与主题紧密相连。同时，诗中三次提及易碎的瓷坛，暗示"贞洁与瓷器一样，都是脆弱的、珍贵的、无用的和易碎的"。①《谥圣》里的隐喻也是极其巧妙，而且一再重复，不断生发出新的相关意象。如诗人用蜉蝣、鹰和鸽、灯芯、凤凰来比喻恋人们。凤凰是鸟，又像灯芯一样燃烧，因此，凤凰这一意象将前面的两个隐喻鹰、鸽与灯芯结合起来，简直是天衣无缝。其实，蜉蝣在某种程度上也类似于飞鸟，只不过布鲁克斯没有将此包括在内。

布鲁克斯的隐喻观念可以根据隐喻与意象、象征、主题的关系，作进一步的阐释。意象为隐喻提供了基本的元素，即指称对象。布鲁克斯非常推崇意象的作用。他认为，如果把华兹华斯《她住在人迹不到的地方》（*She Dwelt Among the Untrodden Ways*）②诗歌中第二节删去，即把里面的两个意象"紫罗兰"和"星"删去，那么这首诗歌将大为逊色。两个意象的作用不仅仅是装饰，不仅仅是起到增加露西魅力的作用。例如，如果用"花园围墙中怒放的娇艳玫瑰"来代替"青苔石畔的一朵紫罗兰"，就觉得很不适合。因为露西天生的魅力，犹如紫罗兰一样，源自她的谦逊。她也是"半遮半掩"，默默无闻，不为人知。因此，在这首诗中，"在某种极为重要的意义上，意象就是这首诗歌本身"。布鲁克斯认为："意象并不只是一种用来描述诗人本可能用抽象术语来说的事物的有趣方式；也就是说，意象不是'附加的'，不只是装饰性的东西。"③意象能够把诗歌中的思想和情感联结在一起，以具体的事物将诗人的体验戏剧性地呈现出来。布鲁克斯一再坚持意象中的具体细节。"一般与普遍不是通过抽象而获取的，而是通过具体与特殊得到

---

① （美）克林斯·布鲁克斯：《精致的瓮——诗歌结构研究》，郭乙瑶等译，上海人民出版社2008年版，第93页。

② 《她住在人迹不到的地方》："她住在人迹不到的地方，/就在鸽泉的周围，/这个姑娘谁也不赞赏，/很少人和她相爱。//青苔石畔的一朵紫罗兰，/在眼前半遮半掩，/一颗星一样的美，孤单单/闪耀在远处天边。//活着没人知，几个人知道/她死去的那一刻钟；/如今她躺在坟中，啊，我感到有多么不同。"见（美）克林思·布鲁克斯：《反讽——一种结构原则》，袁可嘉译，载赵毅衡编选：《"新批评"文集》，中国社会科学出版社1988年版，第341页。

③ Cleanth Brooks & Robert Penn Warren, *Understanding Poetry*, Beijing: Foreign Language Teaching and Research Press, 2004, p.221.

的。"①悲剧要求具体性，以传达"戏剧性含混、反讽、通过斗争而达到的决议。"②布鲁克斯注意到，福克纳和美国南方其他作家使他们的意象生效的一个鲜明的特征，就是运用具体的细节。③细节的丰富性可以防止故事变成一个明显的寓言。④

布鲁克斯认为意象是隐喻的基本成分。意象是诗歌中某种感觉经验的再现。意象不仅仅包含"思想的图像"（mental pictures），而且可能诉诸任何感觉。诗歌的特性就是不断地呼吁各种感觉，这是以另一种方式表明诗歌是具体的。但是诗人通常只是用意象来描述事物，而通过比较来使其陈述鲜明化，传达其观点，即所谓的比喻性语言。比喻性语言最常见的类型是明喻和隐喻。⑤意象的作用很重要，它不只是一种装饰，而是一种交流的方式。每首诗在某些方面都要涉及意象。在诗意的交流中，意象的功能从不像有些人所说的只是一种图示。

与隐喻进程密切相关的是诗人创造或使用象征的进程。象征是通过隐喻而获得的一种关系。象征有可能被视为首项被省略的隐喻，它建立在意象构建的基础上，以扩展自身，超越隐喻。威尔伯·亚班（Wilbur Marshall Urban）在《语言与现实》（*Language and Reality*）中说："当通过这种方法时，我们具体表达一个理想的内容，否则只是可表达的，隐喻变成一个象征。"⑥象征是一种抽象的表现，涉及具体意象的使用，以传达一种更深层的内涵；但是这种意象首先必须放在隐喻的形式中，以达到象征的目的。通过这种方式，隐喻变成象征的基本单元或构成元素，正如意象是隐喻的基本单元或构成元素一样。布鲁克斯赞同亚班的"作为象征的隐喻"，他选择运用"功能性隐喻"这一术语来传达相同的概念。正是通过象征，文学与生活相

---

① Cleanth Brooks, "The Formalist Critic", *Kenyon Review*, XIII(Winter 1951), p.72.

② Cleanth Brooks, *Modern Poetry and the Tradition*, Chapel Hill: University of North Carolina Press, 1939, p.218.

③ 参阅 Cleanth Brooks, *The Teaching of the Novel: Huckleberry Finn*, E.J.Gordon & E.S.Noyes, eds., *Essays on the Teaching of English*, New York: Appleton-Century-Crofts, 1960, p.206; Cleanth Brooks, "Faulkner's Vison of Good and Evil", *Massachusetts Review*(Summer 1962), p.711.

④ Cleanth Brooks, "Faulkner's Savage Arcadia", *Virginia Quarterly Review*, XXXIX(Fall 1963), p.603.

⑤ Cleanth Brooks & Robert Penn Warren, *Understanding Poetry: An Anthology for College Students*, New York: Henry Holt and Company, Inc., 1938, p.633.

⑥ Cleanth Brooks, *The Well Wrought Urn: Studies in the Structure of Poetry*, New York: Reynal & Hitchcock, 1947, p.260.

关。通过诗人想象力的选择性与创造性之眼，文学的人文主义功能通过一种特殊的透镜或棱镜，以给予焦点人物一种特定的效果。诗歌讲述生活，不是通过科学的陈述，而是隐喻。隐喻又创造了象征。甚至神话也被包括在现代诗歌所恢复的这种象征的、非科学的表达模式之中。[1]某些象征是传统的，即被普遍接受。例如，一般认为十字架是基督教的象征，国旗是国家的象征。但是诗人不能只使用传统的象征，他必须经常创造自己的象征。[2]而读者要真正理解一首诗歌，他就必须要明白诗歌中的象征。布鲁克斯曾经把读者比喻为圣杯传说中的骑士："在传说中，骑士只有询问他所看到的事物——追寻向他所展示的象征的含义时，才能解除诅咒。如果他只是对这些象征感到惊讶，而不去询问，那么真相并不会向他展露。如果要去体验一首诗——而不仅仅是被'告诉'它的主题——就必须留意所看到事物的意义。否则就只能发现混杂的碎片被绑在一起，形成一个抽象而任意的事物，而从来没有一个统一的意义。"[3]

布鲁克斯在《理解诗歌》(第四版)的"比喻语言：隐喻和象征"一章中，通过具体的诗歌案例，详细地阐述了隐喻与象征的区别与联系。他首先分析华莱士·史蒂文斯的诗《坛子轶事》(*Anecdote of the Jar*)[4]来说明什么是象征。布鲁克斯认为，占据这首诗中心的是坛子的意象，它非常普通，"灰色的，未施彩妆"，可以假设它是一个瓦罐。但是这首诗非常怪异，这种怪异从其第一行开始就显现出来。一般来说，坛子是放在门阶、架子或桌子上等这样的地方，但是叙事者说"我把一只坛放在田纳西"，因此读者就有一种模糊的观念，即一只手举着一个坛子移动，以一种非常不平凡的样子，越过肯塔基州或者弗吉尼亚州，也许是越过一幅地图，然后在田纳西州发现一座真正的山，将坛子放置其上。但是说把坛子放在一座山上，这是非常怪异的说话

① Cleanth Brooks, *Christianity*, *Myth*, *and the Symbolism of Poetry*, Finley Eversole, ed., *Christian Faith and the Contemporary Arts*, New York: Abingdon Press, 1962, p.102.

② Cleanth Brooks & Robert Penn Warren, *Understanding Poetry*: *An Anthology for College Students*, New York: Henry Holt and Company, Inc., 1938, p.634.

③ Cleanth Brooks & Robert Penn Warren, *Understanding Poetry*, Beijing: Foreign Language Teaching and Research Press, 2004, p.308.

④ 《坛子轶事》："我把一只坛放在田纳西，/它是圆的，置在山巅。/它使凌乱的荒野，/围着山峰排列。//于是荒野向坛子涌起，/匍匐在四周，再不荒莽。/坛子圆圆地置在地上，/高高屹立，巍峨庄严。//它君临着四面八方，/坛是灰色的，未施彩妆。/它无法产生鸟或树丛，/不像田纳西别的事物。"见辜正坤主编：《世界名诗鉴赏词典》，赵毅衡译，北京大学出版社1990年版，第637—638页。

方式。坛子是如此小,可以把它放在地上、树桩上或岩石上,但是不能说把它放在一座山上。因此,"这个坛子在某种程度上隐约地就像一棵树、一块大石头,或者一个纪念碑。这个坛子有一些神秘的品质。"①这个坛子是象征;也就是说它是一个意象,其自身体现或是"代表了"一种复杂的情感和观念。②

象征、隐喻和明喻都具有类比的功能,而类比意味着通常被认为非常不相像的事物之间的一致性。"类比是人类伟大的进程,通过它,我们在置身于令人困惑的世界中得以定位自己,并对这个世界和我们自己有更多的发现。"③明喻一般要用到"好像""如"之类的比喻词,所以比较好区分。但是象征和隐喻都不用比喻词,就较难区别了。布鲁克斯认为,有一个简单实际的方法可资利用:"如果不能从字面上得到理解的话,这个处于疑问中的词或短语就是一个隐喻"。④否则就是象征。如罗伯特·弗罗斯特的《荒野》(Desert Places),⑤布鲁克斯认为该诗前三节基本上都是描述性的,随着诗歌语境的发展,逐渐建构起一种情绪和态度,这些被刻画的景物开始获得了象征的力量。这些意象,甚至"什么都不表现,也没什么可以表述"的"夜中的白雪",都能够从字面上得到理解。但是第四节中"自己的荒野"(my own desert places)却不能从字面上得到理解,并不能把它理解为在我的头中有个大洞。星际间的"空虚"(empty spaces)并不能在人的头脑或身体内产生。在此,只有把这个短语当作类比,或者说"隐喻",才有意义。即这个短语实际上是说我发现自己的精神状态是一种可怕的空虚——在我自己心灵深处的孤寂和空虚。象征、隐喻和明喻,有时在同一首诗中可以同时存在,往往存在交叉的情况。虽然不能区分象征和隐喻,并不是很大的问题,但是如果能将两者区别开来,有助于理解诗歌是如何产生的,以及它们是如何影

① Cleanth Brooks & Robert Penn Warren, *Understanding Poetry*, Beijing: Foreign Language Teaching and Research Press, 2004, p.200.

② Cleanth Brooks & Robert Penn Warren, *Understanding Poetry*, Beijing: Foreign Language Teaching and Research Press, 2004, p.201.

③④ Cleanth Brooks & Robert Penn Warren, *Understanding Poetry*, Beijing: Foreign Language Teaching and Research Press, 2004, p.205.

⑤ 《荒野》:"大雪和夜一道降临,那么迅捷,/压向我路过时凝望的一片田野,/田野几乎被雪盖成白茫茫一片,/只有少数荒草和麦茬探出积雪。//这是它们的——周围的树林说。/所有动物都被埋进了藏身之所。/我太缺乏生气,不值得被掩埋,/但孤独早已不知不觉把我包裹。//尽管孤独乃寂寞,但那种孤寂/在其减弱之前还将会变本加厉——/白茫茫的雪夜将变成一片空白,/没有任何内容可以表露或显示。//人们要吓唬我不能用苍茫太空——/无人类居住的星球之间的太空。/我能用自己的荒野来吓唬自己,/这片荒野离我家近在咫尺之中。"见(美)弗罗斯特:《弗罗斯特集》(上),曹明伦译,辽宁教育出版社2002年版,第375—376页。

响读者情感的。①

布鲁克斯认为,隐喻至少看起来比象征要倾向于再有意识的类比。隐喻不需要智力和机巧,但是机巧的效果可以发生在非常严肃的浪漫爱情或宗教信仰的诗歌中。多恩、安德鲁·马维尔(Andrew Marvel)的诗歌和莎士比亚的戏剧中可以找到许多这样的隐喻。象征似乎比隐喻要更"自然"、自发。象征几乎从来都不像隐喻那样有时会显得令人震惊或惊奇。除非象征具有传统和任意的意义,如十字架(指基督教)或星条旗(指美国),否则象征单纯地从一开始就声明它的意义,可能很难让人印象深刻。仔细观察就能证明,成功的象征非常依赖支撑的语境,诗人的象征意义似乎毫不费力地从诗歌中发展出来——无论是有意识的机智还是纯粹的本能或灵感——适当的语境显示出客体(行动或过程)的象征意义,这个客体就成了意义的工具。玄学派诗人如多恩、安德鲁·马维尔是卓越的、喜欢用大胆而复杂的隐喻的大师。而浪漫主义诗人如华兹华斯、柯勒律治、济慈等喜欢使用象征的手法,如《她住在人迹不到的地方》、《紫杉树》(Yew-trees)和《夜莺颂》(Ode to a Nightingale)等诗中就表现得极为明显。②

如果一个象征被某种程度的普遍相似性所滋养,华兹华斯的紫杉树就成为永恒自然本身的一种象征,成为外在于人类历史的领域的事物。但在培育和持久的历史中,隐喻的力量来自对比——经常来自非常不相像的事物之间的对比。一对浪漫的恋人的合一,通常认为不可能与圆规的两条腿有什么相似的地方。这种比较的有效性与这种不协调有很大的关系。

塞缪尔·约翰逊在考察玄学派诗人的意象时提出了一个观点,即"通过暴力使异质思想结合在一起"(heterogeneous ideas yoked by violence)。大多数人可能会说这些意象实现了真正的统一才是最好的,而并不是简单地被暴力所联结。但是隐喻的运行机制,一直是通过某种程度的不协调和令人震惊的不相似,来最终证明它们其实是"相似的"。③

布鲁克斯还援引维姆萨特,认为浪漫主义的思路(比较的推力)和工具(在比较中使用的具体的物体或进程)通常是将相同的材料制造出来。浪漫

① Cleanth Brooks & Robert Penn Warren, *Understanding Poetry*, Beijing: Foreign Language Teaching and Research Press, 2004, pp.205—206.
② Cleanth Brooks & Robert Penn Warren, *Understanding Poetry*, Beijing: Foreign Language Teaching and Research Press, 2004, pp.577—578.
③ Cleanth Brooks & Robert Penn Warren, *Understanding Poetry*, Beijing: Foreign Language Teaching and Research Press, 2004, p.578.

主义诗人并不会把两个截然不同的语境拉出来，而是利用本质上相同的语境。如露西像紫罗兰或一颗星那样甜美、健康和自然的。在浪漫主义的意象中，差异中的张力因素不像玄学派诗歌中的机智那样重要，浪漫主义自然的意象喜欢暗示，而不是公开的声明，因此比玄学派更接近象征主义诗歌。但是，布鲁克斯也警告道："然而，我们不能过分简化这种情境，认为隐喻比象征更人工、更不自然。象征也可能被非常精确而正式地建构（如在寓言中）。"①在寓言中，象征有相当严格而复杂的模式。如在班扬（John Bunyan）的《天路历程》（*The Pilgrim's Progress*）中，名为基督徒的主人公决定逃离毁灭之城（即世俗的城市），开启他去天国的朝圣之旅（即他的人生旅程）。在旅程中他遇到各种各样的困难。他几乎被绝望的深渊淹没，他寻找被巨大的绝望所禁锢的一个时代，等等。寓言可以是天真的，或者复杂的，可以是机械的，或者丰富而精微的。这种方法既不能保证一首好诗，也不能谴责它导致失败。象征典型的处理方式确实代表着一种特殊的、但不是必需的东西。关键是它可以像最复杂的隐喻用法一样具有自我意识。

隐喻实际上是非常自然的过程，不一定需要智力。语言本身可能一开始就是隐喻。日常生活中的语言有许多表达是已经"死亡的"隐喻，如"针眼""河床""桌脚""国家首脑"等。这些隐喻之所以死亡，是因为停止了在截然不同的语境之间进行交易，并通过习惯用法而被冻结在一种语境中。一个隐喻如果要让人觉得生动，必须是给人以新鲜之感。隐喻的一个定义实际上就是"新的命名"（new naming）。也就是说，隐喻就是替换掉一种庸常的命名事物、行动或进程的方式。②

当首次接触到由作家所创造的象征时，可能会觉得新鲜。如《红字》（*The Scarlet Letter*）中的女主人公海丝特·白兰（Hester Prynne）被要求在胸前佩上鲜红的字母"A"，是因为她的通奸行为（Adultery）而受到谴责。后来因为海丝特的行为，这个字母逐渐地对社区有了其他的意义，变成了能干（Able），即能够帮助生病者或遭受折磨者的人。再后来成为可敬佩的（Admirable），最后甚至成为天使（Angle）的象征。还有人认为它可能代表爱情（Amorous）、艺术（Art）、前进（Advance）或者美国（America）等。尽管象征可以被作者操控或创造，改变"固定"意义并赋予新的意义，但是，许多

---

① Cleanth Brooks & Robert Penn Warren, *Understanding Poetry*, Beijing: Foreign Language Teaching and Research Press, 2004, p.579.

② Cleanth Brooks & Robert Penn Warren, *Understanding Poetry*, Beijing: Foreign Language Teaching and Research Press, 2004, p.580.

象征的意义与我们所生活的世界有着某种基本的联系。许多象征在人类的经验中根深蒂固，可以被视为原型。例如，太阳是赋予生命的伟大力量，它提供了热量和光线，使我们的生命得以可能。从远古时代起，人们就讲"正义的太阳""驱散黑暗力量的真理之光"，或春天滋养的阳光击溃死亡的力量等。然而，阳光可能也有罪恶的一面：它可能是沙漠的太阳，其强烈的眩光能使一切事物枯萎焦干，是一种死亡的力量。总之，虽然在文学中使用的象征和一般原型之间有关系，但是个体作者的想象力决定了象征的适用性和使用。诗人不能单纯地从故纸堆里寻找合适的原型，要相信这样的原型会自动地为他工作。①

综上所述：隐喻和象征代表着文学艺术家利用具体独特的某种事物（物体、行动、进程），来传达深层意义的方式。这两种方式都可以使用，也可能被滥用。两者都是类比进程中的一部分，藉此我们得以发现我们经验中往往是相互冲撞而异质的元素的模式。作为统一我们的体验并理解它的方法，我们在日常生活中不断地使用隐喻和象征，而不仅仅是在文学作品中。象征和隐喻有自己独特的个性，但有时会重叠。有时，可能很难确定到底是隐喻还是象征，如《她住在人迹不到的地方》中的紫罗兰，或埃德蒙·瓦勒（Edmund Waller）的《去吧，可爱的玫瑰》（*Go，Lovely Rose*）②中的玫瑰。③

主题是这种进程的下一个项目：它是一组象征的统一者。主题使出现在特定作品中的象征相互关联。或者说，特定的象征相互关联，产生了主题。有时，主题可能是一个单一的象征的充分发展与展开。在此，语调和具体的细节起到重要的作用："在一首真正的诗中，主题并不让我们遭遇抽象。"④通过"寻找主题合适的象征，被参与的隐喻定义、提炼"，主题变成生活现实中

---

① Cleanth Brooks & Robert Penn Warren, *Understanding Poetry*, Beijing：Foreign Language Teaching and Research Press，2004，pp.580—581.

② 《去吧，可爱的玫瑰》："去吧，可爱的玫瑰，/去告诉她你误了青春，也让我憔悴。/去让她知道，我如今把她比做你，/是因为她跟你一样甜蜜又美丽。//去告诉那年轻的姑娘，/叫她不要将自己的美貌隐藏。/告诉她如果你生长在无人居住的沙漠里，/你的美丽必定到死也无人知。//如果美一定要避开光亮，/那它还有什么价值。/叫她从暗里走出来，/由人欣赏由人爱。//花儿，然后你去死吧！/由此她才会懂得/一切珍奇的命运，/那就是——只能活短短的一瞬。"见顾飞荣主编：《最美英文爱情诗歌》，安徽科学技术出版社 2006 年版，第 67 页。

③ Cleanth Brooks & Robert Penn Warren, *Understanding Poetry*, Beijing：Foreign Language Teaching and Research Press，2004，p.581.

④ Cleanth Brooks, *Irony as a Principle of Structure*, M.D.Zabel, ed., *Literary Opinion in America*, second edition, New York：Harperand Brothers，1951，p.740.

的一部分。①布鲁克斯观察到,亚历山大·蒲柏贯穿《夺发记》的主题,都是一种类型,每个主题有几组隐喻。因此,构建起主旨。②在阿尔弗雷德·豪斯曼的诗歌中,主题被通过尖锐的对比而戏剧化,通过隐喻的手段而富有活力。③在《失乐园》中,"弥尔顿的太阳比喻,与这首诗的主题紧密地融为一体。它并不是松散的装饰。"④

因此,布鲁克斯分析的结构层次可以归纳如下:主题建立在象征上,正如象征是建立在隐喻上,隐喻建立在意象上一样。即主题—象征—隐喻—意象,构成一种从高到低的等级制度。主题是一种"多面的、三维的事物,……是植根并生长于具体体验之上的一种洞察力。"⑤

二、隐喻的创新

此外,布鲁克斯还反对诗人是语言的生产者和给予者这种说法。虽然这种说法在西方由来已久,甚至可以追溯到乔叟(Geoffrey Chaucer)和埃德蒙·斯宾塞(Edmund Spenser)——他们两人都声称要把复活一种已死的语言与创造一种新的习语相结合,形成一种新的可能。当然,持这种说法的最著名的人还是要算雪莱,他在《为诗辩护》(A Defence of Poetry)中声称诗人是语言制造者,是"世间未经公认的立法者"。⑥布鲁克斯认为,诗人不是通过制造出新的词语来给予语言新的维度,而是通过使用灵巧而独创性的隐喻,给旧词注入一种新的生命。通过反讽、悖论和隐喻的使用,诗人赋予语言以新的维度。对现代诗人而言,通过打破传统诗人置于隐喻之上的要求,即其主题一定要是美丽的、高贵的等等这种限制,诗人创新的机会将大大地增加。

布鲁克斯对语言的关注不仅仅是作为一位语义学者——像罗纳德·克

---

① Cleanth Brooks, *Irony as a Principle of Structure*, M.D.Zabel, ed., *Literary Opinion in America*, second edition, New York: Harperand Brothers, 1951, p.729.

② Cleanth Brooks, *The Well Wrought Urn: Studies in the Structure of Poetry*, New York: Reynal & Hitchcock, 1947, p.85.

③ Cleanth Brooks, "Review of Houseman's Collected Poems", *Kenyon Review*, III(Winter 1941), p.106.

④ Cleanth Brooks, "Milton and the New Criticism", *Sewanee Review*, LIX(Winter 1951), p.11.

⑤ Cleanth Brooks, "Milton and the New Criticism", *Sewanee Review*, LIX(Winter 1951), p.14.

⑥ 伍蠡甫,胡经之主编:《西方文艺理论名著选编》(中卷),北京大学出版社 1986 年版(2006 年重印),第 81 页。

莱恩所宣称的那样——也不仅仅是一位辞句批评的初学者。保存思想的纯粹和表达上的纯粹是一种深层的关注。布鲁克斯宣称:"我关注在语言中发生的事情。"①并且沮丧地评论,说人们生活在"狂热的修辞"时代,"语言是重要的,低质量的、腐败的语言应对当前令人伤心的交流失败、甚至是自我认识的失败负责任。"②

布鲁克斯对任何歪曲他的观点或断章取义的批评都非常恼怒。他抗议道:"当然,没有哪个头脑正常的人会真正对空洞的形式感兴趣。词语打开整个情感、理念和行为的世界。因此,我谈论的'词语的排列',是多样的人性本身的一种特殊反映。词语不仅仅是语音的即兴创作;它们是有意义的。"③当评判布鲁克斯的诗学时,要对这段话给予足够的重视。

布鲁克斯对诗歌中的隐喻的价值赋予了极为重要的地位。他几乎在其所有的著作中都激烈地抨击隐喻的装饰性观念。布鲁克斯是继瑞恰慈之后阐明隐喻复杂而迷人属性的第一人。正如弗兰克·兰特里夏所说,布鲁克斯把隐喻看作是"诗歌的微观缩影"。④布鲁克斯希望读者不仅明白工具和目的之间的一致性,而且明白诗人如何在相互施加压力的工具和目的之间营造出一致性。布鲁克斯强调是张力将材料组合在一起。诗人并不是宣称A是A,而是说A是B——或者用一个用滥了的例子,不是说玫瑰是玫瑰,而是说他的爱是玫瑰,或者说真正的爱人的心灵像平行线,或者说他们的心灵像圆规的腿。那就是导致布鲁克斯为何说"比喻就是诗歌"的原因。⑤

布鲁克斯对隐喻的功能非常重视,他与合著者在《西洋文学批评史》(*Literary Criticism：A Short History*)的后记中坚称,隐喻是融合一般和特殊的"唯一的语言结构"。因此,他们断言:"隐喻是实质性的——或者模拟实质性的——一般性。"⑥

---

① Cleanth Brooks，"Telling it like it is in the Tower of Babel"，*Sewanee Review*，(Winter 1971)，p.137.

② Cleanth Brooks，"Telling it like it is in the Tower of Babel"，*Sewanee Review*，(Winter 1971)，pp.146—147.

③ Lewis P.Simpson, ed.，*The Possibilities of Order：Cleanth Brooks and His Work*，Baton Rouge：Louisiana State University Press，1976，p.22.

④ Frank Lentricchia，"The Place of Cleanth Brooks"，*Journal of Aesthetics and Art Criticism*，29，No.2(Winter 1970)，p.245.

⑤ Cleanth Brooks，*Modern Poetry and the Tradition*，Chapel Hill：North Carolina Press，1939，p.15.

⑥ William K.Wimsatt & Cleanth Brooks，*Literary Criticism：A Short History*，New York：Alfred A.Knopf，1957，pp.749—750.

新批评家们从对玄学派诗人的研究中,学到欣赏隐喻中异质性的价值。当然,远在现代批评家之前,塞缪尔·约翰逊就令人难忘地描述了隐喻性意象的属性,声称诗歌中最大的异构性思想是被用暴力结合在一起的。当然,塞缪尔·约翰逊将此视为一种缺陷。但是布鲁克斯像艾略特和瑞恰慈一样,认为它是所有诗歌的真正本质,而不仅仅是玄学派诗歌的一种属性。

具有批评家的一般常识和天生的敏感,布鲁克斯对辩证类型的隐喻的局限性也知道很清楚。他在 1965 年的一篇论文中指出:"一种失败在于,不同的元素被如此粗暴地挤压,以致这种类比显得无意义。……其他的失败是因为直接对抗的不同元素都消失了,术语之间的关系分解成一种暧昧的情感模糊。"①若干年后,在一篇关于瑞恰慈的论文中,布鲁克斯显示出他能够从混乱和纯粹的多样性中辨别出成功的、成形的异质性。他清醒地认识到,在"过分含混的隐喻中,……异质性思想被暴力组合在一起,一直被纯粹的意志所强迫去暂时性接触,但是因为仅仅是由暴力组合在一起,而不是真正的和解,它们四分五裂"。②在此,布鲁克斯显示出良好的辨别力,没有理由指责他窃取了一个肤浅的观念。在所有的这些棘手问题中,并不是判断标准这样的理论,而是实际的诗歌研究。

明显地,布鲁克斯的隐喻概念还受到瑞恰慈等人的影响。瑞恰慈在《修辞哲学》(*The Philosophy Rhetoric*)中首次将注意力引向上下文的相互作用,因为正是这种相互作用在隐喻中创造意义。随后,马克斯·布莱克(Max Black)在《模式和隐喻》(*Models and Metaphors*:*Studies in Language and Philosophy*)中,将瑞恰慈的理论称为"隐喻相互作用的观点。"布莱克提供了"焦点"(focus)和"框架"(frame)来替代瑞恰慈的"工具"(vehicle)和"主旨"(tenor),③并指出它们通过"一系列有关联的平常事物"而被连接在一起。④布莱克的著作瞄准了处理隐喻时更大的技巧性策略和精度。因此,瑞恰慈之后的理论家更系统地撰写有关隐喻的问题。但是正如保

① Cleanth Brooks, "Metaphor, Paradox and Stereotype", *British Journal of Aesthetics*, V (1965), p.321.

② Cleanth Brooks, *I.A.Richards and the Concept of Tension*, Reuben Brower, Helen Vendler & John Hollander, eds., *I.A.Richards*:*Essays in His Honor*, New York:Oxford University Press, 1973, p.139.

③ Max Black, *Models and Metaphors*:*Studies in Language and Philosophy*, Ithaca:Cornell University Press, 1962, p.28.

④ Max Black, *Models and Metaphors*:*Studies in Language and Philosophy*, Ithaca:Cornell University Press, 1962, p.40.

罗·利科(Paul Ricœur)在《隐喻的规则》(*The Rule of Metaphor*)中指出的,他们"并没有使瑞恰慈的著作黯然失色"。因为瑞恰慈"作出了突破性进展;在他之后,马克斯·布莱克和其他人占领、组织了这一领域"。①保罗·利科在书中倾注了大量注意力的一点是他称作"隐喻和参照"的事物。这种讨论使保罗·利科非常接近新批评对隐喻和诗学真理的主张,如他对外延问题的解决。保罗·利科说:"在由描述性话语的规范所定义的意义上,提出参照的暂停,是参照更基础模式外观的负面情况,它的阐释是理解的任务。"他进一步表示,"真正的参照的暂停是接近有效的参照模式的情况。"一个同样有趣的结论是:"一个具体客体的创造——诗歌本身——切断语言符号的说教功能,但是同时用虚构模式和情感打开通往真实的道路。"利科相信:"我们首要的任务是克服外延和内涵之间的相对,把隐喻性的参照嵌入到一个广义的外延理论中。"②无疑这是保罗·利科为克服诗学参照和隐喻问题的建议。虽然保罗·利科认为在处理隐喻性参照时哲学优于诗歌,但是他与美国新批评者的密切关系是值得考虑的。正是因为这一点,戴维·赫希(David Hirsch)认为后来的隐喻理论提升了新批评的地位。他强调在"低能"隐喻与"高能"隐喻之间作出区别。前者是指日常语言中常见的,后者是诗学话语的中心。③这相当于正面声援了布鲁克斯在批评实践中对隐喻的重视。

　　保罗·利科、马克斯·布莱克和戴维·赫希等人推进瑞恰慈的隐喻观念理论性的一面,而布鲁克斯等文学批评家则将瑞恰慈的思想运用于批评实践。当然,在实际的作品批评中,布鲁克斯也提出一个问题:为何诗人要用如此乏味的方式,运用隐喻和象征来传达他想说的意思呢? 即为何诗人倾向于采用"非直接的"方法? 布鲁克斯相信这是保存体验的复杂性的唯一方法。对布鲁克斯而言,一首诗歌不是一个公式,而是一个具体的情境戏剧。作为一位批评家,他成功地证明了一种观念,即诗歌彼此之间的固有属性如此不同,如艾略特的《荒原》和丁尼生的《泪,空流的泪》。

　　布鲁克斯相信,隐喻与诗歌的复杂性密切相关。而像其"反讽"或"悖论"一样,布鲁克斯的诗歌的"复杂性"观念也招致一些批评家的非议。布鲁

①　Paul Ricoeur, *The Rule of Metaphor*: *The Creation of Meaning in Language*, Toronto: University of Toronto Press, 1977, pp.83—84.

②　Paul Ricoeur, *The Rule of Metaphor*: *The Creation of Meaning in Language*, Toronto: University of Toronto Press, 1977, pp.229—231.

③　David Hirsch, "Dwelling in Metaphor", *Sewanee Review*(Winter 1981), pp.95—110.

克斯通过不同的方式描述复杂性观念,作为诗歌成熟的标准,以致莫瑞·克里格(Murray Krieger)授予布鲁克斯"上下文复杂性导师"的称号。①克里格对此感到焦虑,他认为布鲁克斯没有将事情简化,而是倾向于挖掘无穷无尽的复杂性,最终使理论高度浪漫化。②克里格认为诗人不能够允许过多的包容性,他害怕这样的理论只会趋向"诗学谜团",将不受抑制地增加"世界的混乱"。③克里格过于拘泥于细节,而且有时过于肤浅,有时又喜欢使用深奥的术语。对那些只能在实证层面被决定的问题,他却要求抽象的答案。布鲁克斯的卓越之处在于他很少屈服于某一位理论家的理论。

布鲁克斯在对诗歌复杂性的坚持上毫不妥协。他坚持认为,诗歌不能"被无情地修剪","成熟、真理和完整的人性,要求理解人类体验的复杂性。"④布鲁克斯在《精致的瓮》中维护了自己立场的一致性,他说:"诗歌,如果是真正的诗歌,是现实的幻影——在这种意义上,他至少是一种模仿——通过成为一种体验,而只是任何的关于体验的陈述,或只是来自体验的抽象。"⑤布鲁克斯将奥登与惠特曼(Walt Whitman)对比,认为惠特曼的诗歌非常低劣,没有可比的组织原则。布鲁克斯虽然也意识到惠特曼的泛神论与一元论视角,但是他更欣赏奥登通过将不和谐同化成有意义的模式的能力,认为奥登充分展示了其艺术的优越性。⑥

在一篇论述瑞恰慈的论文中,布鲁克斯阐述了其更成熟的关于包容性观念的属性和价值。通过比较包容性的诗歌与排斥性诗歌,布鲁克斯指出:如果诗歌"严重地依靠极端的排斥性,表达一种非常简单的态度或一个特定的主题",那么它们非常容易堕入"多愁善感、说教或色情作品"的境地。因为"在这些不同的灵感下,诗人竭力想强加给读者某种特定的短

---

① Murray Krieger, *The New Apologists for Poetry*, Bloomington: Indiana University Press, 1963, p.131.

② Murray Krieger, *The New Apologists for Poetry*, Bloomington: Indiana University Press, 1963, p.126.

③ Murray Krieger, *The New Apologists for Poetry*, Bloomington: Indiana University Press, 1963, p.132.

④ Cleanth Brooks, *I.A.Richards and the Concept of Tension*, Reuben Brower, Helen Vendler & John Hollander, eds., *I.A.Richards: Essays in His Honor*, New York: Oxford University Press, 1973, p.138.

⑤ Cleanth Brooks, *The Well Wrought Urn: Studies in the Structure of Poetry*, New York: Reynal & Hitchcock, 1947, p.213.

⑥ Cleanth Brooks, *Modern Poetry and the Tradition*, Chapel Hill: North Carolina Press, 1939, p.131.

期影响",但是这样一来,他将付出丧失"情感的成熟、真理和完整人性的维度"的代价。①布鲁克斯坚信,无论如何都必须避免使理性元素成为控制因素,避免把诗歌归纳为"系统的话语和命题性真理"。

布鲁克斯早年在《南方评论》第一期发表了一组论文《诗歌中的三次革命》,第一次公开表达了他强调隐喻与诗歌复杂性的批评主张。这组论文有三篇文章,分别为《隐喻与传统》(*Metaphor and the Tradition*)、《巧智与庄重》、《玄学派诗歌与象牙塔》(*Metaphysical Poetry and the Ivory Tower*)。这些文章是对 20 世纪诗歌的某种形式的论述,主要是叶芝—艾略特学派,认为这些现代诗歌实际上是 17 世纪玄学派诗歌的一次复兴。而玄学派诗歌往往具有严厉、简洁、理智、结构紧凑的特点,本质上是一个展开的隐喻。在这些文章中,布鲁克斯指出导致英语诗歌远离玄学派传统的几种倾向:一方面是 18 世纪的塞缪尔·约翰逊和约瑟夫·艾迪生(Joseph Addison)的批评,将重点从智力转换到幻想;另一方面是 19 世纪的浪漫主义,使自由想象和情感与感伤的诗歌经典化。这组论文广为人知,并几乎被普遍接受,代表了当时初出茅庐的布鲁克斯的敏锐与洞见。这种思想的萌芽在艾略特关于玄学派诗人的论文中就出现了,但是布鲁克斯对这种观念进行了扩展,使其得以充分发展。②

布鲁克斯对玄学派隐喻与智力传统的坚定支持,在其许多论文中都得以体现。如他对艾略特《荒原》的分析,他的《叶芝的灵视》(*Vision of William Butler Yeats*)等。③他的专著《现代诗与传统》中至少有一半的章节蕴含了这种思想,详细地展示了现代诗歌是如何继承了隐喻、智力等英国诗歌早期的传统。正是在这一点上,布鲁克斯开始了他辉煌的文学批评生涯,给现当代诗人的创作带来了一场彻底的革命。

①　Cleanth Brooks, *I.A.Richards and the Concept of Tension*, Reuben Brower, Helen Vendler & John Hollander, eds., *I.A.Richards: Essays in His Honor*, New York: Oxford University Press, 1973, p.138.

②　参阅 Cleanth Brooks, "The Modern Southern Poet", *Virginia Quarterly Review*, XI (April 1935), pp.305—320。

③　参阅 Cleanth Brooks, "The Waste Land: an Analysis", *Southern Review*, III(Summer 1937), pp.106—136; Cleanth Brooks, "Vision of William Butler Yeats", *Southern Review*, IV(Summer 1938), pp.116—142。

第二章　布鲁克斯诗学的实践运用

布鲁克斯的声誉主要来自其在诗歌批评上的理论与实践,但是他在戏剧批评、小说批评与教学实践等方面也有不俗的表现。他在诗歌、戏剧和小说批评中,都强调其诗学的共同理念,反对浪漫与感伤,以文本为中心,使用反讽、悖论、意象和象征等术语,但是在必要的情况下,也会引入文本之外的元素,如传记、历史、社会学等外部因素。当然,由于诗歌、小说与戏剧毕竟属于不同的体裁,在批评实践中,有的侧重于语言分析,有的更侧重于人物分析,有的对文本外元素的使用得较少,有的使用得相对更多等。此外,他还将其诗学主张贯彻到教学实践中,强调教师应该明白地告诉学生,文学有其自身性能,不要与科学或宗教相混淆。

第一节　诗歌批评实践

布鲁克斯在诗歌批评上的实践,取得惊人的成功。在《理解诗歌》、《现代诗与传统》、《精致的瓮》和《成形的喜悦》等著作及众多的论文中,布鲁克斯显示出其卓越的诗歌批评能力。

英国学者戴维·洛奇(David Lodge)评价《理解诗歌》说:"它是把新批评的正统观念传达给整整一代美国文学学生的主要媒介。"①A.沃尔顿·利茨指出:"最使新批评普及化的,是由克林斯·布鲁克斯和罗伯特·潘·沃伦合编的、评注详尽的选本《理解诗歌》(*Understanding Poetry*)。这本书……是美国两代学文学的人的手册,到六十年代还占统治地位。……华兹华斯对法国大革命充满青春活力的赞美也比不上无数学生头一次拿起

---

① David Lodge, *20th Century Literary Criticism*: *A Reader*, London: Longman, 1972, p.291.

《理解诗歌》时的喜悦心情。靠布鲁克斯和沃伦成长起来的人永远不会忘记他们是怎样激动地随着编者细致地分析一首首诗,用他们的范例做基础进一步读别的诗时,他们更为激动。布鲁克斯和沃伦教两代学生更专注于诗的本文,更注意细微与含混之处,为文学研究做了一件大好事。"①

《理解诗歌》于 1938 年首次出版,共七章,分别为:叙事诗、隐含的叙事、客观的描述、韵律、语气和态度、意象、主题。书后附有术语表,诗歌的标题、作者和首行诗句的索引和诗节形式的索引。该书于 1950 年出了第二版。1960 年第三版时就已经有了较大的改变,对一些用来分析的诗歌进行了增删替换,选择了更能代表各个时期的诗歌,并扩充了一些部分,其中的第七章"用来研究的诗歌"基本上已经变成了现代诗歌的选集。到 1976 年出到第四版时,全书的结构变化更大,共分八章:戏剧性情境,描述性:意象、情绪和态度,语气,比喻语言:隐喻和象征,主题、意义和戏剧性结构,各种运用方式:诗人如何看待鸟,进一步研读的诗,当代具有代表性的诗。书后还有 4 个附录,包括:诗歌是如何发生的:目的和意义,韵律,隐喻和象征:比较和对比,戏仿。外语教学与研究出版社 2004 年引进的英文原版《理解诗歌》即为第四版。

《理解诗歌》后来的版本为何会发生这么大的变化呢?这当然与布鲁克斯诗学的进一步成熟与完善有关,也与当时的论战有关。当布鲁克斯提出反讽诗学时,虽然受到众多批评家的赞赏,但是也有人对此提出质疑,认为反讽只是适用于批评 17 世纪玄学派等特定的诗歌。为了回应这种质疑,布鲁克斯后来在《精致的瓮》中开始特意选取不同时代、不同风格流派的诗歌进行分析,以表明反讽普遍地存在于各个时期的诗歌中。在《理解诗歌》首版时,布鲁克斯可能还没有作出这种有意识的规划,但到了第三、四版时,可以明显看到,为了反驳一些批评者攻击他的反讽诗学没有时代的普遍性,只适于分析特定时代特定风格的诗歌,布鲁克斯特意选取了许多现代诗歌。这也是《理解诗歌》第三、四版与第一版相比,为何发生如此大改变的主要原因。当然,雷纳·韦勒克对于《理解诗歌》版本的这种改变不是很赞同,他批评道:"《理解诗歌》的后来几版扩大了探讨的范围,不过也冲淡了它的借鉴作用。最后一版,即第四版(1976),对晚近的时髦诗歌多予认可,浅薄平庸之作也不加评论和不分高下一并付梓。此书简直已经变成主要分主题排列

---

① (美)A.沃尔顿·利茨:《美国当代文学》,董衡巽译,见史亮编:《新批评》,四川文艺出版社 1989 年版,第 294 页。

的一大本选集：'虚假爱情'，'冷漠情人'，'诗人观鸟'，'文明的解体'，如此而已。"①

布鲁克斯说他曾经"兴致盎然地努力写出一系列关于诗歌的各种有趣的观点"。②他陆续写了许多优秀的论文，其中一些发表在《南方评论》上，这些论文被收入到 1939 年出版的《现代诗与传统》。它是布鲁克斯第一本重要的批评专著。

实际上，《现代诗与传统》是对现代诗歌的辩护，主要围绕对艾略特、兰色姆、艾伦·泰特、弗罗斯特、奥登、叶芝及 20 世纪其他一些诗人的阐释而建构。布鲁克斯认为，这些现代诗人的诗歌中充满了反讽，是真正优秀的英语诗歌。《现代诗与传统》中标题为《荒原：神话批评》(*The Waste Land：Critique of the Myth*) 的艾略特研究获得了巨大的成功。燕卜逊甚至声称："这是我所见过的对《荒原》最好的分析。"③阿诺德·戈德史密斯 (Arnold L. Goldsmith) 也说："布鲁克斯在《现代诗与传统》中对艾略特《荒原》的评论是新批评巅峰时期的优秀案例。"④甚至艾略特本人也写信给布鲁克斯，称赞他关于《荒原》的论文。据布鲁克斯本人所说，这封信现保存在贝勒克图书馆 (Beinecke Library)。约翰·布拉德伯里认为《现代诗与传统》是"迄今为止形式主义美学批评原理产生出来的最令人满意的专著"。⑤兰色姆认为《现代诗与传统》是"我们这一时代所有优秀的批评著作中最标准的。……这本书最伟大的贡献之一，是对现代诗歌艰深、晦涩篇章的阐释。"⑥

1947 年，《精致的瓮》出版。布鲁克斯在该书的序言明确地表明自己的意图："我力图采取一种普通的研究方法来研究英国诗歌中的名篇佳作，并以编年史的方式加以排列，所涉及的诗歌从伊丽莎白时期一直延续到现在。

---

① (美)雷纳·韦勒克：《近代文学批评史》第 6 卷，杨自伍译，上海译文出版社 2005 年版，第 319 页。

② B. J. Leggett, "Notes for a Revised History of the New Criticism：An Interview with Cleanth Brooks", *Tennessee Studies in Literature*, 24, p.10.

③ William Empson, "Review of *Modern Poetry and the Tradition*", *Poetry*, LV (December, 1939), p.154.

④ Arnold L. Goldsmith, *American Literary Criticism：1905—1965*, Boston：Twayne, 1979, p.112.

⑤ John M. Bradbury, *The Fugitives：A Critical Account*, Chapel Hill：University of North Carolina Press, 1958, p.238.

⑥ Lewis P. Simpson, ed., *The Possibilities of Order：Cleanth Brooks and His Work*, Baton Rouge：Louisiana State University Press, 1976, pp.171—183.

这种方法是否真的是一种普遍性的研究方法，这种审视是否能够揭示出'诗歌拥有一些共同的结构特性'这一事实，所有这些都需要读者来作出评判。"①《精致的瓮》意图使用与阅读约翰·多恩或叶芝相同的原则，重读18、19世纪最负盛名的十首诗，涉及的诗人包括莎士比亚、弥尔顿、罗伯特·赫里克、亚历山大·蒲柏、托马斯·格雷、华兹华斯、济慈和丁尼生等。布鲁克斯希望鉴定所有时代伟大的诗所共享的品质，包括那么表面上看起来与玄学派和现代主义诗歌极其不同的诗歌。布鲁克斯大部分的理论阐述集中在此书最后一章和两篇附录中。《精致的瓮》的出版，不仅标志着新批评的顶峰，也把布鲁克斯抬升至他作为文学批评家声誉的顶峰。布鲁克斯在此书中进一步推进了他的诗歌理论。由于在每个案例中焦点都是放在诗歌本身，这种分析有力地支持了布鲁克斯的诗歌结构理论。布鲁克斯认为，诗歌的整体结构依赖于"悖论"原则，从约翰·多恩的《谥圣》到叶芝的《在学童中间》(*Among School Children*)，所有的诗歌都显示了相同的结构。这本书下了一个包含非常广泛的论断——"诗歌语言是悖论语言"。"悖论"这个词贯穿全书，共出现了一百多次。布鲁克斯声称这个原则甚至可以适用于华兹华斯，虽然华兹华斯认为散文语言与韵文语言之间没有区别。《精致的瓮》一般被视为新批评最纯的结晶。路易斯·考恩评论说："《精致的瓮》是令人印象深刻的精彩的论文集，是20世纪批评中最好的单行本之一。"②

1971年出版的《成形的喜悦》实际上是布鲁克斯20世纪五六十年代的论文与演讲集，包括对叶芝和奥登的批评研究，"弥尔顿和新批评""《荒原》以来的诗歌""小说批评""细读分析名单"及许多关于南方作家的研究论文。

布鲁克斯诗歌批评实践的指导思想，可以概括为三点：首先，用有机体、悖论、反讽、隐喻等概念对英语世界传统诗歌与现代诗歌进行评论。③其次，

---

① （美）克林斯·布鲁克斯：《精致的瓮——诗歌结构研究》，郭乙瑶等译，上海人民出版社2008年版，序言，第1页。

② Louise Cowan, *The Southern Critics：An Introduction to the Criticism of John Crowe Ransom, Allen Tate, Donald Davidson, Robert Penn Warren, Cleanth Brooks, and Andrew Lytle*, Irving：The University of Dallas Press, 1971, p.69.

③ 布鲁克斯评论的英语世界诗人范围很广，包括伊丽莎白时代（The Elizabethan Age，1558—1603）莎士比亚、罗伯特·赫里克，17世纪约翰·多恩、约翰·弥尔顿（John Milton）、安德鲁·马维尔、约翰·德莱顿（John Dryden），新古典主义时代（The Age of Neo-Classicism, 1700—1764）亚历山大·蒲柏，前浪漫主义时期（Pre-Romantic Period，1764—1798）托马斯·格雷，浪漫主义时代（The Romantic Age, 1798—1837）华兹华斯（William Wordsworth）、约翰·济慈（John·Keats），维多利亚时代（The Victorian Age，1837—1901）丁尼生，现代诗人艾略特等。

反对用历史传记式或社会学的方法替代对诗歌本身的分析。最后,不反对在诗歌批评实践上有时也借助传记、历史、社会学等外部因素,但是坚持始终要将注意力集中在诗歌的文本上。可以看到,这三点实际上是相关的,是从不同层面对同一个观点进行阐释。这个观点大致可以解释为:在诗歌批评时,既重视文本,又不排斥文本之外的因素。

一、从传统诗歌到现代诗歌

像其他的新批评家一样,布鲁克斯认为,诗的理解必须从分析它的本体或形式开始。布鲁克斯相信,将注意力集中在诗上,而非诗人或读者上,这是根本性的。随同将诗当作一种本身的结构的强调,他也意图给诗歌设置边界和限制。布鲁克斯认为,出于维护文学健康的目的,需要更纯粹的诗歌与更纯粹的批评。批评家要克制对传记、历史、社会、宗教或道德的传统兴趣,才能恰当地进行这种理解。对诗的文本细读是这种批评原则的中心环节。

布鲁克斯相信,诗歌给人关于人类自身的知识,涉及人类的目的与价值的经验世界。布鲁克斯说:"我们知道,把诗歌当作知识并不是唯一可能的思考它的方式。然而,这是我们坚持了很多年的基本假定,……诗歌产生的知识,只有置身于作为整体的诗的巨大、微妙的冲击力中才能获得。只有通过参与诗的戏剧、理解诗的形式,才能接近这种独特类型的知识。在这种语境中,通过形式来意味着什么? 创造一种形式,是为了发现一种深思的、也许是理解人类急务的方式。形式是命运的识别,因为产生理解,所以产生快乐。"①

因为诗歌所产出的特殊的知识只能通过形式传达给读者,所以诗歌研究应该是归纳与具体的。尽可能认真地观察诗歌的不同元素是必要的——人的事件、行动、情感、意象、韵律和陈述——然后尽可能充分地沉浸于这种整体的冲击力中,承认这一整体不同于部分,比部分更伟大。

在将注意力聚焦于文本的前提下,布鲁克斯通过对从莎士比亚到艾略特等人的诗歌细读,令人信服地展示了悖论、反讽和含混的传统持续地影响了彼此不同的诗人的实践,从而得出所有时代的诗歌本质上是一体的结论。

英国王政复辟②和新古典主义时代的诗歌很适宜布鲁克斯所采用的那种分析。约翰·德莱顿和亚历山大·蒲柏,甚至前浪漫主义诗人如托马斯·

---

① Cleanth Brooks & Robert Penn Warren, *Understanding Poetry*, New York: Holt, 1960, pp. xiii—xiv.

② 英国王政复辟时期指查理二世在位(1660—1685)及詹姆斯二世在 1688 年"光荣革命"被迫出走前的时期。

格雷,全都使用反讽、悖论和语言巧智。虽然在理论上新古典主义时代的诗人相信他们所称的诗意的措辞,但是在实际的实践中,这些诗人在他们的诗歌中,总是追寻异质思想的融合,并使用反讽、悖论,作为一种结构策略。在《精致的瓮》中,布鲁克斯分析了亚历山大·蒲柏和托马斯·格雷的一些诗,以展示这些诗人如何开发词语意义的语义的可能性。他们被显示为悖论和反讽传统的延续。他们的诗歌拥有真正诗歌的所有本质特性。在《现代诗与传统》中,布鲁克斯认为,浪漫主义诗歌与玄学派诗歌的不同是程度上的,而非种类上的。在对浪漫主义和维多利亚时期诗人的处理上,布鲁克斯也奉行这一指导思想。布鲁克斯曾经认为,感受力统一的传统在 17 世纪中期终结,而且弥尔顿和德莱顿要负部分的责任,但是后来,布鲁克斯发现这种传统其实一直被延续,由蒲柏、托马斯·格雷、华兹华斯、丁尼生等人表现出来。

布鲁克斯在浪漫主义与现代诗人之间未看到任何突然的中断。他说华兹华斯和柯勒律治是"最早对现代人的困境纳入截然不同焦点的诗人。"①布鲁克斯并不十分关注浪漫主义的批评理论及他们作为诗人的实际成就,不十分关注"在那些诗中所运用的基本的方法——这些方法并不总被他们的作家在这种批评原理中涉及,甚至完全没有被设想过。"②比起浪漫主义诗歌语言的理论,他更感兴趣的是浪漫主义诗歌已实现的语言肌质。

下面按时代顺序,从伊丽莎白时代到现代,来探讨布鲁克斯是如何在从传统诗歌到现代诗歌的批评实践中运用他的反讽、悖论、隐喻等一系列相关的批评概念及理念。

（一）伊丽莎白时代

布鲁克斯认为,莎士比亚的文风并不是如土布粗毡一样简朴,其实也蕴含巧智,语调复杂。他对莎士比亚《维洛那二绅士》(*The Two Gentlemen of Verona*)第四幕第二场中的抒情诗《西尔维亚是谁? 她是什么人?》(*Who is Silvia：What is She*)③分析评论道:"这样说也就够了:这首歌词是美的,

---

① Cleanth Brooks, *Modern Poetry and the Tradition*, New York：Oxford University Press, 1965, p.ix.

② Cleanth Brooks, *Modern Poetry and the Tradition*, New York：Oxford University Press, 1965, p.xi.

③ 《西尔维亚是谁? 她是什么人?》:"西尔维亚是谁? 她是什么人? /我们的情郎们这样赞美她? /她是贞洁,美丽,而又聪明;/上天把这些优点送给她,/好让她受人崇敬。/她的好心能和她的美貌相比? /因为美貌和善心常是并存;/爱神跑到她的眼边去,/去医疗她的一双瞎眼睛;/医好之后就居住在那里。/我们来对西尔维亚歌唱,/西尔维亚是并世无伦;/她不和任何人一样,/压倒一切尘世的人;/我们去拿些花环给她戴上。"见(英)莎士比亚:《维洛那二绅士》,梁实秋译,中国广播电视出版社 2002 年版,第 129 页。

讨人喜欢的,各种因素的结合是恰当的,这首诗里作者用熟练的轻巧的笔法提示给我们看,情人们总爱赋予少女们的神圣品质,说到最后还是世俗的。诗篇的手法是轻巧的,而且带有抒情的优美,但它的语调仍然是复杂的。"①莎士比亚的那些爱情抒情诗中,情妇们是既善良又残酷的,对此,布鲁克斯分析其中异教与基督教思想同时存在。但是西尔维亚超过了那些奉承的爱情诗中的女主角。她只是单纯的善良,一点也不残酷。那是为何丘比特驻留在她眼睛里的原因,从而,这位盲目的神获得了眼睛。在这首古典的爱情诗中,爱情被认为是盲目的——它带给情人们和社会盲目的后果。另一方面,因为充满了善良,丘比特停留在西尔维亚的眼睛中,即她的爱情不是盲目的。布鲁克斯认为,正是用这种方法,莎士比亚在古典的爱情诗和忽略身体之爱的基督教传统的精神恋爱之间提供了一种协调。此处,古典的与基督教的元素是一体的,在爱情的视野中达到完全的统一,不可分割。关于西尔维亚的抒情诗是一个诗意体验的绽放,这种体验的根是异教的,树干是基督教的,花朵是肉体的,美和芳香是精神的,所有这些是一体的。

布鲁克斯认为,对罗伯特·赫里克的《克里娜去五朔节》的传统解读可能只是告诫人们应该珍惜韶光,这样的释义给诗歌加上标签,并不能说是错误的,但却失去了诗歌中太多精巧的因素。这首诗歌并不是如此简单,里面有悖论、含混和隐喻,增加了对微妙复杂情感的表达效果。诗人的语调对克里娜的邀请是严肃的,还是戏谑的?诗人是赞颂异教徒的观点,还是基督教的观点?是认真地挑选牧师,还是听从自然情人的召唤?这些都没有明确地表明,需要读者认真地思索。所以说,看似简单的古典诗歌其实不简单,看似晦涩的现代诗歌假以时日,当人们熟悉了其中的反讽、悖论等手法后,也不再会令人生畏。

(二)17世纪

布鲁克斯认为,17世纪以约翰·多恩为代表的玄学派诗歌多用隐喻和反讽,具有极高的艺术成就。布鲁克斯认为具体的隐喻是诗性表达的本质,反讽是最高等级诗歌永恒的特征,在玄学派悖论性幻想中,智力和情感因素相混合,达到了对现实的洞察。此外,由于玄学派诗歌包括更多变的、不和谐的冲动,因此它能处理各种各样的体验。

例如,在多恩的《谥圣》中,一对放弃世俗的恋人,彼此相爱,被世俗的人

---

① (美)克利安斯·布鲁克斯:《反讽——一种结构原则》,袁可嘉译,见赵毅衡编选:《"新批评"文集》,百花文艺出版社2001年版,第384页。

看作是罪人。然而他们却在彼此的身体中找到了隐修地，成为了圣人；他们放弃了世俗，然而却赢得了最热切的生活，亦即最世俗的生活；他们成为圣人，被"万国"、"城镇"、"宫廷"所膜拜，以祈求他们的这种爱，于是，他们又变成最世俗的人了。布鲁克斯认为，如果要说《谥圣》有主题的话，应该是"农舍中有爱就足够了"。但多恩用了悖论，使其包容了更丰富的含义。①中国有一句诗"斯是陋室，唯吾德馨"，虽然不是谈论爱情，而是讲一个人的品德，但在悖论的运用上，与《谥圣》有相似之处。

即使对于一向被视为严肃诗人的清教徒弥尔顿，布鲁克斯也能从其诗歌中找出反讽的元素。他在论文《弥尔顿与新批评》(*Milton and the New Criticism*)中作出了极其惊人的声明："多恩和弥尔顿在对隐喻的使用上没有根本性的不同。"②他也断言，"戏剧性张力"和"思想与情感的融合"，这些通常与感受力统一的传统诗歌联系在一起的品质，也是弥尔顿诗歌的特征。③布鲁克斯详细地分析了《酒神之假面舞会》(*The Masque of Comus*)中科摩斯(Comus)关于节欲的演讲，以证明他的观点，即弥尔顿的诗歌"与多恩的诗歌有充分的、重要的亲缘关系"。在好色者科摩斯的论证中，也有巧智。科摩斯说美就是一枚硬币，当被使用而不是被囤积时才闪闪发亮，因此，贞节是一种吝啬。在提及地球母亲"扼杀了荒芜的生育能力"(strangled with her waste fertility)时，使用了悖论。也有双关语的使用，如科摩斯说，"呆在家里是一种庸俗的特性"(It is for homely features to keep home)，"家"和"庸俗的"两个词互相争斗。弥尔顿对诗歌中的双关语、奇喻和悖论的使用并不陌生。

布鲁克斯认为，弥尔顿的《失乐园》中也有悖论因素。大天使米迦勒(Saint Michael)对堕落的亚当和夏娃展示基督复临的景象，那时的地球将变成一个甚至比他们失去的伊甸园还要快乐的地方："直到这世界的毁灭成熟时，/他带着光荣和权力再度降临，/审讯活的和死的，判决不信的/死者，赏踢他的忠实信徒，迎接/他们进入幸福境地，天上或人间，/去过远为幸福的日子，因为那时/大地变成比伊甸更快乐的乐园。"亚当听完后"满怀欢喜

---

① （美）克林斯·布鲁克斯：《精致的瓮——诗歌结构研究》，郭乙瑶等译，上海人民出版社2008年版，第18页。

② Cleanth Brooks, *A Shaping of Joy: Studies in the Writer's Craft*, New York: Harcourt, Brace and Co., London: Methuen and Co. Ltd., 1971, p.331.

③ Cleanth Brooks, *A Shaping of Joy: Studies in the Writer's Craft*, New York: Harcourt, Brace and Co., London: Methuen and Co. Ltd., 1971, p.335.

和惊异",呼喊道:"啊,无限的善良,莫大的善良！/这一切善由恶而生,恶变为善;/比创造过程中光出于暗更可惊奇！/但我仍满怀疑惑,我现在该为/自己有意无意所犯的罪而痛悔,/还是该为更多的善所涌出的幸福而/高兴?"①弥尔顿在此处展示了一种表达亚当悖论性情感的能力——忏悔与喜悦的情感。弥尔顿的这些诗行,从本质上讲,与莎士比亚的"当我看见时我踽踽而行",或丁尼生的"泪,无端的泪"来自"神圣的绝望的深渊"没有什么区别。

布鲁克斯详细分析了《失乐园》中的隐喻。在《失乐园》中,弥尔顿描述了地狱中堕落天使站在他们的领袖面前。弥尔顿将他们与被火焰烧焦的强壮的橡树林和大山上的松树相比较:"千百万的精灵为了他的过错,/而被剥夺了天上的幸福,为了/他的叛逆而抛弃了永恒的光荣;/他们虽然憔悴、枯槁,/却仍然忠诚地站在他的面前:/好像被一阵天火烧了的橡树林/和山上的松林,树顶枯焦,/枝干光秃,却亭亭挺立在焦野。"②依据语境,这一史诗的比喻明显是功能性的。这些伟岸的树,即使遭受毁灭,仍如此雄伟,它们的死亡甚至像这些被上帝的怒火烧焦的堕落的天使的死亡。这些树被闪电或"天国之火"所焚毁,这些堕落天使也是如此。这个比喻既不是装饰性的,也不是离题的。另一个地方,描写堕落的撒旦遭受毁灭,他的荣耀被遮蔽,弥尔顿将他与冬天的太阳徒劳地试图穿透迷雾的天空相比。被剥夺了热力的冬天的太阳,与被上帝疏远的撒旦,两者都被剥夺了创造力。太阳的黯淡是人类灾难的征兆。撒旦的黯淡预示了通过亚当和夏娃的堕落,最终降临到整个人类的邪恶。被遮蔽的太阳这一比喻,照亮了已经发生的事,也预示着即将发生的事。布鲁克斯说:"这个比喻是整首诗的缩影。"③

布鲁克斯认为,弥尔顿通常使用语言,"差不多达到它的最大的力量"。弥尔顿经常在原始拉丁文和希腊文的意义上来使用英语词语。如《失乐园》中描写撒旦初次瞥见伊甸园夏娃时的思想状态:

> Her graceful innocence, her every air
> Of gesture or least action overawed

---

① (英)弥尔顿:《失乐园》,朱维之译,上海译文出版社 1984 年版,第 472—473 页。

② (英)弥尔顿:《失乐园》,朱维之译,上海译文出版社 1984 年版,第 34 页。

③ Cleanth Brooks, *A Shaping of Joy: Studies in the Writer's Craft*, New York: Harcourt, Brace and Co., London: Methuen and Co. Ltd., 1971, p.338.

His malice, and with rapine sweet bereaved

His fierceness of the fierce intent it brought:

That space the evil one abstracted stood

From his own evil, and for the time remained

Stupidly good, of enmity disarmed,

Of guile, of hate, of envy, of revenge.①

其中"Stupidly good"一词很难理解,朱维之先生将其译为"茫然若失,似有向善之心"。而布鲁克斯则认为这一词语有含混之处,弥尔顿是使用词语"愚蠢"(stupid)的原始意义与次要意义来描述撒旦的即时反应,这是一种非语言所能表达的惊奇。"愚蠢"(stupid)拉丁文的原始意思是"震惊"(to astound),再后来的意思表示某种精神的麻木(a certain mental numbness)。弥尔顿娴熟地同时使用这两种意思,以描述撒旦初次看见夏娃时的情感:"心不在焉地站在那里,离弃他自身的邪恶,在当时保持令人震惊而又茫然的善意,解除敌意。"撒旦被比作一位逃离城市束缚的城居者,进入美丽纯洁的田园环境,看到一群"宁芙女仙似的美丽处女"。布鲁克斯指出,这样来比喻撒旦是适当的,撒旦被幽禁在地狱中,逃进自由的伊甸园,被夏娃的美丽震惊,这与生活在灾难性城市环境中的城居者,逃进自由的乡村,初次瞥见羞赧的处女的情形是相似的。②

布鲁克斯还分析了弥尔顿的《复乐园》(*Paradise Regained*),以证明弥尔顿的语言远非高雅的。在最好的情况下,它是"一种动态的事物,语言的压力被吸收、接受、被纳入平衡。"③弥尔顿的比喻总是被"榫接"进这首诗作

---

① John Milton, *Paradise Lost*, Alastair Fowler, ed., Second Edition, New York: Routledge, 2013, p.497.关于这几行诗,朱维之先生的译文为:"她的文稚天真,她的每一姿态、气度或最小的动作,都使他的/恶意退缩,甜美的魅力夺去/他带来的凶恶企图的凶恶性。这其间,恶魔离去自己的恶而独立,/茫然若失,似有向善之心,放弃/仇恨、欺骗、憎恨、忌妒和复仇。"见(英)弥尔顿:《失乐园》,朱维之译,上海译文出版社1984年版,第330—331页。

② 其实,从贫民窟逃离、奋斗出来的穷小子,在羽衣鬓影的上流社会,初次见到优雅的贵族小姐时,感到无比的震惊,与上述情境也是类似的,可归为同一种情境。在这种意义上来说,《了不起的盖茨比》(*The Great Getsby*)、《马丁·伊登》(*Martin Eden*)、《叶甫盖尼·奥涅金》(*Eugene Onegin*)、《红与黑》(*The Red and the Black*),甚至中国作家路遥的《一生》、《平凡的世界》与弥尔顿的《失乐园》实际上属于同一类型的作品。爱上异乡人,或者爱上与自己的阶层完全不同的人,这也是文学中永恒的主题。

③ Cleanth Brooks, *A Shaping of Joy: Studies in the Writer's Craft*, New York: Harcourt, Brace and Co., London: Methuen and Co. Ltd., 1971, p.345.

为一个整体的更大的语境中。如果能看穿这种表面的不相似,那么就可以发现,弥尔顿的诗歌语言与伊丽莎白时代、詹姆士一世时代的戏剧家与玄学派诗人的语言有许多共同的特性。弥尔顿的比喻是功能性的,他的语言总是在最高强度的水平上发挥作用。

《快乐的人》和《幽思的人》是弥尔顿的两首相对相成的诗。布鲁克斯认为,无论是快乐的人,还是幽思的人,他们的快乐都是不逾越礼数的,他们都是生活的旁观者。两诗中的看似对立的因素最后都融合为一体。两首诗的音乐都与希腊神话中的俄耳甫斯(Orpheus)有关,"山林女神"与"沉思天使"趋向融合为同一形象。麦布女仙(Faery Mab)与柏拉图的灵魂皆为富于魅力的迷信故事。"塔楼"这一意象在两首诗中都出现了,它既是快乐的象征,也是幽思的象征;既与人群密切相关,又是孤独、苦行的。此外,"宫廷中的盛典"也在两首诗中出现,骑士的比武这一场景在快乐的人与幽思的人中融为一体。诗人将这些看似对立的因素结合在一起,最重要的方法是对光的象征意义的运用。

布鲁克斯认为,两首诗都描绘了一昼夜的光的变化。强烈的日光象征着人们忙碌的现实世界,两诗中的旁观者都躲避着这种强烈的日光,《快乐的人》中,虽然描写了人们准备在日光下劳动,但是没有正面写他们正在劳动的场景,唯一劳动的是传说中的为了挣一碗奶酪的小妖,从而将劳动的艰辛淡化,让人只感到欢乐。《幽思的人》中的旁观者,在强烈日光出现时,躲进了太阳照射不到的树林中,辛勤劳动的只有蜜蜂。两诗中的旁观者都是在柔和的光线中漫步。他们也都躲避着漆黑的午夜,在夜晚都有星光、烛光或炉火相伴。

两首诗传达了一个主题,但这个主题不是明确的,而是以一个悖论的形式出现,大致可提炼为:宗教的光,对世俗的眼睛来讲是昏暗不明的,而对那些可以看到的人来说,因为光芒太过光亮而使肉眼无法看见,只有心灵的眼睛才能看见天国的光明。①

(三)新古典主义时代

英国文学的新古典主义时代又称为奥古斯都时代(Augustus Age)。18世纪英国的作家们试图模仿并重新获得古罗马皇帝奥古斯都统治时期哲学和文学上的理想,达到文学的顶峰,像古罗马人一样认为生活和文学应

---

① 参阅克林思·布鲁克斯:《〈快乐的人—幽思的人〉中的光的象征意义》,见(美)克林斯·布鲁克斯:《精致的瓮——诗歌结构研究》,郭乙瑶等译,上海人民出版社2008年版,第48—64页。

当受到理智和常识的指导,在作品中努力追求平衡与和谐。代表作家有约翰·德莱顿、斯威夫特和亚历山大·蒲柏等。

英国新古典主义时代的诗歌,虽然少有反讽,但布鲁克斯还是找到了令人信服的案例。如蒲柏的《夺发记》,处理的主题其实非常古老,即女人到底是一个生物构成体,还是一位女神?诗中的女主人公比琳达,到底是一个轻浮的凡间女人,还是一位端庄的女神?布鲁克斯认为,此诗中充满了含混。如诗中说比琳达"像太阳一般明亮,她的双目受到人们景仰,如同太阳,它们照射世间万物",这到底是说她的慷慨大方,如同一位女皇一样毫无偏爱地展现美丽的容颜,还是说她轻浮肤浅、风骚放荡,随意向人卖弄风情?当然,诗中将比琳达比作太阳的隐喻也不是用过就抛弃,而是一再出现。如"通过白色的帘幕太阳发出羞怯的光,比琳达明亮的双眸足以遮蔽任何光亮。""飘渺之乡的太阳,未显更多的荣光。""当那公正无私的太阳降落时……在群星之间刻写比琳达的芳名!诗中的一些词语也包含着含混,如"无邪",是指"清白"、"天真",还是"轻信"?又如,"像众神在战斗,对于死伤毫无畏惧",是指他们具有超人的力量与英勇,还是说不能伤害对方的战斗只不过是一场假争斗?

布鲁克斯认为,蒲柏虽然对他的女主人公比琳达带有嘲弄的成分,但是对她的美丽与魅力还是赞赏的。正如悖论:爱你,是因为你有缺点;不爱你,是因为你太完美。布鲁克斯说:"尽管蒲柏拿女性思想的非理性之处来取乐,但他还是承认女性的美与力量。"①一语道出蒲柏对待女性的复杂态度。这也决定了全诗的语调虽然采用了反讽,但是并不尖酸刻薄。因此,滑稽史诗的风格恰到好处地表达了作者这种温和的讽刺态度。

蒲柏这样的处理,即采用滑稽史诗的风格,来叙述一场比琳达被情人剪了一络秀发的风波,类似于《大话西游》中对至尊宝与紫霞仙子的爱情的处理。虽然那段关于等你一万年的台词有反讽意味,但并不刻薄,在俗套的爱情誓言中,掺入一丝温和的、善意的嘲讽,令人会心一笑。在看似诙谐的场景中,又有那么一点庄重,亦真亦假、虚虚实实,表达出作者对主人公的微妙的情感与心态。为什么要采用这种看似不坦诚、不直接的手法呢?因为太过于严肃,容易吓退读者与观众。正如一位严肃的、认真的求爱者,会给对方造成过大的压力,而最终吓跑对方一样。因此,高明的、技巧娴熟的求爱

---

① (美)克林斯·布鲁克斯:《精致的瓮——诗歌结构研究》,郭乙瑶等译,上海人民出版社2008年版,第86页。

者,一般会采取迂回的手段,看似开玩笑的求爱情话中又隐含深意,一步步削除对方的戒备之心,一步步地接近,最终俘获芳心。蒲柏与《大话西游》的导演一样,正是运用这种复杂的手法,达到各自的目的——赞美有缺点的爱人,歌颂真挚的爱情。但在达到这一目的时又不因流于俗套而为人所厌烦。《夺发记》是包容的诗,而非排斥的诗,其格调是复杂的。

（四）前浪漫主义时期

布鲁克斯认为,即使是像托马斯·格雷的《墓畔哀歌》这样被公认为简单朴素的诗歌,其实也不像表面那样单纯。首先,这首诗也用典,化用了弥尔顿的诗,如"埋在幽暗而深不可测的海底"的珠宝与"吐艳而无人知晓"的鲜花模仿了《酒神之假面舞会》①。其次,运用了拟人、隐喻等修辞手法,具有反讽意味,增加了诗的生命力。再次,有关珠宝、鲜花的隐喻,非常适合精心挑选的三个例子——约翰·汉普顿(John Hampden)、弥尔顿和奥立弗·克伦威尔(Oliver Cromwell)。

布鲁克斯认为,此诗中还有一个悖论,即坟墓的墓志铭所悼念的青年,一贫如洗,但同时又无比富有。说他一贫如洗,是因为"他全部的所有,一滴泪";说他富有,是因为上苍对他恩赐良多,使他天性真挚。②

大词小用是造成反讽的一种手法。布鲁克斯认为,《墓畔哀歌》中"穷人的又短又简的生平"(The short and simple annals of the poor)一句中,用"annals"一词来写穷人、农夫,是一种反讽。因为"annals"的意思是"分年纪事",只有王朝、君王等才可以被分年纪事,而卑微之人是不可以的。这有点类似于用新闻联播体来调侃琐事,如前些年网络上调侃陈凯歌电影《无极》的短片《一个馒头引发的血案》。又如民间传说中,朱元璋儿时伙伴用行军打仗的经国大事用语,讲述一次吃烧豆子的陈年烂谷子的往事。这些皆属大词小用、庄体谐用的反讽。

《墓畔哀歌》中的坟墓主人,是参透了功名富贵如浮云的圣人、至人、神人,不同于纯朴的浑然天成的乡下人。乡下人受命运的禁止,才疏学浅,不可能获取光荣,也不可能成为大奸大恶,为害国家。但是坟墓主人却是一位才学之士,本可以掀起风云,或建功立业成就声名,或犯下滔天罪行而遗臭万年,但他选择了默默无闻地死在乡村。乡野山村的美人,没有像杨贵妃、

———————

① （美）克林斯·布鲁克斯:《精致的瓮——诗歌结构研究》,郭乙瑶等译,上海人民出版社2008年版,第103页。

② （美）克林斯·布鲁克斯:《精致的瓮——诗歌结构研究》,郭乙瑶等译,上海人民出版社2008年版,第116页。

陈圆圆那样成为祸水,也是幸事一桩。道家所谓的圣人无功,至人无名,神人无己,与此类似。坟墓主人选择默默无闻的命运,那些乡下人是不会明白其中的原因的。犹如屈原投河前所遇到的乡野渔夫,他们也不能懂得屈原胸中的学识与抱负,不懂得其心中的忧思。

（五）浪漫主义时代

布鲁克斯承认,有少数浪漫主义诗人像玄学派诗人一样,非逻辑地组织他们的诗,对他们的愚蠢而空虚的同时代人来说,华兹华斯的诗"标志着对诗歌一致性与优美感的违背"。对浪漫主义诗人总体诗歌细致的研究,尤其是对华兹华斯诗歌的研究,将会发现,"它们并非是被逻辑地组织起来的,因此至少有可能是晦涩的。"[1]为了证明他的观点,布鲁克斯分析了华兹华斯一些所谓的"简单的"诗。例如,在《她住在人迹不到的地方》中,华兹华斯用了一种对比的方法。他将露西看作是"青苔石畔的一朵紫罗兰",遮掩隐藏于社会的眼睛,然而对她的爱人来说,她突出、重要得像晚星,"孤单单闪耀在远处天边"。

相类似地,华兹华斯的《恬睡锁住了心魂》(*A Slumber Did My Spirit Seal*)[2]是被"非逻辑地"建构起来的。这是为何有些批评家相信这是一首糟糕的诗的原因。布鲁克斯指出,逻辑结构的缺位是这首诗的力量,而非弱点。华兹华斯在这首诗中展现了一系列的对比,并且让读者去发现这些悖论。这首诗在语言层面有"直接的对抗和并置",所有的逻辑联系都被故意省略。布鲁克斯评论华兹华斯的这些"简单的诗",说:"它们揭示了逻辑上的鸿沟,读者被迫要以想象的飞跃去穿过;它们暗示了已完成的抱怨的类比,然而这种抱怨只能由读者完成。"[3]在《恬睡锁住了心魂》中,有一系列的对比或悖论。存在的并置是:狂喜的爱人的迷失自我——"恬睡锁住了心魂",与露西的死亡的睡眠——"如今的她呢,不动,无力";也有"没有人间的忧惧"的爱人与露西的对比,露西甚至在活着时,也显得"有如灵物,漠然无感于尘世岁月的侵寻"。悖论在这首诗中变成一种结构原则。"睡眠"

---

[1] Cleanth Brooks, *Modern Poetry and the Tradition*, New York: Oxford University Press, 1965, p.xv.

[2] 《恬睡锁住了心魂》:"昔日,我没有人间的忧惧,/恬睡锁住了心魂;/她有如灵物,漠然无感于/尘世岁月的侵寻。//如今的她呢,不动,无力,/什么也不看不听;/天天和岩石、树木一起,/随地球旋转运行。"此为"露西组诗"之一,原诗无题。见(英)华兹华斯:《华兹华斯抒情诗选》(英汉对照),杨德豫译,湖南文艺出版社1996年版,第72—73页。

[3] Cleanth Brooks, *Modern Poetry and the Tradition*, New York: Oxford University Press, 1965, p.xviii.

(sleep)这个词语的传统意义与玄学派意义被令人震惊地并置,这位爱人的情感被以一种压缩的、没有连接词的语言来传达。犹如马致远的《天净沙·秋思》系列。"枯藤老树昏鸦,小桥流水人家",这种并置,略去了连接词,而且同时又是一种对比,形成了张力。荒凉与温馨场景突兀的并置,这其间逻辑上的鸿沟也需要读者凭借自己的想象力跳跃。

华兹华斯在十四行诗《威斯敏斯特桥上》(*Composed upon Westminister Bridge*)①,对污秽、狂躁的伦敦在清晨显得如此美妙,与大自然融为一体而感到震惊。布鲁克斯为此而感叹:"平常之事其实并不平凡,无诗意的事物其实就蕴含着诗意。"②诗句"千门万户都沉睡未醒,这整个宏大的心脏仍然在歇息",说屋舍在沉睡,其实是将它们当作是有生命的、有活力的事物。犹如中国古典诗词中的"数峰无语立斜阳"之类的句子,意味着把山峰视为能说话的事物。

布鲁克斯认为,华兹华斯的《不朽颂》不是十分成功的诗歌,因为诗人本身对诗中出现了许多悖论、反讽、象征的含混的意识与认识不够,造成了这首诗的不足。这些悖论、反讽、象征等本来可以给诗歌增添精妙的效果,丰富诗歌的蕴含。当然,这种效果在一定程度上还是保留了一些,如诗中把太阳与孩子之间的隐喻运用得很巧妙,早晨、中午、傍晚的太阳分别象征孩子的成长过程中的不同阶段,而且写出孩子离神圣之光近,而成人却与神圣之光渐行渐远、日渐平庸。

诗中的反讽因素有:孩子能看见真理,却听不见,也不能说话;在努力向成年人生长时,能听了,也能说话了,但却是以盲目为代价换取的。也就是说,孩子长大成人的过程是努力使自己变得平庸、愚蠢的过程。诗中"大地"意象的含混之处在于:它既可以理解为陆地自然界的集合体;也可以理解为与草地、树丛、小溪等景物相并列的一员。而这两种理解都能在诗中找到证据。诗中的孩子带着天体之光降临大地/世界,赋予他所注视的世界以超自

---

① 《威斯敏斯特桥上》:"大地再没有比这儿更美的风貌:/若有谁,对如此壮丽动人的景物/竟无动于衷,那才是灵魂麻木;/瞧这座城市,像披上一领新袍/披上了明艳的晨光;环顾周遭:/船舶,尖塔,剧院,教堂,华屋,/都寂然、坦然,向郊野、向天弯赤露,/在烟尘未染的大气里粲然闪耀。/旭日金辉洒布于峡谷山陵/也不比这片晨光更为奇丽;/我何尝见过、感受过这深沉的宁静!/河水徐流,由着自己的心意;/上帝呵!千门万户都沉睡未醒,/这整个宏大的心脏仍然在歇息!"见(英)华兹华斯:《华兹华斯抒情诗选》(英汉对照),杨德豫译,湖南文艺出版社1996年版,第147页。

② (美)克林思·布鲁克斯:《精致的瓮——诗歌结构研究》,郭乙瑶等译,上海人民出版社2008年版,第9页。

然的光辉,感到欢乐;但大地的美好事物吸引他,天体之光就日渐消失了,孩子也日渐长成平庸的成年人,犹如中午的太阳,不再快乐。所谓成也"大地",败也"大地",这是一种悖论。

布鲁克斯认为,《不朽颂》的不足之处在于一些混乱,如成长后的孩子已是最好的哲人,这与全诗的思想相反;余烬里留有一些活力,这究竟是指什么? 这些很难理解,与整首诗的意象、隐喻都是矛盾的。这种含糊不清,与优秀诗歌的丰富性与多样性并不是一回事。①

布鲁克斯认为华兹华斯的十四行诗《好一个美丽的傍晚》(It is a Beauteous Evening)②也是被以一系列的对比组织起来的。被平静、自由而美丽的夜晚所深深感动的诗人(诗人感到"这庞大生灵已经醒寤")与他身边的"明显对这种庄严的思想无动于衷的"孩子的对比,其实是一个悖论,即纯真的女孩比走在她身边的有自我意识的诗人更深地崇拜自然,因为这个女孩对自然的一切都充满了无意识的共鸣,不像这位诗人,仅仅是对宏伟与庄严才崇敬。纯真女孩无意识的崇拜比诗人自觉的虔诚更深切。按这种逻辑,也可以说,意识不到自己在行善的行善者,要比自觉行善的行善者更善良,更值得颂扬。正如庄子所说的,当天下人皆知其为美,斯为恶矣。有意行善不及无意之善。

布鲁克斯认为,柯勒律治在描述想象的作用时,也用了悖论的手法:对立的、不和谐中的平衡与调和;陈旧而熟悉事物中的新鲜感;寻常秩序中的不寻常的感情;意象中的思想;典型中的独特;具体中的普遍性。

布鲁克斯认为,约翰·济慈也使用反讽作为一种策略,有时通过简单地改变词语的语境,来丰富作品或短语的意义。例如,在《夜莺颂》中,济慈重复了词语"forlorn"两次,微妙地开发了这个词语的两个不同的意义:"就是这声音常常/在失掉了的(forlorn)仙域里引动窗扉:/一个美女望着大海险恶的浪花。//呵,失掉了(forlorn)! 这句话好此一声钟/使我猛省到我站脚

---

① (美)克林斯·布鲁克斯:《精致的瓮——诗歌结构研究》,郭乙瑶等译,上海人民出版社 2008 年版,第 143 页。

② 《好一个美丽的傍晚》:"好一个美丽的傍晚,安恬,自在,/这神奇的时刻,静穆无声,就像/屏息默祷的修女;硕大的夕阳/正冉冉西沉,一副雍容的神态;/和煦的苍天,蔼然俯临着大海;/听呵! 这庞大生灵已经醒寤,/他那永恒的律动,不断发出/雷霆的巨响——响彻千秋万代。/亲爱的孩子! 走在我身边的女孩! /即使你尚未感受庄严的信念,/天性的圣洁也不因而稍减:/你终年偎在亚伯拉罕的胸怀,/虔心敬奉,深入神庙的内殿,/上帝和你在一起,我们却茫然。"原诗无题。见(英)华兹华斯:《华兹华斯抒情诗选》(英汉对照),杨德豫译,湖南文艺出版社 1996 年版,第 128—129 页。

的地方！"①第一个"forlorn"意味着"完全失去的"（utterly lost），但是第二个"forlorn"意味着"可怜的"（pitiable）。读者的注意力从想象的世界到现实的世界，存在一种突然的转移——想象与现实的悖论性并置。

济慈的《希腊古瓮颂》是以"会说话的古瓮"这一悖论来组织全篇的。古瓮是没有生命的，是不会说话的，但它又能通过其图案中的人物讲述故事，它本身也沉默地讲述了历史的变迁，岁月的过往。它就是历史的见证，是沉默的言说。此外，它可以启示真与美的关系。此诗在这一大的悖论中又套有许多小的悖论与反讽，如"冰冷的牧歌"，图案中的狂野性爱场景与古瓮本身的"完美的处子"，推毁一切的时间抚育了古瓮，听不见的音乐比听见的更甜美等。含混的"田园史学家"——既可指古瓮本身是林中的一员；又可指古瓮是书写森林历史的史学家。②

（六）维多利亚时代

布鲁克斯在维多利亚时代的诗歌中没有找到太多反讽的例子，但是在《新批评：一个简短的辩护》（*The New Criticism：A Brief for the Defense*）中，他分析了丁尼生的一首抒情诗，以展示其至连丁尼生——艾略特一直将丁尼生描述了一位"反映的"、而非智慧型的诗人——也使用反讽、悖论和"复杂的象征"。例如，在《泪，空流的泪》③中，丁尼生将读者的注意力吸引到标题本身的悖论层面。第一节陈述了一个悖论，眼泪是"空流的"，然而它们从"一些神圣的失望的深处"生发出来。于是，这里有一个并置的技巧，没有解释"欢乐的秋日田野"与"一去不返的往日"这两者的不同，它们应该

---

① （英）济慈：《济慈诗选》，查良铮译，人民文学出版社 1958 年版，第 73—74 页。（原诗为：The same that oft-times hath/Charmed magic casements, opening on the foam/Of perilous seas, in faery lands forlorn. /Forlorn! the very word is like a bell/To toll me back from thee to my sole self! 译文没有将前后两个"forlorn"作出区别。按克林思·布鲁克斯的解读，应作相应的修改。）

② 参阅克林思·布鲁克斯：《济慈的田园史学家：没有注脚的历史》，见（美）克林斯·布鲁克斯：《精致的瓮——诗歌结构研究》，郭乙瑶等译，上海人民出版社 2008 年版，第 145—157 页。

③ 《泪，空流的泪》："泪，空流的泪，不知意味着什么，/这个泪，来自神圣的绝望深处，/涌上了心头，再汇入了双眼之中——/这时，我凝望着欢乐的秋日田野，/这时，我想起那一去不返的往日。//鲜明得像像照上帆的第一道曙光——/这船儿载来我们在天涯的朋友，/凄清得像末一缕红霞映着远帆——/载着我们所爱的一切隐入天边，/多凄清鲜明，那一去不返的往日。/凄清又奇异啊，像在幽暗的夏晨，/当垂死的眼前，窗框间慢慢显出/一方矇眬的时候，垂死的耳朵里/听见半醒的鸟儿那第一声啼鸣；/凄清又奇异，那一去不返的往日。//亲昵得有如死后仍难忘怀的吻，/甜美得像无望中假想的吻——印在/留待他人的嘴唇上；深沉得像爱，/深沉得像初恋，绵绵的悔恨难耐；/生之死啊，那一去不返的往日。"见（英）丁尼生：《丁尼生诗选》，黄杲炘译，上海译文出版社 1995 年版，第 160—161 页。

不是不相关的事物。丁尼生在此处依据诗中的戏剧性语境，故意违反语言的逻辑与正当性。相类似地，在第二节，诗人描述的过去，既是"凄清的"（sad），又是"鲜明的"（fresh）。于是，"underworld"这个词语，同时指向在地平线视线内的来自异乡的船，和希腊神话中死者的地下世界。在第三节，黎明被用动人的悖论词语来描述。"窗框间慢慢显出一方曚眬的时候"，对"半醒的"鸟儿来说，表明新的一天的开始，但是，也提醒"垂死的耳朵"和"眼睛"死亡的迫近。最后一节用另一个悖论来结束，"生中之死啊，那一去不返的往日"。这首诗是如此的浑然一体，以致那些悖论成为这首诗的结构的一个必要部分。①

　　阿尔弗雷德·豪斯曼跨越维多利亚时代和 20 世纪前期，布鲁克斯分析过他的《给一个夭逝的运动家》（To an Athlete Dying Young）为例。②布鲁克斯认为诗人在这首诗歌中设置了一个悖论，即"年轻运动员的早逝是值得祝贺的事，而不是令人悲伤"。③这首诗歌的主题也即在此。但是如果只是单纯地声明年轻时死去比年老时死去更好，很难打动人心。因此，诗人为这个声明设置了一个戏剧性的框架，并使用了与这位年轻男子运动成就相关的意象来描述他的死亡。如死亡被视为人生最终的目标，这位男子这样的一次赛跑中再次获胜。最好是在黄金时期死去，也不愿见证自己的记录被他人打破。月桂树是荣誉的象征，枯萎得却比象征美丽的玫瑰还要快。死亡让这位年轻运动员的眼睛不用看到记录被打破，耳朵也听不到人群为新的纪录创造者所发出的欢呼声。这种悖论的运用，使这首诗歌在一定程度上唤起了精神的警觉，防止诗歌的语调过于软弱、过于感伤。同时，月桂和玫瑰的象征，特殊的细节和意象的运用，暗示而非直接的声明，也起到了重

----

① Cleanth Brooks, "The New Criticism: A Brief for the Defense", American Scholar, XIII (Summer 1944), pp.285—295.

② 《给一个夭逝的运动家》："你替镇上跑赢的那一次/我们抬起你穿过闹市，/大人和小孩站一旁叫好，/回家时我们举你有肩高。//今天跑手们群集于路歧，/归去也，我们抬你与肩齐，/抬你抬到你家门口放稳，/你家在一个更静静的乡镇。//机伶的孩子，正是在时候/从荣华不久留的田野溜走，/这里月桂树虽说长得早，/它比玫瑰花更快地枯槁。//眼睛为昏暗的长夜所荫蒙/将看不见自己的记录断送，/阒寂也未必比欢呼难受/在泥土堵塞了两耳之后。//现在你不会加进那一群/磨穿了已往光荣的年轻人，/被声望抛落在后面的跑手，/姓氏先死去了，人还没有。//所以趁足音未消逝以前，/快腿先踏上幽冥的深槛，/并且高擎在低矮的门楣/那仍旧被你保持的优胜杯。//环绕你早加上月桂的头颅，/无力的亡魂将群来瞻睹，/那留在卷发上不谢的花冠/生命比小女儿编的还短。"见(英)豪斯曼：《豪斯曼诗选》，周煦良译，外语教学与研究出版社 2014 年版，第 147 页。

③ Cleanth Brooks & Robert Penn Warren, Understanding Poetry: An Anthology for College Students, New York: Henry Holt and Company, Inc., 1938, p.385.

要的作用。所有这些都是间接的,反对直接的散文表述,这意味着在一定程度上读者必须自己去发现了意义和悲伤。读者对这种情境作出强烈地回应,但是是合理的,因为他感觉自己只是通过诗人的帮助,来了解这种体验的真正特征。[①]

（七）现代

布鲁克斯对现代诗歌的分析,集中体现在其《现代诗与传统》中。布鲁克斯的时代被认为见证了对浪漫主义秩序的批判性革命。他致力于展示现代诗歌与传统诗歌的一致性,认为叶芝、艾略特和他们同时代诗人的一些诗歌,虽然有时显得艰深晦涩,但并非不可理解。如果要说有什么理解上的困难,那也是因为现代的许多读者习惯阅读把意象仅用作装饰、从而使其清晰而优美的诗歌,而对于意象晦暗不明的诗歌,他们在思想上还没做好接受的准备。根据他的观点,两种观念阻碍了当代诗歌道路:一是认为某些词语和事物具有本质上的诗意;二是认为智力与情感,或者说智力与诗性能力是相对立的。

布鲁克斯指出,现代诗歌所展示出来的机智、反讽性功能隐喻和含混,其实一直就是传统诗歌的财富,只不过这些财富在 19 世纪才变得稀少。浪漫主义和维多利亚时期认为诗歌是更高真理的陈述,并把智力完全与情感分离,认为一些事物天生就具有诗意,而另一些没有。布鲁克斯认为这种观念极大地损害了英语文学的进程,因此,他要在当代批评的视野中修订英语世界的诗歌史。

例如,布鲁克斯在分析艾略特《荒原》的第二部分时,认为并没任何评论,艾略特就将两种场景并排放置在一起:一边是无聊的富有的妇人对她的情人说话,另一边是酒馆里的妇人彼此交谈。像华兹华斯一样,艾略特将连接这两个场景的想象的负担抛给了读者本人。实际上,艾略特的整首诗是建立在一系列的对比和并置上的。通过没有解释的并置来暗示对比的这种"非逻辑的"方式,使得读者努力去从这首诗中挖掘出意义。虽然艾略特和其他的现代诗人也许更晦涩,但是他们所用的诗歌策略和语言策略与浪漫主义诗人所用的极其相似。

在所有的现代诗人中,布鲁克斯对艾略特情有独钟。他认为艾略特对诗歌题材的选取值得赞赏。现代诗歌可以表现被认为不具有诗意的事物,

---

① Cleanth Brooks & Robert Penn Warren, *Understanding Poetry: An Anthology for College Students*, New York: Henry Holt and Company, Inc., 1938, p.387.

如混乱的城市生活、贫乏的现实及种种过去未曾被想到过的事物。诗人的职责就是将那些不具诗意的素材变得富有诗意。①他不仅在《现代诗与传统》中，而且在《理解诗歌》和《社区、宗教与文学》(*Community*，*Religion*，*and Literature*)中也先后分析过艾略特的《荒原》。

在《现代诗与传统》中，布鲁克斯认为《荒原》存在两种生与死的悖论，一种是虽生犹死，另一种是虽死犹生。②如在冬天多雾的黎明，"流过伦敦桥"的"一群人"，虽然活着，但失去信仰，精神空虚，没有生活的目标，浑浑噩噩，犹如行尸走肉，让主人公想起但丁在地狱中看到的许多死去的人。这些人在毫无意义的活动中已经死了，并不是真的活着。与之相反的是，为人类利益寻找圣杯而失去生命的骑士，虽死而永生。

1976年《理解诗歌》第四版，在第五章"主题、意义和戏剧性结构"第三节"文明的崩溃"中对《荒原》进行了分析。③布鲁克斯依然是热衷于发掘诗中的悖论与反讽。如《荒原》的第一章描写了一个疲惫而胆怯的世界，厌倦而又不安，宁愿半死不活的冬天，也不喜欢暴力更新的春天。这个世界害怕死亡，视其为最大的罪恶，但是却又被出生的想法所困扰。④圣杯骑士在危险的古堡所获得的关于死亡和出生关系的必然真理，即"通往生命的道路是通过死亡来实现的"。地狱里的"骑墙者"(trimmers)哀叹"没有死亡的希望"，但是但丁轻蔑地称他们为"这些不幸的人从未活着"。要拥有真正的生活，需要一种承诺，而过于害怕死亡的人永远做不出来。⑤

在整首诗中能找到许多涉及"荒原"传说的人物和事件，但是角色通常会退化，而事件也失去了原有的意义。如在生育力崇拜的年代，神的葬礼是在信心中进行的，即他的精力和大自然一样，也会复活。自然的生命不仅依赖于神的力量，它还提供了具体的神力的例子。如把玉米种子埋起来，玉米

---

① Cleanth Brooks，*T. S. Eliot*：*The Thinker and Artist*，Garrick，ed.，*Praising it New*：*The Best of the New Criticism*，Athens：Ohio University Press，2008，p.248.

② Cleanth Brooks，*Modern Poetry and the Tradition*，Chapel Hill：The University of North Carolina Press，1939，p.137.

③ Cleanth Brooks & Robert Penn Warren，*Understanding Poetry*，Beijing：Foreign Language Teaching and Research Press，2004，pp.297—310.布鲁克斯与沃伦在《理解诗歌》中对《荒原》的分析，中译文可参见(美)布鲁克斯、华伦：《T.S.艾略特的〈荒原〉》，见(美)艾略特、奥登等：《英国现代诗选》，查良铮译，湖南人民出版社1985年版，第66—97页。

④ Cleanth Brooks & Robert Penn Warren，*Understanding Poetry*，Beijing：Foreign Language Teaching and Research Press，2004，p.310.

⑤ Cleanth Brooks & Robert Penn Warren，*Understanding Poetry*，Beijing：Foreign Language Teaching and Research Press，2004，p.309.

就会重新发芽。但是现在死者的埋葬是毫无希望的。关于"你埋在花园里的尸体"发芽的可能性,这一嘲讽性的问题,暗示了答案。①索索斯垂丝夫人使用塔罗牌(在古埃及可能是用来预测整个群体所赖以繁荣的水域的涨落),是为了粗俗而浮夸的"算命"。尤金尼迪(Eugenides)先生是叙利亚商人的现代后裔,他的祖先曾经像腓尼基人菲勒巴斯(Phlebas)一样给遥远的英国带来过神迹。"尤金尼迪"意思是"出身名门的男子"(son of the well born),但是现在他的功能已经退化。他邀请别人"在大都会去度周末",不是允诺要开始进入生活的秘密,而是要进入一种对空虚的崇拜,堕落而放纵。至于前往教堂的痛苦旅程,过去则是仪式开始的一部分。

至于1995年的论文集《社区、宗教与文学》中的《〈荒原〉:一份先知文档》(The Waste Land: A Prophetic Document),对《荒原》的解读则更多地跳出文本中心的路数,从历史、现实和文化等诸多文本之外的方面进行了分析。对于这一点,本书稍后将详细阐述。

在诗歌批评中,布鲁克斯力图综合各种诗歌理念。他在《现代诗与传统》的前言中坦承受惠于艾略特、艾伦·泰特、燕卜逊、叶芝、兰色姆、布拉克默尔和瑞恰慈。他说:"我可以如此确定并合法地声称,必须首先声称,我是尽可能地将他人的观念成功地综合,这些并非我自己的原创。"②尽管燕卜逊等人立即指出这种"谦虚的声明绝不表示在诗歌的细致分析中缺乏原创性",③然而,这种声明却依然经常被反对者用来攻击布鲁克斯的不足。反对者宣称布鲁克斯没有自己的观点:他仅仅是重复别人所说。这是一种完全无知的中伤。除非完全被偏见蒙住了双眼,否则没有任何人能指责布鲁克斯缺乏原创性。即使是赫伯特·穆勒,虽然与布鲁克斯的学术旨趣非常不同,也认为布鲁克斯"有一套明确的诗歌理论"。④

根据奥登的说法,布鲁克斯关于诗歌批评的观念可总结为:一、英国文学奥古斯都时代的新古典主义认为隐喻只是思想的装饰,这是错误的;在诗歌中,观念与意象是同一的。二、浪漫主义将机智和幻想排在想象力之下,

① Cleanth Brooks & Robert Penn Warren, *Understanding Poetry*, Beijing: Foreign Language Teaching and Research Press, 2004, p.310.
② Cleanth Brooks, *Modern Poetry and the Tradition*, Chapel Hill: University of North Carolina Press, 1939, p.31.
③ William Empson, "Review of *Modern Poetry and the Tradition*", *Poetry*, LV(December, 1939), pp.154—156.
④ Herbert J.Muller, "The New Criticism in Poetry", *Southern Review*, VI(Spring 1941), pp.811—839.

智力位于情感之下，认为反讽降低了尊严，这是错误的；机智和反讽是严肃诗歌中的核心元素。三、奥古斯都时代和浪漫主义时期都把诗歌看作为严肃教义的一种严肃的表达方式，这是错误的；诗歌中教义的正确与错误并不重要，不需要任何教义也能写出伟大的诗歌。四、通过重返诗歌创作的隐喻与反讽风格，现代诗人如艾略特、叶芝、奥登和艾伦·泰特等人回归到英语诗歌真正的传统，而奥古斯都时代和浪漫主义时期的诗人都是偏离这种传统的异端者。①这种总结大致反映了布鲁克斯在诗歌批评实践中的一些具体观点，但是最后一点不太准确。布鲁克斯曾经确实承认，20 世纪 20 年代的批评革命本质上是对浪漫主义的反动，"也许更确切地说，是反对低俗的浪漫主义（debased Romanticism）"。②注意"低俗的"这一限定性短语，因为有些非"低俗的"浪漫主义是布鲁克斯并不反对的。布鲁克斯探寻出从伊丽莎白时期到现代，一个从未中断的悖论和反讽的传统，而这一传统没有跳过任何时代的主要作家。

二、关于历史传记或社会学

布鲁克斯反对用历史传记式或社会学的方法替代对诗歌本身的分析，认为"将诗歌的知识过于直接地类同于其他知识的企图是危险的。如果忽视了诗歌的形式，我们可能无可救药地曲解了它的意思。"③布鲁克斯通过参考对华兹华斯抒情诗《她住在人迹不到的地方》的一些关键性论述，来说明这种危险。

布鲁克斯认为，有一些学者坚持用社会学的方法来分析这首诗。这些学者很清楚，华兹华斯年轻时代同情普通人，并被 1789 年法国大革命强烈地影响。因此，这些学者的目的在于展示这首看似简单的爱情诗，实际上在多大程度上反映了英国文学史的过渡阶段，并预示着现代时期的到来：在这首诗中，实际上对 19 世纪变化中的社会态度有许多值得注意的反映，展示了诗人在对所爱对象的选择中———一位"住在人迹不到的地方"的女孩，不仅意识到道德的孤独，而且意识到他的前景，这可以从他那过于敏感的对

---

① W.H.Auden, "Against Romanticism", *New Republic*, 102(February 5, 1940), p.187.

② Cleanth Brooks, *Modern Poetry and the Tradition*, New York: Oxford University Press, 1965, p.viii.

③ Cleanth Brooks, *Literary Criticism: Poet, Poem and Reader*, Sheldon Norman Grebstein, ed., *Perspectives in Contemporary Criticism: A Collection of Recent Essay by American, English and European Literary Critics*, New York: Harper and Row Publishers, 1968, p.99.

"谁也不赞赏，很少人和她相爱"的关注中得出。第二节中提到这位女士的谦逊，被这些学者理解为"一种对他人的令人不快的拒绝"。布鲁克斯认为，上面的这种分析，把这首抒情诗的意义扯得太远了，在他们追寻这首诗的社会学或传记性根源的焦虑中，好几位这样的批评家走向相似的荒谬。

布鲁克斯曾经注意到，一位社会学家把莎士比亚戏剧中的克里奥佩特拉描述为只不过是一位不适应环境的女孩。毫无疑问，克里奥佩特拉在某种程度上确实是不适应环境，但是这位社会学家肯定是错过了这出戏的真正含义。布鲁克斯说："确实，人们能够把《安东尼与克丽奥佩特拉》(*Antony and Cleopatra*)视为社会学的、心理学的、历史的和道德的，等等，但是，这出戏终究是一件艺术作品，而且如果把它当作是一件艺术作品的话，我们将发现，用合乎美学结构的术语来谈论它是必不可少的——无论是亚里士多德的术语如突转(peripeteia)和发现(anagnorisis)，还是那些近来的批评家的术语如张力和反讽性逆转(ironic reversal)，或仍然有其他的术语。用美学结构的术语处理戏剧，并不意味否认伦理问题。"①布鲁克斯认为，人们几乎能够阐明关于诗歌结构的每一件事，及其在这复杂的戏剧中与政治、道德的关系。

为了强调诗歌的美学层面，布鲁克斯引用的另一个例子是 17 世纪英国诗人理查德·洛夫莱斯(Richard Lovelace)的诗歌《蚱蜢》(*The Grass-hopper*)。诗人题词把这首诗"献给我高贵的朋友查尔斯·考敦(Charles Cotton)先生"。布鲁克斯指出，学者与批评家对理查德·洛夫莱斯的这位朋友的身份进行了各种争论。威尔金森(Charles Henry Wilkinson)认为查尔斯·考敦指的是儿子，而西里尔·哈特曼(Cyril Hughes Hartmann)认为查尔斯·考敦指的是父亲。布鲁克斯认为，即使不知道这首诗所献致的这位高贵的朋友的身份，读者依然能理解并享受这首诗。虽然极不可能，但是可以想象的是，如果某天学者发现一束 17 世纪的信札，它们可能会告诉读者，查尔斯·考敦先生曾给予洛夫莱斯几次极大的帮助，诗人写这首诗时处在极其担忧之中，因为他的朋友考敦先生正遭受严重的疾病。让想象力走得更远些，如果可以断定这些信显示出创作这首诗的原因，是希望使他的朋友考敦先生开心，那么，这样的关于洛夫莱斯个人生活的文档增加了这首诗的意义。布鲁克斯反对这种说法，他说："但是，如果可以通过把各种关联和

---

① Cleanth Brooks, *Literary Criticism: Poet, Poem and Reader*, Sheldon Norman Grebstein, ed., *Perspectives in Contemporary Criticism: a Collection of Recent Essay by American, English and European Literary Critics*, New York: Harper and Row Publishers, 1968, p.100.

意义注入其中，随意拔高诗歌，那么，我们可以系统地把一首晦涩的诗变成一首明了的诗——把一首贫乏的诗变成一首优秀的诗。如果真正了解了小威利和他那位悲伤的母亲，甚至报纸的私事广告栏①以'自从小威利离开/现在已一年零一天了'开头的散文也可以深深地感动我们。但是只有轻率的人才会将这种情感反应的触发，当看作是这首诗作为诗本身的优秀的证明。"②通过假设关注《蚱蜢》背景的案例，布鲁克斯认为，这种反应不是来自这首诗作为诗本身，而是作为个人文档。为了到达诗的心灵，读者或批评家将不得不在指称与暗示之间作一明确的区别，暗示构成了诗的主题和结构设置的合法部分，仅仅是"偶然的关联"（adventitious associations）。

　　布鲁克斯同意这样的观点，即为了恰当地理解一首诗，读者必须了解创作这首诗的方法、创作的原始材料及诗人如何重塑这些材料。但只是对这种材料的审查，不可能导向诗的主题核心："诗作为艺术作品的价值并不是由它的材料的叙述所决定的。"③同样地，历史的观念可以追踪整个主题的发展，但是，在对诗最完整的理解中，这些背景观念作为材料可能是不充分的。洛夫莱斯在《蚱蜢》中使用的观念对大多数读者来说是熟悉的，并能够被认可，但是对这些观念与概念不熟悉的读者，在理解这首诗时，可能会有严重的麻烦。同时，有一些诗仅仅是建立在音乐上，没有任何观念在里面。这样的诗对历史学家的观念来说，是"超出界限的"。布鲁克斯说，正是那些带有道德偏见的批评家强烈反对现代批评的进程。这样的批评家不能忍受那些看起来忽视道德问题及关注形式与技巧的创新型作家与批评家。例如，洛夫莱斯说，快乐并不建立在外部的环境上，而是一种内在的、精神的品质。如今，道德批评家可能会认为，这确实是一条教义，应该在任何诗歌批评中强调，正是这一道德的真理，使这首诗具有真正的价值。然而，布鲁克斯提醒这样的道德家，有许多包含令人称道的教义的诗——例如，亨利·朗费罗（Henry Wadsworth Longfellow）④的《人生颂》（*A Psalm of Life*），从

---

① 私事广告栏（agony column）：英语报刊中的常见栏目，登载寻人、寻物、求助、离婚、讣告等启事。

②③ Cleanth Brooks, *Literary Criticism*：*Poet*，*Poem and Reader*，Sheldon Norman Grebstein, ed., *Perspectives in Contemporary Criticism*：*A Collection of Recent Essay by American*，*English and European Literary Critics*，New York：Harper and Row Publishers, 1968, p.102.

④ 美国19世纪浪漫主义诗人。创作的第一部印第安人史诗《海华沙之歌》（*The Song of Hiawatha*），在美国文学史上占重要地位。与爱默生（Ralph Waldo Emerson）、梭罗（Henry David Thoreau）、纳撒尼尔·霍桑等人一起创造了新英格兰文学，对19世纪美国文艺复兴运动作出了贡献。

美学评判方面来说,是非常贫乏的诗。布鲁克斯说:"各种道德学家和后期的凡·温克·布鲁克斯(Van Wyck Brooks),都将缪斯女神当作一位改写女郎。但是缪斯女神是任性而顽固的。"布鲁克斯补充道,《蚱蜢》置于其他的事物中,是洛夫莱斯个人史中的一个文档,检测其与查尔斯·考敦的关系:"它是洛夫莱斯对待经典的一个例子;包含了一个混合的、承袭自西方基督教—古典主义传统思想的观念;它是一个在自我的内心寻找快乐的箴言。关键点在于,它可能是所有这些事物,但仍然是一首非常贫乏的诗。它可能是所有这些事物,但终究不是一首诗。"①通过对《蚱蜢》的实践批评,布鲁克斯证明,所有的诗歌都是一种内在关系和影响的设置,独立于诗人个人生活,独立于社会历史的考量与道德的态度。布鲁克斯强调的是"读者心理"与读者意识的回避,因为个体心理注定要以多种多样的方式对诗的主题产生反应。

布鲁克斯评论道:"研究读者反应也许会非常有趣、非常有启发性。但是集中于读者反应将把我们带离艺术作品,进入到读者心理的领域。我们问为何济慈的《希腊古瓮颂》唤起了不同的反应,然后发现答案在于不同的读者有不同的心理构造。或者我们可能会问,为何莎士比亚的某些方面在18世纪被赞扬,而另一些方面在19世纪被赞扬,通常会发现答案在于这两个世纪不同的文化风气。但是,即使诗只有通过读者对它的反应才能被认识,恰当的诗歌研究仍然是对诗本身的研究。"②

布鲁克斯突出了诗的集中的主题模式与自主性美学或结构性特征的意义。结论是清晰的:可以使用外来的帮助——传记的、历史的或社会学的因素来评价一首诗,但是不能从这首诗的中心游离。当批评家没有看到这一事实时,事情"分崩离析",中心也不能持有;诗的总体设置就被扭曲了。正是因为这个原因,布鲁克斯建议,在使用外部因素分析诗时,要克制地使用。不必要的、过分地依靠作家传记的背景知识,有可能会把读者的注意力从诗的主旨上转移。

---

① Cleanth Brooks, *Literary Criticism: Poet, Poem and Reader*, Sheldon Norman Grebstein, ed., *Perspectives in Contemporary Criticism: A Collection of Recent Essay by American, English and European Literary Critics*, New York: Harper and Row Publishers, 1968, p.103.

② Cleanth Brooks, *Literary Criticism: Poet, Poem and Reader*, Sheldon Norman Grebstein, ed., *Perspectives in Contemporary Criticism: A Collection of Recent Essay by American, English and European Literary Critics*, New York: Harper and Row Publishers, 1968, p.106.

三、诗歌文本的内与外

布鲁克斯认为，"形式并不是存在真空中，它不是一种抽象的事物"，因为，"1.诗是由人创作的，诗的形式是个体处理特定问题的意图，是诗意的和个性化的。2.诗从一个历史时刻中产生，是用语言创作的，因此形式与整个文化语境紧密相连。3.诗是由人阅读的，这意味着读者并非像机器人，必定能够认识到形式的戏剧性暗示。"①诗并不存在于真空中；它是植根于传统的土壤中，它的枝条与"看不见的影响"指向未来。布鲁克斯完全意识到这一状况。他说："因此，试图坚持传统呈现出来的问题，是一个忠诚或完整性的问题。"②

可以看出，布鲁克斯虽然关注诗的自主性状态，但是在这里看起来重新回到了传统的文学方法。诚然，布鲁克斯并非像一般学界理解为的文本中心主义者，他实际上并不排斥借助文学外部因素来理解诗歌。

在批评诗歌时，布鲁克斯甚至也会运用精神分析的方法。他相信，"死"有时候也是指性爱。"在十六、十七世纪时，'死'也指圆房。恋人们事后一如既往，他们的爱情不会在纯粹的欲望中枯竭。"③并指出莎士比亚和德莱顿都这样用过"死"的含义。他在《精致的瓮》中曾多次指出这一点，表明他可能受弗洛伊德的影响。如在第五章《阿拉贝拉小姐个案》中，他说："在那个时期，'赴死'的一个潜在意义是性行为的圆满。"④蒲柏的《夺发记》中，女主人公比琳达哀叹："哦，粗鲁的你，这般残忍！扬扬自得将见到的秀发抓在手里，请不要带走这些，其他的发丝都可以！"布鲁克斯认为，蒲柏在这里采用了反讽，即比琳达"对头发的关注超过了对荣誉的维护"。⑤因为"其他的发丝"从字面意义上来讲，可能会令人联想到与性有关的暗示。

对于学界指责他为了追求展示诗歌的普遍品质，而忽略了诗歌的历史背景，布鲁克斯自己有着清醒的认识，他曾经抱怨道："到二十世纪四十年

---

① Cleanth Brooks & Robert Penn Warren, *Understanding Poetry*, New York: Holt, 1960, p.xiv.

② Cleanth Brooks, *Modern Poetry and the Tradition*, Chapel Hill: The University of North Carolina Press, 1965, p.75.

③ （美）克林斯·布鲁克斯：《精致的瓮——诗歌结构研究》，郭乙瑶等译，上海人民出版社2008年版，第17页。

④ （美）克林斯·布鲁克斯：《精致的瓮——诗歌结构研究》，郭乙瑶等译，上海人民出版社2008年版，第98页。

⑤ （美）克林斯·布鲁克斯：《精致的瓮——诗歌结构研究》，郭乙瑶等译，上海人民出版社2008年版，第92页。

代,认为新批评是反历史和反传记的偏颇观念已广泛传播。无论如何,这一观念被我 1947 年出版的名为《精致的瓮》的著作所强化。在此书中,我探讨了十首不同文化时期的诗歌,以揭示它们的共同点——如果它们有共同点的话。这本书明显加强了由《理解诗歌》所生发出来的观点,认为新批评通篇的诗歌分析,念念不忘'细读',不注重每首诗歌所由来的传记与历史的母体。"①在另一次采访中,布鲁克斯也表达了相同的意思:"许多年前我出版了一本名为《精致的瓮》的书,被广泛认为是一个完全把文学与作者和读者脱离的例子。"②布鲁克斯期望建立一种普适性的诗歌原则,这是一种雄心壮志。正如布鲁克斯后来所说的:"我打算努力弥合玄学派诗歌与其他的诗歌之间的鸿沟。我感到自己有责任去寻找所有诗歌的一般性结构原则。"③但是布鲁克斯并不是完全要忽略历史和传记信息,只不过是没有把重点放在历史与传记上罢了。

布鲁克斯认为,有一些诗将它们基本的意义建立在诗里面提到的历史人物的知识上,例如安德鲁·马维尔的《贺拉斯体颂歌:克伦威尔从爱尔兰归来》(Horatian Ode upon Cromwell's Return from Ireland),如果读者对奥立弗·克伦威尔这位 1653 年到 1658 年英国的护国主不熟悉,这首诗将变得极其晦涩。但是,布鲁克斯相信,最根本的是,要在作为个人档案的诗与诗歌结构之间作一个区分。也就是说,在诗歌批评实践中,布鲁克斯并不反对有时借助传记、历史、社会学等外部因素,但是主张始终要将注意力集中在诗歌的文本上。

布鲁克斯在《精致的瓮》第七章《华兹华斯和想象的悖论》中分析《不朽颂》时,也利用了诗人的生平传记。"颂诗说的是关于人类的心灵——其成长、本性和发展。……诗歌虽然涉及神学、伦理学和教育,但是,其重点不在这里。华兹华斯本人的颇为费解的笔记证明了这一观点,在笔记中他否定了任何想要反复劝导别人相信灵魂先在的意图。"④

布鲁克斯分析叶芝的《在学童中间》,不是就文本而分析,而是联系了华兹华斯的《不朽颂》、叶芝的《驶向拜占庭》(Sailing to Byzantium)。诗歌的

---

① Cleanth Brooks, "In Search of the New Criticism", *American Scholar*, 53(1984), p.43.

② B. J. Leggett, "Notes for a Revised History of the New Criticism: An Interview with Cleanth Brooks", *Tennessee Studies in Literature*, 24, p.28.

③ Cleanth Brooks, "Postscript" to the Review of *The Well Wrought Urn*, *Sewanee Review* 55(1947), pp.697—699.

④ (美)克林思·布鲁克斯:《精致的瓮——诗歌结构研究》,郭乙瑶等译,上海人民出版社 2008 年版,第 141 页。

互文性是指其与传统诗歌有千丝万缕的联系。布鲁克斯认为《墓畔哀歌》像艾略特的《荒原》一样，其实也充满了一系列的典故或近似典故的材料。①

在评论艾略特的《荒原》时，布鲁克斯本人承认文学和其他的、丰富了诗的主题设置的引用与典故的价值与意义。他说："对但丁（Dante Alighieri）和波德莱尔（Charles Pierre Baudelaire）的引用，于是涉及相同的事情，即作为中世纪传奇的荒原的典故；这些各种各样的典故，来自非常广泛的不同的资源，丰富了对这座现代之城的评论，因此，在许多层面，它变得'不真实'了；犹如通过'冬天黎明的棕色的雾'来看它；像中世纪的荒原、但丁的地狱和波德莱尔的巴黎。"②

布鲁克斯在《〈荒原〉：一份先知文档》一文中再次强调了文学、历史、宗教典故等因素对《荒原》一诗的重要性，并展示其运用"文本之外"的分析能力：

> 人们理解《荒原》时，如果像我一样，不仅把它作为有机的诗歌，还把它视作是对二十世纪文化的尖锐评论，那么就必须考虑艾略特对西奥多·斯宾塞（Theodore Spencer）的声明，即《荒原》"仅仅是对生活一种个人的、完全无关紧要的抱怨的解除：它只是一种有节奏的抱怨"。但是它是如何与艾伦·金斯伯格不那么有节奏的"嚎叫"和半个世纪后许多其他"自白"诗歌迸发出的个人抱怨区别开来呢？艾略特对生活的抱怨采用了一些非常奇怪和引人注目的形式——甚至是非常有学问的形式，涉及文学、历史和宗教的典故——这些让人不可能不注意。③

布鲁克斯认为《荒原》是艾略特对现代文化的失败和崩溃景象作出的预言。同时，他还找出许多与艾略特具有相似感觉的同时代的文学家、历史学家和社会批评家，如叶芝、詹姆斯·乔伊斯（James Joyce）、福克纳和克里斯托弗·拉什（Christopher Lasch）等，来与之相互印证。

第一次世界大战结束时，许多文化精英看到，战争不仅给欧洲文化的统

---

① （美）克林斯·布鲁克斯：《精致的瓮——诗歌结构研究》，郭乙瑶等译，上海人民出版社2008年版，第104页。
② Cleanth Brooks, *Modern Poetry and the Tradition*. Chapel Hill：The University of North Carolina Press, 1965, p.144.
③ Cleanth Brooks, *Community*, *Religion*, *and Literature*, Columbia：University of Missouri Press, 1995, p.98.

一性带来了致命的打击，可能也是对文化本身意义的毁灭性打击。技术、非洲"黑暗"大陆的开放以及亚洲的西方化，给世界带来了和平和进步的希望。然而，本不该发生的第二次世界大战爆发了。布鲁克斯认为，事实上，许多人相信第一次世界大战不可避免会导致第二次。如叶芝1919年站在女儿的摇篮旁时，听着大西洋上的暴风雨呼啸而过，他想象着未来的艰难岁月已经来临。后来发生的事件证明了他预感的正确：第二次世界大战、冷战，以及许多的局部战争。乔伊斯作为一位疏远的观察者和历史循环观的忠实信徒，确信世界进入了一种普遍的文化崩溃状态。当把目光投向他的祖国爱尔兰时，他以一种近乎爱的细节的精确，描绘了它的衰落。美国南方各州的一些知识分子质疑所谓的进步学说及其工业化的经济表现。他们关心传统价值观的弱化，对家庭联系的侵蚀，社区的崩溃——伴随着人口迁移，尤其是从农村向大城市迁移所必然发生的变化。①布鲁克斯认为福克纳的思想有时也接近艾略特。福克纳认为人是一种坚韧的生物，几乎是不死的；但在一篇类似"美国梦发生了什么"的论文中，他抱怨说美国发生了道德灾难——这种灾难可能是不可逆转的。布鲁克斯认为克里斯托弗·拉什和艾略特一样，都注意到现代社会的精神空虚。拉什在《自恋文化》(*The Culture of Narcissism*)一书中，评价现在社会的病态，也非常类似《荒原》中出现的问题。如他谴责现代社会对过去的抛弃，担心"更古老的自助传统的萎缩"，不信任"国家、公司和其他官僚机构"，哀悼宗教的丧失。②

布鲁克斯还提到来自奥地利的历史学家、政治学家埃里克·沃格林(Eric Voegelin)的著作《从启蒙到革命》(*From Enlightenment to Revolution*)，认为该书对分析《荒原》有极大的启示。该书的前言部分提及关于历史"常数"的理论，认为历史上唯一的常数是"在时空中留下一串等效象征"。而这些象征往往拥有张力的质地，这是人类一直被迫使用的语言的特征。这种象征涉及张力和"语言张力"的运用：

> 存在具有柏拉图兼际(Metaxy，于其间且兼有二者)的结构，如果人类历史上有什么是不变的，那就是语言之间的张力，生与死，永生和必死，完美和瑕疵，时间与永恒，存在的有序和无序，真理和谎言，意识

---

① Cleanth Brooks, *Community, Religion, and Literature*, Columbia: University of Missouri Press, 1995, p.101.

② Cleanth Brooks, *Community, Religion, and Literature*, Columbia: University of Missouri Press, 1995, p.109.

和无感;爱与恨,开放与封闭;开放性的美德(如信仰、希望和爱)与封闭性的恶习(如狂妄自大和叛逆);快乐和绝望的情绪之间;异化的双重意义,即世界的异化和神的异化之间。如果把这些成对的象征分离,假设张力的两极是作为独立的实体,将破坏张力象征的创造者所体验到的现实存在;将(因此)失去意识和智慧;将扭曲人性,将自我缩减至安静的绝望或积极的符合"时代"的状态,药物成瘾或观看电视的状态,麻木地享乐或凶残地追寻真相的状态,承受荒谬的存在的折磨或沉溺于各种承诺替代现实所丧失的"价值"的享乐状态。用赫拉克利特和柏拉图的话来说:梦想的生活篡夺了(现实的)生活。①

　　布鲁克斯认为,《荒原》中也有这种充满张力的象征,有一些相当明显,如像死亡一样的生活状态;希望成为有血有肉的生物再活一次的干枯的骨头;垂死之神的荒谬(仿佛不朽的生命也会死亡);对生命真理的探寻终结于一座被坟墓环绕的废弃教堂等。此外,布鲁克斯认为《荒原》中那些不愿意真正地活着的人非常符合沃格林对真实生活的定义,即生命总是处于认知并接受死亡的事实间的一种张力状态,这也是对当下世界的一种精准的描述:安静的绝望或积极地追求"时代"的享乐,药物成瘾或观看电视,麻木地享乐等。②

　　在解读《荒原》时,布鲁克斯还时刻不忘联系现实。如他甚至引用了统计数据,来表明现在社会看书的人非常少,看严肃书籍的人更是少之又少,这导致现代人对历史的淡漠与忘却。如美国的大学生对于美国、欧洲和世界历史的了解非常少,美国的许多大学生和高中生甚至不知道美国内战和两次世界大战是在是什么时候爆发的。布鲁克斯认为,解构主义者废除历史,将带来严重的危害:人们将要生活在一个相对狭窄的时间段内,经验的丰富性远低于早期正常阶段,供人们作选择和决定的背景变得更加单薄。此外,由于历史和过去意识的丧失,人们将丧失在过去的社会一直来表达自己的"复杂象征",如以西结的枯骨山谷;垂死之神的神话;追寻生命的秘密的骑士。布鲁克斯特意提到在一个大约三十人的大学低年级和高年级学生的教室里,只有一个学生能识别源自《圣经·新约》的一个相当熟悉的引用。

---

①　Cleanth Brooks, *Community*, *Religion*, *and Literature*, Columbia: University of Missouri Press, 1995, p.103.

②　Cleanth Brooks, *Community*, *Religion*, *and Literature*, Columbia: University of Missouri Press, 1995, pp.104—105.

而随着时间的流逝,艾略特的《荒原》的气候并没有缓和,旱情反而进一步加剧。现代科学能将人送上月球,但是没有定义人生的终极目标。这导致现代人精神空虚,只能在电视广告中寻找美好的生活。①

布鲁克斯认为,艾略特在《荒原》中作出了西方文明崩溃的预言,但是大多数读者却不相信文明真的会崩溃。对此,布鲁克斯感到很无奈,也很痛心:

> 然而,这是否意味着我相信我已经让读者相信艾略特是一位真正的先知,他感觉到在本世纪早期就意识到西方文化的衰败,至今已经六十多年了,今天有更多的人逃离现实(逃离的途径多种多样),生活在梦想状态的比在现实的世界的人更多呢? 我怀疑我可能没有说服任何那些不愿被说服的人。事实上,如何说服一个世俗化社会的成员——其他地方比大学要更彻底的世俗化——相信世界终结的方式很可能是悄无声息地,而不是砰的一声大爆炸呢? 我们相信这种大爆炸。我们的世界怎么可能在叹息中终结呢?
>
> 坚持说世界将怎样或何时结束的艺术家,面临着一种两难的境地。正是这位著名的剧作家—演员,冲到拥挤的首场演出的房子前的舞台上,高呼:"剧院着火了! 赶快离开!"于是观众疯狂地鼓掌。多么好的开场! 观众心想。多么棒的戏剧! 多么出色的演员! 他几乎让你以为剧院真的在燃烧! 事实上,他越疯狂地恳请观众离开,他们越热烈地鼓掌。艺术征服了现实,表象征服了真实。当我们在读《荒原》时,发生了类似的事情:文明崩溃的噩梦般的景象塑造得如此好,我们几乎相信这种崩溃是真实的。但是,我们当然知道它不是真的。②

可以看到,为了对诗歌进行透彻的理解与解释,布鲁克斯有时也返回到诗人的心理—精神因素与社会、历史、文化环境。因此,布鲁克斯的诗歌批评实践,也许与诸如原型批评、精神分析批评、社会学批评、语言学批评、文化研究等是有共点之处的,这有待今后作进一步的研究。

---

① Cleanth Brooks, *Community*, *Religion*, *and Literature*, Columbia: University of Missouri Press, 1995, pp.106—108.

② Cleanth Brooks, *Community*, *Religion*, *and Literature*, Columbia: University of Missouri Press, 1995, p.110.

第二节　戏剧批评实践

布鲁克斯认为所有的诗歌，包括抒情短诗和描述性的篇章，都涉及戏剧性构成。每首诗歌都暗示着有一位诗歌的讲述者，诗人或者是以他自己的人格，或者以其他人的嘴来讲述。诗歌代表了此人对某种情境、场景或观念的反应。在阅读诗歌时，必须记住在任何一首诗中都存在这种戏剧性层面。①这表明布鲁克斯在诗歌批评的时候都不忘考虑戏剧性的因素，而他在戏剧批评方面也确实颇有建树。但是，他的戏剧批评，无论是理论还是实践，至今都还未获得中国学界足够的重视。

布鲁克斯的戏剧批评理论，较为集中的论述见于他与维姆萨特合著的《西洋文学批评史》第三章"亚里士多德：悲剧与喜剧"、第二十五章"悲剧与喜剧：内在的焦点"和第三十章"小说与戏剧：肥硕的结构"。他的戏剧批评实践，偶然出现在他的一些诗歌批评专著或教材中。如《精致的瓮》中的第二章"赤裸的婴儿与男子的斗篷"，对《麦克白》中的隐喻和意象进行了精彩的分析。他的《现代诗与传统》有一些是对现代戏剧的解读，如涉及美国现代作家阿齐博尔德·麦克利什的戏剧《大恐慌》(*Panic*)等。他与罗伯特·潘·沃伦合写的教材《理解诗歌》里面所分析的诗歌，有一些是节选自戏剧的。如"第三部分：客观的描述"中，《理查三世对其军队的致辞》(*The Address of Richard III to His Army*)、《怜悯的显露》(*Discovery of Pity*)和《鲜花》(*Flowers*)，分别选自莎士比亚的戏剧《理查三世》(*Richard III*)、《李尔王》(*King Lear*)和《冬天的故事》(*The Winter's Tale*)；②"第六部分：意象"中，《克丽奥佩特拉的悲悼》(*Cleopatra's Lament*)和《明天，又一个明天》(*Tomorrow and Tomorrow*)分别选自莎士比亚的戏剧《安东尼与克丽奥佩特拉》(*Anthony and Cleopatra*)和《麦克白》。③当然，布鲁克斯还有一些单篇的戏剧论述，散见于各期刊或是为别人的专著所写的前言中。

---

① Cleanth Brooks & Robert Penn Warren, *Understanding Poetry：An Anthology for College Students*, New York：Henry Holt and Company, Inc., 1938, p.23.

② Cleanth Brooks & Robert Penn Warren, *Understanding Poetry：An Anthology for College Students*, New York：Henry Holt and Company, Inc., 1938, pp.260—262.

③ Cleanth Brooks & Robert Penn Warren, *Understanding Poetry：An Anthology for College Students*, New York：Henry Holt and Company, Inc., 1938, pp.473—474, 488.

然而,布鲁克斯的戏剧理论及批评实践的最主要体现,毫无疑问是他与罗伯特·海尔曼合著的教材《理解戏剧》。这本教材最早出版的时间是1945 年,有两个版本。一个版本名为《理解戏剧:八部戏》(*Understanding Drama:Eight Plays*);①另一个版本在保持原有内容的基础上,增加了对四部戏的分析,因此名为《理解戏剧:十二部戏》(*Understanding Drama:Twelve Plays*)。②后面这个版本在美国一再重版,有十六种之多。③在此教材中,布鲁克斯按难度逐渐上升的趋势,将戏剧分成三类:简单型,如欧洲中世纪道德剧《世人》(*Everyman*)、古罗马喜剧家普劳图斯(Titus Maccius Plautus)的《孪生兄弟》(*The Twin Menaechmi*)和 18 世纪英国剧作家乔治·李罗(George Lillo)的《伦敦商人》(*The London Merchant:or the History of George Barnwell*);成熟型,如 18 世纪英国风俗喜剧作家谢里丹(Richard Brinsley Sheridan)的《造谣学校》(*The School for Scandal*)、19世纪英国作家奥斯卡·王尔德(Oscar Wilde)的《温德米尔夫人的扇子》(*Lady Windermere's Fan*)、19 世纪挪威剧作家易卜生(Henrik Johan Ibsen)的《罗斯莫庄》(*Rosmersholm*)、莎士比亚的《亨利四世》(上)(*Henry IV,Part I*)、英国王政复辟时期的风俗喜剧代表作家康格里夫(William Congreve)的《如此世道》(*The Way of the World*);悲剧模式,如俄国 19 世纪作家契诃夫(Anton Chekhov)的戏剧《海鸥》(*The Sea Gull*)、16 世纪英国剧作家克里斯托弗·马洛(Christopher Marlowe)的《浮士德博士的悲剧》(*The Tragical History of Doctor Faustus*)、古希腊悲剧家索福克勒斯(Sophocles)的《俄狄浦斯王》(*Oedipus the King*)、莎士比亚的《李尔王》。布鲁克斯集中分析这些具体案例,以探讨喜剧、悲剧各自的一般程序和设置;教导学生应将戏剧当作有其自身方式和特征的一种特殊形式,而不是仅仅将其视作文学史、思想史或剧作者个性的表达。④

本节将主要以《理解戏剧》为据,从布鲁克斯对戏剧的界定、布鲁克斯戏

---

① Cleanth Brooks & Robert Heilman, *Understanding Drama:Eight Plays*, New York:Henry Holt and Company, 1945.

② Cleanth Brooks & Robert Heilman, *Understanding Drama:Twelve Plays*, New York:Holt, Rinehart & Winston, 1945.

③ 迄今为止,笔者掌握的《理解戏剧:十二部戏》有 1945、1947、1948、1953、1954、1955、1958、1959、1960、1961、1963、1964、1965、1966、1970、1972 年等版本。本书论述,以1972 年版本为据,并简称为《理解戏剧》。

④ Cleanth Brooks & Robert Heilman, *Understanding Drama:Twelve Plays*, New York:Holt, Rinehart & Winston, 1972, *Letter to Teacher and Students*, p.ix.

剧批评的主要理念及对其戏剧批评的反思等方面，探讨布鲁克斯的戏剧批评。

一、布鲁克斯关于戏剧的界定

（一）戏剧最明显的特征是对话

布鲁克斯认为，戏剧是一种表现人物性格的对话，这种对话蕴含着与具体人物相关的、向前发展的、有意义的行动。戏剧很明显地与诗歌、散文、小说和非虚构小说不同。戏剧中很少有或者没有"描述"的位置，也没有作者直接的评论；作品几乎完全是由人物直接的语言——即对话所构成；作品能够被阅读，或者能够在舞台呈现形式中被观看；戏剧通常以韵文形式写成。但是，戏剧最明显的特点还是对话。戏剧中的对话不是一般的对话，并非是人们互相直接交谈，就可以得到一出戏剧。如法庭庭审的对话，明显就不是戏剧。它交流的目的是为了获取事实信息，但是获取或给予事实信息不是戏剧或任何其他文学形式的功能。戏剧中的对话不同于法庭中的对话，它要能够在对话中表现人物的性格。然而，这种表现人物性格的对话又不同于19世纪英国作家沃尔特·兰道（Walter Savage Landor）在《谈话》（*Conversation*）①中所描绘的主教与公爵夫人的对话，它还要有行动，对某人或某事产生影响，使其发生变化。行动可以是内在的或外在的，身体的或心理的，或者两者兼而有之。这种行动不同于电影《伟大的麦金迪》（*The Great McGinty*）②拍摄脚本中的行动，不能只是着眼于过去或现在，而应该是着眼于未来，与具体的人物相关联，推动情节向前发展。也就是说，戏剧的每个场景（除了最后一个），都必须向前推进故事的发展。所有的行动都应该有意义，即有一个核心行动将各部分联结到一起，使其成为一个整体。③

戏剧中的对话必须是向前推进的，意味着在每一场景中，台词必须不仅要推动情境的发展，而且必须非常直接、迅速地将导向未来。即使是在处理过去，让读者知道主要行动向前运行的背景事实和开始的情境，即所谓的"展示"（exposition）时，戏剧中的人物也不能够直接给读者信息，以免让人

---

① 《谈话》虚构了17世纪法国著名的主教波舒哀（Bossuet）和路易十四的情妇芳丹公爵夫人（Duchess de Fontanges）之间的一次谈话。从谈话中可以很容易地看出，公爵夫人是美丽、天真而又愚蠢的，而主教是传统、谦卑而暗含嘲讽的。

② 又译为《江湖异人传》，美国电影。《理解戏剧》中的脚本节选来自：Arthur Mizener, "Our Elizabethan Movies", *Kenyon Review*, 1942。

③ Cleanth Brooks & Robert Heilman, *Understanding Drama: Twelve Plays*, New York: Holt, Rinehart & Winston, 1972, pp.3—12.

觉得他们是在代作家说话,而非是他们自己在讲,与自己的个性不符。不能为了让读者获得某种信息,而让剧中人讲述那些对他们来说明显是不必讲的旧事。"信息必须在台词中被暗示,这些台词更多的是展望未来,而非回顾"。①剧作家必须掌握好对话的进度,限制对话空间,避免让人感到将对话浪费在任何不重要的材料上,使其能以令人满意的速度向前推进。

戏剧中的对话必须具有合理性。戏剧中的对话,"说什么"和"如何说",都必须像生活中真实的对话一样可信、自然。日常生活中的口头交流,倾向于拉拉扯扯,包含许多不相关的事情,充斥偶然性和无序性。而戏剧中的对话却不能偏离主题,需要将材料削减至最小。因此,剧作家必须面对这样一种两难处境。在实际操作中,绝大多数剧作家允许人物的言语中有一定数量的"交谈附属物"。这些"交谈附属物"在严格的结构中可能被排除出来,但是有利于营造一种轻松感。布鲁克斯认为:"在达到高潮的张力场景中,削除所有的赘生物是更自然的。但是,至少在高潮场景之前,也可能是之后,可以有更'轻松的'场景"。②而在"如何说"方面,为了追求可信的谈话,剧作家必须藉着自己的语言感觉,有效地利用正常的节奏、韵律和成语。如果忽视了这些,将产生严重的制约和不自然之感。

布鲁克斯关于戏剧的最引人争议的观点之一,就是认为戏剧中的对话可以是用诗歌形式来进行,诗剧中的对话是自然的。自然并非一种传统、客观、容易辨别的品质。在一个时代是自然的事物,在另一时代可能并不自然;对一个人来说是自然的事物,对另一个人来说可能并不自然;在某一场合对某人来说是自然的事物,在另一场合可能就是不自然的。因此,在实际操作中很难有一套可奉行的规则,剧作家必须凭着自身的老练与机智,才能真正做到对话的自然。布鲁克斯认为,虽然在一般交往中,人们并不会用诗歌来交谈,但是在不一般的环境中,他们倾向于使用诗歌的语言。戏剧是简洁、浓缩的,关注重要的事件,人们被非同寻常的张力所困扰,积聚了大量的情绪压力。在压力之下的人们倾向于以一种更加强调的韵律来讲话,倾向于使用更富比喻性的语言。因此,在戏剧中,诗歌语言变得自然,达到了真正强调的效果。诗歌语言特别适用于悲剧,因为在悲剧中尤其能发现情绪的紧张和压力。

---

① Cleanth Brooks & Robert Heilman, *Understanding Drama*: *Twelve Plays*, New York: Holt, Rinehart & Winston, 1972, p.30.

② Cleanth Brooks & Robert Heilman, *Understanding Drama*: *Twelve Plays*, New York: Holt, Rinehart & Winston, 1972, p.31.

因此,布鲁克斯认为,戏剧这种完全建立在对话上的文学形式,其对话不仅要像对话一样可信,传达戏剧的高度张力,要自始至终符合时间、地点和人物的特征;而且还必须表现人物和情境,将过去呈现到视野中,同时推动情节向未来发展。①

(二)戏剧和其他文学形式的关系

布鲁克斯认为,戏剧与小说、诗歌等其他的文学形式拥有一些共同的元素和特征,即文学区别于历史、传记和哲学的元素和特征。所有这些文学形式都"呈现一种情境",激发读者的想象,引导他去理解隐藏其中的意义。情境是独特的,但是意义是更加扩大化的,是"一般性的"。情境是引发某种情绪反应的手段,作家通过使用材料来控制这种情绪反应。戏剧和小说的情境,都涉及人物的谈话与行动;诗歌通常也可以使用相同的材料。戏剧和诗歌使用相同的语言技巧,如意象等;戏剧和小说分享某些技巧,集中读者的注意力,为后续的影响作准备,"激发"情境的生成。

为了更好地界定戏剧,理解戏剧的特征,布鲁克斯还进一步对戏剧与诗歌和小说的不同进行了论述。

首先,在情境塑造方面,戏剧的手段没有小说和诗歌的手段那么多样。戏剧不能运用直接的人物、地点、声音、风景和气味的描述;很少直接使用单纯的精神或心理行动,而必须在外在的对话和动作形式的背后,通过暗示来表现心理活动。剧作家除非让剧中的某一角色作为自己的代言人——这种常常容易显得非常尴尬,否则他也不能对行动、情境、表达、姿态等方面的含义进行直接的评论。而小说有强大的描述环境与各种属性的能力,有能够觉察事物的外部世界与头脑的内部世界的能力,有能够轻易地向当下转向到过去的能力,这意味着它能使用多种资源,将一个明显轻微的或微不足道的情境扩展为一个更完满更丰富的意义。小说能够抓住一次随意对话的层面中表现出来的态度的不同,并赋予它戏剧性含义。

其次,在情节方面,戏剧没有小说丰富。在理论上,也许没有理由来解释,为何戏剧不应该写得像小说那么长。戏剧的长度一直以来,大部分定为两到三个小时,这便于公开演出的时间分配。这种形式的影响非常强大,甚至作家的书斋剧/案头剧(非为演出而创作的戏剧)也大部分遵循这一形式。因此,这也要求戏剧的情节相对于小说来讲,要更紧凑。剧作家必须找到一

① Cleanth Brooks & Robert Heilman, *Understanding Drama*：*Twelve Plays*, New York：Holt, Rinehart & Winston, 1972, pp.32—33.

种独特的情境——它自身的属性是紧凑的,或者能够变得紧凑而没有致命的丢失。剧作家必须紧密坚持当下,只能通过暗示来引入过去,必须忽略早前的及后来的情节分枝。因此,剧作家必须相对快速地工作,必须砍掉每一种多余的动机。虽然在优秀的剧作家手中,这样的情节会更紧凑,但在平庸的剧作家笔下,情节往往会显得单调,自然不如小说那样吸引人。

再次,在角色的使用数量上,戏剧比小说受到更多的限制。因而,戏剧中的人物承担着比小说人物更大的象征分量。剧作家必须在一两个人物身上集中主要的行动,因而必须选择正确的"导线"。他要清楚地认识到事件是什么,谁的行动真正重要。而小说家如果喜欢,可以充分发展人物,要多少有多少。当然,许多小说与戏剧一样,倾向于将冲突集中在两个或几个主要的人物之间形成,但是小说家不需要被强迫接受这样的形式。

最后,在地点的使用上,戏剧比小说受到更多的限制。戏剧不能够像小说一样完全自由地使用地点。布鲁克斯认为,在理论上,剧作家不受限制地点使用的限制,但是在实践中他会发现,限制自己是有利的。大量的地点呈现非常麻烦,往往得不偿失。"三一律"要求戏剧的所有的行动必须发生在一个地点(被不同地理解为一个城市、一幢建筑物或一个房间),其中一个合理之处就在于——地点的变动对观众来说会显得不可信。虽然在观看戏剧时,人的想象力可以很好地对地点的转换作出适应,但是经常性地改变地点,很容易将注意力从人性的冲突上吸引过来,使行动看起来被分裂成几个部分,而非一个统一体,从而干扰了核心的戏剧效果。①

布鲁克斯认为,戏剧在情境、情节、人物、地点等方面的限制,并不意味着戏剧仅仅只是文学的一种削减之物,是一种比小说更粗糙、更没有效率的形式。这只是表明戏剧是一种高度特殊的文学形式,能以其自己的方式来支配材料,把某些事情做得非常出色。诗歌和小说,相对于戏剧,虽然有更多的资源,但是正如经常所看到的,可能也会有粗糙而无效率的作品。因此,材料的价值要小于使用者的技巧的价值,技巧是重要的。在合适的剧作家手中,戏剧能够非常有效率地使用自己的方法,甚至将其在涵盖大的时空接触及大量人物的充分发展等能力方面的局限性,转化为一种独特的集中效果。

戏剧将注意力聚焦于相对较小的人类体验区域,专注于此,直至将其完

---

① Cleanth Brooks & Robert Heilman, *Understanding Drama: Twelve Plays*, New York: Holt, Rinehart & Winston, 1972, pp.28—29.

全发掘出来，并且可以通过暗示来扩展远远超过那一区域的事物。如果剧中人物不能讲得像小说中那么多，他们就必须在某种意义上讲得更简洁。戏剧的部分效果，就源于剧作家限制对话，将注意力放在戏剧所关涉的特定主题上。小说中的对人物生活更完整的、合法的呈现，在戏剧中很多都要被淘汰。戏剧中的这种浓缩，这种对剥离相关环境的、纯粹的冲突的处理，本身就是张力的来源之一。这种"加强的"效果表明了作品中至关重要的事件和剧作家自身高度的关注。这种张力的增加，意味着语言自然而然地向诗歌发展，即趋向于使用更具可感的韵律和情感更强烈的意象。所谓"人类的灵魂，在强烈的情感中，努力地以诗歌来表达其自身。"因此，伟大的戏剧必须采用诗的形式。"所有的诗歌趋向于戏剧，而所有的戏剧也趋向于诗歌。"对此，布鲁克斯显然非常赞同。

也就是说，如果戏剧看起来在一方面放弃了如此多的表达手段，变得生硬笨拙，那么，同时它得到了补偿和调整，因为它获得了文学中比较特殊的精度和准确性。首先是删减所有与中心主题无关的事物，其次是用最有表现力但同时又是最受控制的语言来表现主题。因此，在思考戏剧独特的标志时，不可避免地会与诗歌相遇，即戏剧与诗歌有一些相同的标志。之所以不能够严格地区分戏剧，是因为达到一定高度时，它是两种模式的融合。在莎士比亚的伟大的戏剧中，诗歌的方法（如比散文中更强烈的意象和韵律等）与戏剧的手段（人物在强烈冲突的情境中说话、行动）一起发挥作用。①

因此，对于戏剧和其他文学形式的关系，布鲁克斯的观点最终可以归纳为：戏剧与小说之间的差异较大，而与诗歌之间的差异较小。小说只有放弃自身在情境、情节、人物、地点等方面的各种特权时，才更接近于戏剧。戏剧和诗歌的差异，通常与戏剧和小说的差异并不在同一个层面，戏剧与诗歌之间亲缘关系更为密切。在理想状态下，戏剧和诗歌可以融合为一体，如莎士比亚的诗剧，既是伟大的戏剧，同时也是伟大的诗歌。前面已经提到，布鲁克斯甚至在《精致的瓮》和《现代诗与传统》等专著中，把戏剧与诗歌编在一起，明显是公开宣称，在某种程度上，戏剧等同于诗歌。

二、布鲁克斯戏剧批评的主要理念

布鲁克斯没有明确阐述过自己的戏剧批评原则，但是通过对他的戏剧

---

① Cleanth Brooks & Robert Heilman, *Understanding Drama*: *Twelve Plays*, New York: Holt, Rinehart & Winston, 1972, pp.23—26.

批评实践的分析，可以看出，他坚持戏剧具有等级，悲剧主人公必须具有行动的力量，对理性主义的批判，像批评诗歌一样批评戏剧等主要理念。

（一）戏剧具有等级

布鲁克斯认为，戏剧具有从简单到成熟的一个发展阶段。根据其著述中的思想，戏剧的不同形态从低到高大致可分为四个层级：道德/寓言剧（parable/morality play）、闹剧（farce）；感伤剧（sentimental comedy/trage-dy）；问题剧（problem play）；严肃喜剧（serious comedy）、悲剧（tragedy）。当然，由于这种排序包含的戏剧分类本身有交叉，严格来讲是不科学的。此外，对于这样的戏剧形态排序，他并没有作过明确而具体的判断。他真正明确过的是：悲剧是最高级的戏剧形态，悲剧要优于喜剧。悲剧必须具有普遍性的意义，具有超越时间的力量。因此，悲剧必须探讨人性的善与恶、传统与变革等诸如此类的永恒议题，上升至哲理层面，而不能局限于具体的社会问题，否则会沦为问题剧，不能具有普遍性的意义。

当然，布鲁克斯并没有完全否定悲剧之外的其他类型的戏剧。他很明智地认识到："无论是在意图上还是在实际中，我们都没有权力要求每出戏剧都是悲剧。我们必须感激感伤剧与智力剧，无论在哪里，当发现它们时，我们都是幸运的。失去了这些戏剧，我们将是更加赤贫的人。我们从悲剧的属性中获得更好的认知力，但是不必终止对其他类型戏剧的享受。"①

1. 道德/寓言剧、闹剧

从某种意义上，道德/寓言剧可以说是最简单的悲剧，而闹剧是最简单的喜剧。布鲁克斯在《理解戏剧》中论述简单戏剧时，举的第一个例子就是道德/寓言剧《世人》。"道德剧"是一种明确的历史类型，它的基本目的就是提供一个教训。虽然有许多不同的形式，但是核心情节是建立在美德与邪恶为了人的灵魂而爆发的冲突上。而寓言戏剧引入了寓言固有的问题，即通过一个具体的例子来呈现一些非常简单的概括。如《世人》，主要关注一个理念，并将情节和人物从属于它。布鲁克斯认为，当寓言剧作家使用文学方法，如刻画行动和人物时，以使主题令人信服，就不可避免要放弃主题的单一性。因为读者的想象力提出的问题暗示了主题的多样性，读者倾向于分解抽象的一般性，进入到具体的个体体验。宣传的观念是

---

① Cleanth Brooks & Robert Heilman, *Understanding Drama: Twelve Plays*, New York: Holt, Rinehart & Winston, 1972, pp.314—315.

一般性的,但是戏剧呈现的是个体体验;体验的特定环境修订单一的、抽象的宣言。因而,寓言剧本身存在一种两难的困境:要把一个观念尽可能简单化、一般化和抽象化时,就要反对戏剧性效果的影响;与此同时,要具体而鲜明地呈现一个主题时,就要对事件进行更复杂的理解,而不是只传达简单、抽象的观念。①

闹剧是一种简单的喜剧类型,是一种特别纯粹的形式。布鲁克斯认为,《孪生兄弟》是一出典型的闹剧,体现了闹剧的典型特征。首先,普劳图斯对可能的事情做了最简单化的处理。戏剧的整个行动源自混淆了完全相同的孪生子,这是一种外部的、不重要的情境。情节要求这对孪生子不但在外貌上,而且在性格和人格上也要完全相像,这种情节处理完全把性格化的难题避开了。其次,《孪生兄弟》缺乏焦点,不存在主要的冲突。读者的注意力主要聚焦在所有人物陷入的这一混淆的状态上。第三,剧中人物自身是消极的,人物不能决定或影响事件的发展。戏剧向前推进,不是因为人物做了什么,而是因为这些人物身上发生了什么。第四,它是单维度的,只是与一个令人发笑的情境相关,只是为了展示混淆和尴尬的本身,不存在暗含的或从属的价值,也没有象征性情境。第五,剧中人物好像从不会理性地对待发生的事情,从不会动脑子。闹剧中的人物往往对线索极其不敏感,缺乏正常的好奇。在一个典型的闹剧中,如果人物理性地对待事情,闹剧的行动将会迅速地走向结束。

布鲁克斯认为,读者要享受闹剧,就不得不作出各种妥协和让步,不能期望剧中人物是聪明、敏感、可辨的或有代表性的,也不能寻找到意义和重要性。即他不得不消除大量的感知能力,只保留很少的一部分运行。因此,他实际上放弃了成人的状态。然而,"偶尔去贫民窟视察,或者休一个重要的假期,使自己习惯于天真,从而使自己变得天真,这可能是令人喜悦的、健康的恢复方式。"②

2. 感伤剧

感伤剧可分为感伤的悲剧和感伤的喜剧。布鲁克斯认为它们趋向严肃喜剧或悲剧,但是存在情感不真实等方面的缺点,所以不太成功,如乔治·李罗的《伦敦商人》是感伤的悲剧,谢里丹的《造谣学校》是感伤的喜剧。

---

① Cleanth Brooks & Robert Heilman, *Understanding Drama*: *Twelve Plays*, New York: Holt, Rinehart & Winston, 1972, p.102.

② Cleanth Brooks & Robert Heilman, *Understanding Drama*: *Twelve Plays*, New York: Holt, Rinehart & Winston, 1972, pp.144—145.

　　布鲁克斯认为,乔治·李罗想把《伦敦商人》①写成悲剧,但是在许多方面都不成功。如戏剧焦点缺失,很难将观众的注意力保持在主人公乔治·鲍威尔身上;露西的转变没有动机,显得不真实;悲剧主人公不能指责他人,为自己寻找替罪羊。当然,这出戏剧最主要的缺陷还是在于人物情感不真实。布鲁克斯认为鲍威尔被判绞刑,戏剧其实在第四幕就可以结束了,第五幕狱中的场景根本不需要。希腊悲剧和莎士比亚悲剧都不注重法庭和监狱,因为这些一般属于问题剧或喜剧,只有在很少有的偶然场合中,才会在成功的悲剧中发现这样的场景。乔治·李罗想强调鲍威尔的复杂性,强调他不仅仅是一个恶棍。因此,他以为在鲍威尔被法律制裁后,教训已被公示,邪恶受到应有的惩罚,于是可以自由地来强调鲍威尔的优秀品质了。但

----

① 《伦敦商人》全名为《伦敦商人:或乔治·鲍威尔的历史》,是乔治·李罗最著名的作品,取材于 17 世纪的一个讲述发生在什罗普郡的一宗谋杀案的民谣,讲述了一年轻学徒因与妓女交往而导致毁灭的故事,因为使用了中产阶级和工人阶级的角色而引人注目。1731 年 6 月 21 日首次演出,成为当时最受欢迎的戏剧之一。故事主要情节:伦敦妓女莎拉·米珥沃(Sarah Millwood)计划寻找勾引一些"从来没有伤害过女人,也不会从他们身上受到任何伤害"的单纯的年轻男子,以骗取钱财。她在城里看到年轻的乔治·鲍威尔(George Barnwell),邀请他到她家吃晚饭。当她知道他的老板是伦敦知名富商沙罗善(Thorowgood)后,便竭力引诱鲍威尔,使他堕入圈套,并说服鲍威尔去他的老板那里偷钱。第二天早上回家后,鲍威尔觉得自己背叛了沙罗善,很是内疚。他的朋友杜鲁门(Trueman)的忠诚更加使他觉得自己的罪行严重,遂决定不去做与米珥沃商定的偷盗。当米珥沃发现鲍威尔反悔时,便谎称为她提供住房的人发现了他俩的幽会,要把她赶出去。这唤起了鲍威尔新的内疚感,促使他从老板那里偷了一大笔钱给她,以改变她的境况。鲍威尔在给了她钱后,觉得愧对老板,便离开商行,并留下一个便条,向杜鲁门承认了自己的罪行。沙罗善的女儿玛莉雅(Maria)偷偷地爱着鲍威尔,知道这事后替他把钱补上,但联系不上他。由于没有地方可去,鲍威尔向米珥沃求助。起初,米珥沃拒绝了,但很快记起之前他提到过有一个有钱的叔叔。米珥沃再次说服鲍威尔,说她确实爱他,并为他策划了一个抢劫他叔叔的计划。鲍威尔说叔叔会认出自己,米珥沃怂恿他杀掉他的叔叔。在一阵激情中,鲍威尔跑去抢劫、谋杀他的叔叔。他蒙着脸用刀攻击独自散步的叔叔。鲍威尔叔叔奄奄一息的时候,为凶手和侄子祈祷,并不知道两者是同一人。鲍威尔忍住悲伤,向叔叔表明身份,鲍威尔叔叔死前原谅了他。与此同时,米珥沃的女仆露西(Lucy)向沙罗善揭发了鲍威尔所做事情背后的真相。后来,鲍威尔回到米珥沃家,感到不安、颤抖,双手流血。当米珥沃意识到他没有带回任何钱财时,便派人去找警察,以谋杀罪逮捕了他。露西和米珥沃的厨子卜朗特(Blunt),从一开始就意识到这个计划,也与警察一起把他逮捕了。鲍威尔和米珥沃都被判处死刑。米珥沃对沙罗善表示她一点也不后悔,她说:"我恨你们全体,我了解你们;并不期盼什么怜悯;我顺性而为,而这正是你们最出色的人每天做的。对人和对野兽来说,弱肉强食同样自然而公平。"米珥沃把她的行为归咎于社会和男人,一点也不懊悔地接受死刑的命运。尽管发生了所有的事情,沙罗善、杜鲁门和玛莉雅还是去牢房看鲍威尔。他们安慰他,原谅他,安排牧师探访,满足鲍威尔的精神需求。临刑前,鲍威尔真心忏悔了自己的罪过。详见(英)乔治·李罗:《伦敦商人》(一),张静二译,《中外文学》1995 年第 3 期,第 144—181 页;(英)乔治·李罗:《伦敦商人》(二),张静二译,《中外文学》1995 年第 4 期,第 148—168 页。

是他没有将这种复杂性作为一个整体来进行戏剧化，而是分解成两步：先展示邪恶和惩罚，然后继续崇拜好的一方面。他让鲍威尔的友人来探监，展示伟大的友情与悲伤，其结果是彻底的感伤。

首先，对主人公一边倒地强调，扰乱了悲剧的心理效果。亚里士多德说悲剧事件应唤起怜悯和恐惧，但是这一幕所有的强调都落在怜悯上，没有达到两者之间的平衡或融合。其次，这一幕强调了鲍威尔的优点，但是，读者从未看到他令人信服地扮演一位"好"人，而只是看到其他的人来坚持这一点。也就是说，乔治·李罗竭力去谈论某种影响，而不是将其戏剧化——这正是感伤的本质。为了赞扬鲍威尔，杜鲁门和玛莉雅不得不忽视他最明显的行为，因此，与其说他们是值得信任的证人，不如说更像是情感的宣泄。最后，在第五幕，因为每件事情都解决了，再没有决定性的行为发生，或者能够发生，因此很难保证鲜明的情绪效果，读者所能看到的只是一位事后喋喋不休的家伙。所以这一幕使用强烈的情感性词语时，读者往往无动于衷。如剧中人物沙罗善对露西等人说的一番话："用感恩的心，把你们得到的救赎归给上苍，是很正确的。许多品行不如鲍威尔的人并不会像他这般沉沦——这些人能够平安无事，该感谢的不是自己，难道不是上苍吗？我们且以同情和怜悯之心来看待他吧。他的过错大，但诱惑也强。我们要从他的毁灭学知谦卑、慈爱和谨慎；因为我们对他的命运感到错愕，碰到跟他同样的试炼，恐怕也会跟他同样沉沦。"①因此，毫不奇怪，有人会觉得这出戏剧是一次"恶心的布道"。②

而谢里丹的《造谣学校》，被认为是感伤的喜剧。所谓感伤的喜剧，与当时的社会背景关系密切。18世纪后期，英国中产阶级兴起，他们反对复辟时代的华丽喜剧，加上提升道德、使行为优雅的意图，使那个时代的精神倾向对美德的赞扬和对情感的培养。感伤喜剧正符合这种时代精神，它的方法通常是赞扬善良，而非嘲讽愚蠢。因此，这种喜剧强调友善的、值得赞扬的人物，而不是那些可笑的人物。这种戏剧经常以改正和报偿的场景结尾，基调更倾向于启迪教化，而非娱乐。③

① （英）乔治·李罗：《伦敦商人》（二），张静二译，《中外文学》1995年第4期，第158—159页。
② Cleanth Brooks & Robert Heilman, *Understanding Drama：Twelve Plays*, New York：Holt, Rinehart & Winston, 1972, pp.180—188.
③ Cleanth Brooks & Robert Heilman, *Understanding Drama：Twelve Plays*, New York：Holt, Rinehart & Winston, 1972, p.194.

《造谣学校》①非常契合感伤喜剧的特征,它主要强调赞扬了善良的行为,但在讽刺流言和虚伪时没有取得相同的成功。在处理流言时,谢里丹满足于标准的喜剧方法,展现恶习并暗示相反的美德。但是在处理虚伪时,他竭力展现一种完全是二选一的生活方式,把查尔斯塑造成"英雄",而不是让查尔斯处于一种适当的状态。因而,他干扰了嘲讽的基调,读者被要求去崇拜,而非去嘲笑。这就堕入了感伤喜剧的模式。再次,由于想对两兄弟进行尖锐的对比,导致他对查尔斯的一些描述令人难于相信,违反了人物的一致性。如查尔斯可以卖掉所有祖先们的画像,为何就是不愿卖掉叔叔奥立佛的画像呢? 这明显是不合情理的。此外,在约瑟夫和查尔斯之间的裁判,并不是客观的和无偏见的。因为从本质上看,奥立佛爵士是被查尔斯哄开心了,才裁定查尔斯是个好小伙。最后,这出戏剧的心理活动,基本上是约瑟夫的,而查尔斯执行的功能完全是情感方面的。这表明谢里丹几乎是直接宣称不信任智力,而倾向于情感。②

3. 问题剧

问题剧是一种更加成熟的戏剧形态。在某种程度上,几乎每一出戏剧都要处理一个问题,每一出戏剧都要反映它的时代的思考。但是,问题剧这一术语,在一种更独特的意义上,通常指处理阶级差别、传统及妇女的权利等社会问题的戏剧。问题剧表示了一种对时事问题的兴趣,进一步的暗示是,剧作家用戏剧来作为一种社会和政治的工具,将社会的注意力引导至它的问题,并呼吁采取某种解决方案。这与布鲁克斯的文学理念相悖,因此,布鲁克斯认为问题剧比不上纯粹的喜剧或悲剧。问题剧也可分为喜剧倾向与悲剧倾向两种,《温德米尔夫人的扇子》是问题喜剧,而《罗斯莫庄》可以算是问题悲剧。③

---

① 《造谣学校》主要故事情节:以史尼威尔夫人(Lady Sneerwell)为首的贵族男女以造谣生事为乐,史尼威尔夫人的家俨然成了"造谣学校"。在这一上流社交圈中,约瑟夫·萨费思(Joseph Surface)表面道貌岸然,实际伪善自私;他的弟弟查尔斯·萨费思(Charles Surface)虽然放纵不羁,但心地善良。兄弟俩都追求彼得·梯泽尔爵士(Sir Peter Teazle)的保护人玛丽娅(Maria)小姐。他们的叔父奥立佛·萨费思爵士(Sir Oliver Surface)从印度归来,化装成穷亲戚和高利贷者,分别去试探兄弟俩。约瑟夫冷漠无情,且勾引彼得·梯泽尔爵士年轻的妻子梯泽尔夫人(Lady Teazle),最终被戳穿。而查尔斯慷慨善良,得到了叔父的财产,赢得心上人。详见(英)谢立丹:《造谣学校》,沈师光译,见《外国剧作选》第四册,上海文艺出版社 1980 年版。
② Cleanth Brooks & Robert Heilman, *Understanding Drama: Twelve Plays*, New York: Holt, Rinehart & Winston, 1972, p.254.
③ Cleanth Brooks & Robert Heilman, *Understanding Drama: Twelve Plays*, New York: Holt, Rinehart & Winston, 1972, pp.79—85.

　　问题剧一般多倾向于悲剧,采用庄重严肃的方式来处理社会问题,但是《温德米尔夫人的扇子》①不同寻常的地方,在于它使用了通常与喜剧相关的诙谐风格来处理社会问题。王尔德将戏剧的行动与传统相关联,但是他并没有将传统与正确或错误相等同。也就是说,他并不关注好与坏的基本问题。作为良心与道德法则的事情,在这出戏剧中并非主要的事情。他关注的只是特定时代社会的观念,即行为的时尚。舒适、尊严、社会的传统,这些事物并不代表永恒的价值。人们的态度与观念,因为时空的不同而发生变化,因此不需要被严肃地对待。这些问题是外部世界的问题,这个世界的事务能够被管理与安排,可以作出妥协,找出令人满意的解决方案。就这出戏剧而言,这是喜剧的世界,一个道德相对主义的世界。在这里,不存在行为的基本原则和道德结构不能被篡改的绝对道德的世界。

　　王尔德本来可以将欧琳太太对丈夫的遗弃表现为道德的含义,但是相反地,他匆匆带过,只是把它当作一种过错;她的丈夫与情人被忽略;一直没有道德的反响,没有复仇者;欧琳太太只是经历了一些不舒适;而且,她作为这个世界上的一个精明的、有资源的、机智的女人而生存了下来。同样地,王尔德对温德米尔夫人的经历也采取相对的手法,至少在表面上是喜剧性的。如果温德米尔夫妇之间存在某种致命的、本质的冲突,或者温德米尔夫人真的爱达林顿勋爵;无论两者中的哪种情形,温德米尔夫人都将堕入两种生活模式无可逃避的对立中,将面对真正的十字路口。但是不存在这样的一个十字路口,温德米尔夫人并没有要在温德米尔勋爵与达林顿勋爵之间做一个真正的选择。她想要的是认同她认为正确的事情。她离开丈夫,是因为愠怒而非原则问题。所有的一切都只是一个错误,甚至不是道德错误,而只是一个误会。她的回归,也是因为实际而非原则。她不是道德的化身,没有深层次的事情要被决定,没有生死攸关的选择要去做,所有这些严肃的事情都被避开了。

---

① 《温德米尔夫人的扇子》主要故事情节:温德米尔夫人(Lady Windermere)的母亲欧琳太太(Mrs.Erlynne)20年前抛弃了丈夫和女婴,随情人私奔,不久又被情人所弃。20年后,她得悉女儿嫁入了富贵人家,便立意把握机会,回到上流社会。她用自己的秘密威胁温德米尔勋爵(Lord Windermers),勒索到一笔财富,又因温德米尔勋爵的牵引,得以在自己的寓所招待体面人士,渐渐回到上流社会。她的最终目的,是在温德米尔夫人二十一岁的生日舞会上正式露面,十分风光地成为名媛。这一切,身为女儿的温温德米尔夫人全不知情,反而怀疑温德米尔勋爵有了外遇,委屈与愤恨之余,竟然接受达林顿勋爵(Lord Darlington)的追求,就在生日舞会的当晚,出走私奔。幸有欧琳太太苦口婆心,及时劝止,而未铸成大错。同时在紧要关头,幸有欧琳太太巧为掩饰,才保全了她的名节。而欧琳太太重回上流社会的计划也完全成功。详见(英)王尔德:《温德米尔夫人的扇子》,余光中译,辽宁教育出版社1997年版。

至于易卜生的《罗斯莫庄》①，布鲁克斯认为它是一出完全严肃的戏剧，但与《温德米尔夫人的扇子》一样，也属于问题剧。《罗斯莫庄》的主人公罗斯莫是古老望族罗斯莫庄的继承人，受到料理家务的吕贝克小姐的影响，从保守的方面转向激进的潮流。在妻子碧爱特死后，他与吕贝克相爱，却最终双双殉情。他们的爱情之所以失败，既受到当时极端的保守派与激进派之争的政治斗争影响，也受到传统和宗教的影响。布鲁克斯认为，《罗斯莫庄》之所以没有达到纯粹悲剧的高度，就是因为易卜生是以问题剧的水准开始这出戏剧的，即全神贯注于一个特定的问题——如禁令、种族关系、政治等，局限于一个暂时的环境，从而耗尽了这出戏剧的意义，不能升华为更具普遍性的含义。

布鲁克斯认为，所有的悲剧都涉及问题，但是剧作家如果主要关注问题的解决，甚至希望提出某种解决方案，就容易错过问题中蕴含的普遍性议题。戏剧要具有永恒的价值，达到悲剧的高度，就必须发现这种普遍性议题。如果剧作家转向公众，针对某一问题，如私刑、政治腐败、雇佣者的冷酷等来展开，将主人公表现为环境的受难者，就非常容易沦为问题剧。割断主人公与任何有普遍性意义的斗争的联系，就动摇了悲剧的根基。问题剧的主人公，不像悲剧主人公那样对自己的毁灭负有责任，他在某种程度上总是被动地卷入罪恶之中。读者阅读问题剧时，情感非常简单，只需要对造成主人公的苦难负有责任的事物表达正义的愤怒。如果剧作家所想做的，只是唤起对某种环境或事物状况的愤恨，那么，这种情绪的集中是符合逻辑的。但是，这种方式已经远离了悲剧。

4. 严肃喜剧、悲剧

严肃喜剧是喜剧的高级形态，它应该有轻松愉快、引人发笑，或者幽默讽刺的一面，也要有严肃庄重、令人深思的一面。如《亨利四世》（上）和《如此世道》，就是严肃喜剧的代表。

---

① 《罗斯莫庄》主要故事情节：罗斯莫牧师（Johannes Rosmer）是罗斯莫庄的最后的继承人，虽已退职在家，但凭着罗斯莫庄这个古老望族的声誉，在地方上仍有很高的威信。保守派克罗尔校长（Rector Kroll）和激进派摩腾斯果（Peter Mortensgard）都利用罗斯莫的妻子碧爱特（Beata）自杀的事件来胁迫罗斯莫来支持自己。克罗尔说碧爱特跳进水车沟自杀不是因不能生育而神经错乱，而是为了让罗斯莫与在罗斯莫庄料理家务的吕贝克小姐（Rebecca West）做夫妻，从而解脱自己的精神痛苦，因此罗斯莫对于碧爱特的死负有责任。摩腾斯果说手上有碧爱特给他的一封亲笔信，她向他暗示即将要自杀。罗斯莫再次思考这个问题，认为自己确实与吕贝克相爱，而且应该为碧爱特之死负间接责任。而吕贝克也承认自己爱罗斯莫，确实是她引诱碧爱特走上自杀之路。罗斯莫一怒之下，拂袖而去。正当吕贝克准备离开罗斯莫庄时，罗斯莫又回来了。他俩推心置腹地倾诉了爱情的力量与爱情带来的灾难，认为彼此都净化了对方的心灵，然后手挽手一起跳进水车沟自杀了。详见（挪威）易卜生：《罗斯莫庄》，见《易卜生文集》第六卷，潘家洵译，人民文学出版社1995年版。

布鲁克斯认为《亨利四世》(上)代表了莎士比亚最复杂的喜剧。在这出戏剧中,莎士比亚以喜剧的模式,对人类行为的可能性给出了最明智、最完整的评论。他塑造的世界,是矛盾的、善良与邪恶相混杂的世界。他的世界观最终是喜剧性的,但依然充满了成熟喜剧的洞见。他没有把亨利王子(Prince Henry)表现为冷酷无情的人,没有把他描述为"卑劣的政治家博林布鲁克家族"的子孙。另一方面,福斯塔夫(Sir John Falstaff)也没有被刻画成恶棍。福斯塔夫的机智,至少大多数并不仅仅是逗笑和轻浮。它构成了对世界严肃的事情的批评,这种批评在某种层面是完全有根据的,值得统治者去正视。莎士比亚不要求读者一定要在福斯塔夫与亨利王子之间作出选择,他的态度更可能是两者合一的妥协与包容。亨利王子在舒斯伯来(Shrewsbury)一役中进入历史,属于时间的世界,成人的世界。而戏剧开始时,福斯塔夫问几点钟,显得荒诞。因为时间与责任、任务和事务相关联,而他无所事事。因此,在某种意义上,福斯塔夫像孩子一样不关心时间,他的世界不存在时间,属于永恒存在的世界,与时间匆匆的成人世界不同。亨利王子暂时从伪装和虚伪的成人世界逃离,在福斯塔夫的世界里得到休息与恢复,从而成为更好的王子。因此,这出戏剧具有喜剧的一面,也有严肃的一面,比浪漫喜剧如《皆大欢喜》(As You Like It)等更具丰富性与"严肃性",比"苦涩"喜剧如《终成眷属》(All's Well That Ends Well)等具有更多的可信性与关联性。[1]

对于英国复辟时期最优秀的喜剧之一《如此世道》,[2]布鲁克斯大加赞

[1] Cleanth Brooks & Robert Heilman, *Understanding Drama*: *Twelve Plays*, New York: Holt, Rinehart & Winston, 1972, pp.386—387.

[2] 《如此世道》的故事情节:男主人公米拉贝尔(Mirabell)爱上威士弗特夫人(Wishfort)的侄女米勒曼特(Millamant),并且还假装跟威夫人相好来隐瞒他对其侄女的爱意,不料米拉贝尔的秘密竟为马伍德(Marwood)夫人所揭发,她基于求爱被拒而报复。因此,威夫人不让侄女嫁给米拉贝尔,否则她将收回给侄女一半遗产的承诺。为此,米拉贝尔设计,让仆人卫特维尔(Waitwell)冒充他的叔叔罗兰爵士(Rowland)去引诱威夫人。卫特维尔假意要与威夫人结婚,但私下却与威夫人的女仆佛伊白(Foible)成亲。米拉贝尔希望利用对威夫人一连串的羞辱的欺骗来迫使她答应自己与米勒曼特的婚事。然而,这个计谋又被马夫人所揭发。马夫人还发现米拉贝尔曾与威夫人的女儿费诺尔夫人(Mrs.Fainall)有过一段旧情,并且认为费夫人是因为已怀上米拉贝尔的孩子,所以才立刻下嫁费先生。马夫人与其情人费先生,出其不意地告诉威夫人此项小道消息。同时费先生也借揭有妻子曾与前任男友交往的证明来威胁妻子离婚,并以此破坏威夫人的声誉,以掌控妻子的财产及接管米拉贝尔与米勒曼特结婚所得的遗产。然而,这个计划终告失败,因为费夫人否认所有不实指控,并指证费先生与马夫人的婚外情。米拉贝尔也表明费夫人婚前就已任命他为财产管理人,他已将费夫人的财产转移到其表妹的户头之下,所以费先生无法从费夫人那里得到任何好处。威夫人十分感激米拉贝尔的法律知识及适度的处理,让她免于遭受费先生的威胁,所以终于改变初衷,原谅米拉贝尔先前对于她的羞辱,并答应他与侄女米勒曼特的婚事。

扬,认为它给喜剧行为提供了一个最佳的例子,也给喜剧研究提供了一个最好的例子,甚至认为"它将会是我们正在研究的最复杂的戏剧之一,……是一出'严肃的'戏剧,也是一出娱乐的喜剧"。①《如此世道》的情节极具喜剧性,有许多令人捧腹的场景,如米拉贝尔为了让威士弗特夫人答应自己与她的侄女米勒曼特的婚事,故意让仆人卫特维尔冒充他的叔叔去引诱威士弗特夫人等。但是它不仅是风俗喜剧,在喜剧的面貌之下,它里面也有对婚姻中男女地位、爱情与金钱等方面严肃认真的思考,如米拉贝尔与米勒曼特两人之间的相爱与争论,具有普遍性的意义。

但是,布鲁克斯相信,悲剧才是戏剧的最高形态,"悲剧处理基本事实;是将人类的终极同一性戏剧化的手段"。②悲剧处理严肃的事件,涉及人类的基本斗争,是主体的自由与客体的必然性之间的真正的冲突;而且这种自由的冲突并不随着一方或另一方的失败而结束,而是完全中立地同时出现在胜利与失败之中。布鲁克斯坚持,悲剧必须都包含不和谐的事物,"如果主人公的命运是可预期的,而且被预测为世界上最自然的事情,那么将不存在悲剧,甚至不存在戏剧。我们必须感到它是不适当的、令人困扰的、不和谐的。"③布鲁克斯反对感伤,并提醒现代剧作家,悲剧是感伤之外的其他某些事物。为了更好地突出悲剧与感伤与关,他进一步强调:"在悲剧中,冲突被置入观众自身的头脑——这种冲突存在于主人公违反观众所信奉的道德法则时,对其谴责的冲动与同情他的斗争的冲动之间。"④这也是为什么布鲁克斯认为英国复辟时期的悲剧要比这一时期的喜剧更复杂一些的原因,因为悲剧会在无情的笑声与同情的怜悯之间产生张力。⑤

布鲁克斯认为,马洛的《浮士德博士的悲剧》是前莎士比亚时代最好的戏剧之一,但是没有莎士比亚的悲剧那么复杂;索福克勒斯的《俄狄浦斯王》是最著名的希腊悲剧之一,其悲剧观念不同于莎士比亚;莎士比亚的悲剧是优秀悲剧的代表,而《李尔王》"是莎士比亚悲剧中最复杂的一部,也可能是

① Cleanth Brooks & Robert Heilman, *Understanding Drama: Twelve Plays*, New York: Holt, Rinehart & Winston, 1972, p.194.

② Cleanth Brooks, "Introduction to *Tragic Themes in Western Literature*", New Haven: Yale University Press, 1955, p.4.

③ Cleanth Brooks, *Modern Poetry and the Tradition*, Chapel Hill: University of North Carolina Press, 1939, p.105.

④ Cleanth Brooks, *Modern Poetry and the Tradition*, Chapel Hill: University of North Carolina Press, 1939, p.205.

⑤ Cleanth Brooks, *Modern Poetry and the Tradition*, Chapel Hill: University of North Carolina Press, 1939, p.214.

所有悲剧中最复杂的一部";《李尔王》的复杂性在于它的双重情节、不同寻常的大量的主要人物之间的复杂的相互关系、对意象和象征的深层使用、复杂的暗示等。①布鲁克斯认为,悲剧的本质是通过人类可能承受的苦难,再次肯定人类恢复洞察力的能力。如《浮士德博士的悲剧》、《俄狄浦斯王》和《李尔王》这三部悲剧,全都与人精神康复的能力相关。在每个案例中,悲剧主人公都是没有邪恶意图的人,却打开了给他自身带来惩罚的那扇门。浮士德和俄狄浦斯各自以不同的方式,展示了对理性力量的自豪,这种自豪导致他们对宗教传统的怀疑;但是对于传统的正确性,无论它可能蒙受着什么,两人都表示赞同。李尔在极其不适合的时候运用了一个理性的标准,打开了攻击社会整个传统秩序的门。但是这些古老的价值有它们的信徒,李尔逐渐明白他的错误及其意味着什么。②

（二）悲剧主人公必须具有主动斗争的行为与力量

布鲁克斯认为,悲剧的主人公首先必须斗争。因为,如果他不能够斗争,或者过于消极而不去斗争,读者可能只会怜悯他。其次,主人公的斗争必须值得读者同情。最后,主人公必须有某些局限或缺点。③虽然布鲁克斯概括出悲剧主人公应该具有这样三个特点,但是在实际的批评中,他真正强调的主要是第一点,即坚持悲剧的主人公必须控制多愁善感,具有行动的力量。当然,这种力量必须具有方向性,因而行动的步骤是可控制的,而非偶然事件。主人公的行动必须是通过自己的决定而引发的,或者至少他意愿把它当作与事物本性有关的东西来接受,包括他自己的最深层的本性,以彰显其在降临的命运中的责任。在一个由自我承担责任的行动中而产生的真正冲突,主人公与压迫力量之间的相互作用,必然会提供产生悲剧的张力。因此,布鲁克斯将主人公是否有积极主动的斗争行为与力量,作为判断一出戏剧是否是悲剧的最主要的标准。

布鲁克斯认为,《罗斯莫庄》中的男女主人公最后都以死亡收尾,虽然接近悲剧,但终究不是悲剧。他之所以作出这样的判断,就是以悲剧主人公必须进行强有力的斗争这一必备条件为出发点的。在《罗斯莫庄》中,正统与

---

① Cleanth Brooks & Robert Heilman, *Understanding Drama*: *Twelve Plays*, New York: Holt, Rinehart & Winston, 1972, pp.455—456.

② Cleanth Brooks & Robert Heilman, *Understanding Drama*: *Twelve Plays*, New York: Holt, Rinehart & Winston, 1972, pp.658—659.

③ Cleanth Brooks & Robert Heilman, *Understanding Drama*: *Twelve Plays*, New York: Holt, Rinehart & Winston, 1972, p.110.

激进、理性与非理性的力量都加诸罗斯莫身上，其他人物都围绕着他斗争，因此一般人都相信戏剧的主人公是罗斯莫，讲述的是罗斯莫的故事。布鲁克斯认为，如果这出戏剧是罗斯莫的故事，那么这出戏剧很难称为悲剧。因为罗斯莫过于软弱，不可能成为悲剧主人公。这并不是说他不够暴力，或者不够生动。在一个悲剧主人公身上，这些品质不是必需的。悲剧主人公可以是一个安静的人，在外形上，甚至可以是不讨人喜欢的人。但是，悲剧主人公必须进行斗争，必须有力量。而罗斯莫的斗争是无力的，他注定的命运是屈服。他的计划，在戏剧的前期就被预示要崩溃，到第三幕结束时就完全失败了。不知情时，罗斯莫实施了坚定的行为，但是一旦了解真相，他就放弃了。在戏剧的第四幕中，罗斯莫向吕贝克明确坦承了自己的软弱："你确实是罗斯莫庄最有力量的人。你的力量比碧爱特和我合在一起还大些。"①罗斯莫的故事是哀伤的，而非悲剧的，他的命运不是被自己的意志和力量所决定。

《海鸥》②虽然以主人公特列普勒夫的死亡结尾，令人伤感，但不能仅仅凭这一点就说这出戏剧是悲剧。悲剧要求一个占支配地位的形象，一位能够进行有意义的斗争的英雄或主人公。他必须有一定的力量，必须能够与对立的力量进行强有力的斗争。他不能够是软弱的，不能够仅仅是外部力量的消极的受害者。而特列普勒夫作为主人公，几乎不可能获得这种尊重。他是敏感的；他明白什么事情正在向他逼近，但是他几乎没有作一个真正的斗争的力量，也没有一个成熟的心智。他最后的决定性行为是自杀，因而本质上也是消极的。因此，布鲁克斯认为，《海鸥》不可能是悲剧。③

而真正的悲剧《俄狄浦斯王》，主人公俄狄浦斯是积极行动的人，而不是

---

① （挪威）易卜生：《罗斯莫庄》，见《易卜生文集》第六卷，潘家洵译，人民文学出版社 1995 年版，第 212 页。

② 《海鸥》主要展现四个主要人物之间的爱情和艺术的冲突。年轻的特列普勒夫（Konstantin Gavrilovitch Treplev）不满现代戏剧的俗套，写了个形式新颖的象征主义剧本，由一心想当演员的恋人妮娜（Nina Mihailovna Zaretchny）来主演。但这次演出遭特列普勒夫的母亲、过气女演员阿卡汀娜（Irina Nikolayevna Arkadin）的嘲讽而中断。天真的少女妮娜禁不住荣誉的诱惑，投入了阿卡汀娜的情人、有名的滥俗故事中年作家特利戈林（Boris Alexeyevitch Trigorin）的怀抱，但很快被遗弃，两人的儿子也夭亡了。阿卡汀娜和特利戈林又在一起了。两年后，历经生活磨难、成为演员的妮娜与特列普勒夫重逢，拒绝了特列普勒夫的爱，说仍然"多情而绝望地爱着"特利戈林，然后再次离去。特列普勒夫绝望之下，撕掉自己所有的稿子，用手枪自杀了。详见（俄）契诃夫：《海鸥·樱桃园》，刘森尧译/导读，台北桂冠图书股份有限公司 2000 年版。

③ Cleanth Brooks & Robert Heilman, *Understanding Drama: Twelve Plays*, New York: Holt, Rinehart & Winston, 1972, pp.497—498.

消极、无助的命运受难者。布鲁克斯参考了莎士比亚的《哈姆雷特》和弥尔顿的《力士参孙》(Samson Agonistes)等悲剧,认为"所有这些作品都是处理受难的意义,而且在其中,没有一个英雄仅仅是被动地承受","当最消极的人认为会失败时,而最有力者在行动中承受",俄狄浦斯就是这样的一个英雄。"受难不是一种倦怠的投降:悲剧主人公拥有惊人的活力"。①这种活力源于一种对知识的渴望,首先是困扰城邦的关于邪恶的知识,但是最终的是关于自我的知识。俄狄浦斯不得不为了知识而积极奋斗——反对那些顽固的证人和出于良好愿望而努力劝说他不要追寻的人。神谕并没有简单地"宣布"俄狄浦斯是凶手。甚至忒瑞西阿斯作为神的工具所作出的明确的指控,也被讲述人明显的怒气所限制,并没有令忒拜城(Thebes)的长老们信服,也没有构成"证据"。俄狄浦斯要求证据。不要忘记,正是俄狄浦斯,而不是剧中其他的任何人,将这些导致他毁灭的证据设法收集在一起。②认知也是一种行动。知识的获得,对一个人物来说,是最重要的事情,像其他的事情一样,它可能被软弱的、本质上消极的人物偶然发现,或者被英雄气概的、悲剧性的努力所发现。俄狄浦斯积极地为受诅咒的知识而努力,他并未将头埋进沙土中,他的尊严就是他必须知道事情的真相。尽管最终付出了眼睛的代价,遭受毁灭,但是他凭借自己的力量解开晦涩难懂的谜语,"得到了最难的真理,关于人的终极本性的真理"。③

布鲁克斯认为《浮士德博士的悲剧》是悲剧,因为主人公浮士德大胆而英勇,敢于追求使人类摆脱所有限制的可能性,敢于追求独立的个体意志。在追求的过程中,他虽然意识到强烈的压力,但是并不退却。在他身上,可以看到永恒的人类愿望,即重建一个世界,给予人类无限的力量与无限的放纵,同时不用承担责任,也不用受惩罚。这种世界,是人类一直在追寻的、对人类视野局限性的超越。④

布鲁克斯说,《麦克白》的主人公麦克白之所以是悲剧英雄,能够与其他伟大悲剧的主人公们相提并论的原因,"不仅仅是他在挫折中表现出的伟大

---

① Cleanth Brooks, "Introduction to *Tragic Themes in Western Literature*", New Haven: Yale University Press, 1955, pp.4—5.

② Cleanth Brooks & Robert Heilman, *Understanding Drama*: *Twelve Plays*, New York: Holt, Rinehart & Winston, 1972, p.581.

③ Cleanth Brooks, "Introduction to *Tragic Themes in Western Literature*", New Haven: Yale University Press, 1955, p.6.

④ Cleanth Brooks & Robert Heilman, *Understanding Drama*: *Twelve Plays*, New York: Holt, Rinehart & Winston, 1972, pp.540—541.

想像力和军人的勇敢,更是他征服未来的企图,这种企图使他像俄狄浦斯那样不顾一切地与命运抗衡。正是因为这样,就算他堕落成一个嗜血的暴君,成了杀害麦克德福(Macduff)妻儿的刽子手,也仍然能赢得我们想像的同情。"①也就是说,麦克白是一个有斗争能量并敢于斗争的主人公,正是这一点使《麦克白》成为著名的悲剧。

(三)坚持对理性主义的批判

布鲁克斯本人一直对现代科学和理性主义持有较深的戒备。1936 年,他为一本社会和经济的专题论文集《谁拥有美国?》(*Who Owns America?*)写了一篇文章《对新教教会的请求》(*A Plea to the Protestant Churches*)。这本论文集的撰稿者是各种各样的文化传统主义者、经济非中央集权者,尤其是南方重农主义者和英国分产主义者,大部分是土地改革者的罗马天主教团体。布鲁克斯没有涉及政治和经济,而是关注宗教。在论文中,他警告,自由派新教为了一种极其温和的世俗的人文主义,正在摒弃超越的、超自然的信仰,出于与现代世界相连的意图,主流新教教会犯了致命的错误,那就是选择科学作为认识论模式。布鲁克斯相信,宗教与艺术有更多的共同点——两者都涉及体验具体的、多层面的、情感性的描述。而与之相反,科学却是抽象的、单面的、纯理智的。在追寻恒定的真理上,而不仅仅是怀疑意向的暂停上,宗教显然应该是超越艺术的。然而,自由派新教却连美学主义的水平都没有达到,更不要说超越了。他认为,现在的时代,人们相信知识就是力量,积极追寻知识,并获得惊人的成功。但是,知识与智慧并不是一回事,大量的知识已经变得令人困惑。当人完全了解如何操纵世界事物的知识时,正是在此刻,他才明白对自身的了解是多么少,人类大脑本身是多么的无逻辑、多么的非理性。②因此,在戏剧批评中,布鲁克斯喜欢发掘戏剧中可能含有的对理性主义批判的元素,并抓住这些元素大做文章。

布鲁克斯对理性的怀疑与否定,可以从他对《浮士德博士的悲剧》的批评中看出。布鲁克斯认为,浮士德在某种程度上相当于是现代的科学家,而科学家只不过相当于古代的一个术士而已。浮士德鄙视哲学、医学、法学、神学,希望凭借化学、物理学之类的科学,以获取操纵现实世间的绝对权力:"这些魔书,才妙不可言;线,圈,图,字母和符号,啊,这些浮士德才一心恋。

① (美)克林思·布鲁克斯:《精致的瓮——诗歌结构研究》,郭乙瑶等译,上海人民出版社 2008 年版,第 39 页。

② Cleanth Brooks & Robert Heilman, *Understanding Drama: Twelve Plays*, New York: Holt, Rinehart & Winston, 1972, p.583.

哦,一个充满何种利益、乐趣、权力、荣誉、和全能的世界,已摆在一个肯用功钻研的技艺家的面前啊!在安静的两极间活动的一切事物,都将听我指挥。皇帝和国王,只是在自己的境内发号施令,既不能呼风,也不能撕碎云层;可是他的统治却远超过这些,凡人的想象所及都无不在他统治的范围以内。一个灵验的术士就是伟大的天神;浮士德,绞尽脑汁取得神的身分吧!"①所以,浮士德的悲剧,本质上是过分相信人的理性的悲剧。

　　对《俄狄浦斯王》的批评中,布鲁克斯直接宣称:"对现代观众来说,要接近这出戏剧,最容易的方法也许是把它看作是对理性主义主张的批判。我们生活在彻底的理性主义主张已经被大力敦促的时代,一个追求已经取得明显压倒性成功的理性主义方式的时代。如果这出戏剧以任何方式对理性主义的问题施加压力,那么它可以立即对我们产生一些影响——无论我们对这出戏剧的意义最终的判断是什么。"②

　　在戏剧中,俄狄浦斯被塑造为一个理性主义者。他回答斯芬克斯(Sphinx)的谜语,代表人类大脑消除非理性的黑暗力量。但是,俄狄浦斯对他的成功过分自信,过于相信自己的力量和无辜。当歌队对神祈祷拯救时,俄狄浦斯评论道:"你是这样祈祷;只要你肯听我的话,对症下药,就能得救,脱离灾难。"③俄狄浦斯相信仪式,承认观看献祭、咨询神谕和发出祈祷的必要。但是,祈祷的实现在某种程度上还得依赖他们听从他的话,并且行动起来。俄狄浦斯开始追查凶手,发出命令,要求知情者前来告发,同时对凶手发出了正式的诅咒:"我诅咒那没有被发现的凶手,不论他是单独行动,还是另有同谋,他这坏人定将过着悲惨不幸的生活。"④但是俄狄浦斯并不相信这种诅咒会发生在凶手身上。当歌队说凶手因为害怕这种诅咒,一定不敢在忒拜停留时,俄狄浦斯回答说:"他既然敢做敢为,也就不怕言语恐吓。"⑤显然,对杀手的诅咒本质上是敷衍了事的。俄狄浦斯真正想做的是通过收集、筛选证据来达到目的。在此,他展示了自身作为有效率的、实干的城邦领导者的形象。但是,显而易见的是,俄狄浦斯并不相信诅咒和祈祷,他信

①　(英)克利斯朵夫·马洛:《浮士德博士的悲剧》,戴镏龄译,作家出版社1956年版,第7—8页。

②　Cleanth Brooks & Robert Heilman, *Understanding Drama：Twelve Plays*, New York：Holt, Rinehart & Winston, 1972, p.574.

③④　(古希腊)索福克勒斯:《俄狄浦斯王》,见《索福克勒斯悲剧二种》,罗念生译,人民文学出版社1961年版,第73页。

⑤　(古希腊)索福克勒斯:《俄狄浦斯王》,见《索福克勒斯悲剧二种》,罗念生译,人民文学出版社1961年版,第75页。

赖的是他自身理性的力量——战胜斯芬克斯的力量。

俄狄浦斯的勤勉和对自身的清白和良好意图的认知,导致他产生了一个盲点:他不会允许任何人哪怕是在最轻微的程度上来影响他,不允许任何证人的耽搁或犹豫来激怒他。他给忒瑞西阿斯和克瑞翁(Creon)扣上最坏可能的动机,是他自身的理性拥有过于自负的自信。俄狄浦斯有个聪明的头脑,是有能力的理性主义者,但是,他是不明智的:他没有认知到,在某些事情上,最简单的、最符合逻辑的解释不一定就是正确的。对于成功的俄狄浦斯来说,生活是理性的,没有神秘事物隐藏在黑暗的角落。俄狄浦斯不能够理解,甚至对那些看起来最为人所熟悉的事物的透彻阐明,人的眼睛也可能被晕眩和致盲。①

在批评《麦克白》时,布鲁克斯曾宣称:"所有莎士比亚剧中的反派都是唯理性主义者。麦克白夫人当然也不例外,她清楚自己想要什么,而且肆无忌惮。"②布鲁克斯在《李尔王》中也找到了对理性主义的讽刺与批判。他认为李尔的悲剧性缺点是奉行理性主义。在戏剧开场分国土时,李尔与女儿们对他的爱讨价还价,强行在不适用的地方使用理性主义的量化法则,坚持不适当的计算法则,并无情地惩罚不符合他这种法则的小女儿考地利亚(Cordelia),使其成为这种法则的受害者。到了第一幕第四、五场和第二幕第四场,李尔对于自己应该有多少侍从而与两个大女儿刚乃绮(Goneril)和瑞干(Regan)讨价还价。这两个大女儿继承了李尔的理性主义,并且将法则执行到极端,冷酷地计算世俗的利益,几乎完全排斥了对任何其他价值的追求。她们认为李尔不必保留一百个侍从,应该消减人数,一百个侍从是非理性的需要。这时李尔成为不适当计算的受害者。李尔为侍从的象征价值辩护,说理性不是必须的:"啊!别追问需要;最低贱的乞丐之最破烂的东西,也有几件是多余的;如其你不准人在需要之外再多享受一点,人的生命是和畜类的一般贱了。你是一位贵妇,如其穿得温暖就算是阔绰,那么,你现在穿着的这一身阔绰的衣裳,几乎还不能使你温暖,根本就是人生所不需要的了。但是,为了真的需要——天呀,给我忍耐,我需要忍耐!"③这可以算是他对理性主义的抨击,是一种戏剧性反转。

① Cleanth Brooks & Robert Heilman, *Understanding Drama: Twelve Plays*, New York: Holt, Rinehart & Winston, 1972, pp.575—582.

② (美)克林斯·布鲁克斯:《精致的瓮——诗歌结构研究》,郭乙瑶等译,上海人民出版社2008年版,第41页。

③ (英)莎士比亚:《李尔王》,梁实秋译,中国广播电视出版社2002年版,第121页。

布鲁克斯认为,刚乃绮、瑞干和哀德蒙(Edmund)三人都是理性主义者,但这三个"理性的"人实际上是真正疯狂的人。在某种意义上,他们是世俗理智的体现:他们明白如何去操纵世界,并且赢得决定性的战斗。他们本性冷酷,头脑敏锐、迅捷、精明、有洞察力。哀德蒙对父亲的占星迷信嗤之以鼻;刚乃绮和瑞干剖析了父亲剥夺考地利亚继承权的愚蠢。他们得出的结论是,在一个愚蠢的世界中,必须照顾自己,而且没有任何理性的事情可以阻止他们。在短时间内,这种理性主义对他们大有帮助,让他们取得极大的"成功"。但是他们丢失了所有对道德和精神价值的领会,不明白生命的本质,甚至最终都没有理解他们自己。刚乃绮和瑞干对哀德蒙的激情,与她们的理性法则是相悖的,她们本应该将这种激情置于政治成功的兴趣之后,即将任何不利于实际利益的事物都放在后面。但是,她们不能够控制这种非理性激情,走向毁灭。[1]

(四)像批评诗歌一样批评戏剧

虽然布鲁克斯曾经承认,戏剧与诗应划分为两种不同的文类,这样才能建立秩序。但是,他也警告,如果将文类划分得过细,走到极端,那么很可能每一部作品都要被承认属于独一无二的特殊文类。他不止一次表达过,戏剧与诗歌之间有亲缘性:"我们几乎把'悲剧'视为'诗'的同义辞,……从广义说,悲剧的发展即是诗的发展,而诗即是悲剧的诗。"[2]"喜剧是处理比实际更恶的或更丑陋的人物的诗。"[3]"诗歌的结构类似戏剧的结构。"[4]

因此,在实践中,布鲁克斯经常使用与批评诗歌相类似的方法来批评戏剧。如坚持新批评的一般原则,与"作者和读者"保持距离。[5]他认为,观众观看悲剧之后的卡塔西斯(Katharsis)效果,是实验心理学的事,不是纯粹的文学批评的事,与悲剧的本质或内容无头。[6]他反对将戏剧等同于道德说教、信息获取或政治宣传:"优秀的戏剧总是有意义的,并且可能最终总是道

---

① Cleanth Brooks & Robert Heilman, *Understanding Drama*: *Twelve Plays*, New York: Holt, Rinehart & Winston, 1972, p.657.

② (美)卫姆塞特、布鲁克斯:《西洋文学批评史》,颜元叔译,台北志文出版社1975年版,第33页。

③ (美)卫姆塞特、布鲁克斯:《西洋文学批评史》,颜元叔译,台北志文出版社1975年版,第43页。

④ (美)克林思·布鲁克斯:《精致的瓮》,郭乙瑶等译,上海人民出版社2008年版,第190页。

⑤ Terry Eagleton, *Literary Theory*: *An Introduction*, Minneapolis: University of Minnesota Press, 1983, p.47.

⑥ (美)卫姆塞特、布鲁克斯:《西洋文学批评史》,颜元叔译,台北志文出版社1975年版,第34页。

德的;但是,通常来说,读者如果只是寻找'道德',或者只是沉醉于'信息获取',把戏剧看作是对一种特定主题的说明,那么,他将会误读这出戏剧。"①因此,他对戏剧的解读,也坚持从对具体文本的外部审查转向文本本身,对细读与语言进行关注。他的戏剧批评,与其诗歌批评最显著的相似之处,就是以追寻戏剧中的双关、悖论、意象与象征,尤其是反讽,作为分析的基本手段,揭示戏剧主题的复杂性与结构的统一性,并以此作为评判戏剧优劣的主要标准。②

1. 双关

在批评普劳图斯的《孪生兄弟》③时,布鲁克斯认为,这出戏剧的人物的机智采取了一语双关的文字游戏。如第二幕第二场,厨师库林德鲁斯(Cylindrus)将墨奈赫穆斯·索西克利斯(Menaechmus Ⅱ/Sosicles)误认作是墨奈赫穆斯(Menaechmus Ⅰ),而与他打招呼。墨奈赫穆斯·索西克利斯由于不认识厨师库林德鲁斯,以为他是骗子,所以打趣调侃他说:"The devil take you, whether your name is Cylinder or Colander. I don't know you, and I don't want to."④里面有一个机巧的地方,就是将厨师库林德鲁斯的名字,与另外两个读音相近的词语"圆筒"(Cylinder)和"漏勺"(Colander)相提。所以这句话大致应该翻译成:"不管你是叫圆筒,还是叫漏勺,反正你见鬼去吧! 我不认识你,也不想认识你。"王文焕将此句翻译为:"你叫库林德鲁斯也好,叫科林埃德鲁斯也好,反正你见鬼去吧! 我不认识你,也不想认识你。"⑤显然后面这种翻译没有将双关的俏皮体现出来。

又如第二幕第三场,墨森尼奥(Messenio)劝告主人不要被陌生女人迷

---

① Cleanth Brooks & Robert Heilman, *Understanding Drama: Twelve Plays*, New York: Holt, Rinehart & Winston, 1972, p.109.

② 在上一节已经分析过布鲁克斯的反讽与悖论等术语之间的复杂关系,也知道双关被当作是反讽诸类型中的一种,但是为了更精确地呈现他在实际的戏剧批评中的用词,因此仍然将双关、悖论与反讽并列。

③ 《孪生兄弟》主要故事情节:叙拉古商人的一对孪生子中的一个走丢了,伤心而亡。祖父把丢失了的孙儿的名字给了在家的这个,由索西克利斯(Sosicles)改称墨奈赫穆斯(Menaechmus)。墨奈赫穆斯·索西克利斯长大之后,跋涉天涯海角,寻找失散的兄弟。一次,他来到埃皮丹努斯,他那失散的兄弟就住在那里。人们把这个外乡人误认为是在他们中间长大的墨奈赫穆斯,伴妓、妻子、岳父也都深信不疑,产生了一系列可笑的误会。最后,兄弟二人终于彼此相认。

④ Cleanth Brooks & Robert Heilman, *Understanding Drama: Twelve Plays*, New York: Holt, Rinehart & Winston, 1972, p.118.

⑤ (古罗马)普劳图斯:《孪生兄弟》,王文焕译,见普劳图斯等:《古罗马戏剧选》,杨宪益等译,人民文学出版社2000年版,第188页。

惑,说:"These women look like pick-ups, but they're not; they're just stick-ups."①这句话的俏皮之处在于将"搭讪者"(pick-ups)和"抢劫者"(stick-ups)并列,直译应该为:"这些女人看起来像是搭讪者,但是她们不是;她们其实是抢劫者。"王文焕将此句翻译为:"妓女们就是这样:她们全都是骗钱能手。"②显然也没有将原文中机巧的语言风格体现出来。

布鲁克斯认为,这种采取一语双关和文字游戏的机巧,因为依靠的是声音的相似,而非双重的意义,因此,对于闹剧来说不是很适合。③

2. 悖论

布鲁克斯在批评《温德米尔夫人的扇子》时,特别注意到剧中的悖论。他认为机智的悖论形式的妙言隽语,颠覆了某些传统的、被广泛接受的观点或信仰,对主题有真正的贡献。这种悖论表示了一种询问的、怀疑的态度,意味着真理要比表面显示出来的更复杂。悖论帮助创造了一种合适的氛围,以颠覆死板的规则。

如第一幕达林顿勋爵的台词:"哦,这年头混在上流社会装好人的狂徒太多了,我倒认为,谁要是装坏人,反而显得脾气随和,性格谦虚。""我担心的是,好人在世上坏处可大了。无可怀疑,好人的最大坏处,是把坏人抬举得无比严重。把人分成好的跟坏的,本来就荒谬。人嘛只有可爱跟讨厌的两类。""因为我认为人生太严重了,不可能正正经经来讨论。"④

第二幕塞西尔·格瑞安先生(Mr.Cecil Graham)的台词:"我父亲一吃完饭就满口仁义道德。我跟他说,上了他这年纪,就该知道好歹。不过我的经验总是,人一上了年纪,正当知道好歹了,反而什么都不知道了。"⑤

第三幕邓比先生(Mr.Dumby)的台词:"世上只有两种悲剧。一种是求而不得,另一种是求而得之。后面这一种惨多了;后面这一种才是真正的悲剧!"⑥

布鲁克斯认为,这些台词不只是一种反传统的惊人之语,实际上是对隐

① Cleanth Brooks & Robert Heilman, *Understanding Drama*: *Twelve Plays*, New York: Holt, Rinehart & Winston, 1972, p.120.

② (古罗马)普劳图斯:《孪生兄弟》,王文焕译,见普劳图斯等:《古罗马戏剧选》,杨宪益等译,人民文学出版社 2000 年版,第 192 页。

③ Cleanth Brooks & Robert Heilman, *Understanding Drama*: *Twelve Plays*, New York: Holt, Rinehart & Winston, 1972, p.142.

④ (英)王尔德:《温德米尔夫人的扇子》,余光中译,辽宁教育出版社 1997 年版,第 5—9 页。

⑤ (英)王尔德:《温德米尔夫人的扇子》,余光中译,辽宁教育出版社 1997 年版,第 24 页。

⑥ (英)王尔德:《温德米尔夫人的扇子》,余光中译,辽宁教育出版社 1997 年版,第 50 页。

于传统之后的真理的一种更复杂的洞察。对《温德米尔夫人的扇子》中的这些妙语进行研究，可以看悟出这出戏剧的意义——即简单的、老生常谈的套话不能达到令人满意的判断。①

《麦克白》第一幕第七场，麦克白把人们对即将遇害的邓肯所表示的同情比做"赤裸的新生儿，在疾风中阔步，或像苍穹中的小天使，驾驭着无形的风之信使"。布鲁克斯认为这个比喻存在悖论："怜悯好似人类无助的婴儿，还是像乘着风的天使呢？两者皆似。婴儿之所以强壮，就是因为它的脆弱。悖论存于语境自身当中，正是这个悖论摧毁了麦克白的事业所依托的易碎的唯理性主义。……当麦克德福说出他的出生经历时，在麦克白面前升起的赤裸婴儿就不仅成了无法估计的未来，而且是复仇的天使。"②

3. 意象与象征

布鲁克斯在戏剧批评中也经常喜欢寻找意象，挖掘意象的象征意义。如他认为，王尔德的《温德米尔夫人的扇子》处理的基本情境是社会与藐视社会传统的个体之间的冲突。温德米尔夫人的晚会象征社会的行动；欧琳太太在那里的经历象征着她被社会的接受或排斥。此外，布鲁克斯注意到，《温德米尔夫人的扇子》使用了各种物品或舞台道具作为引发特定行为或传达特定意义的手段，如玫瑰、存款簿、信、花束和相片等，其中最有冲击力的是扇子。由于被在一幕接一幕中的不同的使用，扇子不仅变成一种连接环节，更重要的是它有了一系列的象征意义。这种具体的象征既能获得注意力，又能激发想象力。当然，这种材料有时可能被使用得过于牵强，如第二幕中，温德米尔夫人不仅带着扇子私奔，而且非常不关心带着它干什么，这些看起来有些不真实。③

在解读莎士比亚的戏剧《安东尼与克丽奥佩特拉》中克丽奥佩特拉与渥大维（Octave）的使节之间谈话的一部分时，布鲁克斯也是从意象入手。这段谈话发生的背景是渥大维已击败克丽奥佩特拉与安东尼，安东尼已死。渥大维的使节准备与克丽奥佩特拉谈受降的条件，但是克丽奥佩特位却向使节讲述记忆中安东尼的宏伟和慷慨的形象。布鲁克斯认为，一般来讲，意

---

① Cleanth Brooks & Robert Heilman, *Understanding Drama：Twelve Plays*, New York：Holt, Rinehart & Winston, 1972, p.78.

② （美）克林思·布鲁克斯：《精致的瓮——诗歌结构研究》，郭乙瑶等译，上海人民出版社2008年版，第47页。

③ Cleanth Brooks & Robert Heilman, *Understanding Drama：Twelve Plays*, New York：Holt, Rinehart & Winston, 1972, p.80.

象应该互相连贯,构成一个整齐的序列,来表现发展一个思想。但是克丽奥佩特用来体现想象中的安东尼的这些意象并不是一直连贯的。她一开始说话,就使用了违反常规的大意象,如说安东尼的脸象青天,眼睛象日月,光辉照亮小小的地球,两腿横跨海洋,手提起来罩临大地,声音使人动容,这些都可以说是系统的描绘。但是随后的三个意象,如无夏之秋、海豚和国王作扈从,就破坏了这种系统。只是到了最后一个意象,又回到了开头的大意象,即那个双腿横跨世界的天神般的人物,现在国土和岛屿从他口袋中象金银币一样落下,他慷慨得毫不在乎。布鲁克斯说这些破坏了一切正常的逻辑对比的大意象非常恰当地表现出克丽奥佩特拉此时情感的狂暴与激烈,“不合逻辑只是她正在爆发的情绪力量的指示器。我们感到她这段话中的狂暴性和庄严性的戏剧背景——其中有一种梦似的快意和启示录式的宏伟。”①但是在这一案例中,意象并不始终构成一个序列,而是有“断裂”,这是另一种风格。“这种风格的主要特点在其不连续性。每个意象都靠其与思想主线的个别关联而立足。”②而这种个别意象之间的断裂与不连贯,也有助于表现克丽奥佩特拉的热狂,进而从另一种角度证明,意象是思想的体现者。

在《罗斯莫庄》第四幕中,布伦得尔(Ulric Brendel)对吕贝克说,罗斯莫在事业上要成功,必须有一个不可缺少的条件,那就是:“爱他的那个女人必须高高兴兴地走进厨房,把她那又红又白又嫩的小手指头——在这儿——正在中间这一节——一刀切断。还有,上文说的那位多情女子——必须也是高高兴兴地把她那只秀丽无比的左耳朵一刀削掉。”③布鲁克斯认为,布伦得尔说吕贝克必须切掉她的手指和耳朵,是一种象征,暗示这种彻底地、坚定地放弃的必要性。爱的唯一的证据是终极的无私。④

布鲁克斯认为《麦克白》中有两个贯穿全剧的意象,一个是用衣服包裹的刀,象征着机械、工具、死亡;一个是赤裸的婴儿,象征着生命、结果、生存。麦克白讲述他发现邓肯被谋杀,说那些侍卫的刀“breech'd with gore”,《莎士比亚词典》把这个短语解释为“好似罩上了短裤”。也就是说,这里是把沾

---

① (美)克林思·布鲁克斯、罗伯特·潘·沃伦:《克丽奥帕特拉的悲悼》,见赵毅衡编选:《“新批评”文集》,中国社会科学出版社 1988 年版,第 420 页。

② (美)克林思·布鲁克斯、罗伯特·潘·沃伦:《克丽奥帕特拉的悲悼》,见赵毅衡编选:《“新批评”文集》,中国社会科学出版社 1988 年版,第 422 页。

③ (挪威)易卜生:《罗斯莫庄》,见《易卜生文集》第六卷,潘家洵译,人民文学出版社 1995 年版,第 218—219 页。

④ Cleanth Brooks & Robert Heilman, *Understanding Drama : Twelve Plays*, New York: Holt, Rinehart & Winston, 1972, p.309.

血的匕首比喻为穿着粗野的人只穿着红色的短裤。对于这样古怪的比喻，一些批评家觉得令人厌恶，认为沾血的匕首同穿短裤的腿之间并没有什么相似的地方。而布鲁克斯却认为，这些隐喻与意象，尤其是前面提到的人们对即将遇害的邓肯的怜悯像"赤裸的新生儿"这样的隐喻与意象，是该剧的中心象征。①赤裸的婴儿象征"基本的人性，被剥去全部外表赤裸的人性，然而又像未来那样变化无穷的人性"，衣服象征"人类假借的各色服饰，荣誉的战袍，伪善的幌子，麦克白极力用来遮掩其本性的无人性的'男性气质'"。②麦克白谋杀了国王，僭夺了邓肯的王位，犹如穿上了邓肯的礼服，这是"偷来"的衣服，就像匕首上罩着的血色短裤，既不谦恭，也不忠诚，而是犯了谋权害命的罪恶。

当然，布鲁克斯分析戏剧中的象征，最后常常还是为了寻找反讽的情境。一方面，婴儿象征着不可预料的未来，另一方面，婴儿也象征着人类的怜悯之心。麦克白夫人在戏剧开始时说她愿意不惜一切抓住未来：如果她的婴儿阻挡了通往未来的路，她甘愿摔碎它的脑袋。布鲁克斯认为，麦克白夫人的这种演说是一个极好的反讽：因为婴儿就是未来的象征，她要摔碎婴儿的脑袋，其实是在拒绝未来。③麦克白身上还未泯灭人性，他希望有一个后代，想创建一个王朝，并传给后代。但是他却没有子嗣，这也是一个反讽。

4. 反讽

布鲁克斯认为，关注戏剧中的各种反讽，有利于理解戏剧人物、情境与含义的复杂性。他宣称："反讽的运用，不仅仅是制造一种震惊的感觉，而且是作为一种展示某种情境潜藏的真实的手段，而这种情境要比它表面显示的更复杂。"④因此，在戏剧批评时，他不遗余力地挖掘、寻找戏剧中可能隐藏着的各种反讽。如在批评《造谣学校》时，布鲁克斯认为，该剧第四幕第三场中，约瑟夫在藏书室勾引梯泽尔夫人时，关于"刻意的纯真"的言论，本身就是一种反讽。约瑟夫说："当一个丈夫毫无根据地怀疑他的妻子，对她完全失去信心，那么原先的婚约也就等于解除了，在这种情况下，一个女人就

---

① （美）克林思·布鲁克斯：《精致的瓮——诗歌结构研究》，郭乙瑶等译，上海人民出版社2008年版，第30—31页。

② （美）克林思·布鲁克斯：《精致的瓮——诗歌结构研究》，郭乙瑶等译，上海人民出版社2008年版，第47页。

③ （美）克林思·布鲁克斯：《精致的瓮——诗歌结构研究》，郭乙瑶等译，上海人民出版社2008年版，第44页。

④ Cleanth Brooks & Robert Heilman, *Understanding Drama: Twelve Plays*, New York: Holt, Rinehart & Winston, 1972, p.308.

有权来设法哄骗他。""你不妨就行为放纵一点来回敬他的看法。""如果你肯犯一次小错误,你就会意想不到地谨慎小心起来,准备怎样来迁就和敷衍你的丈夫了。""接着你就会发现所有的谣言会立刻停止。因为,简单地说,你目前的名声就象患多血病的人一样,肯定会由于过分的健康而死去。"①他诱导梯泽尔夫人,希望她自己领悟到:妻子治丈夫吃醋的最好办法,就是让丈夫有怀疑的理由;女人要牺牲贞操来保住名誉。布鲁克斯认为,约瑟夫的这些反讽性言论,加之性格温和,使其形象复杂化,成为类似于流浪汉小说中极具诱惑力的人物,而非"纯粹的"恶棍。②

在《罗斯莫庄》中,布鲁克斯发现了更多的反讽。剧中第二幕主要的反讽是罗斯莫对世界运行方式的误判。无论是保守派克罗尔,还是激进派摩腾斯果,都不希望罗斯莫公开宣布对宗教的放弃,也不关心罗斯莫的私人生活。他们为了对自己的党派斗争有利,都采用了权宜之计。比起罗斯莫、克罗尔和摩腾斯果实际上有更多的共同点,这是一个更基本的反讽。在无情的党派斗争的世界中,无论合理或不合理,只要能够获得胜利,他们愿意使用任何武器。而罗斯莫献身于安定的理性世界,采取了一种明显简单的生活观念,显得过于天真,因此,在现实世界的复杂性方面,他受到了教育。③

剧中的一个反讽情境为:罗斯莫不仅必须要与当下作斗争,而且还要与过去作斗争。罗斯莫认为自己正在逃离过去,但是在第一幕中,海尔赛特太太(Mrs. Helseth)说死亡笼罩着罗斯莫庄,吕贝克也抱怨碧爱特并没有丧失对罗斯莫的控制。在某种意义上,他们都是正确的。布鲁克斯认为,碧爱特代表过去,是罗斯莫生命中更正统的阶段;而吕贝克代表新的、自由的阶段;吕贝克与碧爱特的敌意,表明罗斯莫自身在哲学层面的分裂。过去是每个人的组成部分,每个人都不能逃离,必须面对。这暗示了这出戏最具普遍性的反讽:理性的自由主义从未能与古老的传统完全分离,或者至少未能与它的影响分离。④

布鲁克斯认为,剧中第三幕的反讽非常多。如吕贝克向克罗尔校长承

---

① (英)谢立丹:《造谣学校》,沈师光译,见《外国剧作选》第四册,上海文艺出版社1980年版,第246—247页。

② Cleanth Brooks & Robert Heilman, *Understanding Drama*:*Twelve Plays*, New York:Holt, Rinehart & Winston, 1972, p.252.

③ Cleanth Brooks & Robert Heilman, *Understanding Drama*:*Twelve Plays*, New York:Holt, Rinehart & Winston, 1972, pp.284—285.

④ Cleanth Brooks & Robert Heilman, *Understanding Drama*:*Twelve Plays*, New York:Holt, Rinehart & Winston, 1972, p.285.

认，因为向罗斯莫隐瞒了过去，因此，实际上她的整个使命是失败的。因为吕贝克比罗斯莫更坚强，所以她的过去对她的冲击，比起罗斯莫相应的经历，反而有更多的痛苦。吕贝克希望和罗斯莫结婚，是因为对罗斯莫的爱；但是她不能进行这个婚姻，也是因为对罗斯莫的爱。因为她相信自己过去对罗斯莫的爱是一种有罪的爱，她不想让罗斯莫生活在负罪感中。在每个方面都失败后，她作出最终的英雄主义姿态，承认自己对碧爱特的死亡负有责任，想还给罗斯莫一种纯真感。但是事与愿违，她不仅没有让罗斯莫感到轻松，反倒将他赶到克罗尔早前对罗斯莫的怀疑之地，让他觉得自己对碧爱特的死确实有罪。可以看到，她的放弃与碧爱特所做的放弃之间，有一种反讽的类似，都没有达到目的。通过反讽，可以意识到，人物一直是在错误的，或者至少是不充分的前提下行动。吕贝克的一句台词指出了隐藏在罗斯莫与吕贝克失败之下人类的这一真实状态："人都有两种意志"。①

最后，罗斯莫和吕贝克一起跳进水车沟而亡，是一种强有力的反讽性结局。追求自由的吕贝克死于罗斯莫庄的传统——赎罪，而一向传统的罗斯莫死于"解放的观念"——这是他唯一一次真正地实行他的自由观念。在死亡之前，他俩有一个象征性的婚姻，而实际上非常反讽，即死亡才是他们的婚姻。②

布鲁克斯认为，康格里夫在《如此世道》中使用了反讽的策略，以避免像感伤主义者那样滥情矫饰，也避免像道德家那样一本正经，而这正是他成功的地方。如第四幕中对讨价还价场景的安排，和整个对爱情事件的处理中，反讽都占据了非常重要的地位。情人们做着与彼此预期相反的事情，即对在爱情与婚姻中各自的权利和利益讨价还价，并制定出一项项的条款和行为准则，这是反讽。米勒曼特感叹道："让我们像已经结婚多年的人一样陌生吧，然而又像根本没有结婚那样有教养。"这里面存在一种真实的情感渴望，既被幽默加强，同时又避免显得感伤。他们意识到彼此的缺点，正如他们可能清楚地意识到自己的缺点一样。在第一幕一小段逗乐的场景中，米拉贝尔说："我喜欢她，连带她所有的缺点——甚至，我是因为她的缺点而喜欢她。"在此，米拉贝尔嘲笑情人，也是讽刺自己对她的迷恋。他说米勒曼特的缺点"现在对我来说，就像是我自己的缺点一样变得熟悉了"，并且"无论如何，我也会

---

① （挪威）易卜生：《罗斯莫庄》，见《易卜生文集》第六卷，潘家洵译，人民文学出版社1995年版，第204页。

② Cleanth Brooks & Robert Heilman, *Understanding Drama: Twelve Plays*, New York: Holt, Rinehart & Winston, 1972, p.311.

喜欢它们的"。喜欢她的缺点,冒有感伤主义的风险,但是这种风险完全被戏谑的、依然精明的现实主义声明所抵消,即对自己的缺点的热爱。

可以看到,他们的情感是真诚的。但是在对彼此表达爱意的过程中,他们不愿意冒险去一本正经地直接表达,因为在一个致力于时尚和撑场面的世界中,直抒胸臆是非常不适合的,那可能被对方误认为是时髦的调情套话,或者让对方觉得过于沉重而倍感压力。他们敏锐地意识到,世界的方法是迂回的,而反讽是其症候。他们的交谈不断地交织着机智而反讽的话语,通过戏谑和玩笑,接近爱情中的所有的议题。他们虽然"像鸽一样纯洁",但是"像蛇一样精明"。这正是这对情人,尤其是米勒曼特的魅力所在。米勒曼特精力充沛,欢快愉悦,在整出戏剧中保持着极强的吸引力:聪明,但没有变成愤世嫉俗者;坠入爱河,但并没有丢失她的机智。[1]

而对于马洛的《浮士德博士的悲剧》,布鲁克斯认为该剧反讽的核心是:如果主人公自信和轻率都少一点,他本可以更早了解最后才认识到的真理。当追求超越自身的力量时,浮士德就变得前后矛盾、不符合逻辑了。他否认超自然的力量,但同时又祈求超自然的力量。他出卖自己的灵魂去欺骗魔鬼,就是承认魔鬼的存在,考虑到魔鬼显而易见的能量,这就显得非常鲁莽。此外,魔鬼的存在,也就暗示了上帝的存在。他最终意识到,是自己的错误害了自己。[2]

布鲁克斯认为,《俄狄浦斯王》包含一系列反讽:俄狄浦斯力图规避他的命运的努力,却保障了它的实现;斯芬克斯的谜语实质上是问"人是什么",俄狄浦斯认为自己知道答案,最终却发现他不知道自己是谁;俄狄浦斯将忒拜城的人从斯芬克斯的手中拯救出来,但是却不能够拯救他自身;伊俄卡斯忒(Jocasta)想减轻丈夫的恐惧,实际上却点燃了那些恐惧;从科任托斯(Corinth)来的报信人的信息"证明"神谕是错误的,却非常不明智地带来了神谕正确性的真正证据;俄狄浦斯对杀死拉伊俄斯(Laius)凶手的诅咒,却无意识地成为对自己的诅咒;俄狄浦斯只能通过变成瞎子,才获得前面他曾经嘲笑过的盲人忒瑞西阿斯的智慧。[3]

---

① Cleanth Brooks & Robert Heilman, *Understanding Drama*: *Twelve Plays*, New York: Holt, Rinehart & Winston, 1972, pp.444—447.

② Cleanth Brooks & Robert Heilman, *Understanding Drama*: *Twelve Plays*, New York: Holt, Rinehart & Winston, 1972, p.541.

③ Cleanth Brooks & Robert Heilman, *Understanding Drama*: *Twelve Plays*, New York: Holt, Rinehart & Winston, 1972, pp.583—584.

布鲁克斯甚至造了"索福克勒斯式反讽"(Sophoclean irony)这样一个术语,用来指俄狄浦斯所遭受的悖论性命运:主人公越是通过追求真理和自我知识以寻求自身的自由,就越是使自身陷于自我谴责之中。[1]布鲁克斯称这种情境为"反讽性的加固"(ironic renewal)。[2]在戏剧的开端,主人公实际上仍然处于向上运动中,或者至少表现得是上升的、自由的。但是每一步都将使他离他的目标越来越远,而不是更近。他所做的只是招致自身的挫折。主人公的努力程度与其地位反转的效果正好相反,对这种情境的反讽沉思,就是索福克勒斯式反讽。这种反讽的简洁在于它的表现方法上:"俄狄浦斯并不是从对自我知识或任何通常意义上的知识的寻求上开始的。……他追寻的知识是特别的知识,涉及他是杀害拉伊俄斯的凶手的身份。但是不知不觉地,这种对特殊知识的追寻变成自我知识的追寻,且在最高潮的场景中,俄狄浦斯终于明白凶手是谁,他自己是谁,在这种知识的痛苦中,他剜出了自己的眼睛。"[3]

报信人的反讽也值得解释一下。报信人来报信,说国王波吕玻斯(Polybus)死了。俄狄浦斯虽然有点悲伤,但是很高兴关于他要杀父的预言落空了。不过他坦承他仍然有一个挥之不去的恐惧:关于他母亲的预言,因为他的母亲墨洛珀(Merope)仍然活着。报信人为了打消他的疑虑,告诉他墨洛珀不是他的母亲,波吕玻斯也不是他的父亲。但是,反讽的是,报信人却给俄狄浦斯带来更深的疑虑。他并没有使这个诅咒无效,反倒实际上赋予了它新的活力。因为只有当波吕玻斯是俄狄浦斯的父亲时,这个预言才失效。如果不是,那么俄狄浦斯仍然可能杀死,或者已经杀死他的父亲:波吕玻斯的死亡现在没有证明任何事情。相同地,俄狄浦斯现在从墨洛珀的恐惧中解脱出来,但是付出的代价是,他不得不害怕其他每一位老得足够做他的母亲的女人。这个报信人说:"我怀着好意前来,怎么不能解除你的恐惧呢?"[4]但是反讽的是,报信人不仅没有解除俄狄浦斯的恐惧,反倒开启了俄狄浦斯脚下的深渊。布鲁克斯认为,从这个角度来看,如果报信人不是智力

---

[1] Cleanth Brooks, *Modern Poetry and the Tradition*, Chapel Hill: University of North Carolina Press, 1939, p.167.

[2] Cleanth Brooks, *Literary Criticism: Poet, Poem, and Reader*, Stanley Burnshaw, ed., *Varieties of Literary Experience*, New York: New York University Press, 1962, p.102.

[3] Cleanth Brooks, "The Uses of Literature", *Toronto Educational Quarterly*, II(Summer 1963), p.8.

[4] (古希腊)索福克勒斯:《俄狄浦斯王》,见《索福克勒斯悲剧二种》,罗念生译,人民文学出版社1961年版,第96页。

有问题,就是不怀好意,因为他已经先后两次听到伊俄卡斯忒和俄狄浦斯谈及杀父的神谕,却还要说出俄狄浦斯不是波吕玻斯和墨洛珀的儿子这一秘密。

除了一般意义上的反讽之外,布鲁克斯在戏剧批评中,还经常会强调一种特殊的反讽,即"悲剧反讽"。对于悲剧反讽,布鲁克斯并没有下过明确的定义,只是描述了它的特点与产生条件。他认为,悲剧反讽"保持了相对的态度之间的一种平衡,……扮演了一种稳定的力量"。[1]悲剧与反讽关系密切,悲剧和反讽都必须以合适的形式出现,才能获得悲剧反讽。不幸单独并不产生悲剧,而纯粹的对比也不构成反讽。然而,这两个术语是高度互补的:没有其他的戏剧品质能像反讽一样给予悲剧真实的特征,正如没有其他的体裁能像悲剧一样使反讽真正适合这样的名称。但是,悲剧反讽并不只局限于悲剧,在许多其他类型的文学中,甚至整体特征不是悲剧、但是包含悲剧元素的文学中,也有悲剧反讽。因此,可以看出,布鲁克斯在戏剧批评中提到的悲剧反讽,实质上相当于除了他所一向反对的浪漫反讽之外的所有的反讽。

前一节已谈过,布鲁克斯反对诗歌中的浪漫反讽,因为浪漫反讽一般侧重于希望的幻灭和感伤自怜,而非行动与抗争。对戏剧中的浪漫反讽,他也反感,认为不仅起不到积极作用,还会令人厌恶。如在批评阿齐博尔德·麦克利什的戏剧《大恐慌》时,他就认为主人公麦卡弗蒂(McCafferty)的傲慢缺乏男子气概,是一种受伤的骄傲,一种私人的、无关紧要的骄傲,不够充分,缺乏张力。因此,戏剧最后场景中的这种反讽过于感伤,是浪漫反讽,使这出戏剧成不了真正的悲剧。[2]

而对于悲剧反讽,布鲁克斯则几乎是毫无保留地大加赞美。当然,戏剧中这些各种形式的反讽,或者说广义意义上的悲剧反讽,布鲁克斯并不认为它们具有相同的重要性。有的反讽具有结构性的意义,因而造就了悲剧;有的反讽只不过是餐后甜点,起锦上添花的辅助作用,因而造就了喜剧、问题剧或闹剧等。

三、对布鲁克斯戏剧批评的反思

《理解戏剧》除了在美国多次再版,1946 年英国与加拿大也联合引进出

---

① ② Cleanth Brooks, *Modern Poetry and the Tradition*, Chapel Hill: University of North Carolina Press, 1939, p.121.

版,①1968 年台湾敦煌书局也首次引进,②并于 1978 年再版。因为布鲁克斯的戏剧理论与批评实践主要体现在《理解戏剧》中,所以,在很大程度上,这部教材的影响相当于布鲁克斯戏剧理论的影响,对这部教材的评价相当于对布鲁克斯戏剧理论的评价。

对布鲁克斯的戏剧批评表示赞扬的不乏其人。如菲利浦·奥斯兰德(Philip Auslander)认为《理解戏剧》"极佳地示范了新的对'戏剧'和'戏剧性'至关重要的分析"。③肯尼斯·克劳斯(Kenneth Krauss)评论道:"许多剧本评阅人的文学评论必定是从克林思·布鲁克斯与罗伯特·海尔曼于 1945 年出版的《理解戏剧》开始的。这本专著被认为是'新批评关于剧本阅读的意见书'。……它是关于剧本阅读的独一无二的著作,它努力引导读者阅读特定戏剧文学作品的方式,并坚决拒绝把戏剧视为文学文本之外的任何其他事物。……作为一种自始至终指引我们的方法,它们引导穿越戏剧阅读的旅程是精彩的。"④

而罗杰·格罗斯(Roger Gross)对新批评仅有的关于戏剧阅读的这本专著,却发出言辞激烈地指责,说这本"非常有影响的著作",只是布鲁克斯等人对"戏剧媒介的描述""是一系列伪装成观测数据的偏见"。他宣称布鲁克斯等人的标准是不自然的,"与世界戏剧剧目过于隔绝",以至于没有包含那些无可争议的伟大的戏剧文学代表作。⑤理查德·霍恩比(Richard Hornby)也大力抨击,说《理解戏剧》的作者受到"他们那个时代自然主义剧场实践"不适当的影响,"现在必须被认为是一个失败"。⑥马文·卡尔森(Marvin Carlson)对《理解戏剧》作了简洁的概括,貌似中立,但是消极的声音和非常冷漠的语调,透露出他隐含的怀疑。⑦

---

① Cleanth Brooks & Robert Heilman, *Understanding Drama*: *An Analysis of the Drama in Its Structures and Forms*, With Examples of Plays, London; Toronto etc.: Harrap, 1946.

② Cleanth Brooks & Robert Heilman, *Understanding Drama*: *Twelve Plays*, Taipei: Caves Books, 1968.

③ Philip Auslander, *Performance*: *Critical Concepts in Literary and Cultural Studies*, *Volume II*, London and New York: Routledge, 2003, p.320.

④ Kenneth Krauss, *Private Readings/Public Texts*: *Playreaders' Constructs of Theatre Audiences*, Madison, NJ: Fairleigh Dickinson University Press, 1993, pp.25—27.

⑤ Roger Gross, *Understanding Playscripts*: *Theory and Method*, Bowling Green, Ohio: Bowling Green University Press, 1974, pp.7—9.

⑥ Richard Hornby, *Script into Performance*: *A Structuralist Apporoach*, New York: Paragon House, 1987, pp.19—20.

⑦ Marvin Carlson, *Theories of the Theatre*: *A Historical and Critical Survey from the Greeks to the Present*, Ithaca: Cornell University Press, 1984, p.403.

埃瑞克·本特利（Eric Bentley）的评价比较具体，真正是有褒有贬。他不满布鲁克斯对现代戏剧的轻视，但是非常赞赏其对古典戏剧的分析："基于布鲁克斯与海尔曼先生的'戏剧史纲'，人们可能会判断他们对现代欧洲戏剧文化，对从歌德（Johann Wolfgang von Goethe）、席勒（Johann Christoph Friedrich von Schiller），到瓦格纳（Wilhelm Richard Wagner）和易卜生的现代戏剧优秀传统，甚至对最近的发展如豪普特曼（Gerhart Hauptmann）和布莱希特（Bertolt Brecht）等方面的知识非常不足。……但是比《理解戏剧》更好的教材在哪里呢？在这一领域，我知道没有。……我们的编者有许多精彩的言论。……这本教材对《亨利四世》（上）和《如此世道》出色的分析，是值得称道的。"①在《作为思想者的剧作家》（*The Playwright as a Thinker*）一书中，他重申了这种观点。②西蒙·谢泼德（Simon Shepherd）和米克·沃利斯（Mick Wallis）的态度也一分为二："在积极的方面，这本专著为学生和教师指明了细读戏剧文本的方向。但是不幸的是，《理解戏剧》拒绝把剧本视为本质上具有文学之外的成分的文学类型，从而剥夺了戏剧的混合属性，不能充分地考量舞台和观众的作用。"③

可以看到，对于布鲁克斯的戏剧批评理论与实践，学界的态度有褒有贬。但无论如何，作为新批评为数不多的戏剧批评理论与实践，值得每一位剧作家、剧评家与文艺理论家的重视。布鲁克斯关于戏剧的界定及戏剧批评的主要理念，大体上都是值得肯定的。当然，有一些观点，也确实需要反思。

（一）优秀的戏剧必须使用诗歌语言？

布鲁克斯认为最优秀的戏剧一般是使用诗歌语言写成的，莎士比亚的戏剧之所以伟大，很大一部分原因就是因为它们都是诗剧；易卜生的《罗斯莫庄》比不上莎士比亚的悲剧，至少有部分原因在于未使用诗歌语言。布鲁克斯不无遗憾地说："如果使用诗歌形式，易卜生本可能会获得更多的成功。要表达《罗斯莫庄》中如此复杂的观念，诗歌语言，由于它的暗示性和隐喻性，它充分利用意义的丰富性，几乎是至关重要的。在此，几个人物不同层

① Eric Bentley, "Who Understands Drama?", *The Kenyon Review*, Vol. 8, No. 2（Spring, 1946），pp. 334—336.

② Eric Bentley, *The Playwright as a Thinker*, Minneapolis：University of Minnesota Press, 2010, pp. 365—366.

③ Simon Shepherd & Mick Wallis, *Drama/Theatre/Performance*, London and New York：Routlege, 2004, p. 29.

面的行为——无论什么原因,只是表面的呈现,实际上被遮蔽了。诗歌语言能够同时表现所有的层面;散文,相对扁平、一维,只能在一段时间做这里面的一个——正如在吕贝克的案例中,直到最后,我们对她的感觉仍然是模糊的。……当看马洛和莎士比亚的戏剧时,我们能够看到,诗歌的语言是如何充分地支撑并强化戏剧的意义。"①在批评《亨利四世》(上)时,他再次强调:"认为诗歌是运用在这出戏剧表面的一种外部装饰,这是对莎士比亚最不合理的一种看法。诗歌是这出戏剧本身内在的部分;在福斯塔夫诙谐的俏皮话和旁白中,这种普遍性得到充分运用。"②

布鲁克斯认为最优秀的戏剧必须使用诗歌语言,一方面显然是受艾略特的影响,另一方面,是因为他极为推崇莎士比亚的诗剧,在某种意义上可以说是将莎士比亚的诗剧视为后人永远不可企及的最高典范。他有意无意地表现出对现代戏剧的轻视,深层的原因也即在于此。但是,众所周知,每个时代有每个时代的文学形式,现代优秀的戏剧多用散文写作,其实并不一定就逊色于古代优秀的诗剧。因此,具体到对《罗斯莫庄》的批评来看,布鲁克斯确实有点学院派的作风,认为现代戏剧比不上古代的诗剧,这明显有失偏颇。

莎士比亚的诗剧确实是戏剧史中永恒的丰碑,但是不能被当作戏剧唯一的标准与范本。否则,就如萧伯纳(George Bernard Shaw)所说的那样,莎士比亚和莎士比亚化就成为现代戏剧发展的永恒麻烦和永恒障碍。布鲁克斯认为,易卜生以问题剧开始,然后竭力想制造出悲剧,竭力想成为莎士比亚,但是并不十分成功,并未能如愿。这实在是有点想当然了。易卜生是一流的现代剧作家,而非二流的莎士比亚。易卜生本人也从未说过想成为莎士比亚,也未承认他想创作出莎士比亚式的作品,他有自己的意图与方法,有自己的风格与美学追求,与莎士比亚的风格并不相同。但是布鲁克斯将易卜生本人不承认的目标转嫁其上,然后批评他没有实现这些目标,这明显是观念先行的论证,是错误的。

由于出发点的错误,导致布鲁克斯对《罗斯莫庄》的分析出现了一些偏差。布鲁克斯认为《罗斯莫庄》是问题剧,讨论的问题是由保守党还是自由党来决定群众生活;由于人们的道德意识没有与变化的观念和理想保持同

---

① Cleanth Brooks & Robert Heilman, *Understanding Drama: Twelve Plays*, New York: Holt, Rinehart & Winston, 1972, p.312.

② Cleanth Brooks & Robert Heilman, *Understanding Drama: Twelve Plays*, New York: Holt, Rinehart & Winston, 1972, p.318.

步,因此发生了冲突。这种观点本身没有错,但是并不能证明《罗斯莫庄》不是悲剧,更不能证明易卜生的戏剧比不上莎士比亚的戏剧。将新类型的一流作品,归类为旧类型的二流作品,这是典型的学院主义错误,明显对现代戏剧不够公正。此外,如果换个视角,将吕贝克作为戏剧的主人公,那么即使是按照布鲁克斯自己的标准,《罗斯莫庄》也可以称为悲剧。吕贝克是一个有行动能力的人,正是她决定使罗斯莫自由,促使碧爱特自杀,鼓励罗斯莫公开宣布他的解放。她也符合布鲁克斯所推崇的亚里士多德的悲剧主人公特征,不是太好,也不是太坏。她代表一种混合,她有仁慈、勇气和胆量。而且整个戏剧中也有一个悲剧性的悖论:吕贝克只有在水车沟进行献祭式的死亡,才能恢复罗斯莫失去的信仰,相信可以使人变得高尚的可能性;然后正是这种献祭式的死亡,使他不可能活着去完成他现在本来能够完成的工作。因此,吕贝克具有自由的意志,她的斗争是内在的,可以说这出戏剧是吕贝克的悲剧。

(二)戏剧的根本在于剧本,而与舞台演出无关?

布鲁克斯认为戏剧的根本在于剧本与文字,戏剧里的文学与诗要比舞台演出更重要。他说:"毫无疑问,正统的戏剧主要是听觉艺术,对话是其基本元素。因此,对戏剧来说,服装、背景、甚至动作本身终究都是次要的。词语是其基本,这一事实可以解释,为何优秀的戏剧即使只是在学习或教室中阅读,也保留其戏剧性力量。"①他认为戏剧的好坏应该以其本身来判断,即以写在纸质上的剧本为评判的主要依据;而对于剧本的舞台演出效果,如果说不是完全忽略,至少可以说是极其不重视。布鲁克斯认为自己的这一观点与亚里士多德的见解基本上是一致的:"亚里斯多德为何轻视悲剧第六元素——视觉效果,后人未曾充分讨论。亚里斯多德认为视觉效果只是换换舞台布景而已,不是文学批评的要项。他显然同意柏拉图的指责,舞台上不可学兽叫,也不可制雷声的音响效果。所以亚里斯多德是有史以来第二位批评家,反对舞台被闹剧,歌剧式的游艺的特别效果所盘据——'托克的长假发'与'花花朵朵的长袍','平克'(Pinkie)生吞全鸡等,这也是从古到今批评家不断抨击的对象。亚里斯多德认为,一个成功的戏剧建筑于'故事的艺术处理'。一部戏剧应该从听戏或读戏,便可知道它的好坏,这种见解,容系书生之见,但道出来了戏剧里文学与诗的重要;而戏剧的诗,才是最稳定,

---

① Cleanth Brooks & Robert Heilman, *Understanding Drama*: *Twelve Plays*, New York: Holt, Rinehart & Winston, 1972, p.12.

最能持续接受批评与欣赏的文学成分。"①

对于戏剧与演出的关系,或者更确切地说,戏剧中文字剧本与舞台表演的关系,布鲁克斯的观点有值得肯定的地方,即其对现代戏剧偏离戏剧本身、堕入商业主义的乱象进行了有力的反驳。

现代戏剧领域出现了一种怪现象,即一些三流的剧本,因为请了当红的演员出演,或者在舞台道具、灯光、照明、音响等技术方面的出色而一炮走红,被观众热捧,在市场上获得巨大的商业成功。延伸到影视艺术领域亦然:一些情节非常低俗,甚至完全不合情理的"神剧",倚仗着国际巨星与现代特效技术等方面的眩人耳目、吸引眼球,屡屡攫取了天量的票房。这导致了现代戏剧界,无论是制作人、导演,还是剧作家,出于对商业利益的追求,都倾向于将重点放在剧场艺术上,对剧本越来越不重视,甚至肆无忌惮地粗制滥造。而观众与剧评家,也受此种倾向的影响,只知道关注每一个单独的舞台手段或指导者,却不关注戏剧本身的构成;他们评论照明、服装、布景、表演和导演,但是却很少评论戏剧的台词和意义。这样的批评是印象式或灵感式的,是一种再生产式的、逃避原则的批评,自然没有多高的学理依据与水准,也不可能有多大的理论价值。可以看到,这种只重表演,不重剧本,将舞台演出效果和商业成功作为评判戏剧艺术标准的倾向,已影响到现代戏剧的各个方面,长此以往,必将严重损害戏剧艺术的健康发展。

布鲁克斯认为剧本才是评判戏剧优劣的根本,演员出色的表演,并不能提升戏剧的品位,也改变不了戏剧本身的等级。他说:"闹剧的生动和成功,依赖喜剧演员充分开发幽默的能力,包括使用脸部表情、模仿和姿态等。我们知道,一位有能力的喜剧演员,通过这样的方法,经常能使本身可能看起来非常呆板和平淡的部分,变得非常有趣。"但是,因为闹剧剧本一般都比较粗糙,所以这种演出的成功并不代表闹剧本身的成功:"虽然戏剧家有正当的权利依赖有才能的、符合要求的演员,但是应该很清楚的是,迄今为止,他的喜剧依赖这些技巧,正偏离真正的戏剧,趋于哑剧、杂耍表演和音乐喜剧的领域了。"②布鲁克斯的观点虽然有些地方还值得进一步商榷,但这种对戏剧文本本身的强调,对当下的戏剧创作和批评,都有重要的警示与指导作用。我们应该明确,戏剧并不是舞台技术的分支,也不是商业的分支,不能

---

① (美)卫姆塞特、布鲁克斯:《西洋文学批评史》,颜元叔译,台北志文出版社1975年版,第35页。引文中的"亚里斯多德"即"亚里士多德"。

② Cleanth Brooks & Robert Heilman, *Understanding Drama: Twelve Plays*, New York: Holt, Rinehart & Winston, 1972, pp.140—141.

让商人和技术人员建了剧院，却放逐了戏剧。

但是，在文字剧本与舞台演出的关系上，布鲁克斯的观点也有不足的地方。布鲁克斯正确的地方是对戏剧文本的坚持，而偏颇之处，则是将这种坚持推到了极端，导致对舞台表演的否定。

舞台表演在戏剧中是不可或缺的一环和有机的组成部分。首先，戏剧的最终实现，还是要靠舞台表演来完成。布鲁克斯将戏剧归纳为"对话"，强力压制演员和舞台的重要性，这种反对剧场的敌意，使戏剧"文学的"定义有点变形。众所周知，戏剧并不只是书斋剧和案头剧，不只是"文学的"戏剧，它还是一门舞台艺术，具有空间性和视觉性，是一门综合艺术，与诗歌、小说等纯文字形式的文学艺术还是有差异的。当下处于后现代主义时期，剧本与剧作者的权威性自然都难免受到挑战和解构。剧本不再是已经完成的、只有单一而稳定意义的客体，而是变成了未完成的、等待读者阐释的对象。剧作家也不再拥有对自己的剧本的绝对话语权。剧本变成具有多种阐释可能的底本，而不同的导演和演员，在排演同一剧本时，可能会把自己的理解和感悟渗入其中，导致最终得到不同的述本。尤其是现代剧场，将剧作家先前假定的权力，分配给了导演、设计师、演员，甚至观众。戏剧中存在除对话之外的其他的交流手段，如单个演员的姿态、动作和语调，布景、服饰、灯光、声音和舞台设计的混合效果，能够极大丰富表达效果。这些交流手段的差异或变化，将产生不同的舞台表演，即有可能把同一剧本演变成不同的戏剧。优秀的舞台表演可以与优秀的剧本一起创造出伟大的戏剧，而糟糕的舞台表演则可能会毁掉一个优秀的剧本。因此，舞台表演的重要性对现代戏剧不言而喻。

其次，戏剧中的某些富含微妙、复杂情感的场景，单凭语言是不能充分表达出来的，它必须要高度依赖于演员天才的表演，才能被恰到好处地传达给观众。布鲁克斯由于否定表演的作用，因此在遇到这一类戏剧，尤其是现代戏剧时，常常会发生误判，并与其一向赞赏文学作品应含有模糊性和多义性的主张相悖。如他批评《罗斯莫庄》有些台词过于模糊，将戏剧最微妙含义的解决，从文本转移到表演者，只能靠演员去体悟，去努力表演出来，增加了演员理解和表演的难度，是不负责任的决定，是易卜生作为作家的标志性失败。如《罗斯莫庄》第二幕，罗斯莫和吕贝克仍然认为他们是男女之间纯洁的友谊，或者说还没有挑明彼此之间的爱情时，罗斯莫问吕贝克是否知道碧爱特对他俩的怀疑："唉，想想她暗地里受过多少委屈！她那有病的脑子给咱们捏造过多少肮脏材料！她从来没对你说过可以使你多心的话吗？"吕贝克的反应是"仿佛吃了一惊"，说："对我说过！如果她对我说过那种话，难道我还会在这儿多待一天吗?"①布鲁克斯注意到"仿佛吃了一惊"这一舞台提示,认为:"此处我们看到一个不寻常的责任被置于这位女演员身上;她对这行文字的理解,在激发想象上将会非常重要。单凭这些词语,不能传达太多的东西。"②布鲁克斯觉得此刻的戏剧对话太少,只有靠表演者灵敏的身体和足够的智力,才能呈现吕贝克此时复杂的内心活动。

又如第四幕结尾时,罗斯莫说:"吕贝克,既然如此,我坚持咱们的解放人生观。没有人裁判咱们,所以咱们必须自己裁判自己。"吕贝克"误会了他的意思",说:"对,对。我一走,你身上最优秀的东西就可以保全了。"③罗斯莫的这句话到底是什么意思呢? 他是说他俩可以放弃旧的传统,可以生活在一起,还是说他俩可以一起赴死呢? 而罗斯莫是如何"误会了他的意思"呢? 她是误以为罗斯莫要让她离开,还是要让她像碧爱特一样跳进水车沟自杀呢? 布鲁克斯认为,这种简单的台词却要负担过于丰富而不确定的意涵,不可避免的模糊性增加了表演的困难:"大多数的读者会同意,易卜生显然为表演这一场景的男女演员设置了一个极大的理解障碍。"④

然而,不得不说,在《罗斯莫庄》中,人物最深层的自我认知、自我欺骗、渴望与屈辱的暗流涌动,这种复杂微妙的情感,真的很难只靠用语言来表达。《罗斯莫庄》的大结局时刻,将一个迷人的、道德和心理复杂的场景搬上了舞台。在水车沟旁,爱与死,欲望与厌恶,服从与自由的情感达到了顶点。演员们必须对易卜生那种拒绝说出内在含义的语言进行"理解",承担这种困难,将其外化为行动,呈现在舞台上。

尽管作为读者,布鲁克斯对模糊和反讽有同情心,认为诗歌中的模糊性至关重要,可以将诗歌想象为有多种意义,然而在戏剧批评中,他却希望舞台成为减少意义的场所,诗歌的含混被转变为单一的、适当的、"负责任的"演出的释义,并批评易卜生的戏剧不能够解决其置于行动中的模糊性。这种自相矛盾的态度,是其割裂剧本与舞台表演的有机联系,坚持以剧本为中心,并且极度不信任演员再现剧本的能力的必然后果。

---

① (挪威)易卜生:《罗斯莫庄》,见《易卜生文集》第六卷,潘家洵译,人民文学出版社 1995 年版,第 180 页。
② Cleanth Brooks & Robert Heilman, *Understanding Drama*: *Twelve Plays*, New York: Holt, Rinehart & Winston, 1972, pp.286—287.
③ (挪威)易卜生:《罗斯莫庄》,见《易卜生文集》第六卷,潘家洵译,人民文学出版社 1995 年版,第 222 页。
④ Cleanth Brooks & Robert Heilman, *Understanding Drama*: *Twelve Plays*, New York: Holt, Rinehart & Winston, 1972, pp.310—311.

那么,对于戏剧中剧本与舞台表演之间的关系,到底应该怎样处理才合适呢?是像布鲁克斯所代表的"剧本派"宣称的,"只是在学习或教室中阅读"剧本就可以体会到优秀戏剧的妙处,还是像"舞台派"主张的,必须要到剧场中才能体会到戏剧的那种音乐性行动? 当然,这两种观点显然都过于偏激,我们可以有第三种选择,即将戏剧阅读进程与剧场体验联系起来。如莫蒂默·阿德勒(Mortimer J. Adler)和查尔斯·多伦(Charles Van Doren)就曾提出过"想象性观看"的阅读方式:"在书本上阅读戏剧时,戏剧缺乏物理维度。读者必须补充那种维度。如此做的唯一方式是假装看到它已被排演。"①这种阅读戏剧的方式被肯尼斯·罗(Kenneth Thorpe Rowe)进一步细化。他建议在细读剧本时,要努力想象这出戏剧完整的舞台版本。想象剧本在舞台上的表演,是剧本阅读的一个关键部分。读者要利用剧本中显性与隐性的元素,为戏剧文本增加清晰的剧场文本的感觉。读者需要承担补充剧本视觉与听觉方面的任务。"故事中的景象与声音"这样的元素,"是剧场与创造性读者对戏剧文本的贡献,部分源自几行舞台指导,但主要来自戏剧本身,在他们所做所说及整体的存在上面,人物的属性与品格必须能够被识别,戏剧的意义必须被建立。"②

布鲁克斯坚持戏剧的根本在于剧本与文字,在相当程度上忽视戏剧文本之外的舞台演出,这是其戏剧理论与批评实践的一大不足。但是,这也是其作为所谓的"纯粹的新批评家"所必须坚持的,否则,他将失去大众印象中的新批评家所必须坚持的文本中心主义立场。非常有意思的是,布鲁克斯认为诗歌与戏剧关系更紧密,而与小说差异性更大,但是他在戏剧批评中好像要更严格地坚守文本中心主义,而在诗歌批评与小说批评实践中却明显有所松动。

第三节　小说批评实践

可能是由于布鲁克斯的诗歌批评成就太过于耀眼,以致他的小说批评像他的戏剧批评的命运一样,被遮盖了光芒,导致很少有人对其作过认真的

---

① Mortimer J. Adler & Charles Van Doren, *How to Read a Book*, New York: Simon & Schuster, 1972, p. 223.

② Kenneth Thorpe Rowe, *A Theater in Your Head*, New York: Funk & Wag-nails, 1960, pp. 5—9.

探讨。甚至有学者对布鲁克斯等新批评家能否进行长篇小说批评都表示怀疑:"'新批评'学派的评论方法不赞成对文学作品进行释义。这对于诗歌、短篇小说和剧本的分析尚能自圆其说,用以分析长篇小说却显得不胜其繁。"①其实布鲁克斯在小说批评——自然也包括长篇小说批评上的成就,毫不逊色于其在诗歌批评上的成就,当然更是超过他在戏剧批评上取得的成就。

1943 年,布鲁克斯与罗伯特·潘·沃伦合编了《理解小说》,此后,他花费了大量的时间和精力在小说研究上。20 世纪 50 年代开始,布鲁克斯大力关注小说。尤其是在威廉·福克纳小说的研究方面,布鲁克斯取得了巨大的成就,先后出版了四部福克纳研究专著及一些相关论文集。

1963 年,布鲁克斯出版了杰作《威廉·福克纳:约克纳帕塔法郡》。布鲁克斯极力想理清福克纳的整个学术、批评和鉴赏的世界。他感到福克纳的南方气质一直被忽略,这导致对福克纳缺少准确的批评与理解。布鲁克斯把南方社区看作是福克纳生活与作品的中心,认为这是道德的动力和试金石。他也花费了大量的篇幅更正早期批评的一些事实的出入或理解错误。这本书是难得一见的典范,用一种清晰而极为说服力的散文,生动地传达博学的评论、宽广的历史意识、深刻的洞察力和同情的敏感性。《威廉·福克纳:约克纳帕塔法郡》与他的那些关于诗歌的专著一样,受到极高的赞誉。甚至对布鲁克斯不是特别感兴趣的符号学家罗伯特·斯库拉斯(Robert Scholes),也认为布鲁克斯对福克纳小说的分析,"镶嵌着对具体文章极端的敏感与有说服力的理解"。②罗伯特·W. 丹尼尔(Robert W. Daniel)认为"布鲁克斯实际上创作了关于福克纳主要小说含义最有价值的指南。"③约瑟夫·布罗特纳(Joseph Blotner)评论道:"十五年前布鲁克斯出版了《威廉·福克纳:约克纳帕塔法郡》。从那时起一直到现在,它依然是福克纳讲述虚构故事的小说最好的单行本批评著作。"④

1978 年,布鲁克斯的专著《威廉·福克纳:朝向并超越约克纳帕塔法郡》问世。约瑟夫·布罗特纳评论道:"在此书中,布鲁克斯重申了作为我们最好的小说家的最佳批评家的地位。任何关注福克纳作品的人——当前的读者及那些后来者——都将受惠于布鲁克斯。"⑤实际上,这本书是布鲁克

---

① 王长荣:《现代美国小说史》,上海外语教育出版社 1992 年版,第 320 页。

② Robert Scholes, "Understanding Faulkner", *Yale Review*, 53(1963—1964), pp.431—435.

③ Robert W.Daniel, "The Southern Community", *Sewanee Review*, 73(1963), pp.119—124.

④ Joseph Blotner, "Beyond Yoknapatawpha", *Yale Review*, 68(1978—1979), pp.145—148.

⑤ Joseph Blotner, "Beyond Yoknapatawpha", *Yale Review*, 68(1978—1979), p.148.

斯上一本关于福克纳的著作的补充,它是对福克纳早期作品及其后期将背景设置为约克纳帕塔法郡之外的小说的研究。通过这种方法,《威廉·福克纳:约克纳帕塔法郡》和《威廉·福克纳:朝向并超越约克纳帕塔法郡》这两卷书组成了一个完整的福克纳研究。马尔科姆·考利(Malcom Cowley)评论道:"这两卷书放在一起,正如它们应该被放在一起一样,不仅是福克纳的,而且几乎是所有美国作家的最好的环形博览会。"①

然而,布鲁克斯看来甚至并不满意于这种"最好的环形博览会",因为在1983年,他又写出了另一本关于福克纳的专著——《威廉·福克纳:初次邂逅》。正如书名所清楚显示的,这本书主要研究福克纳早期关于创作小说与短篇故事的意图。

1987年,布鲁克斯的《关于福克纳的成见、偏好及坚定信仰的论文集》出版。②此外,布鲁克斯还有一些关于福克纳小说的论文,收录在《隐藏的上帝》和《成形的喜悦》中。布鲁克斯逝世后,马克·温切尔仍满怀钦佩之情,称布鲁克斯关于福克纳的文章"依然是最优秀的研究威廉·福克纳作品的著作"③。

那么,布鲁克斯是如何来进行他的小说实践呢?通过研读他所有的小说批评,可以发现,布鲁克斯认为小说批评与诗歌、戏剧批评之间没有本质性的区别。在小说批评中,布鲁克斯仍然保持对反讽、悖论与象征等文字技巧的强调,并认为小说是一个有机体,应该独立于社会生活与政治宣传,反对浪漫的感伤主义。当然,布鲁克斯在小说批评中也注重对历史与地理环境的考量,注重作者的生活经历与他的全部作品对特定小说的影响,重视读者的作用,这反映了他对新批评的非历史主义与反对生平传记式批评的文本中心主义的一种修订。

一、像批评诗歌一样批评小说

（一）布鲁克斯认为小说批评与诗歌批评区别不大

与中国一样,西方将小说视为艺术也是很晚的事情。迟至19世纪,英

① Malcom Cowley, "Review of *William Faulkner: Toward Yoknapatawpha and Beyond* by Cleanth Brooks", *New Republic* 29 July, 1978, pp.35—37.

② Cleanth Brooks, *On the Prejudices, Predilections, and Firm Beliefs of William Faulkner: Essays*, Baton Rouge: Louisiana State University Press, 1987.

③ Mark Royden Winchell, *Cleanth Brooks and the Rise of Modern Criticism*, Charlottesville: University Press of Virginia, 1996, p.xi.

国哲学家约翰·穆勒(John Stuart Mill),仍将小说与戏剧当作是故事或生命的模仿,是情感不浓烈的作品,与情感自然迸发的抒情诗迥然有别。布鲁克斯嘲讽"这种说法颇为不成熟与肤浅者所乐闻"①,言语之间流露出他对弥尔此说的不满。布鲁克斯重视小说的作用,认为小说与诗歌、戏剧之间确实存在区别,但是这种区别并非本质性的,批评家可以像批评诗歌一样批评小说。

在《西洋文学批评史》中,布鲁克斯也强调,诗、小说与戏剧之间的差别并不太大。②布鲁克斯认为,在现代小说与诗歌之间,有许多技巧是共通的。如源自福楼拜(Gustave Flaubert)的将不相关的事物并立的"时间换移"(Time-Shift)技巧,不仅运用在现代小说中,也运用在现代诗中,例如埃兹拉·庞德(Ezra Pound)与艾略特诗中常用的反讽对立手法,即属于此。"现代诗与现代小说使用类似的手法,且表现本质上相同的组织,这是个不足为怪的事实,"因为这些小说理论家与诗人及诗歌理论家休姆、庞德、艾略特私交甚笃,过往甚密。布鲁克斯认为,"这些小说理论家也是反对浪漫的灵感主义,注重写作技巧,强调形式的重要,反对使用所谓特具诗意的题材。"因此,"现代小说,也可称为'无我的艺术'。"③

布鲁克斯认为,剖析一首诗和一篇小说没有任何本质性的不同,因为两者的技巧和目的都相同。在《成形的喜悦》中,布鲁克斯说:"批评家在从诗歌向小说移动时,在所提出的问题或用来处理作品的手段方面,并不需要对他的研究方法作根本性的改变。在处理抒情诗和小说时,在范围和规模方面可能明显存在较大的差异,但是这种差异并非根本性的。"④

在这种观念下,布鲁克斯分析小说,如福克纳的小说,也常常是展示这些小说是如何围绕一个中心隐喻,被有机地建构而成。⑤罗伯特·海尔曼认

① (美)卫姆塞特、布鲁克斯:《西洋文学批评史》,颜元叔译,台北志文出版社 1975 年版,第 398 页。

② (美)卫姆塞特、布鲁克斯:《西洋文学批评史》,颜元叔译,台北志文出版社 1975 年版,第 638 页。

③ (美)卫姆塞特、布鲁克斯:《西洋文学批评史》,颜元叔译,台北志文出版社 1975 年版,第 630—631 页。

④ Cleanth Brooks, *A Shaping of Joy*: *Studies in the Writer's Craft*, New York: Harcourt, Brace and Co., London: Methuen and Co. Ltd., 1971, p.143.

⑤ 芝加哥学派的批评家拒绝接受布鲁克斯的这种观念——即所有的文学都是围绕一个隐喻或反讽原则而构建其结构的。芝加哥学派认为,将悲剧、喜剧、史诗、小说和抒情诗说成本质上是相似的,因而是不可区分的,这完全是一种误导;将所有艺术的理解进程看成是相同的,错得更加离谱。这也是布鲁克斯与芝加哥学派之间爆发争论的原因之一。

为,布鲁克斯的细读福克纳小说的观点是可行的,因为福克纳的小说以一种特殊的方式使用语言,非常接近诗歌的语言。①布鲁克斯自己也说:"由于这些原因,大家更愿意称《圣殿》(Sanctuary)为一首诗歌,而不是一篇小说。这种情境的理解经常被诗意地传达给读者,而不是用一种更自然的小说模式。"②

但是,布鲁克斯强调细读不仅仅是适合于福克纳的小说。他坚称,如果说细读对诗歌是恰当的,那么,无论小说的语言是否接近诗歌,细读对小说来说应该也是恰当的。

(二)布鲁克斯小说批评中对悖论的运用

布鲁克斯曾这样定义文学批评的任务:"艺术作品由它自身决定成败,批评真正关注的是作为意义的形式。"③在小说批评中,布鲁克斯依然把形式看作是意义,进而把结构、悖论看作是文学创作的基石。在小说批评中,他依然热衷于寻找作品中蕴含的悖论,并常常将找到的悖论作为小说的主题,或作为理解小说的关键。

如在分析鲁德亚德·吉卜林(Rudyard Kipling)的小说《国王迷》(The Man Who Would Be King)时,布鲁克斯就找到了这篇小说中的几个根本性的悖论。一个是关于皇权的。要获得具有绝对权力的皇权,就必须像天神一样,高高在上,脱离人性,远离凡夫俗子的七情六欲;小说中的主人公德雷沃特(Daniel Dravot)被土著人当作天神,而德雷沃特却想行使神权,以获得作为凡夫俗子的权力——娶妻生子,满足七情六欲,这最终导致了他的覆灭。另一个悖论是,当德雷沃特像一个国王那样英勇地面对死亡时,当他的伙伴皮奇(Peachey Carnehan)历经艰险将他的首级与王冠带回来的时候,"当这两个流浪者,'游手闲荡的人'的那种假皇权一旦被人夺去,充分说明他们原是凡夫俗子之际,他们却成为最最地道的国王了。那就是说,失掉的只是外在的皇权,得到的却是内在的皇权。"④

对于海明威(Ernest Miller Hemingway)的小说,布鲁克斯认为:"典型

①　Robert B. Heilman, "Historian and Critic: Notes on Attitude", *The Sewanee Review*, Summer 1965, Number 3, p.429.

②　Cleanth Brooks, "Faulkner's Sanctuary: The Discovery of Evil", *The Sewanee Review*, Vol.LXXI, Number 1, Jan.-March 1963, p.5.

③　Cleanth Brooks & Robert Penn Warren, *Understanding Poetry: An Anthology for College Students*, New York: Henry Holt and Company, Inc., 1938, p.32.

④　(美)布鲁克斯、沃伦:《小说鉴赏》(双语修订第3版),主万等译,世界图书出版公司2008年版,第136页。

的海明威式的主人公是硬汉子,而在表面上,又显得感觉迟钝。但仅仅是表面的,因为对于某种信念和某种准则的忠诚可能表明他们是敏感的。"①布鲁克斯在这里也是采用一种悖论模式来分析海明威式的主人公。在归纳总结海明威作品中的基本态度时,布鲁克斯也运用了悖论方式:"只有经受过生活折磨的人从心底里发出来的同情才是真诚的,只有从来不需要人们同情的人,才能得到真正的同情。"②

在分析劳伦斯(David Herbert Lawrence)的小说《请买票》(*Tickets*,*Please*)时,布鲁克斯认为这篇小说表现了爱情的"双重性",而这种"双重性"也是一种悖论——"在恋爱中表现出来的那种既主动又被动、既残忍又温柔、既想占有又想背弃的奇怪而复杂的感情"。③

布鲁克斯认为福克纳的《纪念爱米丽的一朵玫瑰》(*A Rose for Emily*)中存在一个反讽,即"正由于爱米丽对大多数人抱着某种贵族式超然的怪癖态度,正由于她对'人们所说的'表示轻蔑,她的生活反而受到公众的注意,甚至是人人关心的。"当然,布鲁克斯还是更擅长于悖论分析,他寻找到关于爱米丽的一条悖论:"尽管爱米丽小姐以贵族自居,尽管她自以为比别人'更好',尽管她的行为超出于或者有异于社会行为准则,但同时,她又比别人更坏,而她也确实比别人更坏,简直坏得可怕。她比别人更坏,但是同时,就像叙述者暗示的那样,她又莫名其妙地受人们敬仰。"④

布鲁克斯认为,福克纳小说中描写的关于美国南方腹地文化传统的反讽,属于牧歌反讽。这种牧歌反讽多为一种阶级对比,一种社会讽刺,甚至是"人类的荒废与局限的一种诗意陈述"。⑤福克纳的《乡村》(*The Hamlet*)、《八月之光》(*Light in August*)和《当我弥留之际》(*In My Time of Dying*)的语调都是反讽与惊奇的合一,模式朴实而粗暴。⑥这种社会反讽的语调类

---

① (美)布鲁克斯、沃伦:《小说鉴赏》(双语修订第 3 版),主万等译,世界图书出版公司 2008 年版,第 246 页。

② (美)布鲁克斯、沃伦:《小说鉴赏》(双语修订第 3 版),主万等译,世界图书出版公司 2008 年版,第 247 页。

③ (美)布鲁克斯、沃伦:《小说鉴赏》(双语修订第 3 版),主万等译,世界图书出版公司 2008 年版,第 203 页。

④ (美)布鲁克斯、沃伦:《小说鉴赏》(双语修订第 3 版),主万等译,世界图书出版公司 2008 年版,第 284 页。

⑤ William Empson, "Review of *Modern Poetry and the Tradition*", *Poetry*, LV(December 1939), p.156.

⑥ Cleanth Brooks, "Faulkner's Savage Arcadia", *Virginia Quarterly Review*, XXXIX(Fall 1963), p.605.

似于斯威夫特(Jonathan Swift)的《格列佛游记》(*Gulliver's Travels*);场景被风格化、形式化,然而在细节上却几乎是微观的。这种牧歌反讽是反浪漫主义的,是讽刺性的。在处理福克纳和菲兹杰拉德(F.Scott Fitzgerald)等作家塑造的人物形象的"美国式纯真"(American Innocence)时,布鲁克斯也使用了牧歌反讽的模式。他令人信服地找到了这些作家在小说中植入的共同的悖论:人们认为风俗与礼仪是腐朽的元素,所以习惯把纯真和美丽当作是自然的礼物,而非风俗与礼仪的产物。然而,反讽的是,风俗与礼仪能够维护与保护纯真和美丽,而原始的个体,企图通过自己的独自奋斗跻身上流社会,却都因畸形的、过度发达的意志而受到惩罚。如《押沙龙,押沙龙!》(*Absalom,Absalom*!)中的主人公萨德本(Thomas Sutpen)和《了不起的盖茨比》中的主人公盖茨比等,他们与生俱来的纯真变成了一种残忍的驱动。在这样的牧歌模式中,反讽是多重的。

布鲁克斯在论述所谓的新小说——唐纳德·巴塞尔姆(Donald Barthelme)的《气球》(*The Balloon*)时,用了一个悖论对这篇小说作了一个总体评价:"这篇小说的意义在于它无意义。"布鲁克斯认为,这篇小说是"别出心裁地用某种貌似在讲有意义事物的方法讲述无意义事物",按照通常对小说或生活应当合乎逻辑和道德的观点来看,"这篇小说似乎开了一个严肃的玩笑"。[①]

生活与现实常常是复杂的,活生生的现实中的人也是复杂的。布鲁克斯说:"人类,我们自己也不例外,是善与恶的混合体,所以人常常会发现自己处于各种意志的矛盾中,处于冲突中——不仅对外界事物,在自己内心也有多种因素在相互冲突着。"[②]因此,唯有悖论才能将生活的复杂性与人性微妙较好地表现出来。这也是悖论无处不在的客观原因。布鲁克斯笃信这一点,并乐此不疲地在他认为是优秀的小说、诗歌与戏剧中寻找隐藏其中的悖论,以此作为批评的标准。

(三)布鲁克斯关于小说有机体的思想

布鲁克斯赞成文学有机论,并将亨利·詹姆斯(Henry James)与艾略特作为此种文论的代言者。詹姆斯受福楼拜的影响,认为小说是个人的、直接的生命印象,是一个统一连贯的有机体。布鲁克斯认为,詹姆斯的这种有

---

① (美)布鲁克斯、沃伦:《小说鉴赏》(双语修订第3版),主万等译,世界图书出版公司2008年版,第362—363页。

② (美)布鲁克斯、沃伦:《小说鉴赏》(双语修订第3版),主万等译,世界图书出版公司2008年版,第142页。

机艺术观,影射了"艺术的无我性",即认为,"艺术作品,系依照它自己内在的生命原则,生长而成,不仅是作家自我的产品"。①布鲁克斯说:"考察小说的一种明显办法就是问一下该小说中人物的动机和行为是否连贯统一。"②而能把自相矛盾的人性范例加以连贯统一的表现,使小说各部分构成一个有意义的整体,往往是艺术大师才能做到的。

布鲁克斯多次强调作品的整体论,在论述《气球》时,他提到,"一篇小说也就是一个严密的体系,在小说严密的体系中,任何要素都不可避免地要和其他所有的要素发生联系。"③在《理解小说》的第六章《小说与人生经验》中说,"小说可以从任何事物发源,只要……把事物有机地联系起来并从中生发出某种意义"。④

布鲁克斯一再强调:"一篇小说要写得成功,必须是一个整体。"⑤这与他对优秀诗歌的强调是一致的,他认为好的诗歌应该是一个有机体。布鲁克斯相信,小说艺术并不像技术效率一样,随时代的发展而进步。他认为小说中有不变的原则。成功的小说,需要主题、情节、人物融合为一个有机整体。可以看出,《理解小说》的一个关键词就是有机体,或者说是整体、相互联系的统一体等类似的词语。这类词语在通篇的分析中多次出现。说一篇好的小说是一个有机体,这样的结论与评判看似简单,但是太抽象。因为主题、情节、人物等各方面怎样才能融合为一个有机体,这才是具体的、复杂的,也是至关重要的有实际意义的问题,才是真正对读者、创作者有现实的指导意义。

二、小说的主题、情节与技巧

(一)主题不是评判小说的标准

布鲁克斯认为,主题是对小说的总概括,含有对人性价值和人类行为价值的议论。没有主题便没有小说。但是小说并不是单纯的图解说教。图解

---

① (美)卫姆塞特、布鲁克斯:《西洋文学批评史》,颜元叔译,台北志文出版社 1975 年版,第627 页。
② (美)布鲁克斯、沃伦:《小说鉴赏》(双语修订第 3 版),主万等译,世界图书出版公司 2008年版,第 143 页。
③ (美)布鲁克斯、沃伦:《小说鉴赏》(双语修订第 3 版),主万等译,世界图书出版公司 2008年版,第 361—362 页。
④ (美)布鲁克斯、沃伦:《小说鉴赏》(双语修订第 3 版),主万等译,世界图书出版公司 2008年版,第 369 页。
⑤ (美)布鲁克斯、沃伦:《小说鉴赏》(双语修订第 3 版),主万等译,世界图书出版公司 2008年版,第 9 页。

只是关注某种观念,而小说是对生活的不断发现,对真实世界的创造性模仿。读者迟早会问到生活的意义何在这样的问题,看小说时会要求小说有条理,这是人的一种天性。①人们会要求小说有合乎逻辑的主题。人是一种条理性的动物,希望使混乱的世界变得条理化。同时,一些看起来轻松的喜剧小说、娱乐性小说,其实也包含着严肃的主题,而并非只是为搞笑而搞笑、为娱乐而娱乐。那些喜剧的笑声中通常都含有某种想要逃避生活压力与痛苦的意味。一些黑色幽默的小说即是如此。所谓的"含泪的微笑"亦是如此。周星驰的无厘头后现代主义影视作品、赵本山的小品等也可归为这一类。

布鲁克斯认为主题不是评判小说的标准。他反对说教主义,反对将小说当作是哲学的说明。布鲁克斯认为,读者可能不同意一篇小说的主题,但是却又喜欢看这篇小说。这并不奇怪,正如人们对生活中某个人的政治、艺术观点相左,却不妨碍大家与他成为朋友,甚至爱上他。也就是说,读者可能不赞同巴尔扎克、莫泊桑的政治观、人生观与世界观,但是不妨碍读者喜欢他们的作品,如《高老头》(Father Goriot)、《漂亮朋友》(Bel Ami)等。不管读者同不同意小说作品的主题,这只是同一的真实性问题,不能当作小说好坏的评判标准。

也正是基于此,布鲁克斯虽然很尊崇列夫·托尔斯泰(Lev Nikolaevitch Tolstoy),但是对其后期的艺术观点持不同意见。布鲁克斯认为托尔斯泰对所谓的"假冒的"艺术的批判是错误的,对读者产生了不良影响。托尔斯泰把整个的中古、文艺复兴与现代艺术——但丁、塔索(Torquato Tasso)、莎士比亚、弥尔顿、歌德、拉菲尔(Raffaello Santi)、米开朗基罗(Michelangelo di Lodovico Buonarroti Simoni)、巴赫(Wilhelm Friedemann Bach)和贝多芬(Ludwig van Beethoven)等——全视为非真艺术而被扫除干净;还有他自己曾为世人奉为杰作的小说,也被清除。布鲁克斯认为托尔斯泰的这种"大刀阔斧削落名士"的行为,是"骇人听闻的"。托尔斯泰否认莎士比亚的戏剧,认为其戏剧中所有的人物都没有说他们自己的语言,反映的社会价值是对封建贵族的崇拜,对劳工阶级鄙视,态度不诚恳。布鲁克斯认为,托尔斯泰的艺术理论,是"要求艺术为社会改革的导师与宣传家",托尔斯泰的这种立场,是以后俄国的马克思主义文学批评与20世纪二三十年代后期英美

---

① 参阅(美)布鲁克斯、沃伦:《小说鉴赏》(双语修订第3版),主万等译,世界图书出版公司2008年版,第220—221页。

两国的马克思主义批评一再重申的"单调沉重的要求"。①托尔斯泰说艺术传达任何时代都是纯真的与新鲜的宗教情感,当代的艺术必须忠实地传达当代的进步的宗教情感。布鲁克斯认为,托尔斯泰的这种主张存在一个问题,即"也许托尔斯泰时代,欧洲的堕落艺术,可能是另一时代的宗教艺术"。②也就是说,时代不同,其宗教情感可能也会不同。因此托尔斯泰的艺术观存在内在的矛盾。这也是以主题为评判小说的标准所必然会遇到的一个难题。

同样地,布鲁克斯认为,马修·阿诺德不断强调文学是"生命的批评"这一观点,会引起理论上的巨大的困难,是一种说教理论。阿诺德认为,文学批评的功用是使人类已有的最佳思想重新流行于人间,从而产生一种适合文学滋长的氛围。布鲁克斯表示,马修·阿诺德"把文学视为某种哲学,也是令人忐忑不安的见解"。布鲁克斯认为,亨利·詹姆斯小说的序言与批评文章,体现了文学的道德观。詹姆斯说一切艺术,在根本上都是道德的,在艺术及批评中,"道德意识与艺术意识,非常接近"。艺术家的心灵若丰富而高贵,则他所产生的小说,绘画,雕刻,也成正比地分享了他的美与真理的实质。一个浅陋的心灵,不会写成好的小说。③布鲁克斯认为,这样的言论,非常有助于美国新人文主义的兴起。但是,布鲁克斯对新人文主义的这种说教的批评运动并没有多大的好感,指责它并未显示出对文学本身有更贴切的关怀。

布鲁克斯相信,观念(思想)与故事在作品中是融为一体的,不能分开。小说评判的标准应该是它的统一的真实性,即要令人感到是可信的,是来自于生活中,它的主题应该渗透到整个小说的方方面面,构成一个有机体。也就是说,"好的小说,其含义——即主题——总是全面渗透在整个作品中的。"④

这也是小说家喜欢描写细节的原因。如日本作家村上春树(Haruki Murakami)不厌其烦地把人物所使用的物品的品牌、颜色、质地、形状等翔实地写出,是因为他深谙艺术的一个秘诀:具体的体验是艺术创作与欣赏的

---

① (美)卫姆塞特、布鲁克斯:《西洋文学批评史》,颜元叔译,台北志文出版社 1975 年版,第426—430 页。

② (美)卫姆塞特、布鲁克斯:《西洋文学批评史》,颜元叔译,台北志文出版社 1975 年版,第424—425 页。

③ (美)卫姆塞特、布鲁克斯:《西洋文学批评史》,颜元叔译,台北志文出版社 1975 年版,第411—415 页。

④ (美)布鲁克斯、沃伦:《小说鉴赏》(双语修订第 3 版),主万等译,世界图书出版公司 2008年版,第 222 页。

源泉,而抽象的概括只不过是哲学的工具。艺术是活泼的、充满生命力的,而哲学是灰色的、冷冰冰的。这也可以解释新闻纪实、传记类著作要比哲学更吸引人的原因。为什么宏大的战争、运动、集会场景中,一定要突出具体的人物才让人觉得生动可感呢? 道理也一样。抽象的、或者说类似抽象的场面让人难以感同身受,情感难以融入,读者和观众难以投入,而具体人物容易使读者与观众体验其经历。优秀的唐诗宋词,也多是以对具体的事物描绘开篇的,最后才是曲终奏雅,得出一些抽象的感悟说教之类的结语。如果没有前面的具体的描述,诗词也就失去了艺术感染力了。归有光、朱自清等古今散文家,都谙熟此道。当然,朱自清的《背影》要好过他的其他作品。《荷塘月色》《春》《绿》之类,只不过是堆砌一些词藻玩弄一些新奇的比喻罢了,没有结构上的力量。

（二）反对情节至上,重视文本技巧

　　布鲁克斯反对情节至上论,认为小说应该重视技巧。布鲁克斯批评英国 19 世纪的小说不重视艺术技巧,不重视结构、文体的细节。也反对马修·阿诺德与芝加哥学派对故事情节的强调。认为题材与故事情节居首位,这种论调可追溯到亚里士多德的《诗学》(*Poetics*),其视情节布局为悲剧的灵魂。布鲁克斯对此不是太赞同。布鲁克斯认为,所谓的情节至上,最终还是要落实到用文字来表达。因为一篇文学作品如果真的是有机的,那么它的结构的每一分子,都应该是全篇作品大原则的必然或可然的后果。从文字到说这些文字的人物,从人物到情节布局,都表明"探索'行动'为何的唯一路线,即是'行动'的'实现',即是剧本的文字。"[1]他怀疑所谓的故事情节适宜与否,在未见诸文字表达前,如何能判断。

　　布鲁克斯嘲笑现代那些只关注"人物"与"情节布局"的热血的小说批评家,认为他们与维多利亚时期的批评家一样,对讨论作品中的文字与艺术技巧充满疑惧,结果最终只能是重新掉入道德论的泥淖中。[2]

　　布鲁克斯赞同亨利·詹姆斯,认为小说应该重视形式技巧,小说是一件艺术品,而不能像一块仅供人吞食的布丁。[3]而对列夫·托尔斯泰攻击艺术

---

① （美）卫姆塞特、布鲁克斯:《西洋文学批评史》,颜元叔译,台北志文出版社 1975 年版,第636 页。

② （美）卫姆塞特、布鲁克斯:《西洋文学批评史》,颜元叔译,台北志文出版社 1975 年版,第641 页。

③ （美）卫姆塞特、布鲁克斯:《西洋文学批评史》,颜元叔译,台北志文出版社 1975 年版,第626 页。

技巧,将现代艺术的"晦涩"当作是不道德的同义词,布鲁克斯极为不满。托尔斯泰厌恶当时的"颓废"艺术,如法国巴黎的印象主义与象征主义画展,波德莱尔、马拉美(Stephane Mallarme)、魏尔伦(Paul Marie Verlaine)和梅特林克(Maurice Maeterlinck)等人的诗,认为这种艺术内容浮华无力,毫无意识,而且晦涩难懂。他抨击这种艺术是想"把不精细,不确切,不流畅的语言,抬升为可敬的文学德性"。托尔斯泰的这种观点,类似于中国唐代诗人白居易的观点,认为能为普通老百姓理解的文学才是好的文学,主张文学要通俗易懂。而这一观点却是布鲁克斯所不赞同的。布鲁克斯批评托尔斯泰在此处"或多或少把晦涩与不道德两种观念,连在一起,他似乎要我们承认,轻佻的表现,便是道德上的混乱……在艺术中的晦涩的缺憾,即不道德的缺憾——反过来说,不道德,即是一种晦涩"。① 布鲁克斯认为,诗的语言是悖论语言,要有复杂性,才能反映现实生活的复杂。

(三)反对浪漫主义感伤,主张克制叙述

一如其对浪漫主义诗歌感伤的反感,布鲁克斯也反对小说中的感伤,主张克制叙述。② 布鲁克斯认为感伤是一种过分的、不合时宜的感情反应。感伤的症状有三:一是作者全然不顾作品的戏剧性情节而一味强调、美化或者诗化自己的语言;二是作者单方面地发表议论——向读者指出应该感受什么,暗示读者做出反应;三是经常避开那些为小说最终产生效果而应该加以注意的真实问题。③

当然,布鲁克斯并不是绝对反对在小说中表现感伤的情绪。他认为海明威作品中的那种感伤是值得尊敬的。海明威小说的主人公,通常是一些表面迟钝、粗鲁的硬汉子,经常在厄运临头之际,才真正懂得同情与怜悯,激发人性的感伤。当然,这种感伤一定要使用克制叙述。

布鲁克斯认为,克制叙述的有效方式之一,是对视角的选择。视角对任何叙事作品都是至关重要的问题,视角是由小说作者决定的。布鲁克斯认为,第一人称的视角优点在于:可以比较自然地叙述故事,可以顺手将一些材料引进小说而不用加以注释;可以使小说不露出选材的痕迹,可以随意选

---

① (美)卫姆塞特、布鲁克斯:《西洋文学批评史》,颜元叔译,台北志文出版社 1975 年版,第 428 页。

② 克制叙述指对事情叙述产生的效果不如事情自身发展所能达到的效果。又译为克制陈述,为"反讽的一种。故意把话说得轻松;实际暗指着强烈的情绪,与'夸大陈述'相反。"参见赵毅衡编选:《"新批评"文集》,百花文艺出版社 2001 年版,第 621 页。

③ (美)布鲁克斯、沃伦:《小说鉴赏》(双语修订第 3 版),主万等译,世界图书出版公司 2008 年版,第 154 页。

择要讲的事件,跳跃一些事件不讲,达到准确、鲜明、简练的目的;可以更好地突显主题,如《国王迷》以皮奇的视角来讲德雷沃特的故事,采取了克制叙述,也就是没有将故事的真正意义全部说出来。但是以皮奇这样一个头脑简单的人之口来讲故事,这样的故事愈令人可信,愈让人相信德雷沃特在临死前的英勇表现。[①]

三、文本之外:对社会环境、作者、读者的重视

(一) 社会环境

学术界一般认为布鲁克斯是文本中心主义者,主张文本细读,反对传记批评和历史批评。其实,布鲁克斯也认识到,小说与社会环境、时代背景其实关系密切。如在《成形的喜悦》的前言中,布鲁克斯就宣称,他不是不关注社会和它对小说的语言和结构所起的决定作用。在研究福克纳的四本著作中,他就非常注意对社会环境的分析。

在评论福克纳的小说《八月之光》时,布鲁克斯就认识到美国南方社区在小说中的重要性:

> 要衡量社区在这部小说中的重要性,可以使用的一个方法就是想象(小说中的)这种行为发生在芝加哥或者是曼哈顿——至少在福克纳看来不可能会存在这种社区的地方,将会怎么样。……孤独的个体砍断任何社区价值观的困境,是当代文学占支配性地位的主题。但是福克纳在一个强烈的社区意识仍然存在的乡村环境中展开这种主题,还是赋予了一种田园景色——那就是,他让我们看到,在一个更加单纯而原始的世界中,反映出来的现代而复杂的问题。在某些方面,《八月之光》是一首血腥而暴力的田园牧歌。在一群被认可的羊、牧羊人、时常狂暴而残虐的牧羊犬和领头羊组成的背景中,迷途的羔羊与害群之马的困境仍然是显著的,被给予了特殊的关注和意义。[②]

布鲁克斯在分析福克纳的《圣殿》时,并没有局限于文本,而是谈论了这

---

① (美)布鲁克斯、沃伦:《小说鉴赏》(双语修订第 3 版),主万等译,世界图书出版公司 2008 年版,第 215—218 页。

② Jay Parini, editor in Chief, *American Writers*, *Supplement XIV*, *Cleanth Brooks to Logan Pearsall Smith*:*A Collection of Literary Biographies*, Farmington Hills, Michigan:Scribner's Reference/The Gale Group, 2004,p.12.

篇小说与现实的关系,及与当时流行的小说类型的关系。福克纳在《圣殿》中淋漓尽致地呈现了邪恶的真实嘴脸。为了抓住这篇小说的隐藏意义,必须正确地理解故事和人物。如果不理解小说中的妓院如何运转,恶棍金鱼眼如何生活,要理解这篇小说的秘密将是困难的。布鲁克斯说:"读者也必定记得《圣殿》展示了它那个时代和流派的标志。写作上的光辉并不能否定它是黑帮小说这一事实。"他进一步指出:"《圣殿》并不仅仅是一篇黑帮小说,正如安德烈・马尔罗(Andre Marlaux)所认为的,它也是一篇侦探小说。《圣殿》类似侦探故事的一个明显的方法是某些事件的意义被悬置,直到结尾。作者制造悬念,使情节复杂化,将突然而令人惊奇的发展呈现给读者。事实上,在法庭那一场景中到底发生了什么,令人困惑。在小说的结尾,对金鱼眼在因谋杀而被逮捕后的行为,一些读者也一直困惑不解。"也就是说,在分析《圣殿》时,布鲁克斯对小说内容与社会现实环境之间的联系十分看重。

在评论福克纳的小说《纪念爱米丽的一朵玫瑰》时,布鲁克斯不仅不完全否认心理因素,而且明确肯定使用道德内容来评论小说。布鲁克斯认为,"要想对这篇小说做出合理的诊断,那就必须做出某种可称之为含有道德内容的诊断,必须用道德方面的词语来表述它的意义——不能仅仅用心理学方面的词语来表述。"他还认为,人物的社会生活也需要纳入考察小说范围之内,"为了使一则病史成为'有意义'的小说,我们就不得不把爱米丽小姐的思想和行为跟她背后的一般的社会生活联系起来,并且在两者之间建立起某种联系。"[1]

显而易见,布鲁克斯非常重视社会环境对人物的影响。因此,"布鲁克斯在那本书(指《威廉・福克纳:约克纳帕塔法郡》,引者注)中所做的——和在他生命中的后四十年写的大多数文章——是去展示文化如何给文学提供帮助,反过来文学又如何阐明文化。……布鲁克斯的取向是平均地权论者、基督教、社会保守派。布鲁克斯的文化视野不仅对福克纳研究,而且对出现于 20 世纪八十年代中期保守的文学批评的实质性主体有巨大的影响。"[2]罗伯特・D.丹尼尔(Robert D. Daniel)评论布鲁克斯的《威廉・

---

[1] (美)布鲁克斯、沃伦:《小说鉴赏》(双语修订第 3 版),主万等译,世界图书出版公司 2008 年版,第 283—284 页。

[2] Jay Parini, editor in Chief, *American Writers*, *Supplement XIV*, *Cleanth Brooks to Logan Pearsall Smith*: *A Collection of Literary Biographies*, Farmington Hills, Michigan: Scribner's Reference/The Gale Group, 2004, p.16.

福克纳：约克纳帕塔法郡县》时说道："虽然布鲁克斯目的明显，是在作品的深度和广度上确定、评价作品的意义，但是他的方式很少带有形式主义者的那一套。"①

威廉·E.凯恩评论说："在其所写的许多关于福克纳的书——《威廉·福克纳：约克纳帕塔法郡》(*William Faulkner：the Yoknapatawpha County*，1963)、《威廉·福克纳：通向约克纳帕塔法及更远》(*William Faulkner：Toward Yoknapatawpha and Beyond*，1978)和《威廉·福克纳：最初几面》(*William Faulkner：First Encounters*，1983)中，……布鲁克斯特别发展了沃伦对于福克纳小说中自然和阶级主题的关注。他的书巩固了福克纳在学术圈中的声望，使后者的那些复杂难懂的长短篇小说更易为学校的学生所理解和接受。"②

至此，可以说，布鲁克斯主张运用文本之外的社会、心理、道德等一切可能的手段来分析小说，这无疑是打破了文本中心主义的局限。显然，那些指责布鲁克斯奉行文本中心主义的人如果不是故意视而不见，那么就应该缄口了。

（二）现实与超越

布鲁克斯主张小说要反映现实。但是，他非常清楚，小说不可能完全照搬现实，也就是说，真正完全的纯客观不可能存在，因为每一位观察者或描述者都是基于自己的视野来看问题，必然会囿于本人的局限性或主观性，而将客观对象有意无意地扭曲变形，打上个人的烙印。布鲁克斯认为，写实主义具有强烈的社会倾向，追求此时此地、民主"真理"，因而"不免渲染那普通的，以至那单调的、贫乏的、灰色的、穷困的、甚至于罪恶的题材"，最终变成"自然主义"。自然主义的小说家，每自许为一个科学的社会学家与心理学家，是个实验者，实验着他的推论，如实验室内的科学家。他的实验对象，是有机组织的社会。小说家要说出社会的真相，不能讲神仙故事。但是，布鲁克斯也明确地指出："观察者的眼睛，免不了在观察的对象上，染上自己的颜色。"③

---

① Robert D. Daniel，"Review of *William Faulkner：The Yoknapatawpa Country*，by Cleanth Brooks"，*The Sewanee Review*，1965(73)，pp.119—124.

② (美)威廉·E.凯恩：《南方人、平均地权论者和新批评现代评论机构》，见(美)萨克文·伯科维奇主编：《剑桥美国文学史》(第五卷)，马睿、陈贻彦、刘莉译，中央编译出版社2009年版，第501页。

③ (美)卫姆塞特、布鲁克斯：《西洋文学批评史》，颜元叔译，台北志文出版社1975年版，第418页。

因此,布鲁克斯认为,阅读小说时,既不能将小说完全当作是现实的、历史的记录,也不能将小说作为某种牵强的象征。也就是说,既不能缩小作品的内在意义,也不能随意扩大它的意义。如果把文学作品理解为一种媒介时,读者将丧失作品的内在意义;而当他将文学作品视为某事物的象征时,他也不必要地扩大了它的意义。那就是为何布鲁克斯指责这种方式的原因所在:"如果可以通过在耶鲁大学我的研究生课堂上所发生的而作出判断的话,在阅读这个故事[《美女樱的气味》(*The Odor of Verbena*),引者注]时的根本性错误有两种:读者由于过分强调历史背景而丢失了故事的内在意义,或者把故事分裂成牵强附会的象征。"①

在对福克纳小说的评论中,布鲁克斯充分注意到这两种错误的倾向,并力争在两间之间取得一个最佳的平衡点。福克纳在当时被认为是一位地方性作家,完全拘泥于南方某地那一小块独特的社会环境,没有普遍性价值。甚至在他获得 1949 年诺贝尔文学奖后,《纽约时报》(*The New York Times*)1950 年 11 月 11 日评论员文章依然对他充满了不恭与不满:"他的视野集中在一个恶性、堕落、腐败过于频繁的社会。美国人必定热诚地希望由瑞典评审委员会颁发的奖项和福克纳的作品在拉丁美洲和欧洲大陆的极度流行,尤其是在法国,这并不意味着所有的外国人都崇拜他,是因为他给他们一幅美国生活的图画,他们相信是典型的、真实的。后来一直有太多的那种感觉,尤其是在法国再次发生。也许过去在福克纳的密西西比河的杰弗逊镇,乱伦和强奸是普遍的,但是在美国的其他地方并不是这样。"②根据《纽约时报》评论者的观点,福克纳是一位表现生活病态图景的地方性小说家。

然而,布鲁克斯并没有把福克纳的小说看作是历史档案、现实领域或象征诗歌。称福克纳通过把一个乡村放置于中心,努力研究生活,这样说是正确的。但是如果说他的描述是摄影式的,或者纯粹的自然主义的,这将误解他那强有力的、富有想象力的冲击。布鲁克斯相信:"福克纳的小说和故事,如果正当地阅读它们,无疑会告诉我们许多南方的情况,但福克纳首先是一个艺术家。读者如果想从福克纳的小说中了解南方的事实,就必须尊重小说的模式而不超越它的界限,也就是说,他必须能够觉察什么是典型的,什么是特殊的,什么是正常的,什么是异常的。除非他准备认真分析福克纳使

---

① Cleanth Brooks, *A Shaping of Joy: Studies in the Writer's Craft*, New York: Harcourt, Brace and Co., London: Methuen and Co. Ltd., 1971, p.143.

② Earl Rovit & Arthur Waldhorn, *Hemingway and Faulkner in Their Time*, New York: The Continuum International Publishing Group Inc., 2005, p.102.

用他的'事实'做什么，他几乎不可能区别两者之间的差别。"①

　　因此，把福克纳称为虚无主义者、地方主义作家或"棉花地里的荷马"，对他的艺术来讲，都是不公正的。福克纳不是传统的进程缓慢的社会中的那种小说家，只会通过他的小说的媒介表达存在主义的异化、孤独和无家可归。他也没有只局限于乱伦、厌女症、黑白混血儿和病态。他认识到人类的另一面，是远离物质世界的诱惑，为了能在骑士传统中生活的目标，准备牺牲任何事物。②布鲁克斯批评道："福克纳的小说常常不是被人们当作小说阅读，而是作为事实的叙述，认为他的小说所表现的只是稍有歪曲的南方农村和小城市生活的画图。"③对这种倾向，布鲁克斯认为是缩小了作品的内在意义。福克纳的伟大在于他赋予地方性的经验和事实以意义，是一位艺术家，而非历史学家。

　　正如雷纳·韦勒克非常公正的评价："布鲁克斯，特别在探讨福克纳的两部专著里，论述了'指称的真实'与'连贯的真实'之间的关系，他看出这层关系是复杂的，不过也是现实的。在福克纳笔下的南方画卷里，'读者应该能够领悟到，什么属于典型与什么属于例外，什么属于正常与什么属于异常情况'。布鲁克斯强调指出，福克纳是在创作小说，而不是在撰著社会学或历史，不过他依然把福克纳的虚构画卷与现实进行比较，并且断定，在描写自由农民或贫穷白人的时候，福克纳的笔触是准确的。"④

　　布鲁克斯也反对在小说批评中"贩卖象征"。布鲁克斯所谓的"贩卖象征这个名称，意指一些病态的、过分的并且是像着了迷似的东西，是对于适当认真地阅读这样一件事所做的离奇拙劣的模拟。这种做法不负责任地夸大细节，狂热地探索可能的象征，然后竭力使用它们到超过了故事的需要。它不把小说看成一种具有自己的内在联系网络的可靠的结构，而是一种'万宝囊'，从中可以摸取特殊的象征。"⑤有学者认为，福克纳改变了密西西比

---

① （美）克林斯·布鲁克斯：《乡下人福克纳》，陆凡译，见李文俊编选：《福克纳评论集》，中国社会科学出版社1980年版，第242页。此文系布鲁克斯的专著《威廉·福克纳：约克纳帕塔法郡》(1963)第一章。

② Bhagwati Singh, *Cleanth Brooks as a Critic of Fiction*, R.S.Singh, ed., *Cleanth Brooks: His Critical Formulations*, New Delhi: Harman Publishing House, 1991, pp.241—257.

③ （美）克林斯·布鲁克斯：《乡下人福克纳》，陆凡译，见李文俊编选：《福克纳评论集》，中国社会科学出版社1980年版，第241页。

④ （美）雷纳·韦勒克：《近代文学批评史》第6卷，杨自伍译，上海译文出版社2009年版，第351页。

⑤ （美）克林斯·布鲁克斯：《乡下人福克纳》，陆凡译，见李文俊编选：《福克纳评论集》，中国社会科学出版社1980年版，第242—243页。

的名字,使他的虚构的世界代表了全体区域,也使他能够描述全体人们的心理,超越了时间和空间。他的故事变成了整个人类状况的神话。正是在这一点上,读者感觉到他的创造的能量。①本书认为,按布鲁克斯的小说批评理论,他可能更倾向于在现实与象征之间找到一个恰当的平衡点。他可能会更加赞同马尔科姆·考利的观点,即福克纳作品中"大部分的人物与事件都具有双重意义。除了在故事里的地位外,它们又都是具有普遍意义的象征或隐喻。……所有这一切都很像是关于南方历史的一个悲惨的寓言故事。只要稍稍玩弄一点小聪明,就可以把整本小说解释成一个有联系,有逻辑的寓言,可是我认为,这是超出了作者的创作意图的。……在他的小说总的体系里别的地方都可以找到,福克纳精心制作了一部又一部的小说,构筑成这样的一个总体,以至于他的作品已经成为南方的一部神话或传奇。"②当然,这样的一个平衡点如何把握,在小说批评的实际操作中将是一大难题。

(三) 作者与读者

由于对新批评文本中心主义的根深蒂固的误解,尤其是那些对"意图谬误"(the intentional fallacy)与"感受谬误"(the affective fallacy)记忆犹新的人,认为布鲁克斯在批评中完全排除作者与读者的地位。其实,布鲁克斯对作者与读者并非不在意,甚至还很重视。

在分析海明威的《杀手》(The Killers)时,布鲁克斯说除了要从结构上考察事件与人物态度方面的各种关系,还要考察海明威对题材的态度,要"先对海明威所写到的事件和人物的类型加以考虑","把这篇小说里的各种特点跟海明威作品的概貌以及海明威对世界的态度联系起来。"并认为,"只要我们把某篇小说和这篇小说作者的其他作品联系起来考察,我们就往往能够深入考察这篇小说并对它有更充分的理解。"因为优秀的作家总是反复处理非常有限的、他自认为是极其重要的主题。③这说明布鲁克斯也重视作家的态度及作家以前的作品。

布鲁克斯并未局限于文本的分析,而是将对小说的批评延展到文本之

---

① Bhagwati Singh, *Cleanth Brooks as a Critic of Fiction*, R.S.Singh, ed., *Cleanth Brooks: His Critical Formulations*, New Delhi: Harman Publishing House, 1991, pp.241—257.

② (美)马尔科姆·考利:《福克纳:约克纳帕塌法的故事》,见李文俊编选:《福克纳评论集》,中国社会科学出版社 1980 年版,第 34 页。

③ (美)布鲁克斯、沃伦:《小说鉴赏》(双语修订第 3 版),主万等译,世界图书出版公司 2008 年版,第 245—248 页。

外的现实生活,而且这种现实生活还不仅仅是作家的,还包括读者的。如在《理解小说》中,他说:"第一篇单独的作品都无例外地来自作家本人的生活领域……小说中的想象的生活领域总是和实际生活领域联系着的……我们的想象力所勾勒出来的东西并不是凭空杜撰出来的东西,而是现实生活的一种投影,一种重新组合的图景。"因此,在小说批评与鉴赏中,"有时,我们并不能对作家创造的那个领域加以充分的领会,除非我们考虑到和它有关的另外两个领域,即作家自身的生活领域以及我们自己的生活领域。"①这种论调,是现实主义模仿论的翻版。这表明布鲁克斯本质上还是小说是对现实的反映这一传统理论的信仰者。

当然,关于作者、读者与文本的关系,布鲁克斯还从小说技巧与欣赏角度等方面作过探讨。他认为,艺术家不能被自己个人的希望、恐惧、成就或绝望所左右,他要像一个仪器一样,来反映真实。要像写别人的事情一样来写自己,才可称得上一位成功的作家,这也就是艺术中的"无我"的要求。对小说家而言,艺术的无我,与叙事观点的使用有特别的关系。②布鲁克斯欣赏亨利·詹姆斯、福特·马多克斯·福特(Ford Madox Ford)和康拉德(Joseph Conrad)等人重视叙事视角的做法,希望叙事者避免侵入作品,避免向读者说教或演说,避免突然现身,破坏场景的连贯性。这与福楼拜所说的叙事者不应在作品中出现,犹如上帝不应在人间显身一样。他们认为小说家应该让故事仿佛依靠自身的生命发展开来,仿佛是由故事自己在讲述。小说家不可告诉读者书中的故事,而应将故事化成行动来表现。当然,不是要以摄影式的手法来表现行动,而是要把握行动在人的意识上所留下的印象。因此,小说家应该强调直接呈现,走回戏剧的路线,而不必以一个叙述者为媒介。

同时,布鲁克斯也强调读者要具有由可见的思考那些不可见的事物的能力。托尔斯泰认为一个乡村农夫未经歪曲的欣赏能力,会容易而不出错误地发现真正的艺术作品。③对此,布鲁克斯深不以为然,他认为,受过良好教育的精英读者,对一首诗或小说的理解,要远远优于普通读者。

---

① (美)布鲁克斯、沃伦:《小说鉴赏》(双语修订第 3 版),主万等译,世界图书出版公司 2008 年版,第 366 页。

② (美)卫姆塞特、布鲁克斯:《西洋文学批评史》,颜元叔译,台北志文出版社 1975 年版,第 628 页。

③ (美)卫姆塞特、布鲁克斯:《西洋文学批评史》,颜元叔译,台北志文出版社 1975 年版,第 427—428 页。

四、对布鲁克斯小说批评的反思

布鲁克斯在小说批评上取得的成绩并不逊于其诗歌批评,尤其是对福克纳小说的批评大获成功。他使用通俗易懂的语言,灵活多样的方式及富有说服力的理性风格,使普通读者也能明白福克纳的思想和艺术。布鲁克斯认识到福克纳在小说中试图征服永恒,并在这一进程中揭示新的永恒瞬间的意图,并非常熟练地将福克纳的成功呈现给读者。然而,对布鲁克斯的小说批评,笔者认为也有几个需要反思的地方。

首先是关于小说的细读是否可能。新批评认为,只有将文学文本设定为最核心的元素,这样写出来的批评才是唯一有效的。然而,叙述学并不接受这样的观点。因为没有文本是包含一切的,是普遍性的,以致人们能够没有中介而直接达到。科林·麦凯布(Colin McCabe)说:"我们对文本挖掘得越深,它的文本性和文本互涉性的(inter-textual)编织出现得就越多;这不是什么问题,只是通过被选定的书本来认识越来越多的原始资料。那将会是再一次的资料研究和文字说明。读者所了解的只是这部文学作品的晦涩难解。"①也就是说,文本间性、文本之间的互相指涉,实际上超出了某一特定的具体文本。

同时,布鲁克斯认为一首诗和一篇小说之间没有任何本质性的不同,这种观念在操作时也存在一些问题。一首抒情诗竭力使瞬间的体验成为永恒,而一篇小说源自并包含了整个生命的矛盾。就像人们可能会追问,普鲁斯特(Marcel Proust)的《追忆似水年华》(*Remembrance of Things Past*)或海明威的《老人与海》(*The Old Man and the Sea*)如何能被看作是一首诗呢? 同时,小说不同于诗歌,小说不仅仅是表达(expression),还必须有表现(representation),同时与叙事(narration)也有关联。因此,小说是由表达、表现和叙事组成的"三位一体"。所有这些元素凝聚在一部成功的小说中。细读在一限定的程度内,被证明是合理的,如像显微镜一样展示一首抒情诗、或一个短篇故事的内在结构。但是在小说中,表达和表现是同等重要的,它们很难被细读。甚至细读一首诗,可以分析它的肌质、结构与韵律,但是也不能控制它所有的多层面的事情。此外,细读将诗歌当作静态的永恒的"精致的瓮",可能还比较适合,但是小说存在于历史时间之中,小说一直

---

① Geoffrey Hartman, *Saving the Text*: *Literature/Derrida/Philosophy*, Baltimore: Johns Hopkins University Press, 1982, p.52.

是在时间中展开它自身,最终是连续的,而且这种连续的顺序可能被打乱,不可能遗世而独立。因此,对小说进行细读,从逻辑上来讲就不通。细读可能是一种课堂技巧,然而不可能是一种诗学。

布鲁克斯的小说批评模式最终可能会与哲学纠缠不清。说到哲学,布鲁克斯一点也不陌生。他其实对科学与哲学对文学的影响一直有很敏锐的察觉,他曾明确说过:"科学和哲学方面哪怕是极小的思想进展也会给小说在方法和内容方面的发展带来影响。"①他在小说批评中多次运用了精神分析的方法。在论及"新哥特体小说"的特征时,就提到"恐惧本能、心理创伤、性欲以及肆虐狂"等这些新观察到的人类的动机与行为。在分析理查德·赖特(Richard Wright)的《人,差点儿》(*The Man Who Was Almost a Man*)时,他认为小说虽然没有涉及性的问题,但是主人公大福的那把手枪,"可以看做成年男子的某种标志"。②此外,布鲁克斯认为小说、诗歌与戏剧之间不存在根本性的不同。如在分析《麦克白》与《国王迷》时,有一个引人注目的相似点,都用了一个模式:一个有野心的男人因为想建立有子嗣继承的王国,最终失败。这其实隐约表露了他想建立一种适用于一切文学类型的批评范式。他在批评《圣殿》时说:"在福克纳的每一篇小说中,男性对邪恶和真实的发现,与他对女人真实天性的发现息息相关。男人将女人理想化、浪漫化,但是这一玩笑的精华就是,女人与邪恶关系密切——这一点男人并不具备,她们能够凭天生的灵活和柔韧以适应邪恶,而不至于被其击碎。女人是理想主义的对象,但并不是理想主义者。"③此处对女人邪恶的评论,类似于警句,甚至有点提升至哲学的意味。这种倾向走到极致,就进入了结构主义的领域。

有学者认为,布鲁克斯为了应对"一元论"的指责,可能走向了另一个极端,即文化批评。芝加哥学派的新亚里士多德主义者一直将布鲁克斯的批评看作是一元论批评,是一种不完全的批评方式。他们坚持认为一元论批评只考虑反讽、悖论、含混、张力和肌质,因此不能掌握作为一个整体的诗歌,自然也不能全面理解小说。在《批评的剖析》(*Anatomy of Criticism*)中,诺思洛普·弗莱(Northrop Frye)也聚焦于新批评的观念缺陷,认为新

---

① (美)布鲁克斯、沃伦:《小说鉴赏》(双语修订第3版),主万等译,世界图书出版公司2008年版,第305页。

② (美)布鲁克斯、沃伦:《小说鉴赏》(双语修订第3版),主万等译,世界图书出版公司2008年版,第273页。

③ Cleanth Brooks, "Faulkner's Sanctuary: The Discovery of Evil", *The Sewanee Review*, Vol.LXXI, Number 1, Jan.-March 1963, p.13.

批评没有判断整个文学领域的原则与方法。以至于 1950 年以后，许多批评家们认为新批评的倡议者只不过是诗歌局部细节的专家。莫里斯·迪克斯坦(Morris Dickstein)对当时的情况作了简要的描述："到五六十年代后期，许多人开始感到厌烦，感到被新批评的解剖方法所拘束。他们渴望看到文学作品重新与更广阔的历史世界、理论、政治和哲学联系起来，而这些是新批评家所删除的。"[1]这种强大的风潮可能对布鲁克斯产生了影响。他的小说批评相对于其诗歌批评，视野显得更加开阔，超出文本范围，涉及社会文化的方方面面。

于是，这就产生了最关键的一个难题。那就是，布鲁克斯既想运用其诗歌批评的方法来批评小说，重视文本中的悖论、反讽与象征，又想要使用文本之外的社会、历史、环境、哲学等文化资源。可以看出，这是布鲁克斯企图整合新批评与文化批评各自优势的努力。但是，这难免会产生冲突。什么时候关注文本，什么时候放眼文化，这也是一个操作上的难题。处理得好，自然是珠联璧合，相得益彰；处理得不好，不仅失去了文本中心主义的锋芒，而且容易变成不伦不类、臃肿不堪的"四不像"。

中国当下各种西方理论泛滥，尤其是文化批评被乱用，到处呈现混乱的状况。笔者认为，在有识之士的导向下，将会出现一个重返新批评的转向。当然，最佳的分析批评模式将是采取中庸的姿态，将新批评与文化批评相结合，像布鲁克斯一样，既不脱离文本，又不局限于文本。然而，在平衡木上跳舞，毕竟不是一般人所能胜任的。既要与文本保持若即若离的关系，又要时不时地与历史、政治、宗教、哲学玩似有还无的暧昧，这可能是文学批评的终极梦想。

第四节　教 学 实 践

除了在文学批评方面取得令人瞩目的成绩外，布鲁克斯还先后在路易斯安那州立大学和耶鲁大学等高校执教，长期奋战在教学第一线。1932年，布鲁克斯进入位于巴特·罗奇(Baton Rouge)的路易斯安那州立大学英语系任讲师，这是其光辉的教师生涯的开端。1947 年，布鲁克斯以英语教授的身份转到耶鲁大学工作。此后，在其一生漫长的岁月中，除了 1964 年

---

① Morris Dickstein, "The State of Criterion", *Partisan Review*, Vol. XL VII, Number 1, p.12.

到 1966 年被任命为美国驻伦敦大使馆的文化专员外,他一直工作、生活在耶鲁。1975 年春天,布鲁克斯从耶鲁大学正式退休,至此,在大学的教龄已达 53 年。退休后他还一直担任耶鲁大学修辞学资深荣誉教授。

布鲁克斯力行教研结合,将其诗学理念非常好地贯穿在教学实践中,编写出版了一系列的本科生与研究生教材,涵盖诗歌、戏剧与小说的教学领域。他认为要教会学生如何去阅读,强调文本细读,要求学生将文学与其他人文学科区分开来,认识到文学的独特作用与价值。

一、教 研 结 合

布鲁克斯是实行教研结合的典范。他的很多著作就是课堂教学上的结晶,如《精致的瓮》等,就是针对当时的学生虽聪明却不懂如何阅读诗歌的现实而探索出来的。布鲁克斯与人合著的其他一些教材,也是影响深远。如 1936 年,布鲁克斯与罗伯特·潘·沃伦、研究生约翰·普瑟合作出版《文学门径》。虽然恶意的批评者称其为"文学方法"(The Approach to Literature),即嘲笑其以对文本分析的强调而自居为唯一正确的文学阅读方法的姿态。然而,这本评论诗歌、小说、戏剧和论说文的论文集却大受欢迎,到 1975 年,就已出到第 15 版。

当然,布鲁克斯更为大众所熟悉的是其与人合编的教材三部曲:《理解诗歌》、《理解小说》和《理解戏剧》。"从 1938、1943、1945 分别问世至六十年代后仍是美国高校本科的文学课教材。"[①]其中三部教材中又以《理解诗歌》最为著名。

在路易斯安那州立大学工作时,布鲁克斯发现面临一个难题,那就是教学生如何去阅读文学。这些学生年轻、聪明,但是却没有一点如何阅读故事与诗歌的概念。没有人告诉这些学生,诗歌、故事与报纸上的时事新闻有何区别;没有人告诉过他们诗歌要求对语言特殊的运用,要求特定的知识。他们使用的教材充满了传记式的事实和印象式的批评。这些编辑通过简单介绍诗人的生平,用虚幻的、晦涩的语言提供一些参考注释,就算是评论。他们写得最多的是说他们自己对这首诗歌的感受。正是在这种境况下,布鲁克斯与同事罗伯特·潘·沃伦于 1938 年写出他们的第一本教材《理解诗歌》。

虽然他们本来倾向于更谦逊的书名《阅读诗歌》(*Reading Poetry*),但

---

① 杨仁敬:《布鲁克斯教授为我答疑》,《中华读书报》,2003 年 8 月 20 日。其中提到的《文学批评简史》即《西洋文学批评史》。

是"理解诗歌"这个短语是这本书的意图的一个完美的宣言。在前言中,布鲁克斯和沃伦尽力通过与学生(实际上是所有的人)习惯使用的其他各种论述作比较,来定义诗歌。认为诗歌不像技术性语言,不能给予事实一个客观的描述,而只是表达一种体验的态度,因此,诗歌的功能更像是普通人的谈话,而非技术性的话语。这个定义也许很容易使人认为诗歌只是一种修辞,即巧妙地使用语言。在某种程度上,布鲁克斯和罗伯特·潘·沃伦确实把诗歌当作是一种修辞——但是是建立在戏剧性的张力上,而非说教的断言或强烈感情的呼吁(虽然后两种元素在许多好诗中也出现)。正如布鲁克斯将经常在后来的著作中所做的那样,他和罗伯特·潘·沃伦在诗歌与戏剧间作类比。他们说:"每首诗暗示着一位诗歌的说话者,诗人或者是用他自己的人称,或者以某人的嘴写出这首诗,而且……诗歌代表着此人对某一境况、场景或思想的反应。"他们宣称:"这本书源于这一假定——如果诗歌值得教,那么它一定是被当作诗歌来教。这一意愿使诗歌成为研究的客体,而过去这常常被忽略。用来替代对诗歌本身的分析是各种各样的,但是最普遍的是:1.逻辑和叙述内容的释义。2.传记和历史材料的研究。3.鼓动与说教的解释。当然,在阅读诗歌过程中,作为基础的一步,释义也许是必须的,传记和历史背景的研究也许能帮助更好地理解,但是这些都应该是手段,而不是目的。"①

通过对诗歌传统的传记、社会和道德因素的最小化,布鲁克斯和罗伯特·潘·沃伦分析词语、韵律、结构和诗歌技巧对诗歌的整体意义所产生的效果。他们清楚地展示了理解诗歌是一种非常复杂的过程,这一过程的最终阶段需要读者作出判断。通过征求大学新生作出判断,布鲁克斯和罗伯特·潘·沃伦挑战了在大学英语中长期形成的实践。

这本教材及其产生的效果最终由布鲁克斯与罗伯特·潘·沃伦这两位年轻教师传遍美国。这种激情为历史批评在学术界的衰亡奠定了基础。瓦尔特·沙通(Walter Sutton)评论《理解诗歌》这本书时说:"它被迅速接受和广泛使用,帮助新批评巩固了在大学中的力量。"②瓦尔特·沙通虽然与新批评有不同的学术旨趣,但是他也承认:"这本书激发起对文学中的机巧所感兴趣的程度,无论怎样评价都不过分。"③阿诺德·戈德史密斯认为这

①　Cleanth Brooks, "In Search of the New Criticism", *American Scholar*, 53(1984), p.43.

②　Walter Sutton, *Modern American Criticism*, Englewood Cliffs, NJ: Prentice Hall, 1963, p.116.

③　Walter Sutton, *Modern American Criticism*, Englewood Cliffs, NJ: Prentice Hall, 1963, p.117.

本书"非常清晰地向大学生读者介绍了新批评,作者教导新的一代学生如何阅读所有时代的诗歌"①。约翰·布拉德伯里认为:"在教材史上,这本教材首次提供了一种非常客观的把诗歌介绍给普通读者的方法,它对教师群体和今后的诗歌教材的写作者影响深远。"②《理解诗歌》甫一出版,亚瑟·迈兹纳(Arthur Mizener)就评论此书"在意图与执行方面都远超过这一领域的其他任何书"③。约翰·迈尔斯(John A.Meyers)说:"对我们来说,批评理论领域真正的革命……是1938年《理解诗歌》的出版……当然,这本书真正的影响只有到第二次世界大战后才被感受到;但是对我们中间的许多准备教英语的人来说,这本书的出现是革命性的。它为我们打开一条在真实的教室里谈论真实的诗歌的道路,因为这种技巧聚焦于把诗歌当作语言,而不是历史、传记和道德,给了诗歌教学一种全新的意义和评价。"④乔治·柯尔也认为《理解诗歌》也许将会是"这个世纪最著名的教材"⑤。杨(T.D.Young)说:"这本书使教室中的文学教学方式发生了革命性的变化,这并非过誉之辞。"⑥像通常情况一样,真正最高程度的赞誉来自兰色姆,他认为这本书是"新批评提供的最好的诗歌学习手册"⑦。

当然,《理解诗歌》获得了惊人的成功,并非只对大学生有帮助,许多评论家也开始宣扬书中的诗歌观点。他们宣称在对诗歌进行思考之前,诗歌必须被当作文学客体来把握,诗通过自身的效果证明自己,这种被唤起的效果不是来自被使用的事物,而是来自诗人对事物的使用。换句话说,一首诗歌的好坏不在于它表现的事物,而在于诗人表现的技巧。这也许就是为什么布鲁克斯与沃伦坚持永恒的焦点是诗歌本身,诗歌是一种自足的整体,是一种所有元素相互关联的有机物,而并非仅仅是由各种元素简单拼凑成的

---

① Arnold L. Goldsmith, *American Literary Criticism*：*1905—1965*, Boston：Twayne, 1979, p.110.

② J.M. Bradbury, *The Fugitives*：*A Critical Account*, Chapel Hill：University of North Carolina Press, 1958, p.233.

③ Arthur Mizener, "Recent Criticism", *The Southern Review*, 1939(5), pp.376—400.

④ John A.Meyers, *Modern Criticism and the Teaching of Poetry in Schools*, Lewis Leary ed., *The Teacher and American Literature*, Champaign, Ill：National Council of Teachers of English, 1965, p.60.

⑤ George Core, "Southern Letters and the New Criticism", *The Geogia Review*, 1970(24), p.415.

⑥ Lewis P.Simpson, ed., *The Possibilities of Order*：*Cleanth Brooks and His Work*, Baton Rouge：Louisiana State University Press, 1976, p.179.

⑦ John Crowe Ransom, *The New Criticism*, Norfolk Connecticut：New Directions, 1941, p.63.

合成物的原因。可以说,对知识分子和理解诗歌所要求的想象力技巧来说,《理解诗歌》是一本经典的手册。它也引发了众多的争论,拥护与反对的斗争,最终成为美国教育界的转折点。

杨仁敬曾回忆留学美国时的见闻,说布鲁克斯与人合著的《西洋文学批评史》"成了许多高校的研究生教材",《美国文学:作家与作品》(*American Literature:The Makers and the Making*)"又成了最有影响的高校研究生教材"①。此外,布鲁克斯在福克纳研究方面取得的成绩,也与教学实践有关。有学者曾问过布鲁克斯为何会对福克纳研究感兴趣。他回答说:"那是我从中西部到耶鲁大学工作时,系主任说本科生的"福克纳小说"没人教,问我怎么样? 我就答应下来了。其实,教学中学生提出的问题往往成了我研究的好课题。那两本专著就是综合学生的问题进行研究后写成的。"②布鲁克斯正是将教学实践中学生提出的问题加以综合归类,深入研究,最终成了著名的福克纳研究专家。

因此,可以说,布鲁克斯在教学上取得的成就可与其在批评实践上取得的成就相媲美,而且两者是相辅相成的。杨仁敬回忆道:

> 新批评派从二十世纪三十年代至七十年代由盛而衰,其文坛上的霸主地位早已成了明日黄花,可是布鲁克斯的声誉却历久不衰。到了八十年代,他仍应邀到各大学讲学,所到之处,备受欢迎。因为他和华伦等人合编的教材培养了好几代人。从白发苍苍的老教授到刚跨入大学校门的学生,谁会忘记他? 我见过哈佛大学的凯里教授、杜克大学的兰特里基亚教授和普林斯顿大学的迈勒教授。他们都说是靠布鲁克斯编的教材成长起来的。美国大学的文学教学至今仍沿用"细读"方法。由此可见,布鲁克斯的影响是无人可比拟的。难怪有人称他是"教授的教授"。③

诚然,布鲁克斯不仅仅是一位卓越的理论家与批评家,同时也是一位优秀的大学文学教师。他在教学实践中思考、总结经验,形成其关于文学批评的新理念,并且又将其运用在教学实践中。

---

① 杨仁敬:《布鲁克斯教授为我答疑》,《中华读书报》,2003 年 8 月 20 日。其中提到的《文学批评简史》即《西洋文学批评史》。

②③ 杨仁敬:《布鲁克斯教授为我答疑》,《中华读书报》,2003 年 8 月 20 日。

二、教导学生如何阅读

布鲁克斯深知教师的责任与角色，谙熟应该如何教导学生去阅读。与之相应，他将文学教师的作用定位为教会学生如何去阅读。

布鲁克斯的著作中有许多地方都明确地表达了文学教学的目标、标准、方法和主题等。即使在那些表面上没有涉及教学的著作中，他也透露了许多应该教什么、为何教及如何教的道理。这个问题其实与诗歌的属性、诗人与批评家的作用等问题密切相关。根据布鲁克斯的看法，教师的作用很简单，就是教会学生如何阅读。如何阅读其实同时包括阅读什么、为何要阅读这些及为何要这样阅读等问题。

布鲁克斯认为，教师首先要让学生明白，文学研究是一种对它自身性能的研究，不要与科学或宗教相混淆。虽然文学研究经常会包括科学与宗教领域的主题，参与科学与宗教的对话，具有相互辅助的功能，例如在视听教学中电子设备的使用，或在文学理解中利用神学家与圣经学者的帮助，但是每个部门都必须认识到自身适当的范围、目标和方法，不能轻易越界。

文学史与批评不应该分离，所以文学教师应该是历史学家与批评家这两种功能的结合。布鲁克斯的阐述应该包括评价、分析和综合。①在这里的问题，不是是否应该研究文学史，而是这种历史被组织的中心是什么。②尤其是在概述课程中，会遇到一些危险。一种危险是强调文化进程，而忽视文学。另一种危险是相对主义，给每种类型的诗歌贴上它那个时代的标签，声称这些诗歌与那个时代的人有关联，但是与现代的人没有关系。还有一种危险是对科学的滥用，表现为机械的分析，而缺乏文学相关性。计算一首诗中出现的动物，或者汇总与辅音结构相关的元音，当单独进行时，都是极其枯燥乏味的。仅仅机械地分析，并不能免除对良好的批评判断的需求。布鲁克斯说："这并不能替代想象力。"③

在实际的课堂教学过程中，教师应该如何教导他的学生去阅读？很简单，细读文本。准确可靠的阅读将包括对部分之间相互关系的解释和展示，

---

① Cleanth Brooks, "Literature and the Professors: Literary History vs. Criticism", *Kenyon Review*, II(Autumn 1940), p.404.

② Cleanth Brooks, "Literature and the Professors: Literary History vs. Criticism", *Kenyon Review*, II(Autumn 1940), p.406.

③ Cleanth Brooks, "Literature and the Professors: Literary History vs. Criticism", *Kenyon Review*, II(Autumn 1940), p.411.

即分析和综合。一些方法将被使用。在这一点上布鲁克斯非常清楚,不可能只用一种方法就能呈现一首诗。①

在文本细读的过程中,教师将遭遇到学生们的各种需要。如一些背景知识,词语的晦涩的意义,文学暗示,学生们不熟悉的形式和实践,如十四行诗或铭文等,需要弄清楚这些,以保证对诗歌的正确理解。隐喻必须被戏剧性地展现,而非仅仅是甲乙两个事物之间关系的一个平淡乏味的陈述。教师应该带领学生看到这个隐喻的第三种事物,即不同于甲乙两个事物的一种新的创造物,这应该被体验,而不是仅仅被了解。这需要通过想象力来领会。②教师将帮助学生明白隐喻运行的不同方法:有时是用反讽的对比,有时是用非反讽的类似。布鲁克斯使用了华兹华斯的《孤独的割麦女》中不同的歌声意象(小鸟的、高地女孩的,等等),来阐释这个隐喻是不断递增的,而非对抗性的。③

教师要使学生意识到隐喻的功能性特征。他将带领他们领略这首诗是如何结构性地栖息在隐喻的元素中。他将向他们展示,构建这首诗的不仅仅是意象,而是意象的相互关系。具体的意象被诗人选出来,以传达这种戏剧性的体验。一旦学生看到这首诗在评论中被展示的所有元素,教师必定会看到,这首诗的戏剧性没有被丢失,也没有被忽视。一些教师打算进行意象分析,仅仅是揭示一系列与它的阐释相关的术语。布鲁克斯说这种危险将造成学生"会希望将这首诗变成单调的寓言,并坚持把意象拆散成大胆的意义和明确等值物。"④另一种危险是提议任意的、过度阐释的意义,这种倾向是用一种"自由联想"的态度,没有原则地处理诗歌,仅仅是有计划的白日梦而已。在这样的情况下,想象力使用意象,以作为天马行空般狂想的一个触发点,而不是由诗人根据具体的意象,认真地提出来的类比路径。教师必须引导学生的讨论,使其沿着由摆在面前的客观材料所指定的相关航线前进。布鲁克斯认为这两种危险都是在教学实践中容易犯的错误。

此外,教师还应该充分考虑诗的语调,即诗人的态度。在那些语调和态

---

① Cleanth Brooks, *Literary Criticism*: *Poet*, *Poem*, *and Reader*, Stanley Burnshaw, ed., *Varieties of Literary Experience*, New York: New York University Press, 1962, p.9.

② Cleanth Brooks, "New Methods, Old Methods, and Basic Methods for Teaching Literature", *English Exchange*, IX(Fall 1963), p.7.

③ Cleanth Brooks, "New Methods, Old Methods, and Basic Methods for Teaching Literature", *English Exchange*, IX(Fall 1963), p.9.

④ Cleanth Brooks, "New Methods, Old Methods, and Basic Methods for Teaching Literature", *English Exchange*, IX(Fall 1963), p.10.

度具有决定性的反讽特征的诗人和诗中,考虑这一点尤其重要,因为这正是使这首诗成为这一首诗,而非其他诗的东西。布鲁克斯主要的例子是罗伯特·弗罗斯特,正是他的"干涩的怪念头,简洁的克制陈述(understatement),和反讽的幻想,保持了这首诗的理智"。[1]诗歌毕竟是人类产品;它既不是来自天国的,也不是机械的。[2]它的存在,既不是一种抽象,也不是一种从电脑中流出来的转录机式的叙述。它包含了人类语言的各种细微差别:语调、弦外之音、语调的转换——甚至停顿和沉默。教师必须向学生指出这些元素。

在课堂上的实践教学经验,使布鲁克斯不得不关注这一事实,即有些学生,尤其是那些一知半解的学生,需要培养对诗人及其诗歌欣赏的尊重。处于叛逆期的年轻人倾向于怀疑神秘主义,对精制或复杂的方式没有耐心,在普遍原则下都比较易怒。这种倾向将把诗歌和诗人当作"不可能的"、"怪异的",或者过度晦涩而遥远的而打发掉。在这种情况下,教师必须做些什么?当然不是使诗通俗化或过度简化。另一方面,也不能把诗歌分析当作是一件义不容辞的苦差事,强加于所有的学生身上。教师应该用他自己的例子来传达与这首诗相关的洞见和热情。他应指导、鼓励学生在自身中发展相似的洞见和热情。最终的目标不是一种外在的强加的阅读技巧和原则,而是一种指导和鼓励的过程,这种过程应坚持学生的自我发展。[3]这种陈述,是真正的教学,尤其对诗歌教学有效。因为在鉴赏诗歌的努力中,学生可能表现出他们通常会体验到的焦虑,教师可能试图用一些妥协的方法来逃避、缓解这种张力,但是这种方法不足以产生对诗歌的鉴赏。一定不能为了使诗歌更容易理解而降低诗歌教学的目标。在对象和方法上,布鲁克斯坚持真挚和得当。[4]

在使用视听辅助手段时,布鲁克斯提供了一些实际的建议,他推荐使用录音,以使学生对格律有实际的听觉体验。他和罗伯特·潘·沃伦录制了与《理解诗歌》教材同步的录音。布鲁克斯还录制了一个关于"诗歌技巧"的座谈讨论的录音,参与者包括罗伯特·潘·沃伦、约翰·克劳·兰色姆、罗

---

[1] Cleanth Brooks, "New Methods, Old Methods, and Basic Methods for Teaching Literature", *English Exchange*, IX(Fall 1963), p.10.

[2] Cleanth Brooks, "Regionalism in American Literature", *Journal of Southern History*, XXVI(February 1960), p.37.

[3] Cleanth Brooks, "New Methods, Old Methods, and Basic Methods for Teaching Literature", *English Exchange*, IX(Fall 1963), p.12.

[4] Cleanth Brooks, "New Methods, Old Methods, and Basic Methods for Teaching Literature", *English Exchange*, IX(Fall 1963), p.14.

伯特·洛威尔(Robert Lowell)和西奥多·罗特克(Theodore Roethke)。布鲁克斯出版这些讨论的目的,是想提供给学生一次机会,让学生聆听这些一流的诗人对他们的创作技巧的讨论。

三、文学的作用

布鲁克斯认为,在现代的技术时代,文学有一个非常重要的角色要去扮演。而文学的功能要得到有效的传递,在很大程度上有赖于文学教师的作用。

布鲁克斯认为,在文学教师将文学的作用介绍给学生之前,首先应该明确什么是文学。由于他当时所处的时代,关于文学的概念非常模糊,虽然有宽容的优点,但却造成混乱,导致一种"朦胧的、最终屈尊俯就的文学观"。① 文学不是被看作为有自身性能的事物而严肃对待,而是被当作"一种鸦片,药丸,等等";② 或者被开发为商业世界的一种媒介,如广告公司等;而对科学的强调把文学或者变成一种无害的消遣,或者其他的服务于某一特定原因的修辞。③ 布鲁克斯指出这种错误观念的两个来源:一个是维多利亚时期的逃避主义,另一个是维多利亚时期的说教主义。维多利亚时期的逃避主义文学观,将文学当作一种令人愉悦的消遣,一种娱乐,在文学中的一个目标就是"为快乐而阅读",与严肃的生活没有任何关联。维多利亚时期,另有一种倾向,是将文学看作是优雅、小巧的道德教训。他们认为,一首诗、一出戏、或一篇小说,如果它们最终值得一读,必定是灌输了某种道德教训。他们衡量文学的价值,也是根据其对人类道德提升的贡献而定。因此,在这种观念之下,文学被期望执行宗教侍女的功能。除了一些超自然的力量(如神的恩典、礼拜、或圣礼)之外,文学将给人类提供拯救———种新贝拉基主义(Pelagianism)。④ 基于对文学及文学功能的各种混淆或错误的理解,布鲁克斯旗帜鲜明地强调:"文学不能与科学、哲学、或宗教相混淆,它有自己的原

---

①② Cleanth Brooks, "Review of Tate's *On the Limits of Poetry*", *Hudson Review*, II (Spring 1949), p.130.

③ Cleanth Brooks, *Christianity, Myth, and the Symbolism of Poetry*, Finley Eversole, ed., *Christian Faith and the Contemporary Arts*, New York: Abingdon Press, 1962, p.105.

④ 贝拉基主义是5世纪初由不列颠的隐修士贝拉基(Pelagius)提出的学说。它认为原罪并没有玷污人的本性,凡人能在没有神的特殊帮助下选择善或恶。尽管相信上帝的恩典起到好的作用,但是人的意志,正如上帝创造的能力一样,足以达成一种无罪的生活。贝拉基主义认为人类可以通过自己的努力而获得救赎。

则和特殊的功能。"①

　　布鲁克斯强调文学应该作为独立的、具有自身特殊性能的艺术形式,文学具有其独特的、值得特别注意的虚构层面。他希望有一个忠实于文化的、丰富人类价值的文学定义。尽管文学与生活有密切的关系,但是布鲁克斯希望文学被理解为与生活是有区别的。②文学教师应该提防两种歪曲文学"虚构性"的倾向。一种是复苏的浪漫主义,它本质上是反智力的,追求将艺术与生活混为一体。另一种是神话批评,"神话被心理化了:所有的文学象征……成为人类心理基本情形的一种集合。"③这种批评夸大理解文学作品的地位,主要是把文学当作心理的信息,人类心理的原型和其他层面在其中显现,而这正是这种批评追寻的对象。

　　布鲁克斯建议将文学看作是一种通过具体事实和意象而获得的特殊的知识。④即使在信仰和道德价值被涉及的地方,文学本身也不是用来学习的教条,而是"持有某种信仰时,它的体验是什么"。⑤布鲁克斯希望人们从文学中了解道德问题普遍的相关性,即它是文学和生活共同的要素。在这种情况下,学习的进程不是直接导向特定的道德判断,而是提供给读者某种"意志痛苦的体验"。⑥如马克·吐温(Mark Twain)小说《哈克贝利·费恩历险记》(*Adventures of Huckleberry Finn*)中的主人公哈克贝利·费恩、莎士比亚《一报还一报》(*Measure for Measure*)中的伊莎贝拉(Isabella),索福克勒斯的悲剧《安提戈涅》(*Anigone*)中的女主人公安提戈涅,全都间接地教育了读者。有时,新的知识完全出乎意料地到来,正如《李尔王》中的两兄弟埃德伽(Edgar)和哀德蒙向其父亲显示出来的真实面目与价值一样。

---

①　Cleanth Brooks, *Christianity*, *Myth*, *and the Symbolism of Poetry*, Finley Eversole, ed., *Christian Faith and the Contemporary Arts*, New York: Abingdon Press, 1962, p.102.

②　Cleanth Brooks, *Christianity*, *Myth*, *and the Symbolism of Poetry*, Finley Eversole, ed., *Christian Faith and the Contemporary Arts*, New York: Abingdon Press, 1962, p.104.

③　Cleanth Brooks, *Christianity*, *Myth*, *and the Symbolism of Poetry*, Finley Eversole, ed., *Christian Faith and the Contemporary Arts*, New York: Abingdon Press, 1962, p.106.

④　Cleanth Brooks, "The Uses of Literature", *Toronto Educational Quarterly*, II(Summer 1963), p.4.

⑤　Cleanth Brooks, "The Uses of Literature", *Toronto Educational Quarterly*, II(Summer 1963), p.5.

⑥　Cleanth Brooks, "The Uses of Literature", *Toronto Educational Quarterly*, II(Summer 1963), p.6.

布鲁克斯认为,虽然文学并不直接导向特定的道德判断,但是在人的生活世俗性不断增长的情境下,文学在产生道德意识方面有积极作用。布鲁克斯通过讨论叶芝和罗伯特·弗罗斯特的两首诗,来论述诗歌如何产生道德意识。布鲁克斯论证的主要趋势是,诗歌不是事实的传达,它更像是价值的传达,包括对生活难题的情感态度,正确与错误的感觉等。这些问题被用一种富有想象力的、极其精妙的方式放置在诗歌中。通过阅读诗歌,可以理解矛盾的元素如何融合在一起进入诗歌的肌质,它是如何使读者对诗中提出的难题产生新的意识。因此,读者的想象力变得敏锐,这有助于他成为社会中更好的人。更好的人具有更好的关于对与错的观念,对生命的复杂性有更伟大的理解。布鲁克斯进一步认为,物理和数学等科学并没有把这一难题提出来讨论。只有文学才把情感难题和价值判断难题纳入探索范围。因此,文学的伟大力量在于使大众的想象力、对与错的观念,和对生命复杂性的意识变得敏锐。这些是文学努力解决的真正的问题。

布鲁克斯认为"不能把文学定义为以快乐为目的",因为"文学任何合理的使用,必定是快乐的"。虽然不费力气的阅读可能在某种程度上具有创造性,但是使用快乐作为一个目的,可能错误地导致学生以一种休闲懒散的心境接近阅读。教师必须将阅读当作是一种涉及整个人类精神上的警惕体验的训练。①因此,阅读被视为一种创造性体验,非常像创作一首诗或一篇小说。也就是说,阅读者通过对诗或小说的视觉和听觉的接触,创造他的想象力的产物。

布鲁克斯承认文学中蕴含丰富的宗教和人文价值,但是他认为教师绝对不能允许或要求文学执行文化导游或宗教教堂执事的功能。1985 年,布鲁克斯在杰弗逊讲席中发表演讲,后来整理成一篇论文《技术时代的文学》。②布鲁克斯在这篇论文中,用直截了当的方式,说出了诗歌与现代人的相关性。他以马修·阿诺德关于诗歌研究的观点作为论述的开端。马修·阿诺德坚持认为,诗歌的未来是非常好的,因为在一个技术社会,宗教将消失,因此,先前由宗教承担的道德教导的任务,现在将由诗歌来承担。这也是马修·阿诺德为何对诗歌的未来如此乐观的原因。布鲁克斯不像马修·阿诺德这样乐观,他反对在面临一个对宗教信仰充满敌意的科学世界时,

---

① Cleanth Brooks, "The Uses of Literature", *Toronto Educational Quarterly*, II(Summer 1963), p.3.

② Cleanth Brooks, "Literature in a Technological Age", *Span*, 27, 4(1986), pp.2—5.

把诗歌作为宗教的替代。①但是他认为马修·阿诺德对现代人提出了一个非常重要的难题。布鲁克斯像艾略特和弗兰纳里·奥康纳（Flannery O'Connor）等人一样，希望基督教复兴，因此将道德教导的工作指派给宗教。另一方面，布鲁克斯坚持认为，在一个多元的社会，宗教教导是不可能的。此外，技术社会创造一种世俗思想，在此，宗教变成一种个体私人的信仰。

包括布鲁克斯在内的许多新批评成员，仍然持有正统的宗教信仰。由于经受了由达尔文（Charles Robert Darwin）、马克思（Karl Heinrich Marx）和弗洛伊德（Sigmund Freud）对宗教的攻击，他们发现没有必要把文学转变成世俗的信仰。使文学成为比宗教更多或比政治更少的某种事物，这种具有良好意愿的冲动，实质上是依然是马修·阿诺德主义的一种变体。布鲁克斯在《关于"历史"与"批评"限度的札记》中认为，若采取马修·阿诺德主义的立场，将会使上帝和艺术都受到损伤。布鲁克斯认为，虽然诗歌在所有文化中都扮演非常重要的角色，但是，祈求诗歌拯救世人，是把一个不能承受的负担强加于诗歌；这样做的危险是，导致世人将只能得到一种替代的宗教和一种替代的诗歌。主张把文学与政治、道德、宗教等问题区分开来，是布鲁克斯一直奉行的原则，虽然根据后现代主义的观点，实际上没有任何事物能逃离意识形态。

关于文学的作用，布鲁克斯在 1963 年作过一个总结，共列出了九条，分别为：保持与具体现实的接触；巩固社会的价值体系——当然是间接地，而非直接的道德说教；提供带来快乐的人文主义体验——但不是开发文学来直接追求快乐；提供关于信仰的体验，但是作为一种体验，而不是作为一种信仰；提供一种特殊类型的知识：通过具体获得的，而不是通过抽象或术语；保持想象力的活跃，及人与人之间沟通的畅通；描述道德的难题，尤其是在令人苦恼的抉择和对知识的探索时意志的极度痛苦；描述一个有序的、关于人类价值的世界；保持语言的活力，摆脱陈词滥调。②当然，这些作用也可以用一个极具布鲁克斯风格的悖论式论断来概括，即文学一方面是和世界其

---

① 参阅 Cleanth Brooks, *Christianity*, *Myth*, *and the Symbolism of Poetry*, Finley Eversole, ed., *Christian Faith and the Contemporary Arts*, New York: Abingdon Press, 1962; Cleanth Brooks, "New Methods, Old Methods, and Basic Methods for Teaching Literature", *English Exchange*, IX(Fall 1963), p.15.

② Cleanth Brooks, "The Uses of Literature", *Toronto Educational Quarterly*, II(Summer 1963), pp.2—12.

他人保持联系的一种手段,另一方面也是逃离世界其他人的一种手段;文学可以为交往消遣的目的而服务,也可以为逃避而服务。①文学的作用如此复杂、如此微妙,自然需要既能深入剖析文本,又掌握丰富教学方法的文学教师来充当文学使用的监护人和促进者,而布鲁克斯在教学中一直很忠实地履行了这种功能。

---

① Cleanth Brooks, "The Uses of Literature", *Toronto Educational Quarterly*, II(Summer 1963), p.2.

第三章　布鲁克斯诗学的渊源

要追寻文学理论家或批评家的理论来源，常常是一件非常吃力不讨好的事件。一方面是因为这位文学理论家或批评家可能涉猎极为广泛，接受到的影响多，难以将各种影响一一归于其主。另一方面，除非本人亲口承认，否则任何的影响溯源研究都很难逃离贸然武断、甚至主观臆测之嫌。但是一般还是可以从生活的时代背景、地缘环境、教育经历，工作与交往等不同方面，来对这位理论家或批评家的诗学渊源作一探讨，以推测他可能受到哪些影响。

布鲁克斯的诗学大致与三个方面的因素有关。首先与其所处的时代背景有关。第一次世界大战后的美国及欧洲，一度长期占据主流的主观印象主义文学批评与社会历史传记式文学批评开始受到越来越多的质疑。布鲁克斯诗学产生的背景，正是在反对美国批评界的浪漫主义及印象主义倾向中发展起来的。

其次，布鲁克斯的诗学与其出生的具有强烈宗教意识的南方社区环境有关。布鲁克斯生于美国肯塔基州默里市（Murray）的一位卫理公会派牧师家庭，在肯塔基州南部和田纳西州西部不同的公立学校接受初级教育。南北战争后美国南方的宗教信仰，反对工业社会与科学，渴望回归到南北战争前的想象中变得无比美好的田园牧歌式的生活。在那样的生活社区，秩序井然，人人有宗教信仰。在重返战前南方的政治、经济等生活方式的诉求失败后，南方的一些知识分子转向文化与文学批评等方面。布鲁克斯受到这种社区环境的影响，其诗学核心就是以反讽、悖论、张力等为评判标准，重塑文学秩序，建立文学等级，本质上体现的是贵族精英式的文学品味。

最后，布鲁克斯的诗学与其在梵得比尔大学、图兰大学（Tulane University）、牛津大学等国内外高校接受教育，与兰色姆、罗伯特·潘·沃伦等"逃亡者"（Fugitives）和新批评家的交往有关。布鲁克斯1924年进入位于田纳西州首府纳什维尔的梵得比尔大学,在五十年后他回忆道:"在梵得比尔我突然发现,文学不是只能透过博物馆玻璃参观的没有生命的事物,而是活生生的。"①兰色姆任教布鲁克斯的高级写作和现代文学课。对布鲁克斯来讲,正是兰色姆把文学"从图书馆的书架上取下,拂去灰尘",让他相信,文学是"鲜活的,而且是非常重要的"。此外,布鲁克斯承认自己曾受唐纳德·戴维森(Donald Davidson)的启发:"在梵得比尔,对我来说,发生的最能说明问题的一次文学体验,是在由一名研究生所教的课堂上。教员给我们阅读一个分析,正如我现在会这样称呼它。这是由英语系的学生、也是逃亡者诗人中的一员唐纳德·戴维森所作的关于鲁德亚德·吉卜林小说的一个讨论。我感到这对我产生了一种启示。上帝呀,这正是谈论故事或诗歌的方法。戴维森的解释使这个故事焕发出意义。"②这也许是布鲁克斯对文本的细读产生兴趣的开端。布鲁克斯虽然不是逃亡者的正式成员,但是与这一集团联系非常密切。"逃亡者"是由十六位南方诗人组成的集团,他们是梵得比尔的老师或学生,包括兰色姆、艾伦·泰特、唐纳德·戴维森和罗伯特·潘·沃伦等人。他们每星期六晚上聚会,讨论由成员创作或朗诵的诗歌。这些诗被从每一个可能的角度进行评论,直到被分析得不能再分析为止。通过这种方式,采用密集的批评进程,文本的细读分析变成诗歌评论的重要工具。此外,在紧随诗歌朗诵之后的讨论中,没有关于这首诗歌创作的传记性或间接的细节可参考,也不提供社会或历史性背景。他们只能集中分析这首诗的形式、结构、技巧、韵律、节奏和韵脚。诗歌的肌质也被给予了一定的注意,如措词、语法、隐喻、意象、外延和内涵等。这些项目缺了任何一个都不可原谅。他们会提供建议,以使这首诗趋于更完美。这些讨论的方式,后来构成了新批评最基本的原则。因此,在某种程度上,新批评只不过是"逃亡者"集团在梵得比尔精彩讨论的修订版而已。可以说,就读梵得比尔大学,接触"逃亡者"成员,选修兰色姆的高级写作课,使布鲁克斯逐渐成为细读法的真正信徒。

布鲁克斯诗学源自三个渠道。第一条渠道是西方古典文论传统。布鲁克斯是位尊重传统的文学理论家与批评家,其诗学自然不可避免地受到西方传统诗学的影响,包括亚里士多德、德国古典哲学与浪漫派思想、柯勒律

---

① Lewis P. Simpson, ed., *The Possibilities of Order: Cleanth Brooks and His Work*, Baton Rouge: Louisiana State University Press, 1976, pp.3—4.

② B. J. Leggett, "Notes for a Revised History of the New Criticism: An Interview with Cleanth Brooks", *Tennessee Studies in Literature*, 24, p.8.

治的文学理论等。不过韦勒克认为,除了在一个大关键要点上向亚里士多德学习外,布鲁克斯对亚里士多德并没有太大的兴趣。这个大关键要点就是将文学理论与道德、政治、宗教区分开来,坚持诗歌与宗教泾渭分明,正是在这一点上,布鲁克斯才把亚里士多德尊崇为一位伟大的楷模。①有学者认为,德国浪漫派代表人物奥古斯特·施莱格尔(August Schlegel)和弗里德里希·施莱格尔(Friedrich Schlegel)兄弟、哲学家弗里德里希·谢林(Friedrich Wilhelm Joseph von Schelling)、诗人诺瓦利斯(Novalis)、威廉·瓦肯罗德(Wilhelm Heinrich Wackenroder)等人推崇诗歌的价值、比喻和反讽的思维,认为语言和真理是二元对立的,间接影响了布鲁克斯的诗学。②第二条渠道是西方当代文论。如 T.S.艾略特的文学趣味、瑞恰慈的语义学方法、兰色姆的文学本体论思想。③前文已经提到过,布鲁克斯在《现代诗与传统》中承认受惠于艾略特、泰特、燕卜逊、叶芝、兰色姆、布拉克默尔和瑞恰慈等人。如从老师兰色姆那里吸收了一些文本分析的技巧,同时对英国同行燕卜逊的含混理论也有所借鉴。④布鲁克斯是位善于学习的人,他从与其合作的罗伯特·潘·沃伦、维姆萨特等处吸取他所赞赏的理论,并融合到自己的诗学中。第三条渠道是中国文化,即中国文化对布鲁克斯有可能直接或间接地发生过影响。

　　一般认为,对布鲁克斯影响最大的是柯勒律治、艾略特和瑞恰慈。布鲁克斯自己承认在细读方法上受瑞恰慈的《实用批评》(*Practical Criticism*)和《文学批评原理》(*Principles of Literary Criticism*)的影响,文化观受兰色姆、艾伦·泰特和"逃亡派"的南方农业主义背景的影响,同时也受艾略特的传统和历史观念的影响。⑤本章将主要论述柯勒律治、艾略特和瑞恰慈这三位理论家对布鲁克斯的影响,辨析布鲁克斯与这三位理论家的同与异。此外,将探讨布鲁克斯受中国文化影响的可能途径。

---

① (美)雷纳·韦勒克:《近代文学批评史》第 6 卷,杨自伍译,上海译文出版社 2009 年版,第 345 页。

② 邵维维:《隐喻与反讽的诗学——克林斯·布鲁克斯文学批评研究》,吉林大学博士学位论文,2013 年,第 19—24 页。

③ 邵维维:《隐喻与反讽的诗学——克林斯·布鲁克斯文学批评研究》,吉林大学博士学位论文,2013 年,第 32—50 页。

④ 参见 Cleanth Brooks, *Modern Poetry and the Tradition*, Chapel Hill: University of North Carolina Press, 1939, p.31.

⑤ Lewis P. Simpson, ed., *The Possibilities of Order: Cleanth Brooks and His Work*, Baton Rouge: Louisiana State University Press, 1976, pp.19—20.

第一节 柯勒律治

布鲁克斯的反讽、悖论、艺术有机体、意象、对立面的协调等理念,受到柯勒律治想象力多样性统一思想的影响。

柯勒律治的《文学传记》(*Biographia Literaria*)对他如何及在什么阶段,从18世纪机械的理性心理学,转到他自己的关于艺术作品和来自认识论原理的大脑工作属性的创造性观点,给出了一个奇妙的解释。柯勒律治的出发点是18世纪的哲学家,如夏夫茨伯里(Lord Shaftsbury)、乔治·伯克利(George Berkeley)、大卫·休谟(David Hume)、大卫·哈特利(David Hartley)和约瑟夫·普利斯特里(Joseph Priestley)等。柯勒律治认为这些哲学家不属于欧洲哲学的主流传统。对他而言,西方主流的哲学传统有一种延续性,从柏拉图和亚里士多德到中世纪经院哲学家,文艺复兴思想家如笛卡尔(René Descartes)、莱布尼茨(Gottfried Wilhelm Leibniz)和斯宾诺莎(Baruch de Spinoza),最后进入康德(Immanuel Kant)及其门徒的先验哲学(transcendental philosophy)。跟随着理性思想的传统,想象力的关键概念于是从康德传递到柯勒律治,通过现象学的方式进入到20世纪,传递给维特根斯坦(Ludwig Wittgenstein)、吉尔伯特·赖尔(Gilbert Ryle)和萨特(Jean-Paul Sartre)。对笛卡尔及其之后的欧洲哲学家来说,在内部与外部之间,存在理性的难题。在17世纪,笛卡尔在围绕人类的时空世界与人类的情感、幻想、评价的内在世界之间作了一个区分。

柯勒律治认为,在某种程度上,弗朗西斯·培根(Francis Bacon)式的归纳哲学的发展,不是解释人与神的本体论关系,而是走了一条对现象世界肤浅理解的路径。柯勒律治承认哲学家如伯克利和休谟的才华,但是认为他们问了错误的问题,因而没有得到正确的答案。柯勒律治的《文学传记》试图解决这一缺陷。实际上,他探询自身所谓的错误,即早期生涯中深受由休谟和哈特利提出的联想心理学与宿命论教义的影响,并最终摆脱了这种影响。柯勒律治的文学理论是他个人的成长投射到英国哲学史的反映的产品。他认为,18世纪的英国哲学家追求逻辑,在这一进程中,他们只见树木,不见森林。柯勒律治认为他们大部分都是追求解释涉及人的肤浅知识的进程,这是他的《文学传记》如何被呈现为联想心理学的原因。然而,在他的诗歌生涯中,联想心理学表现得非常有创造性。他早期的诗歌深深地渗透着这种思想。

　　柯勒律治把"想象"分为第一位和第二位的,认为"想象"是"一切人类知觉的活力与原动力",而"幻想""只不过是摆脱了时间和空间秩序拘束的一种回忆。"①根据柯勒律治的看法,想象力在最高的层面上做两件事情。首先,它获得一些启示,像有神论启示的一些事情,对人类一般的生活经验来说,是未曾料到的,与其不符合的。同时,想象力又与来自日常生活感知的知识糅合在一起。想象力不仅结合、而且创造新的被反映和感知的丰富而奇特的事物。因而,单一的经验通过语言的中介,变成诗意真理。

　　柯勒律治是第一位指出诗歌文本中存在深层与表层的批评家。他是在努力区分想象力的两个层面时提出这一点的。根据柯勒律治的观点,第一位的想象力是大脑回忆并再造过去经历的体验的能力,第二位是创造、建构先前没有经历过的,仅仅是建议或暗示过的事物的精神意象的能力。对浪漫主义者而言,想象力不仅是形成现实意象的能力,而且是形成超越现实的意象的天赋。例如,由内在的眼睛唤起的意象,将存在的现实变形为某种更高的现实形式,犹如在梦中所发现的,或者像柯勒律治在《忽必烈汗》(*Kubla Khan*)中所做的一样。

　　柯勒律治尽力去建立想象力的本体论地位。他相信在自然与人类精神、艺术和诗意的想象力的塑形能力之间存在一种内在的关系。他的想象力是一种创造性能力的理论,分析了洞察力的特殊属性,反映了所有有限物之中的无限性。因而,想象力的功能明显地表现在将所有的事物看作是一个,将一个放在所有的事物中来看。例如,多样性的统一。对柯勒律治而言,想象力并不是一种机械的综合与关联的能力,而是一种对所有人都是相同的、至关重要的有机能力,它允许思维穿透物质世界瞬息万变的表面。柯勒律治说:

---

① 柯勒律治说:"我把想象分为第一位的和第二位的两种。我主张,第一位的想象是一切人类知觉的活力与原动力,是无限的'我存在'中的永恒的创造活动在有限的心灵中的重演。第二位的想象,我认为是,第一位想象的回声,它与自觉的意志共存,然而它的功用在性质上还是与第一位的想象相同的,只有在程度上和发挥作用的方式上与它有所不同。它溶化、分解、分散,为了创造;而在这一程序被弄得不可能时,它还是无论如何尽力去理想化和统一化。它本质上是充满活力的,纵使所有的对象(作为事物而言)本质上是固定的和死的。""幻想,与此相反,只与固定的和有限的东西打交道。幻想实际上只不过是摆脱了时间和空间的秩序的拘束的一种回忆,它与我们称之为'选抉'的那种意志的实践混在一起,并且被它修改。但是,幻想与平常的记忆一样,必须从联想规律产生的现成的材料中获取素材。"(英)柯尔立治:《文学生涯》,刘若端译,见刘若端编:《十九世纪英国诗人论诗》,人民文学出版社 1984 年版,第 61—62 页。

诗人(用理想的完美来描写时)将人的全部灵魂带动起来,使它的各种能力按照相对的价值和地位彼此从属。他散发一种一致的情调与精神,藉赖那种善于综合的神奇的力量,使它们彼此混合或(仿佛是)溶化为一体,这种力量我专门用了"想象"这个名称。这种力量,首先为意志与理解力所推动,受着它们的虽则温和而难于察觉却永不放松的控制,在使相反的、不调和的性质平衡或和谐中显示出自己来:它调和同一的和殊异的、一般的和具体的、概念和形象、个别的和有代表性的、新奇与新鲜之感和陈旧与熟悉的事物、一种不寻常的情绪和一种不寻常的秩序;永远清醒的判断力与始终如一的冷静的一方面,和热忱与深刻强烈的感情的一方面;并且当它把天然的与人工的混合而使之和谐时,它仍然使艺术从属于自然,使形式从属于内容,使我们对诗人的钦佩从属于我们对诗的感应。①

柯勒律治论想象的作用这一段话曾被艾略特与瑞恰慈引用过。此外,雷纳·韦勒克认为柯勒律治这段话抄袭了德国哲学家的观点。不管怎样,柯勒律治关于想象力将对立事物调和为一体的思想影响了西方众多的现代批评家。

在其他场合,柯勒律治也表达了类似的观点:

不用诗人自己动脑筋,这种诗的天才就以一种力量,以一种他的想象与幻想的自发的活动,与所有其他的活动一起,在平衡及调和相反的与不和谐的性质、同一与殊异、新奇的感觉与古老的、传统的事件、异乎寻常的感情与异乎寻常的秩序、冷静和判断力这一方面与热情和激动这一方面时、显示出它自己,来支持并修改诗所表现的情绪、思想和栩栩如生的描写;当诗的天才在混合并调谐自然的与人工的事物时,他仍使艺术服从自然,使形式服从内容,使我们对诗人的钦佩服从我们对诗中形象、激情、人物和事件的同情。②

此外,柯勒律治还把这种调和原则运用到诗歌的格律上。他把格律看

---

① (英)柯尔立治:《文学生涯》,刘若端译,见刘若端编:《十九世纪英国诗人论诗》,人民文学出版社1984年版,第69页。

② (英)柯尔立治:《文学生涯》,刘若端译,见刘若端编:《十九世纪英国诗人论诗》,人民文学出版社1984年版,第108—109页。

作是激情与组织之间的平衡,认为格律起源于人内心的平衡,"这种心中的平衡是由控制激情冲动的自发努力所导致的。这种有益的对立如何受到它所抵抗的那种情况的帮助;两个对立者的平衡又如何被组成格律(按这个词的一般用法),被一种随之而来的意志和判断的行动,有意识地、为了达到预期的愉快的目的而组成格律。"①

可以看出,柯勒律治把美的准则建立在统一或和谐的原则上。他宣称艺术美在于"多样性的统一",即许多联合成一个。这种和谐的多样性统一的美,能够通过想象力有组织作用的力量达到。柯勒律治创造了"有组织作用的"这一术语,是为了解释想象力的塑形能力。他在《文学传记》中说,这个词语既不在塞缪尔·约翰逊的词典里,也不在其他地方,他创造这个词语以传达他头脑中的这种新感觉,即"组合"或融为一体的感觉。柯勒律治试图通过这个词语表示他的想象力的观念,他认为想象力是一种在宇宙内达到统一的工具,能够使相异的元素聚在一起成为一个协调的形体。不考虑"有组织作用的"这个词语的起源,柯勒律治的假定是明显的,即想象力的功能是将相异的体验整合成一个单一的整体。与此同时,柯勒律治意识到身份的概念和柏拉图式的观念,即自然中的每一事物,理念已经先于事物而存在。因此,有组织作用的想象力的任务是彻底地重塑;伴随的是:通过将所有事物融合成一个和谐的整体,不丢失每一个体元素的有效性,就达到了本质。这种有组织作用的能力包含第一位与第二位的想象力,并在内在世界与外部世界之间形成综合。

这种暗示是显而易见的。在将思想(主观)与事物(客观)混合的行为中,想象力作为一种融合、合成的力量,一种有组织作用的力量,通过调和对立面,从多样性中抽取出一致性,将部分塑形成一个整体,它的操作生成一种新的现实。因此,想象力的有组织作用的力量意味着艺术作品的统一性原则。通过这种力量,艺术家将许多相异的元素整合成一个优美的有机整体。

关于诗歌是一个有机体的观念,柯勒律治在《文学传记》中表达过多次:

> 如果是给一首符合诗的标准的诗下定义,我的答复是:它必须是一个整体,它的各部分相互支持、彼此说明;所有这些部分都按其应有的

---

① (英)柯尔立治:《文学生涯》,刘若端译,见刘若端编:《十九世纪英国诗人论诗》,人民文学出版社 1984 年版,第 91 页。

比例与格律的安排所要达到的目的和它那众所周知的影响相谐和，并且支持它们。

各个时代的贤明的批评家的看法与每个国家的最后判断是相吻合的：一方面，对于这样一组突出的诗行或诗句，它们各自吸引了读者的全部注意力，它本身脱离了上下文变成一个独立的整体，而不是与上下文谐和的一部分，他们拒绝称赞它为正当的诗；另一方面，对一个不能持久的作品，从其中读者很快地收集到了笼统的效果而对其组成部分全不感兴趣，他们也同样拒绝称赞它为正当的诗。读者不应仅仅被主要出自好奇心的机械冲动催迫着前进，或者被急于想达到最后结局的欲望催迫着前进，而是应由旅程本身的引人入胜之处所激起的快乐的精神活动催着前进。

不论我们给"诗"这个字加上什么特殊的含义，其中总会包括这样的必然的结论：即一首诗不论多长多短，既不可能、也不应该全部都是诗。然而，假如要产生一个和谐的整体，其余的部分必须保持与诗一致；这种情况只能通过这样精心的选择与人工的安排才能具有诗的一种性质（纵使不是一种特性）。①

在"被创造的万物"（natura naturata，现象，或事物的呈现）与"创造万物的力"（natura naturans，本体，或事物的本身）之间存在一种对立面的和解。柯勒律治的一种力量的两种力"居于所有方向之前"。它们因为本质属性不同而彼此阻碍；它们是"原始的力，来自所有可能引出或可推论的方向这一状况。"②这些力既是无限的又是不可毁灭的。这些不可毁灭的力是本体所固有的，也是现象的。天才和才能是两种相互阻碍的，都是无限的、不可毁灭的力。这种柯勒律治式的观点，导致独一无二的艺术天才的出现。

柯勒律治认为莎士比亚是最伟大的天才，认为借鉴莎士比亚早期作品《维纳斯和阿多尼斯》（*Venus And Adonis*）和《鲁克丽斯受辱记》（*The Rape of Lucrece*）等，可概括出几点作为独创性诗歌天才的一般特性，其中最重要的一点就是思想的深度与活力。柯勒律治对莎士比亚戏剧的高度评价，其实与他的有机体观念依然是一致的。他认为：

---

① （英）柯尔立治：《文学生涯》，刘若端译，见刘若端编：《十九世纪英国诗人论诗》，人民文学出版社 1984 年版，第 67—69 页。

② S.T.Coleridge, *Biographia Literaria*, Edition of George Watson, London：J.M.Dent & Sons Ltd., 1975, p.163.

　　从来没有过一个伟大的诗人,而不是同时也是一个渊深的哲学家。因为诗就是人的全部思想、热情、情绪、语言的花朵和芳香。在莎士比亚的诗中,创造力与智力扭在一起,好象在战斗中扭抱搏斗一样。每一方在其力量无节制时,大有消灭对方之势。它们终于在戏剧中和好,在战斗时彼此互相以盾保护着对方的胸膛。或者说,它们像两条急流,最初在狭窄的石岸间相遇时,彼此互相排斥,激撞喧嚣着勉强混合在一起,但不久在流入较宽的河渠和更能容纳它们的河岸后,它们就混合在一起,扩张开来,合成一股,带着一片和谐声奔流而去。①

　　柯勒律治对莎士比亚戏剧特色的包容性与有机体的评论,被安德鲁·布拉德利(Andrew Cecil Bradley)成功地运用在《莎士比亚的悲剧》(*Shakespearean Tradegy*)中。布拉德利认为这位伟大的戏剧家独一无二的天才被过分强调,最终导致对莎士比亚及其戏剧中著名人物的神化。②事实上,二十世纪莎士比亚批评的各种趋势,如对莎士比亚戏剧中的人物描写、意象分析、象征理解、音乐的研究等,都源自柯勒律治的观点,即在艺术世界中,头脑中存在几种能力的对立和合成。③柯勒律治及其追随者的这些观念,传递到新批评家感性的理论框架中。④

　　新批评作为一种技巧,大部分是以想象力为导向的。新批评家们往往取出艺术作品的一个方面,以竭力揭示一首特定的诗的整体存在。布鲁克斯从济慈的《希腊古瓮颂》中抽取反讽,并分析反讽的属性。⑤他不仅解释这

① (英)柯尔立治:《文学生涯》,刘若端译,见刘若端编:《十九世纪英国诗人论诗》,人民文学出版社 1984 年版,第 75—76 页。

② 参阅 A.C.Bradley, "The Substance of Shakespearean Tragedy", in *Shakespearean Tragedy*, London: Macmillan & Co. Ltd., 1963, pp.1—29。

③ Caroline F.E.Spurgeon, *Shakespeare's Imagery and What It Tells Us*, 1935; rpt. Cambridge: Cambridge University Press, 1961.布鲁克斯在论文《作为象征主义诗人的莎士比亚》(Cleanth Brooks, "Shakespeare as a Symbolist", *The Yale Review*, 34(1944—1945), pp.642—665)中,从莎士比亚早期的戏剧如《爱的徒劳》(*Loves Labour Lost*),诗如《维纳斯和阿多尼斯》(1593)、《鲁克丽斯受辱记》(1594),到他的成熟的戏剧《麦克白》,作了详细的分析,展示了莎士比亚意象的延续性。布鲁克斯经常提及斯珀津女士(Caroline F.E. Spurgeon)关于在《麦克白》中莎士比亚的意象的观点。

④ G.Wilson Knight, *The Wheel of Fire*, 1930; rpt. London: Methuen & Co. Ltd., 1968.参阅书中《关于莎士比亚的理解原则》(*On the Principles of Shakespeare's Interpretation*)和《奥赛罗的音乐》(*The Othello Music*)。艾略特在前言中也指出了 G. 威尔逊·奈特(G. Wilson Knight)对莎士比亚的批评方法,实际上是返回到柯勒律治的方法。

⑤ Cleanth Brooks, *The Well Wrought Urn: Studies in the Structure of Poetry*, New York: Reynal & Hitchcock, 1947, pp.139—152.

首诗的整体含义,而且带来了显著的导向价值判断的特征,那就是,这首诗究竟是优秀的还是索然乏味的。这本质上是柯勒律治式的技巧。

柯勒律治的主要兴趣是想象力的创造性力量,通过这种力量,可以统一有限与无限。在某种程度上,反讽是一个钩或一块磁铁,捕捉一些神秘的、超自然的元素,否则人类的头脑永远不能了解这些元素。相似地,布鲁克斯将反讽作为垫脚石,以进入艺术作品更深层的奥秘。这种技巧的理论基础是柯勒律治的有组织作用的想象力理论,这种力量带来诗的内在与外部世界的综合。

新批评家从诗歌的语言开始,通过一个发现的过程,以得到一种未曾料到的诗自身固有的关于美的真理的启示。诗歌的语言文本,对他们而言,像是一座携带着特殊信息的冰山,这些特殊信息没有被揭露,或隐藏在语言意义和外延之外。正是因为这个原因,新批评家在关于创造过程上与柯勒律治有相似的观点。两者的不同在于各自是从创造力两个不同的边缘开始的。柯勒律治探究想象力的深度,而新批评家努力收获在诗歌文本领域的成功。在某种程度上,兴趣中心从想象力到诗歌文本的转移,是从柯勒律治到 20 世纪前半期批评思想的发展。

在诗歌创造中,想象力的属性与作用,想象力的配置在诗中的实现方法,第一位的想象力传达道德感给人时的作用,所有这些都是相关的活动。柯勒律治与新批评家之间唯一的不同是他们的强调的重点不同。在想象力的最高层次上——为了重新创造,要分解、扩散、消散。柯勒律治谈论主客观的统一,矛盾元素的融合。对于他而言,诗歌文本就是发生在诗人想象中的先验真理的感知证据。布鲁克斯主要关注想象力在诗歌文本中工作时的进程。像其他新批评家一样,布鲁克斯推崇包容的诗歌,而非排斥的诗歌。包容的诗歌有相同的元素,即第二位的想象力所拥有的,那就是,矛盾的元素变成一个整体。多样性的统一和有机性,是伟大诗歌的标志。

柯勒律治的文学作品有机体的观点对新批评家的影响深远,包括:诗歌的"形式"和"意义"不可分割;诗歌的形式和意义彼此相连,是一个完整的整体;对诗歌的分析不应等同于对其内容的散文式说明;诗歌中所有的元素和谐关联。①

布鲁克斯的反讽、悖论概念,指出对立与合成的进程在艺术作品中共

---

① (美)威廉·E.凯恩:《南方人、平均地权论者和新批评现代评论机构》,见(美)萨克文·伯科维奇主编:《剑桥美国文学史》(第五卷),马睿、陈贻彦、刘莉译,中央编译出版社 2009 年版,第 534 页。

存,在某种程度上,可以看作是柯勒律治的多样性统一思想的一种重新演绎。在《反讽——一种结构原则》(*Irony as a Principle of Structure*)中,布鲁克斯指出,约翰·多恩和华兹华斯这样风格迥异的诗人使用的却是同一种"推进和反推进的模式",巧妙熟练地转换节奏和语调,并不断平衡、调整和对比有着各种意象的诗行之间的隐含关系。在两人的作品中,诗歌的每一部分之间的关系都是有机的,也就是说,每一部分都修饰了整体,同时也被整体所修饰。布鲁克斯在《精致的瓮》中的"悖论",也意味着诗歌能够对逆向和反向的事物进行巧妙的融合。①

在《新批评:一个简短的辩护》这篇论文中,布鲁克斯致力于一个难题:批评能在多大程度上是理智的,即对一首诗批评的努力,在何种程度上远离对这首诗的享受。这是艾略特 1951 年在诗歌的社会功能中也提出过的一个难题,②那时批评家经常给一些他们自己不喜欢的诗写评论,并把这当作是一种脑力体操。艾略特发现这样的批评缺乏真实性。

布鲁克斯认为,对诗的更深层的理解,不是像它呈现在读者面前这样简单的一件事。这要求理智的努力、热情和对人文价值的某种承诺,以理解特定的诗对特定读者的意义、情感和相关性。他的论据接近弥尔顿的想法,即把名声作为人类思想最后的弱点。正是因为名声,诗人辛苦工作,牺牲生活的快乐,因此,美与真的永恒的纪念碑被建造出来。布鲁克斯用自己的术语解释这种独特的弥尔顿式思想,当他用如此多的细节来分析丁尼生看似简单的抒情诗时,令人信服地在丁尼生的《泪,空流的泪》中找出了反讽、悖论和复杂的象征相互作用。

布鲁克斯指出,这首诗的表面层次表现出人与自然闲散的一面和积极的一面之间的悖论。当诗人看到快乐的秋天原野,想到那些不再来的日子时,泪水涌上了双眼。布鲁克斯指出,表面意象的矛盾在这首诗的戏剧性语境中被解决,因为秋天原野的意象,被依据大海的意象来阐释。泪水来自诗人的内心,因为通过看到正在被收割的麦地,过去的记忆被激活。收获之后,原野被雪覆盖,曾经散步、谈话、恋爱的人们,已被埋在坟墓里。这种意象,通过联想,导致诗人去思考,泪水于是涌了出来。像一艘船把人们从与

---

① (美)威廉·E.凯恩:《南方人、平均地权论者和新批评现代评论机构》,见(美)萨克文·伯科维奇主编:《剑桥美国文学史》(第五卷),马睿、陈贻彦、刘莉译,中央编译出版社 2009 年版,第 534—535 页。

② T. S. Eliot, "The Social Function of Poetry (1945)", in *On Poetry and Poets*, 1957; rpt. London: Faber & Faber, 1971.

这个世界相对的地方带来一样,泪水之舟把死者的记忆从地下世界带来。根据希腊神话,死亡的人前往地狱(Hades)。第一束光线落在正靠岸的船上,落日的最后一束光线落在正离港的船上。因此,一系列的悖论在这首诗的语境中被统一。

布鲁克斯对《泪,空流的泪》的批评,后来以修订的形式发表在《精致的瓮》一书中,标题为《丁尼生诗中悲叹者的动因》(*The Motivation of Tennyson's Weeper*)。①在此,布鲁克斯进一步阐述了这首诗的戏剧性语境,疑惑与悖论的模式生发出悲伤与冷淡的语调。在维吉尔(Virgil)对"沮丧和恐惧,或悲伤与害怕"(maestum timorem)的移就手法的帮助下,布鲁克斯阐述了悖论的复杂性。②维吉尔的悲伤与恐惧的思想不是一种简单的矛盾修辞法,而是对人在面对必死命运时无助的一种深刻的认知方式。正如维吉尔在《埃涅阿斯纪》(*The Aeneid*)中所说,泪水表明人被人类必死的命运深深地触动。每个人都被自己必死的命运所触动,因为死亡消除了朋友与敌人的区别。但是,只要活着,就感觉到爱、恨,等等。因为产生这种动机的力量在人类的生命中。也许只要爱、恨、悲伤、恐惧这些情感存在,生命就存在。

布鲁克斯在维吉尔式移就技巧的帮助下,也解释了丁尼生诗中悲悼者的泪水性质。亲爱的人逝世很久了,但是他们的记忆却是永远鲜活的。死者深深地埋藏在地下,诗人的泪水也来自深深的心灵,那是记忆所埋藏的地方。对死者的记忆是死者复活的替代。死者再不会回来,但是诗人是"狂热的",也就是说,他被过去的记忆深深触动。因此,这首诗的核心与诗人生命中的某种强烈的永久的丧失体验有关。人是记忆的总和,他持有的记忆就是他的所有。因此,他的存在就是生活中的死亡。布鲁克斯指出,这首诗的情感语调的强度和肌质,要求对其进行系统的文本分析,因为整体效果的强度只能在诗的整体结构中实现。③虽然诗人在这首诗中使用了悖论、意象和移就,但是这些被分析的事物不是某些完全新奇的事物。布鲁克斯所说的,实质上是,整体效果的观念必将引导读者去探寻这首诗是否具有一个有机

---

① Cleanth Brooks, *The Well Wrought Urn*: *Studies in the Structure of Poetry*, New York: Reynal & Hitchcock, 1947, pp.153—162.

② Cleanth Brooks, "The New Criticism: A Brief for the Defense", *The American Scholar*, 13, 3(1944), pp.291—292.

③ Cleanth Brooks, "The New Criticism: A Brief for the Defense", *The American Scholar*, 13, 3(1944), p.292.

结构。

　　明显地,柯勒律治的批评参数,如艺术的有机体、意象、对立面的协调观念,被布鲁克斯吸收进自己的诗学体系。布鲁克斯走得更远,他说,在理解诗歌中,创造这首诗的文化和文明的因素,也影响了读者反应的构建。在这种语境中,布鲁克斯宣称:"总之,它充分地尊重这首诗,以尽力找出这首诗说了些什么,尽可能全面和精确。在一个甚至连说明文的阅读能力都急剧地丧失了的文明中,典型的文学研究越来越多地转变成历史,我们确信有可靠的根据,成年人的主体将情感的满足转向到连环漫画——在这样一种文明中,为了'理智的'批评,也许终究有一些事情要说。"①

　　《反讽与"反讽的"诗歌》(*Irony and "Ironic" Poetry*)是布鲁克斯依据反讽提出其诗歌理论的主要论文之一。这篇论文实际上探讨了诗歌的有机性。布鲁克斯使用了植物的隐喻来指诗的有机属性:诗的美是植物的开花,意味着它从根部到茎干与叶子的有机生成。相类似的,诗的各部分不仅相互关联,而且是奇妙地连接在一起。②

　　正是有机体的观念导致布鲁克斯强调诗歌文本的意义:诗的意义是整个文本所支撑的,而不是独立于文本的一个隐喻、一个短语或一个意象的意义。学者们指出,《李尔王》第五幕第二场中埃德伽说的"熟了就是一切"(Ripeness is all)③充满诗意,是一个崇高的话语。如雷纳·韦勒克和奥斯汀·沃伦认为:"'成熟'就是一个潜沉的意象,可能是来自果园和田野。这里,在自然界植物循环的必然性与人的生命循环的必然性之间提出类比。"④布鲁克斯对这一评论发表看法,认为李尔王的话只有在它的戏剧性语境中才是崇高的。如果从它的语境中移除出来,它就没有多少意义。如

---

① Cleanth Brooks, "The New Criticism: A Brief for the Defense", *The American Scholar*, 13, 3(1944), p.295.

② Cleanth Brooks, "Irony and 'Ironic' Poetry", *College English*, 1948, 37(2), pp.57—63.

③ 全句为"Man must endure their going hence, even as their coming hither; Ripeness is all." 梁实秋译为:"一死犹如一生,均不可强求:随时准备即是。"见(英)莎士比亚:《李尔王》,梁实秋译,中国广播电视出版社 2002 年版,第 231 页。朱生豪译为:"人们的生死都不是可以勉强求到的,你应该耐心忍受天命的安排。"见(英)莎士比亚:《莎士比亚全集》(五),朱生豪译,人民文学出版社 1994 年版,第 538 页。两者皆采取意译,没有将"Ripeness is all"这一重要的短语译出,实为遗憾。

④ (美)雷·韦勒克、奥·沃伦:《文学理论》,刘象愚等译,生活·读书·新知三联书店 1984 年版,第 222 页。该书译者将"Man must endure their going hence, even as their coming hither; Ripeness is all"译为"人必须忍受他们的死亡,正如他们的出生一样;成熟就是一切"。按克林思·布鲁克斯的意见,"Ripeness is all"译作"熟了就是一切"为宜,以与"maturity is all"区别。

果使用"活力就是一切"、"沉静就是一切"、"成熟就是一切"来代替"熟了就是一切",将不会产生崇高感。①

对一首诗的语境意义的强调导致布鲁克斯将注意力聚焦在诗歌的内涵这一难题上:即使简单的评论,在适当的语境中也携带强有力的思想和情感。诗歌的语境修订词语的意义,也赋予它们新的意义。这种修订与阐明的进程,布鲁克斯称之为"反讽性进程"。布鲁克斯承认"反讽"这一术语是误导性的,但是在缺乏任何其他的等值表达时,他建议还是使用"反讽"这一术语来解释诗歌的创造性层面。

可以看出,布鲁克斯深受柯勒律治想象力与诗歌有机体理论的影响,但是两人之间还是有一些分歧。如布鲁克斯虽然赞同柯勒律治的艺术作品是多样性的统一体,是一个有机体的观点,但是布鲁克斯进一步认为,艺术作品的多样性应该是矛盾的,多样性之间应该具有张力。同时,布鲁克斯对柯勒律治关于想象与幻想的区别也不以为然,认为在莎士比亚的戏剧中,这两者不存在区别。柯勒律治偏重严肃和崇高的题材,瞧不起低俗的题材,在美学追求上犯了18世纪新古典主义一样的毛病。但是,与新古典主义不同的是,柯勒律治不仅低估了幻想和机智的作用,还贬低理智,这与崇尚理智与理性的新古典主义背道而驰。柯勒律治推崇灵感与神秘,为之作了狂热的辩护,传说他是在吸食鸦片的迷幻状态下、于睡梦中写成了半成品《忽必烈汗》。这种浪漫主义宣传诗歌是"上帝的启示"的唯心主义观点,也是布鲁克斯所不赞同的。正如韦勒克非常有信心地下的结论:"总而言之,克林斯·布鲁克斯决不是唯心主义者。"②

第二节 瑞 恰 慈

新批评提出细读概念的一个重要来源,是英国评论家瑞恰慈的著作《文学批评原理》和《实用批评》。此外,布鲁克斯对瑞恰慈的反讽学说非常赞赏,并加以发挥,把反讽当作是评判优秀诗歌的主要标准。当然,由于瑞恰慈的反讽理论也深受柯勒律治想象力理论的影响,所以布鲁克斯的反讽理

---

① (美)克林思·布鲁克斯:《反讽——一种结构原则》,袁可嘉译,见赵毅衡编选:《"新批评"文集》,中国社会科学出版社1988年版,第335页。
② (美)雷纳·韦勒克:《近代文学批评史》第6卷,杨自伍译,上海译文出版社2009年版,第349页。

论到底是源自瑞恰慈，还是直接源自柯勒律治，抑或同时源自柯勒律治与瑞恰慈两人，已很难分辨。布鲁克斯接受瑞恰慈的诗歌陈述是伪陈述的观点，同时，对瑞恰慈的心理学词语却摒弃不用，因为瑞恰慈的心理学理论重视读者的心理反应，容易获得读者反应批评者的青睐。虽然布鲁克斯并非完全反对对读者的关注，但是倾向于将注意力更多地放在诗篇本身的文字、主旨、主题、比喻与象征等上面。

在梵得比尔和图兰大学时，布鲁克斯还从未听过瑞恰慈这个人。直到1929年，布鲁克斯从图兰大学毕业后，获罗兹奖学金（Rhodes Scholarship），以罗兹学者的身份进入牛津大学埃克斯特学院（Exeter College）深造时，在罗伯特·潘·沃伦的推荐下，布鲁克斯才开始阅读瑞恰慈1924年出版的《文学批评原理》。布鲁克斯虽然被这本书强烈地吸引，但是不喜欢"新的心理术语"和作者的"自信的实证主义"（confident positivism）。为了发现反驳它的方法，布鲁克斯曾亲口承认："在（二十世纪）三十年代初期，《文学批评原理》肯定通读过十五遍。"[1] 1929年瑞恰慈发表《实用批评》，其影响力甚至要超过他之前的开创性著作《文学批评原理》。这本书出版后的几个月，机会终于来了，瑞恰慈被邀请到牛津大学埃克斯特学院作演讲。这是布鲁克斯第一次看到活生生的瑞恰慈，听到他的声音。布鲁克斯很开心，发现自己能够完全理解这个演讲，因为他已经读了瑞恰慈的几本书。然而，布鲁克斯在牛津的朋友们却对这次演讲一点也不理解。布鲁克斯在三十年后向瑞恰慈讲起这次演讲，仍记忆犹新。

布鲁克斯最初是把瑞恰慈当作一个反驳的对象来对待的。他一再地阅读瑞恰慈的著作，在这个过程中，从瑞恰慈那里学到了大量的东西。他被瑞恰慈深深地打动了，认为瑞恰慈的著作"激动人心并富于启迪意义"。布鲁克斯后来回忆道："我认为他的著作是我曾读过的最精彩的关于文学的著作。"[2]但是只到1940年，当瑞恰慈到巴特·罗奇路易斯安那州立大学演讲时，布鲁克斯才与瑞恰慈相熟。此后，他们成为好朋友，在许多场合相遇，如耶鲁、哈佛、卫斯理学院、康涅狄格州的罗福市（Northford）等。瑞恰慈好几次到布鲁克斯家做客。[3]因此，布鲁克斯对瑞恰慈"迷人的亲切和思想的力

①　Cleanth Brooks，"Empson's Criticism"，*Accent*，IV（Summer 1944），p.208.
②　B.J.Leggett，"Notes for a Revised History of the New Criticism：An Interview with Cleanth Brooks"，*Tennessee Studies in Literature*，24：p.8.
③　R.S.Singh，ed.，*Cleanth Brooks：His Critical Formulations*，New Delhi：Harman Publishing House，1991，p.6.

量"有直接的体验。①

除了在《现代诗与传统》中公开承认受瑞恰慈的影响之外,布鲁克斯在其他场合也一再地表达对瑞恰慈的感激。他说:"在很大程度上我极大地受惠于瑞恰慈。"②。《斯万尼评论》(Sewanee Review)有段时间开了个专栏,名为"对我们产生影响的批评家",引导为这一专栏写作的当代批评家描述早期著名的批评家对自己的影响。在 1981 年秋季刊中,布鲁克斯把这一至高的荣誉给了瑞恰慈:"我认为,在很大程度上我是从他那里学习到文本的重要性。……尤其吸引我的批评理念是他关于诗歌张力的观点。"③

可以说,瑞恰慈对布鲁克斯影响深远。布鲁克斯和沃伦在《理解诗歌》中专门有一章讨论"语调"和"态度",认为诗歌的语调体现了诗人对主题和读者的态度;诗歌语调的作用来自诗歌戏剧化;优秀的诗歌通过叙述者的语调将主题非常具体地体现出来,而不是抽象地叙述出来,叙述者的语言表达了他对主题、读者的态度与立场。④这里面就汲取了瑞恰慈对"语调"和"态度"这两个术语的细致分析和考察。韦勒克认为,通过瑞恰慈的学说,"布鲁克斯还懂得要摒弃比喻的视觉生动性这条陈旧的标准,看出在表达比较微妙的心境或情感时需要比喻,以及脱离意义的单纯音响则缺乏诗歌效果。"⑤

布鲁克斯 1981 年发表的论文《I.A.瑞恰慈和实践批评》(I.A.Richards and Practical Criticism),这不仅是对瑞恰慈实践批评方法的描述,也是布鲁克斯作为文学批评家的成长见证,是关于他的批评技巧在与瑞恰慈的互动中如何发展成熟起来的一个反思。⑥这篇论文展示了布鲁克斯如何从瑞恰慈那里获取一些批评观念,然后把它们发展成自己的批评理论。

瑞恰慈的批评概念特别吸引布鲁克斯的是其在《文学批评原理》中提出的诗歌中的张力观念。⑦瑞恰慈借鉴柯勒律治的思想,将诗歌分成两种类

---

① Cleanth Brooks, "I. A. Richards and Practical Criticism", *Sewanee Review*, 89(1981), pp.586—595.

② B.J. Leggett, "Notes for a Revised History of the New Criticism: An Interview with Cleanth Brooks", *Tennessee Studies in Literature*, 24, p.13.

③⑥ Cleanth Brooks, "I. A. Richards and Practical Criticism", *Sewanee Review*, 89(1981), pp.586—595.

④ (美)威廉·E.凯恩《南方人、平均地权论者和新批评现代评论机构》,见(美)萨克文·伯科维奇主编:《剑桥美国文学史》(第五卷),马睿、陈贻彦、刘莉译,中央编译出版社 2009 年版,第 533 页。

⑤ (美)雷纳·韦勒克:《近代文学批评史》第 6 卷,杨自伍译,上海译文出版社 2009 年版,第 359 页。

⑦ I.A.Richards, "Imagination", *The Principles of Literary Criticism*, London: Routledge and Kegan Paul Ltd., 1924; rpt, 1970, p.196.

型：“排斥的诗歌”(the poetry of exclusion)和“综合的诗歌”(the poetry of synthesis)。所谓“排斥的诗歌”，是将与经验相反的、不一致的品质从中排除的诗歌。在这种诗歌中，诗人将与主题相连背的所有事物都排斥在外，犹如外科医生将有害菌排斥在手术室之处一样。如浪漫主义诗人华兹华斯，虽然头脑中也必定会时刻闪现焦虑的恐惧，但是他把大自然中令人不快的一面排除出他的诗歌，呈现给人的是一种整齐的关于大自然的理想主义观念，显得庄严而情真意切。而“综合的诗歌”，通过想象力解决明显的冲突，以包容各种相悖的因素。如玄学派诗人约翰·多恩，常在诗中把世俗的性爱与神圣的宗教融合在一起，常常显得机巧，充满反讽式的箴言警句。

布鲁克斯认为瑞恰慈从乔治·桑塔亚纳(George Santayana)那里获取这些批评术语，但是不承认这件事，这并不是剽窃。瑞恰慈的包容与排斥的概念完全不同于桑塔亚纳对这些术语的描述。瑞恰慈用音乐的术语来思考一首诗：“更本质的事物是诗人赐予的组织的增加，组合形式要素所有不同的影响，使之成为一个单一反应能力的提高。指出‘音乐的愉悦感是想象力的一个礼物’，这是柯勒律治最辉煌功绩中的一项。正是在这样的一个将不连贯的冲动混乱变成单一的预定反应的解决中，艺术想象力在所有的事物中表现得最突出。”①

瑞恰慈着重强调内心的平衡、沉稳和平静，并将反讽定义为呈相反的、互补的内心冲动，强调诗歌是复杂的统一体，认为伟大的诗歌把相异的与不和谐的元素统一进自身，并成功地将它们吸收进诗的整体结构中。这样的诗歌是复杂的，不可避免地走向反讽。对此，布鲁克斯表示赞同。当然，在这一点上，布鲁克斯比瑞恰慈走得更远，认为包容的诗歌要好过排斥的诗歌，包容的诗歌保卫不和谐元素的潜在的关联，这种诗歌的美妙大部分表现在诗歌的语调上。布鲁克斯援引塞缪尔·约翰逊关于玄学派诗歌的观点：“在隐喻中，我们拥有词语的统一，如果我们最终感觉到一些隐喻的力量的话，那么这些术语必定是相异的，然而，在过分牵强的隐喻中，这些词语四分五裂，抵制统一。约翰逊博士使其明确为‘通过暴力使异质思想结合在一起’。重要的词语是‘被结合’(yoked)，因为在好的隐喻中，我们想要的并非不自然的感觉，而是不可避免的融合。”②

---

① I. A. Richards, "Imagination", *The Principles of Literary Criticism*, London: Routledge and Kegan Paul Ltd., 1924; rpt, 1970, pp.192—193.

② Cleanth Brooks, "I. A. Richards and Practical Criticism", *Sewanee Review*, 89(1981), p.591.

在西方批评史上，反讽的概念可以追溯至苏格拉底。反讽观念公式化的半个世纪之后，与这一术语有关联的大量新奇而有趣的事被驯服。文学批评一直因反讽这一术语所增加的新的意义而丰富。但是，当布鲁克斯提出这个理论，想用明确的术语来解释时，却遇到了困难。于是，布鲁克斯向瑞恰慈寻求帮助，以阐释自己的观点。瑞恰慈在《文学批评原理》中指出，在一首优秀的诗中，矛盾的元素总是被协调，并将这样的诗描述为综合的诗。①布鲁克斯从瑞恰慈书中提取线索，但是走得更远，布鲁克斯说，诗歌中矛盾的元素被协调并融合为一体，不是因为语言的有多种层次意义的天性，也不是因为诗人对自己所要说的感到不明确，而是因为"对立面的协调"正是创造性想象力工作的进程。然后，布鲁克斯通过分析一般认为非常简单而实际上却并非如此简单的诗，如莎士比亚与华兹华斯的短篇抒情诗，以阐释上述观点。依赖于语言的优美与丰富性，这些诗有诗人深刻反思和深厚情感的碰撞。因此，对布鲁克斯而言，反讽不是一个限定的概念：它不是对语境的确认，而是对内部压力彼此平衡、相互支持的语境稳定性的识别。②布鲁克斯甚至更进一步地认为，除了平衡与稳定诗中的不和谐元素，反讽还表明了发生在诗歌创造中的"想象力的飞跃"。

布鲁克斯还在《反讽———一种结构原则》中阐释了自己的反讽概念。布鲁克斯除了使用植物有机体的意象来解释包容性的诗之外，运用了拱桥的隐喻来进一步阐释诗歌文本中不同元素的综合属性："这种诗，由于能够把无关的和不协调的因素结合起来，本身得到了协调，而且不怕反讽的攻击。在这深一层的意义上，反讽就不仅是承认语境的压力。不怕反讽的攻击也就是语境具有稳定性：内部的压力得到平衡并且互相支持。这种稳定性就象弓形结构的稳定性：那些用来把石块拉向地面的力量，实际上却提供了支持的原则——在这种原则下，推力和反推力成为获得稳定性的手段。"③

为了应对批评者的攻击，布鲁克斯做了一个聪明的妥协，很好地运用了反讽这一术语所聚焦的诗歌创造力属性的观点。布鲁克斯重新划定英国诗

---

① I. A. Richards, "Imagination", *The Principles of Literary Criticism*, London: Routledge and Kegan Paul Ltd., 1924; rpt, 1970, pp.196—198.

② Cleanth Brooks, "Irony and Ironic Poetry", *College English*, 9, 5 (February 1948), p.234.

③ （美）克林思·布鲁克斯：《反讽———一种结构原则》，袁可嘉译，见赵毅衡编选：《"新批评"文集》，中国社会科学出版社 1988 年版，第 338—339 页。

歌的疆界,赞扬玄学派诗人,贬低大多数的浪漫主义诗人,指出华兹华斯和
雪莱的诗歌缺乏动态的结构。布鲁克斯宣称:"但是,暗示华兹华斯这首抒
情诗可能含有反讽,也许有人觉得是歪曲了它。归根结底,这首诗不是简单
而自发的吗? 在这两个词儿里,我们遇到了十九世纪两个流行的批评语汇,
就象反讽有成为我们时代一个时髦名词的危险一样。简单和反讽难道是互
相排斥的吗?"①布鲁克斯认为反讽是伟大诗歌的结构原则,不仅适用于多
恩,也适用于华兹华斯。这暗示优秀的诗必定是反讽的诗。

最后,布鲁克斯给予反讽概念一个社会学的转变,具有伟大的意义。根
据他的看法,在大众传播时代,语言已丧失了某种唤起人们对生活困境的思
考和同情的能力。此外,广告、大众生产艺术如广播、电影、流行小说,败坏
了语言。因此,现代诗人不得不使陈腐的语言恢复健康,使其锋利而有力
量,以传达诗人的意思。他宣称:"这种修饰和调节语言的任务是永恒的,但
它是强加在现代诗人身上的一种特殊的负担。那些把反讽技巧的使用归罪
于诗人苍白无色的故弄玄虚和奄无生气的怀疑主义的批评家,最好还是把
这些罪过归之于诗人可能有的读者,被好莱坞和'每月畅销书'所败坏的公
众吧。因为现代诗人并非对头脑简单的原始人发言,而是对被商业艺术迷
惑了的公众发言。"②

在此,布鲁克斯非常肯定地宣称诗人的功能之一是修订作品中的语言。
诗人通过运用他的想象力,使用词语的中介,来传达洞见。布鲁克斯不希望
诗人的诗与大众的信仰一致。布鲁克斯要求诗人的诗应该"使情景得到准
确的、真实的戏剧性表现,应当十分忠实于整个的情景,这样就不再是我们
信仰的问题,而是我们进入诗经验的问题了。……有了那种洞察力,我们无
疑会变成更好的公民。"③理解诗歌中反讽的属性,是真正理解整个诗歌进
程和生活中艺术对人及其社会生存的意义。

根据布鲁克斯的看法,瑞恰慈的理论可能有缺点,但是他的诗歌直觉是
正确的。对布鲁克斯而言,这也是《实用批评》比《文学批评原理》更具指导
性的原因所在。因此,当布鲁克斯接触到瑞恰慈的批评方法时,布鲁克斯对

---

① (美)克林思·布鲁克斯:《反讽——一种结构原则》,袁可嘉译,见赵毅衡编选:《"新批评"
　文集》,中国社会科学出版社 1988 年版,第 345 页。

② (美)克林思·布鲁克斯:《反讽——一种结构原则》,袁可嘉译,见赵毅衡编选:《"新批评"
　文集》,中国社会科学出版社 1988 年版,第 346 页。

③ (美)克林思·布鲁克斯:《反讽——一种结构原则》,袁可嘉译,见赵毅衡编选:《"新批评"
　文集》,中国社会科学出版社 1988 年版,第 349 页。

瑞恰慈给予了赞扬。这部分原因是因为布鲁克斯自身的批评方法是一种文本阐释的方法。在《现代诗与传统》中，布鲁克斯坚持认为自己使用了瑞恰慈在《实用批评》中发展的方法，并作了原理上的阐述。布鲁克斯引用兰色姆的观点，即"读者所拥有的、摆在他面前作为积极证据的事物就是文本自身"。①

此外，布鲁克斯在戏剧批评方面也受瑞恰慈的影响。瑞恰慈在论述想象力的综合作用时，举了悲剧的例子："除了在悲剧中，无法找到更清楚的例证来显示'对立或不协和的品质的平衡或调和'。怜悯，即接近的冲动，恐惧，即退避的冲动，在悲剧中得到一种其它地方无法找到的调和。认识了二者的调和，人人都能认识到其他同等不协和的冲动组合可以调和。它们在一个有条理的单整反应中的交融就是成为人们认作悲剧标志的净化，不论亚里士多德原来指的是不是这类含义。这就说明了悲剧所产生的那种陷入紧张情绪时的消释和沉静的感觉，以及平衡和镇定的感觉，因为一旦唤醒，这种冲动除了压倒之外投有其它方式能够使之处于平息状态。"②布鲁克斯接受了悲剧是最佳的体现对立或不协和事物平衡或调和的案例的思想，并进一步发挥，将悲剧视为戏剧的最高等级的形态，并将此作为其戏剧批评的一种主要理念。

对与瑞恰慈的实践批评方法的相似，布鲁克斯也给了另一个理由，即这与伟大诗歌的力量有关联。布鲁克斯再一次援引瑞恰慈的话说："如果优秀诗歌的价值在很大程度上归功于与现实接触的亲密，那么这很可能因此变成一种强大的、粉碎不真实想法与反应的武器。"③与现实的亲密，对新批评家而言，意味着与诗歌文本的亲密，以解决诗歌中价值和传达的分裂。如果诗歌是可信的、真诚的，它会把自身传达给读者。新批评家的难题是解释诗是否可信而真诚。诗歌中诸如可信度、价值、传达等事项，促使布鲁克斯思考从文艺复兴到现代欧洲更大的社会—文化思想的各种不同。布鲁克斯接受瑞恰慈的诗歌陈述是伪陈述的理论，并指出，作为一个批评术语，它不能令人满意，但是在理解价值的属性上有巨大的意义。诗歌陈述是伪陈述，指

---

① Cleanth Brooks, "I. A. Richards and Practical Criticism", *Sewanee Review*, 89(1981), p.591.

② (英)艾·阿·瑞恰慈：《文学批评原理》，杨自伍译，百花洲文艺出版社1992年版，第223页。

③ Cleanth Brooks, "I. A. Richards and Practical Criticism", *Sewanee Review*, 89(1981), p.593.

明诗歌或艺术限定于其自身。布鲁克斯论述时涉及了济慈的诗《初读查普曼译的荷马》(*On First Looking into Chapman's Homer*)①。在这首诗中，诗人将 17 世纪英国翻译家乔治·查普曼(George Chapman)与 16 世纪西班牙探险家赫南多·科特斯(Hernando Cortez)作比较。济慈是糟糕的历史学家，然而却是一位伟大的诗人。科尔特斯并不值得济慈所给的赞扬，他并非太平洋的发现者，但是济慈对荷马的热情却被这种比较很好地传达出来。因此，诗歌中限定意义和价值的心理情感系统，通过利用科特斯与济慈的相似而被很好地表达出来了。这首诗的价值来自单一的隐喻所表达的相互交织的结构和语调。它刻画了浪漫主义者对文艺复兴和浪漫主义时代与希腊—罗马古典主义时代的关系的态度。这是实践批评的精妙之处，在理论批评中不能获得。正是在对实践批评的热情这一视角，布鲁克斯将瑞恰慈看作是首位用系统的方式努力表达诗的文本分析的批评家。

当然，布鲁克斯与瑞恰慈还存在着诸多不同之处。瑞恰慈认为，诗歌激发读者的情感，包括那些相互矛盾的情感，而后又对其加以组织，使之达到协调。在瑞恰慈看来，诗歌的平衡力量给了读者一种内心的平静。这类似于马修·阿诺德的观点，即认为诗歌是对丧失了宗教信仰的人类的一种补偿。布鲁克斯赞成瑞恰慈的诗歌观念，并且也同意瑞恰慈关于神话的看法，即倘若没有各类神话，人只是一种残酷的动物。但是，对于瑞恰慈赋予诗歌对读者神经系统的治疗作用，布鲁克斯认为，正如诗歌不可能像马修·阿诺德所说的那样承担宗教的职能，诗歌不可能承担、而且也不需要承担治疗读者心理的这种职能。布鲁克斯认为"包容性"诗歌的不同点在于诗的结构，而不是由读者提供的"讽刺的斜视"(ironical squint)。布鲁克斯以他特有的方式，极其礼貌地表达了对瑞恰慈情感理论的反对，认为它制造了困难和负担，因为敏感的批评家"对诗歌的忠诚比起读者心理的反应，明显更深"。②因此，韦勒克认为，布鲁克斯从瑞恰慈那里学到了分析诗歌的技巧和科学方法，但是拒不承认瑞恰慈的行为主义心理学家的那一套说法。

---

① 《初读查普曼译的荷马》："我游历过很多金色的地区，/看过许多美好的国家和王国；/到过诗人们向阿波罗/效忠的许多西方的岛屿。/有人时常告诉我眉额深邃的荷马/作为领地统治的一片广阔的太空，/可是直到我听到查普曼大声说出时，/我从未体味到它的纯净和明朗；/于是我感到象一个观察天象的人/看到一颗新的行星映入他的眼帘；/或者象魁梧的科特斯用鹰眼/瞪视着太平洋——所有他的伙计/怀着狂野的猜测，大家面面相觑——/在德利英的一座高峰上默然无声。"见(英)济慈：《济慈诗选》，朱维基译，上海译文出版社1983 年版，第 295 页。

② William K.Wimsatt & Cleanth Brooks, *Literary Criticism*: *A Short History*, New York: Alfred A.Knopf, 1957, p.623.

有论者指出,柯勒津治在《文学传记》中将想象力描述为协调相互对立的矛盾的能力,重点放在诗人的创造性工作上;而从某种意义上说,瑞恰慈并非将强调的重点由诗人转向文本,而是由诗人转向了读者,他更关注的是诗歌对于读者心理造成的影响,在某种意义上更像是一个以读者为中心而非以文本为中心的文学评论家,这可以在他的《文学批评原理》看出来。瑞恰慈的这种以读者为中心的倾向遭到了新批评家的抵制,因为这种理论有引发主观主义的危险。①布鲁克斯虽然不反对把读者也纳入批评范围,但是明显反对这种以读者的心理感受为评判标准的做法。

在《瑞恰慈与实践批评》中,布鲁克斯质疑瑞恰慈对诗歌中传达与价值的区分。根据瑞恰慈的观点,价值和传达是两个独立的实体。布鲁克斯主要提出了两个问题,即诗是否传达自身给读者,它传达的东西是否有价值。一首诗可能可以传达,但是可能没有价值;诗人可能有一些有价值的事情要传达,但是可能传达没有成功。这正是瑞恰慈关于诗歌中的传达与价值理论的唯一缺点。布鲁克斯认为,价值和传达不能够被拆开。诗能否传达思想、情感与这种传达的思想、情感是否有价值,两者紧密相联,不可分离。而瑞恰慈观点的错误之处,就是在于将这两者割裂开来。其实,这还是传统的思想性与艺术性的两分法。思想性就是价值,艺术性就是传达。②

第三节 艾 略 特

布鲁克斯受 T.S.艾略特的无个性理论、对立情感和谐、感受力分化、传统观等批评理论的影响。布鲁克斯反对诗歌释义,称其为邪说,与艾略特反对解释诗歌一脉相承,而且比艾略特的态度更激进。

艾略特被称为"二十世纪英语世界最为重要的批评家","对一代趣味的影响也最为显著"。③艾略特关于"感受力分化"与"客观对应物"的诗歌创作理论,他的论述"个人才能与传统"的"无个性诗歌"理论,都对现代诗歌理

---

① (美)威廉·E.凯恩:《南方人、平均地权论者和新批评现代评论机构》,见(美)萨克文·伯科维奇主编:《剑桥美国文学史》(第五卷),马睿、陈贻彦、刘莉译,中央编译出版社 2009 年版,第 520—522 页。

② Cleanth Brooks, "I. A. Richards and Practical Criticism", *Sewanee Review*, 89(1981), pp.586—595.

③ (美)雷纳·韦勒克:《近代文学批评史》第五卷,杨自伍译,上海译文出版社 2009 年版,第 297 页。

论,尤其是包括布鲁克斯在内的新批评家产生了深远的影响。这几乎已经成为定论,如《剑桥美国文学史》(第五卷)指出,艾略特直接启发了新批评主义者的评论著述,他的作用和影响远比瑞恰慈或燕卜逊等人大得多。虽然艾略特很少细读作品,但是他在自己的评论文章中强调理解文学语言的重要性,并在他本人的诗歌创作中给予文学语言以复杂的形式。艾略特善于言简意赅地概括文学评论的性质和功能,布鲁克斯等人曾视艾略特的评论手法为榜样。艾略特主张评论家应该集中论述和分析特定的篇章和诗行,而新批评主义者们所遵从的正是这一指令。①

艾略特认为玄学派诗人如约翰·多恩、安德鲁·马维尔等人的诗歌是诗歌典范,他们运用了玄学派特有的一种手法:"扩展一个修辞格(与压缩正相对照)使它达到机智所能构想的最大的范围。……多恩最成功的和最独到的效果是通过极简短的词语和突然的对照来产生的。……玄学诗人的句子结构有时是极不简单的,但这并不是一个缺点;它是思想和感情的忠实反映。"②在马维尔诗歌一个接一个的意象中,包含着"一种才气洋溢的想象",这种想象是"一个严肃的思想在结构上的装饰","轻浮与严肃的这种结合(由于这种结合,严肃的性质更深化了)"正是这种才气的一个特点。③

在批评文集《圣林》(*The Sacred Wood*)中《哈姆雷特和他的难题》(*Hamlet and His Problems*)这篇论文中,艾略特提出"客观对应物"理论,认为以艺术的形式表达感情的唯一方法是找到一个"客观对应物";以某一组事物、某一个情况、某一连串的事件为某一特定情感的公式。据此,艾略特认为《哈姆雷特》是失败之作,因为在《哈姆雷特》中,莎士比亚所抒发的情感超出了故事的事实。艾略特认为诗歌作品产生后,就有自己的生命。诗歌给人的感受,或者创造出来的意境,不是作者当初创作诗歌时的感受与心中的意境,作家的创作活动与艺术之间的差别是绝对的,作家的创作活动并不能解释艺术的价值。

在艾略特看来,诗歌批评有三种:一种是创作性批评,一种是历史和道德性批评,一种是正统的批评,亦即诗人兼批评家的批评。他认为创作性批评是在批评中寻求创作冲动的不正当的满足感,并斥此种批评为"苍白病态的创作",明显表示了对此类批评的不屑。而历史和道德性批评,则根本不

---

① (美)威廉·E.凯恩:《南方人、平均地权论者和新批评现代评论机构》,见(美)萨克文·伯科维奇主编:《剑桥美国文学史》(第五卷),马睿、陈贻彦、刘莉译,中央编译出版社2009年版,第522—529页。

② (英)托斯·艾略特:《艾略特文学论文集》,李赋宁译注,百花洲文艺出版社1994年版,第14—19页。

③ (英)托斯·艾略特:《艾略特文学论文集》,李赋宁译注,百花洲文艺出版社1994年版,第35页。

属于文学批评。艾略特真正欣赏的是诗人的批评,认为诗人"批评诗歌是为了创作诗歌"。①这也是他对自我诗歌批评的定位。也就是说,艾略特认为批评家首先应该自己本身就是创作家。这样的观点,应该说是符合实际的。

艾略特相信,每一首诗歌都是在其所产生并随后重新界定的传统的背景下存在的,诗人在先于他的时代产生并与他同时代共存的传统中进行创作活动,独创性是深入了解传统的结果。艾略特认为传统是完美的,是每一代优秀的诗作沉淀下来的结晶。历史是每个人都摆脱不了的,因为每个人都在历史之中,同时又创造改变历史。优秀的作品是超越时代的,不论是古代的经典,还是现在的佳作,应该一视同仁,不能因时间距离当下的长短而采取不同的评判标准。历史是一个动态的过程,不是一成不变的,因为往昔的历史经过下一代的活动,又发生了变化。优秀的作品加入到历史的经典行列,丰富了历史的蕴含,同时自然也就改变了历史的整体轮廓。任何作家都不可能完全凭空创新,他一定要通晓经史,要从传统中汲取养分。这种创作思想,类似于中国宋代的江西诗派的诗学主张。②

艾略特反对浪漫主义,特别反对雪莱和华兹华斯的诗歌艺术,认为诗人的工作应该是客观而不带个人偏见的,应该避免在作品中表现个人性情。艾略特反对浪漫主义诗人信奉的诗歌是"强烈感情的自发流露"这一说法。在关于伊丽莎白时期、玄学派诗人和戏剧家的著作中,艾略特指出,诗歌的陈述不是情感的泛滥,而是一位有意识的艺术家的行为,这位艺术家能够用一种连贯而客观的方式,表达他生活中混乱的体验,因而,这一陈述显得像是一个普遍的陈述。此外,他认为诗人在诗歌中描述的感情,可能是诗人从未经历过的。也就是说,诗人并不是一定要把真实的情感写在诗歌里面。他可以将所谓的虚情假意写在自己创作的作品中。正如钱锺书先生曾说过,大奸之人,可能会写出大忠之文,大忠之人,也可能会故作刁滑之语。中国古话"文如其人"、"诗言志"的传统,其实与浪漫主义的"感情的自发流露"说类似,都相信诗人是很忠实地将自己心灵的感受诉诸笔端,形诸文墨,全然没怀疑过诗人作假。

---

① (美)雷纳·韦勒克:《近代文学批评史》第五卷,杨自伍译,上海译文出版社 2009 年版,第301 页。

② 以黄庭坚为代表的江西诗派主张"无一言无出处",讲究掉书袋,炫耀才学。出处、典故,令其诗作与诗人本身与悠远的传统相连,今人的诗篇中处处回响着古人的声音与风貌,影影绰绰,接踵而来。于是当下诗人说的话仿佛千年前古人的重复而稍加改头换面,或者是对古人事迹的追忆与凭吊。今月曾经照古人,此诗亦有昔人影。传统文化与文明就这样在诗歌中得到迭现,得到绵延。江西诗派这种以才学为诗的作派,后来被人颇多诟病。如严羽《沧浪诗话》就对此加以批评。正如艾略特的《荒原》里充斥的典故,也曾被抨击为卖弄与晦涩。可以说,江西诗派与艾略特在诗歌创作与对待传统的看法,是非常接近的。

　　同时,艾略特非常反感诗歌表现作者个性、表现诗人个人感情,认为这样的诗歌是拙劣的,优秀的诗歌应该是人类整体心灵的回响,是集体意识的反映。作者只不过是一个中介作用,相当一条"白金丝",在产生硫酸的化学反应中起催化作用。这种看法令人不由想到柏拉图神灵附体的"迷狂说"。"迷狂说"也把诗人的作用限定为回忆、窥见理念世界的一个中介,类似于一种凡人与神界接触的"灵媒"。"灵媒"神灵附体后,其所言所行,已非其作为凡人时的所言所行,而是代神灵说话,代神灵行事,灵媒相当于一个无个性的傀儡。当然,正如不是任何人都可以成为"灵媒"一样,也不是任何人都可以成为诗人。这两种职业也许都需要具有某种特定的禀赋和天性。这种诗歌与作者关系的看法,完全不同于中国"诗言志"的思想,甚至是对"诗言志"的一种明目张胆的怀疑与公然的嘲笑。①

———————

① 不过令人奇怪的是,中国后来的依经立意传统,却是恪守经典,反对个人的主观意见,并把与经典不相符的见解斥为离经叛道。而离经叛道在中国传统文化中,与异端邪说可以说是同义词。也就是说,中国几千年的文化积淀下来的都是圣贤学说的生发解释、意义增长,而非历史上个人的学说创新。这与"诗言志"其实是矛盾的,两者有内在的悖论,构成强烈的张力。一方面"诗言志"要求表现个人的志向、情感,另一方面"依经立意"要求与传统保持一致,泯灭个性。这样一来,就必然会造成两种情况,一是所有的诗表现的情感都是全体中国人的,中国人没有个性;或者所有的中国的诗歌其实是一首诗。要么是中国只有一首诗,要么是中国人只有一种个性,否则,"诗言志"与"依经立意"的矛盾不可能调和。如果这种矛盾不能获得调和,就会造成人格的分裂——诗人既是独特的个体,又是与传统一致的全体中国人。"诗言志"与浪漫主义的"诗歌是强烈感情的自然流露"相类似;"依经立意"与艾略特的"无个性诗歌理论"相类似。艾略特的诗歌理论是对浪漫主义诗歌理论的反动,而"依经立意"也是对"诗言志"的一种反动。纵观中国传统文学史,其实一直处于"依经立意"的统治中。虽然偶见一些异说,但都被边缘化,被淹没于历史的古迹中。中国文化一直未放弃"诗言志"的说法,表明中国传统文化中一直有这种斗争。而且都获得官方的承认,居正统的地位。这实在是一种奇怪的现象。因为按内在的逻辑来推演,必然会得出一个两难的结论:要么是中国人只有一种个性,要么是中国历史上只有一首诗。如果是前者,虽然历史上先后产生了数量惊人的诗歌,由于所有的中国人个性一样,就同时符合"诗言志"与"依经立意"的规定与要求;如果是后者,虽然中国自古至今繁衍生息不知几亿人,但是由于他们所创作吟咏的只是同一首诗歌,也就能满足"诗言志"与"依经立意"的要求了。但这两种情况都明显是荒谬的,是不现实的。所以,"诗言志"与"依经立意",只能两者取其一。否则,只能得出结论:中国人在几千年的历史中是没有个性的,或者中国几千年的文学是单调的。从现实出发,本书以为,还是选择保留"依经立意"为妙,这也更符合中国文学史的实际情况。相对于浪漫主义的"强烈感情的自然流露"说,艾略特的"无个性诗歌理论"更适用于中国传统文学。这也从反面说明,中国其实并不存在所谓的"浪漫主义"诗歌与传统。当然,这个结论还是存在一个问题没有处理,或者说没有论说清楚。即在上文论述中没有区分"诗言志"与"依经立意"的运用范围。在中国传统文学中,"诗言志"适用的体裁范围是诗歌,而"依经立意"适用的体裁范围不是很明确。按笔者理解,一般而言,"依经立意"应该是指诗歌之外的阐释文史哲经典的散文。如果考虑这种适用体裁的区别,那么还可能得出的结论是:中国传统诗歌是抒发个性情感的,中国传统散文是表现集体意识与集体情感的,是无个性的。这个结论也明显是不靠谱的。

艾略特反对将诗歌与哲学相混淆,也拒不承认诗人的哲学思想对诗歌创作有好处。与之相反,艾略特认为一个诗人越是耽于自己个人的思考,就越不能写出好诗;如果在诗歌中的思想不是他本人的,那么他就可能成为一个比较优秀的诗人。这与一般的见解完全相反。一般认为诗人在诗歌中要表现自己独特的思想与情感,这样才是一位好诗人。而艾略特却认为诗人在诗歌中不能表现自己的个人的思想与情感,只能表现真理(大家公认的共享的思想)和普遍的情感。换句话说,诗人创作诗歌,不是"言"自己个人的"志",而是替人类"言志",这样的诗人与诗歌才是优秀的伟大的。这种诗歌理论与艾略特的"无个性诗歌"理论是一致的。即作家不能在作品中留下自己的个性。

这种要求作品无作者个性的理论,与现实主义及后来的自然主义理论有某些相通之处。福楼拜曾要求作者保持克制的态度,不要让自己在作品中显身,如同上帝从不在人间显身一样。这种超然的冷眼旁观的态度,令激情热血的浪漫主义者极其不满,乔治·桑(George Sand)非常愤慨地与之进行了论战,她认为作家应该对作品中的人物显示出道德与感情上的倾向。

无论是作为诗人、文化和宗教思想家,还是作为文学批评家,布鲁克斯对艾略特都非常推崇。布鲁克斯的老师兰色姆曾经严厉批评过《荒原》,但是丝毫不能影响布鲁克斯对艾略特的赞赏。甚至有人说布鲁克斯的《现代诗与传统》,就是对艾略特的英国文学史观的一种延伸的注释。

在牛津大学学习时,布鲁克斯首次接触到艾略特的批评集《圣林》,并被艾略特的论文深深地吸引。他曾说过:"在牛津对我产生巨大冲击的事情之一,就是第一次阅读艾略特早期的批评集《圣林》。我阅读他的论文《哈姆雷特和他的难题》——虽然现在我并不认为这是他最好的论文之一,并期望从中获得许多东西,但是那篇论文就像一个巨大的铜锣,在我的脑海中响起。这是关于《哈姆雷特》的一个讨论,一个早已被谈论得陈旧不堪的话题;然而他的论述是全新的,我得到一种真正洞察的感觉。自然,从那以后,我认真地阅读艾略特的论文,虽然我有很长一段时间没有遇见他了。"①1964年到1966年,布鲁克斯被任命为美国驻伦敦大使馆的文化专员,在这一时期,布鲁克斯第二次遇见艾略特,并与他进行了一次长谈。不幸的是,这也是最后一次,因为几个月后,艾略特就过世了。布鲁克斯作为美国官方代表,参加了在英国威斯敏斯特教堂(Westminster Abbey)举行的艾略特追悼会。

---

① B.J. Leggett, "Notes for a Revised History of the New Criticism: An Interview with Cleanth Brooks", *Tennessee Studies in Literature*, 24, p.13.

布鲁克斯认为艾略特与瑞恰慈两人的诗歌观念之间有很多相通之处，并不存在太大的分歧。在 1975 年与罗伯特·潘·沃伦的一次访谈中，布鲁克斯承认自己吸收了艾略特的许多思想，甚至竭力想将艾略特的思想与瑞恰慈等人的思想相融合。①

布鲁克斯几乎毫无保留地赞同艾略特有关无个性理论、对立情感和谐的诗歌、感受力分化、传统观等批评理论，以至于韦勒克说布鲁克斯的《现代诗与传统》是艾略特关于传统的思想的延伸。②

艾略特认为诗歌不能解释，无法解释。然而，解释虽然对欣赏诗歌会造成损害，但是并非毫无作用。同时，艾略特认为诗歌可能会有多种解释，这些解释有的甚至是完全相反的，是矛盾的，但是很难判断哪种解释是肯定正确的，所以，应该保留多种解释，让后来者自己去思考判断，做出自己的解释。这种开放式的宽容开明态度，有点类似于中国"诗无达诂"的观点，其存异说的做法，也类似于中国传统学者的那种"述而不论"，或者是笺注中博采众家，一一收罗于内的谨慎做法。布鲁克斯强烈反对对诗歌释义，称其为邪说。这其实与艾略特反对对诗歌进行解释一脉相承，不过，布鲁克斯比艾略特的态度更加激进。

艾略特在其极具开创性的《玄学派诗人》(*The Metaphysical Poets*) 一文中，认为感受力分化在 17 世纪末进入英国诗歌，影响了大多数英国诗歌。艾略特将感受力分化的负责归咎于弥尔顿和约翰·德莱顿，认为正是他们把诗歌中的情感与理智分离出来："十七世纪的诗人是十六世纪那些剧作家的继承人，他们有一套处理情感的手法，可以承受任何一种感受。象他们的先驱者那样，他们单纯或不自然，费解或怪诞，……。在十七世纪开始出现了一种情感分离现象，从那时起我们一直没有恢复到原先的状态。这种分离现象，也是我们可以想到的，被那个世纪两位最强有力的诗人——密尔顿和德莱顿的影响进一步加深、加重了。"③整个 18、19 世纪的英语诗中，有相当多的思想和情感，但是很少有把两者融合在同一个意象或隐喻中的实例。也许在法国象征主义的影响下，高水平的现代派诗人正在帮助恢复以前的

①　Robert Penn Warren, *A Conversation with Cleanth Brooks*, Lewis P. Simpson, ed., *The Possibilities of Order: Cleanth Brooks and His Work*, Baton Rouge: Louisiana State University Press, 1976, pp.19—22.

②　(美)雷纳·韦勒克：《近代文学批评史》第 6 卷，杨自伍译，上海译文出版社 2009 年版，第 357 页。

③　(英)托斯·艾略特：《艾略特文学论文集》，李赋宁译注，百花洲文艺出版社 1994 年版，第 22—23 页。引文中的密尔顿指约翰·弥尔顿。

那种状况。布鲁克斯不仅接受了艾略特的理论,而且希望通过修订英国诗歌史来证明这一理论的正确性。

布鲁克斯在写《现代诗与传统》时,一般的文学史观点认为:浪漫主义带来了一个文学变革,打破了盛行于 18 世纪的新古典主义恪守礼仪的观念,而 20 世纪早期的现代主义诗人将这种革命推进得更远。布鲁克斯追随艾略特的领导,反对这种观点。布鲁克斯认为:"浪漫主义诗人在攻击新古典主义诗学观念时,是想提供新的诗歌客体,而不是完全丢弃这种特殊的诗歌素材的观念。"布鲁克斯把浪漫主义的变革当作是一种虚假的革命,在这种失败中,浪漫主义唯一做的事是使感性脱节常存。最糟糕的是,这导致了说教主义和感伤主义的双重罪过,这两者在维多利亚时期达到极端。而为布鲁克斯和艾略特所崇敬的现代诗人倾向于扭转感性脱节,并没有像浪漫主义与其新古典主义前辈及维多利亚继承者一样。

布鲁克斯认为 18、19 世纪的英语诗人发展了玄学派诗人所没有的,并为现代诗人反对的某些美学设想。其中最有害的也许是一种固有的诗歌主题的存在。布鲁克斯把这种信仰追溯到 17 世纪英国哲学家托马斯·霍布斯的观点,即诗人仅仅是一位复制者,而非创造者。如果诗人的功能只是简单地拿着镜子对着自然事物,那么,他只要拿着镜子对着令人快乐的对象,就可以很好地愉悦观众了。与此观点密切相关的看法是,认为智力在某种程度上与诗歌教义相抵触。尽管新古典主义与浪漫主义批评家表面不同,但是两者都把玄学派巧智看作是对诗歌深沉情绪与严肃性的一种琐碎化。对着情人的耳朵低诉甜言蜜语,要比让她注意巧妙的隐喻和曲喻来得好。对他们而言,全然单纯地礼拜上帝,要比使用双关语写宗教诗更好。

当然,布鲁克斯后来又认为造成感性脱节不是这么简单,不一定是到托马斯·霍布斯才开始,也许要从欧洲范围内寻找根源,甚至认为在但丁与卡瓦尔坎蒂(Guido Cavalcanti)时代就出现了感受力的分化。[①]而有的人却怀疑 17 世纪是否是感受力分化的开始,甚至认为从来不存在这样的一个过程。但是不管如何,将英国 17 世纪定为感受力分化的开端,这种说法已经被大多数学者所接受。

艾略特从骨子里是看不起创作性批评家与历史道德批评家的,认为这样的批评家是没有创造性的,只能依附于创作家,类似于靠攀缘缠绕高大乔

---

① (美)雷纳·韦勒克:《近代文学批评史》第五卷,杨自伍译,上海译文出版社 2009 年版,第 315 页。

木而生存的藤蔓植物。他唯独赞扬诗人批评家，即兼诗人与批评家两种身份的批评家。因为艾略特本人就是一位极其出色的诗人，是一位无可辩驳的天才创作家。而布鲁克斯却并非如此，他虽然也创作了一些诗歌，但是从未以此出名。①布鲁克斯被韦勒克誉为"批评家之批评家"，表明他是靠批评家这一身份而享誉文坛与学术圈的。布鲁克斯并没有像艾略特那样贬低批评家的职能与角色，正如任何人都不可能会贬低自己真诚地为之倾注一生心血与热情的事业。布鲁克斯所津津乐道的是批评家常常比作者更能洞见一篇诗歌的意义与价值，正如他引以为豪的对艾略特《荒原》一诗的解读。

布鲁克斯在《现代诗与传统》中论述《荒原》的那一章，已经成为诗歌批评的经典。在布鲁克斯之前，对这首诗的理解非常的不完整。布鲁克斯对这首诗广泛而详细的阐述如此清晰，正是任何大学新生所想要的。布鲁克斯对这首诗的理解令人惊讶地与过去的理解截然不同。布鲁克斯认为，把《荒原》看作是绝望或无信仰的宣言，是离得太近，以至于不能停留在这一崇高的反讽性文本的本身；其实与之相反，《荒原》至少是一种与艾略特后来持有的基督教信仰相同的早期主张。

布鲁克斯将艾略特面临的处境与但丁在 14 世纪的意大利，埃德蒙·斯宾塞在 16 世纪的英格兰相对比。但丁写《神曲》(*Divine Comedy*)时，针对的是与他一样具有天主教信仰并赞同核心教义的读者。作为新教教徒，埃德蒙·斯宾塞写《仙后》(*The Faerie Queene*)，针对的是那些寻找信仰新结构的基督教读者。而艾略特写作《荒原》，针对的是后基督教时期的读者，传统的象征和基督教术语已经被认为是陈词滥调。艾略特的任务就是找到一种新的词汇和新的意象，从而能在一个怀疑的时代恢复被丢弃的基督教信仰。当布鲁克斯为《南方评论》一写完这篇关于《荒原》的评论，就送了份复印件给艾略特。艾略特于 1937 年 3 月 15 日回了一封信说："对我来说，这真是太棒了。只要不自称是对作者写作方法的重建，我认为这种分析非常

① 布鲁克斯早年也创作过一些诗歌，他曾和卡柳梅特俱乐部(Calumet Club)的其他成员，如休·塞西尔(Hugh Cecil)、亨利·布鲁·克莱恩(Henry Blue Kline)、里士满·贝蒂(Richmond Beatty)、比尔·戴维森(Bill Davidson)等人于 1928 年共同出版了诗集《刻面》(*Facets：An Anthology of Verse*)，里面有布鲁克斯的六首诗歌。另有一些诗歌零星发表在不同的刊物上，如：《当化学作用失效时》("When Chemistry Failed"，*Christian Century*，XLVI(September 18，1929)，p.1151.)、《落日的几何学》("Geometry of Sunset"，*New Republic*，LX(November 6，1929)，p.318.)、《图形的两种变化》("Two Variations on a Figure"，*Southwest Review*，XVIII(Winter 1933)，p.124f.)、《十四行诗》("Sonnet"，*Southwest Review*，XVIII(Summer 1933)，p.430.)、《漩涡》("Maelstrom"，*Sewanee Review*，LIV(January 1946)，pp.116—118.)等。其诗歌风格多运用巧妙的隐喻和反讽。

合情合理。阅读你的论文使我感到……我比自己所意识到的更有天分。"①

　　艾略特在《诗歌与戏剧》(*Poetry and Drama*)一书中表示,诗剧或用诗写成的戏剧是最理想的戏剧形式;散文剧作家,即使是伟大的散文戏剧家,他们的表达也受散文书写的桎梏;人的心智活动中,有一系列特殊的情感,是散文所无法把握的,但是这一系列的情感,当戏剧诗达到最稠密的程度时,可被戏剧诗表达出来。布鲁克斯对艾略特的这一观点很是认可,并将其观点总结概括为:"就其本质而言,诗是戏剧性的,而最伟大的诗,总趋向于戏剧;戏剧在本质上是诗意的,而最伟大的戏剧,也趋向于诗。"②在前面论述布鲁克斯的戏剧批评时,可以发现,他完全接受了艾略特的这一观点。

第四节　中 国 文 化

　　布鲁克斯一生中虽然从来没有到过中国,甚至也没有到过东亚,但实际上他还有可能受到中国文化的影响。虽然这种影响不一定是直接的,但是通过仔细辨别、追踪,还是可以看到布鲁克斯的诗学中有中国道家悖论式思辨、儒家中庸思想及中国古典诗歌的意象观念的痕迹。

一、道家思想与布鲁克斯的悖论

　　中国文学与文化对欧美的影响由来已久,尤其是 20 世纪初期,新诗运动在美国掀起了中国诗文的热潮。在这样一种大环境下,身为大学教授的布鲁克斯,专攻修辞学与英美诗歌教学,不可能对此一无所知。因此,布鲁克斯有可能在这样的背景下接触到中国文学与文化。

　　众所周知,美国现代诗歌受到中国古典诗歌和道家、儒家思想的影响。③那么,道家思想是否对布鲁克斯产生影响呢?虽然没有直接证据能显示布鲁克斯受到道家思想的影响,但是,道家思想在西方早就有译介,这至少从资料上保证了这种影响的可能性。如在 1842 年,《道德经》就有了第一个法文译本;1868 年有了第一个英译本;1870 年出现第一个德文译本。自

---

①　Mark Royden Winchell, *Cleanth Brooks and the Rise of Modern Criticism*, Charlottesville: University Press of Virginia, 1996, p.165.

②　(美)卫姆塞特、布鲁克斯:《西洋文学批评史》,颜元叔译,台北志文出版社 1975 年版,第 639 页。

③　参阅赵毅衡:《诗神远游:中国如何改变了美国现代诗》,上海译文出版社 2003 年版。

1886 年到 1924 年,《道德经》英译本有 16 种,从 20 世纪 20 年代到 60 年代,有 40 多种。《庄子》等道家经典也都有相当数量的译介。①道家思想在欧美广泛传播,布鲁克斯多少会受到这种风潮的一些影响。

道家经典《老子》中有许多表面看似矛盾、然而细想却颇有深义的话。如"天下皆知美之为美,斯恶已;皆知善之为善,斯不善已"(二章),②"绝圣弃智,民利百倍;绝仁弃义,民复孝慈"(十九章),"至誉无誉"(三十九章),"大方无隅,大器晚成。大音希声,大象无形"(四十一章),"天下之至柔,驰骋天下之至坚"(四十三章),"大成若缺……大盈若冲……大直若屈,大巧若拙,大辩若讷"(四十五章),"知者不言,言者不知"(五十六章),"信言不美,美言不信,善者不辩,辩者不善"(八十一章),等等。这些看似矛盾的话语,与布鲁克斯所信奉的诗歌语言是悖论语言的理论,在本质上有相似的地方。有学者总结道:"道家中满是遮破主客、此彼、有无、成毁、美丑、善恶、盈冲等的话。"③道家的这些话其实都可以视作悖论。至于"塞翁失马,焉知祸福","生于忧患,死于安乐","小隐隐于野,中隐隐于市,大隐隐于朝","有心栽花花不成,无意插柳柳成荫","良药苦口,忠言逆耳","不怕一万,就怕万一","老实人不吃亏","最危险的地方就是最安全的地方"等等,这些用悖论形式总结出来的人生智慧,雅俗皆及,可谓深入中国社会生活的各个层面。

与道家思想相似的评论,在布鲁克斯的文学批评中比比皆是。如在分析托马斯·格雷的《墓畔哀歌》时,布鲁克斯认为,"学糊涂"(learned to stray)其实是一个悖论。学习本来是会令人聪明、清楚,但是诗人却说学习会让人糊涂,乍一看没有道理,细一想,却发现含义深刻。人的天性纯朴,接近自然,如婴儿一般,与真理最为接近;而学习却让人懂得取巧、懂得机心,从而失去了自然属性,表面上看似精明了,从更高的层次看,他在人生的欲望中迷失了自我,离真理渐行渐远,实际上是糊涂了。布鲁克斯的分析更是透彻:"人们想要糊涂是为了保持'天真淳朴',而不是为了学到什么。如果要'学习'避免糊涂,无论出于何种目的,知识拒绝'对他们展开琳琅满目的书卷'都不啻好事。因为知识必定导致的是痴狂,而非清醒。"④布鲁克斯的

---

① 赵毅衡:《诗神远游:中国如何改变了美国现代诗》,上海译文出版社 2003 年版,第 314—315 页。

② (春秋)老子:《老子》,饶尚宽译注,中华书局 2006 年版,第 5 页。本书中所引《老子》皆据该书,不再一一标注所引页码。

③ 叶维廉:《中国诗学》,生活·读书·新知三联书店 1992 年版,第 56 页。

④ (美)克林斯·布鲁克斯:《精致的瓮——诗歌结构研究》,郭乙瑶等译,上海人民出版社 2008 年版,第 111 页。

解释,与《老子》中的"绝圣弃智,民利百倍"思想如若同出一辙。

布鲁克斯分析济慈的《希腊古瓮颂》时,说"听见的乐声远不如听不见的音乐甜美。"[①]与大音希声的说法也是相通的。布鲁克斯认为,没有在希腊古瓮上真正刻画出来的小镇,即想象中的小镇,却比一般的真实的小镇要来得更真实。[②]这多少令人联想到道家的另一个词:大象无形。

布鲁克斯认为《墓畔哀歌》中的坟墓主人,是参透了功名富贵如浮云的圣人、至人、神人,大智若愚、大巧若拙,不同于纯朴的浑然天成的乡下人。乡下人受命运的禁止,才疏学浅,不可能获取光荣,也不可能成为大奸大恶,为害国家。但是坟墓主人却是一位才学之士,本可以掀起风云,或建功立业成就声名,或犯下滔天罪行而遗臭万年,但他选择了默默无闻地死在乡村,无为而终。道家所谓的"圣人无功,至人无名,神人无己"(《庄子·逍遥游》),与此类似。布鲁克斯能将诗理解得与中国道家思想这般的切合,不能不让人联想其可能受到道家思想的影响。

在分析《麦克白》时,布鲁克斯认为,婴儿是最柔弱的,最无助的,但同时又是最强大的,是最有希望的,是未来,是最终的胜利者。麦克白夫妇杀戮孩子,其实是自取灭亡。这种分析,可以看到《老子·七十八章》的影子:"天下莫柔弱于水。而攻坚强者,莫之能胜。以其无以易之。弱之胜强。柔之胜刚。"

布鲁克斯的悖论思想,有多少是来自于中国道家思想,或者说是在多大程度上受道家思想的启发,不好妄下断论。但是,在分析华兹华斯的《不朽颂》时,至少有一处他明确地提到《老子》中的原话。孩子能看见真理,却听不见,也不能说话;在努力向成年人生长时,能听了,也能说话了,但却是以盲目为代价换取的。布鲁克斯指出,瑞恰慈在《柯勒律治论想像》中引用了老子的话"知者不言,言者不知"。[③]这是一个悖论,用来评论《不朽颂》中的孩子与成人,很是贴切。因此,说布鲁克斯受道家思想的影响可能并不会显得过于荒谬。

---

① (美)克林思·布鲁克斯:《精致的瓮——诗歌结构研究》,郭乙瑶等译,上海人民出版社2008年版,第150页。

② "古瓮所暗示的小镇所展现的历史要比任何真实的历史记载更丰富、更重要。事实上,想像中的小镇之于描写的仪仗队就如无声的乐曲之于永不停歇乐师的风笛。"参阅(美)克林思·布鲁克斯:《精致的瓮——诗歌结构研究》,郭乙瑶等译,上海人民出版社2008年版,第154页。

③ (美)克林思·布鲁克斯:《精致的瓮——诗歌结构研究》,郭乙瑶等译,上海人民出版社2008年版,第135页。

二、中庸与布鲁克斯的反讽理论

瑞恰慈关于诗歌的张力等理论，与中国文学和哲学都有密切的联系，深受中国文化的影响。约翰·拉索(John Paul Russo)在《瑞恰慈的生活与工作》(*I.A.Richards：His Life and Work*)一书中谈到，瑞恰慈对中国非常迷恋，这种迷恋最早可追溯到 1920 年，当时有人让他关注中文所含的多重意义的潜能，加之在剑桥大学留学的徐志摩，更是刺激起他对汉语的兴趣，让他觉得中文具有无限的魅力。①瑞恰慈对中国哲学十分倾心，在其 1922 年的《美学原理》(*Foundations of Aesthetics*)中，首尾都引用《中庸》，卷首题解引用朱熹语："不偏之谓中，不易之谓庸。庸者天下之定理。"这明显是以儒家中庸哲学来主张他的"综合诗"，或称为"包容诗"，认为"一切以美为特征的经验都具有的因素——对抗的冲动所维持的不是两种思想状态，而是一种"。②1924 年，瑞恰慈在《文学批评原理》中确立"综合诗"的理论，认为"诗是某种经验的错综复杂而又辩证有序的调和"。③学者断言，瑞恰慈的《美学原理》"受到了《中庸》和汉字一字多义的影响；《文学批评原理》《科学与诗》《实用批评》《柯尔律治论想象》和《修辞哲学》等著作都留下了'和谐'和'均衡'这些中庸思想的鲜明印痕。"④因此，可以说中庸思想是一条几乎贯穿于瑞恰慈全部思想和作品的主线，是其文学批评理论和美学思想的基石。"中庸所蕴含的平衡与和谐思想对瑞恰兹的理论产生了深远影响。"⑤

瑞恰慈深受中国文学影响，而布鲁克斯曾多次承认自己受瑞恰慈的影响。⑥因此，中国文学有可能通过瑞恰慈而间接影响布鲁克斯。

瑞恰慈的"冲动平衡"(balance of competing psychological impulses)或"对立调和"(the principle of "harmony")理论直接影响了布鲁克斯的"反讽"理论。"布鲁克斯等人接受了瑞恰慈的对立调和思想并加以改造。改造的关键是把瑞恰慈的心理上情感的对立调和，改变为语义上的对立调和。……把对立调和原则具体化为'张力'、'反讽'、'悖论'和'戏剧化结

---

① 　John Paul Russo，*I.A.Richards：His Life and Work*，Baltimore：The John Hopkins University Press，1989，p.405，p.335，p.43.

② 　赵一凡等主编：《西方文论关键词》，外语教学与研究出版社 2006 年版，第 684 页。

③ 　赵毅衡：《新批评——一种独特的形式主义文论》，中国社会科学出版社 1986 年版，第 58 页。

④ 　容新芳：《论 I.A. 理查兹〈美学基础〉中的中庸思想》，《外国文学评论》，2009 年第 1 期，第 101 页。

⑤ 　孔帅：《艾·阿·瑞恰兹与中庸之道》，《宁夏社会科学》，2010 年第 6 期，第 150—153 页。

⑥ 　瑞恰慈对布鲁克斯的影响，见本书第三章"布鲁克斯诗学的渊源"第二节"瑞恰慈"。

构'等理论形态。"①因此,从某种程度上说,瑞恰慈对布鲁克斯的影响,就是中国的中庸思想对布鲁克斯的影响;或者说,是瑞恰慈、燕卜逊等人把中庸思想传导给布鲁克斯,并最终催生出反讽理论。

布鲁克斯的反讽指"'语境使然的对一个表述的明显歪曲'。……反讽无非是'文字互相灌注生气','语境之间的相辅相成'。"②简单地讲,反讽是指诗歌语言在语境的压力下所发生的变形,常常包含言外之意,与字面意义甚至截然相反。布鲁克斯认为反讽与浪漫的惊奇是一对相反相生的孪生兄弟。两者都是人类体验的反映。诗人为读者揭示出那些令人困惑的图景:在原本以为平凡生活中的令人兴奋的一面,或者原本设想是纯洁、欢乐的事物中黑暗的一面。③这种反讽观念其实都是"对立调和"思想的衍生物,都可以追溯到中庸思想。

此外,布鲁克斯可能由于直接或间接地受中庸思想的影响,因此在对待文本与作者和读者、文本与历史的关系、诗歌中的情与理等一系列诗学问题上,态度比较温和,思想更加包容。一般的新批评家都以文本为中心,常常矫枉过正,否定作者与读者对文学理解的作用,反对历史背景的材料加入对文本的理解。而布鲁克斯认为,包括自己在内的新批评派并非反历史主义,也并非否定作者的权威,相反,新批评家承认历史与作者的意图对理解作品有相当重要的作用,当然,这些并不能抹杀文本自身的呈现。④这可能也与他受中庸与孟子的思想影响有关。考虑到瑞恰慈对中国文化及孟子的热衷,布鲁克斯可能也通过瑞恰慈或其他途径了解到中国文学批评的"知人论世"和"以意逆志",其重视历史背景与作者生平对理解文本的作用,强调读者与作者的意图,是否受中国批评传统的影响,也值得探讨。

三、意象与布鲁克斯的反浪漫主义

布鲁克斯受艾略特影响,艾略特受庞德影响,而庞德是中国古典文学、日本文学的狂热爱好者,因此,中国古典文学可能通过庞德—艾略特—布鲁

---

① 陈本益:《新批评派的对立调和思想及其来源》,《四川大学学报(哲学社会科学版)》,2004年第2期,第89—92页。

② (美)雷纳·韦勒克:《近代文学批评史》第6卷,杨自伍译,上海译文出版社2009年版,第357页。

③ Cleanth Brooks, *Community, Religion, and Literature*, Columbia: University of Missouri Press, 1995, pp.7—8.

④ Cleanth Brooks, *Community, Religion, and Literature*, Columbia: University of Missouri Press, 1995, p.8.

克斯这样一条途径而发生作用。①

　　庞德受中国文学的影响早有定论。他不仅翻译了中国古诗,结集为《华夏集》(*Cathay*)②,晚年创作的《比萨诗章》(*The Pisan Cantos*)大量引用了儒家经典章句,并直接在诗中使用汉字。庞德认为中国古典诗歌的风格含蓄,隐而不露,"接近骨头"(nearer to the bone),接近罗兰·巴特(Roland Barthes)所谓的"零度写作",基本手法是"克制陈述"。而浪漫主义是一个滥情主义的、装腔作势的时期,诗歌作感伤性的发泄,整个国家的诗歌由于激情过多而腐烂。当时,很多美国人认为,中国诗能够帮助美国诗实现反浪漫主义的目标。庞德沉迷于中国古典诗歌中丰富的意象,痴醉于对汉字的拆解,即他所谓的"表意文字法",把汉字看成是一幅幅意象的直接构成,并利用中国古典诗中"若即若离、若定向、定时、定义而犹未定向、定时、定义的高度灵活的语法",使"其中物象以近乎电影般强烈的视觉性在我们目前演出"。③庞德最终从中生发开创了西方的意象派理论。

　　那么,艾略特是否受中国文学的影响呢? 艾略特是庞德的崇拜者,在某种意义上可以说是庞德的弟子,自然或多或少受庞德的艺术品味与兴趣的潜移默化。这可从他的代表作《荒原》中鲜明的意象性略窥一斑。从这种师承关系看,艾略特可能也会受到中国诗歌的影响。如赵毅衡就认为,通过细读庞德,艾略特不可避免受到一些中国诗的感染。艾略特的《普鲁弗洛克的情歌》(*The Love Song of J.Alfred Prufrock*)受庞德《华夏集》的影响,在句式上也一反西方诗传统的连绵跨行,而是把语义停顿放在行尾。艾略特的《三圣者的旅行》(*The Journey of the Magi*)④描绘了旅途的艰难,与李白的《忆旧游寄谯郡元参军》非常相似。两首诗都是写一个老人对多年前一

---

① 当然,中国古典文学也可能直接是经庞德而将影响传递到布鲁克斯,或者经庞德传递到其他人,再到布鲁克斯。庞德对新批评的影响,其实从 1949 年的第一届博林根诗歌奖(Bollingen Prize for Poetry)事件中就可看出。授奖委员会由艾肯、奥登、艾略特、罗伯特·罗厄尔、艾伦·泰特、罗伯特·潘·沃伦等人组成,最后将奖颁发给庞德的《比萨诗章》。而罗伯特·潘·沃伦、艾伦·泰特不仅是新批评的干将,而且是与布鲁克斯私交甚笃,尤其是前者,与布鲁克斯一起编了《理解诗歌》与《理解小说》等教材,共同创办《南方评论》,两人学术主张相近,品味相当,关系极为密切,两人的合作与友谊持续了一生。按常理推断,布鲁克斯与作为评委的那些朋友们一样,对庞德及其诗歌应该是了解的,也是推崇的。为集中论述,本节仅仅重点分析中国古典文学通过庞德、艾略特到布鲁克斯这样一条可能存在的影响路线。

② 又译为《神州集》。

③ 叶维廉:《中国诗学》,生活·读书·新知三联书店 1992 年版,第 58 页。

④ 又译为《三个圣人的旅程》《圣贤之旅》《智者之旅》等。

次旅行的似乎杂乱的回忆,用的都是散漫的谈家常式的口语。因此,赵毅衡认为"庞德所译李白诗给艾略特留下了极深的印象,使他不自觉地(或自觉地?)采用了李白诗的展开方式。"①中国诗人很少让感情泛滥出来,而是冷静地将个人的体会放进"具有共通性"的自然意象中去,艾略特提倡的"非个性诗"与中国诗在这方面很像。②有学者作了进一步的研究:"庞德其实已成为艾略特与中国诗之间的中介和桥梁;换言之,艾略特正是通过庞德而不可避免地受到了中国诗的影响——尽管艾略特本人没有发现或没有意识到这一点。(艾略特)吸收了中国诗学尚简约崇意境、轻逻辑重意象的风格,借鉴了中国诗结构中省略环节、隐藏逻辑、意象并置等手法。"③而叶维廉的硕士学位论文《艾略特诗方法论》,更是详细考察了艾略特的"客观对应物"、"非个性化"及其"压缩的方法"与中国古典诗论中的意象观念之间的内在共通性。此外,还有学者认为,艾略特的"客观对应物"理念与中国古典诗歌"以物抒情"理论都是将思想感情的表达倾注于对客观对象的刻画,由"物"及"心"。④总之,艾略特反对浪漫主义诗人信奉诗歌是"强烈感情的自然流露"这一说法,非常反感诗歌表现作者个性、表现诗人个人感情,认为这样的诗歌是拙劣的。他认为优秀的诗歌应该是人类整体心灵的回响,是集体意识的反映。所有这些主张,都能看到源于中国古典诗歌、由庞德演绎出来的意象理论的影子。

前面讲过,布鲁克斯非常欣赏艾略特,对艾略特的论文与诗歌极为推崇、喜爱,深受其影响,这一点是毋庸置疑的。但是,艾略特传导给布鲁克斯的影响中,是否有中国文学与文化的元素在里面呢?换句话说,布鲁克斯有没有通过艾略特而受到中国文学与文化的影响?如果有,主要是哪种影响?本书认为,中国古典诗歌中的意象及对历史传统的重视,对布鲁克斯影响深远。崇尚以客观的意象来抒情,使布鲁克斯反感浪漫主义的滥情主义,中国传统的"依经立义"等重视经典、重视历史传统的阐释方法,使布鲁克斯在众多的新批评家中独树一帜,与艾略特一样,保持对历史传统的敬畏。当然,这种影响很难实证,只能力求从诸多相似之处来推测。

---

① 赵毅衡:《诗神远游:中国如何改变了美国现代诗》,上海译文出版社 2003 年版,第 43 页。
② 赵毅衡:《诗神远游:中国如何改变了美国现代诗》,上海译文出版社 2003 年版,第 276 页。
③ 周平远、余艳:《艾略特诗歌与中西诗学传统》,《南昌大学学报(人文社会科学版)》,2007 年第 1 期,第 127—129 页。
④ 谢军、周健:《"客观对应物"与"以物抒情"比较》,《湘潭大学学报(哲学社会科学版)》,2005 年第 1 期,第 151—153 页。

　　包括布鲁克斯在内的新批评家,其实都对诗歌中的意象极为重视。新批评相信,诗歌意象从表面上看非一般理性语言和逻辑性参照系所能理喻,其潜在结构仍表现为一种语义关系,只不过是在表层上省略了许多语义的衔接过渡。由此,从理论上讲,批评家寻找潜在的语义链条便成为可能。他们认为,隐喻意象是抵达真理彼岸的舟筏,通过隐喻意象窥得的新的境界和人生真谛是无法用理念逻辑手段来殊途同归的。①

　　布鲁克斯在诗歌批评中多次强调诗歌中的意象,如《快乐的人》与《幽思的人》中"塔楼"与光的意象,《不朽颂》中孩子的意象等。在戏剧批评中,布鲁克斯也爱抓住戏剧中的意象进行分析。如本书前面说过的,他在分析《温德米尔夫人的扇子》时对扇子这一道具的解读,分析《安东尼与克丽奥佩特拉》中克丽奥佩特拉与使节谈话时出现的青天、日月、地球和海洋等各种意象,分析《罗斯莫庄》中布伦得尔要求吕贝克切掉的手指和左耳朵的象征意义,分析《麦克白》中两个贯穿全剧的意象——"风中的婴儿"和"带血的匕首"。在小说批评中,布鲁克斯也一再提及意象。如在分析美国作家斯蒂芬·克兰(Stephen Crane)的《红色英勇勋章》(*The Red Badge of Courage*)时,抓住"绿色的自然世界"和"蓝色的军服"两个意象对小说进行了精彩的解读。②布鲁克斯对意象的重视,既有欧美文学传统的影响,但是很难否定他也可能受艾略特、庞德与中国的影响。

　　庞德、艾略特对意象的重视,导致他们反对浪漫主义的过分感伤,这也可能影响到包括布鲁克斯在内的新批评家。

　　如果说布鲁克斯对浪漫主义滥情风格的反对,是受中国文学影响的结果,这种影响的路径是从中国古典文学到庞德,从庞德到艾略特,再从艾略特到布鲁克斯,那么,这种路线可能会显得过于简单化。因为在实际过程中不可能有样清晰直接的路线,现实情况肯定要复杂得多。但为了论述方便,本书权且做这种简化处理,以方便读者对这种可能的影响途径一目了然。

　　可以看出,布鲁克斯的诗歌批评理论与中国文学和文化有诸多契合之处。布鲁克斯用悖论分析文学作品时,常常像是对道家的一系列看似矛盾而实际蕴含人生真谛的思想的解析;他的反讽理论、诗歌有机体理论,和在对待文本、作者、读者之间关系的态度上,在对待文本与历史的关系上,及在诗歌中的情与理等一系列诗学问题上,都体现了包容与温和的中庸思想;他

---

　　①　汪耀进编:《意象批评》,四川文艺出版社1989年版,前言,第31—36页。

　　②　Cleanth Brooks *et al.* eds., *American Literature*：*The Makers and the Making*，I，New York：St. Martin's Press，1973，pp.1648—1650.

强调玄学派与现代派的巧智风格,崇尚客观描述,反对直接倾泻情感,与中国古典诗歌对意象的重视有相同的旨趣。当然,还有许多类似的地方。如布鲁克斯对南方农业文明的留恋、对工业化进程的反感和对科学负面因素的警惕,与中国古代诗人追求田园生活的精神气质非常神似。布鲁克斯相信,如果诗歌不作高下优劣的判断,只满足于用相对主义来敷衍搪塞,最终会损害整个诗歌,导致诗歌世界的混乱与崩溃,最终使诗歌消失。因此,布鲁克斯反对相对主义,主张诗歌的评判要有一个绝对的标准。布鲁克斯主张对诗歌进行优劣评判,这一点也颇类似中国古代批评家,如南朝钟嵘的《诗品》到近代王国维的《人间词话》,都各持标准,热衷于评定诗文的等次。

这些相同的现象,不能完全用简单的偶合来解释。至少可以认为布鲁克斯多多少少受到中国文学与文化的一些影响。虽然除非布鲁克斯本人亲口承认,否则这种影响很难实证,但是仍可以大胆假设这种影响的存在,并大致推断出三种影响路径:一是在中国文学对欧美产生影响的大环境下,布鲁克斯受到道家思想的影响;二通过瑞恰慈、燕卜逊等人的传递,布鲁克斯受到中庸思想影响;三是通过庞德、艾略特等人的传递,布鲁克斯受到中国古典诗歌意象观念的影响。布鲁克斯是英美新批评的中坚人物,常被作为新批评的代表,因此,可以毫不夸张地说,整个英美新批评,其实都受到中国文学与文化的影响。而这种影响的程度到底有多大,还有待进一步探讨。

第四章　布鲁克斯诗学在西方的影响

布鲁克斯在西方的影响主要表现在三个方面：首先是因为他对西方批评家作过系统性的批评，而且极具特色，较为深刻，受到学界的推崇，所以产生了深远的影响。另两个方面主要体现为美国本土及欧洲的学者与批评家对布鲁克斯诗学的研究与评价。美国本土的一些学者与批评家对布鲁克斯的诗学进行阐述与批评，无论是赞誉其为"批评家之批评家"，还是指责他为"一元论者"，客观上都对其理论进行了传播，增加了其诗学的影响力。随着其诗学传播到欧洲，布鲁克斯的影响力也超越了国界，在整个西方范围内产生了较大的反响，影响了一大批学者与批评家。

第一节　批评家之批评家

布鲁克斯是一位文学批评史家，在评论西方主要理论家时，作出了自己的判断，对于与自己理论相契合的理论家，表现出热情的几乎是无保留的赞美，而对于与自己所持理念相悖的理论家，在尽量保持公允、客观的前提下，也不失时机地加以评论，针砭得失。因此，雷纳·韦勒克说："毫无疑问，布鲁克斯对其他批评家的品评内容，有不少是自我辩护。……不过他的批评之批评，不仅仅是自我界定的一种尝试。他的立场，从主导方面来看，具有一个客观宗旨和价值，'客观'是指布鲁克斯的成功，在于他阐释了那些往往与他本人思想方法不相吻合的思想。布鲁克斯是一位突出公正，面向文本，认真谨慎的思想审视者。"① 由于布鲁克斯对几乎整个 20 世纪以来主要的西方批评家都进行过批评，因此韦勒克称布鲁克斯为"批评家之批评家"。

---

① （美）雷纳·韦勒克：《近代文学批评史》第 6 卷，杨自伍译，上海译文出版社 2009 年版，第343—344 页。

在与维姆萨特合著的《西洋文学批评史》中，布鲁克斯撰写了里面的第二十五到三十一章，探讨了 20 世纪的批评家，尤其是埃兹拉·庞德、I.A.瑞恰慈、艾略特、威廉·燕卜逊等人，还有其他一些人，如恩斯特·卡西尔（Ernst Cassirer）、苏珊·朗格（Susanne K. Langer）、诺斯洛普·弗莱、莫德·博德金（Maude Bodkin）、理查德·蔡斯（Richard Chase）、弗洛伊德、荣格（Carl Gustav Jung）等。在对这些同时代的批评家的讨论中，他不仅表明了对变化中的关键场景的熟悉，而且通过与其他批评家的比较，界定了自身作为批评家的位置。

布鲁克斯认为，燕卜逊的《含混的七种类型》，在对诗歌中称为多元决定（overdetermination）现象的检测中，展示了一种普遍的心理偏见。对此，布鲁克斯表示了保留意见。作为瑞恰慈的门徒，燕卜逊选取了"含混"这一词语来描述诗歌中意义的多元性。燕卜逊用"含混"一词所表达的意思，实际上是菲利普·惠尔怀特（Philip Wheelwright）在《燃烧的喷泉》（*The Burning Fountain*）中以"复义"（plurisignation）一词所表示的。燕卜逊认为诗歌语言通过位置或语境的变化，能拥有新的含义。《含混的七种类型》提供了对诗的优美的阅读，但是他坚持的"七种"分类，更多的是一种理性主义的倾向，而非对主题穷尽的分析。布鲁克斯认为燕卜逊的晦涩论会使诗歌显得故弄玄虚，而且不能评定诗歌的优劣。布鲁克斯赞扬燕卜逊的《复杂词语的结构》（*The Structure of Complex Words*）对亚历山大·蒲柏《一篇批评论文》（*An Essay of Criticism*）中的术语"巧智"所作的分析，但是，并不欣赏燕卜逊在批评中使用多样的方法，如使用作者心理、读者反应、词语分析等来分析问题。布鲁克斯认为这种策略缺乏关联性，构不成一个有机整体。[1]布鲁克斯总是将自己限制在一种方法内，对诗进行严谨深入的研究。因此，对布鲁克斯来说，燕卜逊的《复杂词语的结构》虽然在许多方面令人振奋，但是仍然逃脱不了大杂烩的印象。布鲁克斯认为，燕卜逊"浣熊般的好奇心"令人钦佩，但是这种"好奇心"并未好过"小男孩拆开钟表，想看看是什么使它运行的那种淘气"。[2]

布鲁克斯一直是兰色姆的信徒，而兰色姆被认为是新批评的理论家与富有开创性的思想家。在《新批评》（*The New Criticism*）中，兰色姆讨论了

---

[1] Cleanth Brooks, "Review of William Empson's *Sutructure of Complex Words*", *Kenyon Review*, 14(1952), pp.669—678.

[2] William K. Wimsatt & Cleanth Brooks, *Literary Criticism: A Short History*, New York: Alfred A. Knopf, 1957, p.622.

他那个时代三位主要的批评家,即艾略特、I.A.瑞恰慈和伊沃·温特斯,并在最后一章作出了充满激情的呼吁,呼吁一种既能分析诗的局部细节,又能分析诗的整体形式的新型批评。像前辈们在内容与形式之间作出区分一样,兰色姆在肌质和结构之间作了一个区分。他用诗的肌质来表示事物物质性的独特性,或局部细节与品质。诗的结构对他而言,意味着塑造诗的参数。正是这支配一切的参数,决定细节放置在合适的位置,并为诗的主旨提供方向。兰色姆特别强调,诗的肌质本来是无关紧要的,但是当它妨碍参数时,仍然不容忽视,因为肌质可以使其更加锐利,使诗更具包容性。布鲁克斯认为这是一种"双焦认知理论"(bi-focal cognitive theory),因为它既给予独特性的知识,又给予普遍性的知识。兰色姆把普遍性归入科学,为诗歌保留独特性。这有点类似瑞恰慈在指称语言与情感语言之间作的区别,即假设指称语言适用于科学,主要处理真理,而情感语言与诗歌相关,是一种伪陈述。布鲁克斯对老师兰色姆的一些观点持赞成态度,但是对他的另一些观点却针锋相对。如对兰色姆的结构—肌质二分法,布鲁克斯提出了批评,指责这种二分法"不妙地类似陈旧的内容—形式二元论"。[①]布鲁克斯批评兰色姆将诗歌功能定义为满足精神健康的需要,这是把价值与知识割裂开来。

伊沃·温特斯在《为理性辩护》(In Defence of Reason)中指出,认为诗的肌质无关紧要、是非逻辑的,这种观念充满了危险的暗示。这可能会导致一系列的疑问:为何一个独特的无关紧要的细节胜过另一个,或者为何无关紧要的细节有可能妨碍这一参数,为何诗人不能像理性的生物一样完全控制诗? 诚然,无关紧要的细节并不产生诗,然而它是"道德的"形象,塑造着参数,并对相异的态度进行校勘,使其成为一个有意义的结构。麦克斯·伊斯曼(Max Eastman)认为,艺术"必须引起一个反应,然而又要压制它,在我们的神经系统中制造一种张力"。[②]布鲁克斯认为这种观点像瑞恰慈的综感理论一样,是心理学的,令人很难接受。

布鲁克斯是叶芝的崇拜者,尤其欣赏叶芝在诗歌中对象征的使用。布鲁克斯虽然认为叶芝是一位卓越的文学批评家,但是也批评叶芝"经常古怪而反常地"对待理性,认为叶芝有一种不公正的倾向,经常会在评判中表露出偏见与偏爱。叶芝诗歌进程的观念是特殊的,他强调这样一个论断:"直

---

①　William K.Wimsatt & Cleanth Brooks, *Literary Criticism: A Short History*, New York: Alfred A.Knopf, 1957, p.622.

②　Max Eastman, *The Literary Mind*, New York: Scribner's Sons, 1932, p.205.

到分成两半,头脑才能产生。"①自我与反自我之间的对话开启了一个辩证的进程,这使诗真实可信。布鲁克斯评论道:"剧中相对立事物之间的张力发展,构成了诗","对叶芝而言,洞察大脑的深处实际上是必需的。"②叶芝早在 1917 年就说过:"我们与他人争论创造出修辞,与自我争论创造出诗歌。"③对叶芝而言,这种与自我起冲突的观念对创作优秀诗歌来说是必不可少的先决条件。因此,叶芝认为雪莱不是优秀的诗人,因为雪莱不能将艺术与欲望分离,以达到非个性化。叶芝认为,没有与自我进行争论的自恋,就像是火车站上的信号房一样,没有创造诗歌的能力。客观的逻辑导致抽象,而病态的主观导致以自我为中心,使作家不能超越个人的关注点与意识形态偏见。叶芝从艺术家莎士比亚转换到剧中人物如泰门和克莉奥佩特拉,以展示体验之为体验本身,是如何被伟大的戏剧家在戏剧中清楚地表达出来。布鲁克斯对叶芝的这种转换有特殊的兴趣。艺术家"成形的喜悦"使情感纯粹,因为这个原因,叶芝说,"艺术的高贵在于对立面的融合,如极度的悲伤与极度的喜悦、个性的完善与对个性完善的放弃、湍流四溢的动能与大理石般的沉静。"④

叶芝也承认风格在诗歌中的重要,把风格看作是未耗尽的艺术能量的表演。当处理支配性情感时,艺术家练习有意识地控制他的技艺,以便可以将词语、声音和事件美化成"一团极其个性化的、任性的火焰"。但是这并不意味着叶芝追求修辞。叶芝将修辞看作是在缺少诗歌天才时,对真诚的替代品。因此,对叶芝而言,"对立面的融合",对产生一首优秀的诗必不可少,这与布鲁克斯诗人想象力的包容性观念非常相似。布鲁克斯认为这种包容性给予动态的向前的推力,以到达诗的主旨。布鲁克斯认为,叶芝想把自己的生命变成一件艺术作品,是一种创造统一体的企图,这种统一体类似混乱的多元性体验中的秩序。布鲁克斯崇拜叶芝,不无赞叹地说:"这个人(指叶芝,引者注)将自身的生命制作成一件艺术品,成功地赋予自身的生命以一种可以在诗中发现的可理解性、统一性及风格化。"⑤

奥登是布鲁克斯视作文化诗人的另一位文学批评家。布鲁克斯评价

① W.B.Yeats, *The Autobiography*, New York: Doubleday Anchor Books, 1958, p.345.

② Cleanth Brooks, "W.B.Yests as a Literary Critic", in *The Shaping Joy: Studies in the Writer's Craft*, London: Methuen & Co. Ltd., 1971, p.105.

③ W.B.Yeats, *Mythologies*, New York: Macmillan, 1959, p.331.

④ W.B.Yeats, *Essays and Introduction*, New York: Macmillan, 1961, p.255.

⑤ Cleanth Brooks, "W.B.Yests as a Literary Critic", in *The Shaping Joy: Studies in the Writer's Craft*, London: Methuen & Co. Ltd., 1971, p.121.

说，奥登是"我们时代最成功、也是最令人兴奋的批评家之一"。①其实，奥登作为批评家所写的大多数东西没有文学性，或者仅仅具有部分的文学性，但是他对塑造文学关系的社会与文化思想的洞察力是敏锐的，是值得称道的。在论文《巴兰和驴》(*Balaam and the Ass*)②中，奥登试图定义主仆关系，并给出了多种文学文本中的例子。奥登对莎士比亚的戏剧如《李尔王》与《暴风雨》(*The Tempest*)富有感知力的文化模式及心理学基本特征的分析是卓越的。一再发生的心理模式构成了多样的文学形式，而对这种心理模式定位的兴趣使奥登成为一位原型批评家。当然，除了曾经在《愤怒的洪水》(*The Enchafed Flood*)中用过"象征簇"(symbolic clusters)这一术语外，奥登很少使用原型术语来描述他的这种批评意图。奥登的观念是：艺术是历史的产物，而非原因的产物；艺术与历史之间的关系是亲密而重要的，然而艺术从未使任何事情发生；事实是，如果没有一首诗被写出，没有一幅画被画出，没有一段音乐被谱出，人类的历史也不会发生实质性的变化。

　　奥登相信，诗歌与语言一起工作，对于诱发或抑制情感具有神奇的力量。但是正如他在《亨利·詹姆斯与美国艺术家》(*Henry James and the Artist in America*)中所说，艺术家既不是文化宣传者，也不是官方的魔术师。奥登认为，艺术既不是宗教，也不是迎合迟钝的大众情感需要的手段。在这种意义上，他反对那种认为诗人是未经正式承认的世界立法者的观点。对奥登而言，如果说诗人作为诗人有一种特殊的责任，那么，"只有通过他的存在，了解如何成为最优秀的诗人"，这种责任才能被解除。③

　　在对人类经验的归纳中，自然与历史总是被当作坐标。只有在人们开始像理性的生物一样，由一个共同的目标联合起来，在社会中开始生活时，历史才变得可能。如果自然与艺术相关，那么科学就与人类的理性思考相关。因此，这样的社会中的一位成员创作的诗，就像是一种语言系统。在论文《自然、历史与诗歌》(*Nature, History and Poetry*)中，奥登把诗人视作伪人(pseudo-person)，像在镜子中的形象一样，虽然扭曲了现实，但是并没有撒谎。不可能基于诗歌的主题，来判断这首诗是真实的还是错误的。唯

①　Cleanth Brooks, "W. H. Auden as a Literary Critic", in *The Shaping Joy: Studies in the Writer's Craft*, London: Methuen & Co. Ltd., 1971, p.142.

②　巴兰(Balaam)是美索不达米亚的先知，被摩押王派去诅咒以色列人，在遭到他所骑驴子的责备后，反而遵上帝之命去祝福以色列人(《圣经·民数记》22—23)。后泛指企图误人的假先知。

③　Cleanth Brooks, "W. H. Auden as a Literary Critic", in *The Shaping Joy: Studies in the Writer's Craft*, London: Methuen & Co. Ltd., 1971, p.137.

一能够被揭示的,是这种社会情感是否被恰当地体现在诗中。布鲁克斯认为奥登感兴趣的不是诗歌的内容,而是创造诗歌秩序的方式。布鲁克斯说:"如果我可以发表自己的看法,那就是说,问题不是去揭示诗所作出的建议是正确的还是错误的:而是要揭示诗是真正统一的还是混乱的,它的各部分是有关联的还是无关联的,它体现了秩序还是被无秩序所撕裂。"①

布鲁克斯发现,奥登的诗歌与自己的文学方法有一种亲缘关系。像布鲁克斯一样,奥登也承认,不同的情感在诗歌中彼此对抗,要求包容性,创造出张力,并对诗人的想象力构成挑战——因为诗人要用想象力把它们组织成为一个连贯的整体。布鲁克斯欣赏奥登,因为奥登坚持用融贯性真实(the truth of coherence)代替指称性真实(the truth of reference),正如他将诗的美定位于"矛盾情感在相互适应的秩序上"的调和一样。因此,布鲁克斯作出结论:"奥登是文化诗人,文化史的学徒,严肃的道德家,可能持有相当于形式主义者的诗歌观念。"②

布鲁克斯把莱昂内尔·特里林也归为新批评家。基于特里林在《文学观念的意义》(The Meaning of a Literary Idea)中关于弗洛伊德的影响所发表的意见,布鲁克斯认为特里林反对在观念真实与文学作品所体现出来的价值之间任何简单的一一对应关系。因为可认知的观念从社会中获得,被用于文学中,通过文学的作用,于是观念的新组合就产生了。因此,特里林的强调在于作家活动的重要性,作家与自己的作品斗争,以便能够从社会生活桀骜不驯的事物中创造出一种连贯性结构。布鲁克斯认为,由于这种企图,特里林与形式主义者竭力理解文学的动态没有什么区别。③

布鲁克斯认为,20 世纪很少有批评家处理文学的形式,但是恩斯特·卡西尔强调给予人类经验固定处所与名字的重要性,因为这样,人类的经验才能被储存并稳定起来。在《符号形式哲学》(Philosophy of Symbolic Forms)中,卡西尔强调,即使是纯粹情感的领域也有对客观性的要求,文学是对科学的一种平衡,给予人的内在生命的特殊知识。在这种意义上,神话和文学彼此补充,并提供给艺术家一种中介。神话在原始时代被用来作为一般理念的体现。最后,语言发展成为一种能干的中介,被强调为文学的

---

① Cleanth Brooks, "W.H.Auden as a Literary Critic", in *The Shaping Joy: Studies in the Writer's Craft*, London: Methuen & Co. Ltd., 1971, p.139.

② Cleanth Brooks, "W.H.Auden as a Literary Critic", in *The Shaping Joy: Studies in the Writer's Craft*, London: Methuen & Co. Ltd., 1971, p.142.

③ Cleanth Brooks, "The Formalist Critics", *Kenyon Review*, XIII(Winter 1951), pp.72—81.

"入口"(import)。苏珊·朗格在《情感与形式》(*Feeling and Form*)中说:"(音乐)有入口,这个入口是知觉模式——生命本身的模式,正如它被感受到并直接明白的。因此,让我们将音乐的意义称为'至关重要的入口'(vital import),以取代'含义'(meaning),'至关重要',并非是作为一个模糊的赞美之词,而是作为一种限制性形容词,以限定'入口'与动态的主观经验的相关性。"①根据这种观点,神话、传奇与童话故事仅仅是在文学中有限使用的艺术的自然材料。

布鲁克斯认为,比起哲学,神话批评家与心理学更亲近。弗洛伊德将梦与艺术相比较,以解释艺术的创作与意义,但是另一位心理学家荣格给这种相似性的观念贡献了一种在不同文化中象征表达的模式。文学批评家如诺斯洛普·弗莱,不满意于文学的这种结构分析,除非能够在一些原型中看出文学的形式根源。弗莱假定文学是由前文学类别如神话仪式、民间故事等所提供材料的。这种观念由约瑟夫·坎贝尔(Joseph Campbell)在《千面英雄》(*Hero with a Thousand Faces*)中进一步发展。在书中坎贝尔主要处理追寻神话。理查德·蔡斯在《神话的追寻》(*The Quest for Myth*)中将诗歌与神话等同。布鲁克斯概括蔡斯的观点,说:"他认为,诗歌与神话源于人类相同的需要,代表着同一种象征结构,成功地赋予体验以同一种敬畏和不可思议的奇迹,扮演着相同的净化与宣泄功能。"但是必须要注意的是,蔡斯并不相信神话的想象与信仰是密不可分的。蔡斯断言,任何有生气的诗在结构上都是神话的。

然而,莱斯利·菲德勒(Leslie Fiedler)的看法不同。他认为,作家所作出的对神话的选择,将他带至作为原型材料的传记研究,虽然这种传记是乔装的。菲德勒坚持认为,作家把他的签名置于原型上,诗只是一条通往诗人心理事件的线索。莫德·博德金的《诗歌的原型模式》(*Archetypal Patterns of Poetry*)认为,能够研究神话在诗歌结构中的存在与意义。然而,布鲁克斯认为,从这本书中可以发现,原型批评并不是一种新的组织或理解方式,它只是表明诗人资源的扩大。像梦有假面一样,文学片段可能也会显得无法了解。只有通过艰苦的分析,才能消除含混,明白基本象征在文学结构中被使用的目的。荣格在《寻找灵魂的现代人》(*Modern Man in Search of a Soul*)中,对诗与梦作了非常明确的区别(这与弗洛伊德不同),强调梦是由无意识塑造的,而诗是有意识的创造物。

---

① Susanne K.Langer, *Feeling and Form*, New York: Charles Scribner's Sons, 1953, p.31.

布鲁克斯本人虽然是一位诗歌细读者，不是神话批评家，但是他并不否定文学中的神话、传奇、仪式和童话故事的重要性。在论文《〈尤利西斯〉中的乔伊斯：象征诗、传记还是小说》(*Joyce in Ulysses：Symbolic Poem，Biography or Novel*)中，布鲁克斯认为詹姆斯·乔伊斯像艾略特在《荒原》中一样，使用相同的方法，运用神话来增强艺术效果。布鲁克斯说："必须承认，《尤利西斯》实际上是一种私人日志与心灵日记，包含着乔伊斯自己个人对特定人群的复仇、他私人的玩笑、对他具有特殊意义的事情与事件的暗示。"但是，必须承认，《尤利西斯》中所说的每一件事都没有严格意义上虚构的理由，然而，布鲁克斯坚持认为："关于这部小说的意义，无论我们作出什么结论，都要求检测这部小说的结构——都必须与在小说中实际上能发现的事物相匹配。"①

布鲁克斯对一些关注过戏剧的理论家或批评家的戏剧理念也作过梳理和评论。在《西洋文学批评史》中的第二十五章"悲剧与喜剧：内在的焦点"和第三十章"小说与戏剧：肥硕的结构"，他以明确的文学有机体的观念立场，对整个现代戏剧批评史进行了评估。

对亚里士多德和尼采(Friedrich Wilhelm Nietzsche)的戏剧观念，布鲁克斯多有赞赏，而对黑格尔(Georg Wilhelm Friedrich Hegel)的戏剧理论，则基本上持否定的态度。如布鲁克斯将戏剧与诗歌等同的做法；坚持悲剧主人公必须是不是太好，也不是太坏；不重视剧本的舞台演出效果等，明显打上了亚里士多德的烙印。对于尼采认为悲剧是最伟大的艺术，"和谐"了最大量的各种张力等观点，布鲁克斯也大为赞赏："把悲剧纳入一个'抒情的'形式，乃认悲剧是被'和解'的张力所组成的格式，或认悲剧是许多冲突的成份，被'和谐'后而成的组织，提示了后来流行于文学批评中的一种新趋势。这趋势便是甚至在最小的抒情诗里，寻找一种'戏剧的'结构，一个由几种冲突力量所形成的格式，被建立起来，发展起来，而后被和解了。……尼采于此又表现其先觉的意识。他如此敏锐，竟预料到紧接的时代将走的路线。"②而对于黑格尔的悲剧理论，布鲁克斯认为是"起于伦理，终于伦理"，把悲剧局限于描述两个对立的伦理力量的冲突。"黑格尔界说的悲剧冲突，极适合其庞大的哲学体系。悲剧冲突，只是正反合辩证过程的另一例证：主

---

① Cleanth Brooks, "Joyce's Ulysses: Symbolic Poem, Biography or Novel?", in *The Shaping Joy: Studies in the Writer's Craft*, London: Methuen & Co. Ltd., 1971, p.86.

② (美)卫姆塞特、布鲁克斯：《西洋文学批评史》，颜元叔译，台北志文出版社1975年版，第520—521页。

题被反主题所反对,其间的冲突,被解决于更高层次的综合;主题与反主题的要求,都为高层综合所接纳了,不过两者间任何终极的冲突,只是幻觉而已。黑格尔的悲剧定义,是一个哲学家的悲剧定义——当然,哲学家所下的文学定义,不一定就不妥当——但许多人认为他的定义太'理智'了,且是其整个艺术理论的一部分,而这一套的艺术理论,认文学乃一种原始的哲学,因此对成熟的心灵而言,文学是有限的与带缺憾的哲学。"因此,"黑格尔的体系原则,在根本上是理性主义的,是仇视宗教也同样仇视艺术的。"①当然,布鲁克斯认为黑格尔至少有一点可取,就是认识到悲剧中的对立与冲突。

对于同时代的批评家阿尔贝特·库克(Albert Spaulding Cook),布鲁克斯比较重视他的《黑暗的航行与中庸之道——喜剧的哲学》(*The Dark Voyage and the Golden Mean*:*A Philosophy of Comedy*)一书中所述的悲剧与喜剧相互依赖与自相矛盾的象征,并将其简化为类似下面的表格:

悲　剧	喜　剧
奇异的	可然性的
想象力	理　智
伦　理	习惯行为
个　人	社　会
极　端	中　庸
(基督教)	(亚里斯多德)
象　征	观　念
死　亡	政治,性
善与恶	迎合或拒斥
英俊演员	丑陋演员
不为社会接受的艺术家	外交官式的艺术家
失　败	成　功
独　白	旁　白
超　人	次于人(野兽,机器)
贵　族	小资产阶级
矛　盾	对　比

---

① （美）卫姆塞特、布鲁克斯:《西洋文学批评史》,颜元叔译,台北志文出版社 1975 年版,第509—510 页。

布鲁克斯认为表格里列出的悲剧与喜剧相反而相成的性质,包括了人类生命里的一切。[①]

匈牙利裔英籍作家亚瑟·库斯勒(Arthur Koestler)认为喜剧与悲剧关系密切,对此,布鲁克斯更是大为赞同。库斯勒在《内察与外观》(*Insight and Outlook*)中认为,喜剧与悲剧使用相同的、一般性的智力结构,两者的对比都是双关的。他先是对人的心理因素中的情感与认知进行比较,认为情感过程比认知过程具有更大的惰性。当一条线索的逻辑或联想,突然被另一条线索的逻辑或联想中途拦截的时候,人的认知即从一个区域跳到另一个区域,但是情感却无法作这种跳跃。当情感不能像思想一样突然转向时,便满溢了出来,这种满溢的情感对外发泄时,便成了笑声。从笑声发泄出来的惰性情感,是自我肯定的,既具侵略性,又具防守性。喜剧的自我肯定情感,不同于悲剧艺术的自我超越与统一结合的情感。悲剧中的情感不会满溢出来,因为自我超越的情感能随思想的列车,绕过任何铁路车站的转弯处;参预性的同情的情感,似一条狗一般,追随在叙事的后面。当一种双关情况发生时,同情的情感不会从思想上脱落下来,而是忠实地追随思想,进入新的区域。但是,如果将情感的类别进行转换,就可以把悲剧变成喜剧。布鲁克斯非常认可库斯勒关于喜剧与悲剧都强调冲突、张力和情感,同属于美学与科学二分范式的观点。[②]

戏剧理论家弗朗西斯·弗格森(Francis Fergusson)在《剧场的观念》(*The Idea of a Theatre*)中将行动视为戏剧的首要元素,对此,布鲁克斯表示了反对,认为戏剧主要还是以文字作媒介的结构。弗格森认为,戏剧最重要的是情节,而情节与布局的基础是行动;戏剧中的行动是"事故"(对话、人物、动作)所本的"心智生活的焦点或目的"。布鲁克斯认为,弗格森的行动观念类似于亚里士多德的本质观念。但是,正如本质是一个抽象的概念,只能从外在的事物表现出来一样,行动也很抽象,很难界说,"似在戏剧之内,又似在戏剧之外",必须由情节表现出来。而情节要由牵涉其中的人物来体现,人物要说话,而这种说话最终还是要落实到文字上面。因此,探索行动的唯一路线,是行动的"实现",即剧本的文字。[③]

---

① (美)卫姆塞特、布鲁克斯:《西洋文学批评史》,颜元叔译,台北志文出版社 1975 年版,第 49 页。引文中的"亚里斯多德"即"亚里士多德"。

② (美)卫姆塞特、布鲁克斯:《西洋文学批评史》,颜元叔译,台北志文出版社 1975 年版,第 531—535 页。

③ (美)卫姆塞特、布鲁克斯:《西洋文学批评史》,颜元叔译,台北志文出版社 1975 年版,第 632—636 页。

通过以上的一个简单梳理,可以看出,布鲁克斯不仅胜任各种体裁的文学批评,而且胜任对同时代批评家所表达的文学观点进行批评。作为一位极其敏锐的文学研究者,布鲁克斯研究这些批评家,无论他们说了什么,都尽力去弄清楚,在哪个地方能够找到这些批评家的共同点。可能正是这个原因,布鲁克斯才会在《西洋文学批评史》的前言中说他们写了一部关于语言艺术及其阐释批评的观念史。值得注意的是,尽管布鲁克斯对文学及其他批评家的著作一向作宽容的解读,但是一直保持了基本观念的稳定。正如利维斯·辛普森(Lewis P.Simpson)所说,布鲁克斯"是以拥有至关重要、向默观的批评家敞开的、关于秩序的可能的经验的权威"而写作的。①布鲁克斯善于发现兴趣不同的批评家洞察力的共同点,并在他们的观点与自身的文学观点之间建立基本的相似点。

当然,反过来也可以说,布鲁克斯对其他批评家的批评,有一个非常明显的衡量标准,即这些批评家在多大程度上与其对立统一的反讽诗学相契合。如果与反讽诗学的契合度高,那么就是值得赞扬的;如果与反讽诗学相合度不高,甚至相互龃龉,那么就要被批判。这种鲜明的立场,在一些学者看来是布鲁克斯保持立场一贯性的可贵之处,而在另一些反对者眼中,则是布鲁克斯不够公允的"罪证"。

第二节 在美国的影响

从 20 世纪 30 年代早期开始,布鲁克斯就一直是新批评的见证者,并被认为是新批评的主要发言人和最有能力的实践者之一。在美国本土,一方面,他获得大量的赞誉,他的诗学及批评实践,被认为引领了英语文学界的第三次革命。另一方面,在获取赞誉的同时,布鲁克斯的著作也激起了相当大的争议,以致"被对手挑出来作专门的攻击"。②其中最有力的攻击,来自芝加哥学派的领袖克莱恩,他称布鲁克斯为"一元论者"。在这些赞美与贬斥的两极之外,更多的是对布鲁克斯诗学比较理性的研究与分析。所有这些,都可视为布鲁克斯诗学在美国的影响。

---

① Lewis P.Simpson, ed., *The Possibilities of Order*: *Cleanth Brooks and His Work*, Baton Rouge: Louisiana State University Press, 1976, p.XXIII.

② John Paul Pritchard, *Criticism in America*, Ludhiana: Lyall Book Depot, 1956, p.256.

一、赞誉:英语文学界的第三次革命

在诗歌方面,他对艾略特的《荒原》的分析,对叶芝及美国现代诗人的阐释,如兰色姆、艾伦·泰特、罗伯特·潘·沃伦,都是极其卓越的。在小说方面,他研究了海明威、菲兹杰拉德和福克纳,尤其是对福克纳的研究,可能是至今为止对福克纳最详细、最有说服力、最贴切的研究。他通过对玄学派诗人的翻案与重估,使读者对美国现代诗歌有了更完整的理解。他令人信服地将美国现代诗歌与批评的出现,定位为英语文学界继新古典主义与浪漫主义—维多利亚时期之后的第三次革命。布鲁克斯使学术界与大众读者看到,他们认为20世纪二三十年代那些晦涩难懂的现代诗,不仅是优秀的、可以读懂的,而且是属于英语传统中最好的诗歌之列。

布鲁克斯一个至关重要的批评思想就是把诗歌当作一个独特的、整体的诗歌作品来阅读。他把批评的注意力从传记与社会学引开,集中到诗歌本身,集中到对诗歌文本的细读。因此,有评论家认为,如果要说20世纪发生了一种文学界的革命,那么它就一定是布鲁克斯所引领的,布鲁克斯"充分地定义了它的精神、揭示了它的原因。"①

布鲁克斯最伟大的成就是对当时大学中年轻一代所产生的影响,对文学教学所产生的影响。布鲁克斯本人直接投身教育事业,对整个一代读者的教育所产生的影响更是不可估量,甚至许多年轻人可能没有意识到他们实际上深受影响。②布鲁克斯革新了美国大学中的文学教学方法,培养了整整一代年轻的教师和读者,使他们经历了英语批评中的第三次革命的洗礼。

《文学门径》是布鲁克斯第一本产生影响的教材,反映、传播了他的批评原则。而布鲁克斯与沃伦合编的《理解诗歌》,是新批评的奠基之作,是新批评诗歌方法的宣言。

《理解诗歌》甫一出版,约翰·克劳·兰色姆就发表评论,称其是"一本令人钦佩的著作",是"这个时代的丰碑","它所属类型中的第一本教材。……布鲁克斯先生在那些更精微的批评家中奠定了他的地位。"③

赫伯特·穆勒原先对布鲁克斯坚持诗歌的绝对标准表示反对,后来也

---

① John E. Hardy, "The Achievement of Cleanth Brooks", *Hopking Review*, VI (Spring-Summer 1953), p.150.

② John E. Hardy, "The Achievement of Cleanth Brooks", *Hopking Review*, VI (Spring-Summer 1953), p.151.

③ John Crowe Ransom, "The Teaching of Poetry", *Kenyon Review*, I (Winter 1939), p.82.

宣称,布鲁克斯及其合作者"对诗歌直接文本的分析是卓越的:他们对想象性客体、诗意的体验和纯粹美学价值有着深刻的理解。他们给予的是一种内在的理解,让读者明白一首诗真正讲述的是什么。"①

布鲁克斯1938年到1939年出版《现代诗与传统》和《理解诗歌》,赋予它们以回顾性与预言性特征。在这几卷著作中,不仅收集了他最好的论文和教学技巧,而且打开了一系列行动计划的大门,如对英国文学史的修订,②及一种含蓄的邀请,邀请对他的理论进行批评反应。批评反应来得非常迅速,尤其是当布鲁克斯与维姆萨特在《西洋文学批评史》中用新批评的术语重新讲述文学史时。布鲁克斯用《精致的瓮》来回复那些对《现代诗与传统》的批评。在《现代诗与传统》中,布鲁克斯主要使用玄学派与现代诗歌作为例证,而在《精致的瓮》中,他集中选择浪漫主义和维多利亚时期的诗歌,以证明他的方法适用于几乎所有种类的诗歌。他成功地达到这一目标,并获得公认。门罗·斯皮尔斯(Monroe K.Spears)这样评论《精致的瓮》:"这是一本非常重要的、有价值的书,⋯⋯在玄学派与现代诗人身上使用了相同的方法,获得巨大的成功",它明显是"对特定的诗闭合的、细致的研究,及这种分析所隐含的诗歌理论清楚而明确的范例。"③

到1949年,布鲁克斯与沃伦已经将新批评带入大学,获得巨大的成功。这相当不容易,因为在各大学的英文系中有许多老的卫道士,对这一运动的某些观点怀有敌意。"在20年代一直被认为不可靠的观点,到40年代中期变成一种可接受的学术专业",④到50年代中期,变成一种全国性影响的技巧,到60年代中期,成为一种成熟的运动。

1957年《国家》(Nation)杂志出版了二十位著名教师的专题论文集,主要讨论当下有重大意义的活动,尤其是文学性活动。除了所有可能被包含的优点之外,《理解诗歌》有两点被特别提及,都非常有力。艾伦·斯沃洛(Alan Swallow)说:"在文学领域,⋯⋯这个时代真正革命性的著作,很显然是克林思·布鲁克斯与罗伯特·潘·沃伦的《理解诗歌》。在诗歌和散文方面,它都有大量的模仿者。⋯⋯为何这本著作具有革命性呢? 因为它是对

---

① Herbert J.Muller, "The New Criticism in Poetry", *Southern Review*, VI(Spring 1941), p.812.

② Cleanth Brooks, *Modern Poetry and the Tradition*, Chapel Hill: University of North Carolina Press, 1939, pp.219—244.

③ Monroe K.Spears, "The Mysterious Urn", *Western Review*, XII(Autumn 1948), pp.54—55.

④ Paul West, *Robert Penn Warren*, Minneapolis: University of Minnesota Press, 1964, p.2.

大学英文系整整一代教师具有最重要影响的一本著作;它改变了大学中的文学教学方法。"①卡尔·夏皮罗(Karl Shapiro)虽然对《理解诗歌》颇有微词,但不得不承认:"这个世纪最重要的著作之一是叫作《理解诗歌》的教材。……它不仅对文学教学进行了革命,……而且每一文本集与选本都显示受它的影响。"②

1959年,雷蒙德·史密斯(Raymond Smith)在一篇关于"逃亡者"批评的论文中说,"由布鲁克斯和沃伦编著的教材在大学生英语课程中几乎被普遍使用",显著地影响了作为一个整体的美国文化的色调。"对美国年轻一代思想的影响是不可估量的。"③诺曼·弗雷德曼(Norman Friedman)这样评论新批评思想的传播:"这些观念所产生的、并仍然具有的影响,可以在克林思·布鲁克斯的作品中看到代表形式。"④

自20世纪60年代以来,"新批评走向在《理解诗歌》庇护之下的时代。如今,新的倾向于与主流分离的思想,反对这本著作,以宣示他们的立场"。⑤如有些美国诗人反对新批评标准时采取的战斗口号就是"打倒《理解诗歌》!"⑥布鲁克斯与他的同伴们所产生的影响之一,是对文学史的重估。在一个小说的时代,他们使诗歌的地位再再上升,与当时的学院派相对抗,将关注的重点从相关的作家之间转移,削弱一些被广泛认可的作家(如弥尔顿、雪莱)的声誉,提升一些不是很知名作家的地位。在一个自由主义和进步主义占支配地位的时代,他们成功地呼吁了建立在重农主义文化基础之上的保守主义和传统的社会理想。他们从一个不合时代潮流的小圈子一跃成为新的权力体制。通过文学季刊,教学热情和原创性教材,传播了新批评

---

① Alan Swallow, Karl Shapiro, *et al.*, "The Careful Young Men: Tomorrow's Leaders Analyzed by Today's Teachers", *Nation*, CLXXXIV(March 9, 1957), pp.209—210.

② 卡尔·夏皮罗谴责《理解诗歌》对天才和创造性的不良影响,说《理解诗歌》使"诗歌脱离大街,将其投入实验室。……它实际上阻碍了天才。……我们主要的韵文杂志中没有思想的、美丽的诗歌,都源自《理解诗歌》。"但是他又说"这种教学工具的客观性……造成最终没有标准",这显然与前面的指责自相矛盾。Alan Swallow, Karl Shapiro, *et al.*, "The Careful Young Men: Tomorrow's Leaders Analyzed by Today's Teachers", *Nation*, CLXXXIV(March 9, 1957), p.208.

③ Raymond Smith, "Fugitive Criticism", *Chicago Review*, XIII(Autumn 1959), p.iii, pp.116—117.

④ Norman Friedman, "Imagery: From Sensation to Symbol", *Joural of Aesthetics and Art Criticism*, XII(September 1953), p.30.

⑤ Anthony G.Tassin, *The Phoenix and the Urn: The Literary Theory and Criticism of Cleanth Brooks*, Ph. D. Thesis, Louisiana State University, 1966, p.162.

⑥ Donald Hall, *Contemporary American Poetry*, Baltimore: Penguin, 1962, p.17.

理论。布鲁克斯和沃伦在上述三个领域都功勋卓著。他们的《南方评论》获得国际性的赞誉,《理解诗歌》被称为"现代教育学的经典之一","主要通过教导那些更年轻的教师自己在大学里从未被教过的东西——如何阅读诗歌,从而革新了文学教学法。……这种影响如此巨大,可以从《理解诗歌》仍然是学术类最畅销著作这一事实中得到证实。"①有许多模仿《理解诗歌》的著作。"粗略地扫视一下大学英语教材目录,可以发现绝大多数的诗歌指南,或者了解布鲁克斯和沃伦的方法,或者抄袭了他们的方法。"②

而至于其在小说批评与戏剧批评方面的影响与声誉,虽然远不及其诗歌批评大,但是也有力地共同构成了其文学批评的完整体系。他的《理解戏剧》在一定程度上影响了批评家埃瑞克·本特利、密歇根大学的戏剧写作教授肯尼斯·罗和康奈尔大学戏剧教授马文·卡尔森等人,虽然这些人对其戏剧批评理念不是完全认同。

二、批判:一元论者及其他

布鲁克斯与其他的逃亡者同事在文学批评上带来一个新的运动,反对早期文学的外在研究方法,而致力于发现不同诗歌内在的一致性。他的重点在于"文本的细读",通过分析文本的结构策略与语言策略,把艺术文档当作"一个有机整体",有一个特殊的"反讽性"结构来研究。因此,一种新的、独特的状况被加入到艺术作品中,艺术真理被从科学真理与科学技术的冲击中拯救出来。布鲁克斯的新批评理论为文学文本的研究打开了一条新的道路,但是,所有新批评家的批评理论与方法都被许多批评家,尤其是芝加哥学派(Chicago School)批评家所攻击。在 20 世纪 30 至 40 年代,芝加哥大学的一群学者,包括罗纳德·克莱恩、艾尔德·奥尔逊(Elder Olson)、威廉·基斯特(William Russel Keast)、理查德·麦肯(Richard Mckeon)、伯纳德·温伯格(Bernard Weinberg)和诺曼·麦克林斯(Norman Macleans),他们站出来反对新批评。这群批评家评价其他批评学派的能力与局限,在他们那个时代很流行,把亚里士多德的方法作为衡量其他批评语言的尺度,打着人文及其四重视野的旗帜。

艾尔德·奥尔逊与威廉·基斯特主要选择了威廉·燕卜逊与罗伯特·

---

① Richard Foster, "Frankly, I Like Criticism", *Antioch Review*, XXII (Fall 1962), pp.280—281.

② Anthony G.Tassin, *The Phoenix and the Urn*: *The Literary Theory and Criticism of Cleanth Brooks*, Ph. D. Thesis, Louisiana State University, 1966, p.163.

海尔曼这两位年轻的批评家的理论来发动攻击。而罗纳德·克莱恩则将注意力集中于布鲁克斯,最为著名的便是其在论文《克林思·布鲁克斯批评的一元论》(*The Critical Monism of Cleanth Brooks*)中对布鲁克斯理论的评价。他的《批评语言与诗歌结构》(*The language of Criticism and the Structure of Poetry*)与两卷本的《人文的观念》(*The Idea of the Humanities*)也涉及布鲁克斯的理论。

罗纳德·克莱恩的批评方法是询问式的。对他而言,一部特定的文学作品代表更大的运动。克莱恩在其开创性论文的开篇就声称:"长期以来,我对'新批评'的某种特定的怀疑,被克林思·布鲁克斯先生最近的著作《精致的瓮》与他最近的关于'反讽'与'反讽性诗歌'的论文大大地加重了。"①然而他承认布鲁克斯与其他的形式主义批评家在文学批评领域的贡献价值。他认为:"通过提出新的指导思想,迫使我们注意以前过于忽视的各种类别的难题,这种批评无疑做了大量的努力去重振文学研究。"②克莱恩以一种开放的思想与客观的行为,继续列举了新批评家的贡献:即他们给了诗歌它本身的位置与远离形而上学、修辞与时代精神的身份;他们是文学研究激进的改革者,在这种意义上,他们将文学批评的重点从生平传记式的与历史的分析转换到特定的文本,给我们理解文学作品以新的批评洞见;在科学与诗歌间作出了明显的区别,将"诗学"从事实性科学的独裁与相对主义中拯救出来,赋予诗歌本身的自足性状态。此外,克莱恩对布鲁克斯将一首诗比作一出戏也极为赞许。③但是尽管有这些赞誉之词,克莱恩还是发现,对恰当的文学批评研究来说,布鲁克斯的这种批评理论与方法非常不充分。他指出这种批评方法的缺陷与局限,通过假设"仅凭考察它预设的概念和推理的方法,靠询问我们自己,我们正在检测的主题的什么重要方面,如果有的话,他们强迫不去考虑,我们就能判断实践批评中任何进程的适当性。"④

---

① Ronald S. Crane, "The Critical Monism of Cleanth Brooks", Ronald S. Crane, ed., *Critics and Criticism: Ancient and Modern*, Chicago: The University of Chicago Press, 1952, pp. 83—107.

② Ronald S. Crane, *The Idea of the Humanities and Other Essays, Critical and Historical*, 2 Vols., Chicago: The University of Chicago Press, 1967, p. 3.

③ Ronald S. Crane, "Cleanth Brooks, or the Bankruptcy of Critical Monism", *Critics and Criticism*, Chicago: University of Chicago Press, 1952, p. 94.

④ Ronald S. Crane, *The Language of Criticism and the Structure of Poetry*, Toronto: The University of Toronto Press, 1952.

罗纳德·克莱恩注意到,新批评主要优先关注的是诗歌的结构和诗歌不同部分的有机关系。新批评家相信诗歌有由词语、意象、语调和韵律组成的独一无二的结构,明显不同于像科学之类的其他话语的结构。但是他们都创造他们自己的批评术语来定义诗歌的结构。布鲁克斯的术语是"悖论"和"反讽",燕卜逊的是"含混",艾伦·泰特的是"张力",而对于象征主义,隐喻与韵律是通行的货币。这些新批评家看起来没有一套共同赞成的批评术语,他们每个人都认为只有他的术语指定的结构概念才是构成诗歌结构的东西。因此,所有的新批评家都有这种"一元论的缩减倾向"。①

或者,用约翰·布拉德伯里的话来说,他们是实行"一个方法的教条式的运用"。他们的观点可以总结为:"文学根本上是隐喻的与象征的","诗歌的语言是悖论语言"。当新批评家把诗歌的复杂属性归结为一个单一而简单的原因时,他们实际上就成为"简化论者"。根据克莱恩的观点,这不是一种综合的批评方法。

考虑到新批评家对诗歌结构的关注,罗纳德·克莱恩认为,新批评家的批评设想不是源于诗歌的结构,而是源自对人性的观察,上帝的宇宙与人类涉及于此的关系,他们把这运用于诗歌的结构。例如,布鲁克斯使他的诗歌结构观念与科学的相对立。布鲁克斯的理论是,在艺术中,艺术家的想象力按照它自己的逻辑工作。他抬出人类经验,是为了显出它是混乱的与无理性的。由艺术家的想象力所给出的结构的统一,是完全不同的体验;诗歌中的"统一原则"是"内涵、态度和意义的平衡与协调的合一"。②许多关键术语,如"含混""悖论""态度的综合"(complex of attitudes)被布鲁克斯用来展示在各种诗歌中这种特殊和常见的结构的存在。他的分析包括不同性质的诗歌,如《夺发记》与《泪,空流的泪》。克莱恩反对布鲁克斯的这种"先验的""缩减的"和"抽象的"方法,因为通过这种方法,新批评家"寻找结构的普遍原则,这种原则使诗歌作为一个统一的整体而与其他事物区别开来",③并在各种诗歌中运用、寻找相同的结构公式。

因此,在诗歌中寻找预想的结构图景,并不是适当的批评。当运用布鲁

① Ronald S. Crane, "The Critical Monism of Cleanth Brooks", *Critics and Criticism: Ancient and Modern*, Chicago: The University of Chicago Press, 1952, pp.83—107.

② Cleanth Brooks, *The Well Wrought Urn: Studies in the Structure of Poetry*, New York: Reynal & Hitchcock, 1947, p.195.

③ Ronald S. Crane, *The Language of Criticism and the Structure of Poetry*, Toronto: The University of Toronto Press, 1952, p.3.

克斯反讽性情境的存在与悖论语言的公式时,在每一首诗歌中都能发现相同的事物。正如罗纳德·克莱恩所说,这样做,将会"在实践批评中,在一个良好的开始之前,将询问终止,或者至少是将其缩减为仅是预想的教条的运用"。①因为在阅读之前,我们就已经知道要在文学作品中去发现什么。这种批评理论并不研究"艺术"、艺术作品的"归纳的"状态等新批评根本性的目标。克莱恩认为,布鲁克斯和其他的新批评家,并不研究特定文学作品作为个体产品的具体属性,而是用他们自己的方式,通过制造抽象的区别,如在"科学"与"诗歌"之间,用那种假设的模式给诗歌的整个文集穿上紧身衣。他们的批评方式不是把诗歌作为"归纳的"具体实体来批评,而是把"诗歌"当作一种抽象的事物;那也是一种"演绎的"科学模式。克莱恩正确地观察到,通过将文学产品和他们的著作泛化为"自身拥有独特特征和价值的客体或结构","诗人并不是写作诗歌(poetry),而是个别的诗(individual poems)"。②新批评家宣称,每一个艺术作品根据它自身的属性发展,然而当展示个别的诗的独特性时,他们却将人类不同体验的作品简化为一个单一的规范。新批评家的理论目标是"文本细读"——它的研究当作是在它自身的语境内的一个"自足的整体"和"自我解释性的事物",但是他们的实践显示他们有从外部选择而来的、"一个完美的分析所有诗歌的模式",这是他们的理论与实践中固有的矛盾。肯尼思·伯克(Kenneth Burke)恰当地评论这种关系:"诗因而将不是被解释为它自身,而是作为一种范例或原则的象征,它们关联的事物比诗或给定的诗的类型更宽广。"③这就是布鲁克斯与其他的形式主义批评家被克莱恩所攻击的"一元论"(monism)和"简化主义"(reductionism)。克莱恩也指出布鲁克斯的方法是建立在柯勒律治的批评哲学上的。但是克莱恩感觉布鲁克斯并没有抓住柯勒律治理论的全部含义。克莱恩说:"然而,他们重视柯勒律治的不是其批评的特性框架和方法,而是他的某些教义。"④

---

① Ronald S. Crane, *The Idea of the Humanities and Other Essays*, *Critical and Historical*, 2 Vols., Chicago: The University of Chicago Press, 1967, p.37.

② Ronald S. Crane, "The Critical Monism of Cleanth Brooks", *Critics and Criticism*: *Ancient and Modern*, Chicago: The University of Chicago Press, 1952, pp.83—107.

③ Kenneth Burke, "The Problem of Intrinsic as reflected in the Neo-Aristotelian School", Elder James Olson, ed., *Aristotle's Poetics and English Literature*: *A Collection of Critical Essays*, Chicago: The University of Chicago Press, 1965, p.128.

④ Ronald S. Crane, *The Language of Criticism and the Structure of Poetry*, Toronto: The University of Toronto Press, 1952, p.98.

　　布鲁克斯只从柯勒律治的综合理论中抽取了两点建议：第一，"在相反的与不和谐特质的和解与平衡中，想象力揭示自身"，第二，"诗歌的对立面是科学"。①

　　新批评家不仅没有从柯勒律治的综合理论中抽取其他重要的原创思想，而且还误用了他们从柯勒律治那里获得的理论。例如，布鲁克斯的诗歌悖论与反讽结构的观念源自柯勒律治的想象力理论，"合成的魔力"（synthetic and magical power）以一种与科学不同的方式在诗歌中起作用。当柯勒律治在诗歌的语境中谈论想象力时，用它来意味一种诗歌的天赋，通过以不同的目的在不同部分的运行，来调和、平衡对立面。但是布鲁克斯在他的理论中把它当成是诗的品质，并把它的效果与诗的构成、结构缩减为一个单一的原因，对立的元素被它所调解。柯勒律治对诗的定义暗示了组织性、整体的观念——整体要超过部分的组合。但是，基于一些目标的部分与整体的关系的观念在布鲁克斯的诗歌结构概念中缺席。布鲁克斯通过取消诗歌（poetry）与诗（poem）这两种不同事物之间的不同，从而将所有种类的诗的组成缩减为一个单一的原因，也把它运用到诗歌上。

　　罗纳德·克莱恩说："最明显的对比是，柯勒律治以同样的方式关注诗与文学作品的其他形式之间，及诗的不同种类之间的指示差异，并关注基于所有这些差异之上、使用思维的力量及其创造性的运行所构建的统一。而布鲁克斯仅仅关注构成诗歌，也就是说，通过把诗歌归因于一种独特种类的、能在所有的诗中被发现的结构——正如他所说的，这种结构在《奥德赛》（Odyssey）中并不比《荒原》中少，而诗的独特性是作为科学作品的对立面，诗因而被集体认为是同种的。"②

　　这表明布鲁克斯对柯勒律治的全部方法只是局部的理解。因此，罗纳德·克莱恩注意到："他决定仅在诗歌与其他事物之间寻找差异，而不是在诗歌本身之内，这样的后果造成了明显的诗学理论的贫乏。"③

　　布鲁克斯还用其他的方式界定柯勒律治理论的范围。柯勒律治考虑到诗歌的与科学的真理的属性之间的差异，而布鲁克斯对两者间的差异定位于传达的介质，例如语言。对布鲁克斯而言，"诗歌的语言是悖论语言"、内

---

①③　Ronald S. Crane, "The Critical Monism of Cleanth Brooks", *Critics and Criticism：Ancient and Modern*, Chicago：The University of Chicago Press, 1952, pp.83—107.

②　Ronald S. Crane, "The Critical Monism of Cleanth Brooks", Ronald S. Crane, ed., *Critics and Criticism：Ancient and Modern*, Chicago：The University of Chicago Press, 1952, pp.83—107.

涵与外延等在一首诗的丰富性上扮演着重大的角色。一首诗的意义由文本中的不同词语之间的关系所定义和决定,一首诗的结构也依赖这些修订与限定,但是在科学中,这些东西是不重要的。罗纳德·克莱恩反对布鲁克斯的这种观点。克莱恩宣称,布鲁克斯通过给予语言在诗歌结构中的优先地位,忽略了柯勒律治所给的两个其他的探询文学的必要模式,即逻辑与心理。此外,克莱恩也不准备接受这种观点——即在诗歌结构中,陈述与词语是由语境定义的,而在科学中却不是。他认为,诗歌是语境决定意义,这与科学话语或任何作品一样,因为任何作品的整体都是由部分构成的,而部分彼此之间、部分与整体之间都是相关连的,在每一案例中,都是语境决定意义。

语言只是一种手段,由诗人想达到的目的所决定。诗人在特定的语境中为特定的目的而使用特定的语言,单独的逻辑分析能够适用于有机整体的探究。语言不能在诗中独立工作。艾尔德·奥尔逊反对另一个形式主义批评家威廉·燕卜逊这一相同的理论与应用,他说:"当我们抓住结构时,明白在诗意的秩序中,它们是最不重要的元素;它们被诗中每一个其他的事物所支配着。"①

布鲁克斯和其他的形式主义批评家对语言在诗歌中的角色看法并不相同。他们忽略了决定词语、短语和意象的选择的心理因素。为了反对布鲁克斯的这种"一元论",克莱恩写道:"因此,所有的柯勒律治发现充分的诗歌批评所必需涉及的、适当的从属的多个原则,被收缩为一个——单一的原则,本质上是语言的公式,被指定为'反讽'或'悖论'。总而言之,布鲁克斯是一个彻底的一元论者,而且是一个唯物论者,他把语言选择——而不是主题、诗人、或诗歌的目的,作为他的所有解释的唯一基础。"②

罗纳德·克莱恩下一个反对的是布鲁克斯的作品统一体观念。布鲁克斯用诗人企图将经验戏剧化这些术语来解释诗的一致性。但是,正如克莱恩所说,在谈到经验的戏剧化时,他忽略了这一事实,即经验的戏剧化是由"通过平衡与协调内涵、态度和意义"而实现的,而并不是通过以某种秩序安

---

① Ronald S.Crane, "The Critical Monism of Cleanth Brooks", Ronald S.Crane, ed., *Critics and Criticism*: *Ancient and Modern*, Chicago: The University of Chicago Press, 1952, pp.83—107.

② Elder Olson, "William Empson, Contemporary Criticism, and Poetic Diction", from *Critics and Criticism*: *Ancient and Modern*, Chicago: The University of Chicago Press, 1952, p.55.

置词语来获得。

布鲁克斯认为,艺术作品的结构由诗中的材料所决定,诗歌的材料以一种方式排列,整首诗像一个隐喻一样有机地产生。他相信物质与形式能够分离,他只是在知识内容的基础上定义作品的形式,而非由作品唤起的情绪与情感。罗纳德·克莱恩发现,布鲁克斯在《精致的瓮》中对托马斯·格雷的《墓畔哀歌》的分析并不充分,因为布鲁克斯没有把控制构成元素及使诗成形的内容考虑在内。克莱恩抱怨布鲁克斯只是把这首诗的阅读缩减为一个"辩证的方案"(dialectical scheme)。克莱恩说:"像格雷的诗一样的,确实,存在一种独特的内容的诗,不能被释义缩减为任何建议,任何想法的建议,《墓畔哀歌》的主要构成,与其说传播,不如说表现了一种完整而有序的庄严抒情,一种独特的情感愉悦的生产,而非仅仅是一个思想的陈述。"①

罗纳德·克莱恩认为,布鲁克斯的体系不能回答所有这些问题,不能区分诗歌的优劣,研究诗却不能给读者独特乐趣。克莱恩说:"这显示了,如果我们仅仅是跟随布鲁克斯的这种反讽结构观点,而反讽是所有这些和其他的诗共同作为非诗歌作品或糟糕的诗的对立面。但是这将使我们对一系列问题视而不见,如在如何实现诗歌目的和意义上所表现出来的独特的不同——这些是诗人写诗的难题,因此,也被假设为批评家的重要问题。"②

罗纳德·克莱恩相信:"诗人不是写诗歌,而是个别的诗。"因此,使用布鲁克斯的方法所作出的理解与文本解释是"阅读,而不是适当的批评研究"。

此外,罗纳德·克莱恩认为,布鲁克斯研究所有的诗,好像它们用相同的原则构建而成的。他们用说教混淆了类似的形式,像对待小说一样对待抒情诗,像对待散文一样对待悲剧。克莱恩认可艺术作品属于由特定的力量所定义的不同的种类。除此之外,他的方法只能较好地研究短篇的诗,而不能研究长篇叙事,如史诗和小说。

罗纳德·克莱恩认为,布鲁克斯批评方法的一个严重的局限是它不提供任何标准,在道德内容或形式元素的基础上,告诉我们一件艺术作品的"优点"与"缺点";此外,对他而言,诗的地位不是由诗唤起的愉悦属性或情

---

①② Ronald S. Crane, "The Critical Monism of Cleanth Brooks", Ronald S. Crane, ed., *Critics and Criticism: Ancient and Modern*, Chicago: The University of Chicago Press, 1952, pp.83—107.

感反应所定义。布鲁克斯坚持,它与诗的反讽的复杂性相关。诗的结构越复杂,诗就越令人钦佩。布鲁克斯认为文类毫无区别,而文类是建立在独特的整体所给予的那种快乐之上。布鲁克斯和其他的新批评家方法的局限源自这一事实,即开始的地方是用具体的特定的文类整体,这存在整体与部分的关系,他们开始与结束都仅用一种物质原因,例如"语言问题"。由于他们的探询本身的起点就是错误的,因此他们不可能得出正确的结论。布鲁克斯的方法还忽视了历史的关联性,在文学作品的生产中,这是一个必需的要素。与之相反,克莱恩说,文学是"存在于历史中的,它的特征被历史用无数的不可预测的方式所塑造"。①

这些是由罗纳德・克莱恩所指出的布鲁克斯与其他的新批评家的批评理论与方法的局限。鉴于布鲁克斯与其他的新批评家的局限,克莱恩感到他们需要一种更综合的、"更新的"文学研究方法。克莱恩与其他的新亚里士多德派成员提出的这种"更新的"批评方法,是把所有的因素考虑进去:主题、手段、艺术作品的态度与目标,而不是像新批评家在 20 世纪 50 年代所做的那样,仅仅是手段(即语言)。

罗纳德・克莱恩需要一种批评:"把情节形态作为起点,然后探询在多大程度和用何种方法,如通过作家的创造与情节的发展,对人物性格的一步步渲染,对思想的使用与详细阐释,对措辞、意象的处理,及关于顺序、方法、规模及他的陈述的观点决定,它特有的力量被最大化。"②

罗纳德・克莱恩认为,这种分析将能够回答新批评所不能回答的许多文学问题。克莱恩在他自己的方法实践中看到很多优点:"用这种方法重建批评,将明显地扭转由新批评家实施的批评推理的整个趋势。它将用实际的与具体的替代抽象的:用对即时的、感性与独特的诗意效果的直接原因的讨论,替代久远的、非诗意效果的讨论。总之,它将作为拥有独特力量的完全的整体来研究诗,而不仅仅是在额外的诗意考虑这一语境下来研究诗歌的材料与策略。"③

因此,罗纳德・克莱恩高举多元主义旗帜,并运用亚里士多德的方法,

---

① Ronald S.Crane, *The Idea of the Humanities and Other Essays*, *Critical and Historical*, 2 Vols., Chicago: The University of Chicago Press, 1967, p.33.

② Ronald S.Crane, "The Concept of Plot and the Plot of *Tom Jones*" from *Critics and Criticism*: *Ancient and Modern*, Chicago: The University of Chicago Press, 1952, p.623.

③ Ronald S. Crane, "The Critical Monism of Cleanth Brooks", *Critics and Criticism*: *Ancient and Modern*, Chicago: The University of Chicago Press, 1952, pp.83—107.

宣称布鲁克斯的方法视野与意图局限,好像它回答那些它想问的问题。他认为,这是一元论的、教条的、"局部的"方法。

为保卫新批评家,抵抗来自芝加哥学派等批评家的猛烈的攻击,约翰·霍洛威(John Holloway)辩护说,如果他们认为自身的方法是"非常独特的阅读书籍的方法","提供了一种新的'如何去阅读'的方法",那么,"他们反对的这种批评也是从一种独特的阅读方法中产生的"。①维姆萨特反对克莱恩对"新批评家"的教条主义的指责,因为教条主义在批评实践中是一个正常的特征,每一种方法都是建立在某种假设上的。维姆萨特认为:"如果教条的这个词被用来意味着,不仅是对理论的承诺,还是一种高度的保证与对其他理论的容忍,那么克莱恩与他的朋友们尤其是教条主义的。"②李·莱蒙(Lee T.Lemon)也认为,克莱恩为了抵制布鲁克斯的"一元论",实际上却"执行他自己的那套一元论",这实在是一种反讽。③

在新批评家与芝加哥集团之间一直存在大量的争论,每一个都指责对方是狭隘的、教条主义的。与其他学派相比,这两个团体彼此有更多的共同性。虽然这两个团体的方法与重点不同,但是他们都是从作品本身开始,把文学当文学来研究。因此,他们的对立经常被称为"一场家庭争论"。④

布拉克默尔看待布鲁克斯的态度,也倾向于否定。他讽刺布鲁克斯"制造出……反讽和悖论的一套修辞,还有关于晦涩,态度,调门和信仰的次要类型说"。⑤布拉克默尔肯定了罗纳德·克莱恩对布鲁克斯"批评一元论"的抨击。在他看来,新批评"不可能解释弥尔顿或莎士比亚",虽然布拉克默尔认识到如果适度地加以应用,而不为一个论点、"一套原理"所支配,新批评的方法还是有所启发的。布拉克默尔认为,布鲁克斯的《现代诗与传统》,由于那套"一元论"原理,所以大为逊色。但是,在对待宗教与诗歌的态度上,布拉克默尔与布鲁克斯两人大体是一致的,都认为诗歌与宗教不能混为一谈,两者应该保持一定的距离。但是,布拉克默尔认为诗人通过

---

① John Holloway, "The New and the Newer Critics", *Essays in Critcism*, Vol. 5 No. 4, 1955, pp.365—381.

② W.K.Wimsatt, *The Verbal Icon: Studies in the Meaning of Poetry*, Lexington: University of Kentucky Press, 1954.

③ Lee T.Lemon, *The Partial Critics*, New York: Oxford University Press, 1965, p.151.

④ George Watson, *The Literary Critics: A Study of the English Descriptive Criticism*, New York: Oxford University Press, 1971, p.130.

⑤ (美)雷纳·韦勒克:《近代文学批评史》第 6 卷,杨自伍译,上海译文出版社 2005 年版,第 365 页。理·帕·布莱克默即布拉克默尔。

一种审美经验可以达到一种宗教般的体验。这是他在诗歌与宗教之间的一种含糊的态度。而布鲁克斯的态度则较为鲜明,诗歌是诗歌,宗教是宗教,这可能和布鲁克斯本人是位虔诚的圣公会教徒有关。他不需要用诗歌来补偿自己的宗教信仰需要。而布拉克默尔虽然感受到宗教的吸引力,但一生中始终未加入任何宗教组织,这也许是他想从诗歌中寻求一种替代的心理动因。

伊沃·温特斯几处提到布鲁克斯是一位"复述的高手",都带有几分讽刺的意味。①说布鲁克斯是一位复述的高手,或者说他善于完善别人的理论,两种说法都隐含着一种批评,即说布鲁克斯没有自己的创见,只会在别人的思想和理论的基础上修修补补,只不过是一位很好的缝纫师而已。不过只要不是特意的标新立异,任何一种创新都是在前人的基础上有所发展,不可能完全不借鉴前人的思想资源。因此,伊沃·温特斯对布鲁克斯明显是有点吹毛求疵了。不过由于布鲁克斯所取得的成绩和声望,伊沃·温特斯也不得不承认,布鲁克斯的批评影响深远,在学术界居功至伟。②

20 世纪 60 年代末,莫瑞·克里格认为,布鲁克斯在诗歌批评中有"为复杂而复杂"的倾向,导致忽略了单纯的优秀之作,或者不恰当地将其复杂化。对于诗歌中的感性与理性因素的争论,克里格认为布鲁克斯与兰色姆等人的区别并不是本质上的,只不过兰色姆等人更关注两者的分离,而布鲁克斯更关注两者的融合。兰色姆虽然有丧失有机论的风险,但是布鲁克斯却有堕入浪漫主义反理性的嫌疑。此外,布鲁克斯虽然坚持语境的封闭性,但又不能同时说明它是如何获得对外部世界的反应。因此,语境主义有其困境——语境如何既是封闭的,又是开放的? 对此,克里格主张文学的"两面性"(both sides),提议应该在形式研究中引入主题研究,特别是小说的主题研究,才能冲破语境的封闭性与开放性的困境。③其实,布鲁克斯那时已开始将视野投向了小说批评,如他于 1963 年出版的《隐藏的上帝》和《威廉·福克纳:约克纳帕塔法郡》。因此,克里格对布鲁克斯的这种指责,实在是有点无的放矢。

---

① (美)雷纳·韦勒克:《近代文学批评史》第 6 卷,杨自伍译,上海译文出版社 2005 年版,第 457 页。约弗尔·温特斯即伊沃·温特斯。

② (美)雷纳·韦勒克:《近代文学批评史》第 6 卷,杨自伍译,上海译文出版社 2005 年版,第 458 页。

③ Murray Krieger, *The New Apologists for Poetry*, Bloomington: Indiana University Press, 1963, pp.132—194.

三、相对客观的评价与研究

对布鲁克斯诗学相对客观的评价来自新批评内部,其中最为公允的应该算是雷纳·韦勒克了。兰色姆虽然是布鲁克斯在梵得比尔大学里的老师,并曾在许多场合对布鲁克斯不吝赞誉之词,但是与这位才华横溢、头角崭露的学生,也有诸多相左之处。兰色姆最宠爱的学生可能一直不是布鲁克斯,而是艾伦·泰特或罗伯特·潘·沃伦。兰色姆甚至都有点嫉妒布鲁克斯,虽然他也有理由嫉妒另一位学生罗伯特·潘·沃伦(美国第一位桂冠诗人)。同样作为批评家,兰色姆认为诗歌应该是一棵树,与布鲁克斯一样使用了"树"的比喻,但是兰色姆认为应该是没有生命的"圣诞树",树上装饰一些彩色的纸与丝线等,构成一个整体;而布鲁克斯认为诗歌应该是有生命的树,是一个有机体。两人的观点在此显出差异。

作为布鲁克斯的同事与朋友,雷纳·韦勒克在文学批评与理论上与布鲁克斯有很多相同的观点,认为布鲁克斯著作的价值远未被公正地评价。可以看出,韦勒克对布鲁克斯的文学理论与批评实践,虽然也有一些不同的看法,或者说是批判,总体上来说是持赞赏态度的。他非常了解布鲁克斯的研究范围,公正地提及布鲁克斯的各方面的成就。如布鲁克斯的深厚的古典文学功底;他对福克纳的专题研究,在美国是被公认为权威的;布鲁克斯在批评史方面的杰出成就等。

韦勒克还为布鲁克斯辩护,认为布鲁克斯给自己的著作取名为《精致的瓮》,并不是像有的人攻击的那样,布鲁克斯并没有把艺术作品当作是一种静态的"瓮",一种"成形而死板的东西",因为他后来曾公开撰文说一首诗是"流动的,动态的,诗人与读者之间,有一种相互作用"。这就说明,布鲁克斯其实承认诗歌不是自行独立存在的,不是固定不变的,而是随着历史的变化、不同读者的理解与接受,与诗人共同改变着诗歌的存在形态,这有点类似于读者接受反应批评了。韦勒克认为,布鲁克斯选择"瓮"来作著作的书名,其实还受当时出版商追求引人注目的标题的影响。但是不管怎样,韦勒克认为:"一件艺术作品,设想成一件死气沉沉的人工制品,这项罪名则不能强加于布鲁克斯。"①明尼苏达大学的埃尔默·斯托尔(Elmer Edgar Stoll)认为布鲁克斯《精致的瓮》中的第二章"赤裸的婴儿与男子的斗篷"分析得过

---

① (美)雷纳·韦勒克:《近代文学批评史》第6卷,杨自伍译,上海译文出版社2009年版,第334页。

于精深,伊丽莎白时代的观众不可能会像布鲁克斯想到的这样多,也就是说布鲁克斯的分析超出了当时观众的理解能力,是在观众的注意力范围之外,因此,布鲁克斯的分析只是一种主观幻想。韦勒克再次为布鲁克斯作了辩护,他说:"文本就是一个文本,后代有权发掘其中新的意义,只要能够证明,文本包含了这些新的意义。"①

当然,作为一位诤友,韦勒克对布鲁克斯的批评也比较尖锐。布鲁克斯把一首诗比作是一出小戏剧、一个剧本,诗歌里面的表述类似于剧本台词,对于这种说法,韦勒克持批评态度。韦勒克认为这样的比拟"有些穿凿附会"。②他认为布鲁克斯在运用悖论、反讽、歧义、态度综合等术语时,"有些地方语焉不详",不清楚到底是"作者头脑里的各种事件,还是读者的经验,或者诗篇里某个察觉得到的特点。"③也就是说,布鲁克斯没有讲清楚这些术语所表明的艺术作品的特征到底是本身固有的,还是作者或读者的心理主观感受。韦勒克对布鲁克斯的《理解诗歌》不是很欣赏,甚至持有相当多的保留意见,尤其是对《理解诗歌》的后几版收录了更多的诗歌更是不满,认为这样会冲淡这本教材的借鉴意义。韦勒克认为它没有甄别优劣,变成了按"虚假爱人""冷漠情人""诗人观鸟""文明解体"等主题罗列的一大本选集而已。④

韦勒克不太同意布鲁克斯对雪莱的批评。布鲁克斯的《现代诗与传统》是对当时流行的英国诗歌史进行的一次挑战。他重新评价英国诗歌,重视那些显示机智的诗人与诗歌,趣味与 17 世纪英国诗歌中的玄学派十分相投。在这一点上,也与艾略特一致。在《现代诗与传统》中,布鲁克斯对浪漫派诗人,尤其是对雪莱,作了较多的批评。他认为雪莱等浪漫派诗人常常是崇尚简朴,不重视机巧,导致"押韵不讲工整,信笔点染而且有时流于华美的比喻","抽象的概括与象征的混淆,以及宣传与想象力的洞见的混淆"。⑤韦勒克认为布鲁克斯的批评有点不厚道,因为雪莱的《印第安小夜曲》(*The*

---

① (美)雷纳·韦勒克:《近代文学批评史》第 6 卷,杨自伍译,上海译文出版社 2009 年版,第 340 页。

② (美)雷纳·韦勒克:《近代文学批评史》第 6 卷,杨自伍译,上海译文出版社 2009 年版,第 334 页。

③ (美)雷纳·韦勒克:《近代文学批评史》第 6 卷,杨自伍译,上海译文出版社 2009 年版,第 335 页。

④ (美)雷纳·韦勒克:《近代文学批评史》第 6 卷,杨自伍译,上海译文出版社 2009 年版,第 338 页。

⑤ Cleanth Brooks, *Modern Poetry and the Tradition*, Chapel Hill: University of North Carolina Press, 1939, p.257.

Indian Serenade)是一首戏剧独白,因此出现那些看似无病呻吟的话语如
"我死去!我昏晕!我倒下!""我倒在人生的荆棘上!我流血!"其实符合一
位苦苦思念的恋人的心境。而对维多利亚时期的诗歌,布鲁克斯态度比较
复杂,韦勒克说他是"陷于左右为难的境地"。[①]当然,韦勒克对布鲁克斯的
"复述的邪说"这一说法也不是很赞成。他认为复述是不可缺少的一种教学
手段,而且布鲁克斯本人也使用。因此,只要认识到复述不能取代实际的诗
歌,对复述大可不必贬斥为一种"邪说"。

除了韦勒克之外,美国本土还有许多学者对布鲁克斯进行了比较客观
公允的研究和评价。如大学里出现许多博士、硕士学位的攻读者以布鲁克
斯诗学为研究对象。根据笔者掌握的资料,迄今研究布鲁克斯诗学的博士
学位论文已有 8 篇,硕士学位论文有 13 篇。此外,美国还出版了布鲁克斯
的通信集、关于布鲁克斯的传记和研究布鲁克斯的专著等。

最早以布鲁克斯为研究对象的博士学位论文是 1963 年南加利福尼亚
大学玛丽·哈特的《克林思·布鲁克斯和文学形式主义方法的形而上与道
德价值》(*Cleanth Brooks and the Formalist Approach to Metaphysical
and Moral Values in Literature*)。论文认为布鲁克斯的理论其实是一种
关涉道德价值评判的特殊的形式主义。[②]

随后有 1966 年路易斯安那州立大学安东尼·塔辛(Anthony G.
Tassin)的《凤凰和瓮:克林思·布鲁克斯的文学理论和批评》(*The Phoenix
and the Urn: the Literary Theory and Criticism of Cleanth Brooks*)。这
篇论文在新批评语境下,对布鲁克斯的所有作品进行历史的、分析的和批判
的研究,并且包括一份布鲁克斯本人全部作品的清单,和一份关于布鲁克斯
的书和文章的注解书目(当然所列书目截止于 1966 年)。论文分五章,分别
论述新批评、布鲁克斯理论的来源、布鲁克斯理论的基本原则、布鲁克斯理
论批评和实践、布鲁克斯的声誉和影响:评价。论文用"瓮"喻布鲁克斯所有
的文学理论和批评的贮藏库:正如他称约翰·多恩的《精致的瓮》这首诗本
身就是一只"瓮"一样,布鲁克斯的作品整体也是一只"瓮"。论文用"凤凰"
喻英语诗歌的传统观念在 20 世纪的复苏。布鲁克斯和其他一些新批评家
把这种更具典型性的现代诗歌(及用以解释它而作的评论)的形式当作是继

---

① (美)雷纳·韦勒克:《近代文学批评史》第 6 卷,杨自伍译,上海译文出版社 2009 年版,第
339 页。

② Mary Jerome Hart, *Cleanth Brooks and the Formalist Approach to Metaphysical and
Moral Values in Literature*, Ph. D. Thesis, University of Southern California, 1963.

新古典主义和浪漫主义之后的第三次理论革命,旨在恢复隐喻的传统。①

1970 年印第安纳大学芭芭拉·邦迪(Barbara Korpan Bundy)的《尤里·特尼亚诺夫和克林思·布鲁克斯:俄国形式主义与英美新批评的比较研究》(*Juri Tynjanov and Cleanth Brooks: A Comparative Study in Russian Formalism and Anglo-American New Criticism*),是比较文学的跨国、跨语言研究,对布鲁克斯与俄国形式主义者尤里·特尼亚诺夫(Yury Nikolaevich Tynyanov)②的理论进行了平行比较研究。通过对布鲁克斯诗的戏剧性结构观念与特尼亚诺夫诗的动态结构观念的比较,邦迪认为布鲁克斯理论的主要缺点在于适用范围的局限,认为布鲁克斯的悖论与反讽作为诗歌结构的原则是一种先验的立场。而这种局限性是由于布鲁克斯没有像特尼亚诺夫一样关注文类的理论问题,因此将由诗歌归结出来的理论用于所有的文学;但是最主要的原因还是在于,与其说布鲁克斯是一位制定原则的理论家,倒不如说他是一位优秀的文学阐释者。布鲁克斯的理论显示他关注的是寻找出分析诗(尤其是现代诗与玄学派诗)的结构的方法,而特尼亚诺夫的理论显示他更关注建构理论,以将文学分析的所有可能的方法公式化,成为一个统一的文学系统。最后,邦迪认为,特尼亚诺夫成功地实现了他的文学系统,比起布鲁克斯在细读文学文本上方法的成功,特尼亚诺夫的成功要更伟大,特尼亚诺夫制定出文学系统,带来了文化研究理论的全盛。③

1970 年纽约大学詹姆斯·苏利文(James Peter Sullivan)的《克林思·布鲁克斯和罗伯特·潘·沃伦的批评理论与教学著作的研究》(*A Study of the Critical Theory and Pedagogical Works of Cleanth Brooks and Robert Penn Warren*),主要聚焦于布鲁克斯与沃伦两人合著的教材《理解诗歌》、《理解小说》等进行细致的教学理念与方法的探讨。④

1973 年福特汉姆大学菲利斯·科格林(Phyilis F.Coughlin)的《当代三位理论家的文学形式观:克林思·布鲁克斯、罗纳德·克莱恩和维姆萨

① Anthony G.Tassin, *The Phoenix and the Urn: The Literary Theory and Criticism of Cleanth Brooks*, Ph. D.Thesis, Louisiana State University, 1966.
② 俄文为Юрий Николаевич Тынянов,英文又译为 Jurij Tynjanov, Juri Tynjanov 等,中文又译为尤里·梯尼亚诺夫、尤·迪尼亚诺夫等。
③ Barbara Korpan Bundy, *Jurij Tynjanov and Cleanth Brooks: A Comparative Study in Russian Formalism and Anglo-American New Criticism*, Ph. D.Thesis, Indiana University, 1970.
④ James Peter Sullivan, *A Study of the Critical Theory and Pedagogical Works of Cleanth Brooks and Robert Penn Warren*, Ph. D.Thesis, New York University, 1970.

特》(*Aspects of Literary Form in Three Contemporary Theorists*:*Cleanth Brooks*,*Ronald S.Crane*,*and William K.Wimsatt*),对布鲁克斯与克莱恩、维姆萨特的理论分别进行了阐述,并作了一些同与异的比较。①

1976年马里兰大学伊萨加尼·克鲁兹(Isagani R.Cruz)的《克林思·布鲁克斯的悖论:作品本身的内与外》(*The Paradox of Cleanth Brooks*:*Inside and Outside the Work Itself*),重点探讨了布鲁克斯理论的关键术语悖论。②

1979年路易斯安那州立大学休伊·瓜格利尔多(Huey Sylveste Guagliardo)的《克林思·布鲁克斯与浪漫主义者》(*Cleanth Brooks and the Romantics*),按时间顺序研究布鲁克斯论述浪漫主义时期的英语诗歌及诗歌理论的著作。休伊·瓜格利尔多声称这篇论文有三重目的:一是追踪布鲁克斯对诗歌本体及与之相关的表现主义理论的态度的变化;二是解释为何会发生这些变化;三是清除一些误解,纠正一些对布鲁克斯的方法已持续多年的歪曲。论文认为,在早期作品中,布鲁克斯把浪漫主义诗歌描述为对由玄学派和现代诗歌所代表的英语诗歌传统的偏离。但是,对他用于评论浪漫主义诗歌方法的攻击,使布鲁克斯修订他的诗歌观点;他开始发展对某些浪漫主义诗歌真正的欣赏,并将伴随浪漫主义的主观理论的成分与浪漫主义诗歌本身区分开来。通过与维姆萨特的合作,当布鲁克斯对浪漫主义诗歌的隐喻结构达到更好的理解时——这种结构不是建立在明显的叙述上,而是建立在暗示上——他对浪漫主义诗歌有了更深的欣赏。最终他认为浪漫主义诗歌是"包容性"的。③

1980年德克萨斯州立大学托马斯·卡特雷尔(Thomas W.Cutrer)的《路易斯安那州立大学的男孩们:克林思·布鲁克林、罗伯特·潘·沃伦和1934—1942年的巴特·罗奇文学社团》("*My boys at LSU*"：*Cleanth Brooks*,*Robert Penn Warren and the Baton Rouge Literary Community 1934—1942*),则是对布鲁克斯与当时的路易斯安那的文学同人社团的介绍与探讨,关注的是1934—1942年期间布鲁克斯等人的理论的发展、批评

① Phyillis F. Coughlin, *Aspects of Literary Form in Three Contemporary Theorists*:*Cleanth Brooks*,*Ronald S.Crane*,*and William K.Wimsatt*, Ph. D. Thesis, Fordham University, 1973.

② Isagani R.Cruz, *The Paradox of Cleanth Brooks*:*Inside and Outside the Work Itself*, Ph. D. Thesis, University of Maryland, College Park, 1976.

③ Huey Sylveste Guagliardo, *Cleanth Brooks and the Romantics*, Ph. D. Thesis, Louisiana State University, 1979.

实践及其影响。①

涉及布鲁克斯的博士学位论文还有威斯康星大学俊彦川崎(Toshihiko V.Kawasaki)的《约翰·多恩的宗教诗与新批评》(*John Donne's Religious Poetry and the New Criticism*)②,斯坦福大学杰拉尔德·格拉夫(Gerald Graff)的《诗歌的戏剧化理论》(*The Dramatic Theory of Poetry*)③,哥伦比亚大学爱德华·杜沙姆(Edward Robert Ducharme)的《在英语及中学教育中的诗歌细读与教学》(*Close Reading and the Teaching of Poetry in English Education and in Secondary Schools*)④,纽约州立大学布法罗分校伯鲁兹·马莫扎德(Behrooz Mahmoodzadegan)的《为新批评辩护》(*An Apology for the New Criticism*)⑤,康奈尔大学奥黛丽·瓦瑟(Audrey Catherine Wasser)的《二十世纪文学与理论中的差异形态与形成》(*The Work of Difference Form and Formation in Twentieth-Century Literature and Theory*)⑥等。

在美国,研究布鲁克斯或与其密切相关的硕士学位论文有 13 篇。最早涉及布鲁克斯的是 1949 年梵得比尔大学詹姆斯·凯西(James Robert Casey)的《〈南方评论〉(1935—1942)中的短篇故事》[*The Short Stories in the Southern Review*(1935—1942)]。⑦第一篇专论布鲁克斯的硕士学位论文出现在 1950 年,为俄亥俄州立大学沃尔特·普劳斯(Walter Frederick Prowse)的《克林思·布鲁克斯的诗歌理论》(*The Poetic Theory of Cleanth Brooks*)。⑧其他的还有德雷克大学肯尼斯·斯坦利(Kenneth Royal Stanley)的《克林思·布鲁克斯批评理论研究》(*Study of the Critical Theory of Cleanth*

① Thomas W.Cutrer, *"My boys at LSU"*: *Cleanth Brooks*, *Robert Penn Warren and the Baton Rouge Literary Community 1934—1942*, Ph. D. Thesis, University of Texas at Austin, 1980.

② Toshihiko V.Kawasaki, *John Donne's Religious Poetry and the New Criticism*, Ph. D. Thesis, University of Wisconsin, 1958.

③ Gerald Graff, *The Dramatic Theory of Poetry*, Ph. D.Thesis, Stanford University, 1963.

④ Edward Robert Ducharme, *Close Reading and the Teaching of Poetry in English Education and in Secondary Schools*, Ph. D.Thesis, Teachers College, Columbia University, 1968.

⑤ Behrooz Mahmoodzadegan, *An Apology for the New Criticism*, Ph. D.Thesis, State University of New York at Buffalo, 1983.

⑥ Audrey Catherine Wasser, *The Work of Difference Form and Formation in Twentieth-Century Literature and Theory*, Ph. D.Thesis, Cornell University, 2010.

⑦ James Robert Casey, *The Short Stories in the Southern Review*(1935—1942), M.A.Thesis, Vanderbilt University, 1949.

⑧ Walter Frederick Prowse, *The Poetic Theory of Cleanth Brooks*, M.A.Thesis, Ohio State University, 1950.

Brooks)①,明尼苏达州立大学曼卡托分校特里·伊特奈尔(Terry F. Itnyre)的《克林思·布鲁克斯的诗歌理论》(Cleanth Brooks: His Theory of Poetry)②,俄勒冈大学史蒂文·卡茨(Steven Robert Katz)的《对立的平衡和调和:I.A.柯勒律治对克林思·布鲁克斯和T.S.艾略特的影响》(The Balance and Reconciliation of Opposites: The Influence of Coleridge on I.A.Richards, Cleanth Brooks, and T.S.Eliot)③,麦克尼斯州立大学梅雷迪思·夏普(Meredith Youngquist Sharpe)的《理论的进化:克林思·布鲁克斯的诗歌理论》(Evolution of Theory: The Poetic Theory of Cleanth Brooks)④,弗吉亚大学阿丽莎·库克(Alissa Cook)的《克林思·布鲁克斯和奥德特·穆尔格:诗歌批评的两种方法》(Cleanth Brooks and Odette de Mourgues: Two Methods of Poetic Criticism)⑤,迈阿密大学莱斯利·爱泼斯坦(Leslie Robert Epstein)的《"赤裸的婴儿"与有机统一体:作为戏剧批评家的克林思·布鲁克斯》("Naked Babes" and Organic Unities: Cleanth Brooks as a Critic of Drama)⑥,田纳西州大学玛丽安·里加(Marian Kidd Riggar)的《关于克林思·布鲁克斯1977—1984年著作的书目注释》(An annotated Bibliography of Works Both by and About Cleanth Brooks, 1977—1984)⑦,安吉罗州立大学理查德·奥格登(Richard Caldwell Ogden)的《克林思·布鲁克斯著作中蕴含的教学策略》(Strategies for the Teaching of Literature Implicit in the Works of Cleanth Brooks)⑧,南伊利诺亚州立大学库姆·辛哈(Kum Kum Sinha)的《三位著名批评家弗朗西斯·马蒂森、克林思·布鲁克斯和伊丽莎白·德鲁对〈荒原〉的批评》(Critical

---

① Kenneth Royal Stanley, *Study of the Critical Theory of Cleanth Brooks*, M.A. Thesis, Drake University, 1955.

② Terry F.Itnyre, *Cleanth Brooks: His Theory of Poetry*, M.A.Thesis, Mankato State College, 1958.

③ Steven Robert Katz, *The Balance and Reconciliation of Opposites: The Influence of Coleridge on I.A.Richards, Cleanth Brooks, and T.S.Eliot*, M.A.Thesis, University of Oregon, 1959.

④ Meredith Youngquist Sharpe, *Evolution of Theory: The Poetic Theory of Cleanth Brooks*, M.A.Thesis, McNeese State University, 1972.

⑤ Alissa Cook, *Cleanth Brooks and Odette de Mourgues: Two Methods of Poetic Criticism*, M.A.Thesis, University of Virginia, 1979.

⑥ Leslie Robert Epstein, *"Naked Babes" and Organic Unities: Cleanth Brooks as a Critic of Drama*, M.A.Thesis, Miami University, Dept. of English, 1986.

⑦ Marian Kidd Riggar, *An annotated Bibliography of Works Both by and About Cleanth Brooks, 1977—1984*, M.A.Thesis, University of Tennessee at Chattanooga, 1987.

⑧ Richard Caldwell Ogden, *Strategies for the Teaching of Literature Implicit in the Works of Cleanth Brooks*, M.A.Thesis, Angelo State University, 1987.

Aspects of The Waste land by Three Well-known Critics: F.O.Matthies-sen, Cleanth Brooks, and Elizabeth Drew)①，改革宗神学院约翰·布朗(John Dickson Brown)的《巴顿、布鲁克斯和恰尔兹：新批评与古典批评的比较》(*Barton, Brooks and Childs: A Comparison of the New Criticism and Canonical Criticism*)②，佛罗里达州立大学弗兰克·皮腾格(Frank Pittenger)的《作为神龛的文本：重农主义、新批评和新教诠释学在战前南方的战术扩散》(*Text as Tabernacle: Agrarians, New Critics, and the Tactical Diffusion of Protestant Hermeneutics in the Pre-war South*)③等。这些论文既有对布鲁克斯诗学的全面研究，也有多层面、多角度的比较研究；既有对其诗歌、戏剧批评理论的研究，也有对其教学思想、编辑刊物及文献引用等方面的探讨。

研究布鲁克斯的专著有 1972 年出版的路易斯·考恩的《南方批评家：约翰·克劳·兰色姆、艾伦·泰特、唐纳德·戴维森、罗伯特·潘·沃伦、克林思·布鲁克斯和安德鲁·莱特尔批评简介》(*The Southern Critics: An Introduction to the Criticism of John Crowe Ransom, Allen Tate, Donald Davidson, Robert Penn Warren, Cleanth Brooks, and Andrew Lytle*)；④1986 年，哈佛大学出版社出版了雷纳·韦勒克的巨著《现代批评史》的第 6 卷《美国批评史：1900—1950》(*A History of Modern Criticism: 1750—1950, Volumn 6: American Criticism, 1900—1950*)⑤，里面第十一章专论克林思·布鲁克斯，分析较全面，见解较深刻。1990 年约翰·沃尔什(John Michael Walsh)出版了专著《克林思·布鲁克斯：注解目录》(*Cleanth Brooks: An Annotated Bibliography*)，对布鲁克斯著述所引用的书籍、文章进行整理，列出的一个比较完整的目录，并对每个引用作了简短的描述性评价和注释。⑥

---

① Kum Kum Sinha, *Critical Aspects of The Waste land by Three Well-known Critics: F.O. Matthiessen, Cleanth Brooks, and Elizabeth Drew*, M.A.Thesis, Southern Illinois University at Carbondale, Dept. of English, 1989.

② John Dickson Brown, *Barton, Brooks and Childs: A Comparison of the New Criticism and Canonical Criticism*, M.A.Thesis, Reformed Theological Seminary, 1989.

③ Frank Pittenger, *Text as Tabernacle: Agrarians, New Critics, and the Tactical Diffusion of Protestant Hermeneutics in the Pre-war South*, M.A. Thesis, Florida State University, 2010.

④ Louise Cowan, *The Southern Critics: An Introduction to the Criticism of John Crowe Ransom, Allen Tate, Donald Davidson, Robert Penn Warren, Cleanth Brooks, and Andrew Lytle*, Irving: The University of Dallas Press, 1972.

⑤ René Wellek, *A History of Modern Criticism: 1750—1950, Volumn 6: American Criticism, 1900—1950*, New Haven: Yale UniversityPress, 1986.

⑥ John Michael Walsh, *Cleanth Brooks: An Annotated Bibliography* (*Modern Critics and Critical Studies*), New York: Garland Pub., 1990.

　　1994 年,在罗伯特·潘·沃伦与布鲁克斯相继逝世后,美国西肯塔基大学设立了"沃伦与布鲁克斯学术奖"(Warren-Brooks Award),旨在奖励在美国出版的、用英语写作的杰出的原创性文学批评著作,授予给那些在精神、范围和一致性上体现布鲁克斯与沃伦影响的著作或其他有价值的出版物,每年颁发给一本专著。该奖于 1995 年首次颁发,授给利维斯·辛普森的《南方作家的寓言》(*The Fable of the Southern Writer*)[1]。在布鲁克斯逝世两年后,马克·温切尔就出版了布鲁克斯的传记《克林思·布鲁克斯与现代批评的兴起》(*Cleanth Brooks and the Rise of Modern Criticism*)[2],亦获得当年的"沃伦与布鲁克斯学术奖"。[3]

---

[1] Lewis P.Simpson, *The Fable of the Southern Writer*, Baton Rouge: Louisiana State University Press, 1995.

[2] Mark Royden Winchell, *Cleanth Brooks and the Rise of Modern Criticism*, Charlottesville: University Press of Virginia, 1996.

[3] 获得"沃伦与布鲁克斯学术奖"的还有:1997 年,约翰·霍兰德(John Hollander)的《诗歌的工作》(*The Work of Poetry*);1998 年,丹尼斯·多诺霍(Denis Donoghue)的《阅读实践》(*The Practice of Reading*);1999 年,罗恩·舒查德(Ron Schuchard)的《艾略特的黑暗天使》(*Eliot's Dark Angel*);2000 年,弗兰克·克默德的《莎士比亚的语言》(*Shakespeare's Language*);2001 年,保罗·墨菲(Paul V.Murphy)的《历史的训斥》(*The Rebuke of History*);2002 年,斯蒂芬·伯特(Stephen Burt)的《兰德尔·贾雷尔和他的时代》(*Randall Jarrell and His Age*);2003 年,劳伦斯·比尔(Lawrence Buell)的《艾默生》(*Emerson*);2004 年,詹姆斯·尤斯图斯(James H.Justus)的《获取古老的西南》(*Fetching the Old Southwest*)和马乔里·佩罗夫(Marjorie Perloff)的《差异》(*Differentials*)分享奖项;2005 年,康丝坦斯·哈西特(Constance W.Hassett)的《克里斯蒂娜·罗塞蒂:风格的耐心》(*Christina Rossetti: The Patience of Style*);2006 年,大卫·罗森(David Rosen)的《权力,简洁英语和现代诗的兴起》(*Power, Plain English, and the Rise of Modern Poetry*);2007 年,杰夫·多尔文(Jeff Dolven)的《文艺复兴时期浪漫主义的教学场景》(*Scenes of Instruction in Renaissance Romance*);2008 年,罗伯特·布林克梅耶尔(Robert Jr. Brinkmeyer)的《第四幽灵:白人南方作家和欧洲法西斯,1930—1950 年》(*The Fourth Ghost: White Southern Writers and European Fascism, 1930—1950*);2009 年,彼得·特拉维斯(Peter Travis)的《伪饰的乔叟:重读〈女尼的牧师的故事〉》(*Disseminal Chaucer: Rereading the Nun's Priest's Tale*);2010 年,马克·佩恩(Mark Payne)的《动物的部分:在诗意的想象中的人类和其他动物》(*The Animal Part: Human and Other Animals in the Poetic Imagination*);2011 年,理查德·斯特里尔(Richard Strier)的《毫无悔意的文艺复兴:从彼特拉克到莎士比亚,再到弥尔顿》(*The Unrepentant Renaissance: From Petrarch to Shakespeare to Milton*);2012 年,梅瑞狄斯·马丁(Meredith Martin)的《格律的兴衰:诗歌与英国民族文化,1860—1930 年》(*The Rise and Fall of Meter: Poetry and English National Culture, 1860—1930*);2013 年,维克多·布罗伯特(Victor Brombert),《关于死亡的思考:托尔斯泰到普里莫·列维》(*Musings on Mortality: Tolstoy to Primo Levi*);2014 年,理查德·罗素(Richard Rankin Russell)的《谢默斯·希尼的领域》(*Seamus Heaney's Regions*);2015 年,安·凯尼斯顿(Ann Keniston)的《幽灵人物:战后美国诗歌中的记忆与迟至》(*Ghostly Figures: Memory and Belatedness in Postwar American Poetry*)等。

1998 年,密苏里大学出版社出版了阿尔方斯·荣(Alphonse Vinh)编辑的《克林思·布鲁克斯与艾伦·泰特通信集(1933—1976)》(*Cleanth Brooks and Allen Tate: Collected Letters, 1933—1976*)①和詹姆斯·格里姆肖(James A.Grimshaw)编辑的《克林思·布鲁克斯与罗伯特·潘·沃伦通信集》(*Cleanth Brooks and Robert Penn Warren: A Literary Correspondence*)②。这为进一步深入研究布鲁克斯与其他的南方新批评家提供了第一手鲜活的资料。

此外,众多的研究新批评的学术专著中,也少不了对布鲁克斯有相当多的论述。如 1993 年马克·贾科维奇(Mark Jancovich)的《新批评的文化政治》(*The Cultural Politics of the New Criticism*),就从文化批评的角度研究了布鲁克斯等南方批评集团的反资本主义工业社会的本质。③2002 年,萨克文·伯科维奇(Sacvan Bercovitch)主编的《剑桥美国文学史》(*The Cambridge History of American Literature*)第五卷《诗歌与批评:1910—1950 年》出版,里面由威廉·E.凯恩撰写的"文学评论"第 3 节"南方人、平均地权论者和新批评现代评论机构",对布鲁克斯有较公允的论述与评价。④

可以看出,美国对布鲁克斯的研究,开始的时间早,研究的角度多,挖掘的层次深。有的论述布鲁克斯的总体理论;有的集中研究布鲁克斯诗学理论的一个方面,如悖论;有的研究布鲁克斯与其他新批评家的关系,或与新批评之外的其他文论家的关系;有的研究布鲁克斯与某一文学思潮的关系。研究者有刚踏入学术圈的莘莘学子,也有久享盛名的大学者。同时,美国的学术机构也大力支持对布鲁克斯等新批评家的研究,从财力与资源方面进行长期的扶持与奖励,出版了一大批高水平的学术著作。

美国本土学者对布鲁克斯的批评与研究,无论是持赞扬、抨击、还是所谓的客观中立的态度,都还远未结束,并且可能会在相当长的时期里继续进行下去。这是布鲁克斯及每一位伟大的批评家都逃不脱的宿命,也是他的理论与荣耀在学术界永存的一种标志。

---

① Alphonse Vinh, ed., *Cleanth Brooks and Allen Tate: Collected Letters, 1933—1976*, Columbia: University of Missouri Press, 1998.

② James A.Grimshaw, ed., *Cleanth Brooks and Robert Penn Warren: A Literary Correspondence*, Columbia: University of Missouri Press, 1998.

③ Mark Jancovich, *The Cultural Politics of the New Criticism*, Cambridge: Cambridge University Press, 1993.

④ Sacvan Bercovitch, ed., *The Cambridge History of American Literature*, Volume 5, Cambridge: Cambridge University Press, 2002.

第三节　在欧洲的影响

布鲁克斯不仅在美国享有盛誉,他的影响还播及国外。如在欧洲的许多国家,都能看到布鲁克斯诗学发生的影响。他的文学批评受到欧洲很多国家学术界的尊重,他的文学理论与批评方法也被英国、爱尔兰、加拿大、德国、瑞典等很多欧洲国家的学者与批评家所接受。

首先是在英国,布鲁克斯有一批追随者。英国也算是新批评的发源地之一,通过休姆、艾略特、瑞恰慈和燕卜逊等人的努力,新批评在英国本来就已广为流传,有一定的影响。布鲁克斯的《理解戏剧》在某种意义上影响了英国文学批评家乔治·奈特(George Richard Wilson Knight)和莎士比亚研究专家莱昂内尔·奈茨(Lionel Charles Knights)等人。但从总体上来讲,当时的英国人并不像美国人那样看重文学批评,所以英国的批评家比起美国的同行显得要业余一些。"在美国,职业批评家看来享有如此多的尊重,以致一些美国人认为应当是削弱批评家权力的时候了。……人们阅读一些当代的美国批评,得到荒谬的印象,即诗人在美国存在的主要理由,就是将他的诗喂给批评的磨坊。……然而,在英格兰和爱尔兰(苏格兰和威尔士是如何样的,我就不知道了),批评仍然被当作是任何人都能做的事;是哲学家、道学家、退休的殖民地长官或诗人(任何诗人)都能……在某一闲暇的半个小时之内做成的事。"①英国的批评家的方法和风格更多的是非正式的、主观的,也是高度个性化的。布鲁克斯在英国的影响没有被特别凸显出来,也就不足为怪了。

此外,值得一提的是,布鲁克斯于1964年被任命为美国驻伦敦大使馆的文化专员。布鲁克斯凭着其深厚的文学与文化修养,在这一职位上游刃有余,深受英国媒体的好评。《星期日泰晤士报》(Sunday London Times)记者这样评价布鲁克斯在英国的影响:"任命最杰出的文学家与教师中的一员——克林思·布鲁克斯做大使馆的文化专员,美国对英国的致意,很少有比这更贴心的了。"他的功能是"在英国大学与美国大学之间,英国批评家与美国批评家之间,总之,在我们的两种文化之间作为一位联络员。"②布鲁克

---

① Donald Davie, "Reflections of an English Writer in Ireland", *Studies: An Irish Quarterly Review*, (Winter 1955), p.440.

② Edward Lucie-Smith, *Sunday London Times*, July 12, 1964.

斯本人很谦虚,很少提及这一非常有价值的作用。这一任命其实意义深远,是美国官方对布鲁克斯学术和文化成就的一种认可标志。获得政府的许可,承担代表本国驻伦敦大使馆和英国会堂与沙龙中的文学与生活的发言人,很难想象有比这更高的赞誉。

在爱尔兰,布鲁克斯也有其忠实的模仿者和宣传者。凭借《阅读实践》获得 1998 年沃伦与布鲁克斯学术奖的丹尼斯·多诺霍就承认他的美学思想受布鲁克斯的影响,尤其是受《现代诗与传统》和《精致的瓮》的影响。多诺霍像布鲁克斯一样,是一位别出心裁的批评家,并不是简单地接收别人的风格和方法,而是同化这些原则,以运用到本国的材料中。他与布鲁克斯的亲缘关系,可进一步从他对美国 20 世纪 30 年代红极一时的马克思主义批评家格兰维尔·希克斯(Granville Hicks)的反对中看出。多诺霍像布鲁克斯一样,反对像希克斯一样寻求宣传文学的批评家,认为希克斯的《伟大的传统:对自南北战争以来美国文学的诠释》(*The Great Tradition: An Interpretation of American Literature since the Civil War*)是"一部被误导的著作,忽视文学价值,完全将注意力放在马克思主义的教条上"。①多诺霍寻求一种适合爱尔兰文学的批评方法,利用了薇薇安·梅西耶(Vivian Mecier)的一个评论,并展示了美国新批评在哪些方面可能适合爱尔兰,哪些方面可能不适合爱尔兰。梅西耶认为美国的新批评是反对"从德国借鉴过来的文学—历史传统"的一种反应,她将新批评教导英语阅读和写作的方法,归因为由大量的移民所引起的迫切需要及实用主义哲学家约翰·杜威(John Dewey)的理论。②

布鲁克斯在加拿大也有一定的影响。他曾经被邀请在《多伦多教育季刊》(*Toronto Educational Quarterly*)上发表关于"文学的作用"的论述,布鲁克斯被加拿大编辑赞誉为"一位著名的文学批评家,对文学教学也有深远的影响"。③1983 年加拿大阿尔伯塔大学杜赞·斯托扬诺维奇(Dušan T.Stojanovic)的博士学位论文《新批评理论和实践:约翰·兰色姆、克林思·布鲁克林和威廉·燕卜逊的观点》(*The New Criticism in Theory and*

---

① Denis Donoghue, "Notes Toward a Critical Method", *Studies: An Irish Quarterly Review*, n.v.(Summer 1955), p.187.

② Vivian Mecier, "An Irish Schoos of Criticism?", *Studies: An Irish Quarterly Review*, n.v.(Spring 1956), pp.83—87.

③ Cleanth Brooks, "The Uses of Literature", *Toronto Educational Quarterly*, II(Summer 1963), pp.2—12.

Practice：*Views of John Crowe Ransom*，*Cleanth Brooks and William Empson*），比较了布鲁克斯与兰色姆和燕卜逊三人诗学的同与异。①虽然属于同一文化与同一语言圈内的比较，但是从跨越国界的角度来看，也可以算比较文学研究了。研究者在加拿大，研究的对象涉及美国和英国的学者。这种比较的视野，既是一种优点，也有一些局限。在客观的基础上却常流于肤浅，最终导致主观的判断与结论。这也算是一种悖论与反讽吧。

　　布鲁克斯在德国也有一定的影响。沃尔夫冈·海丁（Wolfgang Schmidt-Hidding）在《英语诗歌的阐释方法》（*Methoden der Interpretationen englischer Gedichte*）一文中对诗歌分析使用了三个原则是取自于布鲁克斯的。在论文的开端他宣称将避免的三个关键性的错误——这也是来自于布鲁克斯的《现代诗与传统》和《精致的瓮》。他的五点摘要本质上是布鲁克斯式的。②罗伯特·魏曼（Robert Weimann）对美国新批评有一本专门的研究著作，名为《"新批评"与资产阶级文学的发展：新的阐释方法的历史和批评》（"*New Criticism*" *und die Entwicklung Bürgerlicher Literaturwissenschaft*：*Geschichte und Kritik Neuer Interpretationsmethoden*）。这本著作对新批评，尤其是布鲁克斯进行了广泛的分析。布鲁克斯是书中提得最频繁的美国批评家。尤其值得一提的是，当时的东德处于所谓的"铁幕"之下，罗伯特·魏曼违背了苏联的文学与艺术强迫采取的宣传基调。布鲁克斯的方法和贡献得到应得的赞扬。在标题中，指向"资产阶级文学科学"，无产阶级的基调已经很明显了。该书前言声称："资产阶级文学科学的革命性方法表明它自身，是一种令人困惑的研究、方法和原则的概括。科学的统一中心在 19 世纪已经丧失。当下发展阶段的特征呈现为由法西斯（希特勒）政权带来'理性的毁灭'所导致的资产阶级科学一种盲目的崩溃。"③当罗伯特·魏曼看到在剑桥、芝加哥和美国南方各州，"分析批评"的形成和"一个

---

① Dušan T.Stojanovic, *The New Criticism in Theory and Practice*：*Views of John Crowe Ransom*，*Cleanth Brooks and William Empson*, Ph. D.Thesis, University of Alberta, 1983.

② Wolfgang Schmidt-Hidding, "Methoden der Interpretationen englischer Gedichte", *Die Neueren Sprachen*，XI n.s.(May 1962), pp.193—206.(德)沃尔夫冈·施密特·海丁：《英语诗歌阐释方法》,《现代语言》,1962 年第 11 期,第 193—206 页。

③ Robert Weimann, "*New Criticism*" *und die Entwicklung Bürgerlicher Literaturwissenschaft*：*Geschichte und Kritik Neuer Interpretationsmethoden*, Halle: M. Niemeyer, 1962, pp.5ff.(德)罗伯特·魏曼：《"新批评"与真正的文学发展：新的阐释方法的历史和批评》,哈雷：尼迈耶 1962 年版。

新古典主义的复兴"时,给予文学批评一种超过创造性写作的优越地位。他走得太远,甚至声称文学批评替代了哲学。①此外,布鲁克斯反对将艺术和宗教、哲学混为一谈,海德格尔(Martin Heidegger)也主张艺术是独立于宗教与哲学的。两人主张有相似之处。当然,两者之间是否有影响关系,还待以后再作深入研究。

布鲁克斯诗学在瑞典也有影响。1996年瑞典乌普萨拉大学迈克尔·古斯塔夫松(Michael Gustavsson)的博士学位论文《文本花瓶:对现代文学本质理论的批判:以克林思·布鲁克斯、罗曼·雅各布森和保罗·德曼为例》(*Textens Väsen: en Kkritik av Essentialistiska Förutsättningar i Modern Litteraturteori: Exemplen, Cleanth Brooks, Roman Jakobson, Paul de Man*)也涉及布鲁克斯。此论文是典型的比较文学研究,同时具备跨国别、跨语言、跨民族的属性。其目的却对文学本质主义进行批判。迈克尔·古斯塔夫松认为,那种想解释文学文本是什么及是什么使其成为独特的文学的野心,通常是建立在这样一种观念上——即在所有称之为"文学"或"诗歌"的事物上,存在着使其成为"文学的"或"诗意的"某种"本质"。然后分析了文学本质理论的共同特点。首先是倾向于把文本主要当作一个语言学研究的对象,而不是被使用、被读写的事物。其次是认为语言具有双重性质:一是通过视觉或听觉而被理解的感性层面,二是意义在其中获得理解的心理层面。最普遍的观点认为,文本是以上两个层面组成,但是每个层面自身都可以被定位、被分析。论文认为结构主义和后结构主义虽然对这种语言图景持批判态度,但是并没有清除它,而是对其进行了修订。作者通过现代文学理论的三个例子来对自己的观点加以展开:由克林思·布鲁克斯、罗曼·雅各布森(Roman Jakobson)和保罗·德曼(Paul de Man)所分别代表的新批评、结构主义和后结构主义。作者认为三者都采取了抽象的模式来解释这些模式所代表的意义,并把此放在首位,其结果是,他们除了成功地解释自己的观念性的方案外,一无是处。②

至于在欧洲大陆其余的国家,如法国和意大利,布鲁克斯的影响好像不

① Robert Weimann, *"New Criticism" und die Entwicklung Bürgerlicher Literaturwissenschaft: Geschichte und Kritik Neuer Interpretationsmethoden*, Halle: M. Niemeyer, 1962, pp.9ff.

② Michael Gustavsson, *Textens Väsen: en Kkritik av Essentialistiska Förutsättningar i Modern Litteraturteori: Exemplen, Cleanth Brooks, Roman Jakobson, Paul de Man*, Ph. D. Thesis, Uppsala Universitet, 1996. (Swedish; Summary in English).

是很明显。据安东尼·塔辛研究,法国和意大利等国家没有显示出新批评的痕迹。而且他解释这种现象非常好理解:文本分析技巧在被介绍到美国之前,很早就在法国和意大利兴盛了,因此,法国和意大利对一种早就精通的方法没有转换的需求。法国和意大利在某种程度上已经放弃了这种方法,新批评家可能会遣责他们准许道德教训、相关传记和社会学批评的进入。[1]但是,从布鲁克斯与法国批评家之间的平行研究视角,还是能发现一些有趣的类同。如布鲁克斯与萨特之间的比较,可以发现,布鲁克斯反对对诗歌进行释义,并斥诗歌的散文释义是一种谬说;萨特也认为诗歌和散文是两种不同的写作。萨特认为,散文使用词语,像使用工具一样,语言对散文家来说像是身体的一种延伸,语言是散文家的仆人;而诗歌拒绝使用语言,而只是提供词语,诗人把词语看作是像树和草一样的自然事物。散文介入生活,而诗歌却超越生活。萨特认为诗歌是使人注意到词语本身,这与法国的象征主义有某种精神上的一致。如兰波认为元音字母是有颜色的。布鲁克斯认为诗歌的本质就存在于悖论、反讽、韵律之中,而不在于它的散文释义,在这一点上,与萨特的主张是一致的。两人生活的年代大致相同(布鲁克斯 1906—1994;萨特 1905—1980),不知道是谁影响了谁?

布鲁克斯的影响甚至远播至东方的印度,这多少可以弥补他在法国和意大利的影响不是太明显的遗憾。[2]如 1991 年印度学者拉姆·辛格(Ram Sewak Singh)主编了专论布鲁克斯的论文集《克林思·布鲁克斯的批评公式》(*Cleanth Brooks：His Critical Formulations*),里面收集了巴德瓦杰(R.R.Bhardwaj)、纳尔达·钱德拉(Naresh Chandra)和因陀罗(C.T.Indra)博士等十一位学者对布鲁克斯的论述或访谈,论述范围包括布鲁克斯的生平、理论信条、诗歌语言观念、隐喻、传统观念、布鲁克斯与柯勒律治及罗纳德·克莱恩等批评家的关系、布鲁克斯的诗歌与小说的实践批评等。[3]这本论文集应该算是代表了印度学者研究布鲁克斯的最高水平。

可以看到,作为新批评的推动者与坚定的辩护者,布鲁克斯的影响是多方面的。在美国新批评家中,布鲁克斯脱颖而出,是最多产的、最始终如一

---

[1]　Anthony G.Tassin, *The Phoenix and the Urn：The Literary Theory and Criticism of Cleanth Brooks*, Ph. D.Thesis, Louisiana State University, 1966, pp.167—169.

[2]　本节专论布鲁克斯在欧洲的影响,其对印度的影响本不应归入本节,但是本书下章专章论述布鲁克斯在中国的影响,对于其在世界其他各国的影响不再展开论述。因此,为了在形式上不至于太零散,权且作如此处理。

[3]　R.S.Singh, ed., *Cleanth Brooks：His Critical Formulations*, New Delhi：Harman Publishing House, 1991.

的、最坚韧的一位，是新批评家的主要代表，是一位有创造性才能的批评家，有勇气对令人不满意的文学与批评标准表示反对，并提出一种新方法。他在诗歌、小说与戏剧的评论方面，对文学的属性与功能都作出了原创性的论说，为 20 世纪的文学储备贡献了丰富的遗产。这些遗产将超越时代与国界，成为全人类的文化遗产。

第五章　布鲁克斯诗学在中国的影响

布鲁克斯诗学不仅在欧美各国广为传播,其对中国也产生了诸多影响。然而,迄今为止,还没有学者对此作过系统的论述。客观原因在于这一议题中存在一些较为棘手的问题。首先,布鲁克斯诗学对中国的影响,与其他新批评家理论的影响融合在一起的,很难分清楚哪里是布鲁克斯的影响,哪里是其他新批评家的影响。其次,布鲁克斯对新批评最重要的贡献是悖论与反讽,但是新批评的整个理论有时被称为反讽诗学,也就是说,即使论述反讽诗学对中国的影响,也很难分清楚这是受布鲁克斯一人的影响,还是整个新批评理论的影响。再次,布鲁克斯的很多著作是与罗伯特·潘·沃伦、维姆萨特等人合著的,很难将布鲁克斯的观点与其合著者精确地分割。此外,布鲁克斯诗学本身也很复杂,甚至被完全作相反的解读,有些中国学者受到布鲁克斯诗学的影响而不自觉,这也是界定其影响的一个困难所在。

但是经过梳理,还是可以将布鲁克斯诗学对中国的影响归纳为四个方面,具体为布鲁克斯诗学在中国的译介与研究,布鲁克斯诗学对中国文学创作、理论与批评实践的影响,布鲁克斯诗学对中国教育、教学的影响,及布鲁克斯诗学在中国所产生的误读与变异等。

第一节　在中国的译介与研究

布鲁克斯诗学在中国的译介与研究,与整个新批评在中国的命运休戚相关,但是又有其独特的际遇与命运。参照学界对新批评在中国的阶段划分,并根据实际情况,本书将布鲁克斯诗学在中国的译介与研究总体上划分为三个阶段,即初期(1949—1979 年)、发展期(1980—2000 年)、繁盛期

（2000 年以后）。①

中国学界一般将新批评研究时间的起点设为 1929 年，即从瑞恰慈的《科学与诗》（*Science and Poetry*）由伊人译介至中国算起，而本书之所以将布鲁克斯诗学在中国的译介与研究的起点推迟至 1949 年，是因为中国初期的新批评研究，多是对艾略特和瑞恰慈的译介，对布鲁克斯的译介与研究极少。最早将布鲁克斯的名字译介进中国的，应该是冯亦代。1949 年，冯亦代翻译阿尔弗雷德·卡津（Alfred Kazin）的《现代美国文艺思潮》（*On Native Grounds: An Interpretation of Modern American Prose Literature*），该书的第十三章"趋向两极的批评界"专门论述马克思主义批评与新批评，其中提及克利恩斯·勃罗克斯（即克林思·布鲁克斯），但只是一笔带过而已。②

为何会出现这种情况呢？一般认为，这和当时瑞恰慈、燕卜逊等新批评大家先后至中国讲学有关。此外，中国初期之所以主要译介艾略特、瑞恰慈的著述，是因为当时在英美文艺批评领域引领风骚的大家正是艾略特和瑞恰慈，而布鲁克斯的声誉和影响力要到 20 世纪四五十年代才达到巅峰。虽然布鲁克斯最重要的理论著作《精致的瓮》1947 年就在纽约出版了，但是当时中国精通英语的专业人才远不及现在这样多，西方的理论译介至中国，往往有一个较长时间的滞后期。再加上中国当时经历了多年的战乱，学界更

---

① 本书对克林思·布鲁克斯在中国的研究进行分期，可能会与整个新批评研究在中国的分期划分与命名不一致，如一般将 1950—1979 年作为新批评研究在中国的衰微期，而本书将其命名为初期，是因为这一时期布鲁克斯在中国的译介才刚开始，而在 1949 年之前几乎没有；1980—2000 年，一般将此期作为新批评研究在中国的恢复期或繁盛期，而本书将其命名为发展期，是因为这一时期中国学界对布鲁克斯的研究虽然有所增加，有所深入，但是相较于对其他的新批评家如艾略特、瑞恰慈、雷纳·韦勒克、罗伯·潘·沃伦，甚至燕卜逊等人的研究，显然仍是不够充分。

② （美）卡静：《趋向两极的批评界》，见卡静：《现代美国文艺思潮》（下卷），冯亦代译，晨光出版公司 1949 年版。冯亦代在"译后记"说："卡静（即阿尔弗雷德·卡津）的这本著作出版于 1942 年，原名是《在本国的土地上——现代美国散文学底一个解释》，论述美国自 1890 年至 1940 年间散文学中的作家与作品的题旨与影响。作者在他的论述中，似乎极为客观，没有自己一贯的观点，但是仔细研究，原来也执着了一个中庸之道：既不赞成复古倾向，又隔靴抓痒地批评了左翼运动，最后还隐隐约约地提出一个'民主文学'的口号［卡静在第十三对埃德蒙·威尔逊（Edmund Wilson）的批评持赞赏态度，认为他的批评融合了马克思主义的社会学批评与新批评的形式主义美学批评。引者注］。但是对于什么是'民主文学'却说不清楚，也实在说不出。好在这是一本文学史，现实与事实，比之理论与意见，把握前者，比之把握后者是重要得多得多了。"《在本国的土地上——现代美国散文学底一个解释》（*On Native Grounds: An Interpretation of Modern American Prose Literature*），现一般译为《扎根本土》。

是无暇将布鲁克斯的著作翻译、引进到中国。

1949 年后，正是当布鲁克斯在美国如日中天的时候，但由于中国大陆与西方的学术交流基本上中断了，所以布鲁克斯的主要著作自然也就无缘进入中国。这也是他在中国学界影响不及国人早就较为熟悉的艾略特与瑞恰慈等人的原因之一。

当然，中国布鲁克斯研究的发展期与繁盛期，就基本上与中国的新批评研究同步了。20 世纪 80 年代以后，中国学界对新批评的著作有了较为系统的译介，他们也开始意识到布鲁克斯的重要性，在对布鲁克斯诗学的译介和研究方面，都出现了突破。

一、对布鲁克斯诗学的译介

1956 年 9 月，夏济安在台湾创办《文学杂志》，首次引进新批评理论，对"悖论""反讽"等由布鲁克斯大力提倡的诗歌理论较为重视。翌年 11 月，夏济安翻译了布鲁克斯与罗伯特·潘·沃伦合著的《理解诗歌》中对两首诗的论述，自题名为《两首坏诗》，刊登在《文学杂志》第 3 卷第 3 期。①至此，对布鲁克斯诗学的译介才真正开始。

经过梳理，可以发现，中国对布鲁克斯诗学的译介可以大致概括为三部著作、两本译文集、十余篇论文。

布鲁克斯有三部著作被译介为中文。1975 年，颜元叔翻译了布鲁克斯与维姆萨特合著的《西洋文学批评史》，由台北志文出版社发行繁体中文版，这是布鲁克斯最早被译介进中国的一部专著。②1986 年，中国青年出版社出版了主万等翻译的布鲁克斯与罗伯特·潘·沃伦合著的经典教材《理解小说》。③2008 年，布鲁克斯的专著《精致的瓮》由郭乙瑶等人译成中文。④

20 世纪 80 年代后期，中国出现两本翻译新批评理论的文集，分别为1988 年赵毅衡编选的《"新批评"文集》和 1989 年史亮编选的《新批评》，里

---

① 这两首所谓的"坏诗"，一首是普劳克透女士（Adelaide Anne Proctor）的《香客》（The Pilgrims），译自《理解诗歌》第五章"论语调与态度"（Tone and Attitude）；另一首是基尔玛（Joyce Kilmer）的《树》（Trees），译自《理解诗歌》第六章"论意象"（Imagery）。见夏济安：《夏济安选集》，辽宁教育出版社 2001 年版，第 86—101 页。

② 1987 年，颜元叔翻译的《西洋文学批评史》，由中国人民大学出版社引进发行翻印版。

③ （美）布鲁克斯、沃伦：《小说鉴赏》（Understanding Fiction），（上、下），主万等译，中国青年出版社 1986 年版。2006 年，《小说鉴赏》由世界图书出版公司北京公司出版中英对照本，并于 2008 年出第 2 版。

④ （美）克林斯·布鲁克斯：《精致的瓮——诗歌结构研究》，郭乙瑶等译，上海人民出版社 2008 年版。

面较为集中地译介了布鲁克斯的一些代表性论文。在《"新批评"文集》里，布鲁克斯的文章有9篇，几乎占全书的三分之一篇幅，所选数量是入选者中最多的。①其中《悖论语言》(*The Language of Paradox*)②，由赵毅衡译自《精致的瓮》第一章；《叶芝的根深花茂之树》(*Yeats's Great Rooted Blosso-mer*)③由李自修、张子清译自《精致的瓮》第十章；《释义误说》(*The Heresy of Paraphrase*)④由杜定宇译自《精致的瓮》第十一章。《邪恶的发现：〈杀人者〉分析》⑤由万培德译自《理解小说》中对海明威的小说《杀手》的分析。《克丽奥帕特拉的悲悼》⑥由赵毅衡译自《理解诗歌》论述"意象"(Imagery)的第六部分。而袁可嘉翻译的《反讽——一种结构原则》⑦，盛宁翻译的《新批评与传统学术研究》⑧，龚文庠翻译的《形式主义批评家》⑨，周敦仁翻译

---

① 赵毅衡编选：《"新批评"文集》，中国社会科学出版社 1988 年版；天津百花文艺出版社 2001 版。

② （美）克利安思·布鲁克斯：《悖论语言》，赵毅衡译，见赵毅衡编选：《"新批评"文集》，百花文艺出版社 2001 年版，第 353—375 页。该译文是以《诡论语言》名，由赵毅衡翻译发表在《文艺理论研究》1982 年第 1 期，后于 1987 年分别收入《二十世纪文学评论》和《当代西方文艺批评主潮》，1988 年收入《"新批评"文集》和《西方现代诗论》，1989 年又收入《西方二十世纪文论选》，后改名为《悖论语言》。见（英）戴维·洛奇：《二十世纪文学评论》（上册），葛林等译，上海译文出版社 1987 年版，第 496—521 页；又见冯黎明等编：《当代西方文艺批评主潮》，湖南人民出版社 1987 年版，第 64—87 页；又见杨匡汉、刘福春编：《西方现代诗论》，花城出版社 1988 年版；又见胡经之、张首映主编：《西方二十世纪文论选》（第二卷），中国社会科学出版社 1989 年版，第 159—177 页。

③ （美）克利安思·布鲁克斯：《叶芝的根深花茂之树》，李自修、张子清译，见赵毅衡编选：《"新批评"文集》，百花文艺出版社 2001 年版，第 490—505 页。

④ （美）克利安思·布鲁克斯：《释义误说》，杜定宇译，周六公校，见赵毅衡编选：《"新批评"文集》，百花文艺出版社 2001 年版，第 209—231 页。

⑤ （美）克利安思·布鲁克斯、罗伯特·潘·沃伦：《邪恶的发现：〈杀人者〉分析》，万培德译，见赵毅衡编选：《"新批评"文集》，百花文艺出版社 2001 年版，第 476—489 页。这篇译文首见于董衡巽编著：《海明威研究》，中国社会科学出版社 1980 年版。《理解小说》体例为先录出小说，然后对其进行分析，没有另外加题目。译文题目为译者所加，以下凡出自《理解小说》的单篇译文名，皆同。

⑥ （美）克利安思·布鲁克斯、罗伯特·潘·沃伦：《克丽奥帕特拉的悲悼》，赵毅衡译，见赵毅衡编选：《"新批评"文集》，百花文艺出版社 2001 年版，第 470—475 页。

⑦ （美）克利安思·布鲁克斯：《反讽——一种结构原则》，袁可嘉译，见赵毅衡编选：《"新批评"文集》，百花文艺出版社 2001 年版，第 376—395 页。

⑧ （美）克利安思·布鲁克斯：《新批评与传统学术研究》，盛宁译，见赵毅衡编选：《"新批评"文集》，百花文艺出版社 2001 年版，第 528—544 页。

⑨ （美）克林思·布鲁克斯：《形式主义批评家》，龚文庠译，见赵毅衡编选：《"新批评"文集》，中国社会科学出版社 1988 年版，第 486—495 页。这篇译文不知何故，在 2001 年百花文艺出版社的版本中删除了。此译文后又收入朱立元总主编、张德兴卷主编：《二十世纪西方美学经典文本（第 1 卷）世纪初的新声》，复旦大学出版社 2000 年版，第 547—548 页；又见朱立元、李钧主编：《二十世纪西方文论选（上卷）》，高等教育出版社 2002 年版。

的《新批评》①,都是单篇论文。

在《新批评》中,有五篇是布鲁克斯的论文,几乎占正文十一篇论文中的一半。其中《济慈的林野史家:没有注脚的历史》(*Keats's Sylvan Historian:History Without Footnotes*)②和《意释邪说》(*The Heresy of Paraphrase*)③译自《精致的瓮》第八章和第十一章,《〈阿尔弗瑞德·普鲁弗洛克的情歌〉分析(摘译)》④译自《理解诗歌》的第七部分"主题"(Theme)中对艾略特《阿尔弗瑞德·普鲁弗洛克的情歌》(即《普鲁弗洛克的情歌》)的讨论,而《论〈纪念爱米丽的一朵玫瑰〉》⑤和《论〈杀人者〉》⑥则译自《理解小说》。编选者显然对布鲁克斯非常重视,不仅选取了他最具特色的理论论文,而且将其诗歌与小说批评实践的范例纳入(后四篇批评实践实际上全部选用了布鲁克斯与罗伯特·潘·沃伦合写的著作),可谓煞费苦心。

这两部译文集中,对布鲁克斯的译介有两篇是雷同的,即《精致的瓮》第十一章《释义误说》(《意释邪说》)和《理解小说》中的《邪恶的发现:〈杀人者〉分析》(《论〈杀人者〉》)。译文除集中来自《精致的瓮》和《理解小说》之外,还有两篇节选自《理解诗歌》,另有四篇是发表于期刊的论文。

此外,对布鲁克斯著述的译介,散见于国内一些西方文论选或学术刊物上。如1961年,夏志清翻译布鲁克斯的《诗里面的矛盾语法》,收录在林以

---

① (美)克利安思·布鲁克斯:《新批评》,周敦仁译,见赵毅衡编选:《"新批评"文集》,百花文艺出版社2001年版,第593—617页。

② (美)克林斯·布鲁克斯:《济慈的林野史家:没有注脚的历史》,史亮译,见史亮编:《新批评》,四川文艺出版社1989年版,第177—198页;又见孟庆枢·杨守森主编:《西方文论选》,高等教育出版社2002年第1版,2007年第2版。

③ (美)克林斯·布鲁克斯:《意释邪说》,史亮译,见史亮编:《新批评》,四川文艺出版社1989年版,第88—117页。

④ (美)克林斯·布鲁克斯:《〈阿尔弗瑞德·普鲁弗洛克的情歌〉分析(摘译)》,查良铮译,见史亮编:《新批评》,四川文艺出版社1989年版,第203—214页。选自袁可嘉·董衡巽·郑克鲁编:《外国现代派作品选》,第一册(上),上海文艺出版社1980年版。《理解诗歌》体例为先录出诗歌,然后讨论。译文题目为译者所加,以下凡出自《理解诗歌》的单篇译文名,如未特别说明,皆同。

⑤ (美)克林斯·布鲁克斯,罗伯特·潘·沃伦:《论〈纪念爱米丽的一朵玫瑰〉》,刘家有译,见史亮编:《新批评》,四川文艺出版社1989年版,第223—232页。选自克林斯·布鲁克斯和罗伯特·潘·沃伦:《小说鉴赏》(*Understanding Fiction*)上册,中国青年出版社1986年版。

⑥ (美)克林斯·布鲁克斯,罗伯特·潘·沃伦:《论〈杀人者〉》,刘家有译,见史亮编:《新批评》,四川文艺出版社1989年版,第250—268页。选自克林斯·布鲁克斯和罗伯特·潘·沃伦:《小说鉴赏》(*Understanding Fiction*)上册,中国青年出版社1986年版。

亮编选的《美国文学批评选》中。①1962 年,袁可嘉翻译布鲁克斯的论文《嘲弄———一种结构原则》,收入中国科学院文学研究所西方文学组编写的《现代美英资产阶级文艺理论文选》,②这篇论文其实就是后来被赵毅衡收录在《"新批评"文集》中的《反讽———一种结构原则》。1964 年,伍蠡甫翻译的《文学批评中的神话和原型学派》(*Myth and Archetype*),节选自布鲁克斯与维姆萨特合著的《西洋文学批评史》的第三十一章,刊登在《现代外国哲学社会科学文摘》第 10 期。

1980 年李文俊编选的《福克纳评论集》中,收录两篇布鲁克斯论福克纳的论文。分别是由陆凡译自布鲁克斯的专著《威廉·福克纳:约克纳帕塔法郡》第一章"乡下人福克纳"(*Faulkner the Provincial*)③,第二章"普通人——自耕农、佃农和穷白人"(*The Plain People*:*Yeoman Farmers*,*Sharecroppers*,*and White Trash*)④。1985 年出版了查良铮翻译的《荒原》,后面还附有其译自布鲁克斯与沃伦合著的《理解诗歌》第四版中的一篇评论,即《T.S.艾略特的〈荒原〉》。⑤1986 年,吕胜翻译了《西洋文学批评史》中的第二十五章"悲剧与喜剧:内在的焦点"(*Tragedy and Comedy*:*The Internal Focus*),发表在《剧艺百家》。⑥1987 年,哲明翻译了《西洋文学批评史》中的第三十章"小说与戏剧:宏大的结构"(*Fiction and Drama*:*The Gross Structure*),分两次发表在《文学自由谈》第 4、5 期。⑦1987 年,冯黎明

①　(美)布鲁克斯:《诗里面的矛盾语法》,夏志清译,见林以亮编选:《美国文学批评选》,香港今日世界出版社 1961 年版。该译文大陆通译为《悖论语言》或《诡论语言》,比赵毅衡在《文艺理论研究》1982 年第 1 期的译文早 20 多年。

②　(美)克利安思·布鲁克斯:《嘲弄———一种结构原则》,袁可嘉译,见中国科学院文学研究所编:《现代美英资产阶级文艺理论文选》(上编),作家出版社 1962 年版。又见中国社会科学院文学研究所编:《现代美英资产阶级文艺理论文选》,知识产权出版社 2010 年版,第 174—188 页。

③　(美)克林斯·布鲁克斯:《乡下人福克纳》,陆凡译,见李文俊编选:《福克纳评论集》,中国社会科学出版社 1980 年版,第 237—245 页。

④　(美)克林斯·布鲁克斯:《普通人——自耕农、佃农和穷白人》,陆凡译,见李文俊编选:《福克纳评论集》,中国社会科学出版社 1980 年版,第 98—116 页。

⑤　(美)布鲁克斯、华伦:《T.S.艾略特的〈荒原〉》,见(美)艾略特、奥登等:《英国现代诗选》,查良铮译,湖南人民出版社 1985 年版,第 66—97 页。查良铮先生于 1977 年逝世,该译文应该是完成于 20 世纪 70 年代后期。

⑥　(美)小威姆塞特、布鲁克斯:《悲剧与喜剧:内在的焦点》,吕胜译,《剧艺百家》,1986 年第 3 期,第 76—91 页。其实颜元叔在 1975 年就将《西洋文学批评史》全书译成汉文,1987 年中国人民大学出版社引进发行此译本的翻印版。对于《悲剧与喜剧:内在的焦点》,笔者参照吕译与颜译,发现基本一致。

⑦　(美)威姆萨特、布鲁克斯:《小说与戏剧:宏大的结构(上)》,哲明译,《文学自由谈》1987 年第 4 期,第 153—160 页。(美)威姆萨特、布鲁克斯:《小说与戏剧:宏大的结构(下)》,哲明译,《文学自由谈》1987 年第 5 期,第 152—158 页。

等编的《当代西方文艺批评主潮》中除了收入赵毅衡译的《诡论语言》(*The Language of Paradox*)外,还有一篇《赤体婴儿和雄伟的外衣》(*The Naked Babe and the Cloak of Manliness*),译自《精致的瓮》第二章。[1]1989年,飞白,柳柳将《理解诗歌》中的一节"恋人们屏弃世界"翻译成中文,发表在《名作欣赏》。[2]

2007年王永翻译了《精致的瓮》第四章"诗歌传达什么?"(*What Does Poetry Communicate?*)。[3]2010年郭君臣节译了《理解诗歌》第四版的第一章"戏剧性场景"(*Drmatic Situation*)的部分内容。[4]

值得一提的是外语教学与研究出版社,在2004年引进《理解诗歌》与《理解小说》的英文原版,并多次重印,在一定程度上传播了布鲁克斯的诗学理论。但是由于能阅读英文原文的人数毕竟有限,因此,其影响辐射的范围一般限于英语语言文学专业的师生群体,这从对布鲁克斯著作的引用情况中可明显看出。

对布鲁克斯的译介,还包括将国外一些集中论述布鲁克斯的论著翻译成中文。在这方面比较有影响的是2005年杨自伍将雷纳·韦勒克的《近代文学批评史》第六卷译介到中国,该书中第十一章为"克林思·布鲁克斯",[5]这是目前对布鲁克斯介绍最全面的汉字资料。鉴于韦勒克的学术声誉,其对中国学界的影响将在今后不断显示出来。2009年,马睿等人将萨克文·伯科维奇主编的《剑桥美国文学史》第五卷《诗歌与批评:1910年—1950年》译介到中国,书中最后一章"文学评论"的第3节"南方人、平均地

---

[1]　冯黎明等编:《当代西方文艺批评主潮》,湖南人民出版社1987年版,第88页。

[2]　飞白在按语中写道:"著者克林思·布鲁克斯是新批评派的一位主将,罗伯特·潘·沃伦是美国第一位桂冠诗人。他们合著的《理解诗》是新批评派流传最广影响最大的力作,长期以来是美国大学的通用教材。美籍女作家聂华苓把该书的修订第四版推荐给中国青年出版社,现正由我主持翻译中。这部80万字的巨著不久当可与我国读者见面。"见(美)布鲁克斯、沃伦:《恋人们屏弃世界》,飞白、柳柳译,《名作欣赏》,1989年第5期,第32—36页。然而,不知何故,飞白此话已过去二十多年了,却依然未见《理解诗歌》的中文译本出现。笔者尝与赵毅衡先生说起此事,赵毅衡先生也对《理解诗歌》至今还没有中文译本表示惊讶与遗憾。

[3]　(美)克林思·布鲁克斯:《诗歌传达什么?》,王永译,《诗探索》,2007年第1期。译者在翻译时略去了该章的附言部分。

[4]　(美)克林斯·布鲁克斯、罗伯特·潘·沃伦:《诗与戏剧性场景》,郭君臣译,《上海文化》,2010年第2期。译者在翻译时省略了惠特曼的一首长诗,并对问答环节做了编译的处理。

[5]　参阅(美)雷纳·韦勒克:《近代文学批评史》第6卷,杨自伍译,上海译文出版社2005年版,第312—353页。

权论者和新批评现代评论机构",①对布鲁克斯有较多论述与反思,是美国近年来学术界主流对布鲁克斯的评价,较为中肯。

可以看出,虽然布鲁克斯在中国的译介已取得一定的成绩,但还需要加大译介的力度与范围。如迄今为止,布鲁克斯的著作被翻译成中文的只有《西洋文学批评史》、《理解小说》和《精致的瓮》。剔除源自这三部著作的选译文,布鲁克斯被翻译成中文的论文或选段,只有十二篇,其中六篇译自《理解诗歌》,两篇译自《威廉·福克纳:约克纳帕塔法郡》,四篇是单独的论文。这种译介现状,与布鲁克斯十余部专著、二十余部合著或编著、两百余篇论文相比,确实还是显得有点少。而关于布鲁克斯的传记或研究专著,国外已出版好几种,中国至今还没有一部中译本。这种译介不足的状况,也直接限制了中国学界对布鲁克斯的进一步理解、接受与研究。

二、对布鲁克斯诗学的研究

中国学界对布鲁克斯诗学的研究大致可分为两大类。第一类是在对新批评诗学作整体研究或研究其他批评家时涉及布鲁克斯,这一类论述出现得较早,相对也较多,但比较零散。第二类是专论,即对布鲁克斯诗学进行专门的研究论述,这一类集中的论述出现得较晚,也相对较少。

(一)涉及布鲁克斯

第一类涉及布鲁克斯的研究又可分两种情况。第一种情况是在对新批评或新批评的术语反讽、悖论等进行评介阐发时,或者在对新批评的其他批评家进行专门研究时提及布鲁克斯;第二种情况是将新批评与中国诗学进行比较时提及布鲁克斯。

中国最早论及布鲁克斯的论文可能是 1962 年袁可嘉的《"新批评派"述评》。但这篇长达两万余言的文章只用了百余字,提了一下布鲁克斯的"反讽"理论,就匆匆将他打发了。②1963 年 3 月 1 日,李英豪在《好望角》创刊号发表《论现代文学批评》,该文罗列举荐了布鲁克斯与兰色姆等新批评家。③1967 年,王敬羲在《中国学生周报》第 757 期发表《新批评》,里面简要地提

---

① 参阅(美)萨克文·伯科维奇主编:《剑桥美国文学史》(第五卷),马睿、陈贻彦、刘莉译,中央编译出版社 2009 年版,第 498—590 页。
② 袁可嘉:《"新批评派"述评》,《文学评论》,1962 年第 2 期,第 63—81 页。
③ 陈国球:《现代主义与新批评在香港——李英豪诗论初探》,见陈国球:《情迷家园》,上海书店出版社 2007 年版,第 147 页。

到布鲁克斯等新批评家对传统文学教授的挑战。1969年1月到3月,颜元叔的《新批评派的文学理论与手法》分三次发表在《幼狮文艺》上,长达三、四万字,此文被誉为新批评进入台湾的里程碑,"标志着新批评文论入台发展在此奠立了基础"。①颜元叔认为布鲁克斯是新批评派的中坚人物,是新批评中对批评实践与文学教育贡献最大者,并概括了布鲁克斯主要成就的三个方面:一是诗的语言是矛盾语言;二是散文化谬论;三是实用批评及其他。②1981年,杨周翰的《新批评派的启示》是一篇较有见地的文章,认为新批评重视文本但不反对文学外部研究,新批评重视从形式分析进入内容。③该文对布鲁克斯提及较多。

最早较密集地涉及布鲁克斯的专著,毫无争议应该是1986年赵毅衡的《新批评——一种独特的形式主义文论》。④该专著论述了新批评关于文学基本性质、批评方法和诗歌语言的研究,是新批评的开拓性的专著,其理论高度至今难以逾越。其对布鲁克斯的研究,虽然不是专论,但是资料翔实而广泛,援引了布鲁克斯较多的重要著作与论文,包括《精致的瓮》、《现代诗与传统》、《隐藏的上帝》、《成形的喜悦》、《理解诗歌》、《理解小说》、《西洋文学批评史》及《反讽与"反讽的"诗歌》等一系列英文原著,其广度至今也难有比肩者。该著影响深远,对包括布鲁克斯在内的一些新批评的论述几成定论,中国后来的论述绝大多数是对该著观点的复述与演绎。如其认为布鲁克斯与沃伦合著的《理解诗歌》是新批评中影响最大的著作;⑤布鲁克斯等新批评派的有机论属于亚里士多德式有机论(部分—整体)、黑格尔式有机论(内容—形式)和唯美主义有机论(自足论、唯形式论)的混合;⑥布鲁克斯提出了诗歌的"戏剧性原则";⑦布鲁克斯是反讽理论的主要阐释者,将悖论与反讽混用、等同:"布鲁克斯在这两个术语(反讽与悖论,引者注)上犹疑不定。在《精铸的瓮》中,他认为悖论是诗歌语言的基本特征,它包含两种形态:惊奇与反讽。惊奇的典型是华滋华斯《西敏寺桥上作》;反讽典型地表现于邓

---

① 孟繁:《西方文论在台湾——一种出版史的考察》,见胡星亮主编:《中国现代文学论丛》,第2卷第2期,上海人民出版社2008年版,第110页。
② 颜元叔:《新批评学派的文学理论与手法》,《幼狮文艺》,1969年第2期。
③ 杨周翰:《新批评派的启示》,《国外文学》,1981年第1期,第6—11页。
④ 此书源自1981年赵毅衡在卞之琳指导下完成的硕士学位论文,曾发表在《外国文学研究辑刊》,1982年第5辑。
⑤ 赵毅衡:《新批评——一种独特的形式主义文论》,中国社会科学出版社1986年版,第12页。
⑥ 赵毅衡:《新批评——一种独特的形式主义文论》,中国社会科学出版社1986年版,第36—48页。
⑦ 赵毅衡:《新批评——一种独特的形式主义文论》,中国社会科学出版社1986年版,第72页。

恩的《圣谥》。但在《反讽——一种结构原则》一文中,他却认为反讽是包含其它一切的术语:'反讽是我们表示不协调品质的最一般化的术语','是表达语境中各种成分从语境受到的那种修正的最一般的术语'。这样,到底何者包括何者呢? 实际上,在布鲁克斯手里,这两者没有根本区别。"①赵毅衡认为布鲁克斯等新批评诗学理论中的反讽类型可分为:一、所言非所指(包括克制陈述、夸大陈述、正话反说、含混反讽、悖论语言、反讽论性反讽、浪漫反讽),这是反讽的最基本形态;②二、宏观反讽:"当它(反讽,引者注)超出语言所表达的意义的水平,就成了宏观的反讽,这时,矛盾的双层意义可以出现在主题思想人物形象与语言风格等各个层次上。……首先,作品意义与文字风格对立往往形成反讽。……当反讽的范围扩大到最宏观的规模,我们可以看到主题级的反讽:在一部作品中,有时能发现它表达的主题思想意义是相反相成的二层意义。"③

之所以要罗列出赵毅衡该著述中的这些观点,是因为这些观点此后一再被重申,有的论文简直就是直接抄袭,这在稍后的分析中就可以看到。可以毫不夸张地说,赵毅衡的这部著作,迄今仍然是国内研究新批评的最高水平的学术专著。④中国之后的英美文学史或西方文论之类的教材,几乎都要提及新批评,当然,在介绍新批评时,肯定也少不了对布鲁克斯的反讽与悖论理论的介绍。然而,综观各著述和教材,莫不以赵毅衡的《新批评——一种独特的形式主义文论》为底本。如1987年李衍柱、朱恩彬主编的《文学理论简明辞典》,⑤1994年马新国主编的《西方文论史》,⑥1999年张首映主编的《西方二十世纪文论史》,⑦杨仁敬的《二十世纪美国文学史》,⑧论述布鲁克斯的反讽、悖论时,概莫能外。1997年朱立元主编的《当代西方文艺理

---

① 赵毅衡:《新批评——一种独特的形式主义文论》,中国社会科学出版社1986年版,第185页。

② 赵毅衡:《新批评——一种独特的形式主义文论》,中国社会科学出版社1986年版,第186—192页。

③ 赵毅衡:《新批评——一种独特的形式主义文论》,中国社会科学出版社1986年版,第192—193页。

④ 2009年,赵毅衡在此著的基础上进行了一些修订,名为《重访新批评》,由天津百花文艺出版社出版。

⑤ 李衍柱、朱恩彬主编:《文学理论简明辞典》,山东教育出版社1987年版,第693页。

⑥ 马新国:《西方文论史》(修订版),高等教育出版社2002年版,第427—428页。该教材初版于1994年。

⑦ 张首映:《西方二十世纪文论史》,北京大学出版社1999年版,第147—168页。

⑧ 杨仁敬:《二十世纪:美国文学史》,青岛出版社1999年第1版,2010年第2版,第350页。

论》，介绍布鲁克斯的"细读法"时，说他为形式主义辩护，混淆了悖论与反讽，坚持文学作品的有机整体论，①所引资料基本上出自赵毅衡。2000 年陈厚诚、王宁主编的《西方当代文学批评在中国》认为："布鲁克斯和 R.P.沃伦等人在批评中时时反顾作家、其他文本及历史、道德诸因素，常常信步跨出本体论划定的疆界，享有相对的自由——《理解诗歌》（Understanding Poetry，1935）和《小说鉴赏》（Understanding Fiction，1943）即为明证。从理论上看，在本体论的孤立与通脱之间，布鲁克斯一向比较'中庸'。"②2001 年王松林编著的《二十世纪英美文学要略》中也是只谈布鲁克斯的"细读法"。③2005 年刘象愚主编的《外国文论简史》介绍布鲁克斯的有机整体论和批评实践时也认为："在布鲁克斯的新批评理论中，悖论和反讽的概念界限含糊，基本上广义的反讽包含悖论。"④2006 年朱刚编著的《二十世纪西方文论》，⑤2008 年杨仁敬、杨凌雁的《美国文学简史》，⑥也依然还是重复老调。由于这类教材和著作囿于各自的限制，不可能对布鲁克斯进行较深入的研究，因此，绝大多数停留在浅层次的介绍上。

当然，赵毅衡的《新批评——一种独特的形式主义文论》毕竟不是对布鲁克斯的专论，因此对其论述不可能全面深入，还有许多资料没有涉及。⑦

当雷纳·韦勒克的《现代批评史 1755—1950》卷六《美国文学批评，1900—1950》⑧刚出版，还没有中译本时，周珏良的《对新批评派的再思考——读韦勒克〈现代批评史〉卷六》便介绍了韦勒克为新批评的辩护，并对此进行了较为中肯的评价，极为可贵。此文对纠正国内对新批评的理解偏差、对进一步开展包括布鲁克斯在内的新批评家的研究有指导作用。周珏良赞赏布鲁克斯的《理解诗歌》是大学讲堂很好的入门书，可以学到不少东

---

① 朱立元主编：《当代西方文艺理论》，华东师范大学出版社 1997 年版，第 109—113 页。后于 2005 年再版。

② 陈厚诚、王宁主编：《西方当代文学批评在中国》，百花文艺出版社 2000 年版，第 47 页。

③ 王松林编著：《二十世纪英美文学要略》，江西高校出版社 2001 年版，第 394—396 页。

④ 刘象愚主编：《外国文论简史》，北京大学出版社 2005 年版，第 313 页。

⑤ 朱刚编著：《二十世纪西方文论》，北京大学出版社 2006 年版，第 72 页。

⑥ 杨仁敬、杨凌雁：《美国文学简史》，上海外语教育出版社 2008 年版，第 255—351 页。

⑦ 赵毅衡自己也说，新批评的主流南方集团——耶鲁集团中的人物，"观点也有分歧，这是新批评理论复杂性之原因，我们必须慎重地加以辨明。……新批评派'成员'各自的理论之全面论述就不是本书能办到的了。"见赵毅衡：《新批评——一种独特的形式主义文论》，中国社会科学出版社 1986 年版，第 15 页。

⑧ René Wellek, *A History of Modern Criticism 1750—1950*, *Volume 6：American Criticism*, *1900—1950*, New Haven：Yale University Press, 1986.

西。不过他认为布鲁克斯的细读法与法国的"本文分析"法关系密切。①

　　1990年丁宁的《文本意义接受论》提及布鲁克斯的《理解诗歌》、《理解小说》和《理解戏剧》，认为这三部教材是"在一反印象式路数的基础上，以文本意义的理解（或阅读）为主轴展开精细的分析研究"。不过，论文并没有作进一步的论述，反而有点批评的意味，说布鲁克斯"显然是偏向文本本身的，而读者反应中的理解的主体性还是悬置着的问题"。②

　　1992年，蒋显璟发表《试论"新批评"》，这是一篇宏观介绍新批评的较为重要的文章，其中对布鲁克斯的介绍主要是关于他的反讽诗歌理论。蒋显璟认为新批评并不是反科学的，"在后期也不再严格地坚持在批评中排除一切外在因素，诸如传记研究、历史考据、社会学研究、作家心理及读者反应研究等"。他还注意到布鲁克斯在1975年一次接受采访时所表达的从封闭的文本转移到了文本之外更广泛的文化范围的兴趣。③可以说，该论文对包括布鲁克斯在内的新批评家的论述是较为客观、较为准确的。可是一些学者却置若罔闻，视而不见，还一再地闭门造车，虚构关于新批评绝对文本中心主义的神话，实在是荒谬。但是令人不解的是该论文结束时却也指责新批评忽视文学的历史性；与社会现实隔绝；反对科学，然而在批评实践中，在分析文本时，要求采用的手法和态度却是科学的；排除了作者的情感。可见当时对新批评的误解是学界的一种普遍状况。

　　1992年陈浩的《论比喻的形态分类和审美价值构成》，从《"新批评"文集》中转引了布鲁克斯有关隐喻的论述："我们可以用一句话来总结现代诗歌的技巧：重新发现隐喻并充分运用隐喻。"④在《论现代反讽形式》一文中，陈浩认为布鲁克斯有关反讽的描述，是由于历史分期观念的淡薄，使反讽概

---

①　周珏良评论道："关于新批评的'细读'法（close reading）是否从法国偷来的这个问题，韦勒克说细读这一方法通过布鲁克斯和华伦合著的《读诗指南》（*Understanding Poetry*）从40年代初期起风行了数十年，对传统的学院式的语言文字学研究冲击很大，但它不是法国的'本文分析'的翻版，因为细读不但要使学生读懂而且还提出批评的标准，强调要欣赏和评价，而这些是法国方法所不强调的。韦勒克固然这么说，但这两种方法实际上区别并不大，有些书上就是把它们并论的，而且韦勒克的驳议只有一页（第153—154页），语焉未详，也不能说就把人家驳倒了。"见周珏良：《对新批评派的再思考——读韦勒克〈现代批评史〉卷六》，《外国文学》，1988年第1期，第81页。

②　丁宁：《文本意义接受论》，《文艺争鸣》，1990年第2期，第34页。

③　蒋显璟：《试论"新批评"》，《对外经济贸易大学学报》，1993年第3期，第32—38页。该文是作者1992年12月11日对外经济贸易大学学术报告会的会议论文《美国二十世纪新批评》，见《92对外经济贸易大学学术报告会论文集》，第136—142页。

④　陈浩：《论比喻的形态分类和审美价值构成》，《绍兴师专学报》，1992年第1期，第78—83页。

念过于广泛,从而遭人非议。因此,该文主张参照文学史进程中反讽性质的演变阶段,把反讽形式分为传统的反讽修辞与现代的反讽视境两个基本类型。①

陈本益 2001 年的论文《新批评的文学本质论及其哲学基础》②与其 2004 年的论文《新批评派的对立调和思想及其来源》观点大致相同。他认为:"新批评派关于文学作品意义的对立调和思想,被具体化为'张力'、'反讽'、'悖论'等理论形态和批评实践。这种对立调和思想可以依次上溯到瑞恰慈、柯勒律治、谢林和康德等人,是由他们的有关思想变化而来的。"③论及布鲁克斯的反讽与悖论时,参考的材料是赵毅衡主编的《"新批评"文集》。

2005 年,杨冬发表《西方文学批评史研究的百年历程》,该论文评述了四部西方文学史,其中包括布鲁克斯和维姆萨特合著的《西洋文学批评史》。杨冬认为这部批评史是从新批评的观点来总结和评价历史的,新批评的狭隘性和排他性,常常导致作者在许多重大理论问题上的评价失误,表现为对文学的社会功用问题很少理会。④这反映了杨冬随大流的心态。两年后,在《一段令人缅怀的批评史——重读 1946 至 1949 年的西方文论经典》中,杨冬对布鲁克斯的代表作《精致的瓮》给予了高度的评价:"布鲁克斯的《精致的瓮》,无疑是新批评的集大成之作。……尽管新批评常常被人指责为是一种'形式主义',但我们必须指出,布鲁克斯却从未将诗歌视为某种单纯的形式。"⑤这说明杨冬对布鲁克斯等新批评的研究已经更加深入,不再停留在笼统的浅表层次。其后,他又发表《新批评派与有机整体论诗学》,追溯了新批评派的有机整体论诗学形成和发展的过程,提及布鲁克斯的悖论、反讽、诗歌的戏剧性结构等。⑥杨冬认为是布鲁克斯的不懈探索才使新批评有机整体论诗学臻于完善,并再次赞誉《精致的瓮》不仅是布鲁克斯本人最优秀

---

①　陈浩:《论现代反讽形式》,《浙江大学学报》,1997 年第 3 期,第 83—84 页。

②　陈本益:《新批评的文学本质论及其哲学基础》,《重庆师院学报哲社版》,2001 年第 1 期,第 18—26 页。

③　陈本益:《新批评派的对立调和思想及其来源》,《四川大学学报》(哲学社会科学版),2004 年第 2 期,第 89—92 页。

④　杨冬:《西方文学批评史研究的百年历程》,《文艺理论研究》,2005 年第 4 期,第 73 页。

⑤　杨冬:《一段令人缅怀的批评史——重读 1946 至 1949 年的西方文论经典》,《吉林大学社会科学学报》,2007 年第 5 期,第 121 页。

⑥　杨冬:《新批评派与有机整体论诗学》,《吉林大学社会科学学报》,2008 年第 6 期,第 49—56 页。

的著作,也是有机整体论诗学的集大成之作。①这显示出其对布鲁克斯的研究在一步步向纵深推进。

2005 年周祖亮的《"反讽"的流行与误用》,考察了布鲁克斯的反讽一词的含义及在中国的流行与误用情况。②2006 年谢梅的《西方文论中的"张力"研究》,认为布鲁克斯的《悖论语言》和《反讽——一种结构原则》"颇具创造意义地从诗歌语言特征和诗歌结构原则的层面,将张力概念延伸完善成为一种诗歌批评的理论"。③2007 年杨文臣的《张力诗学与审美现代性》,探讨了布鲁克斯的诗学主张,认为"布鲁克斯推崇悖论和反讽是为了使诗歌承担起文化批判的使命——揭示实用主义和工具理性控制下的现实的虚假和被遮蔽了的对于人的存在真正有价值的东西"。④这些研究依然是对布鲁克斯诗学概念的阐释,难以出新意。

2010 年廖昌胤的《悖论》对悖论这一诗学关键词进行解释时,认为布鲁克斯真正系统化地对悖论由贬到褒地予以革命性的认识,是系统化、理论化的悖论诗学的奠基人,当代悖论诗学研究大潮的潮头。该文并对悖论与反讽作了区分。⑤这种研究已较为深入。

此外,还有极少数学者用新批评理论来探讨翻译、艺术的论文,里面也涉及布鲁克斯,如 2012 年罗益民的《新批评的诗歌翻译方法论》,认为布鲁克斯的《理解诗歌》是文本细读的范本,体现了阅读中的"信",而翻译的两个核心要务就是文本与诚信,要使翻译做到目标语与原语言之间的"信",就需要回到文本本体中。因此,新批评对翻译的方法论意义主要体现在四个方面:教导和提醒诗歌译者谨记文本,重视语言、细读法、从主题意象到象征行动的互动。⑥

---

① 杨冬:《新批评派与有机整体论诗学》,《吉林大学社会科学学报》,2008 年第 6 期,第 53 页。
② 周祖亮:《"反讽"的流行与误用》,《语文建设》,2005 年第 5 期,第 54—55 页。
③ 谢梅:《西方文论中的"张力"研究》,《当代文坛》,2006 年第 2 期,第 36 页。
④ 杨文臣:《张力诗学与审美现代性》,《新疆教育学院学报》,2007 年第 1 期,第 97 页。
⑤ 廖昌胤:《悖论》,《外国文学》,2010 年第 5 期,第 108—115 页。该论文指出:"总体上来看,悖论与反讽具有表里之别。第一,二者的内涵有广狭之分:悖论既是哲学命题又是修辞手段,而反讽仅仅是修辞手段。第二,二者的前提不同:悖论的前提是针对某一观点,而反讽的前提是双方共知的现实语境。第三,二者的显隐不同:悖论,从普遍接受的常识来看是正确的前提和正确的推理过程,揭示现存观念中隐藏的矛盾;而反讽中的陈述与现实的矛盾不需要揭示,是提出者与接受者都明白领会的。第四,二者提出的过程不同:悖论的提出是一种质疑的过程;而反讽的提出是一种形成反差的过程。第五,二者导致的结果不同:悖论导致某种观点陷入困境,出现难题;而反讽则是嘲讽某种现象。第六,二者的基调不同:悖论是严肃地提出问题,而反讽含有嘲弄的意味。"
⑥ 罗益民:《新批评的诗歌翻译方法论》,《外国语》,2012 年第 2 期,第 76—79 页。

2013 年濮波的《论现代诗歌的技巧：并列未经分析之事物》认为，布鲁克斯在《成形的喜悦》中提出的"并列未经分析的事物"是现代诗的一个基本技巧，与结构、意义层面的构建相关，契合现代诗歌反对理性的要求。[①]该论文重点不在于论述布鲁克斯的理念，而是抓布鲁克斯的一句话生发展开，有阐释过度之嫌。

2014 年王有亮的《关于"新批评派"成员构成的几点认识》一文认为，包括布鲁克斯在内的新批评成员具有丰富性和复杂性，应该分人、分层、分国籍考察，而不应对其作单质化和标鉴化理解。[②]这反映出学界不满于对包括布鲁克斯在内的新批评家的笼统研究，表达了进行单独个案研究的诉求。当然这种对新批评家的个体研究其实早就开始了。

在学位论文方面，除了前面提到的 1981 年赵毅衡在卞之琳指导下完成的硕士学位论文《新批评——一种独特的形式主义文论》之外，对新批评或新批评的术语反讽、悖论等进行评介阐发时提及布鲁克斯的还有不少。

在博士学位论文方面，当然要到 21 世纪才出现。如 2001 年夏冬红的《英美新批评比较研究》[③]和 2002 年刘雯的《论"新批评"》，[④]是较早的对新批评进行整体研究的两篇博士学位论文，里面当然绕不过对布鲁克斯的细读、悖论与反讽等理论的论述。

李卫华的专著《价值评判与文本细读——"新批评"之文学批评理论研究》是由其 2005 年中国人民大学博士学位论文修改出版而来。该著作从新批评的批评对象、批评标准和批评方法等方面展开讨论。其中批评对象涉及布鲁克斯的悖论、反讽和有机整体论。该著作赞同兰色姆对布鲁克斯的有机论的批评，认为其存在着内在的混乱，将"亚里斯多德式"（部分与整体）、"黑格尔式"（内容与形式）、"爱伦·坡式"（文艺与现实）三种有机论混为一谈。此外，其指责布鲁克斯的有机整体论局限于作品本身，缺少定量分析和功能分析，忽略有机整体的不断变化、发展，也显得过于保守。当然，该著作花了较大篇幅援引布鲁克斯在《理解小说》中对纳撒尼尔·霍桑（Nathaniel Hawthorne）的小说《年轻的布朗大爷》（*Young Goodman Brown*）的分析，来佐证文本分析与文化研究紧密结合的优势，并呼吁在后现代主义语

---

①　濮波：《论现代诗歌的技巧：并列未经分析之事物》，《江汉学术》，2013 年第 4 期。

②　王有亮：《关于"新批评派"成员构成的几点认识》，《重庆师范大学学报》（哲学社会科学版），2014 年第 2 期。

③　夏冬红：《英美新批评比较研究》，山东大学博士学位论文，2001 年。

④　刘雯：《论"新批评"》，复旦大学博士学位论文，2002 年。

境下,文学研究需要从文化研究中突围而出。①这一点颇值得赞赏。该著也指出布鲁克斯对悖论与反讽界限的模糊。②其在《不落言筌——"朦胧"、"张力"、"反讽"、"悖论"的本体论意趣》一文中继续了这种论述,认为布鲁克斯对悖论与反讽两个术语之间的关系的论述存在矛盾:"在《精致的瓮》中,他认为悖论是诗歌语言的基本特征,反讽与惊奇是悖论的两种基本形态。但在《反讽——一种结构原则》一文中,他却认为反讽是诗之为诗的根本,悖论只是反讽的一种形式。……布鲁克斯所使用的'悖论'与'反讽'两个概念同样存在着本体论和技巧论两个层次。"③这种说法实在则没有什么新意,因为类似的观点赵毅衡早就提出过。④

2007 年臧运峰的博士学位论文《新批评反讽及其现代神话》较多地涉及布鲁克斯的反讽理论,参考了较丰富的英文资料,是近年来出现的一篇非常优秀的关于新批评的博士学位论文。⑤该论文对新批评反讽的意义生成、包容、结构等机制及反讽的意识形态性质进行了较详细的考察,认为新批评的最关键的理论就是反讽,对反讽的考察,其实就是对整个新批评的总的揭示。由于论文关注的是整个新批评的诗学,不是专论布鲁克斯的论文,所以对布鲁克斯的其他诗学主张没有展开论述。

2010 年李梅英的博士学位论文《"新批评"诗歌理论研究》从历时研究的视角,考察新批评诗歌理论的发展、批评实践和理论研究,并对其与中国的学术交往史进行分析和总结。⑥论文分别对艾略特、瑞恰慈、燕卜逊、兰色姆、艾伦·泰特、布鲁克斯、罗伯特·潘·沃伦和维姆萨特等人列单章进行论述,其关注点也明显是整个新批评的诗歌理论,而不是布鲁克斯一人。对布鲁克斯,也只是重点关注他的《理解诗歌》,论述他关于隐喻、反讽和有机整体

---

① 李卫华:《价值评判与文本细读——"新批评"之文学批评理论研究》,中国社会科学出版社 2006 年版,第 35—46 页。引文中的"亚里斯多德"即"亚里士多德"。

② 李卫华:《价值评判与文本细读——"新批评"之文学批评理论研究》,中国社会科学出版社 2006 年版,第 87 页。该著指出:"布鲁克斯对这两个术语的含义都进行了扩张。这样一来,广义的悖论和广义的反讽'悖论'形态之一的反讽是狭义的'反讽',而作为广义的'反讽'形态之一的悖论是狭义的'悖论'。而广义的反讽和广义的悖论则基本同义,都是指一种矛盾的语义状态。更进一步说,布鲁克斯所使用的'悖论'与'反讽'两个概念同样存在着本体论和技巧论两个层次。"

③ 李卫华:《不落言筌——"朦胧"、"张力"、"反讽"、"悖论"的本体论意趣》,《文艺评论》,2011 年第 1 期,第 40—46 页。

④ 参阅赵毅衡编选:《"新批评"文集》,百花文艺出版社 2001 年版,引言,第 115 页。

⑤ 臧运峰:《新批评反讽及其现代神话》,北京师范大学博士学位论文,2007 年。

⑥ 李梅英:《"新批评"诗歌理论研究》,吉林大学博士学位论文,2010 年。

论的诗学主张。她的《"新批评"派的重写文学史运动》一文认为布鲁克斯的《现代诗与传统》的目标是推翻19世纪以来简单直白的浪漫主义诗歌,以确立以隐喻、反讽与机智见长的17世纪玄学派诗歌在英国文学史上的地位。①

还有一些博士学位论文在对某一位新批评家或与新批评关系密切的理论家进行专论时提及布鲁克斯。如2005年魏燕的博士学位论文《平衡的寻求:在道德和美之间——阿尔弗雷德·卡津研究》研究卡津对新批评的批判时,提及布鲁克斯与人合著的"《怎样读诗》、《怎样读小说》……《怎样读戏剧》是新批评派影响最大的著作"。该文显然赞同卡津的论点,即新批评对形式的执着,实际上表达了对工业社会现实深刻而又无可奈何的不满,表现了受挫的责任感、极端的偏狭和本末倒置。②

2009年宗圆的博士学位论文《批评史的多重启示——试论韦勒克的〈近代文学批评史〉》研究雷纳·韦勒克的《近代文学批评史》,由于《近代文学批评史》第六卷第十一章是关于布鲁克斯的专论,所以,该论文里面也花了一节"韦勒克论克林斯·布鲁克斯"来论述布鲁克斯与韦勒克的关系,认为两人的理论立场有许多一致性。③但囿于资料所限,多为泛泛之谈。此外,2009年孙晓霞的博士学位论文《从混沌到有序——艺术语境研究》是艺术学方面的论文,与布鲁克斯好像完全无关,但是,该文在第二章"艺术理论中的多种语境研究"提及布鲁克斯,认为布鲁克斯与瑞恰慈等人的文本中心理论是一种"内向的狭义艺术语境理论",与关注艺术生产、社会背景等外围层域发展的广义的多元艺术语境相对。④不过该文点到为止,对布鲁克斯并没有多作探讨。

2010年杨富波的博士学位论文《莫瑞·克里格与新批评》中提及布鲁克斯与克里格的争论。⑤2011年孔帅的博士学位论文《瑞恰兹文学批评理

① 李梅英:《"新批评"派的重写文学史运动》,《名作欣赏》,2016年第32期。

② 魏燕:《平衡的寻求:在道德和美之间——阿尔弗雷德·卡津研究》,南京师范大学博士学位论文,2005年,第26—28页。

③ "总的说来,布鲁克斯在批评和批评史研究上所体现出的理论立场与韦勒克在很多方面有着一致性。身为同一时代的批评家,他们有着相同的历史环境,有着相似的学术兴趣和学术方向。韦勒克赞许布鲁克斯的那些作为批评家的品质,我们往往在韦勒克身上也会发现;而他对布鲁克斯所受的不实指责进行的申辩和澄清,也让我们仿佛看到了韦勒克对自己理论所受误解的遗憾。"见宗圆:《批评史的多重启示——试论韦勒克的〈近代文学批评史〉》,吉林大学博士学位论文,2009年,第66页。

④ 孙晓霞:《从混沌到有序——艺术语境研究》,中国艺术研究院博士学位论文,2009年,第46—49页。

⑤ 杨富波:《莫瑞·克里格与新批评》,吉林大学博士学位论文,2010年。

论研究》对英国文论家瑞恰慈进行了全面系统的研究，在论述其对布鲁克斯的影响时，依然是提到悖论与反讽，并依然认为布鲁克斯对两个术语的使用较为混乱，依然使用赵毅衡早就发表的观点，引用的资料也依然是《反讽———一种结构原则》和《精致的瓮》。①2012年张燕楠的博士学位论文《兰色姆"本体论批评"研究》，虽然是对新批评的重要人物、布鲁克斯的老师兰色姆的本体论研究，但是基本上没有论及布鲁克斯。②2015年张祎的博士学位论文《洛特曼诗歌文本分析的符号学研究》的最后一部分，将塔尔图符号学派的尤里・洛特曼（Yuri Mikhailovich Lotman）的诗歌文本理论与布鲁克斯的细读理论进行比较。③这些研究重心并不是放在布鲁克斯身上，而且多数也只是泛泛而谈，老调重弹，很少有人真正花功夫去介绍引进新的资料，对布鲁克斯作全面深入的探讨。

在对新批评进行总体研究提及布鲁克斯的硕士学位论文较多，当然绝大多数也只是提及他的反讽理论。如2005年郑勋的硕士学位论文《新批评派的历史性剖析》，分析了新批评派的发展历程，里面涉及布鲁克斯。该文认为布鲁克斯等人属于鼎盛期（1930年至1945年）的代表人物，布鲁克斯的反讽、悖论等理论对新批评派在文学批评方面起到中坚的作用。④

2006年金慧敏的硕士学位论文《"严肃的游戏"——反讽的解析》对反讽这一诗学概念进行了研究，认为布鲁克斯在反讽概念中引进了语境理论，而不只是作为一种语言修辞格，为现代文论确立了一个重要的概念。⑤这篇论文难能可贵地是提到布鲁克斯和沃伦在《现代修辞学》中对反讽的界定。⑥

2007年杨文臣的硕士学位论文《张力诗学论》是对新批评派诗学的全面论述。⑦对布鲁克斯的论述，限于赵毅衡编选的《"新批评"文集》和颜元叔翻译的《西洋文学批评史》。

2010年冯君的硕士学位论文《二十世纪英语文学批评的范式革命》认为，20世纪英语文学批评中发生了三次"范式革命"，布鲁克斯和诺思洛

---

① 孔帅：《瑞恰兹文学批评理论研究》，山东大学博士学位论文，2011年，第107页。
② 张燕楠：《兰色姆"本体论批评"研究》，辽宁大学博士学位论文，2012年。
③ 张祎：《洛特曼诗歌文本分析的符号学研究》，南京师范大学博士学位论文，2015年。
④ 郑勋：《新批评派的历史性剖析》，上海外国语大学硕士学位论文，2005年，第17—20页。
⑤ 金慧敏：《"严肃的游戏"——反讽的解析》，郑州大学硕士学位论文，2006年，第12页。
⑥ "反讽总是涉及字面所讲与陈述的实际意思之间的不一致。表面上看，反讽性陈述讲的是一件事，但实际的意思则大为不同。"Cleanth Brooks & Robert Penn Warren, *Modern Rhetoric*, 4th edited, New York：Harcourt, Brace & Co., 1979, p.291.
⑦ 杨文臣：《张力诗学论》，曲阜师范大学硕士学位论文，2007年。

普·弗莱属于第二次范式革命的代表,布鲁克斯以"悖论"和"反讽"为核心概念建立起新批评派的理论基石,弗莱的"原型批评"标举"总体文本"观念,二者共同指向一种"纯粹形式主义批评",消解了第一次范式革命中艾略特和利维斯(Frank Raymond Leavis)的宗教或道德焦虑,被第三次范式革命——萨义德(Edward Waefie Said)和伊格尔顿(Terry Eagleton)的文学的政治性或意识形态性所反抗。[①]论文较频繁地援引了布鲁克斯的《精致的瓮》。

2012年易玮玮的硕士学位论文《新批评反讽的中国化研究》梳理了新批评反讽在中国的传播、影响及中国化的过程,重点提及了袁可嘉、钱锺书、九叶诗人、赵毅衡、李嘉娜等人在理论与实践上对反讽的接受与运用,对一些生搬硬套的现实进行了批判。论文中有一节"布鲁克斯对新批评反讽理论的实践情况",[②]专论诗歌与小说批评实践,可惜过于简单,囿于资料限制,所述较为老套。其《反观布鲁克斯、沃伦对〈带家具出租的房间〉之批评》一文,对布鲁克斯《理解小说》中关于欧·亨利的一个短篇小说的解读进行了争辩,认为小说不一定需要协调一致的情节,也不能完全排除感伤情调,这些观点明显偏颇,有故意唱反调之嫌。[③]

2013年张楠的硕士学位论文《论新批评的历史意识》里面涉及布鲁克斯,认为布鲁克斯等人并非完全断绝历史、摈弃传统,如布鲁克斯在论文《马维尔的〈贺拉斯颂〉》(*Criticism and Literary History：Marvell's Horatian Ode*)中就表达了对历史和传统的关怀。[④]这反映出学界对包括布鲁克斯在内的新批评的认识逐渐深入。

2014年李文慧的硕士学位论文《陌生化理论：从俄国形式主义到新批评》中的第二、三章,以布鲁克斯《精致的瓮》里面对叶芝《在学童中间》的分析,来说明新批评中的陌生化比俄国形式主义中的陌生化更加关注语义层。[⑤]

2014年覃雯的硕士学位论文《现代诗歌悖论性语言特征研究》从语言学角度论证悖论与反讽在事实上是同一概念,悖论是现代诗歌语言的一种重要策略。从语义学和语用学发掘现代诗歌悖论性语言的特点,并总结出

---

① 冯君:《二十世纪英语文学批评的范式革命》,黑龙江大学硕士学位论文,2010年,中文摘要,第1页。

② 易玮玮:《新批评反讽的中国化研究》,重庆师范大学硕士学位论文,2012年,第10—12页。

③ 易玮玮:《反观布鲁克斯、沃伦对〈带家具出租的房间〉之批评》,《华北水利水电学院学报》(社科版),2011年第4期,第126—128页。

④ 张楠:《论新批评的历史意识》,四川外国语大学硕士学位论文,2013年。

⑤ 李文慧:《陌生化理论：从俄国形式主义到新批评》,华中师范大学硕士学位论文,2014年,第24—31页。

诗歌语句产生悖论性效果的修辞手法及其意义。①

以上这些研究都是属于涉及布鲁克斯的第一种情况，第二种情况就是在对新批评与中国诗学进行比较研究时，往往会涉及布鲁克斯。最具代表性的是将新批评诗学与刘勰的《文心雕龙》进行比较。

1982年黄维樑在台北第四届国际比较文学会议上发表《精雕龙与精工瓮——刘勰和"新批评家"对结构的看法》一文的英文版，后多次刊发，可见该文是其得意之作。②该文选取了布鲁克斯等人为新批评的代表，分析新批评家与刘勰之间的共同点，认为两者"都重视作品的艺术性，特别重视结构"，并以较多篇幅比较分析布鲁克斯《精致的瓮》中的"悖论语言"一章与《文心雕龙》中的《知音》篇。黄维樑认为布鲁克斯像刘勰一样，分析作品时重视"六观"：位体（作品的主题、风格、体裁、结构）、置辞（词句和修辞）、通变（继承与创新）、奇正（雅正与新奇）、事义（用典与隐喻）、宫商（音节和押韵）。③

---

① 覃雯：《现代诗歌悖论性语言特征研究》，广西大学硕士学位论文，2014年。

② 黄维樑：《精雕龙与精工瓮——刘勰和"新批评家"对结构的看法》，见黄维樑：《中国古典文论新探》，北京大学出版社1996年版，第38—55页。黄维樑在文后注释："一九八二年八月，笔者在台北的第四届国际比较义学会议上以'The Carved Dragon and the Well Wrought Urn: Notes on the Concept of Structure in Liu Hsieh and the New Critics'为题发表论文。现在译写、补订英文论文，而成为这篇中文论文。"该文曾于1984年正在发表在《淡江评论》（"The Carved Dragon and the Well Wrought Urn-Notes on the Concepts of Structure in Liu Hsieh and the New Critics". In Tamkang Review, 1984），又刊于《香港文学》1989年9月、10月号，台北《中外文学》1989年12月号。

③ 《文心雕龙·知音》说："将阅文情，先标六观：一观位体，二观置辞，三观通变，四观奇正，五观事义，六观宫商。斯术既形，则优劣见矣。"黄维樑认为："位体指作品的主题、风格、体裁。布氏分析邓恩的《谥圣》时，一开始可说就用了位体的观念：他说此诗的主题是世俗爱情之相对于神圣爱情，说它的体裁是戏和体，说它的风格是严肃的。随后布氏从诗中寻词摘句，以支持他的论点。"布鲁克斯在《悖论语言》中对多恩的《谥圣》的字句与所用比喻的种种分析，"无非为了说明一个意思：种种具体的细节，怎样交织熔裁成一个有机的整体。布氏实际所做的，正是刘勰一千多年前的建议：析评作品时，我们要审视其'事义'和'置辞'。……通变是继承与创新，奇正是雅正与新奇。布鲁克斯在讨论《谥圣》时，很注意此诗的'通变'和'奇正'两个特色。"布鲁克斯分析《谥圣》时，指出此诗打破彼特拉克体的传统比喻，表明布鲁克斯注意到"通变"；布鲁克斯认为《谥圣》是戏仿体，是剑走偏锋，表明布鲁克斯注意到"奇正"。"六观的最后一观是宫商，也就是音节、押韵等音乐性。布鲁克斯在他的这篇文章中，并没有触及《谥圣》一诗的音乐性，所以这里无从讨论。（当然，这并不表示布氏忽视文学作品的音乐性，只要阅读《精工瓮》的其他文章，以及阅读他的《了解诗歌》[Understanding Poetry]就可知道。）……布鲁克斯论《谥圣》中所述种种，以及刘勰的六观说，都直接与作品的艺术性有关。布鲁克斯和刘勰时代不同，文化有异，而他们对文学的看法，有这样接近之处，诚然使人惊讶。他们还有一个共同的地方，就是强调结构的重要，认为好作品必须是个有机体。……在析论《谥圣》那篇文章中，布鲁克斯解剖此诗的结构组织，审视其脉络肌理，简直好像是刘勰的弟子一样。"黄维樑：《精雕龙与精工瓮——刘勰和"新批评家"对结构的看法》，见黄维樑：《中国古典文论新探》，北京大学出版社1996年版，第39—43页。

1989年曹顺庆在《从总体文学角度认识〈文心雕龙〉的民族特色和理论价值》一文中，也注意到以布鲁克斯为代表的新批评与《文心雕龙》在用字、辞藻、声韵、比喻等方面的契合处。①曹文轩也持类似的观点："说《小说鉴赏》是新批评的产物，我感到有些奇怪，因为从前的文学批评不就是一直这样一脉相承下来的吗？比如说中国古代文学批评里的《文心雕龙》、《沧浪诗话》、《诗品》以及张竹坡、脂砚斋、金圣叹等人的评点，所言所论，十有八九都是关于艺术与形式的。"②当然，由于这些只是凭直觉得出的结论，还有待更严谨、更正式的学术考据与论证。

1999年汪洪章的博士学位论文《深文隐蔚余味曲包：〈文心雕龙〉与二十世纪西方文论》也对布鲁克斯诗学与《文心雕龙》进行了比较。③该论文后以专著形式出版，在其第三章"作品的形式批评法"中，对新批评与《文心雕龙》进行了平行研究，重点引证了布鲁克斯的论文《作为一种结构原则的反讽》，认为新批评的反讽理论与刘勰的"深文隐蔚，余味曲包"一样，都主张回避明显的态度取向，而采取旁敲侧击、宛转委曲的譬喻来表达诗人的感情。作者也提及布鲁克斯特别看重反论（悖论，引者注），但是没有去探寻中国古代文论与之相应的理论。在第三节中，作者认为刘勰经常用动植物来比喻说明自己对文的看法，是一种形式有机论，与布鲁克斯等新批评家很相似。如《章句》篇的"外文绮交，内义脉注，跗萼相衔，首尾一体"，与布鲁克斯认为诗歌的各种因素相互联系，像是与"一棵活着的草木中的其它部分相联系的花朵"中的言论相近。④可以看出，这基本上还是照搬黄维樑《精雕龙与精工瓮——刘勰和"新批评家"对结构的看法》中的观点。

此外，还有一些模仿之作，如2008年韦思玮的硕士学位论文《〈文心雕龙〉与英美新批评异同比较举隅》属于比较诗学，里面提到了布鲁克斯对莎士比亚诗句的理解。⑤其《新批评派与〈文心雕龙〉批评方法略论及文本运用》一文认为："新批评派'细读法'与《文心雕龙》'六观说'实质上是文学文

---

① 曹顺庆：《从总体文学角度认识〈文心雕龙〉的民族特色和理论价值》，《文学评论》，1989年第2期，第101—123页。

② （美）布鲁克斯、沃伦：《小说鉴赏》（中英对照第3版），主万等译，世界图书出版公司2006年版，审阅者序，第3页。

③ 汪洪章：《深文隐蔚余味曲包：〈文心雕龙〉与二十世纪西方文论》，复旦大学博士学位论文，1999年。该文修改后，以《〈文心雕龙〉与二十世纪西方文论》之名，由复旦大学出版社2005年出版。

④ 汪洪章：《〈文心雕龙〉与二十世纪西方文论》，复旦大学出版社2005年版，第89—114页。

⑤ 韦思玮：《〈文心雕龙〉与英美新批评异同比较举隅》，重庆师范大学硕士学位论文，2008年。

本的批评方法,它们对文本的细化析评是两者共通的内核,从某种意义上讲,'六观说'就是'细读法'的中国式转换。"①这基本上是复述黄维樑的观点。

1985年美籍华人学者傅孝先在专著《西洋文学散论》中论及悖论时,也对布鲁克斯作过一番平行研究:"他(布鲁克斯,引者注)把'似非而是'或'矛盾'(两者皆指悖论,引者注)看成诗之语言,是诗人们被允许使用的武器;只有使用矛盾的方式,诗人方能表达他的真理。……记得远在我接触到'新文学批评'以前,我已在《西青散记》(清人史梧冈著,乃笔者当日所爱书籍之一)中读到过和布鲁克斯论点相似的下面几句:'诗以无为有,以虚为实,以假为真,每出常理之外,极世间痴绝之事,未妨形之于言。众辙同遵者摈落,群心不际者探拟;勾新取极,不嫌殊创,声到界破,方信情来。诗之秘也。'寥寥数语,把诗之反逻辑性说得十分透彻,足抵布鲁克斯一篇论文。可惜的是中国以前的批评家多属业余性质,极少有规模有组织地著述;见解虽佳,很少发展成为一家之言,仅散见于笔记或丛书中。"②此识见无疑极具启发性。

1996年段炼的论文《大象无形:二十世纪西方形式主义文学批评与老子论道》也进行了中西平行研究,认为两千多年前老子用反论、悖论和隐喻论道的方法与20世纪欧美形式主义文学批评方法在本体论、方法论和认识论方面有相通之处。该文还总结了布鲁克斯《精致的瓮》中的关于"释义异说"一章的内容,认为"布鲁克斯的主要观点可以归结为二:其一,反对内容与形式的区分;其二,主张作品有机整体的基本结构。……布鲁克斯提出的整体观和结构的概念,被形式主义者们大大发挥了。"③该文引用杰拉尔德·格拉夫对布鲁克斯关于整体和结构的有机论观点的批评,认为布鲁克斯的认识论和方法论之间存在悖论。④

周发祥1997年出版的专著《西方文论与中国文学》中有一章节是"新批评研究",也涉及对布鲁克斯的悖论、反讽的平行比较,认为中国古代诗人早

---

① 冉思玮:《新批评派与〈文心雕龙〉批评方法略论及文本运用》,《广东工业大学学报》(社会科学版),2008年第3期,第68—71页。

② (美)傅孝先:《西洋文学散论》,中国友谊出版公司1985年版,第156—157页。

③ 段炼:《大象无形:二十世纪西方形式主义文学批评与老子论道》,《外国文学评论》,1996年第4期,第20—21页。该文署名单位为加拿大蒙特利尔大学。

④ "格拉夫由此断言,新批评的形式主义文本研究,并不象他们宣称的那样,是纯客观的研究,而是主观的研究。这样,他在布鲁克斯提出的悖论问题上,将计就计,根本推翻了新批评的形式主义立场。"见段炼:《大象无形:二十世纪西方形式主义文学批评与老子论道》,《外国文学评论》,1996年第4期,第22页。

已懂得如何运用悖论,以深化感情,加强诗歌的感染力,在中国文学批评史上,还形成了悖论诗学。①并认为王昌龄的《闺怨》②描述了"一位无忧无虑的少妇,忽被眼前美景触动而顿生忧伤的处境,显然属于布鲁克斯和沃伦所说的'情境反讽'"。③该章节援引了一些海外汉学家的论述,有较高的文献参考价值。

2004年秦艳贞的《朦胧诗与西方现代主义诗歌比较研究》是一篇从中西比较的角度来展开的博士学位论文,其第五章"现代诗歌的形式特征"第二节"'精致的瓮':意象、隐喻、象征、神话",从标题就可以看出受布鲁克斯的影响。该节所论诗歌的形式也与布鲁克斯等新批评派的理论关系密切。④

2007年谢梅的论文《张力与工拙——中西文论范畴之比较》对新批评的"张力"说与中国古典诗学"工拙"说进行了比较研究,认为布鲁克斯的《悖论语言》和《反讽———一种结构原则》"从诗歌语言特征和诗歌结构原则的层面,将'张力'概念延伸完善成为一种诗歌批评的理论"。该文还认为,"张力"与"工拙"皆强调差异、对立、冲突和协调,追求二元对立中的平衡,都体现了诗歌创作的最高审美标准;两者的不同点在于"张力"源于诗歌性质,讲究科学的实证,而"工拙"源于诗歌创作技法,讲究审美的感悟。⑤这些平行研究有些对布鲁克斯的某一术语作了较深刻的阐发,但总体来讲,大多失之零散,很少经过严密系统的论证。

(二)专论布鲁克斯

中国学界对布鲁克斯进行专门的研究,即专论布鲁克斯诗学的著述不是很多。国内第一篇真正意义上对布鲁克斯进行专论的论文应该是1993年蒋道超、李平的《论克林斯·布鲁克斯的反讽诗学》。该论文将布鲁克斯当作是新批评的代表,并将其理论归纳为:"文学批评的对象是作品的结构,作品的结构的特征是综合的和有机的,反讽是作品结构的一般原则。"⑥其

---

① 周发祥:《西方文论与中国文学》,江苏教育出版社1997年版,第167页。
② (唐)王昌龄:《闺怨》:"闺中少妇不知愁,春日凝妆上翠楼。忽见陌头杨柳色,悔教夫婿觅封侯。"
③ 周发祥:《西方文论与中国文学》,江苏教育出版社1997年版,第170页。
④ 秦艳贞:《朦胧诗与西方现代主义诗歌比较研究》,苏州大学博士学位论文,2004年,第98页。
⑤ 谢梅:《张力与工拙——中西文论范畴之比较》,《社会科学辑刊》,2007年第3期,第239—244页。
⑥ 蒋道超、李平:《论克林斯·布鲁克斯的反讽诗学》,《外国文学评论》,1993年第2期,第17页。

中参考的文献也多为第一手资料,涉及布鲁克斯的主要著作《精致的瓮》、《现代诗歌和传统》和《理解诗歌》等,而不是仅仅囿于《"新批评"文集》中的资料,这在当时十分难得。当然,该文也认为布鲁克斯的反讽与悖论没有什么区别:"在布鲁克斯的诗学理论中,我们可以发现'反讽'(有时也称'悖论')的概念频频出现。"①

1994年,程亚林在《布鲁克斯和"精制的瓮"及"硬汉"》一文中说:"《怎样读诗》……这本用全新的细读法写成的大学课本于一九三五年出版后,立即造成了极大的影响,成为大学乃至中学文学教科书的范本,也成了美国新批评派影响最大的著作。……布鲁克斯……成为新批评派中最活跃的人物,对普及新批评理论做了不可磨灭的贡献。"②该文对布鲁克斯的理论及影响作了较恰当的评价。

李嘉娜2006年出版的专著《英美诗歌论稿》中有一节名为"英美诗歌中的'反讽'",对布鲁克斯的反讽理论进行了评析。③该节后来略加修改,题为《重审布鲁克斯的"反讽"批评》发表在《外国文学评论》2008年第1期。李嘉娜在此文中认为布鲁克斯的反讽批评用得乖谬,把反讽与悖论混用。④虽然论文中的观点有待商榷,但是较为全面地剖析布鲁克斯诗学的论文,引起了学界对布鲁克斯及其理论的关注。

还有几篇论述布鲁克斯诗学或涉及他的某一部专著的论文,如2007年张哲的《"理解小说"——简析布鲁克斯和沃伦短篇小说观》⑤,2009年刘臻的《邪恶丛林中的人性成长——对〈"杀人者"分析〉的再分析》⑥,2010年李梅英的《〈理解诗歌〉的经典方法和理论》⑦,2012年钱晶的《布鲁克斯与沃伦的小说批评理论——以〈小说鉴赏〉为讨论对象》⑧,2017年马娟的《意象

---

① 蒋道超、李平:《论克林斯·布鲁克斯的反讽诗学》,《外国文学评论》,1993年第2期,第21页。

② 程亚林:《布鲁克斯和"精制的瓮"及"硬汉"》,《读书》,1994年第12期,第116—117页。

③ 李嘉娜:《英美诗歌中的"反讽"》,见李嘉娜:《英美诗歌论稿》,海峡文艺出版社2006年版,第57—79页。

④ 李嘉娜:《重审布鲁克斯的"反讽"批评》,《外国文学评论》,2008年第1期,第20页。

⑤ 张哲:《"理解小说"——简析布鲁克斯和沃伦短篇小说观》,《淮阴工学院学报》,2007年第2期。

⑥ 刘臻:《邪恶丛林中的人性成长——对〈"杀人者"分析〉的再分析》,《中州大学学报》,2009年第2期。

⑦ 李梅英:《〈理解诗歌〉的经典方法和理论》,《时代文学》(上),2010年第5期,第145—146页。

⑧ 钱晶:《布鲁克斯与沃伦的小说批评理论——以〈小说鉴赏〉为讨论对象》,《合肥师范学院学报》,2012年第2期。

与诗歌主题的建构——以布鲁克斯的〈叶芝的花繁根深之树〉为例》①,2017年李国栋的《"悖论"与"反讽":克林思·布鲁克斯诗学概念重申》②等,由于参考的资料有限,总体来说,基本上属于表层论述。

迄今为止,中国以布鲁克斯为研究对象的博士学位论文有两篇。一篇是 2013 年笔者的《克林思·布鲁克斯研究》。③该论文对布鲁克斯诗学进行了较为全面的论述,在中国学界尚属首次,因此在某种程度上有填补空白的意义。但该论文欠缺对布鲁克斯戏剧批评的研究,未能将布鲁克斯诗学放在更广阔的世界文艺思潮的理论背景中,进行跨民族、跨语言、跨文化的影响研究与平行研究,尤其是未能进一步探讨其诗学对当下中国的意义。笔者还发表了一系列关于布鲁克斯的论文,如《克林思·布鲁克斯诗学理论及其当代意义》、《克林思·布鲁克斯的小说理论与批评实践》和《克林思·布鲁克斯的反讽诗学》等。

另一篇博士学位论文是 2013 年邵维维的《隐喻与反讽的诗学——克林斯·布鲁克斯文学批评研究》。该文认为布鲁克斯诗歌理论可分为语言论和结构论二个层面;语言论层面强调隐喻的作用,结构论层面强调戏剧性原则、有机整体论和反讽诗学观。论文总结了布鲁克斯的文学批评,认为他通过隐喻与反讽,将生动可感的意象呈现在读者面前,将最大量的诗歌经验传达给被科学理性占据头脑的读者,进而恢复感受力的统一。该论文并对布鲁克斯的批评实践进行了讨论和评价。④该论文援引了较多的外文文献,分析也较为精到,是中国学界近年来较难得的一篇研究布鲁克斯诗学的论文。但可惜的是未能深入展开,常常是点到为止,失之过简。此外,该论文虽然是专论布鲁克斯诗学,但其论述局限于布鲁克斯的诗歌批评,未能对其小说与戏剧批评进行分析,并且正如其标题所示,只关注其诗学中的隐喻和反讽这两个概念,未能对布鲁克斯诗学进行全面的研究。该作者的《论克林斯·布鲁克斯的诗学观》⑤和《克林斯·布鲁克斯诗学观溯源》⑥等论文,应该是源自其博士学位论文中的一部分。

---

① 马娟:《意象与诗歌主题的建构——以布鲁克斯的〈叶芝的花繁根深之树〉为例》,《淮海工学院学报》(人文社会科学版),2017 年第 1 期。

② 李国栋:《"悖论"与"反讽":克林思·布鲁克斯诗学概念重申》,《顺德职业技术学院学报》,2017 年第 1 期。

③ 付飞亮:《克林思·布鲁克斯研究》,四川大学博士学位论文,2013 年。

④ 邵维维:《隐喻与反讽的诗学——克林斯·布鲁克斯文学批评研究》,吉林大学博士学位论文,2013 年。

⑤ 邵维维:《论克林斯·布鲁克斯的诗学观》,《兰州学刊》,2012 年第 12 期,第 79—83 页。

⑥ 邵维维:《克林斯·布鲁克斯诗学观溯源》,《求索》,2013 年第 4 期。

以布鲁克斯为研究对象的硕士学位论文,最早的应该是 2006 年曲宁的《"精致的瓮"与布鲁克斯诗歌批评的悖论》。该文从布鲁克斯在比拟诗歌时采用的"精致的瓮"、"一首诗是一出小戏剧"、"有机"整体等几个比喻入手,认为这些喻体本身彼此之间就是相互补充、相互界定而又相互倾轧的,既能反映出布鲁克斯诗歌理论的复杂性与丰富性,又揭示出其所包含着的悖论。①该论文采用了一些第一手资料,论述也有一定的深度,是一篇较为优秀的硕士学位论文。但是局限于资料,论述必然会有只见树木,不见森林的缺憾,某些结论过于轻率,如关于布鲁克斯理论的悖论性和局限性的评定就有失公允。

2008 年赵桂香的硕士学位论文《有机整体小说观指导下的文本分析——读布鲁克斯与沃伦的〈小说鉴赏〉》,主要阐释布鲁克斯与沃伦在《理解小说》中对短篇小说的文本分析。②该论文征引的文献全部是中文的,或者是翻译过来的一些理论书籍,材料明显极其欠缺,也缺乏自己的见解。

2011 年李攀攀的硕士学位论文《本体论诗学:〈理解诗歌〉的一种阐释》主要是从本体论诗学和文本分析方法论视角对布鲁克斯与沃伦的《理解诗歌》进行述评,认为该书成功之处就是提供了足够多的证据验证了兰色姆的本体诗学论。③该论文自己也坦承掌握资料较少,无法做进一步深入的研究。

2012 年涌现四篇专论布鲁克斯的硕士学位论文。胡珂的《布鲁克斯"文本细读方法"研究》对布鲁克斯的"文本细读方法"进行了较为细致的研究,是国内研究布鲁克斯的硕士学位论文中的佼佼者。该论文对布鲁克斯的两本重要教材《理解诗歌》、《理解小说》中的"细读方法"进行分析,澄清了对新批评细读法的一些成见和误会,证明作为新批评派的代表人物,布鲁克斯其实将历史、传统分析融入细读,也没有完全忽略读者、作者与文本之间的关系,同时也重视文学的价值与意义。论文最后还总结了研究布鲁克斯及其文本分析方法对中国当下文学批评的方法论、文学教学及教材的借鉴意义。④该文引进了一些新的一手材料,对《理解诗歌》的译介有一定的贡献。

---

① 曲宁:《"精致的瓮"与布鲁克斯诗歌批评的悖论》,吉林大学硕士学位论文,2006 年。

② 赵桂香:《有机整体小说观指导下的文本分析——读布鲁克斯与沃伦的〈小说鉴赏〉》,河北师范大学硕士学位论文,2008 年。

③ 李攀攀:《本体论诗学:〈理解诗歌〉的一种阐释》,河南大学硕士学位论文,2011 年。

④ 胡珂:《布鲁克斯"文本细读方法"研究》,南京大学硕士学位论文,2012 年。

　　付骁的硕士学位论文《克林斯·布鲁克斯的细读实践研究——以小说、戏剧为对象》对细读概念进行了梳理,重点阐释了布鲁克斯细读理论的要点,并指出其不足、意义及影响。该论文引进了一些一手资料,尤其是对《理解戏剧》的译介,如援引里面分析易卜生《罗斯莫庄》的例子等,较为可贵。①其《"意图"考证及释义》②和《"细读"溯源》③等两篇论文应该也是源自该硕士学位论文。

　　刘琴琴的硕士学位论文《布鲁克斯诗歌理论研究》阐释了布鲁克斯的诗论核心"结构论",认为布鲁克斯诗歌理论有内在一致性。诗歌理论著作《精致的瓮》为切入点,力图通过分析论著中的诗歌批评范例,展示其诗歌理论的丰富性。④

　　陈治宇的硕士学位论文《布鲁克斯、沃伦的小说批评实践研究》研究《理解小说》中分析小说的方法,并以实例证明大陆、港台及海外汉学界的小说批评家在理论与实践中受到布鲁克斯和沃伦这种分析方法的影响。如大陆乐黛云用"细读法"分析《红楼梦》,王富仁对《狂人日记》的解读;港台欧阳子对白先勇小说集《台北人》的赏析,龙应台的《龙应台评小说》;海外汉学界夏志清的《中国现代小说史》等。⑤该文属于资料汇编总结性质,基本上没有什么创新点,也没有引进什么新的一手材料。

　　2013 年张万盈的硕士学位论文《布鲁克斯诗歌细读方法研究——以〈精致的瓮〉为例》总结出布鲁克斯诗歌细读批评实践的基本步骤及关键词,并归纳出其诗歌细读法的独特性。⑥

　　2016 年梁蓝淳的硕士学位论文《布鲁克斯诗歌批评理论与批评实践的关系研究——以〈精致的瓮——诗歌结构研究〉为例》,探讨布鲁克斯在《精致的瓮》中的诗歌批评理论与批评实践之间的冲突与调和。该文认为布鲁克斯先预设了一套术语,然后进行演绎,违背其从特殊多样性中归纳概括普遍共性的初衷。⑦

---

①　付骁:《克林斯·布鲁克斯的细读实践研究——以小说、戏剧为对象》,西南大学硕士学位论文,2012 年,第 27—30 页。

②　付骁:《"意图"考证及释义》,《时代文学》,2012 年第 2 期。

③　付骁:《"细读"溯源》,《重庆第二师范学院学报》,2014 年第 2 期。

④　刘琴琴:《布鲁克斯诗歌理论研究》,湖北大学硕士学位论文,2012 年。

⑤　陈治宇:《布鲁克斯、沃伦的小说批评实践研究》,重庆师范大学硕士学位论文,2012 年。

⑥　张万盈:《布鲁克斯诗歌细读方法研究——以〈精致的瓮〉为例》,重庆师范大学硕士学位论文,2013 年。

⑦　梁蓝淳:《布鲁克斯诗歌批评理论与批评实践的关系研究——以〈精致的瓮——诗歌结构研究〉为例》,重庆师范大学硕士学位论文,2016 年。

可以看出,以布鲁克斯为研究对象的硕士学位论文,多是对其单部著作的论述。当然,非常难得的是,有极少数对布鲁克斯的诗学与中国传统诗学进行了平行比较的研究。如2016年陈濛的硕士学位论文《〈小说鉴赏〉与金批〈水浒传〉的"细读法"比较》比较了布鲁克斯、罗伯特·潘·沃伦与金圣叹的细读法的异同,认为这三位批评家都具有整体性眼光,在文本细读时不局限于文本内部结构,都希望指导读者进行有效阅读。①

总体来说,相比于国外对布鲁克斯持续、多层面、多视角的研究,中国学界对布鲁克斯的研究水平还不高,表现为研究的局部性、表层性和单一性,显得零散片段、不成体系,视野较为狭窄。这种研究现状,其原因很大程度上在于对布鲁克斯的译介力度远远不够。相对于布鲁克斯数十部的著作及两百多篇论文,其被译介到中国的著述极为有限。此外,国内研究者所参考的材料非常贫乏,除了赵毅衡等极少数学者外,很少引用英文资料,即使偶有援引,也多集中于三五篇。这些关于布鲁克斯及其诗学的零散的知识,根本无法使人对其理论了解得透彻。而且在很多情况下这种知识还是人云亦云,以讹传讹,因此,粗疏与错误在所难免。

中国大部分的西方文论史在介绍新批评、尤其是布鲁克斯时,所援引的材料几乎都是来自赵毅衡的《新批评——一种独特的形式主义文论》、《"新批评"文集》和史亮主编的《新批评》。而研究布鲁克斯的论文,大部分只提及其被译成中文的几部作品,只有少数研究引用了他的第一手英文材料,且也只限于《现代诗与传统》等几部诗歌理论著作及数量有限的论文。而布鲁克斯的《亚拉巴马州——乔治亚州方言与大不列颠的地方方言的关系》(*The Relation of the Alabama-Georgia Dialect to the Provincial Dialects of Great Britain*)、《文学门径》、《美国南方语言》(*The Language of the American South*)、《现代修辞学》(*Modern Rhetoric*: *With Reading*)、《隐藏的上帝》、《成形的喜悦》、《历史的证据与十七世纪诗歌的阅读》、《社区、宗教与文学》、厚达3 000多页的《美国文学:作家与作品》和几部关于威廉·福克纳的研究专著却很少提及,更不要说他那些散见于各学术刊物、数量众多的论文了。是不是布鲁克斯的这些著作和论文相对于他的被译介至中国的作品来说不重要呢?国外对他的研究几乎涉及其所有的作品,说明事实并非如此。中国研究者对国外布鲁克斯的研究现状

---

① 陈濛:《〈小说鉴赏〉与金批〈水浒传〉的"细读法"比较》,西南大学硕士学位论文,2016年。

更是很少提及,极少学者提及国外专门研究布鲁克斯的专著、博士或硕士学位论文。

这种建立在材料严重不足的基础上的布鲁克斯研究,还多是将其放在新批评中与其他批评家一起作简单的介绍与分析,大多比较浅显。对布鲁克斯的关注多只限于他的诗歌理论,而且只论及他的细读、悖论、反讽、有机整体论等诗歌批评理论,有的甚至只把布鲁克斯当作是反讽诗学的代名词。至于布鲁克斯的戏剧批评实践,其作为一流的福克纳研究专家,基本上很少涉及。这种研究必然会显得视野狭窄,以偏概全。或者只能是做单篇著作的解读,或者是无视布鲁克斯整个理论体系的构成及其理论的发展与修订,而简单武断地对其作出结论,甚至是明显的歪曲误读。

所以说,中国学界近年来、尤其是 2010 年以后,对布鲁克斯的研究虽然出现了一个高潮,但是由于对布鲁克斯的译介和英文文献的使用不足,总体上限制了研究的水平和层次,与国外对布鲁克斯的研究在时间上和层次上都存在相当的差距。布鲁克斯的理论与批评实践非常丰富,值得中国学界做更深入的研究,尤其是以构建中国当代诗学为旨趣、结合中国传统诗学进行的平行比较研究,更是大有可为。

第二节　对中国文学创作、理论与批评实践的影响

布鲁克斯诗学对中国文学创作、文学理论与批评实践方面产生的影响,是其对中国的影响最为直观的体现,也最容易被注意到。在这一领域,表现最突出的依然是“反讽”这一关键词。

布鲁克斯诗学对中国文学创作的影响,没有专门的研究著述,但是以与布鲁克斯诗学密切相关的反讽诗学对中国文学创作的影响,有学者已经作了梳理与论述。如龚敏律的博士学位论文《西方反讽诗学与二十世纪中国文学》,就较为详细地研究了反讽诗学对中国近百年来的影响。该论文探讨了西方反讽诗学对鲁迅、钱锺书、张爱玲、九叶诗人(穆旦、袁可嘉、杭约赫、郑敏、陈敬容、唐湜、唐祈、王辛笛、杜运燮)、韩少功、王小波和当代先锋诗歌等的影响。该文认为近现代中国一些作家对西方反讽诗学有所借鉴、吸收和运用,一定程度上具有反讽的生命意识和世界视角,建构起过去从来没有过的意义维度,而这是中国现代文学的现代性的一种突

出的标志。①该文属于比较文学中的影响研究,资料较为翔实,考证较为扎实,总体上说,其结论令人信服。该文提及布鲁克斯的反讽诗学,但没有特别将布鲁克斯的反讽诗学对中国作家的影响析出。由于反讽诗学涉及较广,所以不一定能证明中国所受的西方反讽诗学的影响都是来自布鲁克斯。但是,布鲁克斯一直被公认为新批评反讽诗学的代表人物,因此,也很难否认这些受到西方反讽诗学影响的创作,多多少少打上了布鲁克斯反讽诗学的烙印。

布鲁克斯诗学对中国文学理论的影响,一般来说,也是笼统地被作为新批评整体来估量的。这种影响具体表现为新批评在中国的流传变异,及其与其他诗学相结合,以共同构建中国当代文论的进程中。张惠的《"理论旅行"——"新批评"的中国化研究》,采用了比较文学变异学理论,研究新批评中国化的内在动因、学术路径,对中国现当代文学批评与文论的影响,对重建批评理论范式的意义与价值。②其中涉及布鲁克斯时,采用的多是现有的中文资料。宫小兵的《新批评在中国》研究新批评在中国的传播、影响和接受的概况,里面涉及布鲁克斯的理论概述及在中国的译介情况。③由于希望勾勒整个新批评与中国的关系图及在中国传播的文学地图,因此对布鲁克斯的介绍也止于一般性的介绍。

当然,布鲁克斯诗学对中国文学批评实践的影响,表现得最为突出。中国很早就有一批学者运用细读、悖论、反讽等新批评理论对国内外的作家作品展开批评。大陆比较知名的有叶公超、朱自清、李长之、袁可嘉、刘西渭(李健吾)、卞之琳、王富仁、乐黛云、孙绍振、王先霈、王毅等;港台有颜元叔、陈世骧、王梦鸥、余光中、叶嘉莹、叶维廉、黄维梁、龙应台、欧阳子、李英豪等。④

---

① 龚敏律:《西方反讽诗学与二十世纪中国文学》,湖南师范大学博士学位论文,2008年。该论文认为鲁迅的整个思想本质上是反讽的,思维是悖论式的,当然,鲁迅主要是从克尔凯郭尔(Soren Aabye Kierkegaard)和尼采那里接受了这种影响;钱锺书与张爱玲的小说中不仅运用反讽修辞,而且运用反讽思维,不过他们这种反讽意识都是受存在主义的影响或本身对生命的体悟而得来;九叶诗人的诗歌创作也从修辞与哲学层面受反讽理论的影响,他们的这种影响才是真正意义上来自新批评,不过主要是受英国瑞恰慈等人的影响;韩少功和王小波等人的小说创作,受米兰·昆德拉(Milan Kundera)式的反讽精神的影响,表现在用反讽构建思与笑的张力和批判人们习以为常的媚俗等方面;当代先锋诗歌受西方后现代主义反讽精神的影响,表现为反理性及对自由的张扬。

② 张惠:《"理论旅行"——"新批评"的中国化研究》,华中师范大学博士学位论文,2011年。

③ 宫小兵:《新批评在中国》,四川大学博士学位论文,2012年。

④ 赵毅衡:《新中国六十年新批评研究》,《浙江大学学报》(人文社会科学版),2012年第1期,第139—147页。

为避免落入天马行空、无所依托的窘境,本书论述布鲁克斯对中国文学批评实践的影响时,将支撑与证明材料限定于中国学者批评中外作家与作品时在其论述中明确提及布鲁克斯的著述。无论是上面提到的这些学者,还是其他一些运用新批评理论进行批评实践的作者,采用一文一论的方式,如果其论述中没有明确提及布鲁克斯,皆不纳入本书的讨论范围。如 20 世纪 90 年代王富仁在《名作欣赏》发表了"旧诗新解"系列,他本人也明确表示是用新批评的方法来批评中国古诗:"我的意图是将现代批评理论具体运用到古诗赏析中去,而又不和古诗自身的赏析相脱离。我相信,新批评终能够解决以旧有方法不易解决的问题或实际感到又说不清的问题。"①但是,对于王富仁的这些文章中没有明确提到布鲁克斯的,也不作探讨。又如王毅的一些细读论文:《细读穆旦〈诗八首〉》,②被赵毅衡称赞为"分析探幽入微,深得布鲁克斯的名著《精致的瓮:诗歌结构研究》之神韵";③《一个既简单又复杂的文本——细读伊沙〈张常氏,你的保姆〉》④被赵毅衡收入《重访"新批评"》的附录;《一首写给两个人的情诗——解读伊沙〈我终于理解了你的拒绝〉》⑤也是细读的典范。但是,按照本书设定的取舍标准,王毅的这些文章皆不作探讨。之所以采取这样的策略,是因为上述批评实践可能确实受了布鲁克斯的影响,但是作者本人在论文中没有明确声明,外人便很难确证。

中国学者运用布鲁克斯诗学来分析中外作家与作品,按批评对象的国别,可粗略地分为两大类:一是运用布鲁克斯诗学对外国作家作品的批评;二是运用布鲁克斯诗学对中国作家作品的批评。

一、对外国作家作品的批评

中国学者运用布鲁克斯的诗学来分析外国作家与作品,大多数集中在布鲁克斯曾经在《理解小说》、《理解戏剧》和《理解诗歌》等著述中曾经论述过的作家或作品上,如福克纳和海明威的小说,约翰·多恩、济慈、罗伯特·

---

① 王富仁:《旧诗新解(一)》,《名作欣赏》,1991 年第 3 期,第 12 页。

② 王毅:《细读穆旦〈诗八首〉》,《名作欣赏》,1998 年第 2 期。

③ 赵毅衡:《新中国六十年新批评研究》,《浙江大学学报》(人文社会科学版),2012 年第 1 期,第 144 页。

④ 王毅:《一个既简单又复杂的文本——细读伊沙〈张常氏,你的保姆〉》,《名作欣赏》,2002 年第 5 期。

⑤ 王毅:《一首写给两个人的情诗——解读伊沙〈我终于理解了你的拒绝〉》,《名作欣赏》,2006 年第 5 期。

弗罗斯特和艾略特的诗歌,莎士比亚和王尔德的戏剧等。其中出现频率最高的两位作家是约翰·多恩和福克纳。

2001年林元富的硕士学位论文《透过精制的瓮——从奇喻看玄学派诗歌》研究包括约翰·多恩在内的玄学派诗歌的奇喻,"用克·布鲁克斯(克林思·布鲁克斯,引者注)的比喻,就是欣赏玄学派诗人的'瓮'是如何'精制'而成的"。①论文援引了布鲁克斯的《悖论语言》及《理解诗歌》等著述。2003年熊毅的硕士学位论文《裂变的声音——论多恩诗歌的张力建构》,论述英国玄学派诗人约翰·多恩时,参考了布鲁克斯的悖论理论及《理解诗歌》中的相关论述。②2005年张慧馨的硕士学位论文《约翰·邓恩〈歌与短歌集〉中的悖论》,运用布鲁克斯的悖论理论,对多恩在《歌与短歌集》中的悖论进行研究。③2009年杨东升的《死亡与永生的悖论——〈死神莫骄傲〉赏析》,分析玄学派诗人约翰·多恩的十四行诗《死神莫骄傲》(*Death Be Not Proud*)时援引了布鲁克斯的悖论及其他诗歌理论。难能可贵的是,该论文明确指出布鲁克斯在理解诗歌时并没有排斥诗歌的社会历史背景。④2013年和2014年赵烨和李正栓合写的《邓恩诗歌中张力实践与新批评张力理论关联性研究》⑤和《邓恩诗中悖论现象与新批评悖论理论的关联性研究》⑥两篇论文认为:玄学派诗人约翰·多恩对新批评的张力和悖论理论有启发作用,布鲁克斯等人的悖论和反讽理论也是张力理论的一种体现。

1995年梁克文在《他们在苦熬——福克纳小说〈我弥留之际〉评析》一

---

① 林元富:《透过精制的瓮——从奇喻看玄学派诗歌》,福建师范大学硕士学位论文,2001年,内容提要,第1页。

② 熊毅:《裂变的声音——论多恩诗歌的张力建构》,湘潭大学硕士学位论文,2003年,第24页。

③ 张慧馨:《约翰·邓恩〈歌与短歌集〉中的悖论》,河北师范大学硕士学位论文,2005年。邓恩即多恩。

④ 杨东升:《死亡与永生的悖论——〈死神莫骄傲〉赏析》,《疯狂英语》(教师版),2009年第5期,第155页。该论文指出:布鲁克斯曾经说:"我坚持审美自治性是为了拒绝用科学的准确性或道德真理来判断文学作品……我坚持文学艺术作品的审美自治性并不是想要使其脱离社会生活或历史,或脱离语言本身。"他还说,"为了处理作品的审美性质,就必须考虑其社会、政治、历史的方面。"在分别于1938年和1943年出版的与沃伦合著的《理解诗歌》和《理解小说》中,虽然主旨是研究诗歌和小说的构成性形式,但他们并没有因为强调文学的特殊性而使其说离社会和文化语境。"诗歌并不是与普通生活相分离的,诗歌所关心的问题正是普通人所关心的问题。"

⑤ 赵烨,李正栓:《邓恩诗歌中张力实践与新批评张力理论关联性研究》,《外语研究》,2014年第3期。

⑥ 李正栓,赵烨:《邓恩诗中悖论现象与新批评悖论理论的关联性研究》,《外语与外语教学》,2013年第6期。

文中多次引用布鲁克斯的《威廉·福克纳:约克纳帕塔法郡》。①1997 年石坚和张彦炜合著的《权利、荣誉和尊严——论威廉·福克纳〈去吧,摩西〉中混血黑人的挑战》,论述福克纳的小说时也同样引用了布鲁克斯的这部专著。②1997 年魏玉杰的《海因斯和乔安娜——种族主义的两种形式》,提到布鲁克斯为福克纳的小说《八月之光》所作的序言。③2004 年李杨的《可悲的"替罪羊"——评〈献给艾米莉的玫瑰〉中的艾米莉》引用了布鲁克斯在《理解小说》中对福克纳小说的女主人公艾米莉的一个悖论性评论:"艾米莉小姐既是社区的一座偶像又是一只替罪羊。"④该论文的观点可以说直接来源

---

① 梁克文:《他们在苦熬——福克纳小说〈我弥留之际〉评析》,《石油大学学报》(社会科学版),1995 年第 1 期,第 73—75 页。该论文指出:布鲁克斯认为福克纳小说《我弥留之际》中的达尔是"一个怀疑主义者和半个存在主义者"。克林斯·布鲁克斯说:"安斯·本德仑肯定是福克纳创造出来的人物中最可鄙的一个。"美国批评家克林斯·布鲁克斯也在他的《威廉·福克纳浅介》一书里说:"要考察福克纳如何利用有限的,乡土的材料刻划有普遍意义的人类,更有用的方法也许是把《我弥留之际》作一首牧歌来读,⋯⋯这样的方法在表现时既可以有新鲜的洞察力,也可以与问题保持适当的美学距离。"布鲁克斯继续写道:"更具体地说,大车里运载的本德仑一家其实是我们这个复杂得多的社会的有代表意义的缩影。这里存在着生活中一些有永恒意义的问题,例如:终止了受挫的一生的死亡,兄弟相残。驱使我们走向不同目标的五花八门的动机,庄严地承担下来的诺言的后果,家族的骄傲,家庭的忠诚、背叛、荣誉,还有英雄行为的实质。"克林斯·布鲁克斯干脆用总结的口吻概括说:"福克纳在他所有的作品中都一直关注着人类的忍受能力,他们能面对何等样的考验,他们能完成什么样的业绩。本德仑一家如何设法安葬艾迪·本德仑的故事为福克纳提供了一个思考人类受苦与行动能力的极其优越的角度。这次英勇的历险牵涉到多种多样的动机与多种多样的反应。"

② 石坚,张彦炜:《权利、荣誉和尊严——论威廉·福克纳〈去吧,摩西〉中混血黑人的挑战》,《重庆师专学报》,1997 年第 1 期,第 74 页。该论文论及:克林斯·布鲁克斯指出《熊》的高潮在于大狗'狮子'和老萨姆·法泽思的死亡。在围猎的最紧要关头,萨姆·法泽思垮了,他的生存意志陡然崩溃。(克林斯·布鲁克斯:《威廉·福克纳:约克纳帕塔法国》,耶鲁大学出版社 1963 年版,第 260 页。)汤美斯·特尔始终在胜利的一方,"从不惊惶失措"而是"牢牢掌握着自己微小的世界。""他获得了完全的尊严"(克林斯·福克纳:《威廉·福克纳:约克纳帕塌法国》,耶鲁大学出版社 1963 年版,第 274 页)。

③ 魏玉杰:《海因斯和乔安娜——种族主义的两种形式》,《外国文学评论》,1997 年第 3 期,第 55 页。该论文指出:"《八月之光》是福克纳的第一部反映种族关系的小说,科林斯·布鲁克斯在该书序言的一开头说这部小说有三个特点:第一,没有一个重要人物是黑人(乔是个例外);第二,在这个故事中福克纳的贵族人物没有出现;第三,这是一部反映种族关系的小说,可是人物主要是不信宗教的白人,穷苦白人和佃农,在更多的时候是潦倒的白人。"(见 Cleanth Brooks, "Introduction", William Faulkner, *Light in August*, *Modern Library*, 1968, p.5.)从这段话也可以看出,布鲁克斯在小说批评时并非文本中心主义者,他并没有忽视人物的社会环境与阶级出身等外在的背景。

④ 李杨:《可悲的"替罪羊"——评〈献给艾米莉的玫瑰〉中的艾米莉》,《山东大学学报》(哲学社会科学版),2004 年第 2 期,第 34 页。《献给艾米莉的玫瑰》即《纪念爱米丽的一朵玫瑰》。

于布鲁克斯。2004 年王洪斌的硕士学位论文《福克纳两部小说中的母子关系——〈喧哗与骚动〉与〈我弥留之际〉的心理分析研究》，援引了布鲁克斯的《威廉·福克纳：初次邂逅》中的研究成果。①

2002 年章燕的《诗歌审美在文本与历史的互动与交流中——关于济慈〈希腊古瓮颂〉的批评》，提及布鲁克斯从语言悖论的角度来分析济慈《希腊古瓮颂》中所表现的情感矛盾和戏剧性。②2008 年王欣的博士学位论文《英国浪漫主义诗歌之形式主义批评》在对包括济慈、华兹华斯在内的英国浪漫主义诗歌进行形式主义批评时，较多地运用了布鲁克斯的悖论、反讽理论。③2011 年陈军的硕士学位论文《济慈早期诗歌中的悖论研究》，采用布鲁克斯的新批评方法来解读济慈的诗歌，认为济慈的早期诗歌中呈现出一种将存在的事物化为美的永恒与个体的短暂性而焦虑的悖论，而这种悖论是济慈对急遽工业化造成的严酷而无情的世界的一种反应。④

1990 年陶乃侃在《弗洛斯特与悖论——弗诗意象与语气之初探》开篇，就用一系列的悖论来概括 20 世纪美国诗人罗伯特·弗罗斯特的诗歌特色："既通俗又玄奥，既乡土又非乡土，亦白直亦晦涩，似悖非谬，似是而非。双重中明显存在失称、对立和矛盾。"⑤该文认为布鲁克斯的悖论理论与黑格尔的辩证法的核心是一致的，所以用两人的理论来分析弗罗斯特的诗歌。该文多次提及、引用布鲁克斯《精致的瓮》中的思想，明显受其诗学影响。2014 年刘保安的《论弗洛斯特诗歌中悖论的文化意蕴》用布鲁克斯的悖论理论分析了罗伯特·弗罗斯特诗歌中的悖论形式和内容，认为悖论是弗罗斯特展现真知灼见的一种途径。⑥

赵罗蕤在其所译艾略特《荒原》后的一处译注中，引用了布鲁克斯对《荒

---

① 王洪斌：《福克纳两部小说中的母子关系——〈喧哗与骚动〉与〈我弥留之际〉的心理分析研究》，吉林大学硕士学位论文，2004 年。

② 章燕：《诗歌审美在文本与历史的互动与交流中——关于济慈〈希腊古瓮颂〉的批评》，《国外文学》，2002 年第 3 期，第 49—55 页。该论文作者于同年发表的《互动与交流中的诗歌审美——关于济慈〈希腊古瓮颂〉的批评》，载《山东师范大学学报》（人文社会科学版），2002 年第 5 期，第 16—21 页，与该论文内容相似。

③ 王欣：《英国浪漫主义诗歌之形式主义批评》，吉林大学博士学位论文，2008 年。

④ 陈军：《济慈早期诗歌中的悖论研究》，四川外语学院硕士学位论文，2011 年，中文摘要。

⑤ 陶乃侃：《弗洛斯特与悖论——弗诗意象与语气之初探》，《外国文学评论》，1990 年第 2 期，第 52 页。弗洛斯特即罗伯特·弗罗斯特。

⑥ 刘保安：《论弗洛斯特诗歌中悖论的文化意蕴》，《通化师范学院学报》（人文社会科学），2014 年第 3 期。弗洛斯特即罗伯特·弗罗斯特。

原》的解读。①查良铮更是在其《荒原》的译文后将布鲁克斯与沃伦在《理解诗歌》中对《荒原》的解读全部附上。②汤更生在为《世界名诗鉴赏词典》撰写《荒原》词条时，提及布鲁克斯与沃伦对《荒原》中的宗教态度的肯定。③刘晨锋在为了华莱士·史蒂文斯的《坛子轶事》写词条时，援引了布鲁克斯对该诗的分析。④

1982 年，郑敏在《〈李尔王〉的象征意义》一文中，援引了布鲁克斯关于内容与形式不可分的观点："克林斯·布鲁克斯(Cleanth Brooks)，认为一切好的文学作品都不是将思想装人一个形式而写成的，它的形式是思想的化身，而它的思想不可能脱离它的形式而存在。……正是这种新的认识，使二十世纪的西方文艺评论对作品的分析、理解、挖掘达到以前所未有的深度。"⑤她还引用了《精致的瓮》中对形式内容二元论的反驳，为自己对《李尔王》所进行的可能会被人认为带有形式主义倾向的分析作辩护。

2012 年陈勋的硕士学位论文《王尔德的语言悖论和叙事悖论》运用布鲁克斯的悖论理论，分析英国唯美主义作家奥斯卡·王尔德作品中的悖论语句，认为这些悖论是唯美主义本身艺术和现实的二律背反关系所导致的。王尔德通过悖论艺术，批判了维多利亚社会的庸俗和虚伪。⑥2013 年刘小波《论王尔德戏剧中的悖论语言之美》运用布鲁克斯的悖论及相关理论，分

---

① 赵罗蕤指出：在《荒原》中的关于翡绿眉拉遭到了野蛮国王强暴变形成夜莺的描述，"她那不容玷辱的声音充塞了整个沙漠，/她还在叫唤着，世界也还在追逐着"，这两行的动词时态值得注意："充塞"和"叫唤"系过去时，但"还在追逐着"是现在时，著名美国评论家克利恒斯·布鲁克斯(Cleanth Brooks)指出，"'世界'显然参预且仍在在参预着国王的这个暴行。"又说："时态的剧烈变化使之成为对现代世界的一种评价与象征。"见艾略特等：《荒原》，赵罗蕤译，中国工人出版社 1995 年版，第 25 页。

② (美)布鲁克斯，华伦：《T.S.艾略特的〈荒原〉》，见(美)艾略特，奥登等：《英国现代诗选》，查良铮译，湖南人民出版社 1985 年版，第 66—97 页。

③ "东西方马克思主义者对贯串全诗宗教意识十分敏感。并同声谴责，定为反动、堕落的明证。……而另一些英国批评家，如伊丽莎白·朱《理解诗》的作者布鲁克斯和华伦却有不同见地。首先他们肯定作者对宗教信仰毫无畏缩的诚实姿态，不仅忠实于自己的信仰，而且忠实于自己的怀疑，是他最可贵、最精妙之处。"见辜正坤主编：《世界名诗鉴赏词典》，北京大学出版社 1990 年版，第 1021 页。

④ "正如布鲁克斯所说：'诗人强调的不是放置坛子的动机，而是在这个行动之后整个大地所发生的一切。它一旦存在于那里，就统治了大地。'布鲁克斯还特别强调坛子的非自然性，这种非自然性与作者放置坛子的动作密不可分，当然也体现在坛子所表现的人的创造之中。他说：'试想一下，如果我们用另一种东西替换这只坛子，例如一棵枫树，那么诗中的神奇就消失了。因为一棵枫树会溶入自然，不过是众多的树中的一棵而已。'"见辜正坤主编：《世界名诗鉴赏词典》，北京大学出版社 1990 年版，第 638 页。

⑤ 郑敏：《英美诗歌戏剧研究》，北京师范大学出版社 1982 年版，第 153—154 页。

⑥ 陈勋：《王尔德的语言悖论和叙事悖论》，上海师范大学硕士学位论文，2012 年。

析王尔德戏剧中的悖论语言。①

还有一些外国作家和作品，可能是布鲁克斯并未涉及过的，但是一些论文借用了布鲁克斯的诗学来论述这些作家和作品。这些论文集中在对小说与诗歌的批评上，戏剧批评则几乎没有，这也从另一个侧面说明布鲁克斯的戏剧批评理论仍未为国人所熟悉。

小说批评方面的论文，如2007年赵红妹的《试用游移视点的方法和反讽的方法分析〈包法利夫人〉》，用布鲁克斯的反讽理论分析福楼拜的小说。②2007年安冬的硕士学位论文《论卡夫卡思想创作中的悖论》，明显也受布鲁克斯悖论思想的影响。③2008年王业昭的《解读〈哈克贝利·费恩历险记〉中的悖论与反讽——一种新批评的视角》，以布鲁克斯的悖论、反讽理论来探究马克·吐温的小说《哈克贝利·费恩历险记》的叙事艺术。论文认为该小说中的悖论有三："孤独并不是孤单；一美元等于六千美元；自由人获得自由。"小说中的反讽有三："教化与反教化的冲突；'强盗'自己遭抢劫；是非标准的思考。"④2008年卢君明的硕士学位论文《凯瑟琳·曼斯菲尔德短篇小说的现代主义叙事策略——解读曼斯菲尔德的十六篇短篇小说》，运用了布鲁克斯和沃伦有关小说情节的理论探讨了新西兰作家凯瑟琳·曼斯菲尔德(Katherine Manthfield)无情节小说的一些创新策略。⑤2009年宋俐娟的《从新批评观点看海明威短篇"白象似的群山"的矛盾统一》，声明是用布鲁克斯和沃伦在小说研究中推行的新批评方法及观念来剖析海明威的短篇小说《白象似的群山》(*Hills Like White Elephants*)，实际上也就是反讽理论。⑥当然，其分析较为肤浅，显得生硬。2010年张玺的硕士学位论文《论〈第二十二条军规〉的悖论艺术》主要依据布鲁克斯的悖论理论，对约瑟夫·海勒(Joseph Heller)的小说《第二十二条军规》(*Catch-22*)语言和结构层面的悖论进行了分析，认为悖论是"黑色幽默"的基础——悖论的文本功

① 刘小波：《论王尔德戏剧中的悖论语言之美》，四川师范大学硕士学位论文，2013年。

② 赵红妹：《试用游移视点的方法和反讽的方法分析〈包法利夫人〉》，《时代文学》（双月版），2007年第4期，第96—97页。

③ 安冬：《论卡夫卡思想创作中的悖论》，山东师范大学硕士学位论文，2007年，中文摘要，第1页。

④ 王业昭：《解读〈哈克贝利·费恩历险记〉中的悖论与反讽——一种新批评的视角》，《四川理工学院学报》（社会科学报），2008年第3期，第130—133页。

⑤ 卢君明：《凯瑟琳·曼斯菲尔德短篇小说的现代主义叙事策略——解读曼斯菲尔德的十六篇短篇小说》，河北大学硕士学位论文，2008年，摘要，第1页。

⑥ 宋俐娟：《从新批评观点看海明威短篇"白象似的群山"的矛盾统一》，《安徽文学》，2009年第3期，第211—213页。

能是幽默,而主题功能则为黑色。①2011 年顾舜若的《试论〈芒果街上的小屋〉中的诗性悖论》,主要是运用布鲁克斯的悖论理论来分析美国作家桑德拉·希斯内罗丝(Sandra Cisneros)的小说《芒果街上的小屋》(*The House on Mango Street*),认为《芒果街上的小屋》的诗性是通过悖论起作用的。②2011 年周春悦的硕士学位论文《〈巴马修道院〉:幸福观及其悖论》运用布鲁克斯的"悖论"和"反讽"理论,分析司汤达(Stendhal)的《巴马修道院》(*The Charterhouse of Parma*)。该文认为这部长篇小说的人物形象、主题和写作风格等方面都存在矛盾冲突,而司汤达正是通过这种悖论思维和辩证方式来传达其所宣扬的幸福理念。③

诗歌批评方面的论文,如 2008 年姜泽卫的硕士学位论文《希尼诗歌力量之根——希尼八十年代以前诗歌的新批评解读》,以布鲁克斯的有机统一体学说为理论框架,来分析爱尔兰诗人谢默斯·希尼的创作源泉及诗歌艺术。④2010 年李彦和黎敏合著的《〈安娜贝尔·李〉中的悖论意象:天使、星月、爱情》,认为布鲁克斯的悖论理论和语义学的语义层次分析有异曲同工之效,并用以分析美国作家爱伦·坡(Edgar Allan Poe)的诗歌《安娜贝尔·李》(*Annabel Lee*)中的天使、星月和爱情中的悖论意象。⑤2012 年杨素芳的《新批评理论下对〈普鲁弗洛克的情歌〉中反讽的解读》,运用了布鲁克斯的反讽理论,对艾略特的《普鲁弗洛克的情歌》进行了解读。⑥2012 年朱谷强的《英国鸟类诗主题辨析》在分析鸟类意象在反映英国涉及鸟类的诗歌主题中的功能、作用和意义时,提及布鲁克斯在《理解诗歌》中专门对英语鸟类诗歌的意象的分析,认为鸟类既是大自然的代表,也是人类情感的一种体现。⑦

二、对中国作家作品的批评

第二类是中国学者运用布鲁克斯诗学及其他新批评家的理论来对中国

①　张玺:《论〈第二十二条军规〉的悖论艺术》,河北师范大学硕士学位论文,2010 年。
②　顾舜若:《试论〈芒果街上的小屋〉中的诗性悖论》,《当代外国文学》,2011 年第 4 期,第100—109 页。
③　周春悦:《〈巴马修道院〉:幸福观及其悖论》,南京大学硕士学位论文,2011 年。
④　姜泽卫:《希尼诗歌力量之根——希尼八十年代以前诗歌的新批评解读》,云南师范大学硕士学位论文,2008 年。
⑤　李彦,黎敏:《〈安娜贝尔·李〉中的悖论意象:天使、星月、爱情》,《南京工业大学学报》(社会科学版),2010 年第 3 期,第 89—91 页。
⑥　杨素芳:《新批评理论下对〈普鲁弗洛克的情歌〉中反讽的解读》,《海外英语》,2012 年第 14期,第 192—195 页。
⑦　朱谷强:《英国鸟类诗主题辨析》,《牡丹江大学学报》,2012 年第 4 期,第 60—62 页。

作家作品进行批评。在这方面的先行者和佼佼者应首推颜元叔。

颜元叔是将新批评译介至台湾的主将之一,20世纪60年代就在台湾讲授新批评,并于1975年翻译了布鲁克斯的《西洋文学批评史》,对布鲁克斯的诗学可以说是比较的。因此他运用布鲁克斯的诗学来分析中国诗歌,显得丝丝入扣,游刃有余。在1972年出版的《文学经验》一书中,有一篇名为《细读洛夫的两首诗》,颜元叔在该文中依据结构来评判台湾诗人洛夫诗歌的好坏。颜元叔认为,所谓结构,采取较广义的说法,就是"字与字的关系,片语与片语的关系,意象语与意象语的关系,行与行的关系,段与段的关系,更包括语言与对象的关系;总之,最上乘的结构,应该全篇为一个完整的有机体,形成'一篇诗'或'一首诗'或一个'诗篇',而非滞留于零星的优美诗行或诗句而已。"①上述文字虽然没有提布鲁克斯,但是明显可以看出是布鲁克斯诗歌有机整体说的台湾版。颜元叔认为《手术台上的男子》是洛夫最坏的一首诗,是因为结构脆弱或者完全缺失;而《石室之死亡》是洛夫最好的一首诗,尤其是里面的《太阳手札》部分。在此,颜元叔直接声明自己是用布鲁克斯的理论来分析:"美国新批评家布鲁克斯(Cleanth Brooks)曾说,诗是矛盾语言(Language of paradox)。洛夫在这里使用的矛盾极多。如上引之'树都要雕塑成灰','铁器都骇然于挥斧人的缄默','唯灰烬才是开始'等,矛盾语决非晦涩语,亦非互相抵消之语言。布鲁克斯认为矛盾语把握了诗的真精神,甚至生命之奥义。上述这几行诗在自身的结构中,可说达到了这个目的。"②颜元叔所说的矛盾语言,即现在通译为反讽局面,悖论语言。其对洛夫这两首诗的分析,应该说是非常有说服力的。

颜元叔还将布鲁克斯的诗歌理论用来分析中国古典诗歌。如1976年在《何谓文学》一书中《析〈春望〉》的开篇,就明确要用新批评的方法来分析杜甫的《春望》:

> 这首诗十分感人。我想用"新批评"的方法,探究一下那些感人的因素。第一句"国破山河在","破"与"在"之间,立即形成矛盾局面——诗为矛盾语,见布鲁克斯(Cleanth Brooks)批评理论——国家已"破",山河依旧"存在";已破的是一个国家的组织,社稷的结构,这些都是人

---

① 颜元叔:《细读洛夫的两首诗》,见颜元叔:《文学经验》,台北志文出版社1972年版,第123页。

② 颜元叔:《细读洛夫的两首诗》,见颜元叔:《文学经验》,台北志文出版社1972年版,第133—134页。

为的成果；这个人为的成果已遭摧毁。"山河"在这里显然指自然景物；然则，自然景物，大好河山，却不因国家社稷之覆卵而有所改变，所以"山河在"。杜甫的悲哀起于"国破"，若"国破"而山河亦破，悲哀亦许是压倒性的，但不会有目前这种无可奈何的况味：国虽"破"而山河无动于衷，依旧楚楚可怜，自个儿碧绿着。山河无情，莫此之甚！故"国破"是情感语，"山河在"是无情语。①

颜元叔详细地剖析了《春望》中所蕴含的诸多悖论，以证明布鲁克斯的论断："诗歌的语言是悖论"，诗句里面充满含混。同时，颜元叔像布鲁克斯一样，就诗论诗，推翻了说杜甫在《春望》中表达忧国忧民的牵强附会，证明杜甫的重心是想家。由于分析透彻，颜元叔的这篇文章，成为用西方理论阐发中国古典文学作品的典范。

当然，颜元叔认为《春望》的最后一联"白头搔更短，浑欲不胜簪"是败笔，表现出来的琐碎与纤弱，无法与前面三联的国破家亡的愁苦相吻合，给人以冷漠之感。颜元叔批评《春望》"起于'国破山河在'，终于一根发针，真有鼠尾之感"。②本书不赞同这种说法，因为这种首尾并置其实恰恰是构成了一种反讽。这首诗里面根本没有提到战争的性质是正义的还是非正义的，说明诗人根本不在乎，因为无论以什么理由发动的战争，终究是不人道的。诗人关注的只是在战乱中家人的安危与自我的生存，所谓的道德正义呀，爱国忧民呀，都显得特别虚假，还不如关心自己越来越少的白发吧。将宏大的家国山河与琐碎的发针并置在一起，将空间体积反差如此悬殊的事物放置在一首诗的开头与结尾，有点类似于布鲁克斯在《理解诗歌》中所分析的，在田纳西州的山顶放了一只坛，坛如此小而将其放置在如此大的山顶上，实际上坛在这种语境下已经成了一种象征。《春望》中的"簪"在某种意义上也起到一种类似的隐喻与象征作用，所以从深层意义上来讲，这可看作是一篇反战主题的诗歌，是一首张扬人性与个人生活的诗歌，带着一种黑色的幽默，与西方反战主题的小说，如约瑟夫·海勒的《第二十二条军规》有异曲同工之妙。因此，《春望》完全是一个充满反讽的有机体。

---

① 颜元叔：《析〈春望〉》，见黄维樑、曹顺庆编：《中国比较文学学科理论的垦拓——台港学者论文选》，北京大学出版社 1998 年版，第 218 页。该文选自颜元叔：《何谓文学》，台北学生书局 1976 年版。

② 颜元叔：《析〈春望〉》，见黄维樑、曹顺庆编：《中国比较文学学科理论的垦拓——台港学者论文选》，北京大学出版社 1998 年版，第 221—222 页。

在运用布鲁克斯诗学批评中国作家与作品方面,中国大陆最早的论文可能要算 1993 年王连生的《论反讽在中国近年小说中的呈现》。这样看的话,在这方面,中国大陆学界要比台湾学界晚二十多年,而这与新批评在中国大陆曾一度沉寂的学术大环境有关。中国学界运用布鲁克斯诗学批评中国的文学作品,以小说和诗歌为主,偶见散文,未见戏剧。这些论文,大多局限于援引布鲁克斯的反讽、悖论理论,较为单一,少有深入剖析的优秀之作。其中比较难得的是运用布鲁克斯诗学进行中国与其他国家之间文学作品的比较研究,值得进一步开拓与深化。

小说批评方面的论文,如《论反讽在中国近年小说中的呈现》,提及布鲁克斯对反讽的贡献,并按语言反讽、情态反讽对中国一些代表作进行简析和评价,对小说中的反讽流变进行评估。值得注意的是,该论文那时就注意到莫言小说中的反讽技巧,指出《红高粱》中有一段常被人引用的文字:"我终于悟到:高密东北乡无疑是地球上最美丽最丑陋、最超俗最世俗、最圣洁最淫荡、最英雄好汉最王八蛋、最能喝酒最能爱的地方"。该论文认为这就是典型的反讽式语词组合,可以造成语义上更大限度的张力。莫言笔下的《红高粱》、《红蝗》等作品中,"梦幻与现实,科学与童话,上帝与魔鬼,爱情与荒淫,高贵与卑贱,美女与大便,过去与现在,金奖牌与避孕套……互相掺和,紧密团结,环环相连,构成一个完整的世界"。①当然,该论文也承认中国现当代真正能领会语言反讽精髓的作家不多。

1994 年韦永恒的《论〈呼兰河传〉的艺术世界》,通过细读,分析了萧红在《呼兰河传》创造的艺术世界。论文一开篇就引用了布鲁克斯与罗伯特·潘·沃伦合著的《理解小说》中关于小说的世界可分三个层次,或称作三个生活领域的一段话:"我们的实际生活领域、作家的实际生活领域和作家为我们创造的那个生活领域。"又说,作家为读者"创造一个世界,在这个世界里,各种事物相互自然依存而其中又赋有意义。"②1998 年程国赋的《漫谈〈昆仑奴〉及其嬗变作品的叙事视角》提及布鲁克斯"叙述焦点"的叙事视角概念。③2004 年白烨在《中国图书商报》发表评论,认为"从'新批评派'大师布鲁克斯等人的'反讽'是'所言非所指'以及由此派生的'克制叙述'、'夸大叙述'等来看,荆歌在《慌乱》一作里几乎是有意无意地运用了'反

---

① 王连生:《论反讽在中国近年小说中的呈现》,《当代作家评论》,1993 年第 3 期,第 91—93 页。

② 韦永恒:《论〈呼兰河传〉的艺术世界》,《南宁师专学报》(综合版),1994 年第 1 期,第 29 页。

③ 程国赋:《漫谈〈昆仑奴〉及其嬗变作品的叙事视角》,《古典文学知识》,1998 年第 2 期,第 44—47 页。

讽'的各种手法"。①该文并进一步分析了荆歌小说中的各种反讽。2010年丁哲的《反讽在〈华威先生〉中的艺术魅力》,用布鲁克斯的反讽理论来分析张天翼短篇小说《华威先生》。②

2011年唐晓云的《论方方小说〈白雾〉中的反讽艺术》,提及布鲁克斯对反讽的著名定义,即"反讽是语境对于一个陈述语的明显歪曲",其来源也是赵毅衡主编的《"新批评"文集》。③该文认为方方在《白雾》中,成功地运用人物、言语和情境等反讽手段。当然,其对悖论语言的理解出现了偏差。2012年张慧的硕士学位论文《以新批评视角分析〈雪国〉和〈边城〉》认为新批评的三个关键词是退特(艾伦·泰特)的"张力"、燕卜逊的"含混"和布鲁克斯的"惊奇",并采用这三个术语来分析川端康成的《雪国》和沈从文的《边城》。④由于跨国别研究,尤其是跨越三个以上国家的文学研究,难度较大,因此这方面的论文极少。而该论文跨越中、英、美、日四国的文学比较研究,更是极为罕见。

诗歌批评方面的论文,比较出色的是1997年张旭春的《反讽及反讽张力——比较研究李商隐和多恩诗歌风格的又一契机》。该论文运用平行比较研究,分析了李商隐和约翰·多恩两人反讽手法的不同特点及相同效果,认为布鲁克斯将悖论、反讽和张力的概念混淆,并提出自己的看法:"本质上悖论仅是反讽的一个属概念。……反讽是语言现象,张力是内在本质;反讽生成张力,张力支撑反讽。"⑤该文还较好地分析了多恩的《死神莫骄傲》及李商隐的几首诗,认为《北齐二首》⑥的成功之处就在于"其反讽性言说方式及其所生成的张力结构",⑦而在《日射》⑧中,是"以丽句写荒凉,以绮语寄感慨",运用了克制陈述的反讽手法。⑨

---

① 白烨:《平朴的魅力》,《中国图书商报》,2004年4月30日。

② 丁哲:《反讽在〈华威先生〉中的艺术魅力》,《文学界》(理论版),2010年第9期,第15页。

③ 唐晓云:《论方方小说〈白雾〉中的反讽艺术》,《小说评论》,2011年第2期,第74—77页。

④ 张慧:《以新批评视角分析〈雪国〉和〈边城〉》,辽宁师范大学硕士学位论文,2012年。

⑤ 张旭春:《反讽及反讽张力——比较研究李商隐和多恩诗歌风格的又一契机》,《四川外语学院学报》,1997年第1期,第20页。

⑥ 李商隐《北齐二首》(之一):"一笑相顷国便亡,何劳荆棘始堪伤。小怜玉体横陈夜,已报周师入晋阳。"

⑦ 张旭春:《反讽及反讽张力——比较研究李商隐和多恩诗歌风格的又一契机》,《四川外语学院学报》,1997年第1期,第21页。

⑧ 李商隐《日射》:"日射沙窗风舍扉,香罗试手春事违。回廊四合掩寂寞,碧鹦鹉对红蔷薇。"

⑨ 张旭春:《反讽及反讽张力——比较研究李商隐和多恩诗歌风格的又一契机》,《四川外语学院学报》,1997年第1期,第23页。

2005 年禹明华的《细读〈上校〉——新批评观念的解读》,借布鲁克斯等人的悖论、反讽等几个文学理论概念分析痖弦的诗歌《上校》,①较为粗陋。2007 年杨晓宇的硕士学位论文《西川诗的写作向度》的第三部分,以布鲁克斯的反讽诗学来分析中国现当代诗人西川,认为"在西川这里,反讽是与诗歌的'叙事化'相伴而生的"。②并认为西川在 1992 年以后"伪箴言"期的诗歌语言逐渐趋向于戏剧化。2008 年霍俊明的《悖论修辞与减速写作:李轻松诗歌论》,认为布鲁克斯的悖论理论非常符合 20 世纪 90 年代在城市工商业文明的物欲狂潮下,中国社会现实中个体的生存状态。而"李轻松的诗歌中存在着大量的悖论修辞的话语方式,而这种话语方式同时呈现了个人生活体验、想象方式、生存方式的某种尴尬、冲突。"③

散文批评方面的论文较少见,迄今只发现 2004 年仇敏的《细读〈废墟〉——新批评观念的解读》,利用布鲁克斯的悖论与反讽等理论对余秋雨的散文《废墟》进行细读。④当然,论文显得较为生硬和笨拙。

可以看出,在 20 世纪 90 年代之后,布鲁克斯诗学对中国大陆文学批评实践的影响明显加强,中国学者对运用布鲁克斯诗学进行中外文学批评实践的热情颇高,出现一大批相关的研究论文。当然由于涉及的范围大,人数多,层次不一。有些学者深得其理论要义,运用得相当出色,如颜元叔等人;也有部分学者是较为生硬地套用其反讽诗学。现阶段运用布鲁克斯的诗学来分析中外作家作品,较多集中在约翰·多恩的诗歌和福克纳的小说上,而较少用来分析戏剧;较常见的是分析某一国的文学作品,而较少有论文进行跨国文学的分析比较。因此,戏剧批评与跨国别文学比较研究,是今后运用布鲁克斯诗学进行批评实践亟待加强的领域和方向。

第三节　对中国文学教育、教学的影响

布鲁克斯诗学对中国的影响还表现在文学教育和教学方面,突出表现

---

① 禹明华:《细读〈上校〉——新批评观念的解读》,《邵阳学院学报》(社会科学版),2005 年第 4 期,第 88—89 页。

② 杨晓宇:《西川诗的写作向度》,河南大学硕士学位论文,2007 年,第 45 页。

③ 霍俊明:《悖论修辞与减速写作:李轻松诗歌论》,见《李轻松诗歌创作研讨会论文集》,2008 年 6 月,第 24 页。

④ 仇敏:《细读〈废墟〉——新批评观念的解读》,《湖南城市学院学报》,2004 年第 3 期,第 34—36 页。

为文本细读的教学理念与模式。当然，与其对中国的文学创作、理论与批评的影响一样，这种影响往往也是与整个新批评对中国文学教育与教学的影响混在一起的，很难将其明确地析出。

新批评的教学功能，曾经是被论敌攻击的一个把柄。如有论敌讽刺新批评是"师范事业"，因为有了一套固定标准，给学生的文章打分就像批改数学作业一样简便而机械了。①康拉德·艾肯(Conrad Aiken)在 1940 年也攻击布鲁克斯等新批评家总是以其"中学教师般的视野"看待诗行，赋予诗歌精确性，但是却带着课堂学习的乏味沉闷。②但时至今日，这却成为新批评的一项优势。威廉·E.凯恩在《剑桥美国文学史》第五卷《文学评论》中写道："新批评已沦为一种教学法实践，毕竟，新批评对于文本研究的关注程度成为该教学法经历了时间考验(且不容置疑)的特点，约翰·克劳·兰色姆(John Crowe Ransom)、克林斯·布鲁克斯(Cleanth Brooks)和其他人都为该教学法的发展作出了贡献。"③

对于新批评的教学功能，美国有学者总结道："新批评的方法的确具有可教授性，其要比迄今人们所发明的任何文学研究方法都易于教授。教师及其学生不需要任何特殊的教育背景就可以在课堂里开始文学研究工作。从第一天开始，教师和学生就可以阅读诗歌、对诗歌作出响应，就诗歌的语调、悖论、含混和意象等问题交流看法，并就文本中思想和感情的复杂程度见仁见智。教师和学生为一个共同的研究对象聚集在一起，共同开始对研究对象进行详细而敏感的解读。"④中国也有学者对此表示赞赏："'新批评'学派的出现大大削弱了传统的文学史在文学教学中的地位，把文学研究和教学从无穷尽的日期和相互影响中解放了出来，使评论能更集中于作品的

---

① A.G.Medici, "The Restless Ghost of the New Criticism: Review of Book The New Criticism and Contemporary Literary Theory: Connections and Continuities, edited by William J.Spurlin and Michael Fischer", *Style*, Vol.31, No.4(1997), pp.760—773.

② (美)威廉·E.凯恩:《南方人、平均地权论者和新批评现代评论机构》，见(美)萨克文·伯科维奇主编:《剑桥美国文学史》(第五卷)，马睿、陈贻彦、刘莉译，中央编译出版社 2009 年版，第 559 页。

③ (美)威廉·E.凯恩:《南方人、平均地权论者和新批评现代评论机构》，见(美)萨克文·伯科维奇主编:《剑桥美国文学史》(第五卷)，马睿、陈贻彦、刘莉译，中央编译出版社 2009 年版，第 350—351 页。哈佛大学萨克万·伯克维奇主编的《剑桥美国文学史》，译介至中国时，其中第五卷的译者将 Cleanth Brooks 翻译为克林斯·布鲁克斯，第八卷的译者将其翻译为克林思·布鲁克斯。

④ (美)威廉·E.凯恩:《南方人、平均地权论者和新批评现代评论机构》，见(美)萨克文·伯科维奇主编:《剑桥美国文学史》(第五卷)，马睿、陈贻彦、刘莉译，中央编译出版社 2009 年版，第 557 页。

本身。这是其积极的一面。"①当然，中外学者的都看到了新批评的教学方法的革新性，但是他们的说法也有一定的偏颇性，尤其是对布鲁克斯而言。因为布鲁克斯其实要求学生在进行诗歌分析之前，还是要具备一定的背景知识和学识素养。

新批评对中国教育教学的影响，据信可追溯到 20 世纪二三十年代，从叶公超在清华、北大等外文系授课时坚持文学本位起，到夏丏尊、范存忠等人对教学观念化的不满，再到新批评教学方法经由瑞恰慈、燕卜逊来华授课而正式引进，影响了王佐良、许国璋、李赋宁、杨周翰、穆旦、杜运燮、郑敏、袁可嘉等人。顾随以感受为主的讲诗法，可能受瑞恰慈、燕卜逊教学方法的影响；朱自清中西结合的文学教学法，吸收了新批评的文学细读法；王先霈的《文学文本细读法演录》，孙绍振的《名作细读：微观分析个案研究》、《文学创作学》和《文学性讲演录》等，都体现了微观分析的文本细读法，都是对文学教学方法的探索。②而在港台方面，新批评在教学方面也影响颇大："六七十年代的台湾，政府统治的政策以稳定为主，英美'新批评'的这套学说和主张，恰好符合当时的需求，加之颜元叔的推广，'新批评'轻而易举地进入文学院的教育体制内。"③中国那些受到新批评影响的批评家，由于大多数都在高校教学第一线从事教学科研工作，往往也会将新批评的文本细读等方法运用在课堂教学上，其影响自然不容小觑。赵毅衡曾不无感叹地说道："可能出乎许多文学学者的意料，当代文论还有重大的社会任务，即大学文科教学。"④而新批评正是其中承担大学文科教学，甚至包括中小学语文教学的不二之选。

至于要将新批评的这种影响具体落实到布鲁克斯头上，则较为不易。但是通过考察、挖掘史料，还是可以探寻到一些或直接或间接的证据。布鲁克斯很早就与中国的学者有一定的交集。如一些华人学者赴美求学，与布鲁克斯有接触，有的甚至直接受教于布鲁克斯，如李赋宁、夏志清、杨仁敬等。因此，布鲁克斯对中国的影响，尤其是对中国教育教学的影响，除了通过其被译介到中国的学术理论与教材而直接产生影响这一途径外，还有就

---

① 王长荣：《现代美国小说史》，上海外语教育出版社 1992 年版，第 320 页。
② 张惠：《"理论旅行"——"新批评"的中国化研究》，华中师范大学博士学位论文，2011 年，第 83—89 页。
③ 张惠：《"理论旅行"——"新批评"的中国化研究》，华中师范大学博士学位论文，2011 年，第 66 页。
④ 赵毅衡：《新中国六十年新批评研究》，《浙江大学学报》（人文社会科学版），2012 年第 1 期，第 146 页。

是通过影响李赋宁、杨仁敬、夏志清等人而影响到中国。

李赋宁曾回忆在耶鲁大学听布鲁克斯课的情景:"我也去旁听过布鲁克斯教授的课,更喜读他的书《精心制作的瓮》(The Well-Wrought Urn,1947)。我对新批评派的研究方法颇为欣赏。"①李赋宁在《蜜与蜡:西方文学阅读心得》中坦承,他自己在改革开放以来更重视作品形式的完美和艺术性,一贯重视语言分析和美学探讨,明显有受新批评影响的因素在里面。李赋宁先后执教于清华大学与北京大学,以其在中国大陆英美文学研究与教学领域的成就,影响自然极是深远。

中国大陆很多高校的中国现代文学课程,现在都采用了夏志清的《中国现代小说史》作为教材或参考书。夏志清的《中国现代小说史》对中国的现代文学研究与教学的影响,自然是不言而喻。当然,这本专著兼教材的影响力,先是在西方传播开来的。"一九六一年,夏志清开创性的、里程碑式的《中国现代小说史》出版,在西方学术界的影响不啻晴天惊雷:无论是广度上,还是原创性上,没有任何一部书(无论是哪种语言),包括普实克的书,可以与此书相比。……他展示了关于现代中国文学的独到观点,这些观点如今已成为我们的标准。……夏氏兄弟(夏济安与夏志清,引者注)的著作一起建立起了一个基准,以后所有的中国现代文学研究都必须以此为衡量标准。"②

而夏志清曾经深受布鲁克斯的影响。在北京大学任助教时,夏志清就曾在书店购买了布鲁克斯的《精致的瓮》,读后还借给燕卜逊看。在2005年的一次访谈中,夏志清本人就亲口承认受布鲁克斯的影响。他回忆自己在耶鲁大学曾受布鲁克斯教导的情景:

> 我早年专攻英诗,很早就佩服后来极盛一时的新批评的这些批评家。一九四六年底我到美国不久,就乘火车去专程拜访兰色姆教授。……兰色姆……把我介绍给了布鲁克斯,我才有机会来到耶鲁。……当时布鲁克斯才四十出头,已经很有名气了,他的《现代诗与传统》《精致的瓮》都已经出版,他和沃伦合编的《理解诗歌》《理解小说》都已经是大学里常见的教科书。我选了他的"二十世纪文学",上学期讨论海明威、福克纳、叶芝三个人,下学期讨论乔伊斯和艾略特。他指定我们每人读一本二十世纪名著,并且五六个人一个小组进行讨论。一般讨论每个

① 李赋宁:《蜜与蜡:西方文学阅读心得》,北京大学出版社1995年版,第179页。
② (美)李欧梵:《光明与黑暗之门——我对夏氏兄弟的敬意和感激》,季进、杭粉华译,《当代作家评论》,2007年第2期,第14—19页。

作家,布鲁克斯都是要学生先发表意见,可是《尤利西斯》难懂,我们根本说不出什么,所以只得由老师亲自讲授。我们每个人带一本现代文库本上课堂,老师讲到哪里,我们就翻到哪里,听他讲此页有哪个词语,哪个象征物又出现于某页某页,而说明其关联性。听了那几堂课真的得益匪浅,对老师的治学之细心,更是佩服。①

夏志清对自己的恩师布鲁克斯非常敬重,对其文学理论及教学方法也非常赞赏,并极力维护布鲁克斯的声誉。他对美国当下流行的后现代主义、后殖民之类的理论及奉行这类理论的批评家很是反感:"现在流行的这些美国批评家,你不要去学他们,都是在胡说八道。……什么萨义德,现在美国人捧得不得了,真是没什么道理。"对萨义德批评布鲁克斯,他也表达了自己的愤怒:"(萨义德,引者注)坏得很,你懂不懂? 我刚到哥伦比亚大学的时候,就读过他在《纽约时报·星期书评》上写的文章,骂两个人,一个兰色姆,一个布鲁克斯,尤其是大骂布鲁克斯。"夏志清认为,萨义德之所以骂布鲁克斯,是因为新批评的书当时很流行,引起萨义德的妒恨。夏志清说:"当时《纽约时报》请他评论布鲁克斯的一本文集和兰色姆的旧文新集,兰色姆影响、辈份都比他大得多,他还不太好意思大骂,可对布鲁克斯却是冷嘲热讽。布鲁克斯的这本论文集不是他最好的著作,但也不能这么大骂。布鲁克斯是我当年的老师,所以我非常生气,也就记住了这个坏人。"夏志清还告诫后学"不能只注重理论,如果只注意理论,可能不行。要自己读文本才能有发现,有贡献"。②

夏志清将布鲁克斯的文本细读法奉为"圣经",当作是创新的根本。在《中国现代小说史》中,夏志清实际上贯彻了布鲁克斯文本细读的方法。关于这一点,有论者早就注意到:"出身耶鲁英文系的夏志清长期浸润在英美文学中,他的理念渊源和精神内景,是布鲁克斯的新批评与李维斯的'大传统'。两者交织铸就了夏志清的批评精神和信念,使他得以以特立独行的眼界重估现代中国文学的价值。"③

---

① 季进:《对优美作品的发现与批评,永远是我的首要工作——夏志清先生访谈录》,《当代作家评论》,2005年第4期,第34页。
② 季进:《对优美作品的发现与批评,永远是我的首要工作——夏志清先生访谈录》,《当代作家评论》,2005年第4期,第35—36页。
③ 邱向峰:《洞见与偏狭——读夏志清〈中国现代小说史〉》,《滁州学院学报》,2008年第6期,第10页。

　　此外，布鲁克斯一向宣称文学不能为政治服务，文学不是政治的工具，文学批评亦然。作为布鲁克斯在耶鲁大学的学生，夏志清不可能不了解自己所敬佩的老师的理论倾向。布鲁克斯这种文学批评独立于政治意识形态的思想与行为，也可能影响到夏志清。"因为作者的主观意图很容易被政治意识形态所扭曲"，所以小说研究的客观真实要与作者的主观意图的"真诚"分开，而夏志清做到了这一点。众所周知，夏志清的意识形态立场与其文学立场是有区别的，他的政治思想从未影响他的文学鉴赏，"他对共产党和非共产党作家们一视同仁，采取同样的批评标准"。[①]夏志清对鲁迅、张爱玲等人的评价，并非像外界臆断带有主观偏见，事实证明他所做出的评价是完全公正的，且具有惊人的预见性。

　　夏志清的《中国现代小说史》对中国现代小说的评论，现在已经是深入人心，影响深远。因此，从某种程度上来说，布鲁克斯的一些文学批评思想，通过夏志清而影响到国人，这种影响是实实在在的，只不过大多数人没有意识到是来自新批评家布鲁克斯而已。当然，夏志清自己也说，他并不是只局限接收某一人、一个派别的思想与理论，因此他受到的影响并不只是布鲁克斯等新批评家。但是，从其在《中国现代小说史》中所运用的理论方法，其所持的文学批评立场来看，都深深地打上了文本细读、远离政治的布鲁克斯理论的烙印。因此，说布鲁克斯通过夏志清的《中国现代小说史》这一途径影响到中国的文学批评与教育教学，并不会显得牵强。

　　杨仁敬在《布鲁克斯教授为我答疑》一文中，生动详细地回忆了与布鲁克斯的一次会面。杨仁敬极其钦佩布鲁克斯的学识与教学上的成就，在哈佛求学时，老师丹尼尔·艾伦（Daniel Aaron）教授曾向他推荐布鲁克斯与人合著的教材《美国文学：作家与作品》。此书被列在博士生参考书目的第一本，属必读参考书。杨仁敬在读了布鲁克斯的《美国文学：作家与作品》之后，心生敬意，于是写信给布鲁克斯，希望拜访布鲁克斯，一个星期后就收到"热情洋溢的回信"。布鲁克斯表示"很乐意与一个来自伟大的中国的青年学者，一起探讨美国文学问题"。因此，在1981年7月初的一天，杨仁敬专程从哈佛去耶鲁拜访布鲁克斯。在耶鲁大学学生图书馆一楼大厅借书柜台附近，布鲁克斯与杨仁敬就《美国文学：作家与作品》、文本细读、悖论、反讽、张力及福克纳研究等学术问题畅

---

① （美）李欧梵：《光明与黑暗之门——我对夏氏兄弟的敬意和感激》，季进、杭粉华译，《当代作家评论》，2007年第2期，第15—16页。

谈了大半天。布鲁克斯的学识、人格魅力及和蔼热情的态度令其印象深刻。

　　寒暄了一阵之后,布鲁克斯教授像其他大教授一样,问我是否读过他写的和编的书? 新批评理论在中国的反应怎样? 不过,他的态度宽容得多,说话低声细语的,显得格外亲切。我的紧张和拘谨很快就消除了。我实事求是地一一回答了他的提问。他不停地点头,报以亲切的微笑,像是对我的鼓励。他虽已 75 岁高龄,但身体硬朗,精力充沛。表面上看,头发全白了,脸上似乎留下他勤奋的痕迹,身体瘦瘦结实的,穿着一套普通的白色西装,系着领带,步履轻快,脸上挂着微笑,毫无大教授的架子。

　　听了我的回答,布鲁克斯高兴地说,他很乐意跟我讨论任何共同感兴趣的问题。我们的谈话便从他和华伦合编的《美国文学》开始了。

　　……

　　"新批评派提倡'细读法'(Close reading),这个方法已为许多高校师生所接受。你觉得怎么样?"

　　"这倒是新批评家们的共识。二十年代瑞恰慈在剑桥大学教诗歌时,给学生发了隐去作者姓名的诗歌,请他们写出评论交回。结果发现一流的诗篇被评得一无是处,二三流诗作大受赞扬。这就暴露了诗歌评论中的问题。因此,他建议细读原著,改进教学方法,提高分辨能力。后来,他的《实用批评》一书传入美国,逐渐变成重视文本的'细读'。你要理解和欣赏一件艺术品,你就要仔细阅读文本,逐段逐句理解其语言特色,这样才能真正学进去。细读文本是评论的基础。久而久之,大家感到这个方法好,所以就广泛接受了。"

　　……借书柜的墙上传来 12 下钟声,布鲁克斯教授站起来说,时候不早了,他要请我去耶鲁教工俱乐部用餐。我礼貌地谢绝。他说已订好单间,不必推辞了。说罢,他拉着我的手往外走。他说俱乐部不远,走几分钟就到了。

　　用完午餐后,我想告辞。布鲁克斯教授说,别急,还有半个小时可再聊聊,他一般是下午 1 时半才午休的。我们又畅谈了好一会儿。他为我开了一份文学理论的书单。我们还一起合了影。我怕影响他休息,便起身告辞。他笑嘻嘻地说,"好吧! 我开车送你到汽车站!""请留步! 千万别送。我知道怎么到汽车站。谢谢你花了这么多时间为我答疑。请多保重!"

　　布鲁克斯教授站在俱乐部门口与我亲切地握手告别,直到我走到绿树荫下拐弯处时,仍远远地看到他挥手的身影……①

　　杨仁敬后来成为布鲁克斯在中国的忠实拥趸,深受文本细读法的影响。他长期执教于厦门大学,影响颇大。杨仁敬说他本人从布鲁克斯那里获益匪浅,并在若干年后认为,自己培养的英美文学博士生之所以能够获得耶鲁大学等外国专家的认可,相当一部分的原因是用了布鲁克斯的这本《美国文学:作家与作品》做教材。

　　1989 年史亮编选《新批评》时,与布鲁克斯也有过交往。布鲁克斯对《新批评》的编选篇目作了建议,并寄赠了相关材料,对此,史亮在该书的后记中表达了谢意。②

　　至于虽然没有直接与布鲁克斯交往,或者虽然有过交往,但是其交往未为学界所知的一些中国科研院校的学者或教师,也有不少人明确表示自己在教育与教学方面过布鲁克斯的著述或思想的影响。

　　据中国社会科学院的张金言回忆,在 20 世纪 50 年代,当他向燕卜逊讨教怎样学习英诗时,燕卜逊"毫不犹豫地让我到他家去,说有美国人写的入门书可以看看。……见面之后他便拿出克林思·布鲁克斯的《理解诗歌》(*Understanding Poetry*),还有一本介绍英美当代批评的书,借给我看。读后果然觉得眼界开阔,获益匪浅。从此我对当代西方文学批评产生了浓厚的兴趣,甚至可以说与它结下了不解之缘。回忆往事,这次拜访竟成了我一生学术兴趣的起点,对我的研究方向起了决定性的影响。"③张金言虽然是讲燕卜逊如何影响了他的学术,但是从其叙述中可以看出,布鲁克斯的《理解诗歌》对他的影响也是相当重要的。

　　张金言还回忆大约在 1964 年拜访钱锺书时,钱锺书谈及当时的西方文学批评,就提到"布鲁克斯(Cleanth Brooks)与维姆扎特(William K.Wimsatt)合著的《文学批评简史》(*A Short History of Literary Criticism*)一书

---

① 杨仁敬:《布鲁克斯教授为我答疑》,《中华读书报》,2003 年 8 月 20 日。
② 史亮说:"编者曾将所选篇目寄给韦勒克和布鲁克斯两位教授过目,得到他们的首肯。……难得的是,韦勒克教授、布鲁克斯教授和沃伦教授也为本书提出了各自的看法和建议,布鲁克斯教授和沃伦教授还热情地给编者寄来了宝贵材料,便书的内容更为充实。"见史亮编:《新批评》,四川文艺出版社 1989 年版,后记,第 356—357 页。
③ 张金言:《怀念燕卜逊先生》,《博览群书》,2004 年第 3 期,第 78 页。

中有几章写得很好"。①可见，钱锺书应该多少也受到布鲁克斯的一些影响，并有意识地将这种影响传达给后学。

颜元叔不仅是第一位将布鲁克斯与维姆萨特合著的《西洋文学批评史》译介至中国台湾的学者，而且在1963年从美国回台湾后，在台湾大学和淡江大学外文系讲授新批评，采用的教材也是布鲁克斯与人合著的《理解诗歌》、《理解小说》和《理解戏剧》。据颜元叔的《新批评学派的文学理论与手法》可知，这些教材在台湾影响深远，而且在20世纪60年代就有了翻印版，被台湾各个大学广泛采用。②后来颜元叔翻译的《西洋文学批评史》也成为教材之一。王润华也曾回忆道：我在一九六四年在台大对面书局买的，由Cleanth Brooks等人编的《小说导读》、《诗歌导读》与《戏剧导读》这三本教科书，我相信不少台大及台湾的学生受其启发而去走向现代派文学，它是台湾现代文学发展的里程碑。布鲁克斯对台湾的教育与教学的影响，由此可见一斑。

布鲁克斯逝世时，中国学术界在当年就发表过三百余字的唁讯："美国著名学者、批评家及福克纳研究专家克林斯·布鲁克斯于1994年5月10日逝世，终年87岁。布鲁克斯被誉为新一代南方作家的代表，其文学批评理论影响了一代人的文学观。……在他的葬礼上，文学界知名人士缅怀他的文学业绩，对他的成就和影响做出极高的评价。"③北京大学丁宁教授也曾撰文回忆1994年他在英国一所大学时所目睹的情景："是年，美国新批评主帅之一、耶鲁教授克林斯·布鲁克斯去也。那里文学系的教授们只默默剪下报章上一小块消息，贴在走廊上的通告栏里。不意连续好几天，数不清的学生和教师去那里肃立……我深信，写过《精制之瓮》、《理解诗歌》、《理解小说》等名著的布鲁克斯之所以今天赢得一代人的敬意，无疑与他对文学语言的'苦读细品'式的精深研究分不开，他或许就象不少人所认为的那样，为无数的人塑造了一种新的语言感。"④

北京师范大学陈太胜也表达过对布鲁克斯的赞赏："美国的新批评理论家布鲁克斯是我心仪的文学理论家的典范。他有一本对新批评贡献巨大的

---

① 张金言：《回忆钱锺书先生》，《博览群书》，2005年第2期，第60页。《文学批评简史》即《西洋文学批评史》。

② 参见颜元叔：《新批评学派的文学理论与手法》，《幼狮文艺》，1969年第2期。

③ 邵旭东：《美著名批评家布鲁克斯逝世》，《外国文学研究》，1994年第3期，第118页。

④ 丁宁：《朝拜语言的圣地——读童庆炳的〈文体与文体的创造〉》，《社会科学战线》，1995年第6期，第276页。

著作,叫《精致的瓮》(*The Well Wrought Urn*)。在我看来,这本书对整个20世纪文学理论的发展趋势来说都具有一种象征意义。在今天中国的文学研究氛围里,重提这本书,重新思考这本书所揭示出来的某种文学理论与文学批评的旨趣,也并不会是无意义的,相反,可能意义重大。"①他还呼吁一种综合的批评理论与实践:"它应该能够区分文学文本与非文学文本可能的界限,并能够游走在文本之内与文本之外的中间地带。"②

　　北京大学曹文轩以学者与作家的双重身份,也曾极为热情地表示了对布鲁克斯与沃伦合著的教材《理解小说》的惊喜:"二零零六年的秋天,我又与布鲁克斯和沃伦的《小说鉴赏》相遇。……使我感到了极大的欣慰。"③曹文轩批评中国当下的文学批评严重脱离文本,批评家当起思想家,追求文本之外的思想与理论的倾向。他认为在近几十年中国文学批评中,像布鲁克斯与沃伦在《小说鉴赏》中如此精微地解读小说已几乎绝迹。曹文轩表示:"《小说鉴赏》是美国大学的教材,中国的大学也应当有这样的教材。而对于普通读者而言,这样的书,可能更有助于他们掌握最理想也是最有效的阅读方式,从而使他们更确切地理解小说何为,直至最终抵达小说风景最为旖旎的腹地。"④

　　中国社会科学院文学所孟繁华曾在《中华读书报》上推荐五部经典作品,其中一部就是布鲁克斯与沃伦合著的《理解小说》。并认为《理解小说》中所提倡所教导的批评方法,是当下中国批评亟需的。"重要或喜欢的经典作品难以计数,但如果一定要推荐五部的话,我可能会说出下面的书目:《左传》、《三国演义》、《历史研究》、《文明的冲突与世界秩序的重建》、《小说鉴赏》。……《小说鉴赏》……是用新批评的理论和方法批评、鉴赏小说的经典之作。尤其在国内,批评越来越不对作品说话的时候,批评的尺度、标准和对小说的定义越来越模糊的时候,《小说鉴赏》的原则为我们提供了批评的范例或典范。重新提出细读小说,在这个时代应该是一个口号。这个口号就是由《小说鉴赏》提出的。"⑤这些学者虽然有的是从批评实践的角度来谈布鲁克斯对自己的启示,但是由于他们大多数是高校教师,必然会将这种影响渗透在其教学实践上。

①　陈太胜:《走向综合的批评理论与实践》,《文艺争鸣》,2005年第2期,第19页。
②　陈太胜:《走向综合的批评理论与实践》,《文艺争鸣》,2005年第2期,第22页。
③　曹文轩:《将小说放置在文学的天空下》,《名作欣赏》,2007年第1期,第135页。
④　曹文轩:《将小说放置在文学的天空下》,《名作欣赏》,2007年第1期,第136页。
⑤　孟繁华:《经典之所以伟大》,《中华读书报》2007年4月25日。

　　四川大学曹顺庆教授虽然没有明确表示受布鲁克斯的影响，但是他的教学方法，应该是中国传统的教学方法与新批评方法的结合，且取得了令人瞩目的成绩。布鲁克斯反对用散文化的语言对诗歌进行复述，认为这是一种"复述的邪说"。因为诗歌是一个严密不可分割的整体，是一个统一体，包括韵律、节奏、意象、音响等一系列元素的复杂的结合，构成了一个总体。复述不能够取代诗歌本身。布鲁克斯的这种主张，与中国传统教学方法中的背诵原文有相通的理论基础。曹顺庆主张元典教学，即提倡不用现代白话翻译注解的繁体字版本，如要求研究生学习"十三经"时直接采用清代阮元校勘的版本《十三经注疏》，背诵《文心雕龙》、《文赋》、《沧浪诗话》等古代文论。为什么要这样做呢？有人可能会认为这样做是复古，是浪费时间与精力。他们可能会提出一种更简便的方法：用现代汉语将古代文论的意思翻译过来，掌握了意思就可以，何必要拘泥于原文、甚至原文背诵呢？这样的看法表面上确实是有道理，但是，其实是一种错误的认识，是一种"邪说"，与布鲁克斯批评的"复述的邪说"犯了相类似的错误。曹顺庆曾提及他的导师杨明照拒绝某机构高薪聘请他将《文心雕龙》翻译成现代汉语的旧事。杨明照反对用现代白话译《文心雕龙》，认为中国传统经典、文论，翻译成现代汉语，就不再是原汁原味的经典与文论了，不管如何接近如何类似，都只能是一种替代品，失去了原著的滋味与神韵。这正如一首诗歌用散文复述后，已经不再是原来那首诗歌一样。布鲁克斯反对诗歌简化为散文内容，曹顺庆反对古典文论翻译成现代白话，道理是一样的。

　　曹顺庆在教学中提倡读"十三经"原典与诵读训练，其实在潜移默化中也培养了学生尊重中国传统文化经典的意识。中国传统文化宣称："君子有三畏：畏天命，畏大人，畏圣人之言。小人不知天命而不畏也，狎大人，侮圣人之言。"也就是说，有道德修养的人（当然，对君子的要求也还有艺术的修养，要能以"诗"而言酬应对）应该敬畏自然规律与秩序、敬畏权威与圣贤，敬畏传统与经典。这与新批评，尤其是美国南方派学者的旨趣是有内在相契之处的。尊重权威与传统，是两者相同的诉求。曹顺庆常被人称为文化保守主义者，可能也与其对中国传统文化经典的尊崇有关。

　　布鲁克斯对中国文学教育、教学的影响，不仅体现在大学文学教学上，其辐射力也到达一些中学的语文教学，具体表现为其文本细读理论对中国中小学语文课程的教学方法的影响上。如2006年孙绍振在《名作细读：微观分析个案研究》中主张语文阅读教学应该从文本本身出发，把文本的价值放在第一位,不能受庸俗社会学的影响。①这明显有布鲁克斯等新批评家提倡的细读理论的影子。虽然孙绍振近年来公开声明自己没有受新批评的影响,拒不承认自己是新批评细读的追随者,而是扎根中国本土理论资源②,但是这种声明值得怀疑,因为他的实际教学与研究所呈现出来的方法与模式,很明显是新批评文本细读的那一套。

2007 年李文吉的硕士学位论文《新批评与语文教学》,认为新批评的某些特质对语文教学有实质的意义。文中提及布鲁克斯的细读、悖论理论对大中小学的语文教学的"教是为了不教""低耗高效""少教多学"等悖论式的启示。③2008 年重庆外国语学校的中学语文教师李安全在《文本细读与经典阐释》中注意到,新批评的文本细读已经在中学教学中得到实施。④2009年浙江宁波的中学语文教师高丽娜的《儒者的"清明上河图"——〈沂水春风〉之文本细读》中透露的信息表明,浙江省中学语文教学也开始重视文本细读法。⑤2010 年胡晓云的硕士学位论文《初中语文阅读教学中文本细读法的运用》认为,布鲁克斯的文本细读法与当前中学语文课程改革的根本宗旨是对口的,经由孙绍振《名作细读:微观分析个案研究》中对文本细读的大量个案展示和影响,很多学校的语文教师开始将文本教学法融入了日常的教学当中。⑥这些论文虽然有的对布鲁克斯的诗学在理解上出现了一些偏差,但总体上反映出当下中国语文教育与教学方面的特点,可以一窥布鲁克斯细读理论对中国各级语文课程教学,尤其是中小学语文教学的

---

① 孙绍振:《名作细读》,上海青年教育出版社 2006 年版,第 123—124 页。

② 孙绍振:《美国新批评"细读"批判》,《中国比较文学》,2011 年第 2 期,第 82 页。孙绍振在该文中宣称:"从根本上来说,我的细读,是中国土生土长的,我的追求,是中国式的微观解密诗学,其根本不在西方文论的演绎,实践源头在中国的诗话词话和小说评点,师承了中国文论的文本中心传统。"

③ 李文吉:《新批评与语文教学》,华中师范大学硕士学位论文,2007 年,第 54 页。

④ 李安全:《文本细读与经典阐释》,《名作欣赏》,2008 年第 4 期,第 4 页。该论文指出:"《高中语文课程标准(试验)》就吸收并融合了'文本细读'的基本理念与方法。在语文教材中也借鉴并化用了文本细读的基本策略。比如,在高中语文教科书的课后'练习'中就有多次使用了'细读'的概念。"

⑤ 高丽娜:《儒者的"清明上河图"——〈沂水春风〉之文本细读》,《名作欣赏》2009 年第 3 期,第 28—30 页。该论文指出:"文本细读"就是将文本细读的一些具体的、有用的理念和策略深入到阅读教学的实践中去,复原文学经典所传达的经验,以求对文本做出深刻、个性化的阐释,实现经典文本的审美价值。并通过细读经典,"拓宽文化视野和思维空间,提高文化修养。……思考人生价值和时代精神,增强使命感和责任感,努力形成自己的思想、行为和准则。"

⑥ 胡晓云:《初中语文阅读教学中文本细读法的运用》,东北师范大学硕士学位论文,2010年,第 1—2 页。

巨大影响力。

第四节　被误读的布鲁克斯

一个外来的、异质的事物,在被译介、传播、接收的过程中必然会产生变异,与其本来属性或多或少产生偏离。或失落了一些它本身固有的属性,或增加了一些它本身没有的东西,或歪曲了它的本意,甚至完全与它的本意相悖。布鲁克斯诗学作为一种与中国传统诗学相对的他者,在译介、传播至中国的过程中,不可避免会发生变异,产生各种各样的误读。对布鲁克斯诗学在中国的误读和变异进行追踪和阐释,也是从另一个角度揭示布鲁克斯诗学对中国的影响。

中国学界很少把布鲁克斯单列出来专门论述,也就是说,一般是把布鲁克斯当作新批评这一整体中的一员而笼统地加以接受,并对其进行文化过滤。因此,中国学界对布鲁克斯的误读,是与对新批评的误读息息相关的。而对新批评在中国的误读与变异,已有较系统的梳理,如 2011 年张惠的博士学位论文《"理论旅行"——"新批评"的中国化研究》认为,国内学界一般误认为新批评是纯粹的形式主义、科学主义和非历史主义。[①]此外,中国学界对新批评的"内部研究"与"外部研究"、"意图谬见"与"感受谬见"、"文本细读"和"反讽"也存在误读。如韦勒克与奥斯汀·沃伦在《文学理论》(*Theory of Literature*)中将文学的内部研究定义为建立在语言结构基础上的文学本体研究,而刘再复、鲁枢元等人却将作家心理因素和读者的接受研究包含进文学的内部研究中,把文学的意识形态研究才当作是外部研究;维姆萨特与门罗·比尔兹利(Monroe Curtis Beardsley)的"意图谬误"与"感受谬误"理论,本义是反对将作者的意图或读者的感受作为文学批评的标准,而中国学界却误读为一切文学研究都应该将作者的创作意图和读者的感受排除在外,只关注语言结构与形式;新批评的文本细读强调以文本为中心,强调语境和文本的内部结构,而中国学界却将文本细读误读为封闭阅读、关注细节,或者在文本细读中注入读者的感悟参与;新批评的反讽是修辞意义上和艺术本体地位上的反讽,而中国学界对却经常将其向修辞学意

---

① 张惠:《"理论旅行"——"新批评"的中国化研究》,华中师范大学博士学位论文,2011 年,第 64—66 页。

义上的反讽滑动,或者向哲学和文化层面的反讽偏移。①

可以看出,除了对于新批评的反讽明显没有把握清楚外,该文观点并无多大的不妥。其实韦勒克早在《近代文学批评史》第六卷中,大致就是从这几个方面入手,为新批评进行辩护。韦勒克认为,新批评诞生的背景是反对当时美国所存在四种批评方式:印象式批评、人文主义批评、自然主义批评、马克思主义批评。新批评认为印象式批评主观随意,其他三种批评注重外部因素,都是脱离文学本身,不是纯粹的文学批评。新批评主张回归文本,使文本成为批评的中心,有点现象学的意味,即海德格尔所说的使文学的物性即语言本身得到显露。新批评取得了巨大的胜利,但是也遭到了四种主要的攻击:形式主义、非历史主义、科学化、教学手段。②这四种攻击大多是没有读过新批评派的著作,或是没有读懂的那些人所臆想出来的罪名。

在这种对新批评误读的大背景下,布鲁克斯自然也难逃被误读的命运,其理论在中国必然也会发生变异。本节拟先从对布鲁克斯译介的各种小失误开始,然后从对布鲁克斯反讽概念的理解,对布鲁克斯诗学与历史、形式主义和浪漫主义的关系等几个方面,论述中国学界对布鲁克斯诗学常见的几种误读。

一、对布鲁克斯译介的失误

中国学界对布鲁克斯的译介不仅零散片面,远不够全面,对其明显不够重视,而且有许多细节不够准确,甚至有的信息是错误的,更不要说其中的种种小疏漏或小失误。即使是一流学者赵毅衡,在其著作《新批评———一种独特的形式主义文论》及主编的《“新批评”文集》中,也有一个小小的瑕疵。书后附录《新批评派重要人物简传》中介绍布鲁克斯时,说他是“‘逃亡者’集团中比较年轻的成员(当时仅十五岁)”。③但是,翻阅国外的相关资料,却发现布鲁克斯其实从未参加“逃亡者”运动,只是后来和“逃亡者”成员关系密切,但那也是 20 世纪 30 年代中期的事情了。布鲁克斯甚至都没能成为“逃亡者”发展而来的“重农主义”最初的十二位成员之一。

---

① 张惠:《“理论旅行”——“新批评”的中国化研究》,华中师范大学博士学位论文,2011 年,第 90—103 页。
② (美)雷纳·韦勒克:《近代文学批评史》第 6 卷,杨自伍译,上海译文出版社 2005 年版,第 243 页。
③ 赵毅衡:《新批评———一种独特的形式主义文论》,中国社会科学出版社 1986 年版,第 234 页。

如杰伊·帕里尼(Jay Parini)主编的《美国作家》(*American Writers*, *Supplement XIV*, *Cleanth Brooks to Logan Pearsall Smith*: *A Collection of Literary Biographies*)载:

> 1922 年 4 月,这个团体开始出版一本诗歌杂志,他们称之为《逃亡者》。到 1925 年停刊时,这本杂志已赢得了国际性的声誉和几位著名的外围投稿者。然而,所有这些文学活动对于年轻的克林思·布鲁克斯来说,看起来像是"仍在远处闪烁的营火"。……如果说布鲁克斯进入梵得比太晚而未成为"逃亡者"的成员,那么他也错过了参与由十二位保护南方老式的重农主义传统、反对工业主义与文化同化威胁的南方人于 1930 年出版的论文集《我要表明我的态度》(*I'll Take My Stand*: *The South and the Agrarian Tradition*)。……虽然布鲁克斯不是这最初的十二位作家,但是到二十世纪三十年代中期,他成为更大的重农主义互助会的成员。①

可以看到,上述引文直接说了布鲁克斯不是"逃亡者"成员。查阅 1996 年出版的布鲁克斯的传记《布鲁克斯与现代批评的兴起》,亦未发现布鲁克斯在十五岁时就成为"逃亡者"成员的说法。因此,《"新批评"文集》中的说法可能有误。当然,这些史实性的失误似乎并不影响大局,但是从中也可以看出,对布鲁克斯的研究确实还有待深入。

赵毅衡 2012 年在《新中国六十年新批评研究》一文中对新中国新批评研究进行了出色的梳理与总结。当然,这篇视野宏阔、总结精辟的论文,在涉及布鲁克斯的《理解小说》译介进中国的时间问题上,出现一个小失误。②

李赋宁与布鲁克斯有过师生之谊,但是其回忆也有不够准确的地方。如他在《蜜与蜡:西方文学阅读心得》一书中说:

---

① Jay Parini, editor in Chief, *American Writers*, *Supplement XIV*, *Cleanth Brooks to Logan Pearsall Smith*: *A Collection of Literary Biographies*, Farmington Hills, Michigan: Scribner's Reference/The Gale Group, 2004, pp.2—4.

② 赵毅衡:《新中国六十年新批评研究》,《浙江大学学报》(人文社会科学版),2012 年第 1 期,第 143 页。赵毅衡在该文中说:"2004 年,外语教学与研究出版社出版了《理解诗歌》与《理解小说》的英文原本,看来是作为英语系的教材,后者后来由主万、冯亦代、草婴等著名翻译家译成中文,改题为《小说鉴赏》(世界图书出版公司 2008 年版)。"而《小说鉴赏》实际上 1986 年就翻译过来了,2008 年是中英文再版。

　　到了 1948 年秋,耶鲁大学才把新批评家克利安思·布鲁克斯聘请到校,有史以来第一次开设了"20 世纪文学"。……1982 年我重访耶鲁时,布鲁克斯已是 80 开外的老人,早已退休,但仍经常在图书馆看书。我很欣赏他的鹤发童颜,和他谈说 40 年代的事。他很想访问中国,但由于他年事已高,我国教委不同意邀请 80 岁以上老人来我国讲学,只好作罢。[①]

　　其实布鲁克斯是 1947 年到耶鲁大学任教,而非 1948 年;布鲁克斯生于 1906 年,1982 年时其年龄应为 76 岁,而非李赋宁所说的 80 多岁。

　　至于其他的一些学者,在译介布鲁克斯时存在一些疏忽更是难以避免。如邵维维在《论克林斯·布鲁克斯的诗学观》中说:"布鲁克斯……被翻译成中文的只有《西洋文学批评史》(颜元叔译,中国人民大学出版社,1987)"等三部,"遗憾的是,其最具盛名的《现代诗与传统》(*Modern Poetry and the Tradition*,1939)和《西方文学简史》(*Literary Criticism：A Short History*,1957)都未能翻译引进。"[②]该论者在此处明显没有弄清楚,颜元叔翻译的《西洋文学批评史》,其实就是布鲁克斯的《西方文学简史》(*Literary Criticism：A Short History*,1957)。《西洋文学批评史》和《西方文学简史》是布鲁克斯同一本著作的不同中文译名而已(当然,还有学者将其直接译为《文学批评简史》)。

　　周付玉的《〈喧嚣与骚动〉中反映的福克纳对南方女性的观点》(*A Study on Faulkner's Views on Southern Women as Reflected in The Sound and the Fury*),提到布鲁克斯关于福克纳研究的三部著作,不过对三部著作的年代有点混淆。[③]

　　当然,抛开所谓的学术规范与严谨问题,以上这些都是一些微不足道的小失误。指出这样的小失误,甚至让人觉得过于苛刻、过于吹毛求疵,但是这样的小失误,确实可以间接反映出中国学界对布鲁克斯的了解还有待加强。

---

① 李赋宁:《蜜与蜡:西方文学阅读心得》,北京大学出版社 1995 年版,第 179 页。
② 邵维维:《论克林斯·布鲁克斯的诗学观》,《兰州学刊》,2012 年第 12 期,第 82 页。
③ 周付玉:《〈喧嚣与骚动〉中反映的福克纳对南方女性的观点》(*A Study on Faulkner's Views on Southern Women as Reflected in The Sound and the Fury*),聊城大学英语语言文学硕士学位论文,2007 年。该论文将布鲁克斯的《隐藏的上帝》(*The Hidden God*)、《约克纳帕塔法郡》(*The Yoknapatawpha Country*)和《威廉·福克纳:朝向和超越约克纳帕塔法郡》(*William Faulkner：Toward Yoknapatawpha and Beyond*)都标作耶鲁大学出版社(New Haven：Yale University Press)1963 年出版,而实际上最后一本出版于 1978 年。

二、对反讽、悖论等术语的误读

对布鲁克斯的误读，与对其理论的运用一样，主要集中在对反讽、悖论等术语的理解上。布鲁克斯的反讽概念，不仅是一种语言修辞，还是一种包含人生态度、哲学、宗教、价值观等范围广泛的宏观的反讽，是一种对世界及其结构的认识与把握。①但是中国学界却常常各执一端，导致有意无意地在理解上出现了偏差。

李荣明的《文学中的悖论语言》对布鲁克斯的悖论理论进行了批判，认为布鲁克斯将悖论当作诗歌的本质存在逻辑缺陷，悖论产生于文学特有的真实论，但不是文学的本体特征。该文认为，布鲁克斯在《悖论语言》中，"虽然开始时他倾向于认为悖论是全部诗的特征，但逐渐地转而认为悖论只出现在伟大作品中；他对这一点的证明是一种反向的循环推断，即只要表现出悖论特征的就是伟大的作品，而伟大的作品必然表现出一种悖论的特征"。该文在注解中进一步批评："布鲁克斯的论证显然将全称判断和特称判断混淆起来了。如果存在不包含悖论的诗歌的话，根据他的结论，那些作品肯定不是伟大的诗，而根据他的前提，它们就不属于诗了。""布鲁克斯把悖论限定为诗歌的特征是一个武断"，小说中也有悖论，"悖论应是由特殊的真实观念决定的，而不是由文体决定的"。②这种指责，实在是欲加之罪，过于牵强，有为批判而批判、树立虚假靶子的倾向。布鲁克斯说所有的诗歌语言就是悖论语言，但没有说表现出悖论的特征的诗歌就是伟大的作品。同时，布鲁克斯也没有否定小说语言是悖论语言。该论文实际上将布鲁克斯的原意歪曲了。所谓真理向前一步就变成了谬误，布鲁克斯关于悖论的判断之所以会变成谬误，责任不在于布鲁克斯，却是在于该论文作者的过度阐发。

闫玉刚的《论反讽概念的历史流变与阐释维度》认为，布鲁克斯的反讽"只是停留在结构层面，实际上，它只不过是将语义学层面的反讽理论加以扩大使其变成为一种诗歌的普遍原则，而并没有牵涉到文学作品中作者的创作态度、作者与读者之间的关系、文学作品的意义指向等问题"，并指责布鲁克斯对语境的理解过于偏狭，"布鲁克斯的'语境'仅仅指文本中的上下文和情景语境。他对于文学作品的语言和结构方面的互文性过分强

---

① 布鲁克斯诗学中关于反讽、悖论和张力等概念的界定及其相互之间的关系，可参阅本书第一章"布鲁克斯诗学的主要理念"第二节"作为悖论的诗歌语言"。

② 李荣明：《文学中的悖论语言》，《中山大学学报》（社会科学版），2003年第4期，第50—55页。

调而对于文本产生的文化语境则完全漠视,这也是形式主义研究共同的弊端所在。"①这种批评是毫无根据的,布鲁克斯的反讽有一些类型其实是与哲学和文化的关系极为密切的,如浪漫反讽、牧歌式反讽、时间反讽、宗教反讽和悲剧反讽等。这明显也是由于该论文掌握的资料不全而轻率作出的错误判断。

孙绍振在《美国新批评"细读"批判》一文中对反讽的理解也仅限于修辞方面,因此得出一个不公正的判断:"总的来说,作为他们的理论代表,布鲁克斯对反讽和悖论的分析十分粗糙。……把一切与平常观感相异的,都笼而统之地说成是反讽十分牵强。其实反讽本来就是反语,字面意义和实际内涵相反。……反讽和悖论,只是一种修辞手段。"②该文还罗列出新批评的三个局限,一是个案分析式的举例说明不科学;二是没有注意到悖论和反讽不仅诗歌中有,在日常口语交流中同样存在这一事实;三是对悖论与反讽在散文、小说、诗歌中的区别视而不见。③由于对悖论与反讽理解的错误,导致其指责新批评在理论与方法上的局限也是可笑的。鉴于孙绍振在学界的地位与影响,尤其是在中小学语文教育与教学方面的影响,其对布鲁克斯等新批评家的误读,更要严肃、慎重地对待,并细加甄别。

三、对布鲁克斯形式主义和反历史主义的误读

新批评是形式主义吗？布鲁克斯是形式主义者吗？带着这些问题探寻、反思,可以发现中国学界对布鲁克斯的最主要的误读。

中国学界常常把布鲁克斯与艾略特、瑞恰慈、兰色姆、艾伦·泰特和罗伯特·潘·沃伦等新批评家放在一起,进行笼统含混的论述,认为布鲁克斯等人割裂了文本与作者、读者的联系,是文本中心主义者、唯美主义者和形式主义者。

1986年赵毅衡的专著《新批评——一种独特的形式主义文论》,对新批评和布鲁克斯等人发表的一些看法就值得商榷。如该专著认为:"在实在无法自圆其说时,新批评派经常采用一种机会主义的态度,就是说他们的之重视形式只是'纠偏'";④布鲁克斯分析文学作品时拒绝对历史背景

---

① 闫玉刚:《论反讽概念的历史流变与阐释维度》,《石家庄学院学报》,2005年第1期,第90—91页。
② 孙绍振:《美国新批评"细读"批判》,《中国比较文学》,2011年第2期,第68页。
③ 孙绍振:《美国新批评"细读"批判》,《中国比较文学》,2011年第2期,第72页。
④ 赵毅衡:《新批评——一种独特的形式主义文论》,中国社会科学出版社1986年版,第45页。

的了解；①布鲁克斯不像艾伦·泰特那样死守艺术无用论,在文学的社会效果上是一种"机会主义式的让步",导致无法自圆其说,是其理论中根本性的裂痕。②这些观点实际上是一种观念先行主义,即先行预设布鲁克斯等人是形式主义,然后在其论述中找出非形式主义的地方进行批判,这是有失公允的一种行为。鉴于赵毅衡在中国新批评研究领域开拓性与权威性,该专著可能也是造成中国三十余年对包括布鲁克斯在内的新批评家误读的源头之一。

　　1991年熊元义在《论"新批评"的文学本体论》一文中批评包括布鲁克斯在内的新批评的诗学是逃离现实斗争的形式主义,布鲁克斯的矛盾冲突论宣扬的是中庸调和,是一种折衷主义,"无原则地把内部互不联系而且根本上互相冲突的因素结合起来"。该论文认为,按照新批评这种中庸调和理论,"诗歌既不会促使你去反对霸权主义、殖民主义,也不会鼓舞你去支持人民群众的解放运动,最多不过让你感到这些压力有些不公平而已,不过这样的压力也会由它们自身的对立面,在世界其他某个地方与它们形成和谐的平衡。"因此,该论文认为包括布鲁克斯在内的新批评家与俄国形式主义是没有区别的:"'新批评'的文学本体论以文艺作品的形式为本体不但是形式主义的,而且是逃避现实斗争的避风港,在这一点上,'新批评'的文学本体论和俄国的形式主义文艺理论一脉相承,没有什么两样。"③

　　1992年王长荣在《现代美国小说史》一书中指责新批评是形式主义,割裂了文学与社会现实的联系:"'新批评'学派割断语言与社会的联系,完全从作品的形式上去分析各部分之间的相互联系。这就使文学作品反映与影响社会的功能得不到应有的评价。这样的评论就有陷入纯技术游戏的危险。这是'新批评'学派保守的一面。"④

　　1999年张首映主编的《西方二十世纪文论史》说:"新批评派反对对读者进行研究,认为这是'感受谬误',好像把作者与读者都抹煞掉,作品的世界才会凸现出来。……总之,为了在理论上突出树立作品及其形式为文学

---

① 赵毅衡说:"布鲁克斯的分析无疑是很精彩的,但此文恰恰证明了布鲁克斯想否定的东西:对历史的了解(不一定是对作者生平的了解)是我们研究作品的前提,布鲁克斯认为他从作品中找出的诗人对历史事件的态度,从而证明作品本身提供比历史背景研究更多的关于历史的材料,他没有意识到他是在作品中找到了他的历史假设的证据而已。"见赵毅衡:《新批评——一种独特的形式主义文论》,中国社会科学出版社1986年版,第84页。

② 赵毅衡:《新批评——一种独特的形式主义文论》,中国社会科学出版社1986年版,第102—103页。

③ 熊元义:《论"新批评"的文学本体论》,《社会科学家》,1991年第5期,第38—43页。

④ 王长荣:《现代美国小说史》,上海外语教育出版社1992年版,第320页。

学的本体对象,新批评派既把文艺学与心理学、社会学等分离开来,又把作者与读者统统抹煞掉,从而让作品及其形式显豁而独秀。"①

2009年徐克瑜的专著《诗歌文本细读艺术论》也依然还是如此指责布鲁克斯等人:

> 科林思·布鲁克斯曾经对新批评的特征作出过精辟的概括:①把文学批评从渊源研究中分离出来,使其脱离社会背景、思想历史、政治和社会效果,寻求不考虑"外在"因素的纯文学批评,只集中注意文学客体本身;②集中探讨作品的内在结构,不考虑作者的思想或读者的反应;③主张一种"有机的"文学理论,不赞成形式和内容的二元论观念。它集中探讨作品的词语与整个作品语境的关系,认为每个词对独特的语境都有其作用,并由它在语境中的地位而产生其意义;④强调对单个作品的细读,非常注意词语间的细微差别、修辞方式以及意义的微小差异,力图具体说明语境的统一性和作品的意义;⑤把文学与宗教和道德区分开来——这主要是因为新批评的许多支持者具有确定的宗教观而又不想把它放弃,也不想以它取代道德或文学。⑥作为新批评派的主将之一,布鲁克斯的这五点看法,是对新批评的理论观念和批评方法权威性的概括与描述。……简而言之,痴迷于文本研究,强行割断作品与作者和读者相互依存的文学命脉,无视文学与广阔的社会生活和历史文化背景的多重联系,是新批评最致命的局限。②

2011年孙绍振的《美国新批评"细读"批判》认为:"美国新批评的细读方法,把诗歌局限于修辞,把'悖论'和'反讽'概括为诗歌核心的规律。……他们将诗歌仅仅归结为修辞,拒绝作家意图和历史背景的参照,无视读者参与创造正是导致其理论自我窒息的根源。"③而该文将布鲁克斯视为美国新批评的理论代表,自然首当其冲在这种指责之列。

以上这些说法,存在两种不同层次的误读。首先,将新批评误读了形式主义。而实际上,新批评不是为艺术而艺术的唯美主义,也不是只关注文本的形式主义。新批评不相信法国人所说的"语言的牢笼"之类的思想,不认为诗歌是与现实脱离的,也不相信诗歌能创造一个现实。诗歌的整体性、自

---

① 张首映:《西方二十世纪文论史》,北京大学出版社1999年版,第156页。
② 徐克瑜:《诗歌文本细读艺术论》,甘肃人民出版社2009年版,第10—13页。
③ 孙绍振:《美国新批评"细读"批判》,《中国比较文学》,2011年第2期,第65页。

足性可能使它看起来像是一个独立的艺术世界,但是它必然与社会现实相关,必然指向现实。正如韦勒克的一个比喻:一幅画由色彩线条组成,被画框框住,好像自成了一个艺术世界。但是,在同时,这幅画也必然是指向现实中的风景、场景、人物。①新批评派也不是所谓的形式主义。虽然这一点大家都很疑惑,会产生误解,因为布鲁克斯还曾经公开承认自己就是形式主义者。但是,新批评派强调的是艺术作品的有机统一,强调内容和形式的有机结合,悖论、反讽,其实是一种意在言外的态度、感情,其实质是属于内容。

布鲁克斯在《文学的用处》(Uses of Literature)一文中说:"我们通常学习与我们相关的事物,和那些看起来好像是与我们相关的事物。我们可能会说,文学给予的知识总是价值结构世界的知识,而非数学家或物理学家抽象世界的知识,但是这个世界是用人类的术语构想的,这意味着戏剧性的构想。"②从这样的声明和一些论文如《〈尤利西斯〉中的乔伊斯:象征诗、传记、或小说》(Joyce in Ulysses: Symbolic Poem, Biography, or Novel)中,可以发现,布鲁克斯认为,诗人在他开始反映生动的现实之前,必须先剥离语言的死皮。因此,虽然不像马修·阿诺德一样相信诗歌是宗教的替代品,或者能把人类从毁灭中拯救出来,但是布鲁克斯仍然宣称诗人不能忽略文学的社会联系,文学命中注定是具体性的,植根于体验。布鲁克斯担心语言在科技时代的死亡,他说:"语言垂死的肉体可能产生精神的坏疽。文学的用处之一便是保持血液在国家组织内的循环。几乎没有比这更至关重要的功能了。"③可以看出,布鲁克斯认为文学与现实的关系非常密切。

其次,将布鲁克斯与其他新批评家放在一起,作为一个集体来论述,虽然这样处理的目的可能是为了突出他们作为新批评家的共性,但是却易使人误以为他们的观点是一致的。这些新批评家之间确实有很多相同点,但是也有差异,有的甚至截然相反。如布鲁克斯对兰色姆、艾略特等人的某些理论就持相反的意见。然而,国内学界却对布鲁克斯的这种差异不够重视,或者是没有真正分辨清楚,导致了误读。

在1981年与中国学者的一次谈话中,布鲁克斯曾明确地表达自己与其

---

① (美)雷纳·韦勒克:《近代文学批评史》第6卷,杨自伍译,上海译文出版社2009年版,第269页。

② Cleanth Brooks, "Uses of Literature", in *The Shaping Joy: Studies in the Writer's Craft*, London: Methuen & Co. Ltd., 1971, p.11.

③ Cleanth Brooks, *The Shaping Joy: Studies in the Writer's Craft*, London: Methuen & Co. Ltd., 1971, p.16.

他新批评家的观点有所不同，表示他并非不关心内容的形式主义者。

> （杨仁敬问：）"从《美国文学》来看，你在编写中将文学史和文学作品选读结合起来，写得很好。在评论作家和作品时，都有专节论及时代背景、社会变迁和文化思潮。不过，人们总以为新批评派强调艺术形式，忽略思想内容，更不注意时代背景。作为新批评派主要代表之一，你觉得如何？"
>
> "这个问题提得很好。"布鲁克斯教授笑着答道，"其实，这也许是对新批评派的误解。新批评派内部对作品内容与形式的关系是有不同的看法。你知道，我是主张有机论即整体论的。我认为文学作品的形式和内容是辩证的关系。文学作品首先是件艺术品，所以我们把艺术性放在第一位。但不否认思想内容的重要性。我提出的悖论和反讽，既是艺术技巧问题，又涉及了内容。年轻时我研究过黑格尔和马克思的辩证法，所以常常用辩证法来看待形式与内容的问题。《美国文学》就是一例。但在《理解诗歌》和《理解小说》里，重点则放在艺术分析。诗歌和小说自有它们的功能和特性，自有它们与现实的特殊联系。"①

在研究新批评的过程中，中国学者对布鲁克斯形式主义的误读，还常常与指责新批评的非历史主义倾向和文本中心主义联系在一起。如刘立辉的《语境结构和诗歌语义的扩散》从语义学的角度来批评布鲁克斯等人，认为他们在文学批评中排斥历史与心理因素。②黄琼的《英美新批评的批评》提及布鲁克斯，也只限于其悖论与反讽理论，对新批评的认识也停留在肤浅的层面，认为新批评是"极端的文本中心主义，彻底割裂文学研究与社会历史和文化、与作者和读者、与社会效果等等的联系"。③

事实上，虽然新批评家大都重视文本细读，但是，在批评实践中，没有多少新批评家反对使用历史的知识。新批评派根本就不是反历史主义者。他们反对的不是诗歌的历史性，而是十九世纪实证主义的历史溯源方法。他们反对的是学院派把诗歌研究变成一种文学史，反对学院派偏重考据、目录学而不作任何评判的态度。布鲁克斯在许多场合一再强调对诗歌的理解要借助历史和历史学家的帮助。布鲁克斯认为，诗歌不能存在真空中、与世隔绝，它存在于历

---

① 杨仁敬：《布鲁克斯教授为我答疑》，《中华读书报》，2003 年 8 月 20 日。
② 刘立辉：《语境结构和诗歌语义的扩散》，《外国文学评论》，1994 年第 2 期，第 33 页。
③ 黄琼：《英美新批评的批评》，《宿州学院学报》，2007 年第 4 期，第 54 页。

史之中。在对艾略特的《荒原》进行分析时,布鲁克斯就大量援引了历史文献与宗教传说等。布鲁克斯认为,《荒原》描述的是文明的毁灭,当然这种毁灭不是物理意义上的毁灭,如建筑坍塌于街道,政府办公室燃烧之类,而是精神上的毁灭——意图、意义和目的丧失。它是关于西方文明破碎、现代人的迷失的诗歌,因此毫不奇怪里面充满了对西方文化历史的引用,涉及大量对文化有影响的文献、文学和宗教,利用了一些在过去体现文化鲜明特征的伟大神话和原型。在初读时,可以以一种相对开放、天真和单纯的态度来对待这首诗,但是不能仅仅停留在字面的意思上。读者至少要了解一些传统的文学和宗教,如对基督教的《圣经》(*Bible*)和但丁的《神曲》等至少要比较熟悉。①

布鲁克斯明确指出《荒原》的标题与一位残废而衰弱的国王统治一片干枯土地的传说有关:"他的城堡矗立在河岸,他被称为渔王。这片土地的命运与它的主人的命运连接在一起。直到他痊愈之前,这片土地会一直被诅咒:牛不能繁殖,谷物不能生长。只有当一位骑士足够勇敢,来到这座城堡,并且询问向他展示的各种物品的含义,这种诅咒才能够被解除。"②

布鲁克斯还援引了杰西·韦斯顿(Jessie Laidlay Weston)的《从仪式到传奇》(*From Ritual to Romance*):"该书认为,渔王最初是植物神,在他临死时人们哀悼他的死亡,但是在春天时人们庆祝他的凯旋,庆祝自然生命的复兴。根据韦斯顿的说法,这种生育崇拜在欧洲广泛传播,这种神秘事物的主要传播者是士兵和叙利亚商人。渔王的故事后来在圣杯传说中被基督教化,令人联想到入会的仪式。候选人的勇气要经受前往危险教堂(Perilous Chapel)的旅行考验,在教堂周围,魔鬼似乎在周围嚎叫。此外,当这位候选人到渔王的城堡时,他必须主动寻求真理——必须寻求各种各样的象征的意义,使秘密教义被揭露出来。"③

布鲁克斯还发现艾略特引用《圣经》和但丁的《神曲》来形容当代世界的状态。布鲁克斯认为《以西结书》(*Ezekiel*)对《荒原》有相当大的影响。如《荒原》第一章"死者的葬仪"中的"人子"④一词,可能来自《以西结书》第2

---

① Cleanth Brooks & Robert Penn Warren, *Understanding Poetry*, Beijing: Foreign Language Teaching and Research Press, 2004, pp.306—307.

② Cleanth Brooks & Robert Penn Warren, *Understanding Poetry*, Beijing: Foreign Language Teaching and Research Press, 2004, p.307.

③ Cleanth Brooks & Robert Penn Warren, *Understanding Poetry*, Beijing: Foreign Language Teaching and Research Press, 2004, pp.307—308.

④ (美)布鲁克斯,华伦:《T.S.艾略特的〈荒原〉》,见(美)艾略特、奥登等:《英国现代诗选》,查良铮译,湖南人民出版社1985年版,第47页。

章里面的词语"人子"（Son of man）。

> 他对我说："人子啊，你站起来，我要和你说话。"他对我说话的时候，灵就进入我里面，使我站起来，我便听见那位对我说话的声音。他对我说："人子啊，我差你往悖逆的国民以色列人那里去。他们是悖逆我的，他们和他们的列祖违背我，直到今日。"①

布鲁克斯认为，尽管艾略特在附加的注释上没有提及《以西结书》第37章，但是它也对《荒原》产生了影响，因为先知在这一章描述了他的关于荒原的幻象——一个遍布骸骨的平原。

> 他对我说："人子啊，这些骸骨能复活吗？"我说："主耶和华啊，你是知道的。"他又对我说："你向这些骸骨发预言说：枯干的骸骨啊，要听耶和华的话。"②

《传道书》第12章也描述了一个干旱和噩梦的世界：

> 你趁着年幼，衰败的日子尚未来到，就是你所说，我毫无喜乐的那些年日未曾临近之先，当记念造你的主。不要等到日头、光明、月亮、星宿变为黑暗，雨后云彩反回；看守房屋的发颤，有力的屈身，推磨的稀少就止息；从窗户往外看的都昏暗，街门关闭，推磨的响声微小，雀鸟一叫。人就起来，歌唱的女子也都衰微。人怕高处，路上有惊慌；杏树开花，蚱蜢成为重担；人所愿的也都废掉，因为人归他永远的家，吊丧的在街上往来。银链折断，金罐破裂，瓶子在泉旁损坏，水轮在井口破烂；尘土仍归于地，灵仍归于赐灵的神。传道者说："虚空的虚空，凡事都是虚空。"③

布鲁克斯认为，这种幻象与《荒原》的第5章"雷说的话"描述的景象很相似，诗的各种细节似乎都由此而来。

此外，布鲁克斯还发现，现代的荒原也很像但丁的地狱。艾略特关于63行的注释，提示参考《地狱篇》第3章；第64行参考第4章。第3章描述

---

① 《新旧约全书·旧约》，中国基督教协会印发1989年版，第755页。
② 《新旧约全书·旧约》，中国基督教协会印发1989年版，第792页。
③ 《新旧约全书·旧约》，中国基督教协会印发1989年版，第627页。

那些在世界上"活得既没有赞美,也没有责备"的人。他们与那些"既不是反叛者,也不忠于上帝,而是为自己的"天使们分享地狱的前厅。①

布鲁克斯虽然说过"诗歌就应被当作诗歌来阅读——它所说的内容是作为一个问题提供给批评家来回答,任何的历史证据都不能判定诗歌说了些什么",但是他也强调:"批评家需要历史学家的帮助。"②

中国学界一般只知道布鲁克斯是形式主义或文本主义批评家,他的方法主要依赖于细读和尊重隐喻,把诗歌作为一个有机体来评论,主张文本细读,反对传记性和历史性材料的分析。诚然,这样的认识不能说是没有道理的。为了建立一种新的、更客观的批评方法,布鲁克斯早期作品倾向于将传记性和历史性知识的作用最小化。但是布鲁克斯后来已经开始认识到这些学识的重要性,并花了许多年的时间,以更正那种轻视传记和历史方法中的错误观念。虽然对批评和学识这两种行为作了区分,但是布鲁克斯自己在批评实践中却经常将两者融合。如在研究福克纳时,布鲁克斯就非常重视小说发生的社会历史环境。布鲁克斯在论述福克纳的《押沙龙,押沙龙!》时写道:"从精彩的侦探故事的视角来看,《押沙龙,押沙龙!》实际上是迄今为止福克纳几部相近类型中最好的一部。它可以视为小说家如何工作的极好的实例,因为施里夫(Shreve)和昆丁(Quentin)两人围绕着一些给定的事实建构似是而非的动机,较多地显示了小说家的洞察力和想象力……然而,最重要的是,《押沙龙,押沙龙!》是一篇关于大部分历史实际上是一种想象的重构这一论点的极富说服力的注解。"③也就是说,在小说批评中,布鲁克斯的眼光从未离开过社会历史。

A.沃尔顿·利茨教授曾明确指出:"布鲁克斯自身的南方背景,使他对驱动福克纳的小说的历史和种族问题异常敏感。他的三本书(《威廉·福克纳:约克纳帕塔法郡》、《威廉·福克纳:朝向并超越约克纳帕塔法郡》和《威廉·福克纳:初次邂逅》,引者注)是集知性与感性批评的模范。"④因此,可

① Cleanth Brooks & Robert Penn Warren, *Understanding Poetry*, Beijing: Foreign Language Teaching and Research Press, 2004, p.309.

② Cleanth Brooks, *The Well Wrought Urn*, Bloomington & London: Indiana University press, 1963, p.256.

③ Cleanth Brooks, *History and The Sense of Tragic*: Absalom, Absalom, Robert Penn Warren, ed., *Faulkner: A Collection of Essays*, Englewood Cliffs, N.J.: Prentice Hall, Inc., 1966, p.15.

④ A. Walton Litz, "Proceedings of the American Philosophical Society", Vol.140, No.1 (Mar., 1996), *American Philosophical Society*, pp.88—91.

以说,布鲁克斯从来都不是简单地反历史主义者,对于一篇文学作品的意义和优点,他只是想超越历史能够告诉读者的东西。

但是,中国学界对包括布鲁克斯在内的新批评根深蒂固的偏见与误读极为严重。这样的误读与偏见源于人云亦云和对最新学术研究成果的忽视,是一种愚昧加顽固不化的自以为是。对于明显表明新批评并非否定社会历史、作者意图及读者反应的证据,不愿正视,却对着一个虚无的靶子自说自话,显示出研究者浮躁的心态。

四、对布鲁克斯反浪漫主义的误读

中国学者一般认为布鲁克斯推崇玄学派与现代主义诗歌,反对浪漫主义。如赵毅衡就非常肯定地指出布鲁克斯对玄学派诗歌与现代主义诗歌的赞赏:"正如布鲁克斯的分析所证明的,如果'悖论语言'是诗歌必须用的语言,那末玄学派诗就是整部诗歌史的最高峰,而艾略特—兰色姆诗风就是现代诗中最佳作品。实际上布鲁克斯心里就是这样想的。"①

诚然,在早期作品中,布鲁克斯认为浪漫主义诗歌倾向把人类体验的复杂性过于简单化,缺少包容性和体验的复杂性,而玄学派和现代诗歌却在很大程度上具有这种品质。但是,他将浪漫主义的主观性理论成分与浪漫主义诗歌本身区分开来。通过与维姆萨特的合作,布鲁克斯对浪漫主义诗歌的隐喻结构有了更好的理解,即这种结构不是建立在明显的叙述上,而是建立在暗示上。因此,他对浪漫主义诗歌有了更深的欣赏,最终认为浪漫主义诗歌也具有"包容性"。布鲁克斯后期著作的主要特征,就是强调浪漫主义诗歌与之前的玄学派诗歌,尤其是与之后的现代诗歌拥有共同点。②可见,一般地指责布鲁克斯反浪漫主义,实际上也是一种误读。

以上归纳出来的几种具有代表性的误读,常常是混合在一起的,而不是单独出现。也就是说,对布鲁克斯理论的解读,很多时候是"一误再误"。在《寻找新批评》(*In Search of the New Criticism*)一文中,布鲁克斯认为包括自己在内的新批评派并非反历史主义,也并非否定作者的权威,相反,新批评家承认历史与作者的意图对理解作品有相当重要的作用,当然,这些并不能抹杀文本自身的呈现。在为自己做了一番辩护后,布鲁克斯再一次声明自己的信条,认为所有批评家的唯一的相同元素就是:对文学作品的特别

---

① 赵毅衡编选:《"新批评"文集》,中国社会科学出版社 1988 年版,第 314 页。

② Huey Sylveste Guagliardo, *Cleanth Brooks and the Romantics*, PH. D. Thesis, Louisiana State University, 1979, pp.1—2.

强调不同于对作家与读者的强调。①

　　由于对布鲁克斯理论掌握得不全面，对布鲁克斯研究得不深入，因此，中国学界对布鲁克斯及其理论的评判，常常出现前后矛盾的情况。如陈永国在为《精致的瓮》中译本所作的序言中说："基于这种语言观，布鲁克斯试图把文学批评变成一种'应用科学'，使它像科学一样严谨、准确、精细，具有分析性。这就要求从诗的本体入手，对诗的文本进行细读，也就是对具体的诗进行纯粹的形式分析，不受传记、历史、社会、宗教或道德的干扰。"②他接下来又说："其实，即便在贯穿《精致的瓮》全书所谓纯粹的文本'细读'中，布鲁克斯也从没有远离社会、宗教和历史。毋宁说，在理论上，他并不排斥文学的社会、政治、历史、心理以及传记研究，而只是在实践上专注于文学的文本分析而已。"③这样的短短两段话，前后意思令人费解。按本书的理解，前一段大致是认为布鲁克斯是反历史主义的，后一段又认为布鲁克斯理论上不是反历史主义的。那么他到底是不是反历史主义，其理论与批评实践是否存在矛盾？这些都令读者理不清头绪。为什么会出现这种现象呢？关键还是没有真正阐述清楚布鲁克斯的批评理论。

　　当然，这种误读的原因是多方面的。除了对布鲁克斯理论理解得不透彻外，还与当时的社会政治因素有关，与人们希冀用一种全新的方式来反思马克思主义、解构主义和文化研究等文学批评方法的急切心态有关。布鲁克斯及其理论被中国学界误读，在 20 世纪八九十年代，不一定就是坏事，因为这种误读对反拨社会政治倾向性过于严重的文学评价方式有积极的作用。布鲁克斯的反讽和文本细读等理论，在中国发生的变异，虽然往往有违其初衷与本意，但是这种变异，在某种程度上，对中国文学的创作、理论、批评、教育和教学等方面，都起到非常重要的作用。

　　然而，随着中国学界现阶段对新批评研究不断向纵深发展，对布鲁克斯及其理论的误读和变异，可能会妨碍学者作出正确的判断。因此，本书下一章将在更广阔的视域中，继续对布鲁克斯的诗学进行深入辨析，以正本清源，还其本来面貌。

---

① Cleanth Brooks, *Community*, *Religion*, *and Literature*, Columbia：University of Missouri Press，1995，p.8.

② 陈永国：《精制的瓮：〈精致的瓮〉（代译序）》，见（美）克林斯·布鲁克斯：《精致的瓮——诗歌结构研究》，郭乙瑶等译，上海人民出版社 2008 年版，第 5 页。

③ 陈永国：《精制的瓮：〈精致的瓮〉（代译序）》，见（美）克林斯·布鲁克斯：《精致的瓮——诗歌结构研究》，郭乙瑶等译，上海人民出版社 2008 年版，第 9—10 页。

第六章　对布鲁克斯诗学的反思

布鲁克斯一直被太多的人认为是形式主义者,无论他自己怎样辩解,好像都收效甚微。此外,布鲁克斯也一直被认为是反对马克思主义的代表,其理论与马克思主义格格不入。再次,在后现代解构主义、文化研究的趋势下,布鲁克斯的理论一度被指责为文本中心主义,脱离了社会现实的关照。本章将布鲁克斯诗学与形式主义、马克思主义和后现代主义诗学进行比较研究,对布鲁克斯的诗学进行多角度的反思,对那些关于布鲁克斯诗学似是而非的说法进行甄别、辨析,从不同层面来探讨布鲁克斯诗学的本质核心。

第一节　布鲁克斯与形式主义

形式主义有广义与狭义之分。形式主义泛指俄国形式主义、英美新批评和结构主义等重视文本与文学形式研究的批评范式,但一般特指 1914 年到 1916 年间,莫斯科大学和圣彼得堡大学的研究生组成的莫斯科语言学小组和诗歌语言研究会所提倡的文学阅读方式与理论。形式主义反对让文学变成哲学抽象化思维的产物和反映社会现实的工具,主张使用"科学研究"的方式来解读文学的"文学性"。形式主义认为文学的主题、场合、叙事手法的凸显等形式的设计是至关重要的;强调文学的语言是反成规的,是对普通语言和成规语言加以陌生化的过程。20 世纪 20 年代,重视社会现实的马克思主义文本阅读方式兴起,形式主义所宣称的文本自主性和非现实性受到抵制。但形式主义依然在 20 世纪 50 年代的欧洲产生巨大的反响,对布拉格语言学派以及法国结构主义的理论都有或直接或间接的影响。①本节

---

① 　廖炳惠编著:《关键词200:文学与批评研究的通用词汇编》,江苏教育出版社 2006 年版,第108—109 页。

将在与形式主义的比较视域中观照布鲁克斯的诗学,以对其作更深入的理解与反思。

国内外皆不乏学者对英美新批评与形式主义进行比较,认为两者都反对实证主义的文学考证,强调对文学自身的研究,把文学文本视为独立于作家与历史背景的研究对象。①两者之间也存在差异:新批评派基于折衷主义哲学立场力求调和文学与现实、理性与感性之间的对立,形式主义注重经验主义与科学主义等研究策略;新批评派强调文本的中心地位,形式主义强调文本的独立性。②应该承认,这种比较确实有一定的参考意义,但是,考虑到英美新批评与形式主义各自内部的分歧,不能不令人对这种宏观比较及其结论持怀疑态度。

新批评内部之间的歧异极为明显,在诸多关键问题上,布鲁克斯与新批评派的其他代表性人物如瑞恰慈、燕卜逊和兰色姆等人的思想有诸多不同之处。而形式主义内部之间更是分歧重重。以罗曼·雅各布森为代表的莫斯科语言学小组认为文学理论或者诗学,是语言学不可分割的一部分;而以什克洛夫斯基为代表的彼得堡诗歌语言研究会,从一开始就更加关注文学史问题,包括文学评价等等,而不那么注意语言问题。③如果涉及单个的批评家,情况就更为复杂。如尤里·特尼亚诺夫,他在一些方面与俄国形式主义的基本原则保持一致,但与其他形式主义者不同的地方也颇多。如他摒弃了"文学性"具有客观性和确定性的看法,提出每个文学系统都处于不断变化的状态中。他更愿意把文学视为一种结构,而非一种形式。④由于新批评与形式主义内部之间彼此主张都有不同,因此对英美国新批评与俄国形式主义之间同与异这样的宏观研究,大多都只能陷于泛泛而谈的境地,很难有具体深入的阐述。

有鉴于此,本节选取形式主义代表人物特尼亚诺夫来与布鲁克斯进行平行比较研究。两人虽然时空远隔,也没有证据表明两者之间有任何的直接影响关系,他们分别所属的运动思潮起源也不同,但是两人的文学理论有诸多的契合之处。对布鲁克斯与特尼亚诺夫的理论进行比较研究,作为一

---

① (英)安纳·杰弗森等:《西方现代文学理论概述与比较》,包华富等译,湖南文艺出版社1986年版,第67页。

② 胡燕春:《"英、美新批评派"研究》,中国社会科学出版社2010年版,第145—147页。

③ (荷兰)佛克马、易布思:《二十世纪文学理论》,林书武等译,生活·读书·新知三联书店1988年版,第13页。

④ Sandra Rosengrant, "The Theoretical Criticism of Jurij Tynjanov", *Comparative Literature*, 1980(4), pp.355—389.

个具体的个案,既有利于更好地突显布鲁克斯的诗学特点,也有助于进一步澄清英美新批评与俄国形式主义之间的同与异这样一个宏大的主题。

一、布鲁克斯与特尼亚诺夫理论的可比性

布鲁克斯与特尼亚诺夫两人最大的可比性在于理论的类同性。就大的范畴来说,无论是形式主义,还是新批评,一般来说,或者至少被认为都反对外部批评理论、重视文本分析。形式主义者和英美新批评家试图通过对文学特性的探索,将文学研究引向作品本身。形式主义和新批评两者都相信,存在统辖文学的法则,而且这种法则能够被科学地公式化。此外,布鲁克斯与特尼亚诺夫两人的理论焦点,都是集中在抒情诗上,都对分离和定义诗歌的特殊品性感兴趣,都希望通过诗歌这一体裁来揭示所有文学的批评准则,以建立能涵盖所有文学类型的一套标准;两人都把文学看作是语言根据特殊法则运行的结果,都将研究落脚点放在语言上,都重视整体结构的研究。这些相同点,至少保证了接下来的比较分析不至于陷入比附的尴尬。

二、布鲁克斯与特尼亚诺夫理论的相似点

布鲁克斯与特尼亚诺夫的理论,除了上面提及的那些相同点之外,还有诸多相似之处,如两者都坚持诗歌是有机统一体;诗歌中存在两种相对立的运动;诗歌的统一是动态的;诗歌的语言是非传统化的;两人都希望革新文学史;两人的诗学最终都趋向结构主义;两人的理论都具有一贯性。

(一)诗歌是有机统一体

布鲁克斯认为"每一个词语在诗歌中都起一定作用","好诗中每一个词都至关重要".[①]布鲁克斯将理论建立在把一首诗比喻为一株植物和一出戏剧的基础上。这种双重的类比提出这样一种观念,即把诗当作一个有机的客体和一个戏剧性的事物。植物的类比,在布鲁克斯的理论中构建了诗的有机属性,但是并没有说清诗歌特殊的语言属性。因此,他需要戏剧的类比,来使诗歌结构的概念更加完整。他说,诗歌中"所作的陈述语——包括那些看来象哲学概念式的陈述语——必须作为一出戏中的台词来念。它们的关联,它们的合适性,它们的修辞力量,甚至它们的意义都离不开它们所

---

① (美)克林思·布鲁克斯:《批评、历史和批评相对主义》,见克林思·布鲁克斯:《精致的瓮》,郭乙瑶等译,上海人民出版社2008年版,第204页。

植基的语境。"①如果诗是一出"小小的戏剧",那么词语就是被一位说话者说出来的,是一种话语形式,"每首诗都暗示了这首诗的一位说话者,或者是他自己的身份来写,或者是其他人,这首诗被安排他的嘴说出来。"②因而,读者期望与这位说话者的词语(这首诗)分享特定的语境和时间。

布鲁克斯的诗作为戏剧性结构的观念与特尼亚诺夫的诗作为动态系统的观念是一致的。特尼亚诺夫认为,作品的所有元素凭借语言功能相互关联、相互依存;要理解一个元素,就不能把它从作品中分离出来,因为它的意义视其在作品的文学传统系统中的功能而定。个别的作品是更大的整体中的一个功能部分,这个更大的整体是由所有的文学形成的系统。③

（二）诗歌中存在两种相对立的运动

布鲁克斯认为,诗歌结构的部分之间以一种"推力与反推力"(thrust and conterthrust)的模式相互关联;诗歌中的部分修订整体,并被整体所修订。特尼亚诺夫把语言通过声音、句法、韵律和词汇而导致一个结论的运动,称为"前进的"(progressive)运动;把语言返回到诗的语境中的运动,称为"回归的"(regressive)运动。导致读者回归到诗歌语言的策略,可能是格律,如声音的重复,或词语的并置,这些词语次要的或隐含的范围可能彼此相似,但是主要的词汇特征不同。所有这些元素,根据它们所形成的演说语境,可能执行前进的功能,也可能执行回归的功能。例如,当一个押韵的词语刚被介绍时,因为没有对应物,不能证明它是押韵的,因此没有延迟效果,此时它执行前进的功能;当一个词语与我们称为这首诗的格律的词语押韵时,大脑的注意力被导向这两个词语的关系上,因此被迫思考发生这种关系的结构,此时格律执行回归的功能。特尼亚诺夫认为,所有诗的整体结构可以被描述为由前进的—回归的语言运动组成。诗歌结构的"统一性"和"凝聚性"是前进的—回归的语言关系的功能。

布鲁克斯诗歌中的推力和反推力的运动,相当于特尼亚诺夫的前进的和回归的运动观念:前进的运动在一个意义层面持续进行,或者依靠一套传统(在布鲁克斯的理论中是诗的"推力"),直到一个词语或词组被用来阻碍

①　（美）克林思·布鲁克斯:《反讽——一种结构原则》,载赵毅衡编选:《"新批评"文集》,中国社会科学出版社1988年版,第337页。

②　Cleanth Brooks & Robert Penn Warren, *Understanding Poetry: An Anthology for College Students*, New York: Henry Holt and Company, Inc., 1938, p.23.

③　张冰:《蒂尼亚诺夫的动态语言结构文学观——〈文学事实〉评述》,《国外文学》,2008年第3期,第3—8页。

这种持续的运动,产生一种回归,使这首诗返回到一个更早的时刻(诗的"反推力"),因此,读者被迫用一种新的方式来看待最初的传统或传统的组合。

(三)诗歌的统一是动态的

布鲁克斯把诗当作是一种态度的结构,他坚持认为:"一首诗所独有的整体感(甚至于那些碰巧具有逻辑整体性和具有诗意的整体性)在于将各种态度统统纳入一个等级结构,使之附属于一个整体的、起主导作用的态度。"①通过"态度",布鲁克斯让大家了解到一种特殊的感受与情感的组合。布鲁克斯认为,诗统一相同的与不同的,但不是通过简单的进程,允许一个内涵取消另一个,也不是通过一个抽象的进程,缩减矛盾的态度以达到和谐。

特尼亚诺夫认为,语言与历史的关系密切,是一种动态的发展,而文学是由所有的语言形成的动态系统中的一部分。只有凭借语言的相关属性,才能将文学视作生命形式,否则只能把它理解为一个密封的、特殊的形式与物质的世界。文学理论如果想提供一种手段,将文学理解为一种特殊而普遍的人类表达形式,就必须把作品当作是一个动态的语言系统。特尼亚诺夫说:"作品的统一不是对称的、封闭的整体,而是展开的动态的完整;它的各个要素不是由等号或加号联系起来的,而是用动态的类比和整体化符号联系起来的。文学作品的形式应当被感觉为动态的形式。"②特尼亚诺夫指出,仅仅从静态的角度分析形式是不够的,必须把作品的形式视为不断演变、各因素相互作用的结果。如果形式中各因素相互作用与冲突的感觉消失了,艺术也就成了自动性的东西了。特尼亚诺夫的文学是一种动态系统的观点,是对"文学是什么"的一个大胆的回答。③

布鲁克斯对诗歌统一的描述,尽管是用不同的术语,与特尼亚诺夫诗的动态系统描述相一致,即主导属性通过支配其他元素,或组织性的结构原则,产生一种统一的语言关系系统的进程。布鲁克斯与特尼亚诺夫都认为诗歌的统一不是静态的,而是一种有机的、动态的统一,这种统一处于持续的运动中。这种统一不太像客体静止的和谐,而更类似演讲的戏剧性张力。

---

① (美)克林思·布鲁克斯:《释义异说》,见克林思·布鲁克斯:《精致的瓮》,郭乙瑶等译,上海人民出版社2008年版,第192页。

② (俄)蒂尼亚诺夫:《结构的概念》,见茨维坦·托多罗夫编选:《俄苏形式主义文论选》,蔡鸿滨译,中国社会科学出版社1989年版,第98页。

③ 张冰:《蒂尼亚诺夫的动态语言结构文学观——〈文学事实〉评述》,《国外文学》,2008年第3期,第3—8页。

（四）语言的非传统化

布鲁克斯将悖论和反讽当作语言非传统化的手段和进程。他认为,大量的现代诗之所以需要将悖论与反讽作为特殊的策略,是因为"共同承认的象征系统粉碎了";大家对普遍性持怀疑态度;广告术和大量生产的艺术,广播、电影、低级小说使语言本身腐败了。因此,为了使一个疲沓的、枯竭的语言重新获得生命力,使它再能有力地、准确地表达意义,就必须打破语言传统的局限,赋予语言以新的含义。①

特尼亚诺夫认为:"词没有一个确定的意义。它是变色龙,其中每一次所产生的不仅是不同的意味,而且有时是不同的色泽。实际上,'词'的抽象体就象一只杯子每次都重新按照它所纳入的词汇结构以及每种言语的自发力量所具有的功能而被装满。词仿佛是这些不同词汇结构和功能结构的横剖面。"②特尼亚诺夫将词语看作是一种传统,一种共享的形式。如果要创新,就必须对语言进行非传统化,即通过具体的使用而改变其传统意义与形式。如法国的娱乐小说(boulevard novel)这种处在边缘的文学形式故意戏仿严肃文学的语言,就是一种语言的非传统化。这种戏仿,使"旧的"形式在新的语境中获得新的功能。

布鲁克斯使用悖论作为非传统化的原则与特尼亚诺夫使用戏仿作为非传统化的原则是一致的:两种明显矛盾的语言特性被并置,通过这种方式,它们被统一,产生一种新的语言层面。悖论像在特尼亚诺夫的戏仿一样,建立在某种语言的不协调上;它通常是外延与内涵之间的一种不一致,或是主要的词汇特征与次级的词汇特征之间的不一致,通过诗歌语境而获得统一。

（五）革新文学史

布鲁克斯要求把"文学史通常关心的那种理解与对诗歌结构的理解区别开来",因为"文学史很少关心诗歌结构,但那对于真正的欣赏至关重要"。③他宣称:"新的文学史应该是一种真正的文学的历史。换句话说,它应该能够比过去的文学史更加贴切地解决文学结构和模式的问题。"④然而,布鲁克斯不是修改他自己的文学理论以容纳这种历史,而是呼吁一种新

---

① 赵毅衡编选:《"新批评"文集》,百花文艺出版社 2001 年版,第 390 页。

② (俄)尤里·梯尼亚诺夫:《诗歌中词的意义》,张惠军、方珊译,见(俄)维克托·什克洛夫斯基等:《俄国形式主义文论选》,方珊等译,生活·读书·新知三联书店 1989 年版,第 41 页。

③ (美)克林思·布鲁克斯:《批评、历史和批评相对主义》,见克林思·布鲁克斯:《精致的瓮》,郭乙瑶等译,上海人民出版社 2008 年版,第 211 页。

④ (美)克林思·布鲁克斯:《批评、历史和批评相对主义》,见克林思·布鲁克斯:《精致的瓮》,郭乙瑶等译,上海人民出版社 2008 年版,第 218 页。

的文学史。这对一种诗歌结构史的建议清楚地暗示了一种革新传统的观念。

特尼亚诺夫宣称："如果承认文学进化是系统中元素之间关系的变化，即元素功能和形式的变化，那么文学进化就可被看作是系统的'变化'。"[1] 特尼亚诺夫坚持认为，这种"变化"必须根据语言和传统的功能进行，因为这种功能允许感知并确认形式。根据特尼亚诺夫的作为进化的文学史观点，没有形式被永远丢失；由于语言的历史，所有的形式被作为一种可能性保留在语言中。例如，在颂诗占韵文形式主导地位的年代，其他的诗歌形式——已经被经典化了的那些形式——消退为背景，虽然它们在占统治地位形式的语言中还呈现出潜能。在形式和系统中持续发生"位移"（displacement）或转变，因此关于"文学的"观念同样被改变、被修订。特尼亚诺夫得出一个结论：文学形式的进化过程，是"修订"的过程。在此过程中，"文学性"不断被改变、被修订。

特尼亚诺夫的文学进化系统，可以被粗略地绘制为任一特定历史时刻的一个圆圈，位于圆心的是那个时代经典化的文类或节奏；位于圆周的是许多二级的和三级的形式，它们或者是从中心移到边缘的陈腐的形式，或者是还没有获得统治地位的新形式；这一圆圈之外的范围是特尼亚诺夫指定为"生活"与"实用语言"的广大领域。特尼亚诺夫认为："在任何体裁衰亡的时代——体裁从中心位移于周边，新的现象则从文学零碎，它的荒僻和低级之处跃上中心的位置（这就是维克多·什克洛夫斯基谈过的'小体裁经典化'现象）。"[2] 解经典化的形式向外移动到历史、传统和环境。当任何外围的形式开始向这个进化圈的中心移动时，解经典化的形式向外移动的进程也同时在运行。

布鲁克斯修订文学史概念的建议与特尼亚诺夫占主导地位的形式与次要形式循环的概念在原则上是相同的：当一种新的传统承担主导角色时，在特定时期很流行的一种作品的支配性传统（如巧智的传统），向文学进化圈的边缘（次要的非经典的文类，如讽刺诗和社交诗）移动。

（六）趋向结构主义

大多数批评家都承认布鲁克斯是新批评中提倡"有机体"或"结构"这一

---

[1]　Barbara Korpan Bundy, *Jurij Tynjanov and Cleanth Brooks: A Comparative Study in Russian Formalism and Anglo-American New Criticism*, Ph. D. Thesis, Indiana University, 1970, p.91.

[2]　(俄)尤·迪尼亚诺夫:《文学事实》,张冰译,《国外文学》,1996 年第 4 期,第 10—18 页。

脉系中最具代表性的理论家。①这一脉系更多地源自瑞恰慈和燕卜逊,而非艾略特或兰色姆。布鲁克斯的理论代表了新批评中的结构主义层面。莫瑞·克里格认为:"接近形式主义—结构主义方法的新批评版本是由克林思·布鲁克斯和罗伯特·潘·沃伦所代表的这种趋势。"②根据维克多·埃利希(Victor Erlich)的观点,这种版本"经常被描述为'有机的'——比泰特或兰色姆的理论更少充斥意识形态,比布拉克默尔或 T.S.艾略特的理论更具系统性或严格,……在许多关键的方面,与斯拉夫形式主义理论的后期阶段一致。"③

特尼亚诺夫的理论,被尤里·洛特曼专门挑出来,作为自己文学结构主义思想的先驱和现代结构主义语言学与文学理论的前辈。他发现特尼亚诺夫追求"结构诗学"的进程,调查"思想的结构,现实诗歌表达的结构;即语言艺术的结构",也就是说,是关于结构和思想之间关系的方案。埃利希评论说,"雅各布森—特尼亚诺夫表明或预示的立场,比起艾亨鲍姆(Boris Ejxenbaum)和什克洛夫斯基(Viktor Sklovskij)的影响,为俄国的新形式主义提供了更坚实的理论基础","文学进程作为一种'系统'的观点,即每一组成部分都有某种'结构性功能',以达到美学结构丰富的概念,这种观点在形式主义学说的捷克版本中扮演了至关重要的部分。"④前国际比较文学协会主席佛克马(Douwe Fokkema)也认为:"特尼亚诺夫和雅可布森在《文学研究和语言研究问题》一文中……总结了后期形式主义的主要立场,同时包含着捷克结构主义的某些初期思想"。⑤

在 1926 年至 1929 年形式主义运动末期,特尼亚诺夫的著作突出地表现出形式主义所产生的结构主义文学观:对渗透在早期形式主义思想中的

---

① 诺斯洛普·弗莱、肯尼思·伯克和布拉克默尔等人的理论都可以被称为新批评,他们都赞成文学文本作为一种自足性结构的状态,在对理论的"体系化"方面,也比布鲁克斯似乎要更成功,更接近文学"形式主义"的观点。上面提到的三位理论家,没有谁是关注到语言在文学中的作用可能是文学作品自足性结构的一种原因。布拉克默尔是三位里面最不系统化的,他关注文学策略,在这方面与早期的形式主义很一致;肯尼思·伯克关注形式,然而他主要的兴趣还是在文学形式的心理学,而非结构;弗莱,也许是最一致性、最系统性的理论家,但是他更倾向于认为文学结构的基础是神话结构,而非语言结构。

② Murray Krieger, *The New Apologists for Poetry*, Bloomington: Indiana University Press, 1963, p.125.

③ Victor Erlich, *Russian Formalism: History-Doctrine*, The Hague: Mouton, 1965, p.275.

④ Victor Erlich, *Russian Formalism: History-Doctrine*, The Hague: Mouton, 1965, p.135.

⑤ (荷兰)佛克马、易布思:《二十世纪文学理论》,林书武等译,生活·读书·新知三联书店1988 年版,第 12 页。

悖论和矛盾，很明显是最可行的理论解决方案。我国学者也一致将特尼亚诺夫与雅各布森合著的《文学和语言学的研究问题》看作是对形式主义的总结和向结构主义迈进的起点。[①]

（七）理论的一贯性

布鲁克斯与特尼亚诺夫都坚持理论的一贯性。有人曾这样评论布鲁克斯的地位："克林思·布鲁克斯的著作是有意义的，因为它不仅非常有影响，而且，尽管作者意识到它的局限性，直到最近，都一直坚持发展一种单独的、连贯的理论。从 20 世纪 20 年代以来，许多文学批评在理论上是不可靠的：它抛出理论与术语，然后迅速地否定、忽略它们。在另一方面，布鲁克斯的著作，阐明了理论一贯性的善与恶。"[②]布鲁克斯的诗歌理论，在后期受到众多的攻击与指责，但是他选择继续坚持原则，遵循这种理论的逻辑结论。[③]特尼亚诺夫在他那个时代的批评与理论家中，也是唯一追求理论一贯性的人。当遭遇政治的阻力时，什克洛夫斯基和艾亨鲍姆修改了他们最初关于文学自足性和文学研究科学的纲领和宣言，但是特尼亚诺夫选择在 1929 年之后拒绝出版著作，而不愿妥协他的理论立场。

三、布鲁克斯与特尼亚诺夫理论的不同点

虽然俄国形式主义与英美新批评都是对当时占主导地位的文学外部批评的否定反应，但是各自反对的外在批评是不同的。俄国形式主义者反对的是有悠久传统的 19 世纪的"功利主义"批评，这种功利主义批评的目标大部分是文学之外的。他们也反对象征主义者的批评法则。象征主义批评虽然直接与那些社会导向的功利主义批评相对立，但也是建立在作品外的标

---

① "雅可布逊与蒂尼亚诺夫合写的《文学和语言学的研究问题》一文，既可视为是形式派的总结，又可看作是捷克结构主义的理论纲领。由雅可布逊领导的布拉格语言学学派已于 1926 年在布拉格举行首次正式集会，蒂尼亚诺夫、托马舍夫斯基等人都参与过布拉格派的活动，这说明形式派已出现了向结构主义思想过渡的倾向。"见方珊：《形式主义文论》，山东教育出版社 1994 年版，第 28 页。"1928 年，蒂尼亚诺夫与雅各布森合作发表《文学和语言学研究问题》，强调'文学和语言科学是系统的科学'，这篇论文，'某种意义上正是形式主义与结构主义的分界，它在很好地总结了形式主义理论的同时，开启了结构主义的发展'。"见张冰：《蒂尼亚诺夫的动态语言结构文学观——〈文学事实〉评述》，《国外文学》，2008 年第 3 期，第 3—8 页。

② Lee T. Lemon, *The Partial Critics*, New York: Oxford University Press, 1965, p.139.

③ 当然，有学者认为，在 1960 年后新批评逐渐走下坡，布鲁克斯在诗歌批评中虽然仍然坚持以细读文本为中心，保持了一贯性，但是在小说批评中却作了让步，已经不再是以文本细读为特点的新批评，而是融合了作者、社会、历史背景研究和文本分析于一炉的综合性学术研究。

准上。比起俄国形式主义者，美国的新批评家公式倾向更主观，对术语的定义不够精确，这部分地是因为 19 世纪英国批评中强大的浪漫主义和印象主义传统。当然，布鲁克斯与特尼亚诺夫的理论除了各自所产生的背景不同之外，关键的不同还是在于各自的语言观。布鲁克斯对语言的历史不太重视；将诗歌语言与科学语言二分；解释诗歌时以情境为参考框架；重语义分析；认为诗歌是时空中的客体。而特尼亚诺夫认为语言天生具有历史属性，与历史是统一的；诗歌语言与科学语言统一；解释诗歌的参考框架以语言的逻辑为主；诗歌分析重在韵律与节奏；诗歌是一个动态的过程。这表明，布鲁克斯与俄国形式主义的异质性要大于类同性。

（一）语言与历史的关系

布鲁克斯认为语言是孤立在历史之外的，是一个封闭的系统；而特尼亚诺夫认为语言天生具有历史属性，与历史是统一的。

布鲁克斯将诗歌语言作为一种特殊的悖论话语，将其从普通语言中分离出来。这样一来，其实就抹杀了将诗歌语言作为与生俱来的历史来处理的可能性。他被迫将诗严密地封闭起来，与人类的一般表达隔离。布鲁克斯对"科学的"真理与"诗歌的"真理的区分，进一步将诗与人类知识隔离。这种区分是一个直率的坦白，即认为诗歌没有普遍的真理（知识），它的目标只是一种特殊的、"诗歌的"真理。语言的历史在布鲁克斯的系统中是外在于诗歌的。虽然在关于新文学史的建议中，他通过实践展示了诗歌传统是通过语言而进化的，因而诗歌语言的"词典"是整个语言系统，但是在理论上他没有将诗歌语言事实与其必要的史实性联接起来。

特尼亚诺夫认为，惯常的二元论导致批评家和语言学家将"诗歌的"与"实用的"或者"普通的"语言相对立，这是源自将"语境外的词语"与"语境中的词语"相分离的一种先验的二元论。特尼亚诺夫宣称，除了那些将语言解释为在真空中进化的理论家外，没有人会认为存在"语境外的词语"。"语境外的词语"本身是一种逻辑上的不可能，因为词语通过使用的传统产生历史，其自身不能否认这种传统。他说："句子之外的词是不存在的。孤立的词完全不是存在于句子之外的条件下来与句中之词相比较；它不过是处于其它的条件中罢了。在读一个孤立的'辞典'的词时，我们并非会得到一个'一般的词'，一个纯词汇学意义上的词，而仅仅得到一个与上下文要求的条件相比较的、处于新条件下的词。"①

---

① （俄）维克托·什克洛夫斯基等：《俄国形式主义文论选》，方珊等译，生活·读书·新知三联书店 1989 年版，第 41—42 页。

　　特尼亚诺夫认为诗歌语言是语言一般会采取的可能的形式；通过动态系统观及词语观来看，特尼亚诺夫强调了诗歌语言的历史属性。历史不是外在于诗的、被当作一种外部资源参考的某种事物，而是文学与生俱来的材料。在特尼亚诺夫的理论中，诗歌语言进化的独特的文学属性，是非诗歌语言系统的一种功能，与其在诗歌系统中一样多。通过拒绝一种先验的假定立场，特尼亚诺夫保持其理论的非评判性与形式性，也就是说，使其固定在文学结构的原则上。

　　特尼亚诺夫认为，文学的语言是历史性的，与社会密切相碰。因此，文学不可能远离社会历史。布鲁克斯因为并不反对历史的考察，但是重心始终不是放在历史上，认为承认历史性和社会环境的相对性，必然导致批评的相对主义。批评的相对主义是布鲁克斯不能容忍的。因为这将导致价值判断的丧失，最弱导致批评的衰亡，进而导致文学的衰亡。

　　布鲁克斯的诗作为戏剧性结构的观念与特尼亚诺夫的诗作为动态结构的观念，也存在一些差异。布鲁克斯称推力与反推力这两种基本运动的进程为反讽原则在诗歌语言中运行的结果，而特尼亚诺夫更倾向于严格的对组织性结构原则与次级语言元素之间关系的正式描述。虽然布鲁克斯在他的诗作为戏剧性演讲的观念中暗示，反讽原则必定涉及语言的历史，但是他没有像特尼亚诺夫从诗歌语言的自动功能（auto-function）和过失功能（sin-function）方面所做的那样，发展这种观念。

　　（二）诗歌语言与科学语言

　　布鲁克斯认为诗歌语言与科学语言二分；而特尼亚诺夫认为诗歌语言与科学语言统一。布鲁克斯延续由瑞恰慈介绍进来的科学话语与诗歌话语的二分法，而特尼亚诺夫没有将诗歌语言与实用语言对立起来。布鲁克斯进一步区分了科学家追寻的"真理"与诗人追寻的"真理"；"科学家的真理需要一种肃清任何悖论痕迹的语言；显然，诗人表明真理只能依靠悖论。"[1]在布鲁克斯的理论中，悖论既是一种特殊的文学策略，也是一种普遍的诗歌语言原则。虽然他经常把悖论当作是诗歌中一种主题的、或情境的层面，但是他对上面所有的都感兴趣，布鲁克斯认为，"悖论是从诗人语言的真正本质中涌出的"，诗人的语言"内涵和外延发挥着同样重大的作用"。这与科学家的语言属性截然相反，在科学家的语言中，外延比内涵扮演的角色更重要。

---

①　（美）克林思·布鲁克斯：《悖论的语言》，见克林思·布鲁克斯：《精致的瓮》，郭乙瑶等译，上海人民出版社 2008 年版，第 5 页。

布鲁克斯认为,科学的趋势是使语言稳定,而诗歌的趋势与之相反,是"破坏性"的:"这些措辞不断地彼此修改,于是违背了它们在字典中的意义。"①

当布鲁克斯说诗的陈述的散文释义并不构成这首诗的"诗歌的"本质时,特尼亚诺夫肯定会赞同,但是他会反驳这一论断,即科学和哲学话语的陈述构成了科学与哲学的本质方面,要超过释义对诗歌的本质构成的影响。他认为科学或哲学话语的结构是科学和哲学意义的内在的、有机的部分,像诗歌话语结构是诗歌的意义一样。特尼亚诺夫拒绝在他的理论中作二分法;他看出这代表的明显是一种错误的关于文学的陈述,只会导致一种无机的理论。尽管科学的命题由于它们的指涉属性与逻辑属性,能够"单独成立",但是非诗歌话语模式的统一,依靠与布鲁克斯声称的诗歌话语各部分相同的"戏剧性"结构的排列。

（三）语言二分法

布鲁克斯将语言二分为外延与内涵,认为内涵是诗歌与众不同的特征,外延是科学的特征。而特尼亚诺夫却引进主要的与次级的词汇语言特征的观念,以取代令人苦恼的内涵与外延的二分法。在《诗歌语言问题》(*The Problem of Verse Language*)中,特尼亚诺夫观察到,没有绝对固定意义的词,因为词语不能独立于语境来理解。然而,无论如何使用,每个词语意义的"主要属性"(primary attribute)总是能使人认识到这是同一个词语。作为一个"词汇单位",由于语境的不同,具有不同的"次级属性"(secondary attribute)。②

（四）诗歌的参考框架

布鲁克斯认为诗生成自身的形式和结构原则,选择的是对反讽策略的处理,涉及更多的是诗的情境;而特尼亚诺夫认为结构主要是语言的逻辑关系。

对布鲁克斯而言,诗生成自身的形式和结构原则。而在特尼亚诺夫的理论中,结构被认为主要是语言的,它的"逻辑"依靠语言关系。这两种方法的不同在于用来解释诗歌结构的参考框架。例如,特尼亚诺夫可能会严格地用正式的术语来表达在华兹华斯诗中生命与死亡、精神与尘世的关系,以作为"精神的"与"尘世的"这些词语的一个非惯例化的例子。而布鲁克斯选

---

① （美）克林思·布鲁克斯:《悖论的语言》,见克林思·布鲁克斯:《精致的瓮》,郭乙瑶等译,上海人民出版社2008年版,第11页。

② Sandra Rosengrant, "The Theoretical Criticism of Jurij Tynjanov", *Comparative Literature*, 1980(4), pp.362—363.

择的是对反讽策略的处理,涉及更多的是诗的情境,而非它的语言。

布鲁克斯解释诗歌时以情境为参考框架,重语义分析,认为诗歌是一个时空中的客体。而特尼亚诺夫解释诗歌的参考框架以语言的逻辑为主,诗歌分析重在其韵律与节奏,认为诗歌是一个动态的过程。

（五）语义与节奏

布鲁克斯重视诗歌语言的语义分析,而特尼亚诺夫更重视诗歌语言的韵律与节奏。关于这一点,有学者从宏观的学派之间的区别作过论述:“从语音、韵律、节奏、语法到语义等,形式派都有论述。他们不像英美新批评派重视语义,忽视语言的其它层面,因而形式派在文学与语言学的联姻上比英美新批评派更紧密,更全面。”[1]诚然,具体到个别批评家,这一论断也依然适用。如布鲁克斯在分析叶芝的《在学童中间》的最后一节时就利用了“劳作”(labour)一词的语义,既“是工作(work),也是分娩的阵痛(labour)”,因此“蕴含着降生隐喻的因素”。即对于没有生产痛苦的栗树来说,“劳作是鲜花开放”。[2]这样重视语义分析的例子在《精致的瓮》等著作中还有很多,而几乎很少看到布鲁克斯对韵律、节奏进行分析。

特尼亚诺夫则不同,他认为韵律是诗的结构性原则,并一再强调节拍、押韵、语音修辞或声音的重复等韵律元素的重要性。[3]他赞同德国心理学家威廉·冯特(Wilhelm Wundt)的看法,即“诗歌的”与“普通的”语言之间的差别,不是韵律法则在诗歌中占统治地位,而在散文中表现为表面的、或隐性的缺失;诗歌的语言之所以与普通的语言不同,更多的是在于“与这些词语和思想情感的语调保持节奏的一致”。[4]在此处,节奏被特尼亚诺夫理解为“重音的规律性”(accentual regularity)。

特尼亚诺夫认为,声学方法扩大了节奏的定义,超越了它的惯常的“重音韵律系统”(accentual metrical system)的意义,包含了诗歌中运行的声音原则质的方面。节奏因此被认为比韵律更宽泛,尽管有韵律偏差,也可以是诗歌。特尼亚诺夫认为,在诗歌的语义概念不断缩小的情况下,伴随而生的是对节奏定义的扩大。如有韵律学者认为节奏是声学占主导地位时令人愉

---

[1]　方珊:《形式主义文论》,山东教育出版社 1994 年版,第 38 页。

[2]　赵毅衡编选:《“新批评”文集》,百花文艺出版社 2001 年版,第 499 页。

[3]　Sandra Rosengrant, "The Theoretical Criticism of Jurij Tynjanov", *Comparative Literature*, 1980(4), pp.360—362.

[4]　Yuri Tynianov, *The Problem of Verse Language*, Michael Sosa & Brent Harvey, eds. and trans., Ann Arbor: Ardis, 1981, p.18.

悦的美学形式。特尼亚诺夫发现这种开放式的、模糊的节奏特性,对一种动态的文学观念极具价值:只有作品的所有元素或这些元素的主体同时行动,才能创造节奏;它们不必在同一个方向行动,甚至有些可能是相反的行动,当然这些必须由其他元素强烈的行动来补偿;在这种最常见的例子中,理想的节奏系统或多或少被遮蔽了;但是,在现实的情形中,创造节奏的艺术在于精确地使用对立的元素。由此看来,特尼亚诺夫的节奏的概念,摆脱了声学的狭隘范围,扩展到作品中所有其他的元素(当然也包括诗歌中词语的语义),与布鲁克斯的统一体、有机体、和谐、协调等概念有异曲同工之妙。

通过上述比较分析,可以发现,布鲁克斯与特尼亚诺夫,无论是理论气质,还是理论蕴含,都有大量的相同之处。两者的理论的孕育与产生都与诗歌有关;两者都是对文学外部理论的一种反拨;两者都试图将诗歌的独特性定位于语言。布鲁克斯的诗歌戏剧性结构,紧密平行于特尼亚诺夫的诗歌作为动态结构的观念。两种观念都源自文学作品是一种语言结构的理念,在这种结构中,所有的元素是相互关联的,没有一个是多余的;都认为诗歌语言的结构是有机的,它的统一是动态的、而非静止的;布鲁克斯把诗看作是推力与反推力这两种基本运动的统一,这种观念与特尼亚诺夫的作为前进的与回归的运动的一种解决方案的诗歌统一观念是相类似的。两者都主张诗歌语言是非传统化的,都具有循环的传统观,最终都趋向结构主义。

当然,两者的理论也存在一些差异。这些差异一方面是源自各自产生的理论背景的不同,但是根本性的原因还是在于两人语言观的不同。布鲁克斯认为语言是孤立在历史之外的,是一个封闭的系统;语言与世界是隔离的;诗歌语言与科学语言二分;词语二分为内涵与外延;解释诗歌时以情境为参考框架;重语义分析。而特尼亚诺夫认为语言天生具有历史属性,与历史是统一的;语言与外在世界统一;诗歌语言与科学语言统一;词语统一在其主要特征与次要特征中;解释诗歌的参考框架以语言的逻辑为主;诗歌分析重在其韵律与节奏。

布鲁克斯把诗看作是一个客体,像一个精致的瓮一样,同时存在于空间与时间;而特尼亚诺夫把诗看作是一个过程,像一个想象中的圆,存在于时间之中。布鲁克斯在一首诗分散压力的格局方面,将它的基本结构与建筑和绘画的结构相比较,然后又和芭蕾舞和作曲比较,也是通过时间顺序而展开的一种和解、平衡与协调的格局。也就是说,对布鲁克斯而言,明显"诗意"的诗歌结构同时是空间与时间的;诗歌的语言属性是时间的,即线性的,然而部分与整体的关系是空间的。这种把诗看作是一个客体的倾向,在特尼亚诺夫的理论中并不存在。特尼亚诺夫的动态的诗歌结构是严格的时间的,即语言的。

在某些方面,布鲁克斯的理论视野表现得更为广阔,更倾向于文本之外。如布鲁克斯诗歌中的推力和反推力的运动,与特尼亚诺夫的前进和回归的运动观念,根本的不同在于,布鲁克斯关注情境的反讽和陈述的反讽,而特尼亚诺夫只关注陈述的反讽;布鲁克斯分析诗歌的参考框架涉及更多的是诗的情境,而非语言逻辑;在分析诗歌时,布鲁克斯更重视诗歌语言的语义分析,而非韵律与节奏。而在涉及语言与历史的关系、语言与世界的关系等方面,特尼亚诺夫的理论视野要更开阔。

第二节　布鲁克斯与马克思主义

布鲁克斯与马克思主义的关系非常复杂,并不像人们想象中的那么简单。布鲁克斯并不反对马克思主义文论,他只是反对将马克思主义机械化与庸俗化,反对简单的社会决定论,反对把文学单纯地当作社会资料的记录、社会真相的揭发、社会计划的蓝图、宣传党八股的工具,反对不关注文学性。他的诗学与马克思主义文论有诸多相契之处,如都反对滥情主义、唯心主义和资本主义,承认文学的内容与形式、功利与审美的辩证关系,在关于文学与历史、社会现实、作者、读者的关系上看法也有相同点。

一、布鲁克斯与马克思主义:众说纷纭

马克思主义文艺理论十分丰富,且随着时代的变化而不断发展。如马克思和恩格斯(Friedrich Engels)等人相信文学能够反映社会经济基础的变化,匈牙利的马克思主义评论家卢卡奇(Ceorg Lukacs)、法国当代马克思主义文艺理论家吕西安·戈德曼(Lucien Goldmann)等人都采用这种"文学反映论"。法国马克思主义哲学家阿尔都塞(Louis Pierre Althusser)的"多元决定论"被认为是"因果的结构主义论",也仍然属于"文学反映论"。但是到了美国著名的马克思主义批评家和理论家弗里德里克·詹姆逊(Fredric Jameson)那里,情况就发生了很大的变化。詹姆逊的"政治无意识"概念,将"文学反映论"转换成一种折射的文学文化观。他揭露在"工具理性"的背后,文化被意识形态所操控,主张借由对"生命世界"的全面关怀,以"国族寓言"来传达政治无意识,进而改变个人与国族的命运。此外,他还

强调文化和经济有相对独立的自主性，并进一步将马克思主义具体化和文本化，解读小说文本透露的政治无意识和社会冲突，建构对未来社会历史想象的新格局，投射革命与解放的可能。①中国学界一般将马克思主义分为经典马克思主义、西方马克思主义与中国化马克思主义。本书在论述布鲁克斯与马克思主义的关系时，可能会涉及马克思主义的各种形态。由于经典马克思主义、西方马克思主义与中国新时期的马克思主义之间关系复杂，且非本书论述重点，因此不作细分，皆统称为马克思主义。

中外学界常常将布鲁克斯与其他的新批评家不加区分，笼统地称其是反马克思主义的，或者至少是对马克思主义极其冷漠，毫不关注。如中国学者大多认为，布鲁克斯的反讽诗学虽然值得借鉴，然而他是"作品本体论"者，"犯了文本崇拜的绝对化错误"，是割裂作品与现实生活关系的形式主义者。②而在特定的年代，马克思主义理论与形式主义在政治、思想与文化等方面都是对抗性的，在指导原则、方法论与价值取向上都难以兼容。③当然，这种说法并非空穴来风，国外也有这种论调，如雷纳·韦勒克就明确说过："布鲁克斯对待马克思主义文学理论非常冷淡。他认为马克思主义是一种说教主义的复兴，是应该被排斥在诗歌理论之外的。"④

然而，也有一些持相反意见的声音。如自称为马克思主义者的肯尼思·伯克，就认为布鲁克斯实际上与马克思主义有相通的地方，布鲁克斯本人在晚期的《威廉·福克纳：约克纳帕塔法郡》一书中所发表的议论，"不妨称为'社会学的'，甚至可以说是'马克思主义的'"。⑤

美国民主本土主义者认为新批评与马克思主义同属于极权阵营。阿尔弗雷德·卡津，作为一位试图在审美与社会问题之间维持平衡的纽约文化批评家，在1942年出版的《扎根本土》中，把南方形式主义看作是对美国文化中自由、民主等民族精神的攻击。当时美国刚加入反对希特勒（Adolf Hitler）的战争，血气方刚的卡津认为，作为20世纪30年代美国当时最主

---

① 廖炳惠编著：《关键词200：文学与批评研究的通用词汇编》，江苏教育出版社2006年版，第150—152页。

② 蒋道超，李平：《论克林斯·布鲁克斯的反讽诗学》，《外国文学评论》，1993年第2期。

③ 杨建刚：《形式主义与马克思主义——从对抗到对话的内在逻辑探析》，《文艺争鸣》，2008年第11期。

④ （美）雷纳·韦勒克：《近代文学批评史》第6卷，杨自伍译，上海译文出版社2009年版，第332页。

⑤ Kenneth Burke, *Language as Symbolic Action*: *Essays on Life*, *Literature*, *and Method*, Berkeley: University of California Press, 1966, p.486.

要的学派,马克思主义和南方形式主义都呈现出背离自由民主、在文学与文化领域制造危险的极化现象。因此,马克思主义和南方形式主义是极化现象的不同表现。卡津甚至认为这两个群体都是极权主义,都已经脱离了自由民主主义文化,其特征类似于当时的希特勒—斯大林协定。卡津认为包括布鲁克斯在内的南方形式主义与马克思主义都是一种伟大的文学神话。①卡津批评南方形式主义者不能向大众有效地传达实质性的问题,而只会不断地谈论形式。卡津认为,这是一种新古典主义者的姿态,表现出对世界不可言喻的厌恶,及对自身极度的自恋。他甚至抨击:新批评为了拯救他们的批评理论而怀疑一切进步;如果说罗马焚烧时,尼禄(Nero Claudius Drusus Germanicus)犹自优哉游哉,那么,可以说,当全欧洲都着火了,新批评还在玩文字游戏。

　　卡津等人为抛出其感悟式历史批评,故意抨击布鲁克斯等新批评家的形式主义和古典主义必然会与马克思主义一样走向极权主义,是基于其民族主义的激进姿态而作出的言过其辞的判断。历史早已证明这种判断的荒谬性,民主思想和多元文化依然是世界的主潮。但值得反思的是,一些学者认为布鲁克斯是反对马克思主义的,而这些学者为何会认为布鲁克斯及其所属的南方形式主义者与马克思主义有相通之处呢? 对于布鲁克斯与马克思主义的关系,到底哪种说法更可信呢?

二、布鲁克斯对马克思主义的主观态度

　　布鲁克斯非常清楚,马克思主义批评家抨击艾略特"沉溺于颓废思想","漠视历史与社会的真相,逃避于诗与纯粹美的象牙塔里",其实这也照样可以用来批评他。在与维姆萨特合著的《西洋文学批评史》中,布鲁克斯提及了俄国的社会主义学家普列汉诺夫(George Plekhanov)的《艺术与社会》(*Art and Society*),托洛茨基(Leon Trotsky)的《文学与革命》(*Literature and Revolution*),英国的考德威尔(Christopher Caudwell)的《幻觉与真相》(*Illusion and Reality*),也了解这些社会主义学家对现代艺术家与人生真相隔绝的批判,了解列宁(Vladimir Ilyich Lenin)等人呼吁艺术家走向战场的呐喊,了解马克思主义要求文学成为社会主义党务工作的一部分的要求。②

---

① Alfred Kazin, *On Native Grounds: An Interpretation of Modern Prose Literature*, New York: Harcourt Brace, 1942, pp.428—429.

② (美)卫姆塞特、布鲁克斯:《西洋文学批评史》,颜元叔译,台北志文出版社1975年版,第431页。普勒堪诺夫即普列汉诺夫。

布鲁克斯也确实表示过对马克思主义文学批评的不满。在《西洋文学批评史》中，布鲁克斯把马克思主义文学批评放在"真实的与社会的：艺术作为宣传"一章里论述。认为马克思主义文学批评属于社会学式的文学批评，这种批评将文学与社会政治、经济等因素联合起来考察，以剖析文学的外部动因。称马克思主义文学批评是把文学当作一种宣传、一种工具。向上溯源，与泰纳（Hippolyte Adolphe Taine）的种族、时代、环境决定论一样，是一种从历史时空走向文学的外部研究模式。更远一点，可从马修·阿诺德、雪莱，甚至古罗马贺拉斯（Quintus Horatius Flaccus）等人那里找到共同点，那就是重视文学对读者的作用，强调文学的实用、说教、道德等功利性质。布鲁克斯对此颇为微词，他曾表示："根据宣传主义的文学观来创造一套文学的研究法，这是不切实际的。"①

20世纪的马克思主义批评家在回顾俄国的别林斯基（V.G.Belinskiy）时，总是带着"虔诚的敬意"。布鲁克斯认为，别林斯基及其门徒杜勃罗留波夫（N.A.Dobrolyubov）等人提倡的将文学与政治经济、社会历史、道德说教联系起来的批评方法是一种写实主义。写实主义相对于脱离现实的浪漫主义来说，是有其进步意义的，因为它"显示了现代人的良心，关怀工人阶级的处境"。然而他却认为自然主义所表现的内容可能只是一种哲学图解，或者更接近于一种社会的精神，而与当时的社会真实却没有多大的关联。他认为，庇莎黎（Pisarey）主张毁灭纯粹美学、将美学简化为心理学与健康卫生的做法是"骇人听闻的"。②其措辞明显表达了对庇莎黎的不满。

布鲁克斯认为，列夫·托尔斯泰的思想与马克思主义有许多相近的地方。如他的《什么是艺术》（What Is Art?）宣传全人类皆兄弟的宗教情感，从马克思主义的观点来看，有其适应性。托尔斯泰批评莎士比亚只是在玩弄文字技巧，态度不诚恳，作品中的人物语言没有个性，表露出的价值倾向是讴歌封建贵族而鄙视劳工阶级。布鲁克斯却认为托尔斯泰误解了莎士比亚，并认为托尔斯泰主张艺术为社会改革进行引导宣传，这种立场，是以后俄国的马克思主义和20世纪二三十年代后期英美马克思批评家所一再重申的"单调沉重的要求"。而这些马克思主义文人，遵照唯物辩证论的哲学，对托尔斯泰的基本观点，"加以迹近疯狂的详细的规格"，得出两个要点：

---

① （美）卫姆塞特、布鲁克斯：《西洋文学批评史》，颜元叔译，台北志文出版社1975年版，第417页。

② （美）卫姆塞特、布鲁克斯：《西洋文学批评史》，颜元叔译，台北志文出版社1975年版，第422页。

"(一)强调阶级意识的宣传,革命性的说教主义,及共产国家的思想路线的细则。(二)同样强调艺术的决定主义的根源——过去各时代,艺术家与艺匠的经济与社会地位(普罗阶级,小资产阶级,假的小资产阶级,或贵族阶级)。"①从布鲁克斯"单调沉重的要求"、"加以迹近疯狂的详细的规格"等措辞可以看出,他对这种马克思主义批评方式是持保留意见的。

而且布鲁克斯十分不满一些马克思主义者与其他的社会主义者采取简单的社会决定论。布鲁克斯认为,由于这些机械的马克思主义者没有真正全面领会马克思主义,因此,常得出矛盾的结论。如英国经济学家凯恩斯(John Maynard Keynes)认为莎士比亚之所以能出现,是因为英国那个时代正处于经济繁荣时期,统治阶级觉得没有经济的顾虑,生活富裕轻松,欢快自由;而俄国的批评家卢那察尔斯基(Anatoli V.Lunacharsky)却持相反的意见,他认为莎士比亚是站在封建贵族的价值立场上,他看到在伊丽莎白时代,贵族阶级已经丧失了独尊的地位,于是萌生一种没落感,故此写出了他的众多的悲剧。②布鲁克斯认为,这是那些人没有重视马克思说的另一句至关重要的话,"关于艺术,大家知道,它的一定的繁盛时期决不是同社会的一般发展成比例的,因而也决不是同仿佛是社会组织的骨骼的物质基础的一般发展成比例的。"③其实,布鲁克斯反对机械的马克思主义,倒是在某种程度上与真正的马克思主义是相通的。如恩格斯就说过:"根据唯物史观,历史过程中的决定性因素归根到底是现实生活的生产和再生产。无论马克思或我都从来没有肯定过比这更多的东西。如果有人在这里加以歪曲,说经济因素是唯一决定性的因素,那么他就是把这个命题变成毫无内容的、抽象的、荒诞无稽的空话。"④

布鲁克斯认为,马克思主义的文学批评如果抛开那种"宣扬党八股的冲动",那么,还是可以作为一种有价值的历史文学观。他认为马克思主义的文学观在探讨文学起源方面,与其他研究文学的社会、经济渊源的学派很相似,但是,由于"每听命于那严厉的思想逻辑,把现代文学研究者常用的方法驱赶于不再有文学性的绝境去了。"布鲁克斯认为,马克思主义文学批评把

① (美)卫姆塞特、布鲁克斯:《西洋文学批评史》,颜元叔译,台北志文出版社1975年版,第430页。
② (美)卫姆塞特、布鲁克斯:《西洋文学批评史》,颜元叔译,台北志文出版社1975年版,第430页。蓝纳卡斯基即卢那察尔斯基。
③ 《马克思恩格斯选集》第2卷,人民出版社1995年版,第28页。
④ 《马克思恩格斯选集》第4卷,人民出版社1995年版,第695—696页。

文学单纯地当作社会资料的记录,社会真相的揭发,宣传党的纲领、路线与方针的工具,社会计划的蓝图;然而却不关注文学性,不信仰艺术,并且禁止抒情的呼声,个人的关系,个人的复杂的象征,客观冷静的沉思,和其他避免或超越极权体系下的社会责任的作为。认为在马克思主义之下,"社会本身'变成了艺术品'。"①

对于美国 20 世纪 30 年代经济衰退时期兴盛的马克思主义批评,布鲁克斯明显也没有表现出应有的重视。当然,美国这一时期的马克思主义,经常"并非指的是实际掌握马克思主义学说,而仅仅指的是笼统的反资本主义,同情工人阶级,仰慕俄国十月革命。"②在《西洋文学批评史》中,布鲁克斯对马克思主义批评家的介绍大都是极其简略,而且不是嘲讽他们的思想,就是强调他们非马克思主义的方面。如对美国 20 世纪 30 年代的左翼文学作家迈克尔·戈尔德(Michael Gold)、约瑟夫·佛里曼(Joseph Freeman)、维克多·卡文顿(Victor Francis Calverton)等人就一笔带过,认为他们的作品中充满毫无掩饰的全套马克思主义的思想;而沃浓·帕灵顿(Vernon Louis Parrington)的《美国思想的主流》(*Main Currents in American Thoughts*),也只不过是把马克思主义的经济决定论文饰为自由主义与"杰佛逊式";麦克斯·伊斯曼的文学感官论"多少是属于为艺术而艺术的传统";詹姆斯·法雷尔(James Thomas Farrell)"批评走党的路线所造成的过份的单纯的观点";埃德蒙·威尔逊"承认艺术家的社会责任",可能是因为"在神秘的象征主义中流连太久,而作出赎罪的手势";菲利普·拉夫(Philip Rahv),这位"脱颖而出的卓越批评家"③,不提他的《白脸人与红皮人》(*Paleface and Redskin*)、《美国写作中的经验崇拜》(*The Cult of Experience in American Writing*)、《神话与源泉》(*The Myth and the Powerhouse*)等马克思主义批评的典范之作,而是只提及他 1939 年对马克思主义进行反思的《普罗文学:一个政治的验尸》(*Proletarian Literature:A Political Autopsy*)。而对宣扬阶级斗争,用马克思主义观点评述内战以来的美国文学史的格兰维尔·希克斯更是丝毫未提。相对于同事兼好友雷

① (美)卫姆塞特、布鲁克斯:《西洋文学批评史》,颜元叔译,台北志文出版社 1975 年版,第432 页。

② (美)雷纳·韦勒克:《近代文学批评史》第 6 卷,杨自伍译,上海译文出版社 2009 年版,第154 页。

③ (美)雷纳·韦勒克:《近代文学批评史》第 6 卷,杨自伍译,上海译文出版社 2009 年版,第162 页。

纳·韦勒克在《近代文学批评史》第六卷论美国批评的表现,布鲁克斯对马克思主义批评家的态度显得更加冷淡。这也是布鲁克斯《西洋文学批评史》被人指责为学派倾向性太强的原因之一。

布鲁克斯批评马克思主义和其他与马克思主义关系密切的社会性批评,"从来没有真正注意文学和文学问题。"①他还引用了《党派评论》(*Partisan Review*)编辑的话,说"美国的普罗文学"问世伊始,他们收到的稿件大多是一些或"赞美"或"谩骂"的文字,而"不是冷静的分析",这些批评家只是把马克思主义当作一种"情感"来发泄,而不是将它看成一种"科学"。

布鲁克斯还认为,"以文学为宣传者之短浅视野",不可能解决"表达"与"传达"的结合问题。他援引西班牙哲学家奥特加·贾塞特(José Ortega y Gasset)的《群众之反抗》(*The Revolt of the Masses*)与《艺术的反人性化》(*The Dehumanization of Art*),来说明向群众传达个人的观点的困难。因为,一方面,群众压碎抛弃任何与自己"庸俗的头脑"不相合的、优秀的、个别的、精选的东西;而另一方面,现代艺术恰好是不通俗的,或者说反通俗的,总会是群众所反对的。"群众已习惯于统辖一切,觉得感官较为敏锐的知识贵族的新艺术,危害了他们为人的权利。无论新缪司出现于何处,群众总是怒目相向。"②布鲁克斯认为,马克思主义的决定主义与宣传色彩较强烈,这种文学批评"对于探讨艺术的通性(universality)与各别相(individuality)之关系,贡献是很微末的。"③

马克思主义批评家爱德温·伯格姆(Edwin Berry Burgum)在《诗的复杂性崇拜》(*The Cult of the Complex in Poetry*)一文中,对华兹华斯的抒情诗《她住在人迹不到的地方》进行了分析,认为这首诗包含各式各样的复杂性:诗中说话的人,意识到他自己的道德的孤立;露西原是个神经不正常的人;诗中所暗示的价值系统,是个社会变迁很快的时代的价值系统等。④布鲁克斯对这种分析十分不满,认为爱德温·伯格姆把诗的意义与一般的心理社会意义混为一谈,斩断了个别文学问题的一切讨论,否定了任何个别

① (美)卫姆塞特、布鲁克斯:《西洋文学批评史》,颜元叔译,台北志文出版社 1975 年版,第 433 页。
② (美)卫姆塞特、布鲁克斯:《西洋文学批评史》,颜元叔译,台北志文出版社 1975 年版,第 435 页。
③ (美)卫姆塞特、布鲁克斯:《西洋文学批评史》,颜元叔译,台北志文出版社 1975 年版,第 436 页。
④ E. B. Burgum, "The Cult of Complex in Poetry", *Science and Society*, 15(1951), pp.31—48.

文学问题的存在,把华兹华斯的露西诗,"只当做那时代的风俗习惯,道德观念,与价值判断的文献而已。"①

布鲁克斯认为,"那些更天真的马克思主义者所犯的错误,非常有讽刺性,来自拙劣而偏狭的诗歌解释。这些批评家的经济有了很大的变革,但是,其美学理论却根本没有变革。他们并没有比维多利亚时期的'信息猎狩'(message-hunting)和抹黑社团(Browning societies)进步多少。"②

布鲁克斯不赞同阿尔弗雷德·卡津在《扎根本土》中对形式主义者的抨击。他批评卡津在《内心深处的一页》(The Inmost Leaf)中的见解失之轻率,并怀疑艺术作品能对人类的生存产生重大的政治意义。并且认为,除了东方国家的自由主义者,没有人会对"艺术作品对人类生存有何意义"这样的问题产生兴趣。③

布鲁克斯认为,马克思主义批评模式在美国依然有市场,但是,"已不再是一个嚣张的文学信仰,而是一种根蒂深固的爱好(一种诺斯替式的乌托邦主义),在政治或文学的辩证过程的变化中,随时准备作新的努力。"④他认为,荣格式的(Jungian)或德国的"神话"(Myth)观念与半宗教的倾向,是马克思主义当时在美国社会的一种延伸。这也是暗示诺思洛普·弗莱的神话原型批评与弗里德里克·詹姆逊等人的后现代批评本质上还是一种社会批评模式,与马克思主义批评有千丝万缕的联系。

三、布鲁克斯与马克思主义的客观融合

马克思曾说过:"我们判断一个人不能以他对自己的看法为根据。"⑤判断一人与一事物的关系,也不能完全以他的主观态度为根据,而必须参照其客观行为所表现出来的真实状况。布鲁克斯在主观态度上对马克思主义确实保持一段距离,并且常常流露出一种精英知识分子的倨傲,表露出对马克思主义文学理论的不满。然而,在批评实践中,布鲁克斯的理论与马克思主

---

① (美)卫姆塞特、布鲁克斯:《西洋文学批评史》,颜元叔译,台北志文出版社 1975 年版,第 600 页。

② Cleanth Brooks, *Modern Poetry and the Tradition*, Chapel Hill: University of North Carolina Press, 1939, p.59.

③ Cleanth Brooks, "Review of Alfred Kazin's *The Inmost Leaf*", *New York Times Book Review*, 7(November 6, 1955), p.40.

④ (美)卫姆塞特、布鲁克斯:《西洋文学批评史》,颜元叔译,台北志文出版社 1975 年版,第 434 页。

⑤ 《马克思恩格斯选集》第 2 卷,人民出版社 1995 年版,第 33 页。

义却有较多的共同点，往往呈现出客观融合的态势。布鲁克斯与马克思主义相同或相近处，至少包括以下几点。

（一）反对浪漫主义、唯心主义和资本主义的意识形态

马克思曾表达了对浪漫主义的极端厌恶，认为浪漫主义是"虚伪的深奥，拜占庭式的夸张，感情的卖弄，色彩的变幻，文字的雕琢、矫揉造作、妄自尊大，总之，无论在形式上和在内容上，都是前所未有的谎言和大杂烩"。①布鲁克斯对浪漫主义的滥情很反感，在《现代诗与传统》中，对浪漫派诗人作了较多的批评。尤其是对雪莱，认为他"押韵不讲工整，信笔点染而且有时流于华美的比喻"，"抽象的概括与象征的混淆，以及宣传与想象力的洞见的混淆"。②可见，在反浪漫主义这一点上，布鲁克斯与经典马克思主义有共通之处。

马克思主义是彻底的唯物主义，与唯心主义有本质的、根源上的不同。在新批评阵营中，瑞恰慈在 1934 年发表的专著《柯勒律治论想象力》（Cole-ridge on Imagination）中，明确宣称自己是"一个唯物主义者"，并抨击浪漫主义诗人柯勒律治是"一个偏激的唯心主义者"。③兰色姆也多次表示必须要反对唯心主义。④布鲁克斯受瑞恰慈与兰色姆影响颇深，对柯勒律治推崇灵感与神秘也深表怀疑，反对浪漫主义宣传诗歌是"上帝的启示"这种唯心主义观点。因此，雷纳·韦勒克坚信布鲁克斯"决不是唯心主义者"。⑤虽然有些学者认为布鲁克斯等新批评家其实都是表面上反唯心主义，实际上其理论出发点是接近实在论或唯实论的"折衷主义的唯心主义"，但是，也不得不承认，新批评不同于一般的形式主义，并非认为文学、语言与现实完全脱离。⑥

众所周知，马克思主义的宗旨就是号召无产阶级起来，反对资本主义，做资产阶级的掘墓人，建立共产主义社会。布鲁克斯其实也表达了对现代

① 《马克思恩格斯全集》第 33 卷，人民出版社 1982 年版，第 102 页。

② Cleanth Brooks, *Modern Poetry and the Tradition*, Chapel Hill: University of North Carolina Press, 1939, p.257.

③ （美）雷纳·韦勒克：《近代文学批评史》第 6 卷，杨自伍译，上海译文出版社 2009 年版，第 348 页。

④ John Crowe Ransom, *Beating the Bushes: Selected Essays 1941—1970*, New York: Norton 1972, p.32.

⑤ （美）雷纳·韦勒克：《近代文学批评史》第 6 卷，杨自伍译，上海译文出版社 2009 年版，第 349 页。

⑥ 赵毅衡：《新批评——一种独特的形式主义文论》，中国社会科学出版社 1986 年版，第 22—23 页。

资本主义的厌恶。1930年,兰色姆等人撰写的《我要表明我的态度》的论文集中,旗帜鲜明地提倡"南方重农主义"(South Agrarianism),宣传美国南方传统的田园牧歌式的农业生活,反对现代资本主义工业社会对人性的异化。布鲁克斯的《对新教教会的请求》从宗教方面进行了响应。他认为资本主义的工业化,使科学占据主导地位,就连自由派新教也选择科学作为他们的认识论模式,正在摒弃超越的、超自然的信仰,犯了致命的错误。①虽然布鲁克斯的这种宗教观与马克思主义有一定的距离,但是其反对资本主义工业化的立场是不容置疑的。

马克思主义认为上层建筑都是一种意识形态。而新批评一般被认为仅仅是一种形式主义,远离意识形态、远离政治。其实这是一种误解,因为"没有鲜明的意识形态色彩,在大红背景上,无色彩本身就是浓重的色彩。"②正如赵毅衡一语道破,"形式主义不愿谈内容,不愿承认艺术与社会的关系,看来是躲在象牙之塔中的纯艺术家,实际上形式主义,和任何主义一样,一向是政治化的",新批评是"一种政治上保守的形式主义"(着重号为原作者所加,引者注)。③

马克思主义批评家伊格尔顿认为文学理论具有无可非议的政治倾向性,所谓"纯文学理论"只能是一种学术神话;新批评的意识形态是以美国南方的落后的农业经济来反对北方的工业化经济,以非理性的神秘主义来反对科学的理性主义,是一群保守的知识分子以诗歌为宗教,来抵挡资本主义工业对人的异化。④

(二)文学与历史、社会现实、作者、读者的关系⑤

马克思主义认为,文学与历史关系密切。如恩格斯就提倡文学创作要尽可能做到"较大的思想深度和意识到的历史内容,同莎士比亚剧作的情节的生动性和丰富性的完美的融合"。⑥也就是说,要对历史的因素十分重视。

---

① Jay Parini, editor in Chief, *American writers. Supplement XIV, Cleanth Brooks to Logan Pearsall Smith: a Collection of Literary Biographies*, Farmington Hills, Michigan: Scribner's Reference/The Gale Group, 2004, p.4.

② 赵毅衡:《反讽时代:形式论与文化批评》,复旦大学出版社2011年版,第147页。

③ 赵毅衡编选:《"新批评"文集》,百花文艺出版社2001年版,引言,第121—122页。

④ Terry Eagleton, *Literary Theory: An Introduction*, Maldon: Blackwell Publishers, 1996, pp.40—43.

⑤ 布鲁克斯对文学与历史、社会现实、作者、读者关系的态度,还可参阅本书第四章"布鲁克斯诗学的实践运用"第二节"小说批评实践"中的"三、文本之外:对社会环境、作者、读者的重视"。

⑥ 《马克思恩格斯选集》第4卷,人民出版社1995年第2版,第557—558页。

列宁也认为,即使像歌德与黑格尔那样伟大的人,也难于摆脱他们所生活的社会历史环境的影响,尽管他们"在各自的领域中都是奥林波斯山上的宙斯,但是两人都没有完全摆脱德国庸人的习气"。①而对文学作品的评价,恩格斯也认为,除了美学观点外,还要有史学观点,要把美学观点和史学观点结合起来,这才是评价作家与作品的"非常高的,即最高的标准"。②可见,马克思主义对历史、社会与文学的关系非常看重。

而布鲁克斯等新批评家常常被认为是非历史主义者,甚至是反历史主义者,这种观念是错误的。布鲁克斯本人一再抱怨自己被误解为不重视历史。他自我申辩对历史从来就没有贬低过:"请允许我再说一遍,我决不是说某一部作品的写作过程,作者生平的各种细节,欣赏趣味的历史发展,以及文学的程式和思潮的演变都明显地不值得研究探讨。"③在《精致的瓮》的前言,他也强调自己对历史并非漠视:"当我们从一首诗中找出其涉及的一切内容,找出其与所在文化间的一切联系以后,再看看是否还有什么东西和还有些什么样的东西。这便是我切记达到的目的。"④他生前出版的最后一本著作取名为《历史的证据与十七世纪诗歌阅读》,明显蕴含深意。

其实,布鲁克斯在牛津大学深造时,编辑过古文物学者托马斯·珀西(Thomas Percy)⑤主教的通信集。他的第一本著作《亚拉巴马州——乔治亚州方言与大不列颠的地方方言的关系》是论美国南方各州语音源自英国德文郡(Devon)、多塞特郡(Dorset)和苏塞克斯郡(Sussex)等地的方言。这些学术活动表明,他对历史性的考据与研究其实非常重视,也有专业的历史学养。

在诗歌分析的实践中,布鲁克斯也非常重视历史的影响,他从来就不希望能"在一种历史真空条件下解释诗篇"。他认为只有理解特定的历史环

① 《马克思恩格斯选集》第4卷,人民出版社1995年第2版,第218—219页。
② 《马克思恩格斯选集》第4卷,人民出版社1995年第2版,第561页。
③ (美)克林斯·布鲁克斯:《新批评》,周敦仁译,见赵毅衡编选:《"新批评"文集》,百花文艺出版社2001年版,第603页。
④ (美)克林斯·布鲁克斯:《新批评》,周敦仁译,见赵毅衡编选:《"新批评"文集》,百花文艺出版社2001年版,第598页。
⑤ 爱尔兰德洛莫主教,爱好文学,业余收藏古文物。1757年,他在友人家发现一册十七世纪的手稿,内有192首诗,大部分是中古歌谣,托马斯·珀西采用了这部手稿的四分之一,又从其他来源收集更多的作品,对古歌谣加以润饰,于1765年出版古诗《故事拾零》(Reliques of Ancient English Poetry),这部作品最有价值的部分在于它收集了部分快要遗失的古英格兰和苏格兰民谣,促进了英国浪漫主义的到来。

境,才能准确地理解一首诗篇。正如他在分析安德鲁·马维尔的《贺拉斯体颂歌:克伦威尔从爱尔兰归来》时所做的那样,历史环境的剖析与诗篇内容的理解密不可分。他说:"这首杰出的诗歌非常适合来证明对诗歌的评判要求历史学家和文学批评家共同的关注。这首颂歌明显沐浴在那个时期的历史中,正确的历史知识对我们理解这首诗歌是绝对必要的。"①

在布鲁克斯看来,诗篇不可能与外部现实割裂。因为诗篇是由词语组成的,而词语的意义要受语言环境的制约与影响。换句话说,只有在传统的语言环境中,词语才能得到理解,从而诗篇才能得到理解。而且,不同的历史时期,词语的意义也会产生变化,因此,对诗篇的理解,还受当时社会现实的制约。

有人抨击新批评派将文学与现实割裂开来,布鲁克斯辩解说这是一种误解。他赞成诗歌能够给读者提供的是一种"完整的知识",真正的诗歌是"感情体验的再现"。他甚至不承认新批评派"把现实降低到无足轻重的小伙计地位",而是认为许多新批评家"实在都很重视现实"。②布鲁克斯曾明确表示,自己赞同维姆萨特关于文学与生活之间关系密切的看法:"我与维姆萨特合作了《西洋文学批评史》。近来我正在阅读后记——大部分是由维姆萨特所作,并思考我为何不引导人们去这样做呢?因为我的观点,关于文学与生活的联系,我认为比尔阐述得非常精彩,我完全赞同他在此处所说的。"③布鲁克斯相信文学与现实虽然并非等同,存在区别,但是文学终究是现实的反映。在《理解小说》中,布鲁克斯说:

> 当我们阅读一篇小说时,我们便从日常现实生活领域转入一个想象的生活领域。但是,那个想象的生活领域又是由某个作家根据他个人的现实生活领域创造出来的。……小说中的想象的生活领域总是和实际生活领域联系着的,其中也包括我们个人的独特的生活领域——不管这种生活是什么样子。因为说到底,我们的想象力所勾勒出来的东西并不是凭空杜撰出来的东西,而是现实生活的一种投影,一种重新

---

① Cleanth Brooks, *Historical Evidence and the Reading of Seventeenth-Century Poetry*, Columbia: University of Missouri Press, 1991, p.132.

② (美)克林思·布鲁克斯:《新批评》,周敦仁译,见赵毅衡编选:《"新批评"文集》,百花文艺出版社 2001 年版,第 614 页。

③ B.J. Leggett, "Notes for a Revised History of the New Criticism: An Interview with Cleanth Brooks", *Tennessee Studies in Literature*, 24, p.28.

组合的图景。……小说所创造的生活领域本质上是和我们每个人自身的日常生活领域密切相关的。①

在探讨福克纳的专著中,布鲁克斯一方面强调福克纳笔下的南方是虚构的,强调福克纳是在创作小说,而不是在撰著社会学或历史;另一方面,他又认为,这种对南方的塑造具有真实性,虽然有些经过加工,但是读者应该能够领悟哪些是典型环境与人物,哪些属于异常与例外。并且,他还时常将福克纳虚构的南方与现实进行比较,认为在描写自由农民或贫穷白人的时候,福克纳的笔触是非常精准的。②

布鲁克斯认为在福克纳小说中占据主要地位的是普通的白人。这些人或正直、尊严、智慧、精明,或粗鄙、作奸犯科,但性格都符合他们所属的社会政治、经济地位。而且布鲁克斯对福克纳小说中的人物的社会地位剖析得非常细致,大有马克思主义社会学的影子。如他认为福克纳"很了解这个社会结构的微妙,它把自耕农和佃农区别开来,在佃农这个范畴中,又区分为各种类型,有诚实,而又经常是很机灵的,财产不多的人,有怨恨满怀的、麻木的无地农民,一直到那种逍遥自在的小丑或彻头彻尾的流氓"。③而且,布鲁克斯还进一步分析,美国内战前,"南方的社会结构一直比外界人士所设想的更为不固定","社会制度是变动着的。人们在社会阶层上上升或下降,在拥有许多奴隶的大种植园主和无地贫穷白人之间,有大量的人代表着几乎每一种可能区分的中间阶层。有许多地主只有少数奴隶,其他有的只有一两个奴隶,自己要和这些奴隶一道在田地上干活,另外还有些农民没有奴隶,但却有相当的土地和牲畜。最底层是无地的人,可是他们之中有许多人拥有大量牲畜,生活得很好。"④可以说,布鲁克斯对福克纳笔下的美国南方的社会结构的复杂性有着清醒的认识,而且对福克纳的小说中的人物塑造,他认为是符合各自的社会身份与地位的:"福克纳是写小说,不是写社会学或者历史,他用一切技巧提炼、凝聚,有时候也用写小说需要并允许的夸大

---

① (美)克林思・布鲁克斯、罗伯特・潘・沃伦:《小说鉴赏》(中英对照・第3版),主万等译,世界图书出版公司2006年版,第366页。
② Cleanth Brooks, *William Faulkner：The Yoknapatawph Country*, New Haven：Yale University Press, 1963, p.13.
③ (美)克林斯・布鲁克斯:《普通人——自耕家、佃农和穷白人》,陆凡译,见李文俊编选:《福克纳评论集》,中国社会科学出版社1980年版,第99页。
④ (美)克林斯・布鲁克斯:《普通人——自耕家、佃农和穷白人》,陆凡译,见李文俊编选:《福克纳评论集》,中国社会科学出版社1980年版,第100—101页。

歪曲手法。虽然如此,小说中出现的自耕农民和贫穷白人的形象和奥斯利的研究记录是完全符合的。"①

布鲁克斯甚至和一般的社会历史批评家一样,也认为作家所处的社会地理环境对作家的创作影响深远。如他认为,与叶芝一样,"福克纳的历史感和他与一个依然存在的传统共呼吸的感觉,是非常重要的。福克纳的作品,和那个伟大的爱尔兰诗人一样,体现了一种对流行的商业与都市文化的批评,这种批评是从地方的和传统的文化观点进行的。"②因为,"作家由于属于一个活生生的社会,由于他在时间和空间中占据了一个准确的位置因而对世界形成了一个特殊的焦点,他从这里获得了力量。"③

对于作品与作者、读者之间的关系,布鲁克斯与马克思主义也颇多相似之处。两者都认为作者对作品有重要的作用,但是并不能绝对地决定作品的实际面貌。马克思主义一方面认为作家要在他的作品中打上他所生活的时代及所属阶级的烙印,但同时又说:"对于一个著作家来说,把某个作者实际上提供的东西,与只是他自认为提供的东西区分开来,是十分必要的。"④恩格斯也说:"我所指的现实主义甚至可以违背作者的见解而表露出来。"⑤而布鲁克斯一方面赞成将作者意图与作品的实际效果区分开来,即意图谬误。另一方面,布鲁克斯又一再申明,包括他自己在内的新批评派并非否定作者的权威,相反,新批评家承认历史与作者的意图对理解作品有相当重要的作用。⑥布鲁克斯认为,小说的主题,不管读者赞成还是反感,终究还是由作者决定的:"我们可以反小说的作者当做我们的朋友或熟人看待,即使在

---

① (美)克林斯·布鲁克斯:《普通人——自耕家、佃农和穷白人》,陆凡译,见李文俊编选:《福克纳评论集》,中国社会科学出版社 1980 年版,第 101 页。奥斯利指弗兰克·奥斯利(Frank Lawrence Owsley),他于 1949 年出版著作《老南方的普通人》(*Plain Folk of the Old South*),通过对教会记录、遗嘱、县税收账簿、房地产登记簿、契约册和联邦人口调查统计草稿等等所作的研究,得出结论:美国内战前,在南方有越来越多的人获得土地权;南方的社会结构的核心,是既不很富也不很穷的大量的普通人;这些人干许多种职业,但大多数是依靠农活,主要是种地和养牲畜,获取衣、食、住的生活资料。他的研究推翻了那时被人普遍接受的观点,即大种植园主正攫取越来越多的土地,其结果是贫穷的白人正在被从土地上赶出去。

② (美)克林斯·布鲁克斯:《乡下人福克纳》,陆凡译,见李文俊编选:《福克纳评论集》,中国社会科学出版社 1980 年版,第 238 页。

③ (美)克林斯·布鲁克斯:《乡下人福克纳》,陆凡译,见李文俊编选:《福克纳评论集》,中国社会科学出版社 1980 年版,第 239 页。

④ 《马克思恩格斯全集》,第 34 卷,人民出版社 1982 年版,第 343 页。

⑤ 《马克思恩格斯选集》第 4 卷,人民出版社 1995 年版,第 463 页。

⑥ Cleanth Brooks, *Community*, *Religion*, *and Literature*, Columbia: University of Missouri Press, 1995, p.8.

意见相左的时候,我们也努力设法去弄清楚他的思想的基本逻辑是什么,因为小说的主题也就是这种逻辑的进一步展示。"①

马克思主义对读者非常重视,认为文学要为读者服务,要适合于读者的欣赏习惯与鉴赏水平,当然,这里的读者自然是指广大的人们群众。因此,人民群众不喜欢的作品,就不是好作品。如毛泽东说:"如果连群众的语言都有许多不懂,还讲什么文艺创造呢? 英雄无用武之地,就是说,你的一套大道理,群众不赏识。"②一般认为布鲁克斯等新批评家对读者在文学艺术中的作用不感兴趣,认为这是感受谬误。但是,布鲁克斯为自己辩护说,在文学批评中,"任何一个神经正常的人都不会忘记读者。读者是任何诗歌或者小说得以发挥作用的关键。读者的敏感程度、智力和生活经历都显然不一样。一个文化时代的读者不同于另一个文化时代的读者,十八世纪的读者读莎士比亚的感受与十九世纪或二十世纪的读者都不同。读者的反应当然值得研究。"③

当然,布鲁克斯认为:并不是任何个别的读者都可以决定一部作品的意义和价值,有些读者更敏锐更聪明,他们的解读是更恰当更正确的;如果否认这一点,就不能对文学进行任何认真严肃的研究。这其实是一种权威主义的委婉表达。可以看出,布鲁克斯与马克思主义都重视读者,这一点是相通的;但是,布鲁克斯一贯的轻视普罗大众的精英主义态度,明显与马克思主义强调群众的作用相悖。

(三)文学的内容与形式、功利与审美的辩证关系

包括布鲁克斯在内的新批评与马克思主义有一个最突出的共通点,其实就是对辩证关系的重视。马克思主义的辩证唯物主义人尽皆知,故不再赘言。而布鲁克斯等人的辩证思想,则一般较少为人所注意。其实,不管是艾略特的"感受力分化"说,艾伦·泰特的"张力"说,罗伯特·潘·沃伦的"不纯诗"说,还是布鲁克斯的"反讽""悖论"说,都将诗歌看作是各种因素的辩证统一,而非机械的决定论。而这与马克思主义取之于黑格尔的辩证主义有亲缘性。正如赵毅衡先生所指出的,布鲁克斯与维姆萨特合著的《西洋文学批评史》实际上是"把从古希腊到当代西方文论的整个欧洲文论史写成

---

① (美)克林思·布鲁克斯、罗伯特·潘·沃伦:《小说鉴赏》(中英对照·第3版),主万等译,世界图书出版公司2006年版,第222页。

② 《毛泽东选集》第2版第3卷,人民出版社1991年版,第851页。

③ (美)克林斯·布鲁克斯:《新批评》,周敦仁译,见赵毅衡编选:《"新批评"文集》,百花文艺出版社2001年版,第603页。

了一部张力论的发展史",而新批评派也是"把张力看成是诗歌内各种辩证关系的总结"。①布鲁克斯曾亲口承认自己年轻时研究过马克思的辩证法,并"常常用辩证法来看待形式与内容的问题",运用到《美国文学:作家与作品》等著作中。②

此外,布鲁克斯认为,济慈之所以优秀,一部分原因就是在于他能将作品的外延与内涵完美地结合,以取得一种表现客体的"精确性",③使作品的内部辩证结构呈现出世界的辩证结构一致的形态。他认为,"诗的结论是各种张力的结果——统一的取得是经过戏剧性的过程,而不是一种逻辑性的过程。"④

这种辩证关系突出地表现在文学的内容与形式之间。马克思主义者一般持内容与形式不可分论,如列宁就服膺黑格尔的观点:"形式是具有内容的形式,是活生生的实在内容的形式,是和内容不可分离地联系着的形式。"⑤马克思对席勒关于美的论述表示赞同,即当对美进行判断时,它是形式,当感觉美时,它又是生活;美既是我们存在的状态,又是我们存在的创造。⑥

布鲁克斯也认为内容与形式是不可分的,如果一定要追问到底是内容决定形式,还是形式决定内容,这必然会将批评家逼到不做形式主义者就做道德论者的荒谬境地。⑦布鲁克斯说:"诗人必须首先通过特殊的窄门才能合法地进入普遍性。诗人并不是选定抽象的主题,然后用具体的细节去修饰它。相反,他必须建立细节,对过细节的具体化而获得他能获得的一般意义。"⑧

此外,在文学的功利性与审美性的辩证关系上,马克思主义与布鲁克斯也同样有相同的观点。马克思主义认为文学要为政治、经济服务,为改造社会发挥作用,公开宣扬文学的功利性。如毛泽东《在延安文艺座谈会上的讲话》说:

---

① 赵毅衡:《新批评——一种独特的形式主义文论》,中国社会科学出版社 1986 年版,第 68 页。

② 杨仁敬:《布鲁克斯教授为我答疑》,《中华读书报》,2003 年 8 月 20 日。

③ Cleanth Brooks, *The Well Wrought Urn: Studies in the Structure of Poetry*, New York: Reynal & Hitchcock, 1947, p.8.

④ Cleanth Brooks, *The Well Wrought Urn: Studies in the Structure of Poetry*, New York: Reynal & Hitchcock, 1947, p.189.

⑤ (苏联)列宁:《哲学笔记》,人民出版社 1956 年版,第 89 页。

⑥ (英)希·萨·柏拉威尔:《马克思与世界文学》,三联书店 1980 年版,第 354 页。

⑦ Cleanth Brooks, *The Well Wrought Urn: Studies in the Structure of Poetry*, New York: Reynal & Hitchcock, 1947, p.180.

⑧ Cleanth Brooks, *Irony as a Principle of Structure*, M.D.Zabel, ed., *Literary Opinion in America*, New York: Harper & Row, 1962, p.154.

唯物主义者并不一般地反对功利主义……世界上没有什么超功利主义，在阶级社会里，不是这一阶级的功利主义，就是那一阶级的功利主义。我们是无产阶级的革命的功利主义者。……在现实世界上，一切文化或文学艺术都是属于一定的阶级，属于一定的政治路线的。为艺术的艺术，超阶级的艺术，和政治并行或互相独立的艺术，实际上是不存在的。无产阶级的文学艺术是无产阶级整个革命事业的一部分。①

但是，同时，马克思主义也强调文学的审美性，尤其是中国新时期对马克思主义的研究，更是明确提出"文学是审美意识形态"的观点。如钱中文先生在"对苏联和欧美对文论经验、特别是在我国几十年来文论教训的基础上，反反复复比较了多种文学观念的优缺点之后"，提出了"文学是审美意识形态"的观点。②新时期提出的审美意识形态论，"是马克思主义文艺理论中国化的最重要历史成果之一"。③

一般的印象认为新批评者否定文学的功利性，只注重文学文本的形式与审美。在某种程度上看似是这样的。韦勒克也说："绝大多数场合，他（布鲁克斯，引者注）同意泰特的观点，'诗歌既非宗教，亦非社会工程'。"④但是，布鲁克斯并不认为文学是完全无足轻重的。虽然文学不是宗教，也不是哲学和社会政治的副产品，但是文学是有意义的，文学能提供一种关于世界的价值。布鲁克斯在某种程度上返回到亚里士多德的模仿理论，认为文学是对现象的一种模仿，是"现实的一个幻象"。⑤当然，也就是说，一首诗，或者说所有的文学艺术，不是对现实的直接的真实的反映，而是一种类似于对现实的"折射"。因此，对文学的研究，可以间接获取当时社会现实的一些情况。布鲁克斯甚至承认，"批评家的工作从来不是纯粹的"，《汤姆叔叔的小屋》（*Uncle Tom's Cabin；or，Life Among the Lowly*）可以作为小说研究，或研究它如何写出，或研究它产生了什么社会效果，三者都值得研究。⑥布鲁克斯认为包括他自己在内的新批评其实"从一开始起就不是为艺术而艺

---

① 《毛泽东选集》第2版第3卷，人民出版社1991年版，第864页。
② 钱中文：《新理性精神文论·自序》，华中师范大学出版社2000年版，第4页。
③ 朱立元等：《马克思主义文艺理论中国化研究》，经济科学出版社2009年版，第258页。
④ （美）雷纳·韦勒克：《近代文学批评史》第6卷，杨自伍译，上海译文出版社2009年版，第336页。
⑤ Cleanth Brooks, *The Well Wrought Urn：Studies in the Structure of Poetry*，New York：Reynal & Hitchcock，1947，p.194.
⑥ 赵毅衡编选：《"新批评"文集》，百花文艺出版社2001年版，引言，第75页。

术的唯美主义者"。①布鲁克斯虽然偶尔称自己是"形式主义批评",②但是辩解其提倡形式主义只是为了针对当时存在的着眼于内容而严重忽视形式的弊端,③是出于一种论争的策略而已。④

关注文学的社会性与审美性,历来是一切伟大的文学批评家及文学理论所不可偏废的。可以看出,布鲁克斯并非反对马克思主义文论,他只是反对将其机械化与庸俗化,反对简单的社会决定论,反对把文学单纯地当作社会资料的记录、社会真相的揭发、社会计划的蓝图、宣传党八股的工具,反对不关注文学性。虽然他本人对马克思主义理论保持距离,但他的理论与马克思主义文学批评方式有诸多相契之处,如都反对滥情主义、唯心主义和工业资本主义,承认文学的内容与形式、功利与审美的辩证关系,在关于文学与历史、社会现实、作者、读者的关系上看法也有相同点。可以说,在某种程度上,布鲁克斯是力图在马克思主义与新批评之间保持一种微妙的平衡。

而且,致力于这种微妙平衡的批评家远非布鲁克斯一人。曾荣获"文学批评终身成就奖"的阿尔弗雷德·卡津,就是融合文学的社会性与审美性而在美国批评界名噪一时。他那种鉴赏式的批评,既对作家的政治意识感兴趣,但又主要是文学化的,并不以解构文学因素去表现潜在的政治或意识形态结构。肯尼思·伯克曾被奥登赞誉为美国当代最优秀的批评家,则企图将新批评、马克思主义、弗洛伊德主义融为一体。此外,如埃德蒙·威尔逊、威廉·菲利普斯(William Phillips)、菲利普·拉夫等纽约文人也都曾强调马克思主义文学批评的灵活性,试图混合美学批评与社会批评,使其走向一种文化批评。

当然,新批评与马克思主义文学理论这两种不同的主张,之所以能融汇整合在一起,并不仅仅在于表面观点的倾向类似或相近,而在于其内在的机制。首先,从产生的历史背景来看,新批评和马克思主义都是对工业资本主义的反拨,不满于人的异化与共同体的丧失,都希望在世界性的崩溃中拯救西方文化的价值准则。其次,从阐释学角度看,新批评和马克思主义都属于释义理论,都强调诠释学客体的语义,两者存在亲缘关系,而并非想象中的

---

① Cleanth Brooks, "The New Criticism", *Sewanee Review*, 1979 Fall, p.593.
② Cleanth Brooks, *The Formalst Critic*, Gerald Jay Goldberg & Nancy Marmer Goldberg, eds., *The Modern Critical Spectrum*, Englewood Cliffs(NJ): Prentice-Hall, 1962.
③ Cleanth Brooks, *The Well Wrought Urn: Studies in the Structure of Poetry*, New York: Reynal & Hitchcock, 1947, p.10.
④ Cleanth Brooks, *The Formalst Critic*, Gerald Jay Goldberg & Nancy Marmer Goldberg, eds., *The Modern Critical Spectrum*, Englewood Cliffs(NJ): Prentice-Hall, 1962, p.v.

水火不容。罗兰·巴特就将新批评和马克思主义融合起来,对文学语言进行政治的和历史的研究,指出写作的语言学和社会学的双重功能。20世纪80年代,基于后结构主义和后马克思主义的反传统模式,弗里德里克·詹姆逊建构了"内在的"阐释学模式,强调历史的因果关系是惟有文本才能理解的一个概念,因此既未远离新批评所关注的文本,而又依然是马克思主义的。再次,布鲁克斯的反讽诗学及其对悖论的热衷,与新批评的先行者瑞恰慈所倡导的"包容的诗"一脉相承。无论是悖论还是包容,本质上都是将看似矛盾的事物有机地融合为一个整体,与马克思主义的辩证统一思想不谋而合。新批评与马克思主义这种相近的开放性品质,是两者能够整合在一起的内在原因。如果奉行团结一切可以团结的力量,借鉴一切可以借鉴的资源这一理念,那么,布鲁克斯在内的新批评理论,对构建中国当下的马克思主义文论有可资借鉴的地方,值得深入挖掘。在对布鲁克斯等人的细读理论加以分析、扬弃、改造的基础上,析取出其合理的部分,可以促进中国当下文论中的形式分析环节。

第三节 布鲁克斯与后现代主义

众所周知,后现代主义运动是从建筑领域波及文学与文化领域的,尤其是在弗雷德里克·詹姆逊的推动下,发展成为广泛复杂的后现代主义文化形式,即"晚期资本"的逻辑叙述,并将后现代主义的诸多思潮流派与各种意识形态相联系。但是后现代主义又是一个恼人的、纠缠不清的词语,有各种版本的定义。由于此非本书重点,故不打算在后现代主义定义的争议上花费太多的笔墨。本书采用中国学者王宁在一系列的后现代主义研究成果的基础上得出的观点,即后现代主义是指高度发达的资本主义国家或西方后工业社会的一种文化现象;表现为一种多元价值取向、断片和非中心的世界观和生活观;在文学艺术上表现为先锋派的激进和通俗文学的挑战;怀疑宏大叙事或元叙事,用断片式的叙述消解意义;与后殖民主义和解构主义有诸多契合之处,在文学、文化研究中有重要地位。①

从上节可以看到,布鲁克斯的批评理论并非纯粹的文本中心主义,与马克思主义有诸多契合之处。此外,布鲁克斯诗学其实还是一种文化研究,

---

① 王宁:《后现代主义之后》,中国文学出版社1998年版,第5—6页。

一种意识形态。布鲁克斯诗学影响了保罗·德曼等人,实际上是解构主义的直接源头之一。因此,可以说,布鲁克斯与后现代主义关系密切。

一、文化研究

已有相当多的证据表明,新批评实质上是被误读了。新批评并不是一种纯粹的文本分析,因为它必然要面对的一个问题就是,文学的作用是什么?而这个问题是不可能在文本分析之中得到答案的,必然要"走出那个自我封闭的诗歌,去研究历史、政治,哲学和伦理学了"。①也就是说,一旦走出文本分析的范围,新批评家就不可避免会一头扎进后现代主义的文化研究中。如臧运峰就注意到:"面对西方文化背后的理性与科学精神并没有给社会带来福祉,而是带来了灾难这一事实,新批评家展开了自己的思考,反讽正是这种思考的产物,神话也是这种思考的产物,二者具有一致性,从这个意义上也可以理解,为什么有些学者把布鲁克斯等人视为文化批评家。"②而在分析布鲁克斯的小说批评时,就已经很清楚地显示,布鲁克斯对福克纳的小说研究,并不局限于文本分析,而是利用了社会历史、宗教、道德、自然环境等各种研究手段。

布鲁克斯的文学批评确实含有文化研究的因素。有论者指出,与艾略特、兰色姆、艾伦·泰特一样,布鲁克斯也是成长于新教牧师家庭,其文本解读方法受正统基督派的传统思想的影响。③兰色姆就曾经说过,布鲁克斯与自己的社会家庭背景有诸多的相似:布鲁克斯与自己一样,在孩提时代就听传教士布道,从《圣经》中摘出含有隐喻的语句,阐释其神学意蕴。两人出生的地区相同,都是卫理公会牧师的儿子,血液中流淌着同样的神学,授受的教育、居住的房间和小城镇的类型都很相似。④他们所受的宗教思想与环境的影响,体现在文学批评中,常常表现为对等级与传统的重视,对宗教原罪思想的重视。"新批评家的宗教原罪观、等级观、传统观,这三点都极大地影响了他们的批评观念,就反讽而言,主要表现为以下三个方面,即二元对立

---

① (美)威廉·E.凯恩:《南方人、平均地权论者和新批评现代评论机构》,见(美)萨克文·伯科维奇主编:《剑桥美国文学史》(第五卷),马睿、陈贻彦、刘莉译,中央编译出版社2009年版,第507页。
② 臧运峰:《新批评反讽及其现代神话》,北京师范大学博士学位论文,2007年,第150页。
③ Grant Webster, *The Republic of Letters*:*A History of Postwar American Literary Opinion*, Baltimore:The Johns Hopkins University Press, 1979, p.100.
④ Grant Webster, *The Republic of Letters*:*A History of Postwar American Literary Opinion*, Baltimore:The Johns Hopkins University Press, 1979, p.101.

的斗争、有机统一下的秩序、形式控制激情。"①

如布鲁克斯在《精致的瓮》中强调，一首诗的统一，在于不同的态度统一到一个服从总体或统治性的态度的等级上；符合基督教思想的社会秩序是美国南方的农业主义社区，这样的社区才是有机统一的，才能成为诗歌理想的社会对等物。②而原罪思想表现为"布鲁克斯特别将悲剧感与南方联系起来，认为南方生活具有一种悲剧维度感，在南方情景下到处都可以发现矛盾与张力，恶是一种现实的存在和真实的存在，它不能被规避或辩白"。③

因此，布鲁克斯在进行文学批评时，常常越出纯文本分析，而关注历史背景、地理环境、宗教观念，这尤其体现在其对福克纳小说的分析上。因此，从某种程度上，可以说布鲁克斯是一位文化研究者。对于布鲁克斯这些起初被视为形式主义的新批评家，最终却被发现与文化研究有千丝万缕关系的情状，赵毅衡认为可能新批评家自己都没有料到。他说，在20世纪初同时出现的马克思主义文化理论、精神分析、现象学/存在主义/阐释学、形式论/符号学/叙述学等四个支柱理论体系中，最后的一个体系一直以前所未有的速度演变："从'前结构主义'的各学派（新批评、俄国形式主义、布拉格学派、前期叙述学）汇合为结构主义，不久自我突破进入后结构主义，形式分析的基本着力点一直没有变。近年的'叙述转向'导致了形式论与泛文化研究的结合，而符号学是这一系列学派最后的集大成者，而且符号学最终找到了与马克思主义、精神分析、阐释学结合的路子。新批评派是形式论的起端，他们全力以赴收紧形式论的领域，可能没有料到形式论最后成为文本与社会文化连接的跳板。"④

二、意 识 形 态

新批评既然不是纯粹的形式主义，与意识形态也不是全然无关，那么在形式主义与意识形态之间，在文本分析与文化研究之间，它到底扮演着什么样的角色？关于这样的论题，研究者看法不一，甚至有的截然相反。如在承认新批评是一种意识形态的前提下，有的学者认为新批评是对资产阶级意

---

① 臧运峰：《新批评反讽及其现代神话》，北京师范大学博士学位论文，2007年，第155页。

② Grant Webster, *The Republic of Letters：A History of Postwar American Literary Opinion*, Baltimore：The Johns Hopkins University Press，1979，p.126.

③ 臧运峰：《新批评反讽及其现代神话》北京师范大学博士学位论文，2007年，第156页。

④ 赵毅衡：《新中国六十年新批评研究》，《浙江大学学报》（人文社会科学版），2012年第1期，第146页。

识形态的一种顺从，甚至是其帮凶。如马克·贾科维奇的《新批评的文化政治》中就描述了新批评被普遍认为是一种面对权力压迫，躲进文学形式批评，采取逃避的态度。认为这是一种顺从的表现，甚至是资产阶级个人主义与科学实证主义的共谋态度。①威廉·E.凯恩也说："到二十世纪六十年代，新批评理论已相当疏浅稀薄，以之为基础的文学评论更是偏离了当时许多教授和学生们全然关注的文化问题，倒似乎成了当时社会现状的同谋，用一整套技巧和修辞来武装官宦幕僚和中产阶级企业主，为后者的剥削和战争罪行制造托词。"②

在20世纪六七十年代，许多评论家、教师和学生谴责大学用新批评的文本细读法，企图将学生强行封闭在教室里，阻止学生参与政治斗争、关注现实，从而达到维护现行统治阶级的文化继续剥削人民的罪行。同时，新批评的文本分析还传授了资本主义所需要的技巧和态度，训练学生适应官僚的思维方式，使他们将来承担公司中层管理职位，以维护资本主义的现行制度。③

希利斯·米勒（J.Hillis Miller）在中国的一次演讲中也说，新批评是一种"审美意识形态"，像席勒在《审美教育书简》（On the Aesthetic Education of Man）中所说的强调文学在支撑国家体制方面的作用，在其理论批评中偷偷地贩卖一套反动保守的政治观道德观。④有研究者认为，西方马克思主义和受其影响的学者，如雷蒙·威廉斯（Raymond Henry Williams）、弗里德里克·詹姆逊、伊格尔顿、凯瑟琳·贝尔西（Catherine Belsey）等都大致持此观点。⑤

有批评家认为，包括布鲁克斯在内的新批评家们的这种反动的意识形态，还扩展到种族与性别。如威廉·E.凯恩就注意到，在布鲁克斯和沃伦合著的《理解诗歌》中，全书竟然没有出现美籍非裔诗人，表现了对美国黑人及

① Mark Jancovich, *The Cultural Politics of the New Criticism*, Cambridge: Cambridge University Press, 1993, p.5.
② （美）威廉·E.凯恩：《南方人、平均地权论者和新批评现代评论机构》，见（美）萨克文·伯科维奇主编：《剑桥美国文学史》（第五卷），马睿、陈贻彦、刘莉译，中央编译出版社2009年版，第351页。
③ （美）威廉·E.凯恩：《南方人、平均地权论者和新批评现代评论机构》，见（美）萨克文·伯科维奇主编：《剑桥美国文学史》（第五卷），马睿、陈贻彦、刘莉译，中央编译出版社2009年版，第573—574页。
④ （美）希利斯·米勒：《美国的文学研究新动向——为纪念威廉·李钉斯而作》，盛宁译，见易晓明编：《土著与数码冲浪者——米勒中国演讲集》，吉林人民出版社2004年版，第128页。
⑤ 臧运峰：《新批评反讽及其现代神话》，北京师范大学博士学位论文，2007年，第157—158页。

其作品的轻蔑。①同时,新批评家对女性作家,特别是女性诗人也没有什么好的评价。在《现代诗与传统》中,布鲁克斯论述的诗人几乎全是白人男性,如叶芝、T.S.艾略特、兰色姆、艾伦·泰特、罗伯特·弗罗斯特、阿齐博尔德·麦克利什、奥登等,而根本没有给予女性作家任何评价。1950年,《理解诗歌》进行了修订和扩充,但是所选的文本仍然绝大多数是男性白人作家的作品,即使选入的一些女性作家所获评价也不高。②对此,威廉·E.凯恩批评道:"新批评的胜利,以及由新批评及其支持者们来抒写现代文学和评论史的事实,意味着学术圈内过去和现在的女性的声音(其人数当然不多)没有被当回事,或者根本无人倾听。"③

　　然而,另一些学者却认为新批评是对资产阶级意识形态的一种反抗,当然这些学者大多数是从指责的立场来攻击新批评的。如美国民主本土主义者阿齐博尔德·麦克利什、凡·温克·布鲁克斯、阿尔弗雷德·卡津、霍华德·琼斯(Howard Mumford Jones)等热衷于社会活动的文人,带着不同程度的世故,抨击包括布鲁克斯在内的新批评家是美学至上者。在"二战"期间,当民主正为它的生存而战时,阿齐博尔德·麦克利什把他们无倾向性的文学观念当作是道德上的不负责任。凡·温克·布鲁克斯认为所有的现代主义文学都是对19世纪后期的那种至关重要的、积极进取的精神的破坏。霍华德·琼斯敦促美国民众反对亲英派的艾略特和哥特式的福克纳,呼吁欣赏亨利·朗费罗和路易莎·奥尔科特(Louisa May Alcott)④的本土乐观主义。理查德·戈登(Richard Gordon)更是直接点明新批评是美国南方农业经济反对资本主义工业生产和市场关系的一部分。⑤

　　阿尔弗雷德·卡津也早就注意到包括布鲁克斯在内的新批评南方派的政治诉求性。他将南方形式主义视作为是对美国文化自由、民主的民族精

---

① （美）威廉·E.凯恩:《南方人、平均地权论者和新批评现代评论机构》,见（美）萨克文·伯科维奇主编:《剑桥美国文学史》(第五卷),马睿、陈贻彦、刘莉译,中央编译出版社2009年版,第560页。

② （美）威廉·E.凯恩:《南方人、平均地权论者和新批评现代评论机构》,见（美）萨克文·伯科维奇主编:《剑桥美国文学史》(第五卷),马睿、陈贻彦、刘莉译,中央编译出版社2009年版,第566页。

③ （美）威廉·E.凯恩:《南方人、平均地权论者和新批评现代评论机构》,见（美）萨克文·伯科维奇主编:《剑桥美国文学史》(第五卷),马睿、陈贻彦、刘莉译,中央编译出版社2009年版,第569页。

④ 美国女作家,代表作《小妇人》(*Little Women*)于1868年出版后获得巨大的成功。

⑤ Mark Jancovich, *The Cultural Politics of the New Criticism*, Cambridge：Cambridge University Press, 1993, p.17.

神的攻击。卡津认为,与美国的马克思主义者一样,形式主义者对美国当时现存的社会秩序也持轻视态度,相信他们可以帮助重建一个更好的美国。如形式主义者兰色姆在《我要表明我的态度》一书中认为,美国南方是独一无二地保留并按欧洲传统文化原则而建设的文化,要使欧洲传统文化在美国得以永生,必须到南方看一看。卡津断言:"坚持美学价值隶属于严酷的社会教条底的典型的马克思主义者和把一切都从属于美学价值的形式主义者,是各趋极端了。"①卡津对新批评的态度是相当矛盾的,一方面,他信心十足,认为新批评是脱离人们大众的形式批评,最终是要失败的;另一方面,他又困惑敬畏,对新批评的以退为进的姿态和力量感到疑惧。他认为:

> 任何时代的美学崇拜的精华都在这种批评(新批评,引者注)里面,这个批评同时带来了奇特的退隐精神,他们早知道自己是要在自然主义和自由主义的势力之下败北的,而这一点又给这种批评以新的性质。他们的讲究修饰并不是一种逃避;这是社会压力所产生的一种勇敢而精美的失望,和当代的肯定的一面对峙的,它受有对一切的肯定轻视底的支持;对于当代的崩溃反宗教感到了失望,就在近代艰深难懂中间找到了轨迹,特别重视那艰难,以之作为特点,作为与众不同的记载。有一种被放逐在外底屈辱的感觉,有一种精神的寂寞,甚至政治理解上的寂寞,这使他们专心在技巧上面了,尊敬了"形式"。……马克思主义认为文学是一个全球战争上的政治武器,但后来却变了文字游戏。形式主义者研究文稿是当作文字游戏看的,却有多少人知道他们下的是很大的赌注。②

卡津认为:"爱伦·泰德的南方,正如高尔德的苏联——一个包含在文化中的理想,一个被作为秩序的标准,可以面对共同敌人的社会。这两者都是文字上的神话,只有从文字中能欣赏得到的。可是它们有一个不同,这本质上的不同在一种文化随从者的信仰,它是方生的与战斗的,正是一个在变化中的世界中底中心道德力量,而另一种文化却只有一群子孙,在他们的敌人的土地上,用泰德的话来说,是在一个'已经埋葬了的城市'中,哀悼着它,

---

① (美)卡静:《趋向两极的批评界》,见卡静:《现代美国文艺思潮》(下卷),冯亦代译,晨光出版公司1949年版,第531页。
② (美)卡静:《趋向两极的批评界》,见卡静:《现代美国文艺思潮》(下卷),冯亦代译,晨光出版公司1949年版,第551页。

可是他们依然要保卫这种文化，宁愿曾经毁灭它的人一样地毁灭。"①因此，卡津认为新批评也难逃"偏袒、紧张、可憎"的批评。②

卡津认为，新批评家艾伦·泰特对资本主义文化的反对是以"南方区域主义的形式哲学"为基础的，他的"作品中可以看到狂怒，对科学和实证主义如此之深刻的憎恶，不要提起民主两字，其憎恶是笔墨所不能形容的。但是，他的地位也是很刻薄的，因为他所防护文稿分析正是对科学方法的让步。可是泰德从来看不见这一点，正如他从来看不见他这种殖民贵族的哲学是代表南方的被屈服了的阶级一样"。③

当美国国会图书馆委员会——一群美学形式主义者，把博林根诗歌奖颁发给庞德 1948 年的《比萨诗章》时，引发了对新批评最尖锐的政治攻击。罗伯特·希利尔（Robert Hillyer）在《星期六文学评论》（*Saturday Review of Literature*）连续两期发表文章《叛国的怪异果实——以埃兹拉·庞德和博林根奖为例》（*Treason's Strange Fruit：The Case of Ezra Pound and the Bollingen Award*）④和《诗歌的新祭司》（*Poetry's New Priesthood*）⑤，质疑美国政府机构是否应该把荣誉给予像庞德这样的法西斯主义的同谋者和像《比萨诗章》这样粗野的反民主诗歌。罗伯特·希利尔不仅攻击庞德，还强烈地暗示，所有的文学现代主义者和他们的新批评同盟，都是民主文化的叛徒。

可见，新批评被不同政治立场的学者与批评家作出不同的解读。有人认为新批评的文本细读法与审美追求，使人自困书斋与教室，从而脱离现实的政治斗争，是维护资本主义政权与资产阶级统治的同谋与帮凶；也有人认为布鲁克斯等新批评家的诗学，是南方重农主义者的社会政治追求在现实中遇挫后，转向文学艺术批评的一种替代，是以一种逃亡者的姿态在诗学领域进行的以退为进的反抗，是对资本主义意识形态的一种颠覆。但无论新

---

① （美）卡静：《趋向两极的批评界》，见卡静：《现代美国文艺思潮》（下卷），冯亦代译，晨光出版公司 1949 年版，第 554 页。艾伦·泰德即艾伦·泰特。

② （美）卡静：《趋向两极的批评界》，见卡静：《现代美国文艺思潮》（下卷），冯亦代译，晨光出版公司 1949 年版，第 555 页。

③ （美）卡静：《趋向两极的批评界》，见卡静：《现代美国文艺思潮》（下卷），冯亦代译，晨光出版公司 1949 年版，第 570—571 页。

④ Robert Hillyer, "Treason's Strange Fruit：The Case of Ezra Pound and the Bollingen Award", *The Saturday Review*, XXXII(June 11, 1949), pp.9—11.

⑤ Robert Hillyer, "Poetry's New Priesthood", *The Saturday Review of Literature*, XXXII (June 18, 1949), pp.7—9.

批评与资产阶级意识形态的关系是合谋还是反抗,美国的民主本土主义者达成了一个共识,那就是包括布鲁克斯诗学在内的新批评本身是一种意识形态,它冲破了文本的范围,与文本之外的广阔的社会、政治、历史等各种因素有千丝万缕的关系。

三、与解构主义关系密切

布鲁克斯诗学与解构主义关系密切,实际上是解构主义的源头之一。如威廉・E.凯恩就认为,布鲁克斯的悖论与连贯性理论之间的张力,为保罗・德曼等人的解构主义思想奠定了基础:

> 布鲁克斯的理论立场在这里打开了一扇空门,后来的理论家们发现了这一机会并很好地加以利用:如果意义之间存在扭曲和抵制,这种扭曲和抵制的强度和深度如何? 其究竟是构筑了文本的基本结构,还是会妨碍读者识别这种基本结构? 反讽是有助于诗歌形成统一体,还是一种破坏和阻碍文本形成统一体的文学语言要素? 按照后结构主义理论家雅克・德里达和保罗・德曼等人所得出的结论,恰是文本中词语之间的这种相互对抗、冲突甚至敌对的关系,妨碍了布鲁克斯所赞美的文本自成一体的和谐与平衡。但是更重要的不是他们对于布鲁克斯理论的修正,而是布鲁克斯强调分析性阅读的做法本身使得他们的修正工作成为可能。可以这样说,没有布鲁克斯,就没有德曼。①

解构主义批评新批评过于简化文本意义。但实际上,解构主义也是以新批评的细读为出发点,提出了许多新批评没有足够细致或深入地解读的相对次要的细节,关注文本意义的不稳定、不连贯之处,关注文本中相互冲突和矛盾的要素的存在,以强调文本的意义的复杂性,从而消解新批评对文本的经典解读。威廉・E.凯恩明确指出:尽管解构主义者一直宣称自己的评论方法前无古人,实际上并不是完全标新立异,解构主义能够作为一种新的诠释形式而产生影响,是继承了新批评对于文本本身的关注,并按照他们的需要对这一方法加以修正,如希利斯・米勒、保罗・德曼、雅克・德里达(Jacques Derrida),无不如此。希利斯・米勒说,解构就是小心谨慎地进入

---

① (美)威廉・E.凯恩:《南方人、平均地权论者和新批评现代评论机构》,见(美)萨克文・伯科维奇主编:《剑桥美国文学史》(第五卷),马睿、陈贻彦、刘莉译,中央编译出版社 2009 年版,第 580 页。

每一个文本的迷宫,找到人们研究的体系中非逻辑的要素,找到所研究文本中可以完全解开文本迷宫的那条线索,找到可以摧毁整个建构的那个松动的石头;保罗·德曼强调,解构主义使评论家看到,修辞从根本上悬置了逻辑,并使文学得以任意偏离正常坐标;雅克·德里达的阅读策略是在同一个组织、同一个文本中,汲取其他分支的纤丝,将同样的一串串丝线再度拽出,并以此为依据,编织和拆解其他图样的织物。[①]用一个不是很恰当的比喻来说,新批评是怀着生的本能,在文本的钢丝上保持各种张力之间的平衡,小心谨慎地追求一种精致的舞蹈;而解构主义就是怀着死亡的本能,怀着报复性的快感破坏这种平衡,从文本的钢丝上一头扎进了虚无主义的深渊。然而他们的舞台却是一样的,都是在文本的钢丝上行走。

可以看到,布鲁克斯的诗学其实是解构主义的直接源头,是一种文化研究,也是一种意识形态,而解构主义、文化研究与意识形态等又与后现代主义有诸多契合之处,因此自然可以得出结论,布鲁克斯与后现代主义有密切的关联。

[①]　(美)威廉·E.凯恩:《南方人、平均地权论者和新批评现代评论机构》,见(美)萨克文·伯科维奇主编:《剑桥美国文学史》(第五卷),马睿、陈贻彦、刘莉译,中央编译出版社 2009 年版,第 588 页。

结　语

在对布鲁克斯诗学进行总结之前,有必要重申布鲁克斯对文学价值的强调,尤其是在当下科学与技术占统治地位的时代。

布鲁克斯认为,诗歌的价值与科学的价值不同。诗歌虽然不像科学一样是一种"强力知识"(power-knowledge),但是诗歌也是源自人类的一种基本冲动,以满足人类最根本的利益。因此,诗歌并不是一种孤立、古怪的事物。[①]

布鲁克斯希望在保留非凡技术优势的同时,要紧紧抓住文化的价值。他认为人文主义虽然与机器无关,但是能够指引机器到正确的目的。机器不能指引它们自己,必须由明智的人为机器选择目的。在当今时代,人文学科,如历史、哲学和文学,是值得关注的好来源。因为它们包含过去的智慧,而过去并不能被丢弃。[②]布鲁克斯说:"一个技术时代——尤其是非常辉煌而成功的技术时代——很难为文学找到一个合适的角色。这样的社会将文学视为消遣,仅仅是一种娱乐;因此它被归为奢侈品,也许是一种附加的优雅,来装饰技术本身建立的高雅文化。然而这种敬意掩盖了文学和所有人文学科的真正的重要性。它们被归为装饰品和奢侈品,而事实上它们是技术和工业活动所必需的补充。"[③]

布鲁克斯认为科学是有局限性的。他认同麻省理工学院著名的物理学家维克多·魏斯科普夫(Victor E. Weisskopf)教授的观点:"人类经验的重要部分不能在科学体系中被合理地评估。不可能有包罗万象的关于善与恶的

[①] Cleanth Brooks & Robert Penn Warren, *Understanding Poetry: An Anthology for College Students*, New York: Henry Holt and Company, Inc., 1938, p.25.

[②] Cleanth Brooks, *Community, Religion, and Literature*, Columbia: University of Missouri Press, 1995, p.261.

[③] Cleanth Brooks, *Community, Religion, and Literature*, Columbia: University of Missouri Press, 1995, p.263.

科学定义,也不可能有关于同情、狂喜、悲剧、幽默、憎恨、爱情、信仰、尊严和羞辱的定义,或者关于生活质量或幸福的概念。"①总之,科学不能定义幸福的特性,而幸福是每个人追寻实现的权利。每个人必须使用所有他可以找到的指导,为自己定义幸福。由于同侪的压力,极权主义政权的洗脑,或者甚至是由于超量的广告业的诱惑,人们丧失了选择,失去了部分的人性。计算机是由人类操纵的;但是当人类允许让自己被其他人操纵时,就落入计算机的状态。

人类不能指望冷酷而客观的科学——如数学和物理的指导,而人文学科在这方面能提供一些指导帮助,即它们是实用的,并能着手处理冷酷的事实。世界如果缩减成冷酷的事实,会因此成为失去人性的世界,很少有人会想生活在这样的世界中。人们对人类行为是如何决定的非常感兴趣——即对他们的行动,但是还对导致他们这些行动的情感、动机和目的也非常感兴趣。即使在电视情景喜剧,或杂志和报纸的八卦栏,也可以找到这种证据。人们想知道事实,但也渴望整个故事——它的人情味和它的意义。②布鲁克斯以托马斯·哈代如何在诗歌《二者的辐合》处理英国白星航运公司(White Star Line)的泰坦尼克号客轮(RMS Titanic)失事这一灾难为例,来说明这一点。在这首诗歌中,关于这一灾难的许多事实哈代没有提及。如他并没有告诉人们,灾难的日期是 1912 年 4 月 15 日,发生在泰坦尼克号的处女航;它有四万六千吨最大的运载量;超过一千五百人丧生;这艘船,虽然被提前警告有冰山,却依然以很高的速度航行;它被认为是永不沉没的,有双层船底和 16 个密封舱。通过引用泰坦尼克号激起的自豪和人终于凭借强大的船征服了大海本身的自信,哈代在诗的前面部分间接提及上面的一些信息。但是,显然更吸引哈代想象力的是船和冰山的精确计时,在同一瞬间到达同一个地方,就像命运为整个事件制定了一个瞬间的时间表;他提醒读者,当客轮在英国贝尔法斯特(Belfast)船厂建造时,大自然一直在远离格陵兰岛海岸的地方准备冰山。

人们想要的不仅仅是信息,还渴望意义和智慧,但这难以捉摸的商品总是供不应求。人们真正渴望的可能是智慧,但是现今公开想要的可能是信息。布鲁克斯认为,数据库虽然非常有用,但是并不能充当购买智慧的货币。③

---

① Cleanth Brooks, *Community, Religion, and Literature*, Columbia: University of Missouri Press, 1995, pp.264—265.

② Cleanth Brooks, *Community, Religion, and Literature*, Columbia: University of Missouri Press, 1995, p.265.

③ Cleanth Brooks, *Community, Religion, and Literature*, Columbia: University of Missouri Press, 1995, p.266.

对于"信息时代",布鲁克斯非常赞同 T.S.艾略特在 1934 年发表的剧本《岩石》中的观点:

> Endless invention, endless experiment
> Brings knowledge of speech, but not of silence,
> Knowledge of words, and ignorance of the Word....
> Where is the wisdom we have lost in knowledge?
> Where is the knowledge we have lost in information?

杨慧林将其译为:

> 无尽的发明,无尽的实验,
> 带来"说"的而非"沉默"的知识,
> 带来"人言"的知识却对"圣言"无知。……
> 遗失在知识中的智慧到哪儿去了?
> 遗失在信息中的知识到哪儿去了?①

布鲁克斯认为,这段合唱词的第一行实际上涉及严肃的双关。"Endless invention, endless experiment"当然意味着"无尽的""没完没了的"发明和实验,但是"Endless"也意味着"没有用途、目标或目的",仅仅是为了实验而实验,为了发明而发明。艾略特诗中这两个不同的含义实际上相互支持、彼此强调。②

也就是说,布鲁克斯相信可以通过文学,将智慧传达给人类。当然,文学最好不要教诲式地展示。文学艺术家不能像是在做老式的医疗节目,娱乐人们,以说服人们购买产品。如亨利·朗费罗在其非常出名的《人生颂》中告诉他的读者:"人生是真切的! 人生是实在的! /它的归宿绝不是荒坟;/你本是尘土,必归于尘土,/这是指躯壳,不是指灵魂。"③对此,布鲁克

---

① 杨慧林:《怎一个"道"字了得——〈道德经〉之"道"的翻译个案》,《中国文化研究》,2009 年秋之卷,第 196 页。

② Cleanth Brooks, *Community, Religion, and Literature*, Columbia: University of Missouri Press, 1995, p.267.

③ 此处采用杨德豫的译文,见辜正坤主编:《世界名诗鉴赏词典》,北京大学出版社 1990 年版,第 617 页。

斯评论道:"这种说教的打油诗不是诗歌,它显然对我们有一个明确的意图。无论这种明确的意图有何优点,这首诗是令人厌烦的、无力而平淡的。"①

布鲁克斯认为,叶芝 1919 年发表的诗歌《为我女儿祈祷》(*A Prayer for My Daughter*)②包含着智慧和一连串的预言,与经济学家约翰·凯恩斯同年发表的名著《和约的经济后果》(*The Economic Consequences of the Peace*)有异曲同工之妙。凯恩斯预言了《凡尔赛和约》(*Treaty of Versailles*)的灾难性后果,预测在和平条约下战败的德国经济将会发生什么变化,及其对欧洲其他国家的毁灭性后果。虽然叶芝的诗歌内容是陷入困境的父亲为孩子祈祷,关注的是小女儿的未来及预想中的动荡岁月。叶芝不能、也没有指定未来可怕的事情,但他确实感觉到危险,即后来西方世界的大萧条时期、希特勒的崛起、第二次世界大战、冷战、核毁灭的威胁等。③

此外,布鲁克斯相信,人文学科不可能从人类的文化中消除。只要人类还保持人性,就不可遏制地会渴望歌曲、故事和戏剧。人们永远都会对人类自身的行为、悬念和利益冲突、情感的表达和动机感兴趣。当然,如果没有莎士比亚、简·奥斯丁(Jane Austen)或麦尔维尔(Herman Melville)的作品来阅读,人们可能就会读一些更无益的、通常是彻底的垃圾作品。即当真正的神离开现场时,半神就从灌木丛钻出来。当真正的缪斯(Muses)从现场退隐时,假冒的缪斯就准备接管。她们的名字是宣传、多愁善感和色情。她们的共同特征证明了她们的姐妹关系,即所有三个都扭曲了人性的维度。

---

① Cleanth Brooks, *Community, Religion, and Literature*, Columbia:University of Missouri Press, 1995, p.267.

② 《为我女儿祈祷》:"风暴又一次咆哮;半掩/在这摇篮的篷罩和被巾下面,/我的孩子依然安睡。除去/格雷戈里的森林和一座秃丘/再没有任何屏障足以阻挡/那起自大西洋上的掀屋大风;/我踱步祈祷已一个时辰,因为那巨大阴影笼罩在我心上。//为这幼女我踱步祈祷了一个时辰,/耳听着海风呼啸在高塔顶,/在拱桥下,在泛滥的溪水上,/在溪上的榆树林中回荡;/在兴奋的幻想中自认/未来的岁月已经来到:/伴着狂乱的鼓噪舞蹈,/来自大海那凶残的天真。//……愿她成为一株繁茂而隐蔽的树,/她全部的思绪就可以像红雀鸟族,/没有劳形的事务,只是/四处播送着它们洪亮的鸣啼,/只是在欢乐中相互嬉逐,/只是在欢乐中你吵我争。/呵,但愿她象月桂那样长青/植根在一个可爱的永恒之处。//近来,由于我曾喜爱的那些心意/和我曾赞赏的那种美丽/皆如昙花一现,我的心灵已枯竭,/但知道若为仇恨所壅塞/才定然是最可怕的厄运。/假如心灵中毫无仇恨,/那厉风的袭击再烈再猛,/也决不能将红雀和绿叶撕分。//理智的仇恨为害最甚,/那就教她把意见视为可憎。/难道我不曾目睹那诞生/自丰饶角之口的绝色美人,/只因她固执己见的心肠,/便用那只羊角和温和的/天性所了解的每一种美德/换取了一只充满怒气的旧风箱? //……"见(爱尔兰)叶芝:《叶芝诗集》,傅浩译,河北教育出版社 2002 年版,第 453—457 页。

③ Cleanth Brooks, *Community, Religion, and Literature*, Columbia:University of Missouri Press, 1995, pp.269—270.

宣传通过恳求，有时不客气地，以牺牲全部真相的代价，来强调一个特殊原因或问题。多愁善感通过激发毫无根据的和过剩的情绪反应来扭曲。色情聚焦在一个强大的人类内驱力，代价是牺牲整个人类的个性。简而言之，欺骗性的缪斯为丰满的生活提供的是部分的、带有偏见的报告。她们的作品不仅没有营养，反而会导致衰弱。①

鉴于人类在技术时代的目的和价值，人类对指导的需要不仅没有减少，实际上反而不断增长。确实，许多现代人都渴望获得指导。现代社会，出版了大量的励志书或各种各样的提供建议的手册。这些手册指导人们如何经营婚姻，或者当婚姻已经出现危机时应该怎样去修理；如何提升面容、形体或友谊；如何激发日益松懈的斗志。许多人拥有足够的物质，但是依然不知幸福为何物，对幸福的追求常常成为令人精疲力竭的激烈竞争。强大而精密的机器已经大大地缓解了人类工作的辛苦，扩展了人类生活的可能性。但是令人震惊的是，许多美国人仍不能阅读。虽然大学生们花了过多的时间和精力来确保获得美好生活的手段，但是他们很少认真反思真正美好的生活应该是什么样子的。他们的手段看起来很长，而目的短得有点危险。而这种不平衡可能危及民主本身。②

总之，布鲁克斯通过正反举例，令人信服地论述了文学在科学技术时代不可或缺的价值。因此，本书对布鲁克斯诗学的研究，自然也并不是毫无价值的。同时，也暗示了布鲁克斯诗学并非只关注文本，而是具有现实性与当下性。

布鲁克斯诗学来源于柯勒律治、瑞恰慈、艾略特等人，同时也可能受到中国文化的影响，但是他又不局限于此，而是采纳众长，自成一体，形成一套颇具特色的批评理论。布鲁克斯认为，诗歌语言是悖论语言，甚至在那些看起来是直接而简单的地方，也充满了反讽、悖论和含混。语言中如果没有反讽、悖论和含混，就不可能有诗歌。诗歌语言中所表现出来的简单和直接，只不过是一种或明或暗的欺骗和伪饰而已。由于怀疑主义成为笼罩整个欧美人文科学世界的普遍法则，象征主义日趋衰弱，再加上廉价小说、大众传媒和广告语言的堕落，语言中的词语已没有任何明确的意义，甚至可以说已经丧失了意义。③因此，只有在语言中注入反讽和悖论，语言才能复活，才能

---

① Cleanth Brooks, *Community, Religion, and Literature*, Columbia: University of Missouri Press, 1995, p.273.

② Cleanth Brooks, *Community, Religion, and Literature*, Columbia: University of Missouri Press, 1995, pp.273—274.

③ W.J.Handy and M.Westbrook, eds., *Twentieth Century Criticism: Major Statements*, New York: The Free Press, 1974, p.67.

重新焕发出生命力,再一次变得锐利,变得有表现力。也就是说,布鲁克斯把反讽当作现代诗歌的诗性策略,认为现代批评要更多地强调、突出对反讽的正确认识。

布鲁克斯的诗歌理论主张一种绝对的评判标准,反对相对主义。在当下后现代的民主社会,更需要树立思想与知识的权威,更要有评判的标准。民主社会在政治上是一个巨大的进步,但是,在文化上却常常伴随着一种众声喧哗的混乱。相对主义、个人主义大行其道。这样的社会需要思想的贵族,学术的权威与技术的专家。文学批评中的相对主义是指在对文学的价值作出评判时,认为由于不同时期品味和标准的不同,评判者的个人爱好与教养的差异等,评判者所作出的判断永远是相对的。因此,很难对诗歌的好与坏作出绝对的评判。布鲁克斯认为这是一种危害极大的异端邪说,将导致文学的毁灭,必须反对。他说:"我很清楚,好和坏这两个术语很值得怀疑……但是,我相信,如果放弃了好和坏的评判标准,我们也就等于开始放弃了我们对诗歌本身的概念。显然,如果我们不能对诗歌之所以是诗歌作出评判,那么诗歌作为区别于其他话语的概念就失去了意义。"[1]一句话,放弃了诗歌的评判标准,在某种程度上也就是放弃了诗歌本身。

为什么这样说呢?布鲁克斯认为,如果信奉批评的相对主义,承认文学史和文学批评史的每一个特定时期的品味的标准,那么这样的进一步细划将无穷无尽,直至必须为每一位诗人设立一个单独的标准,从而无可避免地把文学批评自身抛进一种混乱的状态。布鲁克斯不无担心地提出警告:"在此,我真正关心的是这样一个论点,即:批评的相对主义教义提供了一种更简单的理论。它真的是更简单吗?实际上,比之任何绝对的批评,它会不会把我们卷入更复杂的状况?"[2]他的这种担忧不无道理。采用相对主义的标准,将没有任何希望去发现和指责坏的品味和不好的标准。18 世纪的批评家认为亚历山大·蒲柏的诗歌是快乐的源泉,而 20 世纪的阿尔弗雷德·豪斯曼却认为蒲柏的诗歌一点也不令人欢快。[3]在这样一种情境下,如果没有一个绝对的评判标准,如何能知道谁是正确的呢?一个看起来没有重大价

---

① (美)克林斯·布鲁克斯:《精致的瓮——诗歌结构研究》,郭乙瑶等译,上海人民出版社 2008 年版,第 199—200 页。

② Cleanth Brooks, *The Well Wrought Urn*, New York: Harcourt Brace, 1975, p.210. 译文参考(美)克林斯·布鲁克斯:《精致的瓮——诗歌结构研究》,郭乙瑶等译,上海人民出版社 2008 年版,第 212 页。略有改动。

③ R.S.Singh, ed., *Cleanth Brooks: His Critical Formulations*, New Delhi: Harman Publishing House, 1991, p.78.

值的诗人,却有可能一反传统文学批评家的品味与诗学价值,被赞誉为伟大的诗人。到底孰是孰非? 布鲁克斯看出相对主义不仅是对文学批评,而且对人文学科本身所产生的危险性,他明确地警告:"人文学科所遭受的各种攻击也许来自我们的时代和文化。但是,在我看来,它们没有被更好的抵抗、更有效的抵抗——因为人文学科的教师倾向于与时代精神妥协,而不是抵制它。如果人文学科想继续存在,那就必须面对自身——也就是说,同其他事物一样,坦然地接受作出标准评判这一重担。"①他呼吁作为精英阶层的人文科学的教师们要保持独立的思想,抵制流俗。

诚然,相对主义的危害在当下已经愈来愈明显地暴露出来。后现代主义打着自由的旗帜,鼓吹着所谓的个性、平等,实际上是群氓与暴民的一种狂欢。泥沙俱下,无政府主义思想泛滥。后现代主义打破了偶像与权威,众声喧哗,人人自以为是,必将陷入无政府的狂欢与混乱状态。后现代主义缺乏建设性的追求,表现为破碎、虚无、麻木与绝望。后现代不仅常常丧失了传统的道德旨趣,而且也抛弃了精英的形式诉求,是一种死亡本能在艺术与心理上的歇斯底里的表现。自由看似得到了极度的释放,但是却带来了严重的后果,其中一个就是迷惑——大众普遍的迷茫,不知该朝向何方。表现在文学批评方面,就是难以分辨何为美,何为丑,混淆优劣。各种文艺流派可以并存,但是不能没有标准,不能放弃评价原则。否则,势必像布鲁克斯所警告的,导致诗歌走向毁灭。这种后果在当下已经出现。当木子美、"梨花体"等种种恶俗现象为人所津津乐道时,也就是诗歌毁灭的征兆之一。

既然精英阶层要承担起文学批评的责任,那么有没有一个绝对的评判标准? 随着时代的更迭,人们思考与感受的模式,甚至语言都会发生变化,但是,布鲁克斯认为这并不是需要相对主义的理由,除非把道德与社会价值混同于诗歌价值。因为对于语言中的变化,可以像对待外语诗一样对待本国古代的诗。外语诗可以评论优劣,并不需要相对主义;那么,本国已逝时代的诗所用的语言虽然可能与当下的语言有些不同,当然也不需要相对主义。

---

① Cleanth Brooks, *The Well Wrought Urn*, New York: Harcourt Brace, 1975, p.213.译文参考了(美)克林斯·布鲁克斯:《精致的瓮——诗歌结构研究》,郭乙瑶等译,上海人民出版社 2008 年版,第 216 页。郭译:"但是,我感到,因为人文学科的教师们都趋向于遵守时代的精神而不是抵制它,所以人文学科从未像现在这样受到了很好的捍卫——至少,这种捍卫更加有效。"这里出现了一个错误,使意思完全相反了。布鲁克斯的本意是指因为教师们没有与流俗作斗争,没有有效地抵抗各种攻击,致使人文学科没有被很好地捍卫而陷于困境。

　　那么,诗歌的评判标准是什么呢? 先来看看布鲁克斯的一些否定。布鲁克斯承认诗歌是真理,是给予人的唯一的真理。但是诗歌是为它自身而存在的,不是为任何外在的如哲理、说教、道德、娱乐的目的而存在。①布鲁克斯认为,诗歌的评判标准并不是在于诗歌所蕴含的信息正确与否。当时,人们普遍相信,如果一首诗传达的信息是有益的、客观的、高尚的,那么它就是优秀的。而布鲁克斯认为这是错误的。作为敏感的知识分子和生命个体,诗人自然可以探讨伟大的问题和生命的难题,因为他们也不能逃脱这些问题。但是,诗人并不是哲学家,诗人不能像哲学家一样声称自己知道解决这些问题的方法,并向他人宣读、解释。布鲁克斯认为,诗歌的本质不是声明,诗人也没有信息要传达,诗歌意义的发展是一种神秘的过程,只能够用反讽与悖论这些术语来解释,而不能用清楚明白的话语来讲述,这就是诗人与哲学家的区别。

　　由于布鲁克斯禁止诗人参与特定的哲学问题的探讨,因此,诗歌所传达的信息的善行或高贵,不是判断诗歌优劣的标准。如果诗歌下了一个哲学式诊断,像济慈在《希腊古瓮颂》中的"美即是真,真即是美"这一论断,并不能依据哲学的深度来作出判断,而是要根据诗歌逻辑——当然,这种逻辑不同于科学逻辑——来判断这一哲学式诊断是否是诗歌的有机部分。如果从诗的整体来看,这一哲学论断是否是不可避免地、自然而然地涌现的,那么它就增加了这首诗的光辉;如果不是,那么它就是一个缺陷,不管这个观点是如何的好,如何的正确、深刻。

　　布鲁克斯认为,诗歌的评判标准也不能是道德。如果一首诗因为它所包含信息的德行而被评判为好的诗歌,那么势必会出现相互冲突的观点。因为批评家判断诗歌中的信息是否道德,总是从自我利益的视角出发的。如果与自身的价值和理念一致,那么,它对就是好的;如果不一致,它就是坏的。因此,同一首诗将会被不同的人作出不同的判断。如果不同的评判标准被采取,对诗歌本身将会发生什么事情呢? 诗歌将会变成宣传说教,犹如机械的马克思主义文学批评,这种庸俗的马克思主义文学批评的失败已经被许多马克思主义批评家所承认。

　　有些人偏好那些个别的包含着优美的、有丰富含义的短语、意象、诗句的诗歌,因为诗歌中镶嵌的这些"宝石"而印象深刻,并热衷于在适合的场合

---

①　(美)卫姆塞特、布鲁克斯:《西洋文学批评史》,颜元叔译,台北志文出版社 1975 年版,第700 页。

频繁引用。布鲁克斯并不认可这种倾向,正如欧洲大陆由来已久的以布瓦洛(Nicolas Boileau-Despréaux)的《诗艺》(*The Art of Poetry*)为代表的对"大红补丁"的批判。中国传统诗学中也有对一些佳言丽句的激赏,但是通常也还是从全篇来评判诗歌的高下优劣。可见,中西方大部分诗歌批评家对这种以个别的短语、意象、诗行的价值来评判整首诗歌的价值的做法都是持否定态度的。在这一点上,布鲁克斯显然是属于这大部分诗歌批评家中的一员。

布鲁克斯认为,诗歌唯一的、绝对的评判标准是形式。道德、个人品味、风格等都是相对的,不稳定的,随时代的变化而变化;只有形式是绝对的、客观的、稳定的,不会随时代的变化而发生改变。诗歌可能有不同种类的主题,不同种类的意象,不同的道德价值观念,对它们源自的时代和社会来说,所有这些不可否认都是相对的:"然而,如果我们不强调特定的主题事件,而是强调诗歌被建构的方法,或者换个比喻——当诗在诗人头脑中生长时,它所采取的形式,那么我们就有必要提出关于形式结构和修辞组织的问题:我们将不得不讨论意义的层次、象征、内涵的冲突、悖论、反讽等问题。"①

布鲁克斯认为,诗歌有偶然性和恒久性两种类型的元素。偶然性元素是历史和社会因素的主题,诗人头脑中的知识、意象、观念和价值的种类;恒久性元素是结构、有机体、反讽、悖论、态度的冲突与解决。作为诗歌的读者或批评家,如果头脑中仅有偶发性元素,作出的评判将毫无疑问是相对的;如果从永恒的元素出发,作出的评判就不会是相对的,而是绝对的。这就像数学,或者更贴切地说像几何法则。虽然数学体的个体特征受偶然性元素的影响,多种多样,各不相同,但是数学、几何的属性及特征,线、角、面之间的关系,数学符号之间的关系,都是恒在的,不受偶然性元素的限制。相类似的,诗歌的不同部分和层面是独立于诗人的,存在于偶然性环境中,不同种类的诗歌在主题事件、特定种类的意象方面没有共同的表述术语。但是,在关于有机体、结构等术语方面,它们对反讽、悖论、巧智和态度混合等的运用是共同的。这些不同的诗歌可能都是优秀的诗歌。布鲁克斯反对像华兹华斯和马修·阿诺德等人主题至上的观点,认为主题事件相对于结构来说,是居于其次的。布鲁克斯说:"这些术语(反讽、悖论等)所暗示的形式模式似乎适用于每一首诗。如果真是如此,那么我们就可以用探讨多恩诗歌的

---

① Cleanth Brooks, *The Well Wrought Urn*, New York: Harcourt Brace, 1975, p.199.译文参考了(美)克林斯·布鲁克斯:《精致的瓮——诗歌结构研究》,郭乙瑶等译,上海人民出版社 2008 年版,第 201 页。

普遍术语来探讨济慈的诗;或用探讨华兹华斯诗歌的术语来探讨叶芝的诗歌。"①

　　虽然布鲁克斯声称自己并不是要否定诗歌间重要的不同,但是他还是坚持,可以用一套绝对的标准评判所有的诗歌,这套标准由结构、有机体、悖论、反讽、张力和隐喻等术语构成。这样,在诗歌批评中给相对主义留下的空间就很少了。

　　相对主义对诗歌本身的危害是致命性的,必然造成群言混淆,使诗歌失去标准,最终走向消亡。布鲁克斯本质上是要承认权威,树立典范,建立起一套精英主义的评价体系、一套高雅的诗歌评价标准。布鲁克斯的主张与艾略特其实很相近,尤其是在政治上。艾略特公开宣称自己是政治上的保皇主义者。布鲁克斯虽然是在标榜自由、平等、民主的美国,但是他的南方社会的生活背景,他的审美趣味,他的宗教信仰,都使他反感科学、反感工业化进程,他留恋的是南方种植园、或者说至少是南方农业文明。无论他在政治上是否赞成众生平等,至少在艺术上他主张精英主义。他认为不同文化艺术修养的人,对同一个作品的评价时,修养高的人的意见相对来说要更值得重视、更正确。也就是说,一位大学教授的意见要比一位普通的读者的见解更深刻。这在以往好像是不用讨论的。但是,在后现代主义时代,一切权威被颠覆被打倒后,这种说法就要遭到众多的质疑、甚至的激烈的抨击。

　　在西方出现精神信仰危机后,有重返上帝、重回教堂的趋势。在艺术领域,当"梨花体""脑瘫女诗人"等恶俗现象泛滥时,唯有重回经典,重新树立评判标准,才能击退后现代主义的相对主义,打破借口相对主义而丑怪横行的怪圈。布鲁克斯的精英主义立场,与后现代主义的众声喧哗、解构权威是针锋相对的,在当下艺术领域妍媸莫辨的时代,具有拨乱反正的意义。当下时代,有必要消除混乱,重新树立权威,树立典范,建立文化与艺术上的秩序,要像一道光,刺穿黑暗,给人以光明的向往并指明方向,以拯救诗歌、拯救文学艺术,进而捍卫人类高贵的人文精神和思想。

　　布鲁克斯让大家重回经典,也就是重新思考传统的价值。布鲁克斯不同意自己被称为新批评家,也为那些其他的新批评家辩护。他认为自己和其他的那些被称为新批评家的评论者,所用来批评作品的方法是关注文字

————————

① Cleanth Brooks, *The Well Wrought Urn*, New York: Harcourt Brace, 1975, p.199.译文参考(美)克林斯·布鲁克斯:《精致的瓮——诗歌结构研究》,郭乙瑶等译,上海人民出版社 2008 年版,第 201 页。

的意思、重视比喻、语调和节奏,而这些批评方式早就存在。他曾经说:"每位读者都将作出自己的判断,但是至少应该对阅读的作品持应有的重视;考虑文字本身的含义;把比喻性语言也当作是有意义的,而不仅仅是一种随意的点缀;重视语调的设置、调整和转移;考虑到甚至节奏也可能有助于整体效果。因此,言而总之,被不适当地命名为新批评家,对我来说是一种负担。既然是那样的话,他们表现出来的其实根本不是新式的,而是最老式的和实际的批评者。"①也就是说,布鲁克斯其实是尊重传统,重视传统,在传统的基础上创新的。

在传统上创新,这是一个不言而喻的道理,近年来更是成为大众的共识。中国社会在历史上曾有过否定传统的年代,打倒一切传统文化的狂热曾一度占支配性的地位;也有过所谓的后现代主义时期,二、三流的文学借诸如后殖民主义批评、女性主义批评、解构主义和文化批评等理论的口号与实践,在大学课堂甚嚣尘上,而经典文学却相对被冷落。这种不正常的现象具体表现为文学被打入冷宫,各种新兴的操作性、技术性的课程占据大学课程;中西方古典文学与文论受到冷落,现当代各种新的思潮相对受热捧。中国当下必须要改变这种现状,重树经典的权威。布鲁克斯对传统文学与文化的重视,他的传统文化的理论,从异国的视角,给予世人以一个更清醒的意识来审视国人对中华传统文化的态度。每一种文化都是一种传统,每个社会的文化都受传统的影响,同时也构成了传统中的一部分。有了这种传统意识,才能深刻地明白民族文化的根基在哪里,才能更自觉地维护中华优秀的传统文化,从而避免重演历史中曾发生过的自断民族文化根基的悲剧。这种悲剧造成的后果至今还影响到社会的各个方面。尊重传统,重新接续起传统的血脉,才有可能自主创新,才有可能解决中国文论的"失语症",才能实现文化强国战略的伟大蓝图。因此,教学要回归人文主义,回归经典文学。

中国传统的诗文评论,对诗文的选字炼句也是极为重视,留下的众多诗话与词话中记载了不少佳话。如韩愈与贾岛的"推敲",王安石的"春风又绿江南岸",王国维对"红杏枝头春意闹"中的"闹"字的激赏等。《圣经·传道书》说:"已有的事,后必再有;已行的事,后必再行。日光之下,并无新事。"②中国也有历史循环论,认为万事万物周而复始。而老子的朴素的辩

---

① Cleanth Brooks, *Community*, *Religion*, *and Literature*, Columbia: University of Missouri Press, 1995, p.15.
② 《新旧约全书·旧约》,中国基督教协会印发 1989 年版,第 620 页。

证思想，认为新就是旧，旧就是新。所谓的"新批评"，只不过是古老的批评方式在新的历史时期的一种复活或复兴，与原来的区别只在于适应新时期而作的改头换面，或者与新的思想结合而发生了一些变异。但是究其实质，仍然是旧有的，是传统的。这又与艾略特的个人才能与传统的思想相合。传统的力量是个人摆脱不了的，只有依经立意，有前人的基础上创新（这种创新是有限的），才可能与传统和谐相处。而一味标新立异，最终只能落得郁郁不欢，心生焦虑，因为无论怎样左冲右突，永远摆脱不了前人的"影响"。

从总体上看，布鲁克斯诗学具有一贯性，他在诗歌批评上的理念，同样也基本贯彻于他的戏剧批评和小说批评中。在戏剧批评与小说批评中，布鲁克斯都坚持对反讽与悖论的重视和强调，并以此作为作品是否优秀的重要标准之一。同时，他也依然坚持绝对主义，即坚持对文学作品作出优劣与等级的评价。如在戏剧批评时，他坚持认为悲剧高于喜剧等。在小说批评中，布鲁克斯认为重视结构、文体细节等艺术技巧的小说，要胜过重视故事情节与人物形象塑造的小说。

布鲁克斯文学理论与批评实践，可思考的地方极多，从中还可以得到其他的一些启示。例如，在当下科学主义占支配地位的社会，人文思想常被有意无意地冷落、压制，被边缘化，应如何重新确定文学的价值。布鲁克斯明确地声称文学的真理，是一种不同于科学的真理。文学的价值，是科学无法取代的。回归文本，享受文本的快乐，抛开附加在文本之上的政治、哲学、宗教、心理等意识形态功能。虽然布鲁克斯比较温和，并不反对文学与社会、政治、历史的联系，但是，本书认为，在中国当下，矫枉必须过正，文学的研究应回归到文学性，而不是文学与社会文化之间的关系。评价文学的标准是美学的，而非政治或道德的。文学要存在，就不要让它承担太多的文学性之外的功能，文学的审美性应该是其主要功能。政治让政客去承担，哲学让哲学家去操心，文学家关心的只能是文学。文学有其自身独特的价值，正如布鲁克斯所总结的，文学的价值在于对成熟体验的丰富，对人的终极价值的追寻。

当然，反讽的是，也许从布鲁克斯那里，另一些读者可以得出与上面完全不同的启示。但是，要形式主义还是要马克思主义，这种非此即彼的两选一不再是理所当然的，物质文化和表达形式之间、政治和美学之间假定存在的对立关系不是绝对不可调和的。实际上，在一定程度上，文化诗学已经将两者结合起来。悖论、反讽是布鲁克斯文学理论与批评的核心词汇，与中国的中庸思想与传统智慧有亲缘关系，可以直接为中国当下的文论建构服务。

在一个反讽的时代,充满含混、悖论与反讽的民主社会,反对专制,各种矛盾犹如诗歌中的各种元素,形成无数的张力,最终形成一个和谐的整体。给社会学家的启示是:社会中可能充满各种矛盾,甚至激烈的冲突,不和谐的人物或事件,但是只要维持一个有机的结构,整体上依然是平衡的、稳定的。这是一种动态的平衡,充满活力的有机体,自然也是有创造力的生命体。所以,布鲁克斯的诗歌理论可以说是一个多元融合的理论;当然,同时,从整体上看,它又是一个有机结构,类似于一个健康的生态池塘。

布鲁克斯实际上还指明了当下理想的文学批评,应该是将客观中立的专业学术研究,与主观倾向、价值判断的业余批评结合起来的典范学术性批评。当然,这一说法实质上也是一个悖论。因为根据传统的理解,批评原来是从事文学工作、为报刊撰稿的批评家的工作职责,而文学研究人员,大多数都是高校或科研机构的学者。

这种学者与批评家之间的矛盾与对峙,在美国 20 世纪上半期表现得很明显。即使是同在高校工作的学者,也往往分裂成两个阵营:一部分倾向于成为受大众欢迎的批评家,大部分则固守学者的朴实与严谨。有研究者描述当时的情景:

> 学者在大学内部赢得声望,但是在大众和本科学生心中的"英语教授"形象却是研究学者的同仁文人和文学撰稿人,他们的讲座吸引了一大群学生。……这些文人教授……为普通刊物写稿,在图书俱乐部选书部任职,在公开巡回演讲时变成名人。他们学校的同仁则最多称他们为有才华的半吊子。因为他们有某种素质促使自己成为受欢迎的老师和公共演讲者。他们的同仁把他们当作只是给人消遣的表演者,而不是严格的专门人才。这些文人只是"批评家",不能真正成为有学问的"学者"。①

这种情形颇类似于中国当下学界的生态。一些善于演讲的大学教授,如于丹、易中天等人,参加"百家讲坛"之类的节目,在《南方周末》之类的刊物上撰稿,成为青年学生与普通大众眼中的"明星学者",但是在他们的那些更趋向严谨的学术研究的同事眼中,这些"明星学者"只不过是一些二流的

---

① (美)伊万・卡顿,吉拉尔德・格拉夫:《美国学术批评的出现》,见(美)萨克文・伯科维奇主编:《剑桥美国文学史》(第八卷),杨仁敬等译,中央编译出版社 2007 年版,第 277 页。

学者,甚至连二流都称不上。而那些相当严谨的研究,在普通读者眼中却又往往显得单调乏味,让人敬而远之。可以说,在某种程度上,文学研究的学术功能与文化功能永远存在矛盾。20世纪初美国高等教育的发展及其现代化与民主化,要求文学研究既要专业化和学科化,又要发挥广泛的文化和教育功能,这就要求文学批评不能仅仅局限于对语言的专门研究和对资料的学术性积累,以一种冷漠的方式鉴定资料的真实与否,也不能只是一群业余爱好者随意进行印象主义的、主观的评价。文学需要关注其巧妙和独特的美学价值,按其本来的意义被理解,并作出评判,批评要成为可以运用理性的甚至科学的组织原则和分析原则的独立研究领域。20世纪40年代的新批评顺应了时代的需要,一举成为最有影响的批评方式与理论。而作为其中的佼佼者,布鲁克斯完美地体现了学术性批评的特点——既冷静客观,具有渊博的专业素养与深刻的学识见解,又敏锐而激情,具有丰富的想象力与直观的洞察力。他的批评方式是一种典范,值得所有严谨的学术批评借鉴。

对于最有影响的新批评家来说,使文学作品有内在文学性的那些性质,也使文学作品成为复杂的人文价值的宝库,这些与没有根基、物质至上的现代的主流价值观——或者无价值观是相对立的。人们感到,在这个时代,精神意义、个人的伦理选择和令人奋发向上的集体传统都遭到围攻,面临着被工具主义的理性、庸俗的大众媒体和商业带来的荒原文化所替代的危险。很明显,现代文学经典隐退到一个纯美学的王国,实际上构成了对这种精神荒原的深刻谴责。文学依靠结构张力、丰富的肌质和含混等美学特性。相应地,着手研究美学特性的这一学科也具有巨大的社会功效和重要性。

当然,文学批评的公共责任与学科责任不应无限地扩大,其研究涉及的范围可以包括历史、政治、宗教、心理,但是必须承认文学批评的局限性,将文学批评的重点放在文学性上。批评和文学研究至关重要的是在阅读过程获得能力和乐趣,其目的并不是非得在阅读之后将所得到的知识应用到社会文化之中。我们必须承认,虽然文学批评有一定的政治功能与社会干预功能,如男同性恋和女同性恋批评、少数族群批评、后殖民主义等,但是,还有其他专业能够更直接地提出、讨论、解决当前社会所出现的种种问题。只有这样,划定自己的独特的研究边界,文学批评与研究才不至于与其他的人文社会学科相混淆。文学批评并不需要与其他学科在政治、宗教等领域进行竞争,文学有自身独特的价值,即其丰富的审美体验性。幻想将所有的社会问题都纳入自己的研究范围,志向与抱负诚属可嘉,但是研究边界的泛化,甚至无边化,最终将造成学科的崩溃。布鲁克斯等新批评家很理智地从重农主义等社会政治改革的运动中撤退出来,将文学批评超越政治(当然,在某种意义上又属于以退为进,积极干预、参与了政治,影响了社会意识形态),取得了学术上的成功,在一定程度上也是政治上的成功。

此外,还可以用新批评分析文学文本的方法来分析影视作品。既然文化批评将所有的社会文化当作文本,进行文化研究,为什么新批评不可以将文化研究的对象拿过来,使用文本分析的方法来研究呢? 当下的一些影视评论,多流于观影感受式的印象主义,或者是一些拍摄、后期制作等技术性的探讨,很少有专业性的文本批评。向影视等大众文化进军,使用新批评的"悖论""反讽""隐喻""象征""张力""有机体""结构"等概念来分析、解读大众文化,将学术与批评重新结合起来,同报刊撰稿人竞争阐释现代文化生活的权力,也许是新批评在 21 世纪重获生命力的一条可行性途径。当然,利用新批评的方法,尤其是悖论等概念进行文化批评,解构主义、新历史主义、后殖民主义等理论早就实践过了,但是真正要以文学性为中心,以审美为目的批评还远未真正开展起来。这一新的实践需要更多的专家学者共同努力,大力推动。

20 世纪 80 年代,美国学术界曾召开一次当代文学理论讨论会,会上以马克思主义批评家弗里德里克·詹姆逊和伊格尔顿的左翼批评家,与以斯坦利·费希(Stanley Fish)为代表的右翼批评家发生激烈的争论。结果是注重意识形态分析、强调对当今的"后现代主义文化"作出反响的左翼占据了优势,注重文本分析"专业主义"(Professionalism)的提倡者斯坦利·费希等人处于被动。①这也影响到中国当代的文学批评走向,使以解构为核心的后现代主义一度甚嚣尘上,至今仍有声势不减。赵毅衡不无忧虑地总结了当下文学批评的僵化性:"当代理论激进化为'后'理论,带来的一个后果就是'对象规定性'。研究采取的理论往往由被批评的文本类型预先决定:讨论女作家,用女性主义;讨论第三世界作家,用后殖民主义;讨论俗文学,用后现代主义。看题目就知道其论辩路径,知道其结论,甚至知道此论文将引用何人的哪一本著作,论文读起来实在像新八股。'师范'训练落到这种地步,是批评理论最大的危机。"而新批评反倒是一种反对这种僵化批评的途径。"相比之下,这个罪名已经不是落在新批评头上,新批评的文本中心实际上排除了套用结论的可能。"因此,赵毅衡用诗人的情怀作出结论:"新

---

① 李黎:《美国召开当代文学理论讨论会》,《外国文学评论》1988 年第 1 期,第 137 页。

批评方法依然在中国学界盛行……新批评依然在我们中间，就像父亲的鬼魂在跟着哈姆雷特。……今日的青年学子重访新批评不会空手而归，因为这是依然是一座宝山。"①套用赵毅衡的比喻，那么，对布鲁克斯诗学的研究，就是这座宝山中的一个富矿，值得进一步挖掘。

布鲁克斯诗学既与拒绝让文学成为反映社会现实的工具、强调文学的文学性的形式主义有诸多的相似之处，又有与马克思主义文论相合的地方。

最后，如果要对布鲁克斯及其诗学作一个所谓的结论，其实是非常不明智、也是非常困难的一件事。一般认为，在宗教上，布鲁克斯是一位坚定的圣公会教徒；在政治上，他是一位保守的重农主义者；在文学上，他是一位基督教人文主义者，强烈地坚持文学的自足性和超自然的基督教信仰的完整性。然而，也许更应该把布鲁克斯本人及其诗学当作一个文本，像理解、鉴赏一首诗一样来理解这一"文本"，重在体验的过程，使自己的人生阅历更丰富、更成熟，以对世界、人生有更深的体悟。如果一定要对布鲁克斯及其诗学定位，作出一个结论，也只能勉强为之，因为那必然是一系列充满悖论与反讽的话语：他既是形式主义者，又是人文主义者；他既是传统主义者，又是改革派；既是精英主义者，又是面向大众者；他极其谦虚，又极其高傲；他尊重女性，又看不起女性（南方派大多看不起女性与黑人）；他是位虔诚的教徒，又对宗教的力量表示怀疑……

这样的悖论看起来可以一直开下去而没有终结。但是，可以记住布鲁克斯至关重要的两个特征：他骨子里是精英主义者与尊重传统的浪漫主义者。一位中国学者对布鲁克斯的精神与性格作出评价，认为用布鲁克斯自己阐释过的美国"硬汉"精神来评价布鲁克斯是适宜的："从精神本质上说，布鲁克斯用他那有限生命扮演的就是他认为不得不扮演也值得扮演的悲剧式硬汉。"②

---

① 赵毅衡：《新中国六十年新批评研究》，《浙江大学学报》（人文社会科学版）2012 年第 1 期，第 146—147 页。
② 程亚林：《布鲁克斯和"精制的瓮"及"硬汉"》，《读书》1994 年第 12 期，第 119 页。

附录一:克林思·布鲁克斯年谱

1906 年—1920 年

1906 年 10 月 16 日,克林思·布鲁克斯出生于美国肯塔基州默里市,兄弟姐妹共六人。布鲁克斯自己曾说过,他那奇怪的名字克林思(Cleanth)源自其曾祖母对古希腊斯多葛派(Stocism)哲学家克里安西斯(Cleanthes,前 331 年—前 232 年)的崇拜。①布鲁克斯早年就显现出对文学的兴趣,当他只有四岁时,父亲就读《伊利亚特》(*Iliad*)给他听。1920 年之前,由于父亲每隔几年就要被派往不同的教堂,因此,在布鲁克斯的童年及少年时代,共搬过八次家,布鲁克斯在肯塔基州南部和田纳西州西部不同的公立学校接受初级教育。

1920 年—1924 年

1920 年秋,布鲁克斯就读田纳西州麦肯基市(McKenzie)的麦梯中学(McTyeire School)②,四年期间学习英语、数学、拉丁文、希腊语、美国历史等,同时也参加礼拜和运动。

1924 年—1928 年

1924 年读完预科后,布鲁克斯进入了位于田纳西州首府纳什维尔的梵得比尔大学。这被证明是布鲁克斯生涯中的一个转折点。布鲁克斯进梵得比尔时,有两件事占据着他的心,首先,是成为一名足球运动员;其次,希望以后进法学院。但是在梵得比尔,他开始对文学领域产生了强烈的兴趣。之前,他与诗人的接触只限于印刷的诗歌。然而在这里,那些在校园草地或大学礼堂走廊穿行的人不仅写诗,而且出版诗集。约翰·兰色姆已经凭借

---

① Cleanth Brooks, *Community*, *Religion*, *and Literature*, Columbia: University of Missouri Press, 1995, p.260.

② 学校名为纪念美国南方卫理公会的麦梯主教(Holland McTyeire)。

诗歌赢得了全国性的声誉。在梵得比尔,布鲁克斯结识了兰色姆、罗伯特·潘·沃伦、安德鲁·莱特尔(Andrew Lytle)和唐纳德·戴维森等文学青年。

那时,兰色姆被指派教布鲁克斯的高级写作和现代文学课。梅里尔·穆尔(Merill Moore)、安德鲁·莱特尔、罗伯特·潘·沃伦和艾伦·泰特已经上过兰色姆的课。兰色姆对布鲁克斯最早的影响是在教室,而不是通过诗歌。对兰色姆的诗,布鲁克斯曾坦承:"我必须坦白,我一点也不喜欢兰色姆的诗,不能从头到尾地看完。"①但是这只是刚开始,后来情况突然发生了令人欣喜的转变。布鲁克斯继续告诉大家说:"一天晚上,在另一位学生的寝室中,我拾起一本他(兰色姆,引者注)的诗集,突然天平从我的眼前倾斜,我惊讶于自己为何原来始终不能欣赏他的诗歌。"②在其他场合,布鲁克斯也表达过这次转变,说兰色姆诗歌"文体的辉煌深深地触动了"他。

布鲁克斯在梵得比尔另一件值得提及的事是参加了美国最有名的文学活动之一,即"逃亡者"运动。虽然布鲁克斯和安德鲁·莱特尔不是逃亡者的正式成员,但是他们与这一集团联系非常密切,以至可以被视为是其中的一员。

布鲁克斯和卡柳梅特俱乐部的其他成员于1928年共同出版了诗集《刻面》。布鲁克斯贡献了六首诗歌。第一首是《阿芙洛狄忒的诞生》(*Birth of Aphrodite*)。乍一看,这首诗似乎反映了唯美主义和英国世纪末颓废主义的影响。在这个群体的文学作品中,一个永恒的主题是认为艺术优于自然。诗中,首先是以祈求的语气,敦促工匠们帮助建造希腊女神的雕像。其意图不是要庆祝这个神话人物,而是要超越她。(注意,他们正在建造一座石头塑像,代表最初由海洋泡沫诞生的女神)。设计师们根据蓝图,使用测量工具,使雪花石膏制成的塑像轮廓符合所选择的标准。但是等到完成时,却怀疑那是完美的,所创造的只是一个冰冷的数学对称物。在诗的结尾,讽刺变得更加尖锐:"当然,如此仔细造出的,/我们的阿佛洛狄忒,/比起那生于不停息的潮汐,/除了无心的海/没有任何模式可参考的女神,/难道不是要更美丽吗?"③布鲁克斯对自己的这首诗充满信心,在"逃亡者"的诗歌集会上

---

① B.J. Leggett, "Notes for a Revised History of the New Criticism: An Interview with Cleanth Brooks", *Tennessee Studies in Literature*, 24, p.7.

② B.J. Leggett, "Notes for a Revised History of the New Criticism: An Interview with Cleanth Brooks", *Tennessee Studies in Literature*, 24, p.6.

③ Mark Royden Winchell, *Cleanth Brooks and the Rise of Modern Criticism*, Charlottesville: University Press of Virginia, 1996, p.38.

进行了朗诵。布鲁克斯在《刻面》中的一首十四行诗《艾伯纳·加德纳：疲惫的商人》(*Abner Gardner*：*Tried Business Man*)写得机智、幽默，充满幻想。诗中描述了商人加德纳身在地狱，但是却没有被充满异国情调的环境所改变，似乎是他那愚蠢的存在，让周围的环境变得常见。如果流过地狱昏睡平原的忘川之水平静、纯净，里面有闪亮的鱼儿滑翔，那么，加德纳会非常愿意在河岸上一边吸烟一边垂钓。加德纳是个商人，可能被认为是对商业伦理的批评。他并非因为资本主义的贪婪而下到地狱；他只不过是一个愚钝而粗心的人，似乎很自然地融入了忘川。几乎可以肯定的是，他并没有读过希腊神话，不可能认知他所处的环境。由于被允许实现他世俗的吸烟与钓鱼愿望，他甚至认为自己是在天堂。正如克尔凯郭尔所观察到的："绝望的具体特征恰恰是这样的：对绝望的存在没有意识。"艾伯纳·加德纳是一个非本真的人。①可以看出，布鲁克斯的诗歌创作与其所服膺的诗歌理论一样，都倾向于反讽的风格。

由于诗歌才华，他被选为 1928 年毕业典礼上的学级诗人。为了这个场合，他创作了一首适当的礼仪颂歌，名为《1928 学级歌》(*1928 Class Poem*)。表达的情感是学校精神的期望和对母校的忠诚。然而，使这首诗显得怪异的是一种怀旧的语气，这对于一个还没有庆祝自己 21 岁生日的人来说，似乎显得过于早熟。诗歌中的叙述者想象他和同学们都远离范德比尔特的时间和空间的一个时间。

1928 年春，布鲁克斯从梵得比尔大学毕业，获文学学士学位。

1928 年—1929 年

1928 年 9 月，就读新奥尔良市的图兰大学研究生院。布鲁克斯来自文学讨论正日益变得如火如荼的环境，然而在图兰大学，他非常失望，因为这里的人不讨论诗歌。他的老师们是约翰·霍普金斯大学和哈佛大学培养的人，他们花所有的时间谈论思想史。但是他自己开始真正地理解兰色姆的诗歌，努力阅读。幸运的是，布鲁克斯在这里遇到了以后的终身伴侣伊迪丝·布兰琪(Edith Amy Blanchord)，两人从此展开了漫长的恋爱。

1929 年 6 月，布鲁克斯从图兰大学毕业，以论文《巴洛克研究：对伊丽莎白时期十四行组诗的奇喻诗考查》(*Studies in Baroque*：*An Examination of*

---

① Mark Royden Winchell, *Cleanth Brooks and the Rise of Modern Criticism*, Charlottesville: University Press of Virginia, 1996, pp.36—37.

the Conceit-Poetry of the Elizabethan Sonnet-Sequences）获文学硕士学位。

1929 年—1932 年

1929 年从图兰大学毕业,当年获罗兹奖学金,以罗兹学者的身份进入牛津大学埃克斯特学院深造。在研究 18 世纪的专家戴维·史密斯(David Nichol Smith)的指导下,开始编辑古文物学者托马斯·珀西主教与他的朋友——剑桥大学的一个学院院长理查德·法默(Richard Farmer)的通信集。在这里,布鲁克斯也不得不做主要与传记性材料或思想史相关的工作。那时,罗伯特·潘·沃伦也在牛津大学(沃伦亦获罗兹奖学金,此为其最后一年),攻读哲学学者的文凭,也继续写诗,并对正沿着剑桥大学的路数发生的文学革命兴趣渐增。罗伯特·潘·沃伦使布鲁克斯注意到瑞恰慈 1924 年出版的《文学批评原理》。

1931 年获得荣誉文学士(B.A.Honours)。

1932 年获牛津大学“文学学士”(B.Litt)学位(大致相当于美国的硕士学位)。

1932 年—1934 年

1932 年,布鲁克斯进入位于巴特·罗奇的路易斯安那州立大学英语系任讲师。这是布鲁克斯光辉的职业生涯的开端。

1934 年 9 月 12 日,与伊迪丝·布兰琪结婚。同年秋天,罗伯特·潘·沃伦也到路易斯安那州立大学英文系任教,成为布鲁克斯的同事。布鲁克斯与沃伦一起帮助编辑《西南评论》(*Southwest Review*),他们将一起创造一段文学的历史。

那时,在路易斯安那州立大学,研究生院院长查尔斯·皮普金(Charles W.Pipkin)正在努力使大学充满活力。幸运的是,当时的校长休伊·朗(Huey Long)在资金上给予大力支持。于是这所学校在大萧条时期,成为唯一一所增加办学规模的学校。皮普金告诉校长,学校现在需要的不仅仅是一支优秀的足球队、一场精彩的歌剧。要提高学校的声誉,一份大学季刊是必不可少的。1935 年春季,学校将迎来七十五周年庆典。校长想利用这个机会好好做一次宣传。校长知道沃伦已经是签约作家,因此驱车到沃伦家中,问办一份季刊要花多少钱。沃伦告诉他这笔费用,校长于是直接问他能否在六月庆典前把刊物办出来,沃伦答应试一下。于是沃伦马上去找布鲁克斯,按计划,他们担任刊物的执行主编,并请皮普金担任主编。这就是后来大名鼎鼎的《南方评论》季刊的开始。

1935 年

与罗伯特·潘·沃伦一起负责主编《南方评论》,一直持续到 1942 年。当时主要的撰稿者是"逃亡者"集团。供稿人还包括肯尼思·伯克、莫顿·扎贝尔(Morton Zabel)、弗朗西斯·弗格森、莱昂内尔·奈茨、菲利普·拉夫和许多不是很著名的南方作家。布鲁克斯的《现代诗与传统》、《精致的瓮》中一些最重要的论文最先都是发表在《南方评论》。另外,当时著名的论文如艾伦·泰特的《诗歌中的张力》(*Tension in Poetry*)、韦勒克与奥斯汀·沃伦合著的《文学作品艺术的存在模式》(*The Mode of Existence of Literary Work of Art*)也是最先发表在《南方评论》。韦勒克与奥斯汀·沃伦的这篇论文后来成为名著《文学理论》的中心章节。

1936 年

与罗伯特·潘·沃伦、约翰·普瑟合作出版《文学门径》。这本评论诗歌、小说、戏剧和论说文的文集大受欢迎,到 1975 年,就已出到第 15 版。

1938 年

与罗伯特·潘·沃伦合著、出版教材《理解诗歌》,获得巨大成功。

1939 年

出版其第一本重要的批评专著《现代诗与传统》。

1941 年

到得克萨斯大学做访问教授。

1943 年

与罗伯特·潘·沃伦合编、出版教材《理解小说》。

1945 年

1945 年与罗伯特·海尔曼合编、出版教材《理解戏剧》。

1947 年

这一年在布鲁克斯的生命中具有特别重要的意义。三月，布鲁克斯最重要的、奠定其作为批评家声誉的著作《精致的瓮》出版。同年，布鲁克斯以英语教授的身份转到耶鲁大学工作。

1951 年—1953 年

布鲁克斯在耶鲁一直非常多产，除了撰写大量的批评论文外，还于1949 年与罗伯特·潘·沃伦合著了《现代修辞》，1951 年与约翰·哈代(John Edward Hardy)合著了《约翰·弥尔顿的诗歌》(*The Poems of Mr. John Milton：The 1645 Edition with Essays in Analysis*)。1951 年到1953 年间，布鲁克斯担任华盛顿国会图书馆成员，首获古根海姆奖。

1955 年

与罗伯特·潘·沃伦合作编写了《〈南方评论〉短篇故事集》(*An Anthology of Stories from the Southern Review*)。

1957 年

布鲁克斯与维姆萨特合写的《西洋文学批评史》面世。这一里程碑式的著作，源于 1953 年布鲁克斯在南加州大学做访问学者时，应出版社的要求所作。布鲁克斯找到维姆萨特，两人分工合作，布鲁克斯负责第四部分，论述的批评家涉及尼采、弗洛伊德、荣格、艾略特、燕卜逊、庞德、瑞恰慈、兰色姆等。这部著作被称为是对形式主义文学理论的重大贡献，代表了形式主义批评观念在整个西方文学批评史的扩展与延伸。自然，这被一些学者认为是一种不全面的历史。布鲁克斯与维姆萨特自己也声明，这是"一种关于语言艺术及对它的阐释和批评的观念史"，[①]因此它的价值标准是，把冲突对立面整合在一个新的诗歌有机体中，这样的被视为语言客体的艺术作品才是最好的。这种关注的主导地位，可从作者声称叶芝的诗歌有"真正起作用的二元性"一窥踪迹，也可从他们对瑞恰慈关于文学在读者身上引起对立联觉理论的处理中探寻一二。相同的关注表现在他们对艾略特从快乐 vs. 痛苦的轴心，到一致 vs.多样性轴心的诗学变换的态度上。莱斯利·菲德勒

---

① William K.Wimsatt & Cleanth Brooks, *Literary Criticism：A Short History*, New York：Alfred A.Knopf, 1957, p.Ⅸ.

也被认为没有做到使形式与内容一致。可以发现,在这本书里,隐喻被强调为一种重要的力量,可以在一个新的联合体中混合二元论的斗争。这是对复杂、反讽式诗歌的辩护,也是对诗歌有机体观念的辩护。正是通过这种方式,这本书把新批评的文学纲领追溯、投射到过去时代。这本书对文学理论作出了巨大的贡献,表达了新批评家信念的许多命题。

1960 年

再次获古根海姆奖。

1963 年

出版《隐藏的上帝》。在这本书里,布鲁克斯研究海明威、福克纳、叶芝、艾略特和罗伯特·潘·沃伦。这些论文实际上是 1955 年布鲁克斯在康涅狄格州哈特福德市(Hartford)的三一学院(Trinity College)所作的演讲。在此书中,布鲁克斯努力展示这些作家与人类的基督教理念紧密相关,尤其是一直聚焦于他们与泯灭人性的现代世界的对比。可以说,这本书致力于处理文学的宗教含义。布鲁克斯认为,一位理想的基督徒,将在现代文学中发现大量振奋人心的、有用的东西。他坚持认为,现代的许多伟大作家正在参与核心的基督教难题,他们的作品因涉及基督教的预设而被照亮。布鲁克斯本人非常出色地展示了这一点。同年,布鲁克斯还出版了杰作《威廉·福克纳:约克纳帕塔法郡》。

1964 年—1966 年

这一时期,布鲁克斯被任命为美国驻伦敦大使馆的文化专员,开始人生中另一种不同的角色。带着一贯的优雅,布鲁克斯履行这一新的角色,依然保持他的美德。由于新工作的高强度,布鲁克斯几乎累到精疲力竭,但是,"他在困难时刻保持镇定",①坚持与学术界、文学界的接触,安排在大使馆的演讲,他本人也经常在大学和学校发表演讲。此外,他参加在英国与欧洲大陆大量的文学座谈会及其他的文化聚会。在许多场合,布鲁克斯正式代表美国。

---

① Lewis P.Simpson, ed., *The Possibilities of Order: Cleanth Brooks and His Work*, Baton Rouge: Louisiana State University Press, 1976, p.145.

1966 年

返回耶鲁大学,担任修辞学资深教授。

1971 年

出版《成形的喜悦》。

1975 年

这年春天,布鲁克斯从耶鲁大学正式退休。退休后一直担任耶鲁大学修辞学资深荣誉教授,依然笔耕不辍。

1978 年—1984 年

1978 年,出版专著《威廉·福克纳:朝向并超越约克纳帕塔法郡》。

1983 年,出版专著《威廉·福克纳:初次邂逅》。

这一时期,布鲁克斯还对自己早年的诗歌理论与批评进行了反思与总结,其中比较重要的论文有 1979 年的《新批评》(*The New Criticism*)、1981 年的《I.A.瑞恰慈和实践批评》和 1984 年的《寻找新批评》等。

1985 年

受杰弗逊人文讲座邀请,发表《在技术时代的文学》的演讲。

1986 年

1986 年 10 月,相伴布鲁克斯五十多年的妻子伊迪丝·布兰琪逝世。

1991 年

出版《历史的证据与十七世纪诗歌阅读》。正如伟人总是被误解一样,有许多人攻击布鲁克斯是文本中心主义者,主张文本细读,反对传记性和历史性材料的分析。然而,布鲁克斯认为自己一直承认传记和历史性分析的重要性,只是反对把历史分析当作文学分析的终极目的。《历史的证据与十七世纪诗歌阅读》可视为这位伟大的批评家为自己的最后一辩。

1994 年

1994 年 5 月 10 日,在与病魔顽强斗争后,布鲁克斯走完他充满荣耀的一生,逝于纽黑文,享年 88 岁。1995 年,遗作《社区、宗教与文学》(论文集)出版。

附录二：名词和人名中外文对照表

A

Aaron, Daniel 丹尼尔·艾伦

accentual regularity 重音的规律性

Addison, Joseph 约瑟夫·艾迪生

Adler, Mortimer J. 莫蒂默·阿德勒

Aiken, Conrad 康拉德·艾肯

Alcott, Louisa May 路易莎·奥尔科特

Alighieri, Dante 但丁

Althusser, Louis Pierre 阿尔都塞

Ambiguity 含混

American Innocence 美国式纯真

Aristotle 亚里士多德

Arnold, Matthew 马修·阿诺德

Auden, Wystan Hugh 奥登

Auslander, Philip 菲利浦·奥斯兰德

Austen, Jane 简·奥斯丁

B

Bach, Wilhelm Friedemann 巴赫

Bacon, Francis 弗朗西斯·培根

Barthelme, Donald 唐纳德·巴塞尔姆

Barthes, Roland 罗兰·巴特

Baudelaire, Charles Pierre 波德莱尔

Beardsley, Monroe Curtis 门罗·比尔兹利

beautiful statement of some high truth 崇高真理的美丽宣言

Beethoven, Ludwig van 贝多芬

Belinskiy, V.G. 别林斯基

Belsey, Catherine 凯瑟琳·贝尔西

Bentley, Eric 埃瑞克·本特利

Bercovitch, Sacvan 萨克文·伯科维奇

Berkeley, George 乔治·伯克利

Bhardwaj, R.R. 巴德瓦杰

bi-focal cognitive theory 双焦认知理论

Black, Max 马克斯·布莱克

Blackmur, Richard Palmer 布拉克默尔

Blanchord, Edith Amy 伊迪丝·布兰琪

Blotner, Joseph 约瑟夫·布罗特纳

Bodkin, Maude 莫德·博德金

Boileau-Despréaux, Nicolas 布瓦洛

boulevard novel 娱乐小说

Bové, Paul A. 保罗·鲍威

Bradbury, John M. 约翰·布拉德伯里

Bradley, Andrew Cecil 安德鲁·布拉德利

Brecht, Bertolt 布莱希特

Brinkmeyer, Robert Jr. 罗伯特·布林克梅耶尔

Brombert, Victor 维克多·布罗姆伯特

Brooks, Cleanth 克林思·布鲁克斯

Brooks, Van Wyck 凡·温克·布鲁克斯

Brown, John Dickson 约翰·布朗

Buell, Lawrence 劳伦斯·比尔

Bundy, Barbara Korpan 芭芭拉·邦迪

Bunyan, John 班扬

Burgum, Edwin Berry 爱德温·伯格姆

Burke, Kenneth 肯尼思·伯克

Burt, Stephen 斯蒂芬·伯特

C

Cain, William E. 威廉·E.凯恩

Calverton, Victor Francis 维克多·卡文顿

Campbell, Joseph 约瑟夫·坎贝尔

Carew, Thomas 托马斯·卡鲁

Carlson, Marvin 马文·卡尔森

Casey, James Robert 詹姆斯·凯西

Cassirer, Ernst 恩斯特·卡西尔

Caudwell, Christopher 考德威尔

Cavalcanti, Guido 卡瓦尔坎蒂

Chandra, Naresh 纳尔达·钱德拉

Chapman, George 乔治·查普曼

Chase, Richard 理查德·蔡斯

Chaucer, Geoffrey 乔叟

Chekhov, Anton 契诃夫

Cisneros, Sandra 桑德拉·希斯内罗丝

Cleanthes 克里安西斯

close reading 细读

Coleridge, Samuel Taylor 柯勒律治

complex of attitudes 态度的综合

Conceit 奇喻

Congreve, William 康格里夫

Conrad, Joseph 康拉德

Cook, Albert Spaulding 阿尔贝特·库克

Cook, Alissa 阿丽莎·库克

Corbet, Richard 理查德·科贝特

Core, George 乔治·柯尔

Cortez, Hernando 赫南多·科特斯

Cotton, Charles 查尔斯·考敦

Coughlin, Phyillis F. 菲利斯·科格林

Cowan, Louise 路易斯·考恩

Cowley, Malcom 马尔科姆·考利

Crane, Ronald Salmon 罗纳德·克莱恩

Crane, Stephen 斯蒂芬·克兰

Critical Monism 批评的一元论

Cromwell, Oliver 克伦威尔

Cruz, Isagani R. 伊萨加尼·克鲁兹

Cutrer, Thomas W. 托马斯·卡特雷尔

D

Daniel, Robert D. 罗伯特·D.丹尼尔

Daniel, Robert W. 罗伯特·W.丹尼尔

Darwin, Charles Robert 达尔文

Davidson, Donald 唐纳德·戴维森

De Man, Paul 保罗·德曼

debased Romanticism 低俗的浪漫主义

Derrida, Jacques 雅克·德里达

Descartes, René 笛卡尔

Dewey, John 约翰·杜威

Dickstein, Morris 莫里斯·迪克斯坦

displacement 位移

dissociationof sensibility 感受力分化

Dobrolyubov, N.A. 杜勃罗留波夫

Dolven, Jeff 杰夫·多尔文

Donne, John 约翰·多恩

Donoghue, Denis 丹尼斯·多诺霍

Doren, Charles Van 查尔斯·多伦

Dryden, John 约翰·德莱顿

Ducharme, Edward Robert 爱德华·杜沙姆

E

Eagleton, Terry 伊格尔顿

Eastman, Max 麦克斯·伊斯曼

Ejxenbaum, Boris 艾亨鲍姆

Hillyer, Robert 罗伯特·希利尔

Hirsch, David 戴维·赫希

Hobbes, Thomas 托马斯·霍布斯

Hollander, John 约翰·霍兰德

Holloway, John 约翰·霍洛威

Hornby, Richard 理查德·霍恩比

Housman, Alfred Edward 阿尔弗雷德·豪斯曼

Hume, David 大卫·休谟

Humle, Thomas Ernest 托马斯·休姆

I

Ibsen, Henrik Johan 易卜生

Indra, C.T. 因陀罗

ironic reversal 反讽性逆转

irony of logic/ironic logic 逻辑反讽/反讽逻辑

irony of religion 宗教反讽

irony of the fable 寓言反讽

irony of the individual 个体反讽

irony of the pastoral 牧歌式反讽

irony of time 时间反讽

irony of understatement 克制叙述反讽

irony of whimsy 奇趣反讽

irony or paradox of the imagination itself 想象力自身的悖论或反讽

Irony 反讽

Itnyre, Terry F. 特里·伊特奈尔

J

Jakobson, Roman 罗曼·雅各布森

James, Henry 亨利·詹姆斯

Jameson, Fredric 弗里德里克·詹姆逊

Jancovich, Mark 马克·贾科维奇

Johnson, Samuel 塞缪尔·约翰逊

Jones, Howard Mumford 霍华德·琼斯

Joyce, James 詹姆斯·乔伊斯

Jung, Carl Gustav 荣格

Justus, James H. 詹姆斯·尤斯图斯

K

Kant, Immanuel 康德

Karnikas, Alexander 亚历山大·卡里卡斯

Katharsis 卡塔西斯

Katz, Steven Robert 史蒂文·卡茨

Kazin, Alfred 阿尔弗雷德·卡津

Keast, William Russel 威廉·基斯特

Keats, John 济慈

Keniston, Ann 安·凯尼斯顿

Kermode, Frank 弗兰克·克默德

Keynes, John Maynard 凯恩斯

Kierkegaard, Soren Aabye 克尔凯郭尔

Kipling, Rudyard 鲁德亚德·吉卜林

Knight, George Richard Wilson 乔治·奈特

Knights, Lionel Charles 莱昂内尔·奈茨

Koestler, Arthur 亚瑟·库斯勒

Krauss, Kenneth 肯尼斯·克劳斯

Krieger, Murray 莫瑞·克里格

Kundera, Milan 米兰·昆德拉

L

Landor, Walter Savage 沃尔特·兰道

Langer, Susanne K. 苏珊·朗格

Lasch, Christopher 克里斯托弗·拉什

Lawrence, David Herbert 劳伦斯

Leavis, Frank Raymond 利维斯

Leggett, Bobby Joe 博比·莱格特

Leibniz, Gottfried Wilhelm 莱布尼茨

Leitch, Vincent B. 文森特·利奇

Lemon, Lee T. 李·莱蒙

Perloff, Marjorie 马乔里·佩罗夫

Phillips, William 威廉·菲利普斯

Pipkin, Charles W. 查尔斯·皮普金

Pisarey 庇莎黎

Pittenger, Frank 弗兰克·皮腾格

Plautus, Titus Maccius 普劳图斯

Plekhanov, George 普列汉诺夫

Plurisignation 复义

Poe, Edgar Allan 爱伦·坡

Pope, Alexander 亚历山大·蒲柏

Pound, Ezra 埃兹拉·庞德

power-knowledge 权力知识

Prescott, Frederick Clarke 弗雷德里克·
　普雷斯科特

Priestley, Joseph 约瑟夫·普利斯特里

primary attribute 主要属性

problem play 问题剧

Professionalism 专业主义

Proust, Marcel 普鲁斯特

Prowse, Walter Frederick 沃尔特·普
　劳斯

pun 双关语

pure realization 纯粹的实现

Purser, John Thibaut 约翰·普瑟

R

Raffaello 拉菲尔

Rahv, Philip 菲利普·拉夫

Ransom, John Crowe 约翰·克劳·兰
　色姆

Representation 表现

Richards, Ivor Armstrong 瑞恰慈

Richter, Jean-Paul 让·保尔·里克特

Ricoeur, Paul 保罗·利科

Riggar, Marian Kidd 玛丽安·里加

Roethke, Theodore 西奥多·罗特克

romantic irony 浪漫反讽

Rosen, David 大卫·罗森

Rowe, Kenneth Thorpe 肯尼斯·罗

Russell, Richard Rankin 理查德·罗素

Russo, John Paul 约翰·拉索

Ryle, Gilbert 吉尔伯特·赖尔

S

Said, Edward Waefie 萨义德

Sand, George 乔治·桑

Santayana, George 乔治·桑塔亚纳

sardonic irony 嘲笑反讽

Sartre, Jean-Paul 萨特

satiric irony 讽刺反讽

Schelling, Friedrich Wilhelm Joseph von
　弗里德里希·谢林

Schiller, Johann Christoph Friedrich von
　席勒

Schlegel, August 奥古斯特·施莱格尔

Schlegel, Friedrich 弗里德里希·施莱
　格尔

Scholes, Robert 罗伯特·斯库拉斯

Schuchard, Ron 罗恩·舒查德

Scott, Wilbur Stewart 魏伯·司各特

secondary attribute 次级属性

self-irony 自我反讽

sentimental comedy/tragedy 感伤剧

serious comedy 严肃喜剧

Shaftsbury, Lord 夏夫茨伯里

Shakespeare, William 莎士比亚

Shapiro, Karl 卡尔·夏皮罗

Sharpe, Meredith Youngquist 梅雷迪思·
　夏普

Shaw, George Bernard 萧伯纳

Shelley, Percy Bysshe 雪莱

Shepherd, Simon 西蒙·谢泼德

Warren，Robert Penn 罗伯特·潘·沃伦

Warren-Brooks Award 沃伦与布鲁克斯学术奖

Wasser，Audrey Catherine 奥黛丽·瓦瑟

Weimann，Robert 罗伯特·魏曼

Weinberg，Bernard 伯纳德·温伯格

Weisskopf，Victor E. 维克多·魏斯科普夫

Wellek，René 雷纳·韦勒克

Weston，Jessie Laidlay 杰西·韦斯顿

Wheelwright，Philip 菲利普·惠尔怀特

Whitman，Walt 惠特曼

Wilde，Oscar 奥斯卡·王尔德

Wildman，John Hazard 约翰·威德曼

Wilkinson，Charles Henry 威尔金森

Williams，Raymond Henry 雷蒙·威廉斯

Wimsatt，William K. 威廉·维姆萨特

Winchell，Mark Royden 马克·温切尔

Winters，Yvor 伊沃·温特斯

wit and high seriousness 巧智和庄重反讽

Wit 巧智

Wittgenstein，Ludwig 维特根斯坦

Wordsworth，William 华兹华斯

Wright，Richard 理查德·赖特

Wundt，Wilhelm 威廉·冯特

Y

Yeats，William Butler 叶芝

Young，T.D. 杨

Z

Zabel，Morton 莫顿·扎贝尔

参 考 文 献

一、外 文 文 献

（一）布鲁克斯专著、编著与论文集（按时间顺序）

The Relation of the Alabama-Georgia Dialect to the Provincial Dialects of Great Britain. Baton Rouge: Louisiana State University Press, 1935.

An Approach to Literature: A Collection of Prose and Verse with Analyses and Discussions. With Robert Penn Warren and John Thibaut Purser. Baton Rouge: Louisiana State University Press, 1936.

Understanding Poetry: An Anthology for College Students. With Robert Penn Warren. New York: Henry Holt and Company, Inc., 1938.

Modern Poetry and the Tradition. Chapel Hill: University of North Carolina Press, 1939.

The Correspondence of Thomas Percy and Edmond Malone. Arthur Tillotson ed. (general editors for the series, David Nichol Smith and Cleanth Brooks). Baton Rouge: Louisiana State University Press, 1942.

Understanding Fiction. With Robert Penn Warren. New York: F.S. Crofts, 1943.

Understanding Drama. With Robert B. Heilman. New York: Holt, 1945.

The Correspondence of Thomas Percy and Richard Farmer. Baton Rouge: Louisiana State University Press, 1946.

The Well Wrought Urn: Studies in the Structure of Poetry. New York: Reynal and Hitchcock, 1947.

Modern rhetoric: With Reading. With Robert Penn Warren. New York: Harcourt Brace, 1949.

Fundamentals of Good Writing : A Handbook of Modern Rhetoric.
With Robert Penn Warren. New York: Harcourt Brace, 1950.

*The Poems of Mr. John Milton : The 1645 Edition with Essays in
Analysis.* With John Edward Hardy. New York: Harcourt Brace, 1951.

*The Correspondence of Thomas Percy and Sir David Dalrymple,
Lord Hailes.* A. F. Falconer ed. Baton Rouge, 1953. Cleanth Brooks for
part in general editorship.

An Anthology of Stories from the Southern Review, With Robert
Penn Warren. Baton Rouge: Louisiana State University Press, 1953.

The Correspondence of Thomas Percy and Evan Evans. Aneirin
Lewis ed. Baton Rouge: Louisiana State University Press, 1957. Cleanth
Brooks for part in general editorship.

Literary Criticism : A Short History. With William K. Wimsatt. New
York: Knopf, 1957.

The Scope of Fiction. with R. P. Warren. New York: Appleton-Cen-
tury-Crofts, Inc., 1960.

The Correspondence of Thomas Percy and George Paton. A. F. Fal-
coner ed. New Haven: Yale University Press, 1961. Cleanth Brooks for
part in general editorship.

Modern Rhetoric : Shorter Edition. with R. P. Warren. Harcourt,
Brace & World, Inc., 1961.

*The Hidden God : Studies in Hemingway, Faulkner, Yeats, Eliot,
and Warren.* New Haven: Yale University Press, 1963.

William Faulkner : The Yoknapatawpha Country. New Haven: Yale
University Press, 1963.

A Shaping Joy : Studies in the Writer's Craft. New York: Harcourt
Brace, 1971.

American Literature : The Makers and the Making. With R. W. B.
Lewis and Robert Penn Warren. 2 vols. New York: St. Martin's
Press, 1973.

William Faulkner : Toward Yoknapatawpha and Beyond. New Ha-
ven: Yale University Press, 1978.

William Faulkner : First Encounters. New Haven: Yale University

Press, 1983.

The Rich Manifold: *The Author*, *the Ronald S.Librach*. Columbia: Missouri Review, 1983.

The Language of the American South. Athens: University of Gergia Press, 1985.

On the Prejudices, *Predilections*, *and Firm Beliefs of William Faulkner*: *essays*. Baton Rouge: Louisiana State University Press, 1987.

Historical Evidence and the Reading of Seventeenth-Century Poetry. Columbia: University of Missouri Press, 1991.

Community, *Religion*, *and Literature*: *Essays*. Columbia: University of Missouri Press, 1995.

（二）布鲁克斯发表于学术期刊或收录于其他论著的文章（按时间顺序）

Review of Housman's *The Name and Nature of Poetry*, *Southwest Review*, XIX(Autumn 1933), pp.25—26.

Review of Eliot's *The Use of poetry*, *Southwest Review*, XIX (Winter 1934), pp.1—2.

"The History of Percy's Edition of Surrey", *Englische Studien*, LXVIII (February 1934), pp.424—430.

"A Note on Symbol and Conceit", *American Review*, III (April 1934), pp.201—211.

"Saturn's Daughter", *Modern Language Notes*, XLIX (1934), pp.459—461.

"Percy's History of the Wolf in Great Britain", *Journal of English and Germanic Philology*, XXXIV(January 1935), pp.101—103.

Review of Millay's *Wine from these Grapes*, *Southwest Review*, XX (January 1935), pp.1—5.

Review of Richards's *Coleridge on Imagination*, *New Republic*, LXXXV(November 13, 1935), pp.26—27.

Review of Coffin's *Red Sky in the Morning*, *American Oxonian*, XXIII(July 1936), pp.305—320.

"The Modern Southern Poet", *Virginia Quarterly Review*, XI(April 1935), pp.305—320.

"Three Revolutions in Poetry", *Southern Review*, I(Summer, Autumn, and Winter 1935), pp.151—163, 328—338, 568—583.

"The Christianity of Modernism", *American Review*, VI(February 1936), pp.435—446.

"Dixie Looks at Mrs. Gerould"(with R. P. Warren), *American Review*, VI(March 1936), pp.585—595.

Review of Masefield, Roberts, and Williams(poetry), *Southern Review*, II(Autumn 1936), pp.391—398.

"The Reading of Modern Poetry"(with R.P.Warren), *American Review*, VILL(February 1937), pp.435—449.

"The Waste Land: An Analysis", *Southern Review*, III(Summer 1937), pp.106—136.

Review of Spender's *the Destructive Element*, *Poetry*, L(August 1937), pp.280—284.

"The English Language in the South", *A Southern Treasury of Life and Literature*, ed. by Stark Young, New York, 1937.

"The Vision of W.B.Yeats", *Southern Review*, IV(Summer 1938), pp.116—142.

Review of Frost's *Collected Poems*, *Kenyon Review*, I(Summer 1939), pp.325—327.

Review of Eliot's *The Family Reunion*, *Partisan Review*, VI(Summer 1939), pp.114—116.

"Literature and the Professors: Literary History vs. Criticism", *Kenyon Review*, II(Autumn 1940), pp.403—412.

"What does Modern Poetry Communicate?", *American Preface*, (Autumn 1940).

"*Statement (Appreciations of Wallace Stevens)*", *Harvard Advocate*, CXXVII(December 1940), pp.29—30.

"The Poem as Organism: Modern Critical Procedure", *The Proceedings of the Second English Institute*, New York: Columbia University Press, 1941, pp.20—41.

Review of Quiller-Couch's *New Oxford Book of English Verse*, *Modern Language Notes*, LVI(June 1941), p.478.

Review of Housman's *Collected Poems*, *Kenyon Review*, III(Winter

1941), pp.105—109.

Review of *Letter from Yeats to Dorothy Wellesley*, *Modern Language Notes*, LVII(April 1942), pp.312—313.

Review of Auden and Bishop(poetry), *Kenyon Review*, IV(Spring 1942), pp.244—247.

"The Language of Paradox", *The Language of Poetry*, Princeton: Princeton University Press, 1942.

"What Deep South Literature Needs", *Saturday Review of Literature*, XXV(September 19, 1942), pp.8—9, 29—30.

"Criticism and Creation and Tradition", *Dictionary of World Literature*, New York: Philosophical Library, 1943, pp.123, 585—586.

Review of Kazin's *On Native Grounds*, *Sewanee Review*, LI(January 1943), pp.52—61.

Review of MacNeice's *Poetry of W. B. Yeats*, *Modern Language Notes*, LVIII(April 1943), pp.319—320.

"Housman's 1887", *Explicator*, II(March 1944), Item 34.

"On 'Why 100,000,000 Americans Read Comics'", *American Scholar*, Letter to editor(with Robert Heilman), XIII(Spring 1944), pp.248—252.

Review of Wells' *American Way of Poetry*, Whipple's *Study out the Land*, *and* Winters' *Anatomy of Nonsense*, *Kenyon Review*, VI(Spring 1944), pp.282—288.

"Empson's Criticism", *Acent*, IV(Summer 1944), pp.208—216.

"The New Criticism: A Brief for the Defense", *American Scholar*, XIII(Summer 1944), pp.285—295.

"Keats' Sylvan Historian: History Without Footnotes", *Sewanee Review*, LII(Winter 1944), pp.89—101.

"Shakespeare's Naked Babe and the Cloak of Manliness", *Yale Review*, XXXIV(Summer 1945), pp.642—665.

Review of Tate's *The Winter Sea*, *Poetry*, LXVI(August 1945), pp.324—329.

Review of Colum's *from these Roots* and Jones' *Ideas in America*, *Sewanee Review*, LIV(Spring 1946), pp.334—343.

"The New Criticism and Scholarship", *Twentieth Century English*, New York: Philosophical Library, 1946, pp.371—383.

"Wordsworth and the Paradox of the Imagination", *Kenyon Review*, VIII(Winter 1946), pp.80—102.

"Criticism and Literary History: Marvell's Horatian Ode", *Sewanee Review*, LV(Spring 1947), pp.199—222.

Review of Stauffer's *Nature of Poetry*, *Modern Language Notes*, LXII(June 1947), pp.357—359.

Review of Gregory and Zaturenska's *History of American Poetry*, *1900—1940*, *Sewanee Review*, LV(Summer 1947), pp.470—477.

"Postscript to Empson's 'Thy Darling in an Urn'", *Sewanee Review*, LV(Autumn 1947), pp.697—699.

"The Librarian and Literature", *Bulletin of the Louisiana Association*, XI(January 1948), pp.38—42.

"Irony and 'Ironic' Poetry", *College English*, 1948, 37(2), pp.57—63; reprinted in revised form("Irony as a Principle of Structure"), M.D. Zabel, ed., *Literary Opinion in America*, second edition, New York: Harperand Brothers, 1951, pp.729—741.

"The Muse's Mother-in-law", *College English Association Critic*, X (May 1948), pp.1, 4—6.

Review of Cecil Day Lewis's *Poetry for You*, *Furioso*, III(Spring 1948), pp.79—81.

"Homage to John Crowe Ransom: Doric Delicacy", *Sewanee Review*, LVI(Summer 1948), pp.402—415.

"A Note in Reply to Mr. Douglas", *Western Review*, XIII(Autumn 1948), pp.14—15.

"The Pernicious Effects of Bad Art", Et *Vertas*, (May 1949), pp.14—18.

Review of Tate's *On the Limits of Poetry*, *Hudson Review*, II(Spring 1949), pp.127—133.

"The Relative and the Absolute", *Sewanee Review*, LVII(Summer 1949), pp.370—377.

"Original Sin"(on Warren's Poetry), *Centenary Review*, (Autumn

1949), pp.3—8.

"Character is Action" (excerpts from *Undrstanding Fiction*), *The Writer*, LXIII(June 1950).

"The Crisis in Culture", *Harvard Alumni Bulletin*, (July 1950), pp.768—772.

"The Quick and the Dead: A Comment on Humanistic Studies", Julian Harris, ed., *The Humanities: An Appraisal*, Madison: University of Wisconsin Press, 1950, pp.1—21.

"The Critic and his Text", Julian Harris, ed., *The Humanities: An Appraisal*, Madison: University of Wisconsin Press, 1950, pp.40—48. (Paperback publication, 1962.)

Introduction to *Critiques and Essays in Criticism*, R.W.Stallman, ed., New York: Roald Press, 1950, pp.i—xx.

Introduction to *John Milton: Complete Poetry and Selected Prose*, New York: Modern Library, 1950.

"Current Critical Theory and the Period Course", *College English Association Critic*, XII(October 1950), pp.1, 5—6.

Review of Matthiessen's *Oxford Book of American Verse*, *Poetry*, LXXIX(October 1951), pp.36—42.

"Absalom. Absalom! the Definition of Innocence" (Faulkner), *Sewanee Review*, LIX(Autumn 1951), pp.543—558.

"A Note on *Light in August*" (Faulkner), *Harvard Advocate*, CXXXV(November 1951), pp.10—11, 27.

"The Formalist Critic" (in series of Critical Credos), *Kenyon Review*, XIII(Winter 1951), pp.72—81.

"Milton and Critical Re-estimates", *Publications of the Modern Language Association*, LX(December 1951), pp.1045—1054.

"Milton and the New Criticism", *Sewanee Review*, LIX (Winter 1951), pp.1—22.

Review of Fogle's *The Imagery of Keats and Sheller*, *Keats-Shelley Journal*, I(January 1952), pp.113—114.

Review of Alba Warren's *English Poetic Theory*, *1825—65*, *American Oxonian* (January 1952), pp.52—53.

Review of books on Pound by Paige, Russell and Kenner, *Yale Review*, XLI(Spring 1952), pp.444—446.

"A Note on Thomas Hardy", *Hopkins Review*, V(Summer 1952), pp.68—73.

"A Note on Academic Freedom", *Et Veritas*(September 1952), pp.3—6.

Review of Empson's Complex Words, *Kenyon Review*, XIV(Autumn 1952), pp.669—678.

"Metaphor and the Function of Criticism", S.R.Hopper, ed., *Spiritual Problems in Contemporary Literature*, New York: Harper and Bros., 1952, pp.127—137.

"Note on the Limits of History and the Limits of Criticism", *Sewanee Review*, LXI(January 1953), pp.129—135.

"Recovering Milton"(review of Arnold Stein's Answerable Style), *Kenyon Review*, XV(Autumn 1953), pp.638—647.

"Primitivism in *The Sound and the Fury*", Alan S.Downer, ed., *English Institute Essays: 1952*, by New York: Columbia University Press, 1954.

"Eve's Awakening", *Essays in Honor of Walter Clyde Curry*, Nashville: Vanderbilt University Press, 1954, pp.281—298.

Review of *The Letters of W.B.Yeats*, *Yale Review*, XLIV(June 1955), pp.618—620.

"Introduction to *Tragic Themes in Western Literature*", New Haven: Yale University Press, 1955, p.4.

Review of Kazin's *The Inmost Leaf*, *New York Times Book Review*, LX, No.45(November 6, 1955), p.40.

Review of Warren's *Band of Angels*, *The National Review*, I(November 26, 1955), p.28.

"Keats's Sylvan Historian", Francis Conolly, ed., *The Types of Literature*, New York: Harcourt, Brace & World, Inc., 1955.

"The Artistry of Keats: A Modern Tribute", Clarence D.Thorpe and others, ed., *The Major English Romantic Poets: A Symposium in Reappraisal*, Carbondale: University of Southern Illinois Press, 1957, pp.246—251.

"Poetry since the Waste Land", *Southern Review*, I(New series)(Summer 1956), pp.487—500.

"The State of Criticism: A Sampling", *Sewanee Review*, LXV(Summer 1957), pp.484—498.

Review of Northrop Frye's *The Anatomy of Criticism*, *Christian Scholar*, XLI(June 1958), pp.169—173.

"Implications of an Organic Theory of Poetry", M. H. Abrams, ed., *Literature and Belief*, New York: Columbia University Press, 1958, pp.53—79.

"Keats's Sylvan Historian", H.C.Martin and R.M.Othman, ed., *Inquiry and Expression*, New York: Rinehart and Co., 1958.

Article on "Katherine Anne Porter", in *Encyclopaedia Britannica*, 1959.

Article on "Eudora Welty", in *Encyclopaedia Britannica*, 1959.

"What does Modern Poetry Communicate?" reprinted (slightly revised) in Harold Beaver, ed., *American Critical Essays: Twentieth Century*, London: Oxford University Press, 1959.

"Note on the Poetry of Allen Tate", Printed on the jacket of the long-playing record in the Yale Series of Recorded Poets, 1960.

"Alfred Edward Housman", *Anniversary Lectures, 1959* (Lectures presented under the Auspices of the Gertrude Clarke Whittall Poetry and Literature Fund), Library of Congress, Washington, 1959.

"The Country Parson as Research Scholar: Thomas Percy, 1760—1770", *The Papers of the Bibliographical Society of America*, LIII (1959), pp.219—239.

A Contribution to John Killham, ed., *Critical Essays on the Poetry of Tennyson*, London: Routledge and Kegan Paul, 1960.

"The Teaching of the Novel: *Huckleberry Finn*", E. J. Gordon & E.S.Noyes, eds., *Essays on the Teaching of English*, New York: Appleton-Century-Crofts, 1960, pp.203—215.

"What does Modern Poetry Communicate?", W.O.S.Sutherland, Jr., & R.L.Montgomery, Jr., ed., *The Reader*, Boston: Little, Brown and Co., 1960.

"The Language of Paradox", Sylvan Barnet, Martin Berman & William Burke, eds., *The Study of Literature*, Boston: Little, Brown and

Co., 1960.

Review of Joseph E. Duncan's *The Revival of Metaphysical Poetry*, *Criticism*, II(Fall 1960), pp.393—397.

"Regionalism in American Literature", *Journal of Southern History*, XXVI(February 1960), pp.35—43.

"Keats's Sylvan Historian", M. H. Abrams, ed., *Enalish Romantic Poets*, New York: Oxford University Press(Galaxy), 1960.

"The Motivation of Tennyson's Weeper", Austin Wright, ed., *Victorian Literature: Modern Essays in Criticism*, New York: Oxford University Press, 1961.

Note on the Poetry of Robert Penn Warren, Printed on the jacket of the long-playing record in the Yale Series of Recorded Poets, 1961.

"Two Garden Poems: Marvell and Warren", Paul R. Sullivan, ed., *The Critical Matrix*, wasnington, D.C.: Georgetown University, 1961.

"The Criticism of Fiction: The Role of Close Analysis", Paul R. Sullivan, ed., *The Critical Matrix*, washington, D.C.: Georgetown University, 1961.

"The Criticism: A Brief for the Defense", Clarence A. Brown and John F. Flanagan, ed., *American Literature: A College Survey*, New York: McGraw-Hill Book Co., Inc., 1961.

Conversations on the Craft of Poetry (Tape with R. P. Warren, John Crowe Ransom, Robert Lowell, and Theodore Roethke), New York: Holt, Rinehart, and Winston, 1961.

"Lycidas" (with J. E. Hardy), C. A. Patrides, ed., *Milton's Lycidas*, New York: Holt, Rinehart, and Winston, 1961.

"The Motivation of Tennyson's Wleeper", M.C. Beardsley, R.W. Daniel, and Glenn Leggett, eds., *Theme and Form*, Englewood, N.J.: Prentice-Hall, Inc., 1962.

Preface to *Sun on the Night*, John Hazard Wildman, New York: Sheed and Ward, 1962.

"The Language of Paradox", Frank Kermode, ed., *Discussions of John Donne*, New York: D.C. Heath, 1962.

"Cnmmentary" (on the study of English at Oxford), *American Oxo-*

nian, XLIX(April 1962): 125—126.

"The Waste Land: Critique of the Myth", B. S. Oldsey and A. O. Lewis, Jr. eds., *Visions and Revisions in Modern American Criticism*, New York: Dutton, 1962.

"The Language of Paradox", Helen Gardner, ed., *John Donne*, Englewood Cliffs(NJ): Prentice-Hall, Inc., 1962.

"Christianity, Myth, and the Symbolism of Poetry", Finley Eversole, ed., *Christian Faith and the Contemporary Arts*, New York: Abingdon Press, 1962, pp.100—107.

"Literary Criticism: Poet, Poem, and Reader", Stanley Burnshaw, ed., *Varieties of Literary Experience*, New York: New York University Press, 1962, pp.95—114.

Signed Article on William Faulkner, Max J. Herzberg, ed., *The Reader's Encyclopedia of American Literature*, New York: Thomas Y. Crowell, 1962.

"Mawell's 'Horation Ode'", William Keast, ed., *Seventeenth Century English Poetry*, New York: Oxford University Press, 1962, p.318.

"The Discovery of Evil: An Analysis of 'The Killers'", Robert B. Weeks, ed., *Hemingway*, New York: Prentice-Hall, 1962.

"Southern Literature: The Wellsprings of its Vitality", *Georgia Review*, XVI(Fall 1962), pp.238—253.

"Wit and High Seriousness", M.K.Danziger and W.S.Johnson, eds., *An Introduction to Literary Criticism*, Boston: D.C.Heath, 1962.

"Faulkner's Vision of Good and Evil", *Massachusetts Review* (Summer 1962), pp.692—712.

"Faulkner's Sanctuary: The Discovery of Evil", *Sewanee Review*, LXXI(Winter 1963), pp.1—24.

"History, Tragedy, and the Imagination in *Absalom, Absalom!*", *Yale Review*(March 1963), pp.340—351.

"The Community and the Pariah", *Virginia Quarterly Review* (Spring 1963), pp.236—253.

"The Uses of Literature", *Toronto Educational Quarterly*, II(Summer 1963), pp.2—12.

"New Methods, Old Methods, and Basic Methods for Teaching Literature", *English Exchange* (Published by the Ontario Educational Association), IX(Fall 1963), pp.3—15.

"Faulkner's Savage Arcadia", *Virginia Quarterly Review*, XXXIX (Fall 1963), pp.598—611.

"Wallace Stevens: An Introduction", *McNeese Review*, XIV (Fall 1963), pp.3—13.

"W.H. Auden as a Critic", *Kenyon Review*, XXVI (Winter 1964), pp.173—189.

"A Descriptive Chart of the Disenchanted Island", *Sewanee Review*, LXXII(Spring 1964), pp.300—306.

"American Innocence", *Shenandoah Review*, XVI(Autumn 1964), pp.21—37.

"Metaphor, Paradox and Stereotype", British *Journal of Aesthetics*, V(1965), p.321.

"New Criticism", Alex Preminger, ed., *Encyclopedia of Poetry and Poetics*, Princeton: Princeton University Press, 1965, pp.488—500.

"On 'The Grave'", *Yale Review*, LV(Winter 1966), pp.275—279.

"History and The Sense of Tragic: Absalom, Absalom", Robert Penn Warren, ed., *Faulkner: A Collection of Essays*, Englewood Cliffs, N.J.: Prentice Hall, Inc., 1966.

"Literary Criticism: Poet, Poem and Reader", Sheldon Norman Grebstein, ed., *Perspectives in Contemporary Criticism: A Collection of Recent Essay by American, English and European Literary Critics*, New York: Harper and Row Publishers, 1968, pp.68—107.

"Telling it like it is in the Tower of Babel", *Sewanee Review* (Winter 1971), pp.137—155.

"I.A. Richards and the Concept of Tension", Reuben Brower, Helen Vendler, and John Hollander, eds., *I.A. Richards: Essays in His Honor*, New York: Oxford University Press, 1973, pp.138—139.

"The New Criticism", *Sewanee Review*, 1979, 87(4), pp.592—607.

"I.A. Richards and Practical Criticism", *Sewanee Review*, 89(1981), pp.586—595.

"In Search of the New Criticism", *American Scholar*, 53 (1984), pp.41—53.

"Literature in a Technological Age", *Span*, 27, 4(1986), pp.2—5.

（三）与布鲁克斯相关的学位论文（按时间顺序）

I 博士学位论文：

Kawasaki, Toshihiko V. *John Donne's Religious Poetry and the New Criticism*. Ph. D. Thesis, University of Wisconsin, 1958.

Graff, Gerald. *The Dramatic Theory of Poetry*. Ph. D. Thesis, Stanford University, 1963.

Hart, Mary Jerome. *Cleanth Brooks and the Formalist Approach to Metaphysical and Moral Values in Literature*. Ph. D. Thesis, University of Southern California, 1963.

Tassin, Anthony G. *The Phoenix and the Urn: The Literary Theory and Criticism of Cleanth Brooks*. Ph. D. Thesis, Louisiana State University, Baton Rouge, 1966.

Ducharme, Edward Robert. *Close Reading and the Teaching of Poetry in English Education and in Secondary Schools*. Ph. D. Thesis, Teachers College, Columbia University, 1968.

Bundy, Barbara Korpan. *Jurij Tynjanov and Cleanth Brooks: A Comparative Study in Russian Formalism and Anglo-American New Criticism*. Ph. D. Thesis, Indiana University, 1970.

Sullivan, James Peter. *A Study of the Critical Theory and Pedagogical Works of Cleanth Brooks and Robert Penn Warren*. Ph. D. Thesis, New York University, 1970.

Coughlin, Phyillis F. *Aspects of Literary Form in Three Contemporary Theorists: Cleanth Brooks, Ronald S. Crane, and William K. Wimsatt*. Ph. D. Thesis, Fordham University, 1973.

Cruz, Isagani R. *The Paradox of Cleanth Brooks: Inside and Outside the Work Itself*. Ph. D. Thesis, University of Maryland, College Park, 1976.

Guagliardo, Huey Sylveste. *Cleanth Brooks and the Romantics*. Ph. D. Thesis, Louisiana State University, 1979.

Cutrer, Thomas W. *"My boys at LSU"*: *Cleanth Brooks*, *Robert Penn Warren and the Baton Rouge Literary Community 1934—1942*. Ph. D. Thesis, University of Texas at Austin, 1980.

Mahmoodzadegan, Behrooz. *An Apology for the New Criticism*. Ph. D. Thesis, State University of New York at Buffalo, 1983.

Stojanovic, Dušan T. *The New Criticism in Theory and Practice*: *Views of John Crowe Ransom*, *Cleanth Brooks and William Empson*. Ph. D. Thesis, University of Alberta, 1983.

Gustavsson, Michael. *Textens Väsen*: *en Kkritik av Essentialistiska Förutsättningar i Modern Litteraturteori*: *Exemplen*, *Cleanth Brooks*, *Roman Jakobson*, *Paul de Man*. Ph. D. Thesis, Uppsala Universitet, 1996 (Swedish; Summary in English).

Wasser, Audrey Catherine. *The Work of Difference Form and Formation in Twentieth-Century Literature and Theory*. Ph. D. Thesis, Cornell University, 2010.

II 硕士学位论文：

Casey, James Robert. *The Short Stories in the Southern Review* (*1935—42*). M. A. Thesis, Vanderbilt University, 1949.

Prowse, Walter Frederick. *The Poetic Theory of Cleanth Brooks*. M. A. Thesis, Ohio State University, 1950.

Stanley, Kenneth Royal. *Study of the Critical Theory of Cleanth Brooks*. M. A. Thesis, Drake University, 1955.

Itnyre, Terry F. *Cleanth Brooks*: *His Theory of Poetry*. M. A. Thesis, Mankato State College, 1958.

Katz, Steven Robert. *The Balance and Reconciliation of Opposites*: *The Influence of Coleridge on I.A.Richards*, *Cleanth Brooks*, *and T.S. Eliot*. M. A. Thesis, University of Oregon, 1959.

Sharpe, Meredith Youngquist. *Evolution of Theory*: *The Poetic Theory of Cleanth Brooks*. M. A. Thesis, McNeese State University, 1972.

Cook, Alissa. *Cleanth Brooks and Odette de Mourgues*: *Two Methods of Poetic Criticism*. M. A. Thesis, University of Virginia, 1979.

Epstein, Leslie Robert. *"Naked Babes" and Organic Unities*: *Cleanth Brooks as a Critic of Drama*. M. A. Thesis, Miami University,

Dept. of English, 1986.

Ogden, Richard Caldwell. *Strategies for the Teaching of Literature Implicit in the Works of Cleanth Brooks*. M.A.Thesis, Angelo State University, 1987.

Riggar, Marian Kidd. *An annotated Bibliography of Works Both by and About Cleanth Brooks, 1977—1984*. M.A.Thesis, University of Tennessee at Chattanooga, 1987.

Brown, John Dickson. *Barton, Brooks and Childs: A Comparison of the New Criticism and Canonical Criticism*. M. A. Thesis, Reformed Theological Seminary, 1989.

Sinha, Kum Kum. *Critical Aspects of The Waste land by Three Well-known Critics: F.O.Matthiessen, Cleanth Brooks, and Elizabeth Drew*. M.A.Thesis, Southern Illinois University at Carbondale, Dept. of English, 1989.

Pittenger, Frank. *Text as Tabernacle: Agrarians, New Critics, and the Tactical Diffusion of Protestant Hermeneutics in the Pre-war South*. M.A.Thesis, Florida State University, 2010.

（四）其他相关专著（按首字母顺序）

Adler, Mortimer J. & Charles Van Doren. *How to Read a Book*. New York: Simon & Schuster, 1972.

Auslander, Philip. *Performance: Critical Concepts in Literary and Cultural Studies, Volume II*. London and New York: Routledge, 2003.

Bentley, Eric. *The Playwright as a Thinker*. Minneapolis: University of Minnesota Press, 2010.

Bercovitch, Sacvan., ed. *The Cambridge History of American Literature, Volume 5*. Cambridge: Cambridge University Press, 2002.

Black, Max. *Models and Metaphors: Studies in Language and Philosophy*. Ithaca: Cornell University Press, 1962.

Bradbury, J. M. *The Fugitives: A Critical Account*. Chapel Hill: University of North Carolina Press, 1958.

Bradley, A.C. *Shakespearean Tragedy*. London: Macmillan & Co. Ltd., 1963.

Burke, Kenneth. *Language as Symbolic Action: Essays on Life,*

Literature, and Method. Berkeley: *University of California Press*, 1966.

Cain, William E. *The Crisis in Criticism*: *Theory*, *Literature*, *and Reform in English Studies*. Baltimore: The John Hopkins University Press, 1987.

Carlson, Marvin. *Theories of the Theatre*: *A Historical and Critical Survey from the Greeks to the Present*. Ithaca: Cornell University Press, 1984.

Coleridge, S. T. *Biographia Literaria*, Edition of George Watson. London: J.M. Dent & Sons Ltd., 1975.

Cowan, Louise. *The Southern Critics*: *An Introduction to the Criticism of John Crowe Ransom*, *Allen Tate*, *Donald Davidson*, *Robert Penn Warren*, *Cleanth Brooks*, *and Andrew Lytle*. Irving: The University of Dallas Press, 1971.

Crane, Ronald S. *The Idea of the Humanities and Other Essays*, *Critical and Historical*, *2 Vols*. Chicago: The University of Chicago Press, 1967.

Crane, Ronald S. *The Language of Criticism and the Structure of Poetry*. Toronto: The University of Toronto Press, 1952.

Eagleton, Terry. *Literary Theory*: *An Introduction*. Maldon: Blackwell Publishers, 1996.

Eastman, Max. *The Literary Mind*. New York: Scribner's Sons, 1932.

Eliot, T. S. *On Poetry and Poets*. 1957; rpt. London: Faber & Faber, 1971.

Erlich, Victor. *Russian Formalism*: *History-Doctrine*. The Hague: Mouton, 1965.

Foster, Richard. *The New Romantics*. Bloomington: Indiana University Press, 1962.

Grimshaw, James A., ed. *Cleanth Brooks and Robert Penn Warren*: *A Literary Correspondence*. Columbia: University of Missouri Press, 1998.

Gross, Roger. *Understanding Playscripts*: *Theory and Method*. Bowling Green, Ohio: Bowling Green University Press, 1974.

Hall, Donald. *Contemporary American Poetry*. Baltimore: Penguin, 1962.

Handy, W.J. and M.Westbrook, eds. *Twentieth Century Criticism*: *Major Statements*. New York: The Free Press, 1974.

Handy, W.J. *Kant and the Southern New Critics*. Austin: University of Texas Press, 1963.

Hartman, Geoffrey. *Saving the Text*: *Literature/Derrida/Philosophy*. Baltimore: Johns Hopkins University Press, 1982.

Hornby, Richard. *Script into Performance*: *A Structuralist Apporoach*. New York: Paragon House, 1987.

Jancovich, Mark. *The Cultural Politics of the New Criticism*. Cambridge: Cambridge University Press, 1993.

Karnikas, Alexander. *Tillers of a Myth*. Madison: University of Wisconsin Press, 1966.

Kazin, Alfred. *On Native Grounds*: *An Interpretation of Modern Prose Literature*. New York: Harcourt Brace, 1942.

Knight, G.Wilson. *The Wheel of Fire*. 1930; rpt. London: Methuen & Co. Ltd., 1968.

Krauss, Kenneth. *Private Readings/Public Texts*: *Playreaders' Constructs of Theatre Audiences*. Madison, NJ: Fairleigh Dickinson University Press, 1993.

Krieger, Murray. *The New Apologists for Poetry*. Bloomington: Indiana University Press, 1963.

Langer, Susanne K. *Feeling and Form*. New York: Charles Scribner's Sons, 1953.

Lentricchia, Frank. *After the New Criticism*. Chicago: The University of Chicago Press, 1980.

Leary, Lewis., ed. *The Teacher and American Literature*. Champaign, III: National Council of Teachers of English, 1965.

Leitch, Vincent B. *American Literary Criticism from the Thirties to the Eighties*. New York: Columbia University Press, 1988.

Lemon, Lee T. *The Partial Critics*. New York: Oxford University Press, 1965.

Lodge, David. *20th Century Literary Criticism*: *A Reader*. London: Longman, 1972.

Milton, John. *Paradise Lost*, Alastair Fowler, ed., Second Edition, New York: Routledge, 2013.

Olson, Elder James., ed. *Aristotle's Poetics and English Literature: A Collection of Critical Essays*. Chicago: The University of Chicago Press, 1965.

Olson, Elder. *Critics and Criticism: Ancient and Modern*. Chicago: The University of Chicago Press, 1952.

Parini, Jay. editor in Chief. *American writers. Supplement XIV, Cleanth Brooks to Logan Pearsall Smith: A Collection of Literary Biographies*. Farmington Hills, Michigan: Scribner's Reference/The Gale Group, 2004.

Preminger, Alex., ed. *Encyclopedia of Poetry and Poetics*. Princeton: Princeton University Press, 1965.

Pritchard, John Paul. *Criticism in America*. Ludhiana: Lyall Book Depot, 1956.

Ransom, John Crowe. *Beating the Bushes: Selected Essays 1941—1970*. New York: Norton 1972.

Ransom, John Crowe. *The New Criticism*. Norfolk Connecticut: New Directions, 1941.

Richards, I.A. *The Principles of Literary Criticism*. London: Routledge and Kegan Paul Ltd., 1924; rpt, 1970.

Ricoeur, Paul. *The Rule of Metaphor: The Creation of Meaning in Language*. Toronto: University of Toronto Press, 1977.

Rovit, Earl & Arthur Waldhorn. *Hemingway and Faulkner in Their Time*. New York: The Continuum International Publishing Group Inc., 2005.

Rowe, Kenneth Thorpe. *A Theater in Your Head*. New York: Funk & Wag-nails, 1960.

Russo, John Paul. *I.A.Richards: His Life and Work*. Baltimore: The John Hopkins University Press, 1989.

Shepherd, Simon & Mick Wallis. *Drama/Theatre/Performance*. London and New York: Routlege, 2004.

Simpson, Lewis P. *The Fable of the Southern Writer*. Baton Rouge:

Louisiana State University Press, 1995.

Simpson, Lewis P., ed. *The Possibilities of Order: Cleanth Brooks and His Work*. Baton Rouge: Lousiana State University Press, 1976.

Singh, R.S., ed. *Cleanth Brooks: His Critical Formulations*. New Delhi: Harman Publishing House, 1991.

Spurgeon, Caroline F.E. *Shakespeare's Imagery and What It Tells Us*. 1935; rpt. Cambridge: Cambridge University Press, 1961.

Spurlin, William J. and Michael Fischer, *The New Criticism and Contemporary Literary Theory: Connections and Continuities*. New York: Garland Publishing, Inc., 1995.

Stallman, R.W., ed. *Critiques and Essays in Criticism*. New York: Ronald Press, 1949.

Sutton, Walter. *Modern American Criticism*. Englewood Cliffs, NJ: Prentice Hall, 1963.

Tynianov, Yuri. *The Problem of Verse Language*. Michael Sosa & Brent Harvey, eds. and trans., Ann Arbor: Ardis, 1981.

Vinh, Alphonse., ed. *Cleanth Brooks and Allen Tate: Collected Letters, 1933—1976*. Columbia: University of Missouri Press, 1998.

Walsh, John Michael. *Cleanth Brooks: An Annotated Bibliography (Modern Critics and Critical Studies)*. New York: Garland Pub., 1990.

Watson, George. *The Literary Critics: A Study of the English Descriptive Criticism*. New York: Oxford University Press, 1971.

Webster, Grant. *The Republic of Letters: A History of Postwar American Literary Opinion*. Baltimore: The Johns Hopkins University Press, 1979.

Weimann, Robert. *"New Criticism" und die Entwicklung Bürgerlicher Literaturwissenschaft: Geschichte und Kritik Neuer Interpretationsmethoden*. Halle: M. Niemeyer, 1962.

Wellek, René. *A History of Modern Criticism 1750—1950, Volume 6: Ameriean Criticism, 1900—1950*. New Haven: Yale University Press, 1986.

West, Paul. *Robert Penn Warren*. Minneapolis: University of Minnesota Press, 1964.

Wimsatt, W.K. *The Verbal Icon: Studies in the Meaning of Poetry*. Lexington: University of Kentucky Press, 1954.

Winchell, Mark Royden. *Cleanth Brooks and the Rise of Modern Criticism*. Charlottesville: University Press of Virginia, 1996.

Yeats, W.B. *Essays and Introduction*. New York: Macmillan, 1961.

Yeats, W.B. *Mythologies*. New York: Macmillan, 1959.

Yeats, W. B. *The Autobiography*. New York: Doubleday Anchor Books, 1958.

（五）期刊论文（按首字母顺序）

Auden, W.H. "Against Romanticism", *New Republic*, 102 (February 5, 1940), p.187.

Bentley, Eric. "Who Understands Drama?", *The Kenyon Review*, Vol.8, No.2 (Spring, 1946), pp.334—336.

Blotner, Joseph. "Beyond Yoknapatawpha", *Yale Review*, 68 (1978—1979), pp.145—148.

Bové, Paul A. "Cleanth Brooks and Modern Irony: A Kierkegaardian Critique", Boundary 2, Vol.4, No.3 (Spring, 1976), pp.727—760.

Burgum, E. B. "The Cult of Complex in Poetry", *Science and Society*, 15 (1951), pp.31—48.

Core, George. "Southern Letters and the New Criticism", *The Georgia Review*, 24 (1970), pp.413—431.

Cowley, Malclom. "Review of *William Faulkner: Toward Yoknapatawpha and Beyond* by Cleanth Brooks", *New Republic*, 29 July, 1978, pp.35—37.

Crane, Ronald S. "Cleanth Brooks, or the Bankruptcy of Critical Monism", *Modern Philology*, XLV (May 1948), pp.226—245.

Daniel, Robert W. "The Southern Community", *Sewanee Review*, 73 (1963), pp.119—124.

Daniel, Robert D. "Review of *William Faulkner: The Yoknapatawpa Country*, by Cleanth Brooks", *The Sewanee Review*, 1965 (73), pp.119—124.

Davie, Donald. "Reflections of an Enlish Writer in Ireland", *Studies: An Irish Quarterly Review* (Winter 1955), p.440.

Dickstein, Morris. "The State of Criterion", *Partisan Review*, Vol.XLVII, Number 1, p.12.

Donoghue, Denis. "Notes Toward a Critical Method", *Studies: An Irish Quarterly Review*, n.v.(Summer 1955), p.187.

Empson, William. "Review of *Modern Poetry and the Tradition*", *Poetry*, LV(December 1939), pp.154—156.

Foster, Richard. "Frankly, I Like Criticism", *Antioch Review*, XXII (Fall 1962), pp.280—281.

Friedman, Norman. "Imagery: From Sensation to Symbol", *Journal of Aesthetics and Art Criticism*, XII(September 1953), p.30.

Hardy, John E. "The Achievement of Cleanth Brooks", *Hopking Review*, VI(Spring-Summer 1953), pp.150—151.

Heilman, Robert B. "Historian and Critic: Notes on Attitude", *The Sewanee Review*, Summer 1965, Number 3, p.429.

Hicks, Granville. "The Failure of Left Criticism", *The New Republic*, No.103, Sept. 1940.

Hillyer, Robert. "Poetry's New Priesthood", *The Saturday Review of Literature*, XXXII(June 18, 1949), pp.7—9.

Hillyer, Robert. "Treason's Strange Fruit: The Case of Ezra Pound and the Bollingen Award", *The Saturday Review*, XXXII (June 11, 1949), pp.9—11.

Hirsch, David. "Dwelling in Metaphor", *Sewanee Review* (Winter 1981), pp.95—110.

Holloway, John. "The New and the Newer Critics", *Essays in Criticism*. Vol.5 No.4, 1955, pp.365—381.

Kermode, Frank. "Dissociation of Sensibility", *Kenyon Review*, XIX (Spring 1957), pp.169—194.

Krieger, Murry. "Benedetto Croce and the Recent Poetics of Organicism", *Comparative Literature*, Vol.7, No.3(Summer, 1955), pp.252—258.

Leggett, B.J. "Notes for a Revised History of the New Criticism: An Interview with Cleanth Brooks", *Tennessee Studies in Literature*, 24, pp.1—35.

Lentricchia, Frank. "The Place of Cleanth Brooks", *Journal of Aes-*

thetics and Art Criticism, 29, No.2(Winter 1970), pp.235—251.

Litz, A. Walton. "Proceedings of the American Philosophical Society", *American Philosophical Society*, Vol.140, No.1(Mar., 1996), pp.88—91.

Mecier, Vivian. "An Irish Schoos of Criticism?" *Studies: An Irish Quarterly Review*, n.v.(Spring 1956), pp.83—87.

Medici, A.G. "The Restless Ghost of the New Criticism: Review of Book the New Criticism and Contemporary Literary Theory: Connections and Continuities, edited by William J. Spurlin and Michael Fischer", *Style*, Vol.31, No.4(1997), pp.760—773.

Mizener, Arthur. "Our Elizabethan Movies", *Kenyon Review*, 1942 (2), pp.181—194.

Mizener, Arthur. "Recent Criticism", *The Southern Review*, 1939 (5), pp.376—400.

Muller, Herbert J. "The New Criticism in Poetry", *Southern Review*, 1941(6), pp.811—839.

Ransom, John Crowe. "The Teaching of Poetry", *Kenyon Review*, I (Winter 1939), p.82.

Ransom, John Crowe. "Why Critics Don't Go Mad", *Kenyon Review*, 14(1952), pp.331—339.

Rosengrant, Sandra. "The Theoretical Criticism of Jurij Tynjanov", *Comparative Literature*, 1980(4), pp.355—389.

Scholes, Robert. "Understanding Faulkner", *Yale Review*, 53 (1963—1964), pp.431—435.

Smith, Raymond. "Fugitive Criticism", *Chicago Review*, XIII(Autumn 1959), pp.iii, 116—117.

Spears, Monroe K. "The Mysterious Urn", *Western Review*, XII (Autumn 1948), pp.54—55.

Stevenson, John W. "In Memoriam: Cleanth Brooks", *South Atlantic Review*, 59.3(1994), pp.163—164.

Swallow, Alan., Karl Shapiro, *et al.*, "The Careful Young Men: Tomorrow's Leaders Analyzed by Today's Teachers", *Nation*, CLXXXIV (March 9, 1957), pp.208—210.

二、中文文献

（一）布鲁克斯专著（按时间顺序）

（美）卫姆塞特，布鲁克斯：《西洋文学批评史》，颜元叔译，台北：志文出版社，1975年。

（美）克林斯·布鲁克斯，罗伯特·潘·沃伦，《小说鉴赏》(*Understanding Fiction*)（上、下），北京：中国青年出版社，1986年版。

（美）卫姆塞特，布鲁克斯：《西洋文学批评史》，颜元叔译，北京：中国人民大学出版社，1987年。

（美）克林思·布鲁克斯，罗伯特·潘·沃伦《小说鉴赏》（中英对照·第3版），主万等译，北京：世界图书出版公司，2006年。

（美）布鲁克斯，沃伦：《小说鉴赏》（双语修订第3版），主万等译，北京：世界图书出版公司，2008年。

（美）克林斯·布鲁克斯：《精致的瓮——诗歌结构研究》，郭乙瑶等译，上海：上海人民出版社，2008年。

（二）与布鲁克斯相关的学位论文（按时间顺序）

I 博士学位论文：

汪洪章：《深文隐蔚余味曲包：〈文心雕龙〉与二十世纪西方文论》，复旦大学博士学位论文，1999年。

夏冬红：《英美新批评比较研究》，山东大学博士学位论文，2001年。

刘雯：《论"新批评"》，复旦大学博士学位论文，2002年。

秦艳贞：《朦胧诗与西方现代主义诗歌比较研究》，苏州大学博士学位论文，2004年。

魏燕：《平衡的寻求：在道德和美之间——阿尔弗雷德·卡津研究》，南京师范大学博士学位论文，2005年。

臧运峰：《新批评反讽及其现代神话》，北京师范大学博士学位论文，2007年。

龚敏律：《西方反讽诗学与二十世纪中国文学》，湖南师范大学博士学位论文，2008年。

王欣：《英国浪漫主义诗歌之形式主义批评》，吉林大学博士学位论文，2008年。

孙晓霞：《从混沌到有序——艺术语境研究》，中国艺术研究院博士学位论文，2009年。

宗圆:《批评史的多重启示——试论韦勒克的〈近代文学批评史〉》,吉林大学博士学位论文,2009 年。

李梅英:《"新批评"诗歌理论研究》,吉林大学博士学位论文,2010 年。

杨富波:《莫瑞·克里格与新批评》,吉林大学博士学位论文,2010 年。

孔帅:《瑞恰兹文学批评理论研究》,山东大学博士学位论文,2011 年。

张惠:《"理论旅行"——"新批评"的中国化研究》,华中师范大学博士学位论文,2011 年。

宫小兵:《新批评在中国》,四川大学博士学位论文,2012 年。

张燕楠:《兰色姆"本体论批评"研究》,辽宁大学博士学位论文,2012 年。

邵维维:《隐喻与反讽的诗学——克林斯·布鲁克斯文学批评研究》,吉林大学博士学位论文,2013 年。

张祎:《洛特曼诗歌文本分析的符号学研究》,南京师范大学博士学位论文,2015 年。

II 硕士学位论文:

林元富:《透过精制的瓮——从奇喻看玄学派诗歌》,福建师范大学硕士学位论文,2001 年。

熊毅:《裂变的声音——论多恩诗歌的张力建构》,湘潭大学硕士学位论文,2003 年。

王洪斌:《福克纳两部小说中的母子关系——〈喧哗与骚动〉与〈我弥留之际〉的心理分析研究》,吉林大学硕士学位论文,2004 年。

张慧馨:《约翰·邓恩〈歌与短歌集〉中的悖论》,河北师范大学硕士学位论文,2005 年。

郑勋:《新批评派的历史性剖析》,上海外国语大学硕士学位论文,2005 年。

金慧敏:《"严肃的游戏"——反讽的解析》,郑州大学硕士学位论文,2006 年。

曲宁:《"精致的瓮"与布鲁克斯诗歌批评的悖论》,吉林大学硕士学位论文,2006 年。

安冬:《论卡夫卡思想创作中的悖论》,山东师范大学硕士学位论文,2007 年。

李文吉:《新批评与语文教学》,华中师范大学硕士学位论文,2007 年。

杨文臣:《张力诗学论》,曲阜师范大学硕士学位论文,2007 年。

杨晓宇:《西川诗的写作向度》,河南大学硕士学位论文,2007年。

周付玉:《〈喧嚣与骚动〉中反映的福克纳对南方女性的观点》(A Study on Faulkner's Views on Southern Women as Reflected in *The Sound and the Fury*),聊城大学英语语言文学硕士学位论文,2007年。

姜泽卫:《希尼诗歌力量之根——希尼八十年代以前诗歌的新批评解读》,云南师范大学硕士学位论文,2008年。

卢君明:《凯瑟琳·曼斯菲尔德短篇小说的现代主义叙事策略——解读曼斯菲尔德的十六篇短篇小说》,河北大学硕士学位论文,2008年。

韦思玮:《〈文心雕龙〉与英美新批评异同比较举隅》,重庆师范大学硕士学位论文,2008年。

赵桂香:《有机整体小说观指导下的文本分析——读布鲁克斯与沃伦的〈小说鉴赏〉》,河北师范大学硕士学位论文,2008年。

冯君:《二十世纪英语文学批评的范式革命》,黑龙江大学硕士学位论文,2010年。

胡晓云:《初中语文阅读教学中文本细读法的运用》,东北师范大学硕士学位论文,2010年。

张玺:《论〈第二十二条军规〉的悖论艺术》,河北师范大学硕士学位论文,2010年。

陈军:《济慈早期诗歌中的悖论研究》,四川外语学院硕士学位论文,2011年。

李攀攀:《本体论诗学:〈理解诗歌〉的一种阐释》,河南大学硕士学位论文,2011年。

周春悦:《〈巴马修道院〉:幸福观及其悖论》,南京大学硕士学位论文,2011年。

陈勋:《王尔德的语言悖论和叙事悖论》,上海师范大学硕士学位论文,2012年。

陈治宇:《布鲁克斯、沃伦的小说批评实践研究》,重庆师范大学硕士学位论文,2012年。

付骁:《克林斯·布鲁克斯的细读实践研究——以小说、戏剧为对象》,西南大学硕士学位论文,2012年。

胡珂:《布鲁克斯"文本细读方法"研究》,南京大学硕士学位论文,2012年。

刘琴琴:《布鲁克斯诗歌理论研究》,湖北大学硕士学位论文,2012年。

易玮玮:《新批评反讽的中国化研究》,重庆师范大学硕士学位论文,2012 年。

张慧:《以新批评视角分析〈雪国〉和〈边城〉》,辽宁师范大学硕士学位论文,2012 年。

刘小波:《论王尔德戏剧中的悖论语言之美》,四川师范大学硕士学位论文,2013 年。

张楠:《论新批评的历史意识》,四川外国语大学硕士学位论文,2013 年。

张万盈:《布鲁克斯诗歌细读方法研究——以〈精致的瓮〉为例》,重庆师范大学硕士学位论文,2013 年。

李文慧:《陌生化理论:从俄国形式主义到新批评》,华中师范大学硕士学位论文,2014 年。

覃雯:《现代诗歌悖论性语言特征研究》,广西大学硕士学位论文,2014 年。

陈濛:《〈小说鉴赏〉与金批〈水浒传〉的"细读法"比较》,西南大学硕士学位论文,2016 年。

梁蓝淳:《布鲁克斯诗歌批评理论与批评实践的关系研究——以〈精致的瓮——诗歌结构研究〉为例》,重庆师范大学硕士学位论文,2016 年。

(三)其他相关专著(按首字母顺序)

(爱尔兰)叶芝:《叶芝诗集》,傅浩译,石家庄:河北教育出版社,2002 年版。

(俄)契诃夫:《海鸥·樱桃园》,刘森尧译/导读,台北:桂冠图书股份有限公司,2000 年版。

(俄)维克托·什克洛夫斯基等:《俄国形式主义文论选》,方珊等译,北京:生活·读书·新知三联书店,1989 年版。

(法)茨维坦·托多罗夫编选:《俄苏形式主义文论选》,蔡鸿滨译,北京:中国社会科学出版社,1989 年版。

(古罗马)普劳图斯等:《古罗马戏剧选》,杨宪益等译,北京:人民文学出版社,2000 年版。

(古希腊)索福克勒斯:《索福克勒斯悲剧二种》,罗念生译,北京:人民文学出版社,1961 年版。

(荷兰)佛克马,易布思:《二十世纪文学理论》,林书武等译,北京:生活·读书·新知三联书店,1988 年版。

（美）艾略特，奥登等：《英国现代诗选》，查良铮译，长沙：湖南人民出版社，1985 年版。

（美）艾略特等：《荒原》，赵罗蕤译，北京：中国工人出版社，1995 年版。

（美）布鲁克斯，沃伦：《小说鉴赏》（*Understanding Fiction*），（上、下），主万等译，北京：中国青年出版社，1986 年版。

（美）弗洛斯特：《弗洛斯特集》（上），曹明伦译，沈阳：辽宁教育出版社，2002 年版。

（美）傅孝先：《西洋文学散论》，北京：中国友谊出版公司，1985 年版。

（美）卡津：《现代美国文艺思潮》（下卷），冯亦代译，上海：晨光出版公司，1949 年版。

（美）雷·韦勒克，奥·沃伦：《文学理论》，刘象愚等译，北京：生活·读书·新知三联书店，1984 年版。

（美）雷纳·韦勒克：《近代文学批评史》第 6 卷，杨自伍译，上海：上海译文出版社，2005 年版。

（美）雷纳·韦勒克：《近代文学批评史》第 6 卷，杨自伍译，上海：上海译文出版社，2009 年版。

（美）萨克文·伯科维奇主编：《剑桥美国文学史》（第八卷），杨仁敬等译，北京：中央编译出版社，2007 年版。

（美）萨克文·伯科维奇主编：《剑桥美国文学史》（第五卷），马睿、陈贻彦、刘莉译，北京：中央编译出版社，2009 年版。

（挪威）易卜生：《易卜生文集》第六卷，潘家洵译，北京：人民文学出版社，1995 年版。

（苏联）列宁：《哲学笔记》，北京：人民出版社，1956 年版。

（英）阿尔弗雷德·丁尼生：《丁尼生诗选》，黄杲炘译，上海：上海译文出版社，1995 年版。

（英）艾·阿·瑞恰慈：《文学批评原理》，杨自伍译，南昌：百花洲文艺出版社，1992 年版。

（英）安纳·杰弗森等：《西方现代文学理论概述与比较》，包华富等译，长沙：湖南文艺出版社，1986 年版。

（英）戴维·洛奇编：《二十世纪文学评论》（上册），葛林等译，上海：上海译文出版社，1987 年版。

（英）豪斯曼：《豪斯曼诗选》，周煦良译，北京：外语教学与研究出版社，2014 年版。

（英）华兹华斯：《华兹华斯抒情诗选》（英汉对照），杨德豫译，长沙：湖南文艺出版社，1996年版。

（英）济慈：《济慈诗选》，查良铮译，北京：人民文学出版社，1958年版。

（英）济慈：《济慈诗选》，朱维基译，上海：上海译文出版社，1983年版。

（英）克利斯朵夫·马洛：《浮士德博士的悲剧》，戴镏龄译，北京：作家出版社，1956年版。

（英）弥尔顿：《失乐园》，朱维之译，上海：上海译文出版社，1984年版。

（英）莎士比亚：《哈姆雷特》，梁实秋译，北京：中国广播电视出版社；台北：远东图书公司，2002年版。

（英）莎士比亚：《李尔王》，梁实秋译，北京：中国广播电视出版社；台北：远东图书公司，2002年版。

（英）莎士比亚：《莎士比亚全集》（五），朱生豪译，北京：人民文学出版社，1994年版。

（英）莎士比亚：《维洛那二绅士》，梁实秋译，北京：中国广播电视出版社；台北：远东图书公司，2002年版。

（英）托斯·艾略特：《艾略特文学论文集》，李赋宁译注，南昌：百花洲文艺出版社，1994年版。

（英）王尔德：《温德米尔夫人的扇子》，余光中译，沈阳：辽宁教育出版社，1997年版。

（英）希·萨·柏拉威尔：《马克思与世界文学》，北京：三联书店，1980年版。

（英）谢立丹：《造谣学校》，沈师光译，见《外国剧作选》第四册，上海：上海文艺出版社，1980年版。

（英）约翰·但恩：《艳情诗与神学诗》，傅浩译，北京：中国对外翻译出版公司，1999年版。

《新旧约全书》，南京：中国基督教协会印发，1989年版。

《马克思恩格斯全集》，第34卷，北京：人民出版社，1982年版。

《马克思恩格斯全集》第33卷，北京：人民出版社，1982年版。

《马克思恩格斯选集》，第4卷，北京：人民出版社，1995年版。

《马克思恩格斯选集》第2卷，北京：人民出版社，1995年版。

《马克思恩格斯选集》第4卷，北京：人民出版社，1995年第2版。

《毛泽东选集》，第2版第3卷，北京：人民出版社，1991年版。

陈国球：《情迷家园》，上海：上海书店出版社，2007年版。

陈厚诚，王宁主编：《西方当代文学批评在中国》，天津：百花文艺出版社，2000年版。

董衡巽编著：《海明威研究》，北京：中国社会科学出版社，1980年版。

方珊：《形式主义文论》，济南：山东教育出版社，1994年版。

冯黎明等编：《当代西方文艺批评主潮》，长沙：湖南人民出版社，1987年版。

辜正坤主编：《世界名诗鉴赏词典》，北京：北京大学出版社，1990年版。

顾飞荣主编：《最美英文爱情诗歌》，合肥：安徽科学技术出版社，2006年版。

胡经之，张首映主编：《西方二十世纪文论选》（第二卷），北京：中国社会科学出版社，1989年版。

胡星亮主编：《中国现代文学论丛》，第2卷第2期，上海：上海人民出版社，2008年版。

胡燕春：《"英、美新批评派"研究》，北京：中国社会科学出版社，2010年版。

黄维樑，曹顺庆编：《中国比较文学学科理论的垦拓——台港学者论文选》，北京：北京大学出版社，1998年版。

黄维樑：《中国古典文论新探》，北京：北京大学出版社，1996年版。

李赋宁：《蜜与蜡：西方文学阅读心得》，北京：北京大学出版社，1995年版。

李嘉娜：《英美诗歌论稿》，福州：海峡文艺出版社，2006年版。

李卫华：《价值评判与文本细读——"新批评"之文学批评理论研究》，北京：中国社会科学出版社，2006年版。

李文俊编选：《福克纳评论集》，北京：中国社会科学出版社，1980年版。

李衍柱，朱恩彬主编：《文学理论简明辞典》，济南：山东教育出版社，1987年版。

廖炳惠编著：《关键词200：文学与批评研究的通用词汇编》，南京：江苏教育出版社，2006年版。

林以亮编选：《美国文学批评选》，香港：今日世界出版社，1961年版。

刘若端编：《十九世纪英国诗人论诗》，北京：人民文学出版社，1984年版。

刘象愚主编：《外国文论简史》，北京：北京大学出版社，2005年版。

马新国：《西方文论史》（修订版），北京：高等教育出版社，2002年版。

孟庆枢,杨守森主编:《西方文论选》,北京:高等教育出版社,2002年第1版,2007年第2版。

钱中文:《新理性精神文论》,武汉:华中师范大学出版社,2000年版。

史亮编:《新批评》,成都:四川文艺出版社,1989年版。

孙绍振:《名作细读》,上海:上海青年教育出版社,2006年版。

汪洪章:《〈文心雕龙〉与二十世纪西方文论》,上海:复旦大学出版社,2005年版。

汪耀进编:《意象批评》,成都:四川文艺出版社,1989年版。

王恩衷编译:《艾略特诗学文集》,北京:国际文化出版公司,1989年版。

王宁:《后现代主义之后》,北京:中国文学出版社,1998年版。

王松林编著:《二十世纪英美文学要略》,南昌:江西高校出版社,2001年版。

王长荣:《现代美国小说史》,上海:上海外语教育出版社,1992年版。

伍蠡甫,胡经之主编:《西方文艺理论名著选编》(中卷),北京:北京大学出版社,1986年版(2006年重印)。

夏济安:《夏济安选集》,沈阳:辽宁教育出版社,2001年版。

徐克瑜:《诗歌文本细读艺术论》,兰州:甘肃人民出版社,2009年版。

颜元叔:《何谓文学》,台北:台北学生书局,1976年版。

颜元叔:《文学经验》,台北:志文出版社,1972年版。

杨匡汉,刘福春编:《西方现代诗论》,广州:花城出版社,1988年版。

杨仁敬,杨凌雁:《美国文学简史》,上海:上海外语教育出版社,2008年版。

杨仁敬:《二十世纪:美国文学史》,青岛:青岛出版社,1999年第1版,2010年第2版。

叶维廉:《中国诗学》,北京:生活·读书·新知三联书店,1992年版。

易晓明编:《土著与数码冲浪者——米勒中国演讲集》,长春:吉林人民出版社,2004年版。

袁可嘉,董衡巽,郑克鲁编:《外国现代派作品选》,第一册(上),上海:上海文艺出版社,1980年版。

张首映:《西方二十世纪文论史》,北京:北京大学出版社,1999年版。

赵一凡等主编:《西方文论关键词》,北京:外语教学与研究出版社,2006年版。

赵毅衡:《反讽时代:形式论与文化批评》,上海:复旦大学出版社,2011

年版。

赵毅衡:《诗神远游:中国如何改变了美国现代诗》,上海:上海译文出版社,2003 年版。

赵毅衡:《新批评——一种独特的形式主义文论》,北京:中国社会科学出版社,1986 年版。

赵毅衡编选:《"新批评"文集》,北京:中国社会科学出版社,1988 年版。

赵毅衡编选:《"新批评"文集》,天津:百花文艺出版社,2001 年版。

郑敏:《英美诗歌戏剧研究》,北京:北京师范大学出版社,1982 年版。

中国科学院文学研究所编:《现代美英资产阶级文艺理论文选》(上编),北京:作家出版社,1962 年版。

中国社会科学院文学研究所编:《现代美英资产阶级文艺理论文选》,北京:知识产权出版社,2010 年版。

周发祥:《西方文论与中国文学》,南京:江苏教育出版社,1997 年版。

朱刚编著:《二十世纪西方文论》,北京:北京大学出版社,2006 年版。

朱立元,李钧主编:《二十世纪西方文论选(上卷)》,北京:高等教育出版社,2002 年版。

朱立元等:《马克思主义文艺理论中国化研究》,北京:经济科学出版社,2009 年版。

朱立元主编:《当代西方文艺理论》(第二版增补版),上海:华东师范大学出版社,2005 年版。

朱立元主编:《当代西方文艺理论》,上海:华东师范大学出版社,1997 年版。

朱立元总主编,张德兴卷主编:《二十世纪西方美学经典文本　第 1 卷　世纪初的新声》,上海:复旦大学出版社,2000 年版。

(四)期刊论文(按首字母顺序)

(俄)尤·迪尼亚诺夫:《文学事实》,张冰译,《国外文学》1996 年第 4 期。

(美)布鲁克斯,沃伦:《恋人们屏弃世界》,飞白、柳柳译,《名作欣赏》,1989 年第 5 期。

(美)克林思·布鲁克斯:《诗歌传达什么?》,王永译,《诗探索》,2007 年第 1 期。

(美)克林斯·布鲁克斯,罗伯特·潘·沃伦:《诗与戏剧性场景》,郭君臣译,《上海文化》,2010 年第 2 期。

(美)李欧梵:《光明与黑暗之门——我对夏氏兄弟的敬意和感激》,季进、杭粉华译,《当代作家评论》,2007年第2期。

(美)威姆萨特,布鲁克斯:《小说与戏剧:宏大的结构(上)》,哲明译,《文学自由谈》1987年第4期。

(美)威姆萨特,布鲁克斯:《小说与戏剧:宏大的结构(下)》,哲明译,《文学自由谈》1987年第5期。

(美)魏伯·司各特:《当代英美文艺批评的五种模式》,蓝仁哲译,《文艺理论与研究》,1982年第3期。

(美)小威姆塞特,布鲁克斯:《悲剧与喜剧:内在的焦点》,吕胜译,《剧艺百家》,1986年第3期。

(英)乔治·李罗:《伦敦商人》(二),张静二译,《中外文学》,1995年第4期。

(英)乔治·李罗:《伦敦商人》(一),张静二译,《中外文学》,1995年第3期。

曹顺庆:《从总体文学角度认识〈文心雕龙〉的民族特色和理论价值》,《文学评论》,1989年第2期。

曹文轩:《将小说放置在文学的天空下》,《名作欣赏》,2007年第1期。

陈本益:《新批评的文学本质论及其哲学基础》,《重庆师院学报哲社版》,2001年第1期。

陈本益:《新批评派的对立调和思想及其来源》,《四川大学学报(哲学社会科学版)》,2004年第2期。

陈浩:《论比喻的形态分类和审美价值构成》,《绍兴师专学报》,1992年第1期。

陈浩:《论现代反讽形式》,《浙江大学学报》,1997年第3期。

陈太胜:《走向综合的批评理论与实践》,《文艺争鸣》,2005年第2期。

程国赋:《漫谈〈昆仑奴〉及其嬗变作品的叙事视角》,《古典文学知识》,1998年第2期。

程亚林:《布鲁克斯和"精制的瓮"及"硬汉"》,《读书》,1994年第12期。

仇敏:《细读〈废墟〉——新批评观念的解读》,《湖南城市学院学报》,2004年第3期。

丁宁:《朝拜语言的圣地——读童庆炳的〈文体与文体的创造〉》,《社会科学战线》,1995年第6期。

丁宁:《文本意义接受论》,《文艺争鸣》,1990年第2期。

丁哲:《反讽在〈华威先生〉中的艺术魅力》,《文学界》(理论版),2010年第9期。

段炼:《大象无形:二十世纪西方形式主义文学批评与老子论道》,《外国文学评论》,1996年第4期。

付骁:《"细读"溯源》,《重庆第二师范学院学报》,2014年第2期。

付骁:《"意图"考证及释义》,《时代文学》,2012年第2期。

高丽娜:《儒者的"清明上河图"——〈沂水春风〉之文本细读》,《名作欣赏》2009年第3期。

顾舜若:《试论〈芒果街上的小屋〉中的诗性悖论》,《当代外国文学》,2011年第4期。

黄琼:《英美新批评的批评》,《宿州学院学报》,2007年第4期。

季进:《对优美作品的发现与批评,永远是我的首要工作——夏志清先生访谈录》,《当代作家评论》,2005年第4期。

蒋道超,李平:《论克林斯·布鲁克斯的反讽诗学》,《外国文学评论》,1993年第2期。

蒋显璟:《试论"新批评"》,《对外经济贸易大学学报》,1993年第3期。

孔帅:《艾·阿·瑞恰兹与中庸之道》,《宁夏社会科学》,2010年第6期。

李安全:《文本细读与经典阐释》,《名作欣赏》,2008年第4期。

李国栋:《"悖论"与"反讽":克林思·布鲁克斯诗学概念重申》,《顺德职业技术学院学报》,2017年第1期。

李嘉娜:《重审布鲁克斯的"反讽"批评》,《外国文学评论》,2008年第1期。

李黎:《美国召开当代文学理论讨论会》,《外国文学评论》,1988年第1期。

李梅英:《"新批评"派的重写文学史运动》,《名作欣赏》,2016年第32期。

李梅英:《〈理解诗歌〉的经典方法和理论》,《时代文学》(上),2010年第5期。

李荣明:《文学中的悖论语言》,《中山大学学报》(社会科学版),2003年第4期。

李卫华:《不落言筌——"朦胧"、"张力"、"反讽"、"悖论"的本体论意趣》,《文艺评论》,2011年第1期。

李彦,黎敏:《〈安娜贝尔·李〉中的悖论意象:天使、星月、爱情》,《南京工业大学学报》(社会科学版),2010年第3期。

李杨:《可悲的"替罪羊"——评〈献给艾米莉的玫瑰〉中的艾米莉》,《山东大学学报》(哲学社会科学版),2004年第2期。

李正栓,赵烨:《邓恩诗中悖论现象与新批评悖论理论的关联性研究》,《外语与外语教学》,2013年第6期。

梁克文:《他们在苦熬——福克纳小说〈我弥留之际〉评析》,《石油大学学报》(社会科学版),1995年第1期。

廖昌胤:《悖论》,《外国文学》,2010年第5期。

刘保安:《论弗洛斯特诗歌中悖论的文化意蕴》,《通化师范学院学报》(人文社会科学),2014年第3期。

刘立辉:《语境结构和诗歌语义的扩散》,《外国文学评论》,1994年第2期。

刘臻:《邪恶丛林中的人性成长——对〈"杀人者"分析〉的再分析》,《中州大学学报》,2009年第2期。

罗益民:《新批评的诗歌翻译方法论》,《外国语》,2012年第2期。

马娟:《意象与诗歌主题的建构——以布鲁克斯的〈叶芝的花繁根深之树〉为例》,《淮海工学院学报》(人文社会科学版),2017年第1期。

濮波:《论现代诗歌的技巧:并列未经分析之事物》,《江汉学术》,2013年第4期。

钱晶:《布鲁克斯与沃伦的小说批评理论——以〈小说鉴赏〉为讨论对象》,《合肥师范学院学报》,2012年第2期。

邱向峰:《洞见与偏狭——读夏志清〈中国现代小说史〉》,《滁州学院学报》,2008年第6期。

冉思玮:《新批评派与〈文心雕龙〉批评方法略论及文本运用》,《广东工业大学学报》(社会科学版),2008年第3期。

容新芳:《论I.A.理查兹〈美学基础〉中的中庸思想》,《外国文学评论》,2009年第1期。

邵维维:《克林斯·布鲁克斯诗学观溯源》,《求索》,2013年第4期。

邵维维:《论克林斯·布鲁克斯的诗学观》,《兰州学刊》,2012年第12期。

邵旭东:《美著名批评家布鲁克斯逝世》,《外国文学研究》,1994年第3期。

石坚,张彦炜:《权利、荣誉和尊严——论威廉·福克纳〈去吧,摩西〉中混血黑人的挑战》,《重庆师专学报》,1997 年第 1 期。

宋俐娟:《从新批评观点看海明威短篇"白象似的群山"的矛盾统一》,《安徽文学》,2009 年第 3 期。

孙绍振:《美国新批评"细读"批判》,《中国比较文学》,2011 年第 2 期。

唐晓云:《论方方小说〈白雾〉中的反讽艺术》,《小说评论》,2011 年第 2 期。

陶乃侃:《弗洛斯特与悖论——弗诗意象与语气之初探》,《外国文学评论》,1990 年第 2 期。

王富仁:《旧诗新解(一)》,《名作欣赏》,1991 年第 3 期。

王连生:《论反讽在中国近年小说中的呈现》,《当代作家评论》,1993 年第 3 期。

王业昭:《解读〈哈克贝利·费恩历险记〉中的悖论与反讽——一种新批评的视角》,《四川理工学院学报》(社会科学报),2008 年第 3 期。

王毅:《细读穆旦〈诗八首〉》,《名作欣赏》,1998 年第 2 期。

王毅:《一个既简单又复杂的文本——细读伊沙〈张常氏,你的保姆〉》,《名作欣赏》,2002 年第 5 期。

王毅:《一首写给两个人的情诗——解读伊沙〈我终于理解了你的拒绝〉》,《名作欣赏》,2006 年第 5 期。

王有亮:《关于"新批评派"成员构成的几点认识》,《重庆师范大学学报》(哲学社会科学版),2014 年第 2 期。

韦永恒:《论〈呼兰河传〉的艺术世界》,《南宁师专学报》(综合版),1994 年第 1 期。

魏玉杰:《海因斯和乔安娜——种族主义的两种形式》,《外国文学评论》,1997 年第 3 期。

谢军,周健:《"客观对应物"与"以物抒情"比较》,《湘潭大学学报(哲学社会科学版)》,2005 年第 1 期。

谢梅:《西方文论中的"张力"研究》,《当代文坛》,2006 年第 2 期。

谢梅:《张力与工拙——中西文论范畴之比较》,《社会科学辑刊》,2007 年第 3 期。

熊元义:《论"新批评"的文学本体论》,《社会科学家》,1991 年第 5 期。

闫玉刚:《论反讽概念的历史流变与阐释维度》,《石家庄学院学报》,2005 年第 1 期。

颜元叔:《新批评学派的文学理论与手法》,《幼狮文艺》,1969 年第 2 期。

杨东升:《死亡与永生的悖论——〈死神莫骄傲〉赏析》,《疯狂英语》(教师版),2009 年第 5 期。

杨冬:《西方文学批评史研究的百年历程》,《文艺理论研究》,2005 年第 4 期。

杨冬:《新批评派与有机整体论诗学》,《吉林大学社会科学学报》,2008 年第 6 期。

杨冬:《一段令人缅怀的批评史——重读 1946 至 1949 年的西方文论经典》,《吉林大学社会科学学报》,2007 年第 5 期。

杨慧林:《怎一个"道"字了得——〈道德经〉之"道"的翻译个案》,《中国文化研究》,2009 年秋之卷。

杨建刚:《形式主义与马克思主义——从对抗到对话的内在逻辑探析》,《文艺争鸣》,2008 年第 11 期。

杨素芳:《新批评理论下对〈普鲁弗洛克的情歌〉中反讽的解读》,《海外英语》,2012 年第 14 期。

杨文臣:《张力诗学与审美现代性》,《新疆教育学院学报》,2007 年第 1 期。

杨周翰:《新批评派的启示》,《国外文学》,1981 年第 1 期。

易玮玮:《反观布鲁克斯、沃伦对〈带家具出租的房间〉之批评》,《华北水利水电学院学报》(社科版),2011 年第 4 期。

禹明华:《细读〈上校〉——新批评观念的解读》,《邵阳学院学报》(社会科学版),2005 年第 4 期。

袁可嘉:《"新批评派"述评》,《文学评论》,1962 年第 2 期。

张冰:《蒂尼亚诺夫的动态语言结构文学观——〈文学事实〉评述》,《国外文学》,2008 年第 3 期。

张金言:《怀念燕卜逊先生》,《博览群书》,2004 年第 3 期。

张金言:《回忆钱锺书先生》,《博览群书》,2005 年第 2 期。

张旭春:《反讽及反讽张力——比较研究李商隐和多恩诗歌风格的又一契机》,《四川外国语学院学报》,1997 年第 1 期。

张哲:《"理解小说"——简析布鲁克斯和沃伦短篇小说观》,《淮阴工学院学报》,2007 年第 2 期。

章燕:《诗歌审美在文本与历史的互动与交流中——关于济慈〈希腊古

瓮颂〉的批评》,《国外文学》,2002 年第 3 期。

赵红妹:《试用游移视点的方法和反讽的方法分析〈包法利夫人〉》,《时代文学》(双月版),2007 年第 4 期。

赵烨,李正栓:《邓恩诗歌中张力实践与新批评张力理论关联性研究》,《外语研究》,2014 年第 3 期。

赵毅衡:《新批评与当代批判理论》,《英美文学研究论丛》,2009 年第 2 期。

赵毅衡:《新中国六十年新批评研究》,《浙江大学学报》(人文社会科学版),2012 年第 1 期。

周珏良:《对新批评派的再思考——读韦勒克〈现代批评史〉卷六》,《外国文学》,1988 年第 1 期。

周平远,余艳:《艾略特诗歌与中西诗学传统》,《南昌大学学报(人文社会科学版)》,2007 年第 1 期。

周祖亮:《"反讽"的流行与误用》,《语文建设》,2005 年第 5 期。

朱谷强:《英国鸟类诗主题辨析》,《牡丹江大学学报》,2012 年第 4 期。

(五)报纸(按首字母顺序)

白烨:《平朴的魅力》,《中国图书商报》,2004 年 4 月 30 日。

孟繁华:《经典之所以伟大》,《中华读书报》2007 年 4 月 25 日。

杨仁敬:《布鲁克斯教授为我答疑》,《中华读书报》,2003 年 8 月 20 日。

后　记

　　古人说文章乃"经国之大业,不朽之盛事"。所谓文章千古事,书足记姓名,立言可与立功、立德一起可以并称"三不朽"。因此,在古人看来,著书立说确实是一件神圣的事,值得投入毕生的心血。他们往往十年磨一剑,写两篇赋都要"精思傅会,十年乃成",更不要说一部几十万字的专著了。我天资鲁钝,从未想过自己有一天能够去写一本书,做一件在古人眼中如此神圣的事情,而且只花六年时间,就写出了一部三十多万字的专著,心中的惴惴不安,自是难以掩藏。本书是在我的博士学位论文的基础上,经过多次的增添、删改与调整,在本人已年届不惑之时终于脱稿而成。虽然其间历经诸多专家的指导与点拨,然囿于本人资质实在有限,恐难达到各位专家期望之万一。因此,深知本书之浅陋与不足,难免贻笑大方。然而,正如每块石头都有它的命运,书既已成形,被用来覆酱瓿还是酒瓮,就只能看它自己的造化了。

　　本书对布鲁克斯的诗学进行了较为全面的论述与反思,考察其在中国的译介、传播、接受和影响,尤其是关注其在中国学界的误读及原因,探讨其诗学对中国当代文学创作、文论构建与批评实践的意义。本书主要采用了个案研究、理论体系梳理、文本分析、比较研究等方法对布鲁克斯进行系统的论述。在论述布鲁克斯的时候,一方面要把他的理论与批评实践放在新批评的框架中来阐述,但是,另一方面,又要突出他的特色,不致被淹没在新批评的群体中而泯灭其个性。因此,既要不脱离又要超越新批评的语境来论述布鲁克斯,这本身就是一个悖论,不好把握。但是,本书力图在这两极之间达到平衡,努力使论述构建成一个有机的整体。首先是把布鲁克斯放在新批评的范畴内进行,表现他与其他的新批评家共同的理论主张,同时彰显其独特之处;其次,将他放在整个美国近现代文艺理论思潮中进行定位,探讨他的影响与价值;再次,将其置于更广阔的世界文艺思潮的理论背景中,在后现代主义视域下,反思布鲁克斯的理论与批评实践,进行跨民族、跨语言、跨文化的影响研究与平行研究。只有这样,才能较为准确地把握布鲁克斯文艺理论与批评实践的全貌,对其有一深度了解,也才能更好地作出评价,对其意义与启示作出准确的、富有洞察力的判断。至于布鲁克斯在中国的影响,本书也是将其放在整个新批评在中国的传播与影响这一背景下来进行研究。当然,如果更进一步,甚至还可以置于更宏大的西方文论在中国的传播与影响这一历史语境中来进行。但基于篇幅与时间的限制,本书未在这方面作拓展。

为了从资料源头上保证论述的鲜活,避免资料陈旧带来的乏味与因袭,本书使用了大量的第一手英文资料,这些资料至今绝大部分都没有中文译本,从这个意义上来说,本书至少具有一定的文献价值。本书以中外学界现有的研究为基础,详细地梳理了国内外有关布鲁克斯的研究现状,在尽可能详尽占有资料的基础上,认真研读,提炼观点,对存在的问题和不足进行了剖析,探讨了布鲁克斯诗学的背景、来源、主要理念、实践运用、对西方和中国的影响等,并对布鲁克斯的诗学进行了反思,分析、比较、综合,利用细读的技巧与想象力的洞见,以提出新论点,力求超越已有的研究水平。

在内容方面,本书的创新有三点:一是揭示了布鲁克斯诗学的精英主义本质,其尊重权威的思想,对中国当下重建文学与艺术批评新秩序有重要的启示作用。二是首次全面考察了布鲁克斯诗学在中国的接受、变异及影响,论述其理论的现实意义与价值,分析了中国学界对布鲁克斯诗学的一些常见的误读,还原布鲁克斯人文主义与形式主义相融的真实面貌,对其理论的当下有效性与未来的发展走向作了较为详细的阐发。三是首次在中国详细译介了布鲁克斯的《理解戏剧》,并总结布鲁克斯的戏剧批评理论。本书在一定程度上填补中国布鲁克斯诗学研究的空白,并提供在中国诗学视野下对布鲁克斯诗学的解读,开拓了布鲁克斯研究的新领域,对国际上布鲁克斯诗学与新批评的研究都有一定的推动作用。

在写作过程中遇到的困难较多。首先,布鲁克斯著述颇丰,国内只译介了他的三部著作,因此要阅读大量的英文文献;同时,这些英文著作在国内很少引进,再加上其散见于美国主要学术期刊的为数众多的论文,在资料的搜集上有相当难度。其次,布鲁克斯是个非常活跃的学者,又是编辑过极其畅销的教材的大学教授,还是著名刊物《南方评论》的创办者,又是福克纳的研究专家,其学术活动和学术视野非常开阔,涉及诗歌、小说、戏剧与语言学等诸多领域,因此,要全面准确地把握其学术思想相当不易。再次,布鲁克斯被称为"批评家之批评家",编写过《西洋文学批评史》,评论过从柏拉图至现当代的文论家和批评家,与当代评论家多有论争。而当代评论家对布鲁克斯的理论也多有争议,要做到全面而公允的研究有一定的挑战性。此外,中国关于布鲁克斯本人情况及其学术思想的综合性、系统性评价著述较少,可供借鉴和参考的资料有限。因此,本书虽然数易其稿,但肯定还有诸多不足,有待各专家学者不吝批评指正。

最终能完成本书的写作,首先要感谢我的博士生导师曹顺庆先生。曹师是教育部"长江学者"第一位比较文学专业特聘教授,其提出的比较文学中国学派及变异学理论令比较文学界瞩目;2014 年当选为中国比较文学学会会长;2018 年,以其在比较文学研究领域的突出成就,当选为欧洲科学与艺术院院士。能忝列曹门,实乃三生之幸!曹师总是以成为学术大师的远大目标激励博士生,激励博士生自觉地努力学习。要求博士生系统学习《十三经》,阅读英文原典,在中西文化的交融碰撞中产生灵感的火花与生命的感悟。对于我们的浅薄和粗陋,甚至谬误,曹师也从不疾言厉色,总是不吝对学生的赞赏与偏爱,循循善诱,巧加点拨,将纠偏正讹融入在一次次令人愉悦的谈话中。曹师学识过人,博闻强识、见解卓绝,精力旺盛,治大学如烹小鲜,其教书育人之绩,有目共睹。其言行身教,潜移默化之功效,不囿于课堂。曹师善于利用实践的机会锻炼学生,在参与课题、编书、开会等各种各样的活动中,开拓学生的视野,增强学生的才干与自信。还记得有一次曹师住院,师母及师妹都不在身边,我去医院陪护,发现他在临做手术的前一天,还在病房里用电脑办公,撰写论文。在生活中,曹师对学生都爱护有加,亲切和蔼。在川大的三年,由于感到时间较紧,本人又无天赋,于是两年没有回家过年,待在学校写论文。大年初一,曹师及美丽的师母蒋老师,特意将没有回家过年的几个学生召集到饭店团聚。下午,曹师及蒋老师又和我们一起打牌聊天,其乐也融融。

另感谢吴兴明教授、唐小林教授,在我的博士学位论文开题时提出了宝贵的意见与建议。吴老师一向以思辨性强、治学严谨、要求严格著称,但是在敬畏于其言辞犀利之余,不得不佩服其看待事物的透彻,对问题把握的精准。唐老师是一位温厚的学者,感性而随和,对我们是以鼓励为主,给予我们能够将论文继续进行下去的勇气。感谢赵毅衡教授,允许我去蹭他的符号学与叙事学的课,并在诸多场合对我指点与帮助。由于曾担任过一学期的《西方当代文学批评理论》课程的助教,得以有向赵毅衡教授私下请教的机会,其平易近人的大家风范,让人赞叹不已。当知道我苦恼于国外书籍与资料的难得时,赵老师甚至主动提出托国外的朋友帮我购买。虽然最终通过国际图书馆馆际互借等手段没有麻烦赵教授,但是内心对赵老师是感激的。感谢傅其林教授,在论文写作之初对我的鼓励与启发。感谢我的硕士生导师麦永雄教授,虽然远在桂林,却不时地关心我的学业与成长,关心我的生活与工作。

感谢我的博士学位论文的六位校外匿名评审专家,你们对论文提出的修改意见,让我受益匪浅;你们对论文的褒奖,鼓舞了当时写论文写得昏天黑地、写得几乎怀疑人生的我。虽然至今不能确定你们的名字,但是一直心怀感激。

感谢我的博士学位论文的答辩主席傅勇林教授,感谢答辩委员徐新建教授、李明泉研究员、唐小林教授和杨荣教授。在答辩过程中,你们睿智而敏锐,或一针见血,步步追问;或宽容而温厚,提出颇多建设性的意见。虽然各位老师的风格迥异,但都给了我极大的帮助。

感谢师姐赵渭绒及其先生王彤伟教授,在学习生活上对我的关照。感谢好友刘庆争博士,帮我认真仔细地校对了博士学位论文的英文摘要。感谢博士生同学郭晓春、吴澜、李艾岭,在英语方面对我的帮助;感谢戴月行、龙娟、乔艳,和你们在一起考英语口语,虽然我可笑地穿着正装紧张忘忑了一下午,最终以高分过关。尤其是戴月行同学,推荐英文版的《理解小说》,在我最终确定论文选题时发挥了意想不到的作用。感谢金永平师兄,提供了克林思·布鲁克斯这个选题当时还没有相关的博士学位论文的信息。感谢王姝、罗富明、周仁成、魏登攀、郑艳丽、黄文虎等同学,在读博期间共同学习探讨,背诵《文心雕龙》、陆机《文赋》,川大小北门、南门外的一次次小聚,点点滴滴,充实了求学的岁月。感谢杨立立同学,使我有了第一次登台表演印度舞的体验。感谢许劲松师兄,帮我在读博期间在四川音乐学院找到一份外国文学教师的兼职,多少缓解了经济的压力,也锻炼了教学能力。感谢师姐王一平、黄健平,你们的快乐与善良传递了温暖。感谢我的室友唐代虎博士在学习与生活各方面对我的包容与关照,在博士学位论文交初稿截止前一周的某个晚上,由于焦虑,加上连日来坐在电脑前的苦熬,身体与心理都接近崩溃的边缘,你陪我在凌晨三四点的川大校园里绕着操场散步。感谢李旭、蔡丹、璩龙林、涂海强、晏青、何燕李、石劲松等所有的好友,因为有了你们,所有的时光才显得难忘。

博士毕业后,我有幸到西南大学文学院任教。教学之余,着手对博士学位论文进行修改、增补。经过两年的时间,以修改后的论文申报2015年的国家社科基金后期资助项目。经过五位专家的匿名评审,有幸获得立项。

感谢五位评审专家对项目成果的鼓励、批评与建议。由于是匿名评审，我不知道这些评审专家的名字，不能一一致谢，甚是遗憾，所以只能在此一并表示深深的感谢！他们对本成果取得的一些小小的成绩不吝溢美之词，充满对后学晚辈的宽容与爱护，令我深受鼓舞，觉得自己做的研究能得到各位专家的一些肯定，还是有一定的价值与意义的。但更让我感动的是他们对项目成果提出的意见和建议，无论是大到篇章结构，还是小到字词句段、标点译名，皆切中肯綮，令我心悦诚服。

根据五位评审专家的意见与建议，我认真地对书稿作了一系列的订正、增删和调整，希望能尽量符合各位专家提出的所有的修改意见。原以为本成果差不多已经完成，只差布鲁克斯的戏剧批评实践一节没有写而已，所以在申请国家社科基金后期资助的时候填了一年的预计完成时限。但在撰写与修改的过程中，才发现自己之前真的是过于乐观了。一方面，布鲁克斯的《理解戏剧》和涉及其戏剧批评理论与实践的那些著述，基本上都没有中译本，不得不查找、阅读英文原著，进展较为缓慢。另一方面，在篇章结构方面，颇费了一番思量。如有专家提到从博士学位论文到专著应该作出的转变，即要注意到两者在写作目的、写作重点、文献利用、格式结构、自我评价和读者对象等方面的差异，专著应该更具系统性、理论性和完整性。这些细节都是我以前从未关注过的问题，实在是惭愧。至于各位专家提到的章节段落前后衔接问题，字、词校正问题，人名、书名的译名及引用文献的格式前后统一的问题，我也不敢疏忽，在每章节前后添加必要的过渡语，并逐字逐句地审阅、修订书稿全文，力求解决专家们提出的问题。

"夜以继日，思虑善否"。时间就在这样的过程中倏然而逝，不知不觉就两年矣，早已超出当初信誓旦旦的一年之期。饶是如此，由于学识、能力和精力有限，在这样的延期修改之后，虽然最后顺利通过专家的鉴定与验收，但我知道本书肯定还有诸多不足，请各位专家学者不吝赐教！

感谢国家社科基金委的资助，使我能够获得平生最大的一笔资金，可以暂时远离柴米油盐的后顾之忧，一心投入科研，撰写、修改书稿。

感谢我现在的工作单位，感谢单位领导、同事对我的诸多爱护与关照。在一个和谐融洽、令人愉悦的环境中工作，是一件幸福的事。

本书的部分内容发表在《文艺理论研究》《国外文学》《中外文化与文论》《马克思主义美学研究》《江西社会科学》《西南民族大学学报》（社会科学版）和《中国社会科学报》等刊物与报纸，感谢为我的研究成果提供发表园地的各位编辑们。感谢上海人民出版社的赵伟老师，他校正了本书稿中的诸多错漏,并提出了不少有益的意见。

感谢父母与家人对我的支持与理解,你们给予我的爱与温暖,使我在前行的路上永不孤单。感谢每一位给予我感动的人,是你们构成了我人生最重要的记忆,是你们让我热爱生命、感恩生活。谢谢你们!

付飞亮

2018 年仲春于重庆北碚寓所

图书在版编目(CIP)数据

克林思·布鲁克斯诗学研究/付飞亮著.—上海：
上海人民出版社,2018
ISBN 978 - 7 - 208 - 15131 - 4

Ⅰ.①克… Ⅱ.①付… Ⅲ.①克林思·布鲁克斯-诗
学-研究 Ⅳ.①I712.072

中国版本图书馆 CIP 数据核字(2018)第 082852 号

责任编辑 赵 伟
封面设计 夏 芳

克林思·布鲁克斯诗学研究

付飞亮 著

出　　版	上海人人大版社	
	(200001　上海福建中路 193 号)	
发　　行	上海人民出版社发行中心	
印　　刷	上海商务联西印刷有限公司	
开　　本	720×1000　1/16	
印　　张	27.75	
插　　页	2	
字　　数	458,000	
版　　次	2018 年 6 月第 1 版	
印　　次	2018 年 6 月第 1 次印刷	

ISBN 978 - 7 - 208 - 15131 - 4/I · 1712
定　　价　88.00 元